中国传统文化的瑰宝

诗经·楚辞

沐言非　主编

北京联合出版公司
Beijing United Publishing Co.,Ltd.

图书在版编目（CIP）数据

诗经·楚辞 / 沐言非主编 . —北京：北京联合出版公司，2015.10

ISBN 978-7-5502-6043-6

Ⅰ．①诗… Ⅱ．①沐… Ⅲ．①古体诗—诗集—中国—春秋时代 ②古典诗歌—诗集—中国—战国时代 Ⅳ．① I222

中国版本图书馆 CIP 数据核字（2015）第 200333 号

诗经·楚辞

主　　编：沐言非

责任编辑：王　巍

封面设计：王明贵

责任校对：黎　娜

美术编辑：汪　华

北京联合出版公司出版

（北京市西城区德外大街83号楼9层　100088）

北京鑫海达印刷有限公司印刷　新华书店经销

字数870千字　　720毫米×1020毫米　1/16　28印张

2015年10月第1版　2018年8月第4次印刷

ISBN 978-7-5502-6043-6

定价：29.80元

前　言

　　《诗经》是我国最早的一部诗歌总集，是我国古代人民智慧和经验的结晶，在文学史和文化史上产生了深远的影响。孔子曰："不学诗，无以言。"《诗经》以其丰富的内涵与深刻的思想性为我们描绘了一幅无比生动的社会历史画卷，是中华民族宝贵的精神文化财富，是绽放于世界文学巅峰之上的艺术奇葩。

　　《诗经》按其内容分为"风""雅""颂"三部分，在语言技巧、体裁形式、艺术形象和表现手法上，都显示出我国最早的诗歌作品在艺术上的巨大成就，为我国诗歌创作奠定了深厚的文学基础，堪称我国文学宝库中的一朵奇葩。作为中国古典文学的源头之一，《诗经》如同黄河一般，一直流淌着，延伸着，不仅抚育、浇灌了世世代代的诗人作家，也浸润了数千年来不同阶层之人的心田。《诗经》中的许多诗句因其美好、内涵丰富、意味深长而为后世的人不断引用，至今仍熠熠生辉。《诗》之风，或泼辣，或讽刺，或含蓄，或蕴藉，纯朴真挚，生趣盎然；《诗》之雅，或幽怨，或铿锵，或清雅，或柔润，言尽意远，激荡心灵；《诗》之颂，或肃穆，或雄健，或虔诚，或谦恭，回旋跌宕，意蕴无穷。

　　"楚辞"又叫做"楚词"，是战国时期诗人屈原创造的一种诗体。作品运用楚地（今两湖一带）的方言声韵和文学样式，叙写楚地的历史风情和山川人物，具有浓厚的地方特色。汉代的刘向把屈原的作品及宋玉等人"承袭屈赋"的作品编辑成集，名为《楚辞》。《楚辞》是继《诗经》以后，对我国文学具有深远影响的一部诗歌总集，对我国文学具有深远的影响，不仅开启了后来的赋体，而且影响了历代散文的创作，是我国积极浪漫主义诗歌创作的源头。

　　孔子曰："诗可以兴，可以观，可以群，可以怨，迩之事父，远之事君；多识于鸟兽草木之名。"《诗经》不仅讽刺了统治阶级的荒淫腐朽，也描述了人民劳动生活的情景；不仅反映了劳动人民被剥削压迫的悲惨命运和他们的反抗斗争，也反映了沉重的兵役和徭役给劳动人民带来的深重灾难……可以说，它是西周初期到春秋中期大约五百年间社会生活的一面镜子，是我们了解当时政治、经济、文化、历史和社会的珍贵资料。

梁启超曾说："吾以为凡为中国人者，须荼有欣赏《楚辞》之能力，乃为不虚生此国。"可见《楚辞》在中国文学史上地位之崇高。《楚辞》以其丰沛的激情、瑰丽的想象、惊艳的辞藻和浓郁的楚国地方特色和神话色彩，一直成为后世作家心仪的榜样。与《诗经》古朴的四言体诗相比，楚辞的句式更加活泼，句中有时使用楚地方言，在节奏和韵律上独具特色，更适合表现丰富复杂的思想感情。

《诗经》和《楚辞》中奇特的想象、朴实奔放的情感，为读者展现了别具一格的魅力。现代人在繁忙紧张的生活中偶尔驻足，读读这些精美的诗文，必然可以从细腻柔婉的诗句中得到启迪。

然而，迄今为止，注释、研究《诗经》和《楚辞》的著作数不胜数，有的旧注过于繁重，初学者无法驾驭，勉强读之，不得要领，反而降低了学习兴趣；有的选目不全，无法全面地掌握诗歌的全貌，不免遗憾；有的版式过于单调，阅读时很容易产生疲劳。为了让广大读者能够轻松愉悦、全面有效地了解《诗经》和《楚辞》，获得最佳的阅读效果，我们推出了这本《诗经·楚辞》。

本书是《诗经》和《楚辞》的合集，收录《诗经》作品三百余篇以及《楚辞》作品三十余篇。为了全方位、多层次地展示《诗经》和《楚辞》这两部巨著，本书用通俗易懂的语言深入浅出地对每篇作品进行了全解、详注，同时，配以精美图片，与文字相辅相成，做到诗中有画、画中有诗，使读者获得丰富的想象空间和高雅的艺术享受。科学简明的体例、典雅流畅的文字、精美珍贵的图片、注重传统文化与现代审美的设计理念，多种视觉要素有机结合，全面提升本书的欣赏价值和艺术价值，值得你终生收藏、品读。

目 录

诗 经

风 篇

❀ 雅篇 ❀

❀ 颂 篇 ❀

楚 辞

诗经

风 篇

周南

◎关雎◎

关关雎鸠①，在河之洲。窈窕淑女，君子好逑②。
参差荇菜③，左右流之④。窈窕淑女，寤寐求之⑤。
求之不得，寤寐思服⑥。悠哉悠哉，辗转反侧。
参差荇菜，左右采之。窈窕淑女，琴瑟友之。
参差荇菜，左右芼之⑦。窈窕淑女，钟鼓乐之。

【注释】

①关关：鸟鸣之声。雎（jū）鸠：一种水鸟的名字，据说这种鸟用情专一，不离不弃，生死相伴。②逑（qiú）：同"仇"，配偶。③荇（xìng）菜：一种可以食用的水生植物。④流：捋取。⑤寤（wù）：醒来。寐（mèi）：入睡。⑥思服：思念。⑦芼（mào）：择取。

【赏析】

《关雎》写一位青年男子对一位姑娘一见倾心，而后朝思暮想、备受熬煎的感受。

"关关雎鸠，在河之洲。窈窕淑女，君子好逑。"啁啾鸣和的水鸟，相互依偎在河的碧洲。娇媚明丽的少女，是不凡男子的好配偶。首章写男主人公见到一位艳丽美好的姑娘，对她一见倾心，爱慕之情无法自制。他见到河中沙洲上雄雌水鸟相互依偎，由此想象：她若是能成为自己的妻子，两人天天如这水鸟一样相依不舍该有多好。

"参差荇菜，左右流之。窈窕淑女，寤寐求之。"任意采摘遍地鲜嫩的荇菜，不需顾及左右。日夜都希望那位娇媚明丽的少女与我携手。主人公回想日间姑娘随手采摘荇菜的样子，她苗条的身材、艳美的面庞在眼中和心间挥之不去，男子心中的深情已难以言表。

"求之不得，寤寐思服。悠哉悠哉，辗转反侧。"美好的她难以得到，日夜都想得我揪心。情深悠悠欲理还乱，翻来覆去思念不休。这里讲述了主人公内心爱她又不好表白的心情。他心乱如麻，不知她是否瞧得上自己，因而觉得很痛苦，翻来覆去睡不着觉。

"参差荇菜，左右采之。窈窕淑女，琴瑟友之。"遍地鲜嫩的荇菜，随手采摘不须要担忧。我要弹琴鼓瑟，迎取娇媚明丽的少女。那日姑娘采摘荇菜时的婀娜身影在主人公的眼中和心间仍旧萦绕不去，他暗自设想自己要弹着琴鼓着瑟向她示好，看看能否打动她的芳心。

"参差荇菜，左右芼之。窈窕淑女，钟鼓乐之。"遍地鲜嫩的荇菜，任由挑选不需烦恼。我要击鼓鸣钟，让那娇媚明丽的少女永久跟随我。那一日，红晕娇容的姑娘采摘荇菜的景象在主人公脑海里无法抹去，他经受不住这痛苦的折磨，下定决心，不顾一切击鼓鸣钟去向她求婚。

《关雎》这首诗描述了一个温婉美丽的情思故事：一名青年男子，见到一位采荇菜的姑娘，被她深深吸引，然而他顾虑重重，羞于开口，于是只能在想象中与她接触、亲近、结偶。诗的妙处在于对爱的叙述直白又含蓄：他不敢当面向她表白，却让自己沉浸在爱的幻想中。这是中华民族传统的爱慕方式，含蓄内敛，悸动而羞涩。《诗经》篇目中有关爱情的描写有许多，有场景式的描写，也有对话式的叙述，更多的却是如《关雎》这样的矜持、羞怯的心理描绘，这种爱，朴素而健康，纯洁而珍贵。

自古以来中国就是一个诗的国度，两千多年前的春秋时代就产生了许多民歌，流传下来集成了这部《诗经》，它是中华民族的瑰宝。《诗经》是中国最前沿的古文化典籍，而这首诗是《诗经》的第一篇，因此在中国文学史上具有特殊地位。

史载，《诗经》是孔子晚年为授徒而编纂的教材。孔子把一首爱情诗放在《诗经》的第一篇，是有其用意的。他认为，食与性是人类生存的基本要求，谁都无法回避，但不回避并不代表放纵，欲念是需要尺度的。欲念的放纵，会对人类社会的秩序造成危害，而一切的克制都要从约束男女之欲开始。作为儒家思想开创人的孔夫子将《关雎》放在开篇，意在教化人们克制自己的欲望。

孔子在《论语》里说："诗三百，一言以蔽之，曰：思无邪。"《关雎》即是"思无邪"的典型标本。《关雎》所写的爱情，其情感是克制的，行为是谨慎的。这种爱的方式，符合民族的婚恋观念，也符合儒家"以明教化"的目标，因而被编在《诗经》的首篇可谓适得其所。

这首诗的主题历来存有争论：大多数人认为它描写的是男女爱情；有的学者则认为是赞美"后妃之德"；还有人认为它不是一般意义上的爱情诗，而是抒发一种"志"：表象是君子对淑女志在必得的追求，实则是抒发君主对贤人的渴求。

实际上，孔子引《关雎》为首篇，授人以教化，也只体现出老夫子的意图，并非诗作者的本意。《关雎》作为春秋时代的民歌，即便经过人为的整理，也仍不失朴素天然的本真。其中，没有文人装腔作势的庸俗之声，更没有政治的教化之声。读这首诗，能从中感受到的是浓浓的、远古的自然气息。

◎樛木◎

南有樛木①，葛藟累之②。乐只君子③，福履绥之④。
南有樛木，葛藟荒之⑤。乐只君子，福履将之⑥。
南有樛木，葛藟萦之⑦。乐只君子，福履成之⑧。

【注释】

①樛（jiū）木：树向下弯曲。②葛藟（lěi）：葛和藟都是蔓生植物，茎可以缠树。累（léi）：缠。③只：助词。
④福履：福禄，幸福。绥（suí）：安乐。⑤荒：覆盖，遮掩。⑥将：扶助。⑦萦（yíng）：缠绕。⑧成：成就。

【赏析】

就《诗经》而言，只有参透"比"与"兴"所负载的深刻蕴味，才能真正认识"兴"的"所咏之词"。《樛木》一诗，从一开头便用比兴手法，先言"樛木"、"葛藟"以引起所咏"君子"与"福履"，而后又以"樛木"和"葛藟"比喻君子的福禄快乐。"比者，以彼物比此物也"，诗中的"彼物"即"樛木"和"葛藟"，"此物"即"君子"和"福履"——用"樛木"被"葛藟"缠绕，来比喻君子常得福禄相随，着实逼真鲜明。此处兴而兼比，两者相得益彰。

《诗经》通常都极为押韵，有句首入韵，一韵到底；有隔句相押；也有句尾相押之分。拿《樛木》来说，它重章叠句，回环复沓，实则整首诗只在两个字上反复改动，这种手法在"国风"中很常见，意在增加诗歌的音乐性和节奏感，可以充分抒发感情，具有回旋跌宕的艺术效果。

在《诗经》中，古人喜欢用自然界万物尤其是动植物寄托自己的情思，使其富于浓厚的负载意味，《樛木》亦不例外。借弯曲的树木和攀爬而上的葛藟，来喻指君子的福禄快乐。

从字面上理解，这似乎是一首形象动人的祝福歌。然而《诗经》常常把真正的内涵和寓意埋在简单的表象之下，如《关雎》开头："关关雎鸠，在河之洲"，原是诗人借眼前景物以兴起下文的"窈窕淑女，君子好逑"，但"关雎和鸣"也可以比喻男女求偶，或男女间的和谐恩爱。

若探究其植物意象背后的"隐语"，那么"樛木"所指代的应是高大英俊的男子，而"葛藟"则是温柔委婉的女子。恋爱中的男子因女子的依赖而满心欢愉，他自豪于成为心爱的女人的依靠，这种清纯清新的本色如同少女一见钟情时的欣喜和娇羞。不可否认，《诗经》中坚贞纯洁的爱情至今仍闪烁着不可磨灭的光辉。

清代文学家方玉润在《诗经原始》中这样推测："观'累'、'荒'、'萦'等字有缠绵依附之意，如葛萝之施松柏，似于夫妇为近。"从这种角度看，《樛木》一诗似乎描绘了这样的景象：一个即将迎娶新娘的年轻男子，在众人"南有樛木，葛藟累之。乐只君子，福履绥之"的反复吟唱和喝彩中，牵起了新娘的手。新娘梨花带雨的脸上饱含着娇羞，新郎脸上也洋溢着幸福的笑容。他们彼此心贴着心，从此快乐地生活下去。

这无疑是一首情真意切的婚礼祝福歌。这种解释，才算真正参透了《樛木》的真谛。而《毛诗序》中"后妃"、"能逮下而无嫉妒之心焉"的说法，则有附会之嫌，与原诗的意义相差甚远。

总之，无论其主题是对君子福禄安康的单纯祝福，抑或是恋爱时的浪漫，还是结婚时的激动、兴奋、山盟海誓，《樛木》所传达的永远是生命里的那份欢愉，寄托的亦是彼此惦念的那份情思。

◎螽斯◎

螽斯羽^①，诜诜兮^②。宜尔子孙，振振兮^③。
螽斯羽，薨薨兮^④。宜尔子孙，绳绳兮^⑤。
螽斯羽，揖揖兮^⑥。宜尔子孙，蛰蛰兮^⑦。

【注释】

①螽（zhōng）：蝗虫，俗称蚂蚱。②诜（shēn）诜：形容众多。③振振：盛多的样子。④薨（hōng）薨：很多虫飞的声音。⑤绳绳：绵延不绝的样子。⑥揖（yī）揖：会聚。⑦蛰（zhé）蛰：群聚欢乐的样子。

【赏析】

《螽斯》是一首非常新颖奇特的诗，它描写的对象是一种叫做螽斯的昆虫，也就是我们所熟悉的蝗虫。这种昆虫身体多为草绿色，有丝状触角，雄虫的前翅有发音器，群飞时会发出"薨薨"的声音。这首诗的主题是以蝗虫来比喻生殖力的强盛。《毛诗序》是这样分析这首诗的："《螽斯》，后妃子孙众多也，言若螽斯。不妒忌，则子孙众多也。"

蝗虫生产后代的能力非常强盛，一年之内就可产下两三代。自古以来，蝗虫成灾都会给老百姓的生活带来巨大的灾难，但是这些灾难并没有让先民们对蝗虫一味深恶痛绝，相反，他们还非常羡慕蝗虫强大的繁殖能力，将蝗虫看成是"子子孙孙无穷尽"的象征。这其实体现了生产力匮乏的时代，人们对于多子多孙的美好愿望。

诗的全篇都在围绕着"螽斯"描写，一语双关，以物寄情，浑然一体，带有强烈的象征意义。朱熹的《诗集传》继承了毛氏之说法，并进一步解释说："故众妾以螽斯之群处和集而子孙众多比之。"这样的解释，虽然指出了诗的主旨，却因为引申出"后妃"、"众妾"而使诗的内涵窄化和教条化。

清代方玉润认为："仅借螽斯为比，未尝显颂君妃，亦不可泥而求之也。读者细咏诗词，当能得诸言外。"由此可见，对于这首诗还是就诗论诗的好。《螽斯》这首诗一共有三节，每一节都用"螽斯"开头。"宜尔子孙"这一句更是重复了三次，这种重复更加突出了诗的主题，而六组叠词的运用，也使全诗韵味十足。

这首诗中出现的叠词"诜诜"、"振振"、"薨薨"、"绳绳"、"揖揖"、"蛰蛰"，意思都是形容群聚众多。这是《诗经》中典型的"重叠反复"的表现手法，这样的反复吟唱，充分表现了人们繁衍后代、多子多孙的强烈心愿。

方玉润的《诗经原始》有评论："诗只平说，难六字炼得甚新。"《诗经》中有许多诗篇都运用叠词手法，而《螽斯》与其他诗篇相区别的独特之处在于：六组叠词，整齐，形象，生动，用韵和谐，又处在不同章节的相同位置，因而造成了韵律悠长的吟诵效果。而且这六个词在意思上也层层递进：第一节表达多子兴旺的愿望；第二节延伸至世代昌盛的祝福；最后一节则具体表现儿孙满堂的欢乐。

对于先民来说，"子孙"就是他们生命的延续，是他们晚年的慰藉，是整个家族的希望。在中国古代，多子多福一直都是传统观念中很重要的一种，这种观念在尧舜时代就已经深入民心了。

在阅读这首诗时，要体会其意象，细味其诗语，从先民颂祝多子多孙的诗旨出发，来分析这首诗。如此方能明白人们为什么希望子嗣众多：为了强调人多势众的群体力量，也是为了更好地利用自然条件、争取生存。

◎桃夭◎

桃之夭夭①，灼灼其华②。之子于归③，宜其室家④。
桃之夭夭，有蕡其实⑤。之子于归，宜其家室。
桃之夭夭，其叶蓁蓁⑥。之子于归，宜其家人。

【注释】

①夭夭：美丽而茂盛的样子。②灼灼：桃花盛开，色彩鲜艳如火的样子。③之子：这位姑娘。于归："于"是语助词，"归"是指出嫁。④室家：家庭。⑤有：语气助词，没有实际意义。蕡（fén）：果实累累的样子。⑥蓁（zhēn）蓁：叶子茂盛的样子。

【赏析】

《桃夭》叙写的是女子出嫁的情景和作者的美好祝愿。诗句清新淳朴，却有极强的感染力，读来就如喝了一杯浓浓的醇酒，让人在满口余香中感受着美的诱惑。

诗中之人美得让人心动。"桃之夭夭，灼灼其华""桃之夭夭，有蕡其实""桃之夭夭，其叶蓁蓁"，连续三章三起句，"桃之夭夭"四字扑面而来。"夭夭"二字，可以解释为绚丽茂盛，也可以解释为挺拔婀娜，它有着生机勃勃的气势，又有种袅袅婷婷的气质。"灼灼其华"，是指鲜艳明丽闪着光辉的桃花，给人光彩照人之感。

"夭夭"在汉语里还可以解释为体态安舒、容色和悦的样子，好比美人妖娆艳色；"灼灼"则可解释为明亮、照亮之意，好比桃花粉红而闪着艳光。因此这一句可看成"美人如花"的写照。

诗中对美丽一再铺陈渲染，引出后面披着婚装的少女。此时在众人心中，少女身材如桃树一样挺拔，行路如桃枝一样摇曳婀娜，脸蛋如桃花一样艳美，可谓千娇百媚，风情万种，沉鱼落雁。这样美的少女由缤纷绚烂的桃花烘托而来，有谁能不为之倾倒？"艳如桃花""人面桃花相映红"，不知有多少后人用桃花来比喻女人的美丽，《桃夭》也由此成了后世描写美女的词宗诗祖。

诗里的自然美得让人心怡。诗中一再描写桃林中桃树枝叶繁茂，挺拔绚丽，且先写桃花，又写桃之果实，再写桃叶，排布了三幅风景画：一幅是满山桃树，繁花盛开，遍山艳色粉红；一幅是桃树上结满密密麻麻、又肥又大的桃子；一幅是葱葱郁郁的桃叶布满枝头，叶子上放着光华。无论哪一幅，都宛如世外桃源。尤其是树树桃花盛开，树树红桃垂挂的奇景，让人联想到西王母的蟠桃园。诗中以桃树的枝、花、叶、实，隐喻男女盛年，宜于及时嫁娶。植物的繁盛与人的盛年两相对照，相得益彰，更增添了诗中自然景物的寓意美。

诗里的"家"美得让人心欢。"之子于归，宜其室家"，"之子于归，宜其家人"，一个美丽的姑娘就要嫁人，她不仅艳如桃花，而且将会"宜室"、"宜家"，给丈夫及其家人带来吉祥和幸福，这说明她的心灵一定是善良的，性情一定是贤惠的。这样好的姑娘，她所嫁的夫君一定也不会错——在这宜于迎娶婚嫁的春天里，那名新郎穿戴整齐，既俊雅，又健壮，像棕树一样挺拔。此时他激动万分，等待着和新娘相见相拥的那一刻。整首诗都带有庆贺祝愿新婚之喜的浓厚况味，充溢着和和美美、快快乐乐的气氛。美丽姑娘今朝出嫁，将会把欢乐和幸福带给她的婆家。这种祝愿，让人不知不觉中产生了与诗中主人公、与诗作者一同欢乐的共鸣。

诗的韵律美得让人心舒。诗中重章叠句，朗朗上口，富有韵律感。通过反复咏唱，强化意识，加深印象，把美的事物不断加诸于人的感官和心灵，使人如聆天籁，舒泰无比。

◎兔罝◎

肃肃兔罝[①]，椓之丁丁[②]。赳赳武夫[③]，公侯干城[④]。
肃肃兔罝，施于中逵[⑤]。赳赳武夫，公侯好仇[⑥]。
肃肃兔罝，施于中林[⑦]。赳赳武夫，公侯腹心[⑧]。

【注释】

①肃肃：端庄严正的样子。兔罝（jū）：捕兔子的网。②椓（zhuó）：敲、槌击。丁（zhēng）丁：打桩之声。③赳赳：武勇的样子。④公侯：周封列国爵位（公、侯、伯、子、男）之尊者，泛指统治者。干城：盾牌与城郭。比喻捍卫者或者御敌的将士。⑤逵（kuí）：四通八达的道路。⑥仇（qiú）：同伴，伴侣。⑦中林：林中。⑧腹心：比喻身边可以信赖的人。

【赏析】

《兔罝》这首诗所描绘的是打猎的场景，但是其中的意义却不单是打猎，而是借打猎这种行为来锻炼兵士，因此，打猎也就是一场大练兵。虽然到了现在，人们会觉得，将狩猎者与捍卫公侯的甲士联系起来，是一件不可思议的事情，但在先秦时期，狩猎本就是对行军布阵和指挥作战的一种演练。因为狩猎和行军打仗一样，是需要排兵布阵的，捕猎就是一场真实、危险的实战演习。

《兔罝》为我们展现了一场利用智谋进行捕猎的捕兽大战。将士们将用于捕虎的网结得又紧又密，然后安置在岔路口、林中，静静等待猎物。身为公侯心腹的将士们个个意气昂扬，他们一边紧张观察着周围的动静，一边等待着猎物的到来。

从第一节的"肃肃兔罝，椓之丁丁"，到二、三节的"施于中逵"、"施于中林"，都表明一场紧张的狩猎行动即将开始。

诗中"椓之丁丁"、"施于中逵"、"施于中林"几句着重描写猎手安装"兔罝"的景状，他们为了防止老虎逃脱，将网结得非常紧密，然后小心翼翼埋下网桩，再用力敲打，使它们变得更加牢固。"中逵"、"中林"这两个词也从侧面展示出狩猎的战士众多，他们按部就班地工作，分工明确、军容整肃。这些描写无一不体现出这次狩猎活动的恢宏有力，以及这些将士的士气之高涨和军纪之严谨。

《兔罝》最为独特的地方是：虽然它详尽描述了将士为捕猎做准备的场景，却没有实际描写出捕猎的画面。作者省略了捕猎的过程，只让读者依靠自己的想象来丰富这些画面。

虽然整首诗没有对盛大的狩猎过程进行描绘和渲染，但是字里行间却流露出诗人对狩猎将士的热烈赞美：他们不但在狩猎之时十分勇猛，在沙场上也毫不含糊，奋勇杀敌，不愧为公侯们的得力干将。由"兔罝"到"干城"，读者眼前好似出现了一种时空的转换，刚刚还在狩猎中的猎手，一下子变成了保家卫国的士兵。

通过这种转换，诗人写出了一种欣喜自豪的心情。三节相叠的咏唱，使这种自豪之情透过"干城"、"好仇"、"腹心"这些词，一步步推进，从中可见诗人抑制不住的夸耀。能有这样英勇无畏的勇士为其效命，那些公侯必然会感到十分骄傲和满足，但不能否认的是，只要是战争就一定会有伤亡。所以从深层意义上看，这首诗也透露出那些因为战争离乡背井、久役不归或丧身异域的将士们隐藏在夸耀背后的无限悲哀。

◎芣苢◎

采采芣苢①，薄言采之②。采采芣苢，薄言有之③。
采采芣苢，薄言掇之④。采采芣苢，薄言捋之⑤。
采采芣苢，薄言袺之⑥。采采芣苢，薄言襭之⑦。

【注释】

①采采：采了又采。芣苢（fú yǐ）：草名，即车前子，可食。②薄言：发语词，没有实义。③有：藏有。④掇（duō）：拾取。⑤捋（luō）：以手掌握物，向一端滑动。⑥袺（jié）：手提着衣襟兜东西。⑦襭（xié）：翻转衣襟掖于腰带以兜东西。

【赏析】

"车前子啊采呀采，采呀采呀采起来。车前子啊采呀采，采呀采呀采得来。车前子啊采呀采，一片一片摘下来。车前子啊采呀采，一把一把捋下来。车前子啊采呀采，提起衣襟兜起来。车前子啊采呀采，掖起衣襟兜回来。"

这首欢快的《芣苢》正是当时人们采车前子时所唱的歌谣。成熟之后成串的红色车前子，便是"芣苢"。《芣苢》作为诗经中很特别的一篇历来受到重视，但对于当时采芣苢的用途这一问题却存在争论。有一种说法是此草可以治疗麻风等恶疾。按现代中医学的理论，这种说法无实际根据。现在中医以车前子入药，是因它有清热明目及止咳功能。春秋时代的人可能相信车前子可以治疗麻风等恶疾，但得麻风病是很痛苦的事，不太可能会有大群的人为此欢乐地歌唱着去采摘。

另一种说法是说食"芣苢"有益于怀孕，这倒是值得欢欢乐乐去采摘的事。还有一种解释更合理。清代学者郝懿行在《尔雅义疏》中有一句话："野人亦煮啖之。"他说的"野人"是指村野的穷人，他认为野人（穷人）以此为食物。其实春天采车前子的嫩苗，煮成汤菜，味道十分鲜美，至今农村仍有人食用这种野菜，但不一定都是穷人。

可以推想，古代民间曾经普遍食用车前子的嫩苗。用此来解释诗中采"芣苢"的缘由，就易于理解了。明代田汝成《西湖游览志》中记载："三月三日男女皆戴荠菜花。"谚云："三月戴荠花，桃李羞繁华。"荠菜花并不美丽，插戴于头上却感觉比桃李花还美。倒不是因它真的艳逾桃李，而是因为荠菜是当地人们喜食的野菜。

春秋时代，战乱频繁，除去赋税之后，农民耕地所得的粮食是不足以果腹的，本就易于繁殖的"芣苢"自然成为穷苦人赖以生存的食物。想必冬粮不足,春来后虽也是青黄不接,但万物复苏,季节天赐了大片鲜嫩的车前子,因而每当春天到了,就有成群的妇女在川原上欢快地采着车前子的嫩苗,一边唱着"采采苤苢"的歌。那是为了庆贺春暖的到来,也是忍饥之中对那一锅鲜菜汤的期待所带来的欢乐。

《苤苢》中展现出的情感是喜悦的,这种喜悦不是用喊叫来体现的,而是从春光融融的景境中体现出来的轻松收获的喜悦。虽然诗中也隐含着农人丝丝的苦涩,但喜悦的心情仍通过咏唱自然地流淌着,感染着读者一同生出愉悦之情。

《诗经》中有许多是民间歌谣,歌谣一般用重章叠句的形式,朗朗上口,但如此重叠的却是绝无仅有。通篇"采采"二子重叠最多,"采采"可以解释为"采而又采",亦可解释为"各种各样"。就整首诗的意思来看,还是"采而又采"这个解释比较恰当。第二句"薄言"是语气助词,无实际意义,"采之"与前句相比,意义也相近。第三句重复第一句,第四句较第二句只改动一字。第二章、第三章也只是改动了每章第二、四句中的动词。也就是说,全诗十二句,只嵌进了采、有、掇、捋、袺、襭六个动词来变换语义,其余全是重叠。但这种单调的重叠,却又有它特殊的、内在的美好效果:

一是让人体味到一种自然美。每章中仅更换几个字,虽然重复,却使诗有了递进感和动作美,发乎自然,来自生活,活现了采摘的场景。作者直接从劳动生活中取材,不添加些许个人的感受,使人读来清新有泥土味。诗意与自然相合,犹生活重现。

二是深蕴着艺术美。句子重重叠叠,随口而有押韵,由此使诗有了动感仪态,成为可以单人独唱或众人齐唱的歌词。和谐的韵律和欢快的节奏从简洁的语言中自然地流淌。诗的美如金铃作响感染人心,如配上音乐,曲调一定明净、舒展、清灵。

◎汝坟◎

遵彼汝坟①,伐其条枚②。未见君子③,惄如调饥④。
遵彼汝坟,伐其条肄⑤。既见君子,不我遐弃⑥。
鲂鱼赪尾⑦,王室如燬⑧。虽则如燬,父母孔迩⑨!

【注释】

①遵:循,沿着。汝:水名,即汝河,源出河南省。坟:堤岸。②条:枝条,细而长的树枝。③君子:此处指在外服役或为官的丈夫。④惄(nì):忧思。调(zhōu)饥:朝饥,即早上饥饿思食。比喻一种渴望的心情。⑤肄(yì):树被砍伐后再生的小枝。⑥遐:远。⑦鲂(fáng)鱼:鱼名,今名武昌鱼。赪(chēng):赤红色。⑧燬(huǐ):烈火。⑨孔:甚。迩(ěr):近。

【赏析】

《汝坟》一诗，凄苦哀婉之情浸透于字里行间，读来催人泪下。

关于《汝坟》的题旨，存在多种说法。有的人认为这是文王的教化在汝坟之地施行，使妇人能够勉励丈夫行正道的诗。有的则认为这首诗是周南大夫的妻子所作，她担心丈夫懈于王事，劝其以国事为重，不要多顾忌家人。还有人认为诗旨是妇人因家贫、父母难养，劝丈夫做官赚钱。今人还有"妻待夫归"说，"丈夫虐待妻子"说，"女待男野合"说。还有人认为本诗的主题是妻子挽留久役归来的征夫，这种说法比较符合诗的本意。

"遵彼汝坟，伐其条枚"，诗的首句即揭示了女子的境况：汝河的大堤上长满了树木，一名女子沿堤用手中的斧子砍下一条条树枝。斧子本是重器，伐木也是男人做的活，然而此时这种沉重的劳作却是一名女子在承担。此情此景让人不由得诧异：她家没有男人吗？还是她被丈夫虐待？

作者并不卖关子，随后就告知："未见君子，惄如调饥。"原来是丈夫在外不归，这样的重活只能由妻子来干。"君子"是当时妻子对丈夫的尊称，春秋时代男人多在外勤于王事，不是徭役就是兵役，丈夫久久在外行役，妻子怎能不"惄如调饥"？这一句是描述女子晨时没有进食又要伐木，因而又累又饥的模样。

"朝饥"在秦以前也用作男欢女爱的隐语。此处当是一语双关，既述妻子饱受饥饿折磨，又述妻子想念丈夫的难耐和煎熬。丈夫久在外行役，家中又有老人和孩子，只能由柔弱的妻子撑起一家人的生活。她在大清早饿着肚子来堤上砍柴，心中还在苦苦思念着丈夫。她那瘦弱的手不停地挥动，嘴里不停道出一句句幽怨。

"遵彼汝坟，伐其条肄"，诗的第二节，画面仍旧停留在汝河的大堤上，这名妇女挥动斧子在砍柴，但情况发生了变化。"肄"字是指树木砍伐后新长出的枝条，此一字之变就说明时间已经过去了一年

或者数年，而这名妇人仍在这里砍伐。这一方面表明了她在孜孜不倦地为家庭辛勤劳作，另一方面也点出她还在苦苦等待丈夫。

时光流转，年年岁岁，悲苦在延续，期待也许无止境。但作者笔锋一转，"既见君子，不我遐弃"，意思是"终于见到丈夫回来了，这回你要时时刻刻留在我身边"。

盼望已久的丈夫在毫无预告的情况下突然回到家中，女子忍受了这么长时间的思夫、养家、劳作、饥饿之苦，心中既担心丈夫在外出事永远不归，又担心他厌弃抛弃了自己。因此丈夫归来时，她几乎不相信这是事实。当她从惊喜中醒过来时，又担心丈夫会不会再次外出，是否还要把自己留在家中而远行。因而她在喜悦之余一再唠叨，希望丈夫不要再外出，不要再将自己抛弃。

"鲂鱼赪尾，王室如燬"，第三章开头就是丈夫对她的回复。妻子的担心和唠叨不是多余的，以王事为重的丈夫直言不讳地告诉妻子，他有可能还要离家。鲂鱼的尾巴颜色因劳瘁已变红，王室的事务

紧急如火。古代认为鲂鱼尾变红是因劳累而致，此处丈夫的意思是王室不宁，事急如火，就像那劳瘁到尾巴都变红了的鲂鱼一样，我也不能在家歇息，残酷的回答中也包含着丈夫的无奈。

"虽则如燬，父母孔迩！"妻子此时一改温良顺从，质问丈夫"虽然王事急如火，父母穷困谁养活！"你不要总是为王事付出，你要想想年迈的父母，你能让可怜的妻子独撑贫家、苦苦思念你吗？

◎麟之趾◎

麟之趾①，振振公子②，于嗟麟兮③！
麟之定④，振振公姓⑤，于嗟麟兮！
麟之角，振振公族⑥，于嗟麟兮！

【注释】

①麟：麒麟，传说中的动物。趾：足，此处是指麒麟的脚。②振（zhēn）振：诚实仁厚的样子。③于（xū）：通"吁"，叹词。④定：额头。⑤公姓：诸侯之子曰公子，公子之孙曰公姓。⑥公族：诸侯的宗族子弟。

【赏析】

"麟之趾"，直译就是麒麟的蹄子。第一章的大意是，"你有麒麟一样的脚趾啊，仁德宽厚的王侯公子，哎哟，你就是那高大的麒麟啊！"第二章"麟之定"的"定"指额头。本章的意思是，"你长着麒麟一样的额头啊，仁德宽厚的公侯贵族，哎哟，你就是高大的麒麟啊！"第三章的大意是，"你的帽饰镶得如麒角一样的威武啊，仁德宽厚的公侯贵族，哎哟，你就是高大的麒麟啊！"

为什么把王侯公子比作麒麟？在华夏民族的原始崇拜中，有一种灵异之物，它就是麒麟。传说伏羲氏教民"结绳为网以渔"，蓄养家畜，促进了社会发展，改善了人们的生活，因此天授神物，麒麟出现。据记载，伏羲、舜、孔子所在的时代都伴有麒麟出现，并带来祥瑞吉兆和神的启示，从而取得兴旺。

据陆机《毛诗草木鸟兽虫鱼疏》记载，麒麟，长着麇鹿一样的身体，牛一样的尾，马一样的脚，黄颜色，圆蹄子，一只角，角顶端有肉。它的声音就如黄钟大吕一样，行步端端正正，游走一定要选择地点，审视清楚而后居处，不踩踏生虫，不践踏青草，不群居，独处独行，不与别的动物同行，不会落入陷阱，更不会遭遇罗网，这种动物只有在国君圣明的时候才能出现。总的来说，麒麟的外形类似于鹿、牛、马组成的怪兽样子；它声音洪亮，行为中规中矩，清高而喜独处；心灵仁慈宽厚，不伤生灵，不欺弱小；它的感应敏锐，不会落入任何圈套，不会受到任何伤害。

麒麟是将美行、美德、灵智集中于一身的圣灵，是仁德厚慈的化身。在先民的生活中，麒麟也无处不体现出其特有的珍贵：民间以麒麟为送子神兽，传说孔子就是由麒麟所送；麒麟还是岁星散开而生出的，因而它是主祥瑞之灵，是最著名的瑞兽之一；麒麟含仁怀义，而且有威仪，等等。在中国古代文化中，有关帝王兴衰与麒麟相关的传说很多，古人常把战将和英雄比作麒麟，可见麒麟在人们心中的崇高位置。

这首诗用麒麟来比喻公侯的子孙，应是极高的赞誉了。诗的首句"麟之趾"一出现，那尊雄威的巨兽仿佛来到眼前。它步履端正，神态和蔼，虽然庞大却感应敏捷，厚实的脚趾下"不践生草、不履生虫"，步伐如行云流水，悠然行走在山川原野之间。别看它巨大威猛，却丝毫不必惧怕担心，因为它是著名的仁兽，只给人们带来祥瑞和福祉，不会加于伤害和增添灾祸。

随后诗的笔意逐步趋进，"振振公子"，慈厚的麒麟出场之后，转而描写公子，"振振"二字，显示出他的诚实敦厚。到此作者以麒麟比公子之意不言自明，端端麒麟与翩翩公子两两相映，均成贵象，让人生出奇异而敬重之感。

诗再进一步描写，"于嗟麟兮"，对公子极尽嘉许：你就是高大的麒麟啊！接下去诗的第二章和第三章，由"之趾"到"之定"，进而到"之角"，由"公子"到"公姓"，进而到"公族"，其他语句未变。诗义的本身没有突出的变化，但如此复沓回旋，麒麟和公子的形象交替出现形成深刻的视觉烙印，加上"于嗟麟兮"的反复赞美，造成一种复响的听觉效应，使公子伟岸的形象通过视觉和感觉一再突出，深深印在了读者的脑际。

《麟之趾》用麒麟来美喻王侯子孙，实是寄托着民众对贵族阶层德行和操守的期求，寄望他们以仁德安邦，以厚慈殷民，反映的正是先民们对吉祥平安生活美好的希望和追求。

召南

◎鹊巢◎

维鹊有巢①，维鸠居之②。之子于归，百两御之③。

维鹊有巢，维鸠方之④。之子于归，百两将之⑤。

维鹊有巢，维鸠盈之⑥。之子于归，百两成之⑦。

【注释】

①鹊：喜鹊。有巢：比兴男子已造家室。②鸠：斑鸠，今名布谷鸟，这种鸟自己不筑巢，而是住在喜鹊的巢里。③百：虚数，指数量多。两：同"辆"。御（yà）：同"迓"，迎接。④方：占据。⑤将（jiāng）：护送。⑥盈：满。⑦成：结婚礼成。

【赏析】

本诗以鸠居鹊巢起兴描写婚礼。喜鹊喜欢筑巢，斑鸠要来同住，这是两种鸟的天性。作者的意思是姑娘出嫁住进夫家，这种男娶女嫁就如鸠居鹊巢一般，是自然属性，也是人的天性，是值得恭祝和庆贺的。"鸠占鹊巢"现在通常是用来比喻强占别人的住屋或占据别人的位置，含有贬义，但在古时，鸠居鹊巢却并非贬义。

鸠就是斑鸠，也即布谷鸟。布谷鸟是吉祥鸟，《诗经·曹风》里就有描写布谷鸟（斑鸠）仁慈、无私的篇章。这首诗中，女子嫁人，入住到男家，这是女子的心愿，更是男子乐求之事，他当然不会抱怨女子抢占了自己的家。

诗的第二章和第三章起句"维鹊有巢，维鸠方之"，"维鹊有巢，维鸠盈之"都以鸠居鹊巢作比，内容上与第一章"维鸠居之"相较，"方之"、"盈之"含有递进关系。"方"，是比并而住，"盈"，是已经住满。这种递进的变化自然是加进了作者的臆想和祝愿。"居之"是刚婚娶接进家门之意，"方之"是一枕同眠亲亲密密感情加深之意，而"盈之"则是作者想象小鸟生出一窝窝，夫妻两人的孩子已经成群了。

　　清代学者方玉润认为，《鹊巢》一诗抒写他人成家之事，用斑鸠来比喻新嫁娘，是因为斑鸠性情温和而产子很多，是好妻子的代名。古时大凡男子迎娶妻子，周围人都会祝福她多生子女。这首诗以鸠与鹊的同巢比喻男女婚配，实是再切当不过。

　　男人娶妻，无论对社会还是对家族、对个人，都是件大事，因而自古以来人们对婚礼都给予相当的重视。诗中这场婚礼举办得十分隆重，"子之于归"，点明这名女子出嫁的主题。"百两御之"，是婚礼的开端，这是新郎家来接亲，车辆来了很多；"百两将之"，接到新娘之后，人群车辆热热闹闹簇拥着婚车回男方家；"百两成之"，大家护着新娘到了男方家，举行了众人欢聚瞩目、热烈盛大的婚礼，礼毕而婚即成。

　　虽仅是"御"、"将"、"成"三个字的递进变换，却将成婚的整个过程烘托得热烈而隆重，让读者感同身受，如处其中。"御之"指迎接她，"将之"迎来她而回还，"成之"指成全，引申为护送成婚。这位姑娘的婚礼了不起，百辆的车和众多的人来接、来送、来保护她成婚。从字面来看，这样盛大的迎送婚娶，其主人一定是贵族。

　　不过，从另一个角度来看，古人以斑鸠的温和多子来比喻妇人之德，成婚的二人，一个是勤恳良厚如喜鹊的君子，一个是温善德馨如布谷的淑女，真是人世间的最好配偶。也正因为如此，这场婚姻才赢得人们的关注和钦羡，才使得众多的车辆和人群来恭迎、护送和热烈祝贺。

　　喜鹊是世上最爱助人的鸟，七月七日鹊桥会，喜鹊以身体搭建起连接织女和牛郎的天河之桥，它们是在牺牲身体为爱奉献。鹊巢，恐怕是人间最美好的爱巢了。

◎采蘩◎

于以采蘩①？于沼于沚②。于以用之？公侯之事③。
于以采蘩？于涧之中④。于以用之？公侯之宫⑤。
被之僮僮⑥，夙夜在公⑦。被之祁祁⑧，薄言还归。

【注释】

①于以：问词，往哪儿去。蘩（fán）：白蒿。叶片形状很像艾叶，根茎可食，古代常用来祭祀。②沼：水池。沚（zhǐ）：水中小洲。③事：此指祭祀。④涧：山夹水曰涧。⑤宫：宗庙，代指祭典。⑥被（bì）：通"髲"，取他人之发编结披戴的发饰，相当于今天的假发。僮（tóng）僮：很多的样子。⑦夙：早。⑧祁（qí）祁：首饰繁多的样子。

【赏析】

《采蘩》是一首描述采白蒿的劳动者辛苦劳动的诗歌。这首诗自始至终都透露出一种悲凉的感情。

"于以采蘩？于沼于沚。于以用之？公侯之事。"《采蘩》开篇就直接描述了一群忙于"采蘩"的女宫辛苦工作的样子。《毛诗序》里曾经这样描述人们的采蘩："采蘩，夫人不失职也。夫人可以奉祭祀，则不失职矣。"由此可见，人们采蘩的原因是为了祭祀。在古代，贵族们经常要进行祭祀活动，而为了保证各种各样的祭祀能够华丽地完成，就需要许多采摘、洗煮白蒿的劳作。这些劳作自然不是由贵族们去做的，而是由那些因连坐之罪而成为供人"役使"的"女宫"们来完成的。

这些宫人没日没夜地奔走于池沼和山涧之间，为了给贵族们采集足够的、祭祀所需的白蒿。当她们采集白蒿达到一定的数量之后，就会急匆匆地把这些新鲜的白蒿送到"公侯之宫"。

这首诗的主人公就是这样一位忙碌的女宫，她"夙夜在公"地忙碌在"公侯之宫"，为了能够在祭祀场所守候侍奉贵族们完成祭祀，每天都要到野外的山涧之间去采摘白蒿。

诗中的语言十分平和，只采用简单的一问一答的方式来进行表述。问句和答句都是非常简单的句子。例如：

问："哪里采的白蒿？"

答："水洲中、池塘边。"

问："采来做什么？"

答："公侯之家祭祀用。"

回答得如此简短，并不是因为女宫不善言辞，而是因为她们太忙碌了，以至于没有时间去回答提问者的问题。所以提问者只能在女宫们往来于公侯之宫的途中提出问题，女宫们往往是简短的回答一句之后就消失得无影无踪。万般无奈的提问者只能在女宫们的背后对着空旷的大路询问下一个问题，而女宫们的答案则在山谷间回荡，仿佛那原本就是自然之音一样。

"于以采蘩？于涧之中。于以用之？公侯之宫。"这首诗的第二节内容继续了第一节的一问一答，这样的复叠方式，更加让人感受到了女宫们的忙碌，同时女宫们的回答也混合着池沼、山涧的声音，和女宫们的脚步声一起传到了人们的耳中。

"被之僮僮，夙夜在公。被之祁祁，薄言还归。"第三节的内容初看之时，似乎与前两节的风格完全不同，忙碌的采摘白蒿的场景不见了，取而代之的是忙碌的宗庙供祭。《周礼》中就有着这样的记载，女宫必须在祭祀前三日开始，每天都住在宫中，以便能够一直从事洗涤祭器、蒸煮"粢盛（盛在祭器内的谷物）"等杂务。

因为要参与准备的是庄重的祭祀，所以每个女宫都穿着十分讲究的盛装，梳着一丝不苟的发髻，戴着光洁黑亮的发饰。但是她们的工作实在是太忙碌了，所以光鲜的外貌并不能维持很长的时间。很快，她们的头发就乱了，妆容也黯淡了，就这样，劳累得无暇自顾的女宫们在辛苦了一天之后，只能曳着松散的发辫行走在回家路上。

由此可见，第三节不但没有和前文脱节，反而升华了这篇诗歌，让人仿佛听到了女宫们的喟叹之声。

短短的三行文字，描述了一些每日千辛万苦到野外采白蒿，但是自己所做的一切却只是在为他人做嫁衣的可怜女子。从诗行间那淡淡的语气中，似乎可以体会到那些女宫的哀怨。

《采蘩》的诗文读来酸涩悲凉，它记录着女宫们供人驱使的身不由己和辛酸。她们付出辛劳，却没有得到任何的幸福，她们被迫为贵族们采集白蒿的痛苦和压抑，通过本诗完整地表现了出来。

◎采蘋◎

于以采蘋①，南涧之滨。于以采藻②，于彼行潦③。
于以盛之，维筐及筥④。于以湘之⑤，维锜及釜⑥。
于以奠之⑦，宗室牖下⑧。谁其尸之⑨，有齐季女⑩。

【注释】

①蘋：多年生水草。②藻：水藻。③行潦（háng lǎo）：沟中积水。④筥（jǔ）：圆形的筐。⑤湘：烹、煮。⑥锜（qí）：三足锅。釜（fǔ）：炊具。⑦奠：放置。⑧宗室：宗庙、祠堂。牖（yǒu）：天窗。⑨尸：主持祭祀。⑩齐（zhāi）：通"斋"，恭敬。季：少、小。

【赏析】

《采蘋》是一篇简单纯挚的诗歌，它通过描写一位士族少女在祭祀中所表现出来的种种礼仪和美德，展现了初期礼制社会的风貌。这首诗在格式上和《采蘩》非常相似，而且它的内容也和祭祀有关。

祭祀是商周时代的大事，在人们的生活中，大小事宜都要进行祭祀，女子出嫁这样的大事情就更不用说。所以在古代，贵族之女在出嫁之前，一定要到宗庙去祭祀祖先。祭祀的目的是为了让待嫁的少女学会婚后的礼仪。为了祭祀能够顺利进行，人们要做大量的准备工作，奴隶们主要负责采办祭品、整治祭具、设置祭坛，《采蘋》所描述的就是这样一个忙碌准备的过程。普通的祭品和繁琐的礼仪之中，饱含着众人的寄托和希冀。在先民心中，祭祀是一场无比虔诚、圣洁、庄重的活动。

在这首诗中，诗人用细致的笔墨，将祭品、祭器、祭地、祭人一一展现出来，将这项繁重枯燥的工作描绘得生动而形象。《采蘋》全诗共有三节，每节都有四句，都是采用两问两答的方式来进行叙述。第一节，诗人点出了采蘋菜、采水藻的地点；第二节，点出盛放、烹煮祭品的器皿；最后一节，诗人写出了祭地和主祭之人。

关于《采蘋》的主旨，历史上存在很多种看法。毛传云："古之将嫁女者，必先礼之于宗室，牲用鱼，芼之以蘋藻。"可见"蘋"是祭祀用品。明代的何楷在《诗经世本古义》也提出了自己的看法，他认为《采蘋》中提到的"季女"就是《左传·襄公二十八年》中的"季兰"，也就是周武王的元妃邑姜，这首诗其实就是在赞美邑姜。而现在的学者们则认为这首诗描写了为祭祀奔走的女奴们的辛劳。

其实，在阅读这首诗时，就诗论诗反而会比较恰当，所以唐代孔颖达将《采蘋》的场景设定成贵族待嫁少女在行"教成之祭"，这种观点自有其可取之处。

全诗有五个用"于以"开头的问句，来展开提问，节奏迅捷奔放，气势雄伟，五个"于以"的具体含意又不完全雷同，连绵起伏，摇曳多姿。吴闿生在《诗意会通》中这样评价这五个"于以"："五用'于以'字，有'群山万壑赴荆门'之势。"这样的问句，充分引出了女主人公的辛劳和尽职尽责。全诗情感交融，毫无阻滞突兀之感，将"季女"的守礼制、循法度通过层层递进的方式表现出来，将她的能干、虔诚一步一步推向了高潮。

《采蘋》的另一个特点就是，这篇诗文中没有一个华美的形容词，它在叙述事情时是不加任何修饰的。也正是这样平常的语言，使一位采蘋、烹煮、设祭、平静中蕴含着快乐和憧憬的少女形象跃然纸上。"谁其尸之，有齐季女"，最后这一句轻微的赞叹，更是起到画龙点睛的作用，季女的美好形象就这样浮现在了我们的眼前。

全诗语言简洁平实，于情中叙事，于事中抒情，问答轻松明快，饱含着一种奔放单纯的少女之情，正像戴君恩在《读风臆评》中所说："万壑飞流间，突然一注。"这场关于少女祭祀的描写既庄重又不失真挚、简诚而不失虔敬，"季女"的感情和她虔诚有礼的形象全都在诗中表现了出来。

◎行露◎

厌浥行露①，岂不夙夜，谓行多露②。

谁谓雀无角③，何以穿我屋，谁谓女无家④，何以速我狱⑤？虽速我狱，室家不足⑥！

谁谓鼠无牙，何以穿我墉⑦，谁谓女无家，何以速我讼⑧？虽速我讼，亦不女从！

【注释】

①厌浥（yì）：沾湿。行：道路。②谓：同"畏"，意指害怕露浓。③角：鸟嘴。④女：同"汝"，你。无家：没有成家。⑤速：招致。狱：诉讼，打官司。⑥室家不足：要求成婚的理由不充分。⑦墉（yōng）：墙。⑧讼：诉讼。

【赏析】

这首诗很有意思。它像是一组誓言，又像是一篇讨伐词，还像是一纸辩护词。更有意思的是，一首小诗竟然聚讼纷纭，多方争执。

关于这首诗的主旨争议颇多。《毛诗序》认为是用于昭示强暴之男不能侵凌贞女。后世又有诸如"女子许嫁后，因夫家办礼不备拒婚而引起的争讼"，以及"贫士为避嫌而拒绝成婚"等多种解释。今人高亨《诗经今注》则认为是女子嫌丈夫家贫不肯回家，因而被丈夫告于官府。种种说法不一而足。

另外，对诗的内容也存有争议。诗中语气急促，措辞激烈，又带有"狱"、"讼"字样，因此后人对主人公所处的境地、事实发生的阶段认识不一，莫衷一是。有的认为因女子悔婚已被投诉抓入监狱；有的认为被告到官府是实，但并非身被监禁，只是发生婚姻纠葛而诉诸于官裁断，就如现今的民事纠纷；有的则认为并没有告到官府，也不是由谁听讼，只是自行处理婚姻纠葛，诗中的"速我狱"、"速我讼"只是假设之辞。

对这首诗的完整性，也有人提出质疑。诗的首章与次章，意义相去甚远，似乎没有什么联系，因而产生争议。宋人王柏《诗疑》认为是前人编辑"诗三百"时将其他诗的断章误添入此诗。今人也认为首章较为隐晦难懂，与二、三章内容隔离，连在一起解析无法相容，存在它诗误入的可能。有观点认为，可以根据清张澍的《读诗钞说》将首章理解为女子表示自己心意决绝，而接下来的两章是假设的说法，不一定真的"讼"于官府，这种说法也能解释得通。

对主人公的身份更存在有趣的争执。有人认为这首诗是女子本人反对逼婚而进行驳斥；有人认为是女子的父亲对以讼官逼娶其女的强横男人的答复；还有的认为是男女婚辩，一个要以法来断姻缘，一个要以礼来结夫妻。

在此，不妨依照诗的二、三章来比对，看一看主人公的不同将导致诗歌内容发生怎样的变换：

按照这首诗是女子本人反对逼婚而进行驳斥的说法，二、三章的大意是：谁说麻雀没有嘴，不然怎么啄穿我的房？谁说你没娶妻，为什么害得我入牢房？即便你害我入牢房，你也休想把我娶！谁说老鼠没牙齿，怎么就打通了我家的墙壁？谁说你还未娶老婆，为什么要害我吃官司？即便你陷我吃官司，我也不会嫁给你！

按照女子父亲对以讼官逼娶其女的强横男人作出答复的说法，二、三章的大意是：谁说麻雀没有嘴，为什么啄破我房屋？谁说我女儿没成亲，为什么送我在狱中受荼毒？虽然你送我进狱中受荼毒，但强迫我嫁女，是你理不足！谁说老鼠不长牙，为什么打穿我家墙？谁说我女儿没成亲，为什么硬逼我上公堂？虽说你硬逼我上公堂，要我女儿顺从却是妄想！

按照男女婚辩的说法，二、三章的大意是：谁说雀儿没有喙，凭什么进了我的屋？谁说我不懂室家之道，凭什么要把官来告？即使你强行把我告，我也面不改色心不跳！这个社会可是以礼为上，明明是你不守室家礼！谁说老鼠没有牙，凭什么穿透了我的墙？谁说我不懂室家道，凭什么打起官司让我当被告？即使如此，我也不顺从你，这个社会可是唯礼至尊！

这首诗的争议颇多，哪一种说法都有道理，但谁也不能定论，这就增加了诗的可欣赏性，让读者在争论中咀嚼它的滋味，不失为一件好事。

◎摽有梅◎

摽有梅①，其实七兮。求我庶士②，迨其吉兮③。

摽有梅，其实三兮。求我庶士，迨其今兮④。

摽有梅，顷筐塈之⑤。求我庶士，迨其谓之⑥。

【注释】

①摽(biào)：坠落。②庶：很多。士：未婚的男子。③迨(dài)：及。吉：好日子。④今：现在。⑤塈(jì)：取。⑥谓：开口说话，告诉。

【赏析】

《摽有梅》一诗表达了逾龄未嫁女子盼望出嫁的急切心情。这种热烈的渴望似乎不符合古人对闺中女子的礼教规范，但是，只要了解西周特殊的婚嫁礼俗，就不难理解这首诗了。

《周礼》规定，男子年满二十可娶，女子年满十五可嫁，而贵族男女的婚嫁年龄往往更加提前，"人君十五生子"为"礼"。古人认为婚嫁年龄从速不从迟，因为在农业社会，人口数量的多少直接影响着农业生产的发展，提早婚嫁可为农业增加人口。《周礼》还规定，"仲春之月，奔者不禁"，《毛诗正义》解释说："言三十之男，二十之女，礼虽未备，年期既满，则不待礼会而行之，所以蕃育民人也。"意即若男子超过三十岁未娶，女子超过二十岁未嫁，那么在仲春时节，男方只要向女方打声招呼，两人就可以成婚。这种规定的目的也在于增加人口。

由此可知，诗中主人公正是一个年逾二十尚未出嫁的女子，她的迫切求爱之心是合情合"礼"的。

诗以落梅起兴，而"梅"与"媒"谐音，引出婚嫁之意。女主人公看到成熟坠落的梅子，不禁想到光阴无情、青春易逝，而自己仍未婚嫁的现实。于是以梅起兴，唱出了这首叹息青春、渴求爱情的诗歌。

"摽有梅，其实七兮。求我庶士，迨其吉兮。"树上的梅子落了三成，还剩七成，意味着时间还不算太晚，女子期盼趁着吉时，有合乎心意的男子来向她求爱。巧妙的是，明明是主人公自己在寻求意中男子，却不说"我求庶士"，而说"求我庶士"，用被动的语气来表达主动的愿望，表现出这个大胆求爱的女子面对婚姻时，内心的些许羞涩，直白中透着委婉。

时间继续流逝，原本七成的梅子此时只剩下三成，可是还没有合适的人来向她示爱。之前还算从容的心态此时急切起来，于是她说："求我庶士，迨其今兮。"光阴不等人，只要有合意的男子求爱与我，那么就在今朝，我就可以跟他成婚。言辞之间，满是待嫁的焦急心绪。

"摽有梅，顷筐塈之。求我庶士，迨其谓之。"可是直到梅子落尽，女子也没有等到一个求娶她的男子。时间已是暮春，如果再没有求婚的男子出现，就只好等到明年春天了。可是到那时，女子的

年龄又老了一岁，只怕更难有人来向她求婚了。因此主人公说道："求我庶士，迨其谓之。"已经不期望能在这个春天出嫁了，但是仍希望有男子来向我说一声，今年成不了婚，我们可以等明年啊。但是人生苦短，谁都禁不起太长等待，女子看似大胆、热烈的求爱实则包含着一丝辛酸和无奈。

诗篇分为三段，落梅逐渐增多，暗示时光在等待中渐渐消逝；三次提及"庶士"，表明女子一直在寻找可嫁之人。诗在重章复唱中循序渐进，层层逼近，生动展示了主人公渐趋急迫的心理发展过程。

《摽有梅》一诗诚然是未嫁之女催促爱情的心曲，但同时也是一曲感伤岁月无情、青春易逝的哀歌。诗中主人公之所以如此急切地盼望出嫁，正是因为她已经过了最美好的年华，经不起更久等待。其实，无论是待嫁女子，还是求取功名的士人，青春都是最宝贵的资本。能够抓住大好年华，实现人生理想，对谁来说都是一大幸事。

后世文学作品对青春和光阴有诸般感慨，而这首《摽有梅》作为开创之作，显得清新质朴，语浅情深，别有一番滋味。唐代一首《金缕衣》就有着相似的意味："劝君莫惜金缕衣，劝君须惜少年时。花开堪折直须折，莫待无花空折枝。"千金易得，寸阴难买，不趁着花开之时折取花枝，过了花期，就只能对着无花的空枝扼腕长叹；不珍惜青春年华，到头来也只能对着镜中的白鬓兀自伤感。

◎小星◎

嘒彼小星①，三五在东②。肃肃宵征③，夙夜在公，寔命不同④。
嘒彼小星，维参与昴⑤。肃肃宵征，抱衾与裯⑥，寔命不犹⑦。

【注释】

①嘒（huì）：微光闪烁。②三五：参宿三星，昴宿五星。③肃肃：急急忙忙的样子。宵：天未亮以前。征：行。④寔：实。⑤参（shēn）、昴（mǎo）：星宿名。⑥衾（qīn）：被子。裯（chóu）：被单。⑦犹：若，如。

【赏析】

小星，指的是不时眨着眼睛的亮晶晶的小星星，它们闪耀着微弱的光芒，散布在天际。《小星》这首诗，描述像小星一样的、位卑职微的小吏们昼夜奔忙的生活，字里行间流露出对他们命运的不平和惋惜。

《小星》描述了这样一个场景：在静谧的夜晚中，小小星光朦朦胧胧，在天空的东方闪烁着，这时城中的百姓们还在安稳地睡着，只有那些忙于王事的小吏们，必须要在天还未亮的时刻起床，在寂静的夜晚独行，在满天星辰的陪伴下，为了工作而奔走。睡眼惺忪的小吏，仰望星空，一时想不起陪伴着他的是什么星辰，直到习习的夜风使小吏渐渐清醒，他才发现原来那是参星和昴星。此时，孤独的小吏想到自己每日谨奉王命，为了工作早起晚归，离开妻子，抛却香衾与暖裯。他感叹，自己一直兢兢业业地工作，不敢有丝毫的怠慢之情，但是在他拼命工作之时，其他人却可以安安稳稳在家中休息，和亲人快乐地生活在一起，这种人生际遇的天差地远，令他深感不平，但是最终，他也只能用"同人不同命"这样的说法自我安慰。

《小星》第一节"嘒彼小星，三五在东。肃肃宵征，夙夜在公，寔命不同"，展现了征人在凌晨奔走于夜空之下的情景和他的内心感受。小吏的感慨有着充足的根源，因为他和王臣做着同样的工作，但是他们的遭遇却完全不同。

第二节"嘒彼小星，维参与昴"，表明征人过了很久才清醒，这时他才知道那三五在东的小星是参星与昴星。妻子埋怨丈夫总是不能与她共眠，而小吏对于自己总是自己"抱衾与裯"的行为感到哀伤。这样的写法使本诗在结构上有了层次，情景交汇，相互融合。"寔命不犹"一句，更是生动表现出小吏的悲凉和无奈之情。

其实在古代，小吏并不算是官，他们的境遇比普通百姓好不了多少。《小星》这首诗写出小吏们的悲苦和不甘，他们位卑任重，处境困穷，无处诉说悲苦，因为收入低微，总不能让家人感到满意，所以回到家也得不到家人的安慰，有时还会受到讥讽，面对不如意的人生，只能自我安慰，不断地逃避。整首词词情并茂，凄苦悲凉，感人至深。

在格式上，《小星》是十分规整的，每节的前两句都是写景，但又不是单纯的景物描写，而是景中有情；后面的三句是言情，同样也不是单纯的抒情，而是景情相融。

◎江有汜◎

江有汜①，之子归，不我以，不我以，其后也悔。
江有渚②，之子归，不我与，不我与，其后也处③。
江有沱④，之子归，不我过，不我过，其啸也歌⑤。

【注释】

①汜(sì)：由主流分出而后重新汇合的河水。②渚(zhǔ)：水中小洲。③处：忧愁。④沱(tuó)：江的支流。
⑤啸：号哭。

【赏析】

《江有汜》一诗，弥漫着一种不可名状的悲伤气息，仅仅从"汜"、"渚"、"沱"这三个字之中，就能让人感觉到一种空间的阻隔感。诗中的女子独自一人被留在了江沱之间，眼看着丈夫沿着长江之"汜"离她而去，因此，每章开头的一句写景，实则是为了引出"被弃"这一遭遇。

这是一首弃妇诗，弃妇诗大多抒写因婚姻破裂或丈夫变心而被抛弃的妇女的内心感受。这种类型的诗歌在《诗经》中十分常见，因为在当时的年代，女子在很大程度上只是男子的附属品，没有独立的经济地位和社会地位，丈夫是她们唯一的依靠。所以一旦夫妻间的关系亮起红灯，受害最深的往往是女子，遭弃后的妇女其生活状况和心理状态都十分凄惨。

诗中的丈夫是一位薄情郎，他在返回家乡时将女主人公遗弃了。因此女子满怀哀怨，唱出了这首如泣如诉的悲歌。

"江有汜，之子归，不我以，不我以，其后也悔。"开篇女主人公便哀诉着："江河有着这条分流水啊，你啊——我的丈夫终于荣归故里，可是为什么不带我一同回去，为什么不带我一同回去，你将来一定会后悔莫及。"女子尽管伤心不已，然而从"其后也悔"这几个字当中，也可见出她的斩钉截铁。她可能是一位很有自信的女人，坚信自己在丈夫的生活中不可或缺，因而女子以一种预言式的语气宣告，丈夫必将因为今日的轻率背弃而受到内心的折磨与惩罚。

后两章中女子的愤怒之情愈演愈烈："江有渚，之子归，不我与，不我与，其后也处。江有沱，之子归，不我过，不我过，其啸也歌。"浩浩荡荡的江水自有洲边水将其分出，你回到家乡，不再相聚便匆匆忙忙地要离去。不再相聚匆匆忙忙地离去，将来你必定会忧伤不已！江水自有分叉支流，你回到故里，不见一面就着急离开。你现在不顾夫妻情面狠心地离我而去，将来又哭又喊地求我原谅也毫无用处。

在女主人公心里，江水的每一条支流都是摆在自己眼前实实在在的障碍。从江水有支流，引出"之子归"的事实，则在赋之中又兼有比兴的意味。诗中一连用了"不我以"、"不我与"、"不我过"三句，将丈夫背信弃义的行径毫不留情地暴露在外，痛斥丈夫对她的薄情。

"不我以"，是不一道回去；"不我与"，是离开前不和我在一起；"不我过"，是描述丈夫有意回避。寥寥几笔就将丈夫的薄情寡义刻画得淋漓尽致，一副绝情绝义的嘴脸瞬间呈现在读者眼前。

诗中的"不我以"引出"悔"，"不我与"带来"处"，"不我过"导致"啸歌"，三者都是一一对应的关系。这个负心汉愈是绝情，所带来的后果也就愈加严重。而女子除了对丈夫抱有这种报复性甚至诅咒性的心态之外，别无他法。甚至她根本无法预知丈夫离开她后，会不会如她所说的那样，后悔、忧伤、甚至号哭。

或许，受伤的女子都善用或犀利或刻薄的语言武装自己，让自己显得很坚强。《江有氾》一诗中，被弃的女子强忍着伤痛，在那个薄情寡义的男人面前把自己包装得像个刺猬。殊不知，身上的那些刺便是她最后也是唯一的设防。

◎何彼秾矣◎

何彼秾矣①？唐棣之华②。曷不肃雍③？王姬之车④。

何彼秾矣？华如桃李。平王之孙⑤，齐侯之子⑥。

其钓维何？维丝伊缗⑦。齐侯之子，平王之孙。

【注释】

①秾（nóng）：繁盛的样子。②唐棣（dì）：植物名。属蔷薇科，花白色，有芳香。③曷：何。肃：庄严肃静的样子。雍（yōng）：雍容、安详。④王姬：君主的女儿。⑤平王：东周第一代君主，名宜臼。⑥齐侯之子：齐国诸侯之子。⑦缗（mín）：钓鱼的绳。

【赏析】

自古爱情都讲究个"门当户对"，似乎婚姻也总跟"般配"二字形影不离。无论是《西厢记》中的穷书生张生，冲破重重障碍终与莺莺修成正果，还是《红楼梦》中循着"金玉良缘"成婚的宝玉宝钗。每段爱情都需要一个外在的"契机"，或者满足一个般配的"条件"。两千多年前的《何彼秾矣》便是一首描述门当户对的爱情诗。

"何彼秾矣，唐棣之华。曷不肃雍？王姬之车。"文章刚一开头就将态度和立场阐明，一股酸酸的讽刺之味油然而生。这四句的意思是说：看，前面浩浩荡荡的一行车队，锣鼓阵阵，鞭炮齐鸣，喇叭和唢呐吹得格外起劲，喝彩声，欢呼声，声声入耳。怎么如此浓丽绚烂？如同唐棣花般娇艳美丽。只是还有一处美中不足：太过喧闹而有失庄重，太过轻浮而有失内敛。呵，王姬出嫁的车驾，果然"不同凡响"啊！开篇以唐棣花儿起兴，意在铺陈出嫁车辆及服饰的骄奢。"曷不肃雍，王姬之车"两句，俨然是路人旁观、赞叹、惊讶、冷语讽刺等的生动写照。

"何彼秾矣，华如桃李。平王之孙，齐侯之子。"第二章用桃李与男女主人公相比，着重刻画他们的光彩照人。意思是说，平王之孙容貌果真姣好，齐侯之子也的确风度翩翩。此处的赞美微露讽刺之意。据此，《毛诗序》以为《何彼秾矣》一诗的主旨是"美王姬"："虽则王姬，亦下嫁于诸侯，车服不系其夫，下王后一等，犹执妇道以成肃雍之德也。"古代学者多从其说。而近代多数学者俱从朱熹所言："王姬

下嫁于诸侯，车服之盛如此，而不敢挟贵以骄其夫家，故见其车者，知其能敬且和以执妇道，于是作诗美之。”大都认为是讥刺王姬出嫁车服奢侈的诗。

千百年来，《诗经》经久不衰，鸟兽虫鱼的意象至今仍神秘动人。“鱼”从古至今都与“多子多孙”、“爱情美满”、“连年丰收”等含义紧密相连。诗的第三章“其钓维何？维丝伊缗。齐侯之子，平王之孙”，按字面理解是：什么东西钓鱼最方便？撮合丝绳麻绳成钓线。齐侯之子风度翩翩，平王之孙容貌娇艳。此处看起来似乎晦涩难懂，但只要结合“鱼”在《诗经》中的意象便可让人醍醐灌顶。

闻一多先生曾说，“钓鱼”、“吃鱼”是《诗经》中恋爱、婚姻的隐语。就像古今许多民歌多以鱼喻偶一样（如《安化民歌》中的“大河里涨水小河里浑，两边只见打鱼人。我郎打鱼不到不收网，恋姐不到不放心”，都是以鱼比喻爱情的例子），本诗中的“钓”字，即用钓鱼比喻爱情。

《何彼襛矣》通篇类比、隐语，交替运用复沓和咏叹等手法。“齐侯之子，平王之孙”两句，反复吟咏，极言赞美又冷嘲热讽。各章前后两句一设问、一作答，具有浓郁的民间色彩，引人入胜。整首诗在诗人的视线中逐渐展开，节奏紧密。

简单的三句话，道出了一段天赐佳偶、地造一双、琴瑟和谐、鸾凤和鸣的好姻缘。尽管作者对王姬出嫁时车服的豪华奢侈和结婚场面的浩大略有讽意，但全诗仍充满了一种明朗的喜悦，一种欢欣之情的自然流露。古今人生之喜有三，男婚女嫁榜上有名，无论门当户对与否，大喜之事像甘霖，像皓月，总能让人感念于恬然的律动之中，赏心悦目，喜上眉梢。

◎驺虞◎

彼茁者葭①，壹发五豝②，于嗟乎驺虞③！
彼茁者蓬④，壹发五豵⑤，于嗟乎驺虞！

【注释】

①茁（zhuó）：壮实。葭（jiā）：芦苇。②豝（bā）：母猪。③于嗟乎：感叹词，表示惊异、赞美。驺虞（zōu yú）：官家的猎人。④蓬：蓬蒿。⑤豵（zōng）：小猪。

【赏析】

“葭”为芦苇，“蓬”为蓬蒿，“豝”为母猪，“豵”为小猪，整首诗描写猎人就地取材，用身旁的芦苇杆制作箭矢，一箭就射到了五只母猪。到了辽阔的大草原上，猎人用蓬蒿杆制作箭矢，一箭射五只小猪。夸张的笔墨和描写，刻画出猎人技艺的高超。这样一来，这首诗就展现出一幅风光迤逦的高手猎人狩猎图，从诗意的贯通来看，本诗的实质的确应是赞美猎人之作。

诗中"彼茁者葭"，开篇就点明了田猎的背景和地点，春和景明，风和日丽。丝丝凉风吹拂着万物，树木成荫，野母猪藏在密密麻麻的芦苇之中，如此隐秘，聪明老练的猎人却能够"壹发五豝"。

打猎也要经常换地点，猎人来到了长满蓬蒿的原野，一望无垠的原野上，草浅兽肥，只见他"壹发五豵"，轻松地捕获了这些小猪。地点、环境不同，相同的是猎人高超的射猎水平和技巧。

整首诗内容简单，形式短小。诗人简单几笔就勾勒出生动形象的捕猎场面，且用语通俗易懂，明白晓畅。

解读这首诗的关键之处在于对"发"字的理解，"发"在这里不取发达、发射之意，而取发育、生长的意思。此处有隐喻暗示之意。诗中关于草肥兽美、一派祥和的小农风光的描写，体现出周文王统治时期，政治清明、人民安居乐业的景象。

《驺虞》表现出古代先民拙朴无华的愿望：对美好生活的真切向往。老百姓希望国家有一位英明的君主，在他的治理下国泰民安，人民安乐，天地回春。人们按照季节播种粮食，庄稼收完，拿起弓箭到原野上打猎，过着这样一种安宁的生活。

邶风

◎柏舟◎

汎彼柏舟①，亦汎其流。耿耿不寐②，如有隐忧③。微我无酒④，以敖以游。
我心匪鉴，不可以茹⑤。亦有兄弟，不可以据⑥。薄言往愬⑦，逢彼之怒。
我心匪石，不可转也。我心匪席，不可卷也。威仪棣棣⑧，不可选也⑨。
忧心悄悄⑩，愠于群小⑪。觏闵既多⑫，受侮不少。静言思之，寤辟有摽⑬。
日居月诸⑭，胡迭而微⑮。心之忧矣，如匪澣衣。静言思之，不能奋飞。

【注释】

①汎：浮行，漂流。②耿耿：不安的样子。③隐：深。④微：非，不是。⑤茹（rú）：容纳。⑥据：依靠。⑦愬（sù）：同"诉"，告诉。⑧棣棣：雍容娴雅的样子。⑨选：退让。⑩悄悄：忧愁的样子。⑪愠（yùn）：恼怒，怨恨。⑫觏（gòu）：遭逢。闵（mǐn）：忧伤。⑬寤：交互。辟（pì）：捶打。摽（biào）：垂胸。⑭居、诸：语气助词。⑮迭：更替。微：无光。

【赏析】

关于《柏舟》一诗的主题，有两种说法，有人认为它是弃妇对不幸命运的控诉诗，还有人认为这首诗表现的是怀才不遇、遭人谗害的君子内心的痛苦。细读此诗，诗中"亦有兄弟，不可以据"的情形和"如匪澣衣"的比喻，更像女子的诉说，所以把《柏舟》看做弃妇诗应该更合适。

周代的纲常伦理还没有后世那么顽固，但夫权已经开始显露它的威力了。诗中女子的不幸遭遇就是夫权压制下的产物。开头兴句以柏舟为喻，形容出女子的艰难处境。《诗集传》说："妇人不得于其夫，故以柏舟自比。言以柏为舟，坚致牢实，而不以乘载，无所依薄，但泛然于水中而已。"女子说自己就像柏木做的舟，坚固牢实，然而难以承受重负，在水上四处漂泊，没有依傍。柏木是具有芬芳气味的佳木，以柏舟作喻，似乎还暗示着主人公是具有美好品质的女子。家庭是古时女子生活的全部和一生的寄托，失去家庭的依靠，主人公的痛苦可想而知。"耿耿不寐，如有隐忧"，便是她精神状态的写照。"微我无酒，以敖以游"，酒的麻醉作用可以使人暂忘不快，遨游于逍遥之境，可是对这个女子来说，酒丝毫不能排解她的隐忧，足见其隐忧之深。

"我心匪鉴，不可以茹"，"茹"意为容纳，想来主人公已经承受了太多苦痛，再也无法容忍下去，因此对丈夫说："我的心不是镜子，不可能什么东西都容纳得下。"话中暗含不屈的锋芒，不同于低眉顺眼的普通女子。在夫家受到不公待遇的主人公，想到了向娘家人求助。"亦有兄弟，不可以据。薄言往愬，逢彼之怒"，怎奈人情淡薄，兄弟们不仅不同情她，还怒气相加。见弃于夫，又得不到手足的理解，这让女子本来就痛苦不堪的心灵又添一层伤痛。

但是，即使在这种情况下，主人公也没有一点向丈夫屈服的意思。第三段接连两个比喻显示出她不可动摇的决心："我心匪石，不可转也。我心匪席，不可卷也。威仪棣棣，不可选也。"我的心不是石头，也不是席子，岂能按别人的意志行事！我虽不容于人，但我的尊严谁也别想践踏。这几句字字铿锵有力，落地有声，一个坚持自我、性情倔强的弃妇形象凛然于前。

"忧心悄悄，愠于群小。"前面几节女子倾诉自己离开夫家的悲惨经历，至此才说出见弃于夫的原因。"群小"即众妾，原来主人公被丈夫抛弃是由于众妾的中伤陷害。众妾在丈夫面前不断毁谤她，致使她最终失去丈夫的宠爱。"觏闵既多，受侮不少。静言思之，寤辟有摽。"饱受"群小"欺凌的女子，常常独自品尝其中的辛酸，心中愁闷不已，只有抚心捶胸，暗自伤神。

"日居月储，胡迭而微"，诗中女子极度痛苦又哭诉无门，觉得自己的遭遇实在悲惨，带着这样凄惨的心境去观自然，便觉得连日月都暗淡无光了。正是"以我观物，则万物皆着我之色彩"。"心之忧矣，如匪澣衣"，心中的忧伤就像脏衣服一样，怎么都洗不干净，再次强调心中隐忧不仅深沉，而且无法摆脱。似乎人在现实中得不到解脱时，就格外渴望自由，希求不受现实束缚。诗中女子也流露出这种念头，她不堪忍受隐忧的折磨，希望能够奋飞，可是"静言思之，不能奋飞"。她虽然不肯向现实折腰，但又无法改变自己的处境，于是之前无比的愤怒到这里只好化作无可奈何的叹息了。

此诗感人之处在于，它使人看到一个遭遇不幸却仍保持倔强性格的女性形象。有人也许责怪诗中主人公没有采取实际行动，不懂得反抗，岂知在彼时的环境下，不顺从便是一种反抗。她作为一个受制于人的弱女子，没有顺从他人的意志，已属难能可贵。

在无数逆来顺受的传统妇女中，这样一个个性鲜明的女子形象的出现，委实让人心灵为之一动。很多时候，人在现实面前无能为力，软弱如同随风摇摆的芦苇。但是可贵之处在于，人会思考。一个人可能摆脱不了不公命运，避免不掉落入陷阱，但是只要还有思想，他的存在就有意义和价值。如同诗中的弃妇，可能她无法挽回被弃的命运，但至少她没有委曲求全地向现实低头，她的愤怒和忧伤说明这是一个有独立思想的人，仅这一点就足以让人敬佩了。

◎绿衣◎

绿兮衣兮，绿衣黄里。心之忧矣，曷维其已①。
绿兮衣兮，绿衣黄裳②。心之忧矣，曷维其亡。
绿兮丝兮，女所治兮③。我思古人④，俾无訧兮⑤。
绨兮绤兮⑥，凄其以风⑦。我思古人，实获我心⑧。

【注释】

①曷：何。已：止。②裳：下衣，形状如今天的裙子。③女（rǔ）：同"汝"。治：缝制。④古人：故人，指已亡故之人。⑤俾（bǐ）：使。訧（yóu）：过失。⑥绨（chī）：细葛布。绤（xì）：粗葛布。⑦凄：凉而有寒意。⑧获：得。

【赏析】

《绿衣》是后世悼亡诗的开山之作，它在中国文学史上有着十分巨大的影响力，晋朝潘岳的《悼亡诗》便深受其影响。《绿衣》在诗文的表现手法上也为后世作出了示例。中国古代文学的文体纷繁复杂，有论辩、序跋、奏议、书说、赠序、诏令、传状、碑志、杂记、箴铭、颂赞、辞赋、哀祭等十三大类。悼亡诗其实并非一种文体，它只是文学作品中的一种泛类，一定要分类的话，可以勉强把它归类于哀祭。

这首诗是一首简单哀悼亡妻的诗，读者可以从中体会到诗人的心情和诗的意境。

《绿衣》所哀悼的对象是亡故的妻子，诗人通过睹物思人的方式表达出对亡故妻子的思念之情。这是在哀悼诗中最为常见到的一种方式，也是最容易引起人们感情共鸣的方式。

当亲朋好友去世之后，陷入深深的悲痛中的人，每当看到亡者生前所用的事物时，哀伤之情都会再次涌上心头，《绿衣》就为我们描述了这样一幅场景：一位男子失去了自己的爱妻，每当他看到亡妻生前亲手为他所做的有着黄色衬里的绿色上衣时，他就感到无限的哀伤，那一针一线都是爱妻对他的心意，睹物思人，一想到转眼间和自己情意缠绵、心意相通的妻子就永远和自己天人永隔，他就感到悲痛不已，从今往后他将要独自面对人世间的纷纷扰扰，身旁再无妻子温暖的安慰和呵护了。这些都使得这首诗有了一种凄寂而清冷、衰颓而黯淡的美感。它展现了诗人对亡妻的深厚感情，以及诗人创作此诗时的心情。

想要了解蕴涵在诗中的深厚感情，就必须要将各个章节结合起来看。《绿衣》共有四节，诗人运用重章叠句的手法，来逐步地表达自己的感情。

"绿兮衣兮，绿衣黄里。心之忧矣，曷维其已"，是说诗人睹物思人，把亡妻为他做的衣服拿起来看。因为思念妻子，所以他将衣服翻过来翻过去地看，可见他的心情之忧伤。

"绿兮衣兮，绿衣黄里。心之忧矣，曷维其亡"，此时诗人一边翻看着衣裳，一边回想起妻子活着时的一些情景，那些情景历历在目，那些温馨的回忆是他永远也无法忘怀的。也正因为如此，他的悲伤也变得永无止境了。

"绿兮丝兮，女所治兮。我思古人，俾无訧兮"，写诗人正在细心看着衣服上的一针一线，他从每一针每一线中都感受到了妻子对自己的关心和爱护。这时，他想到妻子生前总是会在一些事情上给他意见和劝告，而这些劝告总是恰到好处，帮助他避免出现过失。如今回想起来，他才深深感受到这种劝说背后所包含的深厚感情。

"绤兮绤兮，凄其以风。我思古人，实获我心"，诗人在妻子去世之后就手足无措地过着日子。妻子还在世时，他的生活起居都是由妻子照顾的，穿衣吃饭都是妻子为他操心。现在妻子去世了，但是诗人却没有摆脱对妻子的依赖，他没有学会自己照顾自己，即使已经天寒地冻了，他还穿着夏天的衣服，直到实在冷得受不了了，才想到要找保暖的衣物，而找到的又是妻子亲手为自己缝制的衣服，这就更加勾起了他对妻子的思念，因而心情也就愈加哀伤了。

《绿衣》是一首充满了浓浓哀伤之情的哀悼诗，它表达的是诗人对亡妻的无限思念。对于诗人来说，亡妻是谁都无法取代的，所以，他失去妻子的悲伤，永远无法终止。

◎日月◎

日居月诸①，照临下土。乃如之人兮②，逝不古处③。胡能有定④，宁不我顾⑤。

日居月诸，下土是冒⑥。乃如之人兮，逝不相好⑦。胡能有定，宁不我报。

日居月诸，出自东方。乃如之人兮，德音无良⑧。胡能有定，俾也可忘⑨。

日居月诸，东方自出。父兮母兮，畜我不卒⑩。胡能有定，报我不述⑪。

【注释】

①居、诸：语气助词。②之人：这样的人。③逝：语气助词。④胡：怎么。定：止。⑤宁：难道。顾：顾念。⑥冒：覆盖，照耀。⑦相好：和我交好。⑧德音：好话。⑨俾：使。⑩畜：养育。⑪不述：不遵循义理。

【赏析】

弃妇的幽怨是《诗经》里说不完的话题，《柏舟》里的女子以柏舟为喻，诉说自己的不幸；《日月》里的弃妇则将怨愤诉诸日月。

日月一照白昼，一映黑夜，是人间最光明的事物。人类自出现以来，就一直将日月视为最威严的圣物，赞美日月之光明伟大。只要头上有太阳和月亮的光辉，人们就能安心地劳作生息。而一旦看到日月的异常变化，先民们便惶恐不安，以为自己做了违背天理的事，引起了日月的愤怒，所以日食和月食总让他们恐惧万分。人有这样一种心理：当遇到自己无法解决的困难时，就倾向于向最崇敬的事物倾诉、呼告。所以日月总是先民倾吐心声的对象。诗中的弃妇就选择了呼日喊月这种申诉不幸的方式。

"日居月诸，照临下土。"太阳和月亮光辉熠熠，高悬苍穹，照耀着广袤的土地。诗一开头就营造出了一个光芒万丈、广阔辽远的意境：一切看起来都那么光明、美好，可是就在这个光明的世界里，生活着一个痛苦万分的妇人，她被丈夫抛弃，每天独守空房，凄苦无处诉说。"乃如之人兮，逝不古处。胡能有定，宁不我顾。"日月如此光明，怎么看不到这样一个负心汉的存在？他弃我而去，已经很久没有回来，为什么现在的他心性不定，不再顾念我这个妻子了？一连三次发问，可见其情绪之激切。

接下来弃妇对日月说："乃如之人兮，逝不相好。胡能有定，宁不我报。"怎么竟有这样的人，说变就变，再不与我亲近。他性情改变如此大，甚至于都不再答理我了。此章在意思上与第一章相差不大，是对自己遭遇的反复申诉。

或许是心中苦闷压抑得太久，弃妇两次申诉仍不能平息胸中悲愤，于是第三章继续咏叹，可谓"一诉不已，乃再诉之，再诉不已，更三诉之"（方玉润《诗经原始》）。但是与一二章不同，此章弃妇进一步指出丈夫不只是对自己变心，而是"德音无良"。丈夫的变心与日月东升西落的恒常之态相比，显得那样轻易，使人心酸。"胡能有定，俾也可忘"，她虽然看出丈夫身上从前的良好德行已经不在了，但是还希望有一天他能回心转意，变回以前那个她可以仰望的夫君。

可是弃妇再怎么呼告，都减轻不了心中的幽愤。无可奈何之时，她想到了自己的父母："父兮母兮，畜我不卒。"婚姻是父母所定，然而女子一旦出嫁就只有"嫁鸡随鸡，嫁狗随狗"，父母也没有权力干涉。所以，弃妇此时只有向父母诉说丈夫对她半路变心的悲惨事实，再无他法。经历了那么痛苦的诉说，到最后弃妇还是忍不住质问她的丈夫："胡能有定，报我不述。"你的心什么时候才能定下来啊？连一句话也不跟我讲！

从第一章到第四章，思妇章章发问，其中最核心的问题就是"胡能有定"。"定"也许是弃妇希望得到的和美夫妻关系，也许是希望丈夫心性安定，不再日日不归。从全诗来看，弃妇的丈夫久不归家，又并非远征或外出谋生，很有可能是另有新欢，所以弃妇才说丈夫"德音无良"。四次问"胡能有定"，其中有对丈夫喜新厌旧的责问，更隐含着弃妇期望丈夫回心转意的无限痴心。

"天"字出头便是"夫"，在女子以夫为大的时代，丈夫就是生命里光辉的日月。丈夫离开自己对她们来说，犹如大地失去了天上的日月，万物皆会丧失生命。没有丈夫的光辉照耀，妻子们的生活将从此陷入黑暗，无所仰望。在这样的背景下，弃妇的悲惨呼告就再正常不过了。

◎雄雉◎

雄雉于飞，泄泄其羽①。我之怀矣，自诒伊阻②。
雄雉于飞，下上其音。展矣君子③，实劳我心④。
瞻彼日月⑤，悠悠我思⑥。道之云远⑦，曷云能来。
百尔君子⑧，不知德行。不忮不求⑨，何用不臧⑩。

【注释】

①泄（yì）泄：慢慢飞的样子。②诒（yí）：留。伊：语气助词。阻：阻隔。③展：诚实。④劳：劳苦。⑤瞻（zhān）：看。⑥悠悠：绵绵不绝。⑦云：语气助词。⑧百：众多。⑨忮（zhì）：害人，忌恨。⑩臧（zāng）：善。

【赏析】

　　古代时有战争发生，频发的战争下就出现了"思妇"这一特殊群体。思妇的哀怨占领了我国古典文学的一方阵地，《诗经》则是这块阵地上率先的开辟者。这首《雄雉》便是以一位贵族少妇思念远行丈夫的诗。

　　古时女子无论身份如何，一旦嫁人，生活的核心就只有丈夫。丈夫在家，则唯命是从；丈夫远行，则把全部心思都用在对他的思念上，一草一木、一虫一鸟都能勾起她们的无限愁思。这首诗的主人公就被一只展翅欲飞的雄雉勾起了对离家丈夫的思念。

　　"雄雉于飞，泄泄其羽。我之怀矣，自诒伊阻。"一只雄雉在主人公面前舒畅地拍打翅膀，一副振翅欲飞的架势。一来这是一只形单影只的雄雉，身边没有雌雉的陪伴，如同分别两地的主人公和她的丈夫；二来雄雉展翅飞翔，是要离开女子所在之地，就好像丈夫当初离开她一样；再者，雄雉性情耿介，古人常用其品性比喻君子，见到有君子之德的雄雉，思妇自然联想到她有着君子品性的丈夫了。所以看到这只雄雉，主人公便止不住开始怀念久别未归的夫君。可是丈夫远在他方，也许根本不知道家中妻子的思念，思妇也无法把思念之情对别人倾诉，想到这里，她更加忧伤地说："我之怀矣，自诒伊阻。"意思就是，我怀念夫君，是自寻离愁、空自悲伤。

　　雄雉此时已经飞到空中，鸣叫声越来越远，越来越小。而随着鸣声的消失，雄雉的身形也消失在思妇的视线里。"雄雉于飞，上下其音。展矣君子，实劳我心。"这由近而远、由大而小的啼叫和逐渐消失的雄雉之影，恰似当初丈夫渐行渐远，最后不见其形、不闻其声的情形，扰得思妇心绪不宁，思念之情由此更加强烈。"展矣君子，实劳我心"，"展"和"实"是强调之辞，极言思妇因为极度思念夫君，已经身心疲惫。

　　雄雉已经飞走，主人公的视点转到了日月之上，就有了这句"瞻彼日月，悠悠我思"。她既思念丈夫，必定时时盼望丈夫归来，在她的等待过程中，日月不知道升起落下了多少回。日月来往起落，意味着时间一天天流逝。都说时间能使人忘记一切，可是思妇悠悠的思念非但没有减少，反而如日月一般长久，丝毫未变。思妇实在太想念丈夫，迫切希望他早日归来，可是"道之云远，曷云能来"，山高水远，回来的道路阻隔重重，谁知道他哪天才能回来？只好日复一日等下去。

　　有意思的是，在诗的最后，主人公不再继续抒发她的怀人之苦，却换了一种教训和埋怨的语气，大发内心的不满。"百尔君子，不知德行。不忮不求，何用不臧。""百尔君子"指的是包括思妇丈夫在内的所有统治者，思妇斥责他们"不知德行"，因为丈夫是因征战而离家，而征战正是这些"君子"们作出的决策。这种决策使多少男子被迫离家，给许多像主人公这样的女子带来了痛苦，自然不是有德之行。接着，主人公又说："不忮不求，何用不臧。"意思是，如果你们不制造这种使人忌恨的战争，丈夫怎么会陷入久战的泥淖中，也不用长期与家人分离了。

思念太久便心生怨恨，是人之常情，《诗经》里多有表现。李白写过一首《春思》，也是描写思妇的一曲绝唱："燕草碧如丝，秦桑低绿枝。当君怀归日，是妾断肠时。春风不相识，何事入罗帏？"本来当丈夫怀归时，思妇应当感到高兴才是，可是她却说"当君怀归日，是妾断肠时"。这也是思念太久的缘故。与夫君别离期间，思妇不知道盼了多少日子，才好不容易盼来征人"怀归"的日子，其中的煎熬与酸楚，说"断肠"恐怕并非夸张。两首诗相隔一千年，但都道出了千古痴心女子思之深、责之切的共同情感心理。

◎匏有苦叶◎

匏有苦叶①，济有深涉②。深则厉③，浅则揭④。
有弥济盈⑤，有鷕雉鸣⑥。济盈不濡轨⑦，雉鸣求其牡⑧。
雝雝鸣雁⑨，旭日始旦⑩。士如归妻⑪，迨冰未泮⑫。
招招舟子⑬，人涉卬否⑭。人涉卬否，卬须我友。

【注释】

①匏（páo）：葫芦。②济：水名，源出河南济源县王屋山。③厉：不解衣涉水。④揭（qì）：提起下衣渡水。⑤弥（mí）：水满的样子。盈：满。⑥鷕：雌雉的叫声。⑦濡：沾湿。轨：车轴的两端。⑧牡：雄性的野鸡。⑨雝（yōng）雝：大雁的和鸣之声。⑩旦：天亮。⑪归妻：娶妻。⑫泮（pàn）：冰解。⑬舟子：摆渡的船夫。⑭卬（áng）：我。否：不（渡河）。

【赏析】

"匏"是葫芦类的一种植物，味苦。到八月成熟之时，可以将中心的瓤挖去，外面坚硬的壳可用作渡水的工具。诗一开篇，"匏有苦叶，济有深涉"，正值炎热的八月，葫芦叶子干枯，内部已然成熟。济水深处也得渡。"深则厉，浅则揭。"要是水深，那就没办法，只能沾湿了裙角缓缓地过河；水浅的话，那就提起裙角步履轻盈地大步向前。简简单单六个字，恰切地写出了女主人公的大胆、勇敢和聪慧。

"有弥济盈，有鷕雉鸣。济盈不濡轨，雉鸣求其牡。"济水丰盈得仿佛要漫过岸边一样，水面波光粼粼，阳光打在上面好似荧光千点。还好河水没有漫过车轴，免去不少担心，岸边草丛里的野鸡叫得正欢，声声鸟鸣响彻渡口，看来它们是求偶心切。这一章几乎都是景物描写，诗人将野雉与女主人公进行对比，突出她等待意中人归来的焦急心情。

"雝雝鸣雁"一句暗示此时此刻天空中划过雁影，一行大雁一字排开边鸣边飞，女子暗自担忧时光的飞逝，转眼就到冬天，嘶鸣的大雁似乎都在催促着姑娘早日完成婚嫁。女子之所以有此担忧是因为在古代有一个习俗，当冬天里河水结冰的时候，就要停办婚嫁之事。

"旭日始旦。士如归妻，迨冰未泮。"天刚蒙蒙亮，旭日的光辉打在叶子的露珠上，折射出七彩的光芒。男子啊，你如果想成婚，可一定要赶在冰还未结之时啊。这一段将女子的急切表现得淋漓尽致。

"招招舟子，人涉卬否。"姑娘的等待没有白费，万顷碧波上出现了一只摆渡船，那必定是远方的归客。女为悦己者容，姑娘喜不自胜，恨不得用铜镜照照此时的容貌。船夫似乎对女子的万般焦急早有察觉，老远就开始召唤："有人吗？快上船啊！"殊不知，这位姑娘并非要上船而是在等船。"不涉卬否，卬须我友。"听到船夫的招呼，姑娘也焦急地解释道："我哪里是要上船啊，我是在这等我朋友呢。"

结尾"卬须我友"，女子用朋友来掩饰等待情人的真实目的，答得含蓄而巧妙，形象地表现出女子的娇羞和矜持。

《匏有苦叶》通过情境、对话、神态描写，生动再现了一名在渡口等候情人的女子焦灼而又喜悦的心情。

此诗中多种艺术手法兼用，既用赋体，也用比兴。兴中有赋，赋中有比，声里含情，鸟语传意。在短短的一首小诗里，有山有水，有人有物，诗中有画，画中有诗，情景交融，浑然一体。

等待是一个遥不可及的梦，是爱情里最考验人的难题。《匏有苦叶》中，候鸟已提早南飞，留下女子独自等待。诗中没有给出等待的结局，没有结局的结尾也许更完美，是等到了还是遥遥无期，是完美的大团圆还是"却道故人心易变"，全在读者一念之间。

◎谷风◎

习习谷风①，以阴以雨。黾勉同心②，不宜有怒。采葑采菲③，无以下体④。德音莫违，及尔同死。

行行迟迟⑤，中心有违。不远伊迩⑥，薄送我畿⑦。谁谓荼苦⑧，其甘如荠⑨。宴尔新婚⑩，如兄如弟。

泾以渭浊⑪，湜湜其沚⑫。宴尔新婚，不我屑以⑬。毋逝我梁⑭，毋发我笱⑮。我躬不阅⑯，遑恤我后⑰。

就其深矣，方之舟之⑱。就其浅矣，泳之游之。何有何亡，黾勉求之。凡民有丧，匍匐救之⑲。

不我能慉⑳，反以我为雠㉑。既阻我德㉒，贾用不售㉓。昔育恐育鞫㉔，及尔颠覆㉕。既生既育，比予于毒㉖。

我有旨蓄㉗，亦以御冬。宴尔新婚，以我御穷㉘。有洸有溃㉙，既诒我肄㉚。不念昔者，伊余来塈㉛。

【注释】

①习习：形容风声。谷风：来自山谷的风。②黾（mǐn）勉：勤勉，努力。③葑（fēng）：蔓菁，俗称大头菜，叶、根可食用。菲：萝卜。④下体：根。⑤迟迟：迟缓。⑥迩：近。⑦畿（jī）：指门槛。⑧荼（tú）：苦菜。⑨荠：荠菜。⑩宴：快乐。⑪泾、渭：河名。⑫湜（shí）湜：水清见底的样子。⑬不我屑以：不愿与我亲近。⑭梁：捕鱼水坝。⑮笱（gǒu）：鱼篓。⑯阅：容纳。⑰恤（xù）：忧，顾及。⑱方：并船。⑲匍匐：手足伏地而行，此处指尽力。⑳慉（xù）：爱惜。㉑雠（chóu）：同"仇"。㉒阻：拒绝。㉓贾（gǔ）：卖。㉔鞫（jū）：穷困。㉕颠覆：艰难，患难。㉖毒：毒虫。㉗旨：甘美。㉘御：抵挡。㉙洸（guāng）：粗暴。溃（kuì）：发怒。㉚诒：遗。肄：劳苦的活计。㉛伊：唯。来：语气助词。塈：爱。

【赏析】

"弃捐箧笥中，恩情中道绝。"班婕妤的弃妇诗道出了后宫佳丽一旦人老珠黄就如同残花败柳般被冷落的残酷现实。"但见新人笑，那闻旧人哭。"杜甫的弃妇诗言尽了花花公子见异思迁、喜新厌旧的嘴脸。而《谷风》则是一个女人遭弃后委屈的倾诉，读起来更让人寸断肝肠。

弃妇诗在《诗经》中已多有反映，如《氓》《谷风》。然而这首《谷风》与《氓》的不同之处在于：《氓》中的女主角性格刚烈，决绝果断。而《谷风》中的女主角温柔敦厚。

诗中的女主人公十分善良。从"昔育恐育鞫，及尔颠覆"一句可知：她在丈夫最困苦的时期，不离不弃，与他同甘共苦共患难，在艰难的环境下与丈夫共创家业。"何有何亡，黾勉求之。凡民有丧，匍匐救之。"无论遇到什么样的困难，女子都会想方设法去解决，不但在自家如此，她对邻里也十分热心，当别人陷入困境之时，她总是尽最大的力量去帮助他们。

《谷风》一诗，如泣如诉地表达了女子心中的委屈，字里行间流露出女子渴望丈夫同情自己的心情：女子希望丈夫看到她昔日的好，能够回心转意。

全诗共分六章，"习习谷风，以阴以雨"，开篇便以大风和阴雨起兴，以此来喻指丈夫经常无故发怒。妻子倾吐着：我与你同甘共苦数载，可谓是患难夫妻，你怎么能对我说打就打说骂就骂呢？紧接着一句"采葑采菲，无以下体"，以蔓菁萝卜的根茎被弃，来暗示丈夫喜新厌旧，控诉他将曾经相伴生死的誓言全都抛在脑后。

有句俗语叫"对比产生美"，然而在此处却是"对比才见哀"。这边新婚燕尔，那边却把结发妻子赶出家门，就像《红楼梦》里面宝玉与宝钗洞房花烛夜，黛玉一人"焚稿断痴情"，让人不胜怜惜。

这首诗正是由此情境切入，非常巧妙地抓住了反映这一出人生悲剧的最佳契机，从而为整首诗的抒情展开奠定了基础。新婚燕尔的丈夫连与妻子最后的分别都不出门相送，实在吝啬得可以。"谁谓荼苦"，常言道，苦菜最苦，如今看来，这点苦跟眼前的凄惨相比，根本算不了什么。"不远伊迩，薄送我畿"两句，满是绝情和冷淡，与"宴尔新婚，不我屑以"形成了一种高度鲜明的对比，更突出了被弃之人的愁苦，将哀怨的气氛渲染得更加浓烈。

丈夫的背信弃义让这个善良多情的女子陷入痛苦，久久地沉溺于往事旧情而无法自拔。她无法忍受凄惨的现实，更不能以平常之心来接受这一现实，这一铭心刻骨的伤痛，让她久久不能释怀。

《谷风》揭示了古代女子在婚姻中地位，她们无非就是男子的牺牲品，耗尽了容颜心血，到头来依旧落得个被抛弃的结局。诗的开篇对风雨交加的环境描写，创造出一种悲剧性的艺术氛围，给全诗定下了悲哀的感情基调，使读者从一开始就沉浸在这种感伤的阅读情绪之中。从首章的"黾勉同心，不宜有怒"、"德音莫违，及尔同死"，到最后"不念昔者，伊余来墍"。全诗一唱三叹、反复吟诵，表现弃妇的烦乱心绪和伤心绝望。

全诗所用比兴不仅生动形象，而且极质朴自然，毫不矫揉造作。"泾以渭浊，湜湜其沚"，是指泾水因渭水混入而变浊，但底部仍旧清澈，诗人以此来比喻女子被丈夫指责却毫不动摇的清白；"我有旨蓄"，女子把自己往日的辛劳比作御冬的"旨蓄"，控诉丈夫"以我御穷"。诗中妻子的口气近乎哀求，或许她仍在期盼事情还有回旋的余地。显然，这种想法是天真而愚蠢的，让人读后有"怒其不争，哀其不幸"之感。

◎简兮◎

简兮简兮①，方将万舞②。日之方中，在前上处③。
硕人俣俣④，公庭万舞。有力如虎，执辔如组⑤。
左手执籥⑥，右手秉翟⑦。赫如渥赭⑧，公言锡爵⑨。
山有榛⑩，隰有苓⑪。云谁之思，西方美人。彼美人兮，西方之人兮。

【注释】

①简：威武。②方将：将要。万舞：一种舞蹈形式。③在前上处：前列的第一个。此处指舞列的第一名。④硕：硕大。俣（yǔ）俣：魁梧健美。⑤辔：马缰绳。组：丝织的宽带子。⑥籥（yuè）：古乐器。⑦翟（dí）：野鸡尾巴上的羽毛。⑧赫（hè）：红色。渥（wò）：厚。赭（zhě）：赤褐色。⑨锡：赐。爵：青铜制酒器，用来温酒和盛酒。⑩榛（zhēn）：榛树，落叶灌木。花黄褐色，果实叫榛子，果皮坚硬，果肉可食。⑪隰（xí）：湿地。苓（líng）：一种苦药。

【赏析】

《简兮》看上去像一首歌的名字。兮是语气助词，常用在句尾补充音节，念起来有种歌曲般咿咿呀呀的感觉。

实际上，这首诗的确跟歌曲小有关系。全诗以旁观者的身份对一位舞蹈者进行由衷的赞扬。细读此诗，可推测旁观者是一位文静淡雅、有素质、有修养的女子，她看到了一位高大魁梧、英俊潇洒的男子翩翩起舞，不由得欣喜万分，赞叹不已。

"简兮简兮，方将万舞。日之方中，在前上处。"伴着时而急促如雨，时而稳如撞钟的鼓声，一场盛大的舞蹈演出马上就要开始，此时正值晌午时分，太阳刚好盖过头顶，而他在众多舞者当中脱颖而出，显得那么鹤立鸡群。

"硕人俣俣，公庭万舞。有力如虎，执辔如组。"他生得硕大魁梧，体态健美匀称，这时他来到公庭开始跳起万舞，他如猛虎下山力大无比，手里紧紧地抓着一根缰绳，一前一后像在织布。

"左手执籥，右手秉翟。赫如渥赭，公言锡爵。"此时，鼓点紧张急促，他左手挥舞着三孔笛，右手拿着野鸡的尾羽，两者交织在一起上下翻飞。不知是跳得累了还是心情太激动,只见他脸色红润如赭土一般,公爷看得也起劲,便上前赏酒一杯。

"山有榛,隰有苓。云谁之思,西方美人。彼美人兮,西方之人兮。"高高的山上榛树重生,地势低洼的湿地常常生长着苦苓。这曼妙的一切究竟是为了谁所造?到底有谁值得我这样魂牵梦萦?原来是西方的美人,千山万水相阻隔,远在西方的美人好生让我牵肠挂肚。

此诗结构较另辟蹊径,独具一格。前三章不用起兴,直接描绘,而在最后一章却用比兴寄托自己的相思之情。"山有榛,隰有苓",以树喻男子,以草喻女子,引出"云谁之思,西方美人",舞者已离去,但因舞者而产生的思念却没有因此而中断,舞者风度翩翩的样子早已深深刻在女子的心中。百般的欣赏千般的敬佩化作了万般的爱慕。全诗按照事情发展的顺序进行叙述,脉络清晰,让读者一目了然。

实际上,《简兮》一诗,存在多种解说。《毛诗序》和朱熹《诗集传》都认为这首诗的主旨是讽刺卫君荒淫无道,治国无方,不能任贤授能、亲贤臣远小人,反而养虎为患,使贤者居于伶官之位。这一观点使多数人信服。不过,在今人的研究中,又出现了新的解释。有人认为这是描写舞女辛酸生活的诗歌,有人认为是讽喻卫庄公沉湎声色的作品,还有人认为这是一首卫国宫廷女子赞美、爱慕舞师的诗歌。从以上对诗歌内容的分析来看,最后一种观点较为贴切。当然也不用否定其他定论,可以说每一个猜测都有它存在的价值。

◎泉水◎

毖彼泉水①,亦流于淇②。有怀于卫,靡日不思。娈彼诸姬③,聊与之谋④。
出宿于泲⑤,饮饯于祢⑥。女子有行⑦,远父母兄弟,问我诸姑,遂及伯姊。
出宿于干,饮饯于言⑧。载脂载舝⑨,还车言迈⑩。遄臻于卫⑪,不瑕有害⑫。
我思肥泉⑬,兹之永叹。思须与漕⑭,我心悠悠⑮。驾言出游,以写我忧⑯。

【注释】

①毖(bì):泉水涌流的样子。②淇:淇水,卫国河名。③娈(luán):美好的样子。诸姬:指卫国的同姓之女,卫国的国君姓姬。④聊:姑且。⑤泲(jǐ):古地名。⑥饯(jiàn):以酒送行。祢(nǐ):古地名,今山东菏泽西。⑦行:指女子出嫁。⑧干、言:均为卫国地名。⑨脂:涂车轴的油脂。舝(xiá):车轴两头的金属键。⑩迈:远行。⑪遄(chuán):疾速。臻:至。⑫瑕:何。⑬肥泉:地名。⑭须、漕:皆为卫国的城邑。⑮悠悠:忧愁深长。⑯写:宣泄,排除。

【赏析】

《泉水》是一首凄婉悱恻的思归诗。诗中的女主角远嫁他乡,离开祖国卫国,但是她的心一刻也没有离开过自己的国家,终日魂牵梦绕。但如今故国人事变故,想回国探视却多有不便,所以她的内心焦急难耐,只好作诗聊遣心绪。

全诗一共四章,每章六句。首章一、二句起兴,以泉水日夜奔流比喻自己的思乡之情生生不息。三、四句直言本事:虽然远嫁,但是无日无夜不思念卫国。二、三章以幻写真,回忆曾经出嫁的场面和日夜幻想祖国现在的模样。第四章由梦境回到现实,物是人非,更添一番无穷无尽的离愁。

"毖彼泉水,亦流于淇。"开篇就用泉水流入淇水起兴,道出女子归思的念头。这两句与《邶风·柏舟》首二句"汎彼柏舟,亦汎其流"有异曲同工之妙,都用流水兴起情思,文意婉转,情致深切。

"有怀于卫,靡日不思。"想念祖国之情引起伤怀之心,不知道远方的卫人,你们现在在做些什么,

我在这里无日不思念着你们。

"娈彼诸姬，聊与之谋。"不能亲自回家去探望你们，多么希望能把所有的心事摊出来与美丽的同族姐妹聊。一腔苦衷，想向你们倾诉，希望你们能够为我出个主意，即便无济于事，也能够解一解胸中的苦闷。

"出宿于泲，饮饯于祢。女子有行，远父母兄弟，问我诸姑，遂及伯姊"是对昔日婚嫁场面的描述。出嫁时由于路途遥远，半路只能宿营于济水，胞族在祢地为我设宴饯行。女孩子出嫁他乡，远离了父母兄弟。孤苦伶仃，很想回家问候各位长辈和堂姐堂妹们。

第三章重复第二章的格式，"出宿于干，饮饯于言。载脂载辖，还车言迈。遄臻于卫，不瑕有害"形成回环往复的效果，也是对第一章的衔接。文章直抒胸臆，表达自己对卫国真挚的怀念。这一章与第二章不同，是对归宁之途的想象。一行人出行宿营于干地，在言地设宴，随后检查车轴准备行驾，逗留片刻之后就掉转车头向卫行。疾驰轻车一路无阻回到祖国，在想象中似乎不会有什么阻碍，但在现实中却不可能实现。

全诗是凭空杜撰，以幻写真，寄托了女主人公深切的思念，诗歌的感情也因此变得曲折起伏。

"我思肥泉，兹之永叹。思须与漕，我心悠悠。驾言出游，以写我忧。"回忆起故国的肥泉，愈发勾起我的思乡情怀，一想到须邑、漕邑，我就满怀忧郁。但是因为种种原因我不能回家探看，只好驾车出游，消解心头忧愁。正如杜甫所说："露从今夜白，月是故乡明。"故乡的一草一木总能勾起我们的无限遐思。泉水叮咚，是寂寞、是离愁、别是一番滋味流入思乡人心中。

◎北门◎

出自北门，忧心殷殷①。终窭且贫②，莫知我艰。已焉哉！天实为之，谓之何哉③！

王事适我④，政事一埤益我⑤。我入自外，室人交徧谪我⑥。已焉哉！天实为之，谓之何哉！

王事敦我⑦，政事一埤遗我⑧。我入自外，室人交徧摧我⑨。已焉哉！天实为之，谓之何哉！

【注释】

①殷殷：十分忧伤。②终：既。窭（jù）：贫寒，艰窘。③谓：奈何不得。④王事：王家之事，此处指有关王室的事务。适（zhì）：派。⑤政事：公家的事。埤（pí）益：增加。⑥谪（zhé）：谴责。⑦敦：逼迫。⑧埤遗：同"埤益"。⑨摧：讥讽，讽刺。

【赏析】

《北门》是一首怨诗，是一个位卑任重、处境困顿的小官吏的怨愤。这位小吏公事繁忙，终日辛劳却不受重视，也没有加官晋爵的希望可言，这一腔苦闷无处诉说，只能一个人在路上发牢骚，埋怨这不公平的生活。

诗中的小官吏公事繁重苛细，而上司不但不体谅他，还一味给他加派任务，使他难以承受。辛辛苦苦而位卑禄薄，难怪他志不得伸，牢骚满腹。朱熹《诗集传》评此诗："卫之贤者处乱世，事暗君，不得其志，故因出北门而赋以自比。又叹其贫窭，人莫知之，而归之于天也。"这个评语真可谓一针见血。

全诗以这位小官吏的口吻叙述，情感真切。"出自北门，忧心殷殷。终窭且贫，莫知我艰。"我从北门出城，一路上烦闷不已，陷在忧伤之中无法自拔。我的生活既困窘又贫寒，没人知道我的艰难。"已焉哉！天实为之，谓之何哉！"事已至此，我又能怨得了谁呢？或许一切都是老天的安排，我能有什么办法！

"王事适我，政事一埤益我。"王家有差事又派给我做，衙门的公务也日益增加。"我入自外，室人交徧谪我。"我从外面一天到晚辛勤忙碌，回到家，家人却纷纷责备我。责备我不顾家，骂我俸禄少。"已焉哉！天实为之，谓之何哉！"事已至此，一切都是老天的安排，我还能有什么办法。

"王事敦我，政事一埤遗我。"王家有事务逼迫我去做，我纵使有千般的顾虑也要硬着头皮去接受。"我入自外，室人交徧摧我。"从外面回到家中，家人不但不理解我，反而讥讽我，嘲笑我。"已焉哉！天实为之，谓之何哉！"事已至此，算了吧，什么也不要追究了，一切都是命，都是天命。

全诗纯用赋法，直言铺叙描绘客观事物，爽朗而通畅。从首句的"出自北门"到后来的"我入自外"全诗按照事情发展的顺序进行，让读者知晓整件事情的来龙去脉，让人一目了然。诗中连用数个"我"字，感情色彩极其浓烈。整首诗主观色彩强烈，直言心声，一下子就拉近了与读者的距离。

每章末尾"已焉哉，天实为之，谓之何哉"三句重复使用，有一唱三叹的效果。表面看来，官吏将自己所遭受的困厄归因于天，不敢对这种现状做任何反抗和辩驳。但实际上，这三句正是悲愤的心情无以复加的表现。这种表达方式与"不怒反笑"的意思相近，笑并非怒气的消解，实是已怒至极点，无从表达。此处，小官吏身负不平命运，愤然至极，只好三叹天命，表达自己的无能为力。

◎北风◎

北风其凉，雨雪其雱①。惠而好我②，携手同行。其虚其邪③，既亟只且④。
北风其喈⑤，雨雪其霏⑥。惠而好我，携手同归⑦。其虚其邪，既亟只且。
莫赤匪狐⑧，莫黑匪乌。惠而好我，携手同车。其虚其邪，既亟只且。

【注释】

①雨（yù）雪：下雪。雨作动词用。雱（páng）：雪下得很大的样子。②惠而：爱好。③虚、邪：徐缓。④亟：急迫。⑤喈（jiē）：通"湝"，寒凉。⑥霏（fēi）：雨雪纷飞。⑦同归：一起到较好的他国去。⑧莫赤匪狐：没有不红的狐狸。

【赏析】

"风雪夜归人"是冰天雪地里的一丝温暖，"风雪急逃亡"则是寒冷里的慌乱和匆忙。《北风》一诗构建的风雪世界，属于后者，仅有凄惶的萧索，没有丝毫美感：放眼望去，破落的车队在泥泞的路上走走停停，北风刺骨，吹乱了车帷和须发，大雪纷纷，遮盖了本就辨识不出的道路。车中之人，既不是久征沙场的战士，也不是终日辛劳的农人，而是一批锦衣玉食、整日舞文弄墨的贵族。

《北风》描写了这样一种情景：卫国行威虐之政，贤人预见危机，相约避乱。这是一首反映贵族逃亡的诗："既亟只且"，紧急的局势一触即发，"莫赤匪狐，莫黑匪乌"，凄凉的环境如影随形，让人悚然心惊。短短数十字，逃亡者内心的焦灼和痛苦，跃然纸上，纤毫毕现。无怪朱熹《诗集传》中说此诗"气象愁惨"。

《诗经》历来擅长渲染情感，其一唱三叹、回环复沓的章法，最能感染读者的情绪，使诗作的内蕴得到有力的彰显。《北风》共三章，前两章内容基本相同，反复诉说，使情感叠加于字里行间。其中只改了三个字，每次改变，都是从不同角度的追加，最终使情感得到全面的张扬。

把"北风其凉"改为"北风其喈"，不断地强调北风的寒意。不仅"凉"而且"喈"，刚才是凉，现在是既寒且凉，加深了"凉"的程度，充分表现出逃奔者身心俱寒的景状。把"雨雪其雱"改为"雨雪其霏"，前者纷然飞扬，后者密集飘落，从不同角度极力渲染雪势的盛大。把"携手同行"改为"携手同归"，强调逃离的意向，也体现出贵族们对目的地的渴望：把去处当成了家，不是"去"，而是"归"，从而反衬逃亡前的无归属感和对原地的恐惧心境。

这种结构和手法产生了强烈的艺术效果，好似逃亡者在途中不停地念叨同一句话，一方面催促自己奔逃的节奏，另一方面也能分散注意力，舒缓自己紧绷的神经。

诗作各章末二句相同，"其虚其邪"，虚、邪，即舒徐，为叠韵词，加上二个"其"字，语气更加缓和，形象地表现逃亡者委蛇退让、徘徊不前之状。"既亟只且"，"只且"为语助词，语气较为急促，加强了局势的紧迫感。一个又冷又怕、哆嗦不已、慌忙赶路的逃亡者形象，和一条覆盖积雪、曲折坎坷、又细又长而看不到终点的山间小路形象，呼之欲出。

当时的虐政如风雪般密而不透、寒凉无比，让人无法承受，只得迁徙逃亡。行程过程中的北风与风雪，既是对下文的起兴，也是逃亡者对现今生活的概括，象征着奔逃过程的艰辛和走不出严寒的痛苦，表现出逃亡者脱离苦厄的艰难和逃亡途中心态的焦急不安。

深一步细想，在逃亡途中，真的只有严寒和崎岖吗？赤狐和黑乌，是路边的动物，还是阻遏前进的追兵？如果用它们来隐喻追兵的话，逃亡的环境，就不仅仅是艰辛，还充满了凶险。这群寻找乐土的贵族，也就有了几分悲壮感，让人禁不住产生疑问：是什么让这一群贵族誓死也要离开？这种比中有兴的手法，使诗句更加耐人玩味，也使作品具有更多层的解读可能性和更深刻的意旨。

◎静女◎

静女其姝[①]，俟我于城隅[②]。爱而不见[③]，搔首踟蹰[④]。
静女其娈[⑤]，贻我彤管[⑥]。彤管有炜[⑦]，说怿女美[⑧]。
自牧归荑[⑨]，洵美且异[⑩]。匪女之为美，美人之贻。

【注释】

①静女：贞静娴雅之女。朱熹《诗集传》："静者，闲雅之意。"姝（shū）：美好。②俟（sì）：等待。城隅（yú）：城角隐蔽处。③爱而：隐蔽的样子。④踟蹰（chí chú）：徘徊不定。⑤娈：面目姣好。⑥贻（yí）：赠。彤管：指红管草。⑦炜（wěi）：盛明的样子，有光彩。⑧说怿（yuè yì）：即"悦怿"，喜悦。⑨牧：野外。

荑（tí）：初生的白茅，象征婚媾。⑩洵（xún）：实在，诚然。
异：特殊。

【赏析】

　　爱是一种抽象的概念，它看不见抓不着，而《静女》将这种抽象的情感具体化，让爱真真切切地存在于人们眼前。《静女》一诗历来备受关注，因为它美，且美得别有风韵。不仅文字熠熠生辉，诗中的女子亦文静美好，令人神往。

　　"静女其姝，俟我于城隅。爱而不见，搔首踟蹰。"由此句可知，这首诗以一个男子的口吻叙述，他对恋人的外貌极尽赞美，对她待自己的情意极尽宣扬，可看出他的喜悦心情，仿佛在向世界昭告，有一个美丽的女子在等待他。他迫不及待地早早赶到约会地点，四处张望，但是前面似乎有什么树木房舍之类的东西挡住了他的视线。于是他抓耳挠腮，焦急难耐，在原地来回徘徊。"搔首踟蹰"一句，通过动作描写形象细腻地传达出人物的心理状态，刻画出男子的痴情。

　　"静女其娈，贻我彤管。彤管有炜，说怿女美。"小伙子站在那里等着，心中开始回忆起两人的甜蜜过往。他想起心爱的女孩送给他的彤管，这个礼物精美至极，色泽鲜艳，一如姑娘的容颜。所以小伙子对它爱不释手。

　　第三章是全诗情感的巅峰之处。"自牧归荑，洵美且异。匪女之为美，美人之贻。"这个有心的女孩从牧场归来时，采摘了一株荑草送给男子。男子认为它比彤管还要珍贵，因为他知道这是女孩跋涉远处郊野亲手采来的，所以他把这株普通荑草看得"洵美且异"。

　　《静女》一、二两章都以"静女"开头，首章"其姝"，次章"其娈"，一字之差，含义自然也有所区别。第三章则与一、二章完全不同，由此，这首诗既不乏节奏感和音乐美，同时也有较大的内容含量和表现力。

　　这首诗在艺术上最显著的特点是采用直陈其事的"赋"的手法。这一手法的运用使这首简短的诗能用最洗练的字句，描写出约会的进程，既有地点、人物、情境的描绘，又有回忆和心理活动的叠加。

　　《静女》一诗语言清新活泼，生动有趣。无论是男子欣喜若狂、满脸爱意的神态，还是女子姣好的容貌和活泼可爱的性格，都如在目前，使它无愧享有"写形写神之妙"（陈震《读诗识小录》）的美誉。

◎新台① ◎

新台有泚②，河水弥弥③。燕婉之求④，籧篨不鲜⑤。
新台有洒⑥，河水浼浼⑦。燕婉之求，籧篨不殄⑧。
鱼网之设，鸿则离之⑨。燕婉之求，得此戚施⑩。

【注释】

①新台：卫宣公替世子伋娶齐女，听说齐女漂亮，就在河边筑一座新台，把齐女给自己娶来，称为宣姜。

②有泚（cǐ）：很鲜明的样子。③河水：此处指黄河。弥（mǐ）弥：大水茫茫。④燕婉：安乐、美好。⑤籧篨（qú chú）：蛤蟆。鲜：善。⑥有洒（cuǐ）：高峻。⑦浼（měi）浼：水满的样子。⑧殄（tiǎn）：和善。⑨鸿：指蛤蟆。离：通"罹"，罹难，遭受。⑩戚施：驼背的人。这里指蛤蟆。

【赏析】

《新台》是卫国民间流传的一篇意味深刻、炙脍人口的讽刺诗。《毛诗序》曰："《新台》，刺卫宣公也。纳伋之妻，筑新台于河上而要之。国人恶之，而作是诗也。"意思是说：《新台》一诗讽刺卫宣公纳儿子之妻，搭建新台截住新娘子，以求抱得美人归。举国上下都看不惯他这种不知廉耻的行为，于是编了这首歌暴露他丑恶的行径。

《新台》实质上揭示了封建道德的虚伪性。统治者要求百姓遵从礼教，自己却寡廉鲜耻；要求百姓规规矩矩，自己却为所欲为。卫宣公即是一个典型的例子，人们正是要借着这种现象批判荒淫无度、治国无方的统治者，表达自己愤愤不平的心情。

"新台有泚，河水弥弥"和"新台有洒，河水浼浼"是兴语，但兴中有赋：卫宣公垂涎于未婚的儿媳妇，便造了"新台"，以显示他做这件事的合法性。但无论怎样，好事不出门，坏事传千里，越想掩盖不轨的动机，就越是欲盖弥彰。

"燕婉之求，蘧篨不鲜。"可人儿原本遇上了一个好夫婿，谁料到，最终嫁的却是一个糟老头。"燕婉之求，蘧篨不殄。"意义与前一句相近。嫁给一国之君是事实，可是地位再高又有什么用？这两章用反衬和讽刺的手法极言卫宣公不知廉耻的行为，令人不禁为这个女子鸣不平，本来嫁的是儿子，却进了公公的虎口，真是一朵鲜花插在了牛粪上，倒霉至极。

"鱼网之设，鸿则离之。燕婉之求，得此戚施。"织好了一张渔网准备去捕鱼，到河边做了一番准备之后开始打鱼，哪想到这一网上来没抓到鱼抓到的却是一只蛤蟆，正如貌美如花的新娘本想嫁个美少年，最终却遇到了一个驼背的丑丈夫一样。

全诗的语言从头到尾犀利尖酸，一讽到底。新台是美的，但遮不住卫宣公的丑露行为。反衬的修辞方法，使文章的讽刺意味更加浓厚深刻，也使得诗句所描写的人物和事件达到美愈美，则丑愈丑的境界。

《新台》以第三者的身份叙述整个事件的全过程，以一个旁观者的身份进行褒贬。人们抱着强烈的讥刺与憎恶之情，反复用蘧篨这种丑陋的动物，来烘托女主人公对婚姻的美好期待和期待落空的悲哀与不幸。对这种强烈落差的反复摹写，体现出诗人对女主人公的同情。

◎二子乘舟◎

二子乘舟，泛泛其景^①。愿言思子^②，中心养养^③。

二子乘舟，泛泛其逝。愿言思子，不瑕有害^④。

【注释】

①泛泛：飘荡的样子。景：通"憬"，远行。②愿：思念。③养（yáng）养：心神不定，烦躁不安。④不瑕：不无，是疑惑、揣测之词。

【赏析】

"李白乘舟将欲行，忽闻岸上踏歌声，桃花潭水深千尺，不及汪伦送我情。"一曲《江边送别》奏响千年友谊的乐章。

"劝君更进一杯酒，西出阳关无故人。"一杯酒饱含牵挂与珍重。

"海内存知己，天涯若比邻。"一句祝福涵盖所有离别的情怀。

送别诗是中国诗歌史上不容忽视的存在，追源溯流，可从《诗经》中略窥一二。《二子乘舟》便是一首动情的送别之诗。

"二子乘舟，泛泛其景"，两句点出送别地点发生在河边。两位年轻人拜别了亲友登上小船，在浩渺的河上飘飘远去，只留下一个零星小点，画面由近而远。"泛泛"二字形象地描绘出波光粼粼的场景。

"愿言思子，中心养养。"送行的一行人在岸边伫立，久久不肯离去。骋目远望，悠悠无限思念之情。此处直抒送行者的留恋牵挂之情，更将送别的匆忙和难分难舍表现得淋漓尽致。

"二子乘舟，泛泛其逝。"两位年轻人所乘之舟，早已在蓝天之下、长河之中逐渐远去，送行者却还痴痴站在河岸上远望。"愿言思子，不瑕有害。"当两个年轻人离去后，送行之人千丝万缕的离愁别绪和惦念纷纷涌上心头。他目不转睛地注视远方，却只看见无垠的波浪。这些波浪正如人生旅途中未知的挫折和荆棘。远去的人儿啊，不知你们能不能顺利渡过艰险，披荆斩棘，乘风破浪？这两句，是用祈祷的方式，传达情感上的递进和转折，恐怕只有亲人、朋友、爱人才会真正如此设身处地地惦念他们。在这割舍不断的牵念中，很自然地浮起忧思和对未来的担忧。

整首诗景象相同、地点相同，而情感却由浅到深。正因为有了这种回环复沓的手法，才使诗显得更加蕴蓄深沉。

此诗的写作背景，据《毛诗序》分析："《二子乘舟》，思伋、寿也。卫宣公之二子，争相为死，国人伤而思之，作是诗也。"伋和寿是卫宣公的两个儿子，伋便是《新台》一诗中被父亲卫宣公抢走妻子的少年，寿是卫宣公与这位女子生下的儿子。寿的兄弟朔与其母密谋，恳请卫宣公派伋出使齐国，准备在出使途中杀掉伋。寿得知后，劝伋逃走，伋不听，他便偷了伋的符节，先行出发，代替伋被杀了。伋后来也被杀害，举国百姓为此伤心不已，便作此诗来纪念二人。

而现代学者闻一多先生则猜测这首诗"似母念子之词"（《风诗类钞》），也有学者认为这是一位父亲送别"二子"之作，所有解说大体相似。将它视为临别妻子送夫、朋友送友人的诗，恐怕也无可厚非。毕竟送别的主旨没有改变。

血浓于水，兄弟情深。不管二子"争相为死"的说法到底是真是假，毋庸置疑的是全诗依依惜别的深情，永远感动着后人。

鄘风

◎墙有茨◎

墙有茨①，不可扫也②。中冓之言③，不可道也④。所可道也⑤，言之丑也。

墙有茨，不可襄也⑥。中冓之言，不可详也⑦。所可详也，言之长也。

墙有茨，不可束也。中冓之言，不可读也⑧。所可读也，言之辱也。

【注释】

①茨（cí）：蒺藜。②扫：除掉。③中冓（gòu）：宫中。④道：说。⑤所：若。⑥襄：除去。⑦详：详细讲述。⑧读：说出，宣露。

【赏析】

一般人认为《墙有茨》一诗旨在讽刺卫国的宫廷丑事，卫宣公强娶儿子伋的未婚妻（即卫宣姜），生子惠公。卫宣公死后，年幼的惠公即位。齐、卫两国素来关系亲密，齐人为巩固惠公的君位，保持两国亲密的姻亲关系，强迫公子顽与卫宣姜私通。不久，卫国宫廷里的这些秘事丑闻就传到宫外，人尽皆知。卫人深以为耻，于是有了这首讽刺意味极强的《墙有茨》。全诗用以不言为言、欲说还休的方式，吊足了读者的胃口，也达到了意想不到的讽刺效果，成为《诗经》里独具特色的一篇佳作。

全诗每章均以"墙有茨"起兴，引起将讽之事。每章的字句相差不大，只是将"扫"、"道"、"丑"等词换成了"襄"、"详"、"长"和"束"、"读"、"辱"。这样虽然是在反复叙说一件事，却不显唠叨琐碎。

"墙有茨"不是单纯的起兴，它与诗中隐含的宫闱秘闻有意义上的联系。根据《诗经词典》的解释，"茨"有两种意思：一为蒺藜，一为茅草芦苇盖的屋顶。这里应是蒺藜之意。墙上爬满蒺藜草，"不可扫"，"不可襄"，"不可束"，怎么都无法根除。这种情形就好像宫闱丑事，一旦发生，就无法阻止它向外传播。要想堵住人们的嘴，就像拔出墙头根深蒂固的蒺藜草一样难。所谓"好事不出门，恶事行千里"，"墙有茨"而不可除，暗示着宫中淫乱丑事的无法掩盖。

现实中常常有这种情况发生，当一件不为人知的事变得人尽皆知时，人们相互之间会达成一种默契：在说到这件事时，谁也不会把它说破，只需从一个眼神或一种语气中就能领会彼此要表达的意思。这样一来，虽然人人都知道此事，看上去却又像人人都不清楚此事，造成一种神秘的气氛。此之谓"公开的秘密"。

这首诗也笼罩着这样的神秘气氛。诗人不停地说："中冓之言，不可道也。""中冓之言，不可详也。""中冓之言，不可读也。"一副绝对保密的样子。可是每次这样说过后，诗人又说："所可道也，言之丑也。""所可详也，言之长也。""所可读也，言之辱也。"告诉大家，之所以不能说，是因为说出去让人感到羞耻。

可是越不说，读者就越想探究其中奥秘。如果真是不能告诉别人的秘密，就应该只字不提。而诗人看似在隐瞒秘密，却有意无意地透露出一些信息。明明公子顽、卫宣姜的丑事在当时已经妇孺皆知了，可诗人偏偏要说"中冓之言"不能说出来。这样说的效果是，也许别人并没有想到此事，但被诗人这么一提，就会不由得想起此事。而当诗人成功地诱使众人将注意力转到这件事上后，就没必要继续叙述所指之事了，于是一笔荡开，转而指出不言"中冓之言"的原因。众人听如此说，自然洞悉其中深意，不必多言即能领会作者的讽刺之意。

在众人皆心知肚明的情况下，诗人这种藏头露尾的叙说无疑比直露的讲述更有情趣。诗的篇幅本来就短，只有六十九个字，根本没把所讽之事讲述出来。而在这仅有的六十多个字中，竟然有十二个"也"字。但这十二个"也"不是毫无意义的语气词。诗中的"也"相当于今天的"呀"，是一种绵延舒缓的语气。这么多的"也"使得此诗有种故意拖长语气以待听者作出反应的意味，是作诗之人为表达讥刺意图而故弄玄虚之态。频繁出现的"也"字加上诗中并未指明的丑事，读来使人感到有人带着诡秘的微笑在附耳低语，讲述着一件让人震惊的秘事。这种调侃幽默中的讽刺往往比声色俱厉的讽刺更辛辣。

◎君子偕老◎

君子偕老①，副笄六珈②。委委佗佗③，如山如河。象服是宜④，子之不淑⑤，云如之何⑥。

玼兮玼兮⑦，其之翟也⑧。鬒发如云⑨，不屑髢也⑩。玉之瑱也⑪，象之揥也⑫，扬且之晳也⑬。胡然而天也⑭，胡然而帝也。

瑳兮瑳兮⑮，其之展也⑯。蒙彼绉絺⑰，是绁袢也⑱。子之清扬⑲，扬且之颜也⑳。展如之人兮㉑，邦之媛也㉒。

【注释】

①君子：指卫宣公。偕老：夫妻相亲相爱、白头到老。②副：妇人的一种首饰。笄（jī）：簪。珈（jiā）：饰玉。③委委佗佗：举止雍容华贵、落落大方。④象服：镶有珠宝、绘有花纹的礼服。⑤淑：善。⑥云：句首发语词。如之何：奈之何。⑦玼（cǐ）：花纹绚烂。⑧翟：绣着山鸡彩羽的衣服。⑨鬒（zhěn）：黑发。如云：形容头发浓密。⑩髢（dí）：假发。⑪瑱（tiàn）：冠冕上垂在两耳旁的玉。⑫揥（tì）：发钗一类的首饰。⑬扬：前额宽广方正。且：助词。晳（xī）：白。⑭胡：怎么。然：这样。⑮瑳（cuō）：玉色鲜丽洁白。⑯展：古代夏天穿的一种纱衣。⑰蒙：覆盖，罩上。絺（chī）：细葛布。⑱绁袢（xiè fán）：夏天穿的白色内衣。⑲清扬：眉清目秀。⑳颜：额头。㉑展：的确。㉒媛：美女。

【赏析】

历史总会消磨一些东西，经典也未能得以幸免，在岁月的更迭中，一些诗作最本真的意义很难考证，在后人的猜疑中产生出不同的解读，成为文学殿堂里的桩桩"悬案"。《君子偕老》正是这样一桩"悬案"，历来颇受争议，在这首诗的多种评论中，最重要的是两种，一褒一贬，针锋相对。

一说认为它是一首讽刺之诗。《毛诗序》："《君子偕老》，刺卫夫人也。夫人淫乱，失事君子之道，故陈人君之德、服饰之盛，宜与君子偕老也。"宣姜本是卫宣公之子伋的未婚妻，不幸被宣公霸占，后来又与庶子顽私通，劣迹斑斑。由此可见，"君子偕老"一句实是对宣姜行为的反讽。评论者认为，这首诗讽刺卫国宣夫人外貌美丽华贵而行为丑陋无耻，诗人以美写丑，美的外貌与丑的灵魂形成强烈的反差，造就深长的讽刺意味。"子之不淑"为其画龙点睛之笔。整首诗既有铺陈，也有反衬，两相对比之下，讽刺之意尽显。

另一说法认为此乃单纯的赞美之辞。持这种观点的人认为，这是一首颂诗，一般在庆颂仪式上歌唱，理由是，《诗经》讽刺人的品行时，很少通过美好的事物来衬托。在这首赞美婚姻的诗中，"君子偕老"一句开篇便统领全诗，极力主张美人应与君子美满偕老，接下来各个层面突出其美丽，并用服饰之华美象征其品德之高贵。明戴君恩《读风臆评》云："零零星星，不舍一物，绮密回还，变眩百怪，《洛神》《高唐》不足为丽矣。"

两种说法迥乎不同，展现出这首诗的隐晦和多义。若单讲诗作的亮点，则无论是哪一种主题，作者都以优美的笔触，对女主人公进行了各种描摹，极尽奢华。所以，暂时抛却主旨，融入作者的唯美摹写，用心感受那种光艳绝伦，才是当务之急。

作者从盛大的册封大典开始，渲染典礼之庄严法度，礼服之华美典雅。宣姜身着礼服冠冕，华美俨然，一时震惊四座。次章宣姜身着羽衣，鲜艳明丽，更加姿态妍丽，娇媚无限，诗人用繁复的文字渲染宣姜的羽衣华服，青丝如云，耳中明月珰、头上象牙插，更显得"面如秋月还白，目似秋水还清"（《红楼梦》赞贾宝玉语）。末章宣姜身着便服，眉目宛然，丰姿如画。在篇末诗人又大大赞叹了一番：如此美女，世间少有，地上无双。

好的铺陈得益于美的辞藻，亦得益于巧的结构，全诗以七句、九句、八句的格式排列，显得错落有致，给人环佩叮当之感。首章揭出通篇纲领，章法巧妙，使得全文连贯圆融，浑然如一。诗作交叉表现宣姜的服饰和仪容，用语华丽工巧，结构上酣畅淋漓，巨细备至，深得《诗经》回环往复之妙，达到了震撼人心的艺术效果。

也许"讽刺"的主张是对的，因为文人痛恨一件事时，他可能破口大骂，却也可能酸溜溜地瞻之仰之，赞之颂之，当把其捧得足够高时，再突然给其措手不及的打击，完成鞭挞的初衷。或者，后一种观点才是正确的，以华美事物象征美好品格是《诗经》中的常用手法。无论哪一种，都无法冲淡这首诗唯美的描摹和深湛的艺术塑造能力。

文章用赋法咏叹宣姜服饰容貌时的精美措辞，让人禁不住感叹汉语的魅惑。"胡然而天也，胡然而帝也"，仿佛天仙降临，给人诸多缥缈恍惚的幻想。"展如之人兮，邦之媛也"，让今人亦能沉溺于其意蕴无穷。

◎桑中◎

爰采唐矣①？沬之乡矣②。云谁之思？美孟姜矣③。期我乎桑中④，要我乎上宫⑤，送我乎淇之上矣⑥。

爰采麦矣？沬之北矣。云谁之思？美孟弋矣。期我乎桑中，要我乎上宫，送我乎淇之上矣。

爰采葑矣⑦？沬之东矣。云谁之思？美孟庸矣。期我乎桑中，要我乎上宫，送我乎淇之上矣。

【注释】

①爰：于何，在哪里。唐：菟丝子，寄生蔓草，秋初开小花，子实入药。②沬（mèi）：卫邑名，在今河南淇县。乡：郊外。③孟姜：姜家的长女。④桑中：地名。⑤要（yāo）：邀约。⑥淇：淇水。⑦葑（fēng）：一种菜名，即芜菁。

【赏析】

初读这首诗，会发现其语调舒缓，意境和美，像是一位男性主人公在幽幽地念叨和回味自己曾经的恋情和幽会。可能此时他正坐在一个长满青草的山坡，迎着和暖又轻柔的微风，某种风吹杨柳的情景或者仅仅是某种熟悉感，不经意间碰触到了敏感的神经，回忆中的旖旎悄悄爬上心头，作者开始不自觉地低语、沉吟，由此成就了这首《桑中》。

这是一首爱情诗，短暂的篇章，记述了一对青年男女多次约会的情景。诗篇以男主人公的甜蜜回忆起始，再现女子的主动邀约，最终定格于二人的依依不舍，如此回返往复，细致地勾画出这段感情的百转千回，让人阅读时不禁替男女主人公心生欢喜。

诗一开篇，"爰采唐矣"，即定下全诗缠绵幽远的基调。"采唐"、"采麦"、"采葑"皆是比兴。"姜"、"弋"、"庸"是姓，也可解释为对美女的泛称，类似于后代人称美女为"西子"，三个姓氏实为一人，都是指那位火热、浪漫的女主人公。郭沫若《甲骨文研究》云："桑中即桑林所在之地，上宫即祀桑之祠，士女于此合欢。"又云："其祀桑林时事，余以为《鄘风》中之《桑中》所咏者，是也。""桑中"即桑树林中，"上宫"即人们祭祀用的祠堂，而"淇之上"，则是婉转回环的淇水岸边。在这几处梦幻的桃园，作者的柔情蜜意曾如水般漫开，此刻又任思绪反复流连，迟迟不肯离散。

诗作中有很多"设问"手法的应用，"爰采唐矣？沬之乡矣。云谁之思？美孟姜矣。"此处明明可以直接叙述，诗人却偏要故意提问，如此一来，就显得叙述曲折起伏，更添情味，表现出作者深刻浓郁的情感。全诗三章结构相同，反复咏唱在"桑中"、"上宫"里的情浓时刻以及淇水相送的缠绵，反映出作者对这段感情的回味、珍惜和割舍不下。其句式由四言而五言而七言，体现出情到浓时的欲罢不能，尤其每章句末的四个"矣"字，伤感留恋之情溢于言表。

"姜"、"弋"、"庸"都是贵族的姓氏，而男方是从事采集劳动的青年，门户悬殊。男方一直在思恋着这位气质优雅的美丽姑娘，但因为地位低下，只能强自隐忍。善良的女主人公对男子也产生了好感，并且细心聪慧地看出了男子的心意，于是，她主动邀约，表露心迹，与男子展开了一段美好的恋情。以后的故事，作者没有说，但无论结局怎样，男子都会不断回忆这段感情。

正如《诗经》中不少爱情诗的命运一样,《毛诗序》也把这首《桑中》收编入礼教的翼下："《桑中》,刺奔也。卫之公室淫乱,男女相奔,至于世族在位,相窃妻妾,期于幽远,政散民流而不可止。"劈头一棍,打碎了无数人的爱情梦幻,让《诗经》的质朴不再纯真,让人们的思绪不再清扬。

后代的朱熹等一些人,举姜、弋、庸乃当时贵族姓氏为证,认为这是一首揭露贵族淫乱之辞。而另一些人则坚持纯粹从诗作的内容和意境把握诗意,认为诗中并无其他的政治含义,只是单纯地表现了青年男女的炽烈爱情。

想要一窥真实,就要追溯到那个质朴的时代,亲手翻开那页处处生机蓬勃的画卷。上古时期,身处蛮荒中的先民们处处以生存优先,诚心地奉祀农神及生殖之神,他们认为男女之间的交合与万物生长繁殖息息相关,因此,祀奉农神与生殖神的仪式常常交杂在一起,且伴有男女在一起欢会的习俗。《桑中》所描写的正是这种习俗的遗留。这种解释,才是真实的历史再现,也更贴合《诗经》所处的时代。而"刺奔"之类的坐而论道,则是对诗旨牵强附会的解释,是汉儒以"比兴"解诗的错误,他们借维护纲常的借口,遮蔽了先民的本性。

由此,解读这首诗的最佳视角,应该是建立在人类文化学的基础上。男女爱情以劳动为背景和引子,在采摘麦子、芜菁的劳作中,爱情也潜移默化地生长、成熟。当年轻的男女皆春心萌动之时,美丽的少女主动邀约,到桑林中幽会,爱情和劳动的场地是同一的。在神圣的祠堂边,爱情和农作物一起得到蓬勃的生长和释放。最终,以农业的源泉——河流,见证和象征爱情的滋润、回旋不断和源远流长。在这首诗里,爱情和农业混融交合、亲密无间,在作者看来,它们都是生命中不可缺少的必需。在整个《诗经》中,农业劳动和爱情,一以贯之地被赋予了同样的美好。

这种在神圣的祠堂边、桑林中出现的、带着浓厚淳朴气息的爱情,颇具原始色彩。只是两千年前的《桑中》显得更加纯粹,更加唯美,又因为是男主人公事后的低吟浅唱,所以更加撩人,更加意蕴悠长。

◎定之方中◎

定之方中①,作于楚宫②。揆之以日③,作于楚室。树之榛栗,椅桐梓漆,爰伐琴瑟。

升彼虚矣④,以望楚矣。望楚与堂⑤,景山与京⑥。降观于桑,卜云其吉⑦,终然允臧⑧。

灵雨既零⑨,命彼倌人⑩,星言夙驾⑪,说于桑田⑫。匪直也人,秉心塞渊⑬,骍牝三千⑭。

【注释】

①定：定星，又叫营室星。十月之交，定星出现，古人认为此时宜造宫室。②楚宫：楚丘的宫殿。③揆（kuí）：测度。④日：日影。④虚：废墟。⑤堂：楚丘旁的堂邑。⑥京：高丘。⑦卜：古人烧龟甲察看裂纹以测吉凶。⑧臧：好，善。⑨灵雨：及时雨。零：落。⑩倌人：驾车小臣。⑪星：晴。夙：早上。⑫说（shuì）：通"税"，歇息。⑬秉心：用心、操心。塞渊：充实。⑭骐（lái）：七尺以上的马。牝（pìn）：母马。

【赏析】

"定之方中"的"定"是指营造屋室的星宿。朱熹说："此星昏而正中，夏正十月也。于是时可以营制宫室，故谓之营室。"夏历十月，"定星"位于正南方，对应北极星，南北测度明确，东西也自然端正了，这样的建筑物才合于天地四方。"楚宫"即指楚丘地上的宫堂。"揆之以日"，指根据日影来测定宫室的走向。

这首诗是对卫文公的颂扬之作。春秋时期，卫国懿公，昏庸无道，民心离散。后来，狄国攻卫国，卫国败失国土，懿公亡。齐、宋两国立戴公做卫国君。戴公死后，其弟文公接位。两年后，齐桓公帮助卫文公迁都。后来，在狄国与邢国合兵攻卫之时，卫文公率兵击退敌军，第二年又讨伐了邢国。因他文治武功卓越，遂使国力日渐强盛。

《左传·闵公三年》载："卫文公大布之衣，大帛之冠，务材训农，通商惠工，敬教劝学，授方任能。元年革车三十乘，季年乃三百乘。"文公后期卫国国力增强了近十倍。春秋时代，战事纷繁，没有强盛的国力，强势的戎马，势必会被别国欺凌，甚至最终引起自身的覆灭。卫文公带领庶民将弱国变成强国，当然要受到人们的拥戴和赞誉。

定星于黄昏在正南方出现时，卫文公率领人们建造宫室宗庙，建筑进展得很有次序，宗庙宫室建好后又建马圈车库，再又建居室。完成这些后，又种榛、栗、椅等各种树木，为了将来将它们采伐做成琴瑟。

十月后既值农闲，又严寒未至，此时修宫筑室是有一定道理的。古代宫殿庙宇旁需种植名木，如"九棘"、"三槐"之类。楚丘的宫庙旁种植了"榛、栗"，这两种树的果实可供祭祀；种植了"椅、桐、梓、漆"，这四种树成材后都是制作琴瑟的好木材。

古人建筑讲究人与自然的和谐，"爰伐琴瑟"，既修筑宫堂居舍，又种树考虑久远，卫国复国之初就预期很久以后的琴瑟悠扬，载歌载舞，国泰民安。古人对未来的自信可堪赞许。卫人群体劳动是那样努力而有序，重建家园时对未来美好生活的那份激动和憧憬令人感动。

诗人叙述卫文公率人修筑宫室之后，再回过头讲述卫文公率人在楚丘卜测建筑的过程。

"登上漕邑废弃的宫室，沿着楚丘的地势眺望，观遍了远山与近岗。又到低处看桑田，占卜的卦辞很是吉祥，宫址选得很适当。"这个过程描绘得细致传神：先是"望"，后是"观"。先登上了漕邑故墟，远远眺望楚丘。"望楚"的重复运用，说明观望得极为细致，慎之又慎。同时，细察了附近的堂邑和高低山丘，表明卫文公亲自堪舆风水。后下到田地观察桑田水土，考量耕种蚕渔。这都关乎卫国未来的国民生息，作为贤德的国君，这些是要用心去考虑的。诗中由"升"到"降"，由"望"到"观"，表现出卫文公目光长远、脚踏实地的形象。

在宏观大处挥洒之后，第三章却笔锋一转，写入细微。黎明时天时变化，由雨转晴，文公便起身赶往田里，观察蚕桑的长势……选取一件典型事例，活现了文公重视农耕、亲往劝耕督种的明君特质，同时也渲染了文公的不辞劳苦，凡事躬亲，力图兴国的风范。由一及十，由此及彼，不难想象文公平日勤劳国事的情景。第三章的末三句是全篇的概览，揭示出了全诗的主旨：文公的行事是多用心，视野又多深远！实在无愧贤德之君的称号。

诗末句"骒牝三千"告诉人们，由于文公的励精图治，使卫国兵强马壮，日臻富强。全诗用赋的手法，却让人从中品出热情的赞颂。"匪直也人，秉心塞渊"两句虽是直叙，却有着浓厚的抒情色彩。文公因"秉心塞渊"，崇尚实际，才使卫国由弱转强。全诗所有的叙述，都落在了"秉心塞渊"一个重点上，这四字可以说是全诗的纲领。

◎蝃蝀◎

蝃蝀在东①，莫之敢指。女子有行②，远父母兄弟。

朝隮于西③，崇朝其雨④。女子有行，远兄弟父母。

乃如之人也⑤，怀昏姻也⑥。大无信也⑦，不知命也⑧。

【注释】

①蝃蝀（dì dōng）：彩虹。②有行：指出嫁。③隮（jī）：虹。④崇朝：终朝。⑤乃如之人：像这样的人。⑥昏姻：婚姻。⑦大：太。信：贞信，贞节。⑧命：父母之命。

【赏析】

蝃蝀就是彩虹，又称美人虹，形状如带，呈半圆形，有七种颜色。彩虹一般出现在雨后初晴之时，事实上是雨气被太阳返照而形成的。古代科学技术并不发达，人的思想也相对愚昧，先民不懂彩虹形成的原理，因此觉得彩虹的出现预示着不好的兆头，尤其指爱情或婚姻亮起了红灯。

关于《蝃蝀》一诗的主旨，一直争论不休，但大抵是围绕两种观点展开。一种是"止奔也"，这是正面的说教。另外一种就是宋代朱熹的《诗集传》认为"此刺淫奔之诗"。朱熹的意图也很明白，作为一个理学家，他从自己的学说出发从反面进行说教，其目的也无非是规范当时的礼制，使女子从德。

"蝃蝀在东，莫之敢指。"一条彩虹横跨天空，人们议论纷纷，却不知道这是什么东西，没有一个人敢用手指着它。从这一句话就可以看出人们对"彩虹"的抵触和敬畏。在他们看来，这晦气的长条气体一定预示着什么不好的东西。"女子有行，远父母兄弟。"一个女子出嫁了啊，从此远离了她的父母兄弟。若按"私奔"之说，单从这两句是看不出任何端倪的。因为此句没有任何褒贬之意，只是单纯地站在旁观者的角度去叙述。

"朝隮于西，崇朝其雨。"一条朝虹出现在西方，整个早上都下着蒙蒙细雨，连绵不断，不知道是不是这条彩虹的缘故。"隮"也是指彩虹，清陈启源在《毛诗稽古编》中曾记载："蝃蝀在东，暮虹也。朝隮于西，朝虹也。暮虹截雨，朝虹行雨。"这一章实质上是对第一章的重叠，都是在描写彩虹的出现。"女子有行，远兄弟父母。"原来是有个女子要出嫁啊，就这样远离了她的父母兄弟。

前两章都运用了比兴的手法，直写"彩虹"，实质要表现的却是出嫁的女子。这两章的叙述，概念很模糊，看不出作者意在表达什么。

"乃如之人也，怀昏姻也。大无信也，不知命也。"前面所有的描写无非是铺垫，直至这一句，诗人才真正点出了主题。天底下竟然还有像这样不知廉耻的女人，破坏婚姻可不是什么好礼仪啊！简直太没有贞操了，这样傲慢无礼的女子，让父母如何去依托？让一家老小还有什么脸面去生存？这一段文字略显尖酸刻薄，诗人对这个女子不留情面地加以鞭笞，说明他对这种破坏别人婚姻的行为极端憎恶和鄙视。

全诗的写作特点很独特，前两章属于复沓描述，一直在铺垫，没有发表任何评论，只是一味进行客观的陈述，而到了第三章，诗人却将这种情绪一股脑儿地倾泻而出，因此更加突出了作者对女子私奔行为的不齿，达到了一定的讽刺效果，同时也引起了读者的阅读兴趣，让人产生一种想读下去探个究竟的好奇感。这首诗歌的感情色彩也很浓烈，笔者没有将感情隐藏在隐晦的文字里，而是用"乃如之人也，怀昏姻也。大无信也，不知命也"四句，赤裸裸地表现在读者面前，直率而坦然。

"私奔"在当时是十分忌讳的字眼，也是让家族蒙羞的丑事。这首诗中，女子是婚后私奔还是临婚逃婚未曾可知，但不可否认的是，那女子也的确有勇气，在一个礼教森严的年代还能作出如此大胆的举动，实在令人咂舌。能够独立自主地追求自己的幸福，从某种程度上讲，女主人公确实勇气可嘉。

无论是接受父母之命媒妁之言，从此过上单调枯燥的夫妻生活，还是《蝃蝀》勇敢追求真爱的有个性的女子，最后都将被残酷的现实摧残。《蝃蝀》作者的心声代表了当时社会的看法，人们已经对她议论纷纷，"莫之敢指"，这个悲惨的结局只能归咎于那个年代，是礼教剥夺了他们自由恋爱的权利，是腐朽的思想禁锢了他们对爱的憧憬。

◎干旄◎

孑孑干旄①，在浚之郊②。素丝纰之③，良马四之。彼姝者子④，何以畀之⑤？
孑孑干旟⑥，在浚之都⑦。素丝组之⑧，良马五之。彼姝者子，何以予之？
孑孑干旌⑨，在浚之城。素丝祝之⑩，良马六之。彼姝者子，何以告之？

【注释】

①孑（jié）孑：高举的样子。干旄（máo）：以牦牛尾饰旗杆，树于车后，以状威仪。②浚：地名。③纰（pí）：在衣冠或旗帜上镶边。④姝：美好。⑤畀（bì）：给，予。⑥旟（yú）：画有鹰隼的旗。⑦都：古时区域名，指四方域邑。⑧组：编织。⑨干旌（jīng）：将长尾野鸡毛设于旗干之首。⑩祝：编连缝合。

【赏析】

全诗共三章，每章六句。"孑孑干旄，在浚之郊。素丝纰之，良马四之。彼姝者子，何以畀之？"诗中主人公仿佛正要去拜访什么贤者，这一路上他高高扬起插在车上的旗帜，手里不断地挥舞着旄鞭。一摽摽白色银丝镶边的旗帜，精美而大方，四匹千里骏马紧跟其后。主人公认为，即使是这些也不能表达我对贤者的尊敬，那位美好的德才兼备的人，我该拿什么献给你？本章采用的是赋法，直言铺叙，直抒胸臆。

"孑孑干旟，在浚之都。素丝组之，良马五之。彼姝者子，何以予之？"高高在上、迎风招展的旗子上画满了密密麻麻的鸟儿。驾车前行，眼看就要进到城里。旗杆上拴着白色的丝线，十分显眼。车后面跟着五匹千里马，让人心生羡慕。那位美好的贤人啊，你是如此的优秀，我真不知道该拿什么赠送给你。这一章内容基本重复上一章，只在个别字上稍有改动。而句末反复出现的"姝"也正是"贤人"的寓意。

"孑孑干旌，在浚之城。素丝祝之，良马六之。彼姝者子，何以告之？"高高扬起的旗帜上垂着光滑有色泽的羽毛，远远望去像一块白色的毡子一样，驾车一路走来，这时已经进入了城区。旗身上缝满了白色的丝线，车后跟着高大健硕的马匹，它们并驾齐驱。美好贤德的才子啊，我该拿什么去与你相赠。

这三章内容回环复沓，一层比一层感情激烈，求贤若渴的心情表现得淋漓尽致。清代有学者认为，诗中的"良马"是准备要送给贤人的聘礼，这一说法也不无道理。另有学者研究考古文献得知，文中的"干旄、干旟、干旌"都是大夫未来招贤纳士所建造的。

细细品味不难发现，文章在布局安排上也十分讲究。"在浚之郊、在浚之都、在浚之城"是一个由远到近的过程，从郊外慢慢到城里，这几句话表达出这位大夫势在必得的求贤之心。而紧接着的"良马四之、良马五之、良马六之"也有一个变化的过程，"良马"的数量逐渐增多，章法严谨，同时也体现出诗的主题。最后三个问句"何以畀之、何以予之、何以告之"的连用，也巧妙地表现出诗中的大夫求贤若渴的迫切心情。

古往今来，君主治国平天下少不了"贤人"的倾力帮助。尤其是能"运筹帷幄之中，决胜千里之外"的"贤人"，更得青睐。只要是贤明的君主，都是求贤若渴的。就像《干旄》里的大夫，为了迎接贤人，不惜花尽心思，以隆重的场面和丰厚的回报吸引"贤人"。这首诗的主题在后代作品中多有体现，如曹操的《短歌行》，李商隐的《贾生》等，可以说《干旄》一诗对后世的影响深远和持久。

据记载，《干旄》一诗的主旨讨论，结果达十余种。这在文学史上可以说是一个"天文"数字。以《毛诗序》的观点为首，《毛诗序》中所阐述的观点是"美卫文公臣子好善说"，赞美卫文公的臣子个个都是能言善辩的得力助手。另外，以宋代朱熹《诗集传》为代表的"卫大夫访贤说"和现代一些学者所持的"男恋女情诗说"为辅，三者形成了三足鼎立之势。实际上，这三家的言论都各有代表性，各有立场和道理。

卫风

◎考槃◎

考槃在涧①，硕人之宽②。独寐寤言③，永矢弗谖④。
考槃在阿⑤，硕人之过⑥。独寐寤歌，永矢弗过⑦。
考槃在陆⑧，硕人之轴⑨。独寐寤宿，永矢弗告⑩。

【注释】

①槃（pán）：快乐。②硕人：形象高大丰满的人，不仅指形体高大，更指道德的高尚。③寤：睡醒。寐：睡着。④矢：同"誓"。谖：忘却。⑤阿：山阿，山凹进去的地方。⑥过（kē）：舒适，欢畅。⑦过：忘记，错过。⑧陆：高而平的地方。⑨轴：徘徊往复。⑩告：哀告，诉苦。

【赏析】

　　《考槃》描写了一位山间隐士的生活和意趣，"考槃"有盘桓之意，指避世隐居。

　　诗的大意是："远离尘嚣隐居在山涧，高大的身躯美好的形象胸怀广。独睡独醒独自语，誓不违背高洁的理想远离人烟。远离世俗隐居在山阿，高大的形象端庄又祥和。独睡独醒独自歌，誓不忘隐居的清静心欢乐。远离喧闹隐居在高原，雄伟的身躯心豪志又坚。独睡独醒独盘旋，誓不改变初衷此中乐趣实难言。"

　　隐士的形象是美好的。"硕人之宽"、"硕人之过"、"硕人之轴"，一再地加以赞扬。"硕人"在那个时代本就有身体健硕和品行高尚的双重含义，再加反复以"宽"、"过"、"轴"来描写"硕人"，使人深受感染。"宽"的一种解释是心宽，另一种解释则是美貌；"过"字指貌美，也可引申为心胸宽大；"轴"字一解美貌，一解自由自在。不管是貌美还是心胸宽广或是自由自在，都是夸赞"硕人"的美好。作者要表现的就是隐士外在形象好，内在心胸宽广品德高尚，为人宽厚仁善不计小节。隐士远离世俗，却不被世俗遗忘，虽然隐于山水林原，仍被世人倾心尊重。

　　隐士居住的环境是幽雅的。"考槃在涧"、"考槃在阿"、"考槃在陆"，作者采用了正面烘托的手法，点出隐士盘桓在水涧、山坳、高原。隐士在涧水飞泻的地方，那一定是山清水秀的福地，山风徐徐，水流泠响，翠鸟和鸣，猿鹿相伴；隐士在丘峦起伏的地方，那小山必会有青松翠柏，有山坳小溪，有清风明月；隐士在平展舒缓的高原，那原野一定是青草无际，呦呦鹿鸣，食野之苹，狐兔出没，野鹤时现，也许一泓清水缓缓流过，群羚悠然自得地在溪河中饮水，一切都是那样的祥和。水涧、山坳、高原，都是离开人群的地方，那里没有尘世的喧嚣，没有人与人之间的俗来俗往，更不会有战争。

　　隐士的生活是悠然的。"独寐寤言"、"独寐寤歌"、"独寐寤宿"，可以想象，隐士独居山间草堂，四周围着篱笆，篱笆内外有菜畦、有粮地。一个人耕种，可以丰衣足食。劳动之外读书、写字、弹琴，困了独自睡，醒了天已响。正所谓"大梦谁先觉？平生我自知。草堂春睡足，窗外日迟迟"，而且是"此中有真意，欲辨已忘言"。隐士在幽静安适的环境中沉醉在自我的天地中，独睡，独思，独自张望，独自说话应答，独自咏诗歌号，独自游山玩水，这样的生活，在那个战争频繁的时代，真是舒畅自由至极。

归隐的好处是令人羡慕的。"永矢弗谖"、"永矢弗过"、"永矢弗告",隐士发誓不违背初衷,要长享这远离人烟的乐趣,其实不仅仅是坚持高洁的理想。"士"指读书而有一定社会地位的男人,"隐士"就是隐居不仕之士。在古代做隐士确实很好:可以在山水之间自得其乐地尽享人生。孔老夫子在当年就曾感慨:"吾于《考槃》,见遁世之士而不闷也。""独坐幽篁里,弹琴复长啸。深林人不知,明月来相照。"唐代王维描写的隐居生活更是诱人。在中国历史上,隐士有时也可以收名获利,商朝末的伯夷、叔齐,春秋时的柳下惠、鲁仲连,都因隐居而出了名;唐代卢藏用隐居终南山等待征召,后来果然被朝廷以高士聘授高官,因而后来人把读书人以隐居自抬身价求仕的做法称为"终南捷径"。

◎硕人① ◎

硕人其颀②,衣锦褧衣③。齐侯之子④,卫侯之妻⑤,东宫之妹⑥,邢侯之姨⑦,谭公维私⑧。

手如柔荑⑨,肤如凝脂⑩,领如蝤蛴⑪,齿如瓠犀⑫,螓首蛾眉⑬。巧笑倩兮⑭,美目盼兮⑮。

硕人敖敖⑯,说于农郊⑰。四牡有骄⑱,朱幩镳镳⑲,翟茀以朝⑳。大夫夙退㉑,无使君劳。

河水洋洋㉒,北流活活㉓,施罛濊濊㉔,鳣鲔发发㉕,葭菼揭揭㉖。庶姜孽孽㉗,庶士有朅㉘。

【注释】

①硕人:高大白胖的美人。②颀(qí):修长。③衣锦:穿着锦制的衣服。"衣"作动词用。褧(jiǒng):布罩衣。④齐侯:指齐庄公。子:此处指女儿。⑤卫侯:指卫庄公。⑥东宫:太子居处。⑦姨:此处指妻子的姐妹。⑧私:女子称其姊妹之夫为"私"。⑨柔荑(tí):白茅柔嫩之芽。⑩凝脂:凝结的油脂。⑪领:颈部。蝤蛴(qíu qí):天牛的幼虫,色白身长。⑫瓠犀:葫芦籽。因色白,排列整齐,所以常用来比喻美人的牙齿。⑬螓(qín)首:形容前额丰满开阔。蛾眉:蚕蛾触角,细长而曲。这里形容眉毛细长弯曲。⑭倩:嘴角间好看的样子。⑮盼:眼珠转动。⑯敖敖:修长高大貌。⑰说:通"税",停车。⑱牡:雄马。有骄:强壮的样子。⑲朱幩(fén):用红绸布缠饰的马嚼子。镳(biāo)镳:盛美的样子。⑳翟茀(fú)以朝:野鸡毛羽作为车后的装饰。㉑夙退:早早退朝。㉒河水:此处特指黄河。洋洋:水流浩荡的样子。㉓北流:指黄河在齐、卫间北流入海。活活:水流声。㉔罛(gū):大的鱼网。濊(huò)濊:撒网入水声。㉕鳣(zhān):鳇黄鱼。鲔(wěi):鲟鱼。发(bō)发:鱼尾击水之声。㉖葭(jiā):初生的芦苇。菼(tǎn):初生的荻草。揭揭:很长的样子。㉗庶姜:指随嫁的姜姓众女。孽孽:高大的样子。㉘庶士:文姜的陪从。朅(qiè):勇武。

【赏析】

《诗经》中的作品,多是摹写一些不随时间流逝而发生改变的主题,例如,这篇《硕人》,便是男人对女子的赞扬,它所罗列的美的标准,千年前是这样,现在依然不曾改变。

一个女子,首先要有好的修养,在现代,这需要好的教育,而在古代,则更多依靠好的家世;其次,要有好的容貌;再次,要有好的归属,坚固的避风港才能抵挡现实的风浪,使女子的娇艳能够得到最持久的绽放；还有重要的一点是，一个女子，要有好的品性，雍容娴静，坚贞自爱。在《硕人》中，作者所说的即为这四点，他好像是义不容辞地以所有男性的代表自居，毫不隐晦地表达了自己的观点，抑或是要求。

正因如此，诗作少了脉络和情节，多了整饬和摹写，不似《诗经》所固有的青葱淳朴，却更显得真实有力。首章，作者开篇便简单勾勒出一位美女的形象，这位美女是文姜夫人，她是齐庄公的女儿，卫庄公的妻子。"硕"即丰满而又白皙，复加一个"颀"字，将其亭亭玉立的倩影精简传神地摹写出来。随后，诗人开始描写女子的服饰，告诉读者这是一位贵族之女。接下来，诗人急切又细致地铺叙，交代了此女不但出身富贵，而且是王侯之门、帝辇之家。"身材——衣着——身份"的顺序安排，符合欣赏者正常的思维模式和渐进过程，并起到了制造悬念的功效：此女身材如此之好，身份又如此高贵，那她的相貌又当如何？于是，下文对其美貌的泼墨铺叙也就水到渠成了。

第二章中，对于女主人公的七个类似于电影特写镜头的描摹，给人们呈上了七幅纤微工巧的工笔画，生动形象的比喻，俘获了无数读者的心，女主人公艳丽绝伦的肖像，就此萦绕于读者的脑海，挥之不去。论及艺术效果，最传神的当为"巧笑倩兮，美目盼兮"八字。

六朝画家总结出的创作经验云："传神写照，正在阿堵。"意思是说，摹写人物时，最关键的地方是人的眼睛，因为眼睛是心灵的窗户，凸显一个人的神采，莫过于凸显其笑靥中的双眸。当无数静态的比喻在历史长河中逐渐褪色时，"巧笑倩兮，美目盼兮"却仍然能够激活人们的联想和想象，亮丽生动，光景常新，这是因为，动态地摹写神态可以使人物气质突出，富有神韵。

最美的人，应该得到最坚实有力的护佑，这一点，任谁也不舍得否定，诗作接下来所做的，正是为这块美玉寻找一个契合的椟匣。作者极力地铺陈文姜出嫁场面的盛大，用她车乘的豪华，凸显出其归属者的权势强大。雍容华贵与富丽堂皇辉映，知书达理与文治武功相携，将相仕女，英雄美人，从来都是最恰切的组合。

关于此诗的主题，众说纷纭，除了赞美说以外，还有其他两种说法：一是"怜悯"说，二是"劝谕"说。前者是人们对于女子的护卫，后者是人们对于女子的告诫。据《左传·隐公三年》记载，卫庄公娶齐庄公之女文姜为妻，美而无子，受到谗嫉，卫人为之赋《硕人》。这是一种很温情的说法，人们为了维护这位美丽但没有孩子、还受到谗言所害的文姜，作诗声援。

另一种说法记载于《列女传·齐女傅母》，文姜初嫁，重衣貌而轻德行，其傅母加以规劝，使其"感而自修"，卫人为作此诗。这种说法，则显得严厉很多，但同样意出善心，立意高远。对于美貌且轻佻的女子，大家心存忧虑，劝勉归正，让其能有一个美好的未来，其心拳拳，其意切切，可表日月。

随着《诗经》的流传和经典化，《硕人》也得以成为题咏美人的"千古之祖"，能收容这么一位美丽的女子，实是《诗经》的幸运，而能被《诗经》所收容，却也是文姜夫人的幸运。这个高个子美女袅袅婷婷地俏立于黄河岸边，带着她的绝世仙姿穿梭于经典的字里行间，悠悠千年。

◎氓◎

氓之蚩蚩①，抱布贸丝②。匪来贸丝，来即我谋。送子涉淇③，至于顿丘④。匪我愆期⑤，子无良媒。将子无怒⑥，秋以为期。

乘彼垝垣⑦，以望复关⑧。不见复关，泣涕涟涟。既见复关，载笑载言⑨。尔卜尔筮⑩，体无咎言⑪。以尔车来，以我贿迁⑫。

桑之未落，其叶沃若⑬。于嗟鸠兮⑭，无食桑葚⑮。于嗟女兮，无与士耽⑯。士之耽兮，犹可说也⑰。女之耽兮，不可说也。

桑之落矣，其黄而陨⑱。自我徂尔⑲，三岁食贫。淇水汤汤⑳，渐车帷裳㉑。女也不爽㉒，士贰其行㉓。士也罔极㉔，二三其德㉕。

三岁为妇，靡室劳矣㉖。夙兴夜寐㉗，靡有朝矣。言既遂矣，至于暴矣㉘。兄弟不知，咥其笑矣㉙。静言思之，躬自悼矣㉚。

及尔偕老，老使我怨。淇则有岸，隰则有泮㉛。总角之宴㉜，言笑晏晏㉝。信誓旦旦㉞，不思其反。反是不思，亦已焉哉。

【注释】

①氓：民。蚩（chī）蚩：笑嘻嘻的样子。②布：古代货币，即布币。③淇：淇水。④顿丘：卫地名。⑤愆（qiān）：延误。⑥将：愿，请。⑦垝（guǐ）垣：破颓的墙。⑧复关：诗中男子的住地。⑨载：语气助词。⑩卜：卜卦，用龟甲卜吉凶。筮（shì）：用蓍草占吉凶。⑪体：卜筮所得卦象。咎言：不吉之言。⑫贿：财物。⑬沃若：润泽的样子。⑭于嗟：吁嗟，叹词。鸠：斑鸠。⑮桑葚（shèn）：桑树的果实。⑯耽：迷恋。⑰说：通"脱"，摆脱。⑱陨：坠落。⑲徂（cú）：往。⑳汤（shāng）汤：水势盛大。㉑渐（jiān）：沾湿。㉒爽：差错。㉓贰：有二心。㉔罔极：没有准则，行为多变。㉕二三其德：三心二意。㉖室劳：家务劳动。㉗夙兴夜寐：早起晚睡。㉘暴：凶暴。㉙咥（xì）：讥笑。㉚悼：伤心。㉛隰（xí）：低湿之地。泮（pàn）：岸，水边。㉜总角：古时儿童两边梳辫，状如双角。此处指童年。㉝晏晏：和悦的样子。㉞旦旦：明朗的样子。

【赏析】

在《诗经》中，《氓》具有划时代的意义。这种意义首先表现在，它是一首描写婚姻悲剧的长诗；其次，它是一首长篇叙事诗；这在中国文学史上并不多见。事实上，完整成熟的长篇叙事诗《孔雀东南飞》直到南朝徐陵的《玉台新咏》中才正式出现。

《氓》是一位劳动妇女在恋爱婚姻上被欺骗后所唱的怨歌。诗中叙述女子从恋爱到被遗弃、最后终于决定和负心丈夫决裂的过程。千百年来，《氓》以它独特的姿态存于《诗经》当中，供人们不断地探索和发掘。

然而在《氓》一诗的主旨上，也曾产生过不少分歧。最初，大多数汉代学者都认为这是一首"刺淫奔"之作。宋代朱熹的出现将此诗的评说改变了航向，他在《诗集注》中阐明："此淫妇为人所弃，而自叙其事以道其悔恨之意也。"很显然朱熹是从礼教的角度出发，"存天理灭人欲"，告诫女子要贞洁。这一观点大大扭曲了《氓》的美感。直到清代，这首诗才渐回归其"弃妇诗"的本义。

"氓之蚩蚩，抱布贸丝。匪来贸丝，来即我谋。"这个小伙子看起来忠厚老实，拿着一摞布匹来交换我的丝，其实你并不是来跟我交换什么布匹，而是想跟我结为连理啊。这个男子实在狡猾，分明就是醉翁之意不在酒啊。

"送子涉淇，至于顿丘。匪我愆期，子无良媒。将子无怒，秋以为期。"送你渡过了淇水来到顿丘，不是我故意拖延时间啊，实在是你没有好的媒人，你可千万不要生气，我们就暂且把秋天定为婚期吧。

"乘彼垝垣，以望复关。不见复关，泣涕涟涟。既见复关，载笑载言。尔卜尔筮，体无咎言。以尔车来，以我贿迁。"我时不时地登上城边倒塌的墙，眺望从远方来的人，看不见你，我的眼泪就不听使唤，一串串掉下来。终于有一天看到了你，我就不由得又说又笑。你去占卜看看有没有什么不好的预兆。没有凶兆，你就用车来接我，我带上家里配送的嫁妆跟随你。

成婚的场面热闹非凡，成婚时的心情激动兴奋。这两段讲述了这对男女从相识到相知到相爱再到成婚的全过程。这一路走来既有焦急的等待，也有甜蜜和炽热，不难看出女主人公是一个痴情种子。

"桑之未落，其叶沃若。于嗟鸠兮，无食桑葚。于嗟女兮，无与士耽。士之耽兮，犹可说也。女之耽兮，不可说也。"桑树还没有落叶的时候，它的叶子很新鲜，斑鸠啊，你千万不要贪吃那个桑葚。可怜的姑娘啊，你千万不要钟情，男子若是沉溺在爱情里面尚可以脱身，女孩可就无法脱身了啊。

"桑之落矣，其黄而陨。自我徂尔，三岁食贫。淇水汤汤，渐车帷裳。女也不爽，士贰其行。士也罔极，二三其德。"桑树落叶的时候，它的叶子枯黄不堪，纷纷掉落在地，自从我嫁到你家来，忍受着这苦不堪言的生活，当年你来接我的时候，水花打湿了车上的布幔。我又有什么错呢？可是你前后的态度却一百八十度的大转弯，你的心彻底变了。

这两段运用比兴的手法，用桑叶的枯黄比作女子的年老珠黄，形象贴切。笔意一转，尽显悲凉，且与前两章的内容形成鲜明的对比。女子哭诉自己婚后并不幸福，她后悔了当初的决定，更痛恨自己为什么陷得那么深，如今想拔出来实在很难。女子痛彻心扉地诉说自己被丈夫遗弃，但是身为妻子却又无能为力，只有满腔的怨恨和不甘。

"三岁为妇，靡室劳矣。夙兴夜寐，靡有朝矣。言既遂矣，至于暴矣。兄弟不知，咥其笑矣。静言思之，躬自悼矣。"多年来做你的妻子，吃了多少苦受了多少罪，家里的活大大小小都是我一个人干，如今家业已成，你却变心了。我娘家的兄弟姐妹竟然还不体谅我，他们嘲笑我，讥讽我，我只能独自流泪。

"及尔偕老，老使我怨。淇则有岸，隰则有泮。总角之宴，言笑晏晏。信誓旦旦，不思其反。反是不思，亦已焉哉。"曾经我们发过誓言要白头偕老，但是现如今这个愿望让我悔恨，淇水纵然再宽也有个岸边，地势的洼地再低也还有个边。可是你却这般狠心地将我抛弃。既然你不仁也不要怪我不义，我将狠下心来，彻底把你忘记。

《氓》中运用了大量的艺术手法，如顶真、呼告等，然而最令人赞叹的便是赋、比、兴手法的巧妙运用，赋兼比兴，抒情兼叙事，使得此诗主题更加突出。如第五章中，诗人运用"淇水"和"堤岸"两个比喻，将女子的悲惨刻画得淋漓尽致。

整齐的四言句式，也使得全诗的韵律灵活、和谐、优美。整首诗按照事情发展的顺序进行叙述，条理清晰，让人一目了然。同时，诗中对现实的描写，在一定程度上反映、批判了当时礼教对女子的束缚。

《氓》的影响深远，今天还时常用到"信誓旦旦"等词语。可以说，《氓》开创了弃妇诗的先河，也是弃妇诗中一曲震撼古今的绝唱。

◎芄兰◎

芄兰之支①，童子佩觿②。虽则佩觿，能不我知？容兮遂兮③，垂带悸兮④。

芄兰之叶，童子佩韘⑤。虽则佩韘，能不我甲⑥？容兮遂兮，垂带悸兮。

【注释】

①芄（wán）兰：一种多年生的蔓草，又名萝摩。支：枝条。②觿（xī）：解结用具，形同锥。③容、遂：舒缓悠闲的样子。④悸：原指心动，此处指衣带摆动的样子。⑤韘（shè）：钩弦用具，套于右手拇指，射箭时用于钩弦。⑥甲：借作"狎"，亲昵。

【赏析】

《芄兰》这首诗的大意是："芄兰的枝蔓不断在伸长，那个小子佩戴了成人的饰样。虽然他已佩戴了成人的饰物，难道他真的会把我忘记？看他衣带拖地，人还不够长，却已是一本正经的模样。芄兰的叶儿肥果实如锥状，那个小子穿戴上了成人的饰装，虽然他穿戴上了成人的饰装，难道他会不与我亲近换了心肠？看他衣带拖地，人还不够长，却俨然一副老成的模样。"

从诗的内容来看，主人公是一个小女孩和一个小男孩，两人的家应是毗邻而居。他们从小在一起玩耍，青梅竹马，亲密无间，两小无猜。随着时间的流逝，他们不知不觉中已经长大，渐渐到了懂得男女之事的年龄。女孩心中已经暗生情愫，平日里时刻注意着他的一举一动，心里眼里都是他的身影。

渐大的男孩却更崇尚成人的体魄，一天他穿起了大人的衣服，戴上了大人佩戴的"觿"和"韘"，在邻家的孩子们面前夸示自己身材高大已经成人，不屑和女孩嬉戏，不免露出倨傲的神情。这对女孩却是不小的打击，因而才生出对男孩的贬斥和怨意。

诗作很是委婉细腻。芄兰的荚与象骨制成的锥形配饰"觿"很相像，因而作者以芄兰起兴。用芄兰的蔓慢慢伸长，比喻男女主人公慢慢长大，用芄兰成熟后的锥形果实，比喻人长大佩戴锥形的饰品，比与兴都用得十分贴切。当时贵族男子佩觿佩韘，标志着他对内已有能力主家，对外也已有能力治事习武。男女主人公自小关系非常亲密，可是，男孩穿上长衣，佩带觿、韘后，觉得自己快是大男人了，快有能力主家了，自然想装成持重老成的样子，女孩则担心他不愿搭理自己了，因此产生"是不是不想和我好了"的疑惑，心中十分酸楚。作者对小儿女的心态把握得十分准确，心理描写也细腻传神。

男孩穿起大人衣服，不免宽绰肥大，垂带摆动拖地，可他自己却不觉得不合适，还装出一副成熟男人的模样。女孩对他的打扮却看不惯得很，"那不过是装模作样假正经罢了，瞧他那一副羞人的丑模样"。本来两人从前一起玩时都不拘无束，很是亲昵，现在他态度变得冷落，所以他的穿着、配饰、情态就处处招她生气，原来的他可爱、可亲、可昵，现在的他可气、可恼、可恨。她的鄙视、怨恨和嘲讽都是从自幼及今的依恋而来，怨恨嘲讽中隐隐含蓄着绵绵的情意。这种曲径通幽的心理描写，确实达到了很高的境界。

《芄兰》的题旨历来说法很多，归纳起来，大体有以下几种：

一、诗人因卫惠公骄傲无礼而作诗讽刺他；

二、卫国人因自己的国家弱小对后代教化条件不足而生发的慨叹；

三、时人讽刺霍叔而作，用童子僭越礼仪穿戴成人衣饰，讽喻霍叔不度德量力，帮助武庚作乱；

四、讽刺世俗父兄不能以礼仪教育后代子弟的诗；

五、当时卫惠公以童子即位行国君礼，因此卫国的大夫作诗来赞美他；

六、讽刺童子早婚而作；

七、小儿女之间的一首恋歌。

从这首诗本身的内容、口吻和细腻的心理描写看，最后一种说法应当是最贴切的，这当然不是定论。

◎有狐◎

有狐绥绥①，在彼淇梁②。心之忧矣，之子无裳③。

有狐绥绥，在彼淇厉④。心之忧矣，之子无带。

有狐绥绥，在彼淇侧⑤。心之忧矣，之子无服。

【注释】

①绥绥：独行求匹的样子。②淇：水名。梁：桥。③之子：这个人。④厉：水深及腰，可以涉过之处。⑤侧：岸边。

【赏析】

《有狐》一诗的主旨颇难理解，过去一般认为这首诗是用来讽刺君主的昏庸，因为当时君主没有贯彻"为了使人口增加而让失去配偶的人彼此成婚"的政策。然而后代多位学者通过查寻《史记》《国语》里的史实，论证出这种观点不足为信。

宋代一批经学家虽然也同样反对《毛诗序》当中的观点，可是他们毕竟是站在礼教大防的角度去赏析。他们指出，《有狐》的主旨无非是"寡妇见鳏夫而欲嫁之"。单从字面上来看，何来"寡妇"？何来"鳏夫"？这种以经学为基准的片面观点，难免有穿凿附会之感。

抛去这些见解不看，单从字面上来理解，很容易看出《有狐》就是一首相思诗，它描写了一个女子对流离在外的亲人的思念和关怀。这里没有太多点染和描述，更没有什么风花雪月的浪漫，有的仅仅是质朴和真真切切的生活。诗以一个女子的口吻进行叙述，清新自然，感情充沛哀婉。

"有狐绥绥，在彼淇梁。"有只狐狸在岸边独自慢慢行走，徜徉于宽阔的淇水桥上。这一句话就是众家分歧的导火索，有学者认为狐狸这种动物是"妖媚之兽"，独自在岸边行走，一定是在求偶。也

有人认为，这一句仅仅是起兴之语，并没有弦外之音。"心之忧矣，之子无裳。"我的心中十分悲伤，因为他连条裤子都没有，让人看了心酸不已。这一段只是单纯地表达了女子对心爱之人的惦念，衣不蔽体叫她放心不下。因为"狐"既然是单独地静静地走在岸边，必定不是求偶之意。著名学者、古典文学专家李炳海认为："在《诗经》产生的历史阶段，狐作为男性配偶的象征，已经是约定俗成的习惯，狐形象的此种内涵对于那个时代的人们来说是不言而喻的。"这句话更是否定"求偶"内涵的有力论证。

"有狐绥绥，在彼淇厉。心之忧矣，之子无带。"有只狐狸在岸边独自慢慢行走，游走在淇水岸边柔软的浅滩上。我的心中十分悲伤，这人无带系腰间。这一段无论从句式上，还是用词上都与上一章十分相近。回环往复，层层复沓。

"有狐绥绥，在彼淇侧。心之忧矣，之子无服。"狐狸独自慢慢地走着，走在淇水岸上头，像是在等待什么，像是在遥望什么，又像是在思念什么。我此时此刻心如刀绞，他连衣服也没有啊。

全诗共三章，句子简单明了，每章都以"有狐绥绥"作为开头，以"狐"起兴，意在突出后面对心爱之人的担心和挂念。"心之忧矣"一共出现了三次，从表面上看没有任何变化，细细玩味，此处却大有文章。这三次的担忧各有不同，从"裳"到"带"，再到"服"，由下而上，层层透出细致入微的感情，一层比一层感情浓厚，突出了女子对远征男子无微不至的关怀。虽只是平常百姓家嘘寒问暖的简单问候，却显得真实动人。

有些东西越是简单平常，越是弥足珍贵。《有狐》一诗三叹其"忧"，忧心上人的冷暖，怕他没法添衣御寒。这是多么普通，多么质朴的关爱。狐徘徊独自行走的情景一再重复，这其实是女子那颗放心不下的心。淇水渐渐平息，但平息不了女子思念的心。

◎木瓜◎

投我以木瓜①，报之以琼琚②。匪报也③，永以为好也。
投我以木桃④，报之以琼瑶。匪报也，永以为好也。
投我以木李⑤，报之以琼玖。匪报也，永以为好也。

【注释】

①木瓜：一种落叶灌木（或小乔木），果实长椭圆形，色黄而香，蒸煮或蜜渍后供食用。②琼琚（jū）：美玉。③匪：非。④木桃：果名，即楂子，比木瓜小。⑤木李：果名，即榠楂。

【赏析】

《木瓜》是《诗经》中的名篇，传诵很广。它言简意赅，读起来朗朗上口，让人想忘记都难。相互赠答，礼尚往来是中华民族的传统，在多部作品中均有体现，如汉代张衡《四愁诗》中："美人赠我金错刀，何以报之英琼瑶"。《诗经·大雅·抑》中的"投我以桃，报之以李"意义都与《木瓜》大抵一致。

关于《木瓜》一诗的主旨，古往今来见解颇多。汉代《毛诗序》云："《木瓜》，美齐桓公也。卫国有狄人之败，出处于漕，齐桓公救而封之，遗之车马器物焉。卫人思之，欲厚报之而作是诗也。"意思是说卫国遭遇狄人侵犯时，齐桓公曾经救过卫君。卫人思念桓公的恩惠，欲以厚礼去回报人家故而作此诗。

华夏民族是一个礼仪之邦，人与人之间的交往都遵循着"来而不往非礼也"的信条。从宋代开始《木瓜》"男女相互赠答"之说开始盛行开来。朱熹在《诗集传》中阐明自己的观点："言人有赠我以微物，我当报之以重宝，而犹未足以为报也，但欲其长以为好而不忘耳。疑亦男女相赠答之辞，如《静女》之类。"他认为这首诗是写一个男子与钟爱的女子互赠信物以定同心之约。

客观来说，本诗并没有在字面上透露任何详细信息，也没有什么蛛丝马迹可供读者寻找。所以平心而论，这首诗的范围很广，读者可以根据自己的理解对《木瓜》一诗的主题进行自由的探索和想象。说是送朋友，送亲人，官场送礼都无可厚非，因为它就是一首通过赠答表达深厚情意的诗作。

"投我以木瓜，报之以琼琚。匪报也，永以为好也。"你赠送给我一个圆润清香四溢的木瓜，我回赠给你一方精美的佩玉。这不是简简单单的回报啊，而是我发誓要与你永远相好的誓言。

"投我以木桃，报之以琼瑶。匪报也，永以为好也。"你送给我蜜糖般甜蜜的木桃，我回赠你晶莹剔透的宝玉。这并不是简简单单的回报啊，这是我要永久与你相好的决心。

"投我以木李，报之以琼玖。匪报也，永以为好也。"你送给我味美清爽的木李，我回赠给你一串珍珠般的玉石。这不是寻常的物与物的交换，而是我要与你永久相好的意愿。

"琼"原意是赤玉，"琚"是佩玉，"瑶"是稍次一等的玉。你送的是水果，而我回赠的却是美玉，后者价值远远大于前者。但从中可以看出，回赠之人并不看重世俗的价值，而是在乎这份相互珍惜的情意，真情并没有高低贵贱之分。

这首诗从形式上来看属于重章叠句，回环复沓。反复吟诵同一个意思，只在几个字上稍加改动，每章的后两句一模一样，就是前两句也仅一字之差。"琼琚"、"琼瑶"、"琼玖"所讲都是玉类，无非大小形状不同而已。"木瓜"、"木桃"、"木李"也都是同一属的植物．其间的差异及其微小。这就造成了一种跌宕起伏之美，非常利于用来歌唱。值得注意的是，每一层所表达的思想感情都越来越浓，这种表现手法是《诗经》的一大特色，正所谓一唱三叹，余音袅袅，绕梁三日而不绝。

《木瓜》一诗在遣词造句上也十分讲究。全诗每章四句，除"匪报以"以外其他每句都是五言句式，而且基本上都是对偶句。每章的后两句末尾，都用了一个"也"字，"也"是语气助词，它有加强语气的作用。"匪报也"当中的"也"加强了肯定的语气。因为这一句翻译过来是"这不是简简单单的回赠"，这是一个陈述句，所以此处的语气是毫不动摇的，用一个"也"字，显得意味浓厚。而"永以为好也"中的"也"，虽然也有表示决定的意味，却更突出了一种愿望，一种对未来的憧憬。诗人在虚词的运用上，分寸拿捏得如此之妙，不得不让人佩服其精深的文字功底。

生活中的真诚无处不在，它就像一种润滑剂，能消除人与人之间的摩擦。就像《木瓜》中果子与美玉的价值大不相称，但是物品本身的价值已不重要，重要的是这个信物代表着两颗没有戒备、坦诚相待的心，它就像一座桥梁，沟通着彼此的心灵。

王风

◎黍离◎

彼黍离离①，彼稷之苗②。行迈靡靡③，中心摇摇④。知我者谓我心忧，不知我者谓我何求。悠悠苍天，此何人哉！

彼黍离离，彼稷之穗。行迈靡靡，中心如醉。知我者谓我心忧，不知我者谓我何求。悠悠苍天，此何人哉！

彼黍离离，彼稷之实。行迈靡靡，中心如噎⑤。知我者谓我心忧，不知我者谓我何求。悠悠苍天，此何人哉！

【注释】

①黍（shǔ）：黍子，去皮后叫黏黄米。离离：行列的样子。②稷（jì）：高粱。③靡靡：行步迟缓的样子。④摇摇：形容心神不安。⑤噎（yē）：气逆不能呼吸。

【赏析】

周平王东迁洛邑以后，河南省的洛阳、孟县、巩县、温县一带，产生了许多民间歌谣，它们大都带有乱世苍凉哀怨的气氛，反映了当时战争频繁、人民无处为家的社会现实。在《诗经》中，这些歌谣集结起来，统称为《王风》。从地理位置上说，它们是从王城产生的歌谣。从政治蕴含和艺术手法上说，它们虽大多叙述王城之事，但缺乏《雅》的正统，而显得深沉厚重，别有寄托。《黍离》序于《王风》之首，历来备受推崇，是《诗经》中的经典之作。

《黍离》的主人公，属于这样一类人：他们敏感而又超前，才华横溢、境界高远，总能思常人不能思，但也因之不得不忧常人所未忧，由此也背负上常人不可想象的痛苦和孤独。

诗作讲述东周迁都之后，一位易代大臣因为某个机会回到曾经的西周故都，想再一次找回过往岁月的痕迹，却不料事与愿违。放眼望去，曾经的故地，皆变成片片葱绿的庄稼，昔日的繁华和战火无一觅处，只剩下一些断墙残垣。作者曾经在此任职、生活，留下了几多爱恨与际遇，沉淀了深厚的感情，而现在，却是人非物亦非，徒增伤感。

诗人漫无目的地行走在庄稼间，眼前的景物勾起他的无限愁绪，思绪纷纭间，曾经被克制住的情思尽数涌上心头。对故国的追思、对百姓的痛惜、对历史的感慨和敬畏，纷至沓来，急切而又阔大。为什么政权会兴衰更迭，人类社会的历史怎么才能保持安稳长久，渺小的人类如何才能战胜时间的规律，人的弱点何以如此顽固……这些终极的问题，疯狂地在主人公脑海中旋转，长久得不到解答。

最令人不堪的是这种忧思无人理解，也无人分担。"知我者谓我心忧，不知我者谓我何求"，众人皆醉我独醒的境遇，并非每个人都能承受。思索得太深、追问得太深的人，总有孤独、尴尬、委屈如影随形。诗人孤独一人对抗着这些压迫内心的追问，最终无法承受，几乎达到崩溃的边缘，所以他才仰天怒号，叩问苍天。由此，此诗一脱其他《诗经》作品的质朴美好，变得苍凉感伤。

有学者指出，诗人选取的是一种"物象浓缩化，而情感递进式发展"的写作手法，全诗的行文逻辑与庄稼的生长密不可分，诗人用庄稼的出苗、成穗、结实，来记述时间的演进和抒情主人公逐渐增强的情绪。全诗三章，仅易数字，回环往复，对主人公而言，接连袭来的忧郁简直要承受不住，从"中心摇摇"进而到"中心如醉"，到最后"中心如噎"，情绪压抑得喘不过气来。每章后半部分形式上完全一样，在一次次反复呼喊中，情感力度逐章加深，最终汇聚成澎湃之势，给读者以深切的震撼。

后世的许多文人，都深受此诗的影响。"知我者"并非没有，仅仅是相隔太久而已。历次朝代更迭过程中，都有人泪水涟涟地吟哦着兴亡之思，曹植的《情诗》，向秀的《思旧》，刘禹锡的《乌衣巷》，姜夔的《扬州慢》，无不带有《黍离》的影子，发人感慨，催人泪下。这些属于不同时代、但同样敏感的思考者，正是彼此的知己。

正因为诗人思考的问题带有终极性和普泛性，所以诗作的解读方式也可以是多样的。诗篇起始便将镜头对准一望无际的庄稼，奠定出阔大、朴实而又荒凉的基调，使读者的思绪得到张扬。其后，除了"黍"和"稷"之外，作者没有再描述其他具体物象，也没有给读者提供更多的事件信息。因而，作品整体便呈现出一种蕴藉开放之势，读者完全可以立足于诗作本体，发挥想象，构建一部属于自己的《黍离》。

通过想象，读者可以看到一个思想者，面对饱含生机的庄稼，独自吟哦着自己的痛楚。这种伤痛，只有"知我者"才会理解，而这样的"知我者"，可遇而不可求。

◎扬之水◎

扬之水①，不流束薪②。彼其之子③，不与我戍申④。怀哉怀哉⑤，曷月予还归哉⑥？
扬之水，不流束楚⑦。彼其之子，不与我戍甫⑧。怀哉怀哉，曷月予还归哉？
扬之水，不流束蒲⑨。彼其之子，不与我戍许⑩。怀哉怀哉，曷月予还归哉？

【注释】

①扬之水：激扬之水。②束薪：成捆的柴薪。③彼其：那个。④戍申：在申地边境防守。⑤怀：平安，一说思念、怀念。⑥曷：何。⑦束楚：成捆的荆条。⑧戍甫：守卫甫国边境。⑨束蒲：成捆的蒲柳。⑩许：地名。

【赏析】

戍边战士，独自伫立扬水之畔，看着滚滚流逝的河水，思妻之情涌上心头：妻子还在独自辛劳吧，本来砍柴等男人干的重活，她在家里也要一肩承担。多想砍好成捆的薪柴，托付河水带去妻子身边，为其分担劳苦，无奈扬水载不起这份沉重。河水奔流不息，正如我越走越远，而妻子，就像那捆不随流水而去的薪柴，永远伫立家中，独自等待，不离不弃。如此轻的河水，怎样才能把我这成捆柴草般沉重的相思，带给远方的妻子？何时我们再能团聚？

在《诗经》中，总能找到这种脉脉感动。这份浓烈的思念，在这篇《王风·扬之水》中，被作者用短短数十字，描述得淋漓尽致。

全诗回环复沓，把一份相同的相思，反复吟诵了三次。各章不同之处仅在于柴草的名称和戍边的地点。每章最后的"怀哉怀哉，曷月予还归哉"一句是主人公浓得化不开的伤感，是他明知相聚无期却每日掐指计算的期盼。这样悠悠而又连绵不接的念叨，真切地表现出戍边战士的思家情怀。

诗歌采用日常口语，不追求统一规整，而是用直白的语言描摹真实的情景，力图再现真切的思念，一切以原汁原味为准。三言、四言、五言、六言，只要有利于表现，统统进入诗中，丝毫不排斥句法的错落。口语化句子，朴实而又生动，最能代表下层农民出身的士兵的口吻，也最能扣动读者的心弦。当一个人远离家乡，被思念折磨得坐立不安时，会是怎样的心情？一定是像这位主人公这般，看到流水便伤感无限，无望归期却难止期盼，千言万语化成最简单的反反复复，唯有汹涌的情感在心中愈积愈浓。

因为最真醇，所以最打动人，诗篇由此获得了旺盛的生命力，流传广远。后代的学者，立足于这一真挚的相思，基于家国情怀的共同性，又把它上升到邦国关系的高度，深含褒贬。

《毛诗序》说："《扬之水》，刺平王也。不抚其民而远屯戍于母家，周人怨思焉。"春秋时期，申国常常遭受楚国侵扰，而周平王的母亲是申国人，为了不让母亲的故国频受侵犯，周平王便派王国军队驻守申国。驻地的士兵们为了保护一片陌生的土地而远离父母家乡，内心自然感到不满，这首《扬之水》便是士兵们此种情绪的流露。

这种包含政治关系的说法，没有冲淡上文中战士对家人的思念，还增加了诗作的内涵层次，使短短的诗作包含了亲情爱情、政治针砭、政策评价的方方面面，把一幅充满浓浓相思的画面放置到春秋时代战乱纷纷的背景中，内蕴陡然厚实，境界愈显广阔。

那载不动薪柴的流水，因此增加了一份含义，借喻东周王室。欧阳修以为："曰激扬之水其力弱

不能流移于束薪，犹东周政衰不能召发诸侯，独使国人远戍，久而不得代尔。"这种观点，细致地剖开了当时纷杂的政治关系：春秋时期，东周政权已岌岌可危，无力支配众诸侯，平王想保护母亲的故国，但无力左右诸侯间的征战和侵略，也无力派遣别的诸侯前去驻守，只得从自己的民众中抽调军士。

研究者邓翔更进一步，从诗中找出了造成这种局面的原因："王者下令如流水之源，所以裕其源者，盖有道矣，故势盛而无所不届。今悠扬之水至不能流束薪，何足以用其民哉。"流水不盛，是因为未能广开源头，导致下流轻缓，负重无力，周王室之所以如此窘迫，是因为无道，像源头堵塞的河流，未能开诚布公，广纳民意，因此黯然失势，不仅不能调停诸侯的纷争，更不能使民众安于听命，享受和睦太平。

到此，这首诗已经被后人挖掘得很深了，评论者从夫妇相思入手，演绎到政治纷争，最后探究到兴亡

的缘由，一脉相承，未见阻遏。《王风》中的其他一些作品，如《黍离》、《兔爰》等，也是如此：从普通的事件，推衍到王室衰微，诸侯并起，征战隔离亲情，百姓流于苦楚。一致的思想，明显的寄托，让人一读就知，意思并非止于字面。别有兴寄，感时伤事，这正是《王风》与众不同的艺术特色。

◎中谷有蓷◎

中谷有蓷①，暵其干矣②。有女仳离③，嘅其叹矣。嘅其叹矣，遇人之艰难矣！

中谷有蓷，暵其脩矣④。有女仳离，条其歗矣⑤。条其歗矣，遇人之不淑矣！

中谷有蓷，暵其湿矣⑥。有女仳离，啜其泣矣。啜其泣矣，何嗟及矣！

【注释】

①中谷：同谷中，山谷之中。蓷（tuī）：益母草。②暵（hàn）：干枯。③仳（pǐ）离：妇女被夫家抛弃逐出，后世亦作离婚讲。④脩：干燥。⑤歗（xiào）：痛声。⑥湿：通"隰"，干。

【赏析】

《中谷有蓷》是一首弃妇的怨歌。《诗经》中有很多美丽清新的爱情故事，也有像《中谷有蓷》这样苦楚凄然的控诉。因为背弃与相恋一样，都是爱情和婚姻中固有的、不可回避的遭际。

在古代，女子由于自身力量的弱小，只能把婚姻当做对自己一生幸福的博弈，若遇到好的归宿，则一生幸福，若遇人不淑，便只能独自品尝凄惶的人生滋味。正如唐代诗人白居易在其诗作《太行路》中所写的那样："为人莫作妇人身，百年苦乐由他人。"唐代如此，《诗经》的时代，亦是如此。

全诗三章，只易数字，反复吟咏，每节都用山谷中的益母草起兴开头，最后再以妇人自身的觉悟和感叹结尾，如此回环往复，产生了浓郁的悲伤。最终，妇人在长久的悲痛之后，终于发出了"遇人之艰难"、"遇人之不淑"和"何嗟及矣"的感叹。她面对无义的丈夫和窘迫的现实，没有自怨自艾，而是冷静地回思和分析，显得清醒而坚毅。

"蓷"，即为益母草，是一味中草药，有明目益神的功效，常用作妇女病的治疗和调养。很显然，这是一种比兴手法，是作者借用相关的事物引出所吟咏的主题。然而，后世的评论者们，有不少却背离了这一常规路径，用干枯的益母草，牵强曲解，似乎是希望为负心男找些借口。《毛诗序》说："《中谷有蓷》，闵周也。夫妇日以衰薄，凶年饥馑，室家相弃尔。"朱熹认为："凶年饥馑，家事相弃，妇人览物起兴而自述其悲叹之辞也。"这样一来，评论者把干枯的益母草扩大化，泛指荒年里所有植物的干枯，主张诗篇是在描述荒年，以此冲淡男子抛弃旧妇的凉薄。此种说法，冷了读者的同情之心，也背离了《诗经》的初衷。其实，"中谷有蓷"一句，既是隐喻，也有引发读者感情和联想的作用。益母草与妇女的关系密切。以此比兴，更方便人们联想到妇女的健康、生育，由此推延到夫妻、婚恋、家庭，扩充了诗歌的内涵。另一方面，益母草晒干后可入药，能够调剂女子的身体，但丈夫久不归家，入药的益母草又有何用？只能让孤单的女子看到后心生伤感。

益母草或许还承载着女子许多美好的回忆，也许是新婚时，也许是受孕时，女子身体微恙，当时还算细心的丈夫为其采摘益母草，细致入药，小心端来，给了女子多少感动，现如今，一切都烟消云散，恍然如梦境。这样，诗作通过比兴，把促进夫妻感情的药草，与被离弃的妇女摆在一块，产生强烈的对比，让人印象深刻。

"暵其干矣"，益母草干枯了。"暵其脩矣"，因为无人问津，变得更加干燥，叶子已经卷成一条。"暵其湿矣",益母草干枯后又变湿,最终不得不完全腐烂。这里是写益母草状况的变更,对应妇女逐渐老去的过程。而出现这种衰老的原因,则是因为女子无人照料和陪伴,得不到充足的滋润和给养,充分反映出女子愈来愈被丈夫疏离的辛酸。

当她发现自己的容颜在慢慢地老去,丈夫的态度一天天地冷淡,她的反应是"嘅其叹矣"、"条其欷矣"、"啜其泣矣",这三句在诗中各自出现了两次。女子在诗中重复地诉说自己的窘相,让读者仿佛看到了这样一副画面:一位原本丰腴红艳、明眸流转、绰约生姿的女子,最终变得枯瘦嶙峋、弱不禁风、目光晦涩、容貌呆滞,让人不由得痛惜一朵娇艳之花的陨落。古代女子的凄惨境遇,可见一斑。

◎兔爰◎

有兔爰爰①,雉离于罗②。我生之初,尚无为③;我生之后,逢此百罹④。尚寐无吪⑤!

有兔爰爰,雉离于罦⑥。我生之初,尚无造⑦;我生之后,逢此百忧。尚寐无觉⑧!

有兔爰爰,雉离于罿⑨。我生之初,尚无庸⑩;我生之后,逢此百凶。尚寐无聪⑪!

【注释】

①爰(yuán):舒服的样子。②离:同"罹",陷,遭难。罗:网。③为:指徭役。④罹(lí):忧。⑤吪(é):说话。⑥罦(fú):一种装设机关的网,能捕鸟兽。⑦造:指劳役。⑧觉:清醒。⑨罿(tóng):捕鸟兽的网。⑩庸:指劳役。⑪聪:听觉。

【赏析】

《兔爰》一诗,表现了一种乱世中的生活环境和悲哀的心态。"有兔爰爰,雉离于罗",面对同样一张罗网,狡猾的兔子逃脱,逍遥自在地奔跑,耿介的野鸡被捕,只得收起自己的翅膀,无奈地告别天空。

过去,社会"无为"、"无造"、"无庸",没有徭役、劳役和兵役,人们的生活很自由;而现在,多出"百罹"、"百忧"、"百凶",人们遇上各种灾祸,朝不保夕、流离失所。因此,诗中出现了这样的叹息:与其活在这样的时代,不如把眼帘闭上,把嘴巴合上,把耳朵塞住,就此长睡不醒!

"无吪"、"无觉"、"无聪"即不欲言、不欲见、不欲闻,在沉痛的现实面前,作者根极失语,足见其愤慨。三章采用重章叠句的方式,反复渲染了诗人在乱世的不幸遭遇,从相似的回旋中,可以充分感受到诗人的焦灼和痛苦,以及强烈而独特的"闵伤"情绪。

诗作字里行间蕴涵着浓重悲情,读者多无异议,但对主旨的探讨,则是复杂繁多。"闵周说"是《孔疏》提出的:"作《兔爰》诗者,闵周也。"因为桓王行事失信,诸侯造反,最终屠弱的周王室未能得胜,为了保持元气,只得增加赋税,令人痛惜盛世不再,秩序难复,对过去的盛景空怀回想。更进一步的是"君子不乐其生说",这是《毛诗序》提出的,因为社会的悲惨,正直的君子感到生存无趣,不乐其生,只求一死。相似的还有"厌世说",陈子展《诗经直解》:《兔爰》,诗人伤时感事,悲观厌世之作。"这种说法,给诗作披上了浓重的殉世之感,令人不忍卒读。

伤感的评论者多悲伤之解，而愤激一些的学者多倾向于一己之愤慨，如《诗论》提出"伤不逢时说"，主张作者抒发的是生不逢时、君子罹难的悲哀与愤慨，多有抱怨。"伤乱说"指出，看到战乱纷纷的现实时，主人公"不欲耳闻而目见之，故不如长睡不醒之为愈耳。迨至长睡不醒，一无闻见，而思愈苦"。作者不想耳闻目见，只得长睡不醒，但不耳闻目见，又心里割舍不下，不得已扬声疾呼，痛哭流涕，表现出了心忧天下的慷慨情怀。

除了直指天下苍生的高远诗旨外，还有一些评论家从细处着眼，把诗作解释得非常具体细微，也得其妙。如"戍者刺平王说""刺刑罚不中说""悲叹徭役繁重说"等，作者因为感到平王不贤，或刑罚不允，或徭役繁重，心中怒气升腾，不能自持，愤而大声疾呼，如闻一多《诗经通义》："役夫不堪劳苦，怨而思死也。"悲惨的役夫再也受不了劳苦的工作，萌生死志，大声痛骂当权者，以泄其愤。

还有一种说法，虽出现的时间很晚，但也因为立意新颖，得到很多人的赞同，这就是"没落贵族哀叹说"。郭沫若《中国古代社会研究》："我觉得这也是一首破产贵族的诗。"另有学者直接指出："这首诗就是一个没落贵族的哀吟。"这种解法，虽显牵强，但也符合文学的功用理论，让人能够思索时事，有所心得。

主旨的繁多说明了诗作蕴涵性的深广，而这种多层次的蕴涵也容易使诗带有哲学意味：诗人面对涉及政治、历史、他人、自身的不幸遭遇，进行了深切的思考，最终认识到了自身的有限性，看到自己处于一种被社会所抛弃的状态，因而感到哀伤、痛苦，但诗人没有就此停滞，而是反观芸芸众生，将哀伤、痛苦等感性情绪升华为对乱世中所有苦难生命的悲悯情怀。所以诗中所表现的已不仅仅是自怨自艾，而是一种深沉的、超脱个体和时域的"苦难意识"。这种说法，显得阔大、宏观，也很是中肯。

《王风》中所弥漫的一种浓郁的末世之音，深深感染了后世的爱国者和思索者，让他们自发地传承着这种心忧天下的博大。如蔡文姬的《胡笳十八拍》中写道："我生之初尚无为，我生之后汉祚衰；天不仁兮降乱离，地不仁兮使我逢此时！"相似的句式，一样的情怀，给人同样的感动。

◎采葛◎

彼采葛兮①，一日不见，如三月兮。
彼采萧兮②，一日不见，如三秋兮③。
彼采艾兮④，一日不见，如三岁兮。

【注释】

①葛：一种蔓生植物，块根可食，茎可制纤维。②萧：植物名。蒿的一种，即青蒿。有香气，古时用于祭祀。
③三秋：通常一秋为一年，后又有专指秋三月的用法。这里三秋长于三月，短于三年，义同三季，九个月。

④艾：植物名，菊科植物。

【赏析】

对于热恋中的情人来说，哪怕一刻的分离，对他们来说都是难以忍受的痛苦，历来无数文人描摹了这一主题。《采葛》正是思念恋人的情歌，一位小伙子喜欢上了以采集为生的姑娘，她常外出采集，不易见面，小伙子饱受相思之苦。在诗中，作者借简短精练的语言，充分表达了长相思的恋情，反映出坚贞、纯朴、真挚的爱情。

本诗抓住"相思"这种普泛的情感，反复吟诵，细致刻画了情感的煎熬。诗篇感染了历代饱受相思之苦的人们，诗人以"一日三秋"这种形象的描写，比拟分离的情人内心巨大的折磨，可谓贴切。

这是一种"艺术夸张"的手法，反映的不是事实上的真实，而是艺术上的真实，因而应该"言过其实"、"辞过其意"，其所追求的效果是真挚，而不是科学。在现实生活中，"一日"不可能等同于"三月"、"三季"、"三年"，但是，在陷入爱情的人心中，这种错觉，正是他们为别离所折磨的表现。这一悖理的"心理时间"看似疯疯痴狂，但由于融汇了恋人真挚的情感，所以能唤起读者的共鸣。

《采葛》一诗中，每一次对"一日不见"的心理刻画，都比前一次增加了时间长度，以反复递进、层层深入的写法，将相思的感情逐步提升。这样通过回环、排比和递进，使诗的节奏和谐，语言简洁，充满了形式美和音乐美，有效地加强了感情的色彩。

这首相对来说主题清晰的爱情诗，仍被后世的学者解读出了不同的意味。《毛诗序》认为诗旨为"惧谗"："葛所以为缔绤也，事虽小，一日不见于君，如三月不见君，忧惧于谗矣。"意思是说一位正直的臣子嫉恶小人谗言，感到它们像葛、萧、艾一样四处蔓延，让人痛恨。谗言当道，有碍正直，而对礼教的破坏，更加让夫子们不能容忍。

朱熹则提出"淫奔"说："采葛所以为缔绤，盖淫奔托以行也。故因以指其人，而言思念之深，未久而似久也。"葛、萧、艾等植物，是淫奔的男女为上路准备的盘缠或食物，"一日不见如隔三秋"，是他们之间不洁的思念。另外，还有一种"爱妇"说，主张此诗是远戍的将士对于妻子的思念。这种说法，充满了温馨的家国情怀，让人感动。还有人主张"怀友"说，力争诗作是在赞扬友人之间的深厚情感，等等。

字句是诗作的材料，主旨具有的包容性，有些要从具体字句中探得，古汉字因为俭省和多义，常常成为历代文人纷争的焦点。例如"彼"字，研究者为两大阵营，各执一端，一则"彼"是代人，认为"采葛"应理解为"采葛之人"。一则"彼"是代事，指"采葛"之事，作者以"采葛"、"采萧"、"采艾"比兴，认为它们都是日常生活中最最寻常的事情，由此引申，臣子也应该天天可以面君，如果亲密的君臣关系生疏起来，就可能是有了谗言。

这样简单的一首诗，竟然有如此多的解法，不得不让人惊讶。其中的原因，有汉语和诗作的蕴藉性，恐怕也有人们的牵强附会在里面。就文学性和艺术价值而言，最好还是彰显《诗经》的生活气息，回归其恋爱本质。

◎大车◎

大车槛槛①，毳衣如菼②。岂不尔思，畏子不敢。
大车啍啍③，毳衣如璊④。岂不尔思，畏子不奔。
榖则异室⑤，死则同穴。谓予不信，有如皦日⑥。

【注释】

①槛（kǎn）槛：车轮的响声。②毳（cuì）衣：车毡，用于蔽风雨。菼（tǎn）：芦苇的一种。③啍（tūn）啍：重滞徐缓的样子。④璊（mén）：红色美玉，此处喻红色车篷。⑤榖：活着。⑥皦：同"皎"，光明。

【赏析】

《大车》是一首爱情诗。诗作描写了一位情窦初开的女子，深恋着她的情人，想与之私奔，而男子有着很多犹豫和顾虑，迟迟不肯答应，于是女子急切地使出激将法，出言激励，男子却仍在躲闪、回避、自甘懦弱。最终，这位多情的女子感情变得激越，她手指青天，发下重誓，要与恋人"死则同穴"，永远跟他在一起。

古人指天发誓是十分慎重的行为，因为他们相信，违反了诺言要受到天谴。姑娘急切间为表明心迹，指天发誓，震人心魄。此情此景，男子的心肯定是激昂澎湃，波澜丛生，但他如何选择？是心为所动，抛弃一切，两人驾车奔向幸福生活？还是让痴情的女子泣涕涟涟地转身走开，澎湃的心门悠悠合拢，只剩下无语的男子伫立原地、垂首黯然？

画面就此定格，可以想象女子发完誓后缄默无言，微微昂起头，用幽怨又诚挚的眸子盯着男子，决然而又期许无限。

男子会如何，不得而知，也许是无可奈何心生烦躁，也许是垂头驻足无动于衷，也许是像女子希望的那样不顾一切与之私奔。文字就此停止，故事却没有就此完结，所表达的情感如石子投入湖面，漾开层层涟漪，激荡又悠远。这样的女子，让无数人感动，也让无数男子汗颜。

女子担心自己的深情得不到应有的回应，因而既紧张又犹豫，但内心的激越还是促使她要试一试，第一章形象地描述出了女子此时的心境。男子为何"不敢"？诗作中没有提及，结合那个时代的情境，可以设想出：没有媒人的婚姻得不到社会的承认，没有家庭的同意，没有社会的认可，婚姻很难走到尽头。

第二章继续写女子内心的忧虑和急切。"畏子不奔"，有着强烈的激将意味，也有深沉的埋怨在里面。第三章写女子在没有回应的情形下作出大胆表白——"死则同穴"。

在诗中，"你不敢"是女子激励男子斗志的话，是女子怕他顾虑太多，于是发出坚定的誓言，鼓励他大胆行动。没有男子会对女的说："就怕你胆小没勇气"，"就怕你没有胆量和我去私奔。"这句话，是属于女人的，它就像一块千斤巨石，砸在了男子的心底。那一刻，男子的理智和血性肯定在心底较量，殊死搏斗。

诗中的男子，多半也是无可奈何的，在男女并不平等的社会中，相较起来，男子需要更多地考虑自己的身份、义务。他也只是社会机器运转中的一环，要时刻想着身边的君民、父母、子女。他如何不想与心爱的人一走了之？但既然他们无法以恋爱的关系留在当地，肯定是存在着无法解决的问题，而这一问题，正是男人无法逃避的。这种情景，不仅深化了《大车》的主题，还给其披上了浓重的悲情意味。

《大车》不仅立意颇深，手法亦是高妙。这首诗把环境与主人公的心情结合起来，相互烘托促进，形成了独特的艺术特色。第一章写盖有青色车篷的大车奔驰，在隆隆的车声里，姑娘心潮澎湃："岂不尔思，畏子不敢。"隆隆的车声，既是外在环境，也是女子慌乱紧张的心境。第二章车轮声变得沉重，而姑娘内心的苦恼也逐渐增加。第三章，没有了外部环境描写，表示姑娘再也受不了了，横下一条心，抛开紧张和羞涩，不再计较后果，指天立誓："我跟定你了，一定会和你在一起！"

最终二人的结局是什么，读者无法确定，只能感叹女子的火热，男子的无奈和凉薄，感叹社会力量的强大。但有一点可以确定，女子皎皎如月的誓言，流传到了现在，还将永远流传下去。

◎丘中有麻◎

丘中有麻①，彼留子嗟②。彼留子嗟，将其来施施③。

丘中有麦，彼留子国④。彼留子国，将其来食。

丘中有李，彼留之子。彼留之子，贻我佩玖⑤。

【注释】

①麻：大麻，古时种植以其皮织布做衣。②子嗟：人名。③将（qiāng）：请，愿，希望。施施：慢行的样子，一说高兴的样子。④子国：人名。⑤贻：赠。玖：玉一类的美石。

【赏析】

《诗经》的时代，好比一块未受世俗浸染的田园，自由生活在那里的人们，不会担心被扣上繁杂的儒道枷锁。那时的人，才真正属于自己和自然，充满了本真的思维和完整的人格。《丘中有麻》就是在这个背景下展开的画卷，真实、纯粹、自由和勇敢。

当时，社会制度、等级、礼教还没有压倒人的爱情，男女之情更多是以两情相悦为衡量标准，没有过多其他因素的介入。诗歌是以一个姑娘的口吻写的，"丘中有麻"、"丘中有麦"、"丘中有李"，这些地方，是姑娘与情郎幽会的地点，也是姑娘回忆时最先展现出的画面。这位率性的女子，热烈大胆，欢快地把与情郎幽会的地点一一唱出，这种举动，即使是现代，也是不容易做到的。其中的缘由，需要回溯到《诗经》那个时代，才能觅得。

《诗经》来自那个质朴自由、没有压迫的时代，其精髓是自由而又平等的。但后世的解读往往着上了当时社会的色彩，解读者们通常抛开《诗经》的本质，把后世形成的伦理纲常，嫁接到古老的《诗经》上，于是，后代就有了无数的貌似合理实则荒唐的解经，《丘中有麻》也未能幸免。

依托君主求贤的相关事宜，《毛诗序》说："庄王不明，贤人放逐，国人思之而作是诗也。"认为这首诗的主旨是"思贤"。后代对于这一观点还存在两种解法，一则是庄王思贤，一则是"国人思之"。"丘中有麻"，是一种"比兴"手法，以麻喻贤人，丘就是野，意思是贤人在野。《毛诗序》又说，丘中之麻是贤人被放逐后亲手种植的，"丘中有麻，彼留子嗟"意思是贤人留氏大夫子嗟亲手种植。这种解法，足见解读者的煞费苦心，但历史证明，汹涌的人性之流是无法遏止的。

现代，闻一多在《风诗类钞》中从民俗学角度解释"贻我佩玖"这句时说："合欢以后，男赠女以佩玉，反映了这一诗歌的原始性。"到这个时候，《丘中有麻》才得以回归其情诗的原本。

诗中，作者只给我们呈现了三幅生动的画面，它们足以代表故事的精华。那一块块爱的田园，给了姑娘多少欣喜和感慨，高大的植物铺展开来，遮挡着甜蜜的二人世界，外面或骄阳投射或夕照留恋或繁星点点，里面却是恒久的春意盎然，男子或嬉笑调侃或软语温存，都给了姑娘难以磨灭的情感印记。最后，作者写到"彼留之子，贻我佩玖"，这对眷侣，用佩玉的坚硬纯净，象征两人爱情的永恒。这种美好的结果，是爱情最终成熟的象征，也是人们最愿意看到的圆满幸福。

郑风

◎将仲子◎

将仲子兮①，无踰我里②，无折我树杞③。岂敢爱之④，畏我父母。仲可怀也，父母之言，亦可畏也。

将仲子兮，无踰我墙，无折我树桑。岂敢爱之，畏我诸兄。仲可怀也，诸兄之言，亦可畏也。

将仲子兮，无踰我园，无折我树檀。岂敢爱之，畏人之多言。仲可怀也，人之多言，亦可畏也。

【注释】

①将：愿，请。②踰：翻越。里：邻里。古代二十五家为里。③树：种植。④爱：爱惜。

【赏析】

人们常说一百个读者，就有一百个哈姆雷特，一百个人看《红楼梦》，就有一百个贾宝玉。同样，一百个人读《将仲子》，恐怕就有一百种理解。

首先《毛诗序》中说：“《将仲子》，刺庄公也。不胜其母以害其弟，弟叔失道而公弗制，祭仲谏而公弗听，小不忍以致大乱焉。”有一个故事，能帮助读者更好地理解《毛诗序》的说法：

郑武公的妻子姜氏生了两个儿子，一个很顺利，一个却难产，生出来的时候是脚先出来，让姜氏吃尽了苦头，从此她就十分厌恶这个儿子。这个婴孩就是后来的庄公。姜氏十分喜欢另一个儿子共叔段，曾多次恳请郑武公立共叔段为太子，但武公至死都没同意。等到庄公荣登太子之位时，姜氏请求将京邑封给共叔段，庄公对她有求必应，一再容忍，这时一些辅佐太子的大臣就劝阻庄公让他小心提防，庄公却说“多行不义必自毙”。其实庄公心里比谁都有数，他早就打好了如意算盘。渐渐地，共叔段开始扩充实力，准备吞并庄公，庄公得到线人情报后，来了个先下手为强。《毛诗序》中所关涉的正是这一典故，意在说明《将仲子》是讽刺庄公之作。

其次，郑樵《诗辨妄》认为此诗是“淫奔之诗”。当时的社会等级森严，男女之间更要遵守礼教和道德规范，所以稍有情爱的字眼便被归为淫类诗歌。而现在，人们普遍认为这是一首爱情诗，一对热恋中的男女相会，女主人公告诫情郎不要心急，翻墙进来压坏了花草树木，母亲是要严厉批评的。

“将仲子兮，无踰我里，无折我树杞。”仲子哥，你来我家的时候，千万不要翻越我家门户啊，也千万别折了我种的杞树。细细玩味这句话很有意思，仿佛是一对青年男女正要约会，女子却一再叮咛男子不要……不要……似乎害怕着什么。

“岂敢爱之，畏我父母。仲可怀也，父母之言，亦可畏也。”这几句正好回答了上面的种种疑问，并非是我舍不得那几株杞树啊，而是我害怕我的父母看见。你鲁莽心急实在让我担心，父母的话让我心生畏惧，所以你可千万不要那样做。

“将仲子兮，无踰我墙，无折我树桑。岂敢爱之，畏我诸兄。仲可怀也，诸兄之言，亦可畏也。”这一章基本是对首章的重复，起到了加强、加深文意的作用，在情意上也达到了层层递进的效果。

仲子哥啊，你来我家时可千万不要翻越围墙，也千万不要折了我种的绿桑，我并不是舍不得那几株绿桑，我是害怕我的兄长看见，你这个人粗心大意让我实在担心，但是兄长的话也的确让我担心。

这场相会可谓是小心翼翼，两人都很想念彼此，但又不敢大胆张扬地表现出来，毕竟人言可畏！女子的谨慎也从侧面表现出了礼法的森严和约束。

“将仲子兮，无踰我园，无折我树檀。岂敢爱之，畏人之多言。仲可怀也，人之多言，亦可畏也。”仲子哥哥啊，我们会面之时你千万不要越过我家菜园子，千万别折了我种的青檀，我倒不是舍不得那株檀树，而是害怕左邻右舍的人看见之后说一些不着边际的闲话，仲子你实在让我牵挂，但是邻居的流言飞语实在让我害怕。女子想爱却不敢爱，怕人说她轻浮不懂自重，因而心绪显得十分无助和焦急。

从“无踰我里”，到“无踰我墙”、“无踰我园”，可以看出女子对这个年轻气盛的小伙子的牵挂和担忧，其中深含绵绵爱意。女孩毕竟是矜持的，无论她如何爱他，也受不了闲言碎语的攻击，所以恐惧的对象和范围也在一点点地扩大，从家庭扩展到社会，女主人公也一次比一次显得焦急和恐惧。

本诗是以一个女子的口吻叙述，对男子即将要发生的"翻墙"、"折树"的行为进行劝告，所以有一种娓娓道来的感觉，使诗境也有了絮絮对语的独特韵致。流言是一种很神奇的东西，它有"众口铄金，积毁销骨"的力量。这一可怕的力量让《将仲子》中的女主角顶着十分矛盾的心理，想爱而不敢爱、欲爱不成、欲罢不忍、陷入两难处境之中，读起来让人心生怜惜。

◎叔于田◎

叔于田①，巷无居人。岂无居人，不如叔也，洵美且仁②。
叔于狩③，巷无饮酒。岂无饮酒，不如叔也，洵美且好。
叔适野④，巷无服马⑤。岂无服马，不如叔也，洵美且武。

【注释】

①叔：古代兄弟次序为伯、仲、叔、季，年岁较小者统称为叔，此处指年轻的猎人。于：去，往。田：打猎。②洵：真正的，的确。③狩：冬猎为"狩"，此处为田猎的统称。④适：往。⑤服马：骑马之人。一说用马驾车。

【赏析】

在《诗经》这部集合了劳动人民生活经验和智慧的诗集中，《叔于田》并非名篇，但其审美价值却不容忽略。

"叔"究竟是指谁？一种观点认为，"叔"是特指郑庄公之弟共叔段。《左传·隐公元年》记载，共叔段很有才干，后被封于京地，他整顿武备，发兵攻打其兄郑庄公，最终失败。据此，如果本诗中的"叔"为公叔段，那么这首诗就应当是他的拥护者所作，但尚无明证。另一种观点认为，"叔"泛指年轻的猎手。在单纯的文本层面上来看，"赞美猎人说"似乎更贴合诗意。

《叔于田》采用了《诗经》中广泛应用的复沓联章的手法，与其他类似结构的《诗经》篇章一样，有一种回环往复的音乐美。这种复沓不是简单的重复，而是有变化的复沓，各章各句替换几个字，使诗在主题不变的基础上，增强了音响效果。

全诗共三章，每章第二句"巷无居人"、"巷无饮酒"、"巷无服马"，第三句"岂无居人"、"岂无饮酒"、"岂无服马"，第四句"不如叔也"，第五句"洵美且仁"、"洵美且好"、"洵美且武"，先否定，再反问，再自答，最后再详述缘由。运用设问的手法，使原本平平无奇的内容变得曲折有趣，别有一番余味。

铺陈与设问全然只为引出下文"不如叔也"这一

结论。而"巷无居人"、"巷无饮酒"、"巷无服马"的夸张描写，则将众人的平庸与"叔"的超卓形成了强烈的反差，从而突出"叔"的"仁、好、武"。更重要的是，诗没有把"叔"这个人物神化，而是将他置于居人、饮酒、服马这样的日常生活中，更增添了写实性与人情味。这样写不仅使主题更为充实，也使对"叔"的夸张描写显得有据可信。

总结起来不难看出，《叔于田》的艺术手法多变，艺术成就很高，更重要的一点是，先民已经在日常生活中找到审美点去加以赞美，而不是一味地脱离实际，神化主人公。这一点，无论是在《诗经》所处的时代，还是在《诗经》之后的历朝历代，甚至直至今日，都实属难能可贵。

◎清人◎

清人在彭①，驷介旁旁②。二矛重英③，河上乎翱翔。
清人在消④，驷介麃麃⑤。二矛重乔⑥，河上乎逍遥。
清人在轴⑦，驷介陶陶⑧。左旋右抽⑨，中军作好⑩。

【注释】

①清：郑国之邑。彭：郑国地名。②驷介：一车驾四匹披甲的马。旁旁：马强壮有力的样子。③重英：两层矛上的缨饰。④消：郑国地名。⑤麃（biāo）麃：英勇威武的样子。⑥乔：长尾野鸡。⑦轴：郑国地名。⑧陶陶：驱驰的样子。⑨旋：转。抽：拔刀。⑩中军：古三军为上军、中军、下军，中军之将为主帅。作好：与"翱翔"、"逍遥"一样也是连绵词，指武艺高强。

【赏析】

《诗经》时代的战争，多为步战、车战，车战在大规模的战争中才会出现，《清人》就用三章的短短篇幅为我们还原了《诗经》时代的一场车战。整首诗通篇都在介绍战争中车马与帅卒等的安排布局和战争冲突。从场面上来看，诗作描写了一场大车战，但最后的着眼点却落在中军主帅身上，这把我国古代战争中主帅的核心作用突出出来，证明了自古以来的那句"擒贼先擒王"。

乍读起来会把《清人》当成一首普通的描写战事的战争诗，然而这场车战的前后其实有一个并不简单的谋划。

鲁闵公二年（前660年），狄人侵入卫国。郑国与卫国相隔一条黄河，郑文公害怕狄人渡河侵犯郑国，就派他所讨厌的大臣高克带兵去防御狄人。这原本就是一个无所事事的差事，郑文公也不打算召回高克，就这样，最终军队溃散，高克无可奈何，只好逃到陈国。《清人》就脱胎于这个故事，这里所说的"清人"无疑是春秋笔法，实指郑文公。

郑文公为了除掉一个大臣,竟然作出了这样一个"借刀杀人"的计谋,其中有何缘由呢?又据《毛诗序》:"《清人》,刺文公也。高克好利而不顾其君,文公恶而欲远之……文公退之不以道,危国亡师之本,故作是诗也。"郑文公心里厌恶高克,却没有好的罪名加之头上,便出此下策,欲借狄人之手除掉自己不喜欢的人,为此不惜拿士兵的性命陪葬。无论高克本人究竟如何,身为君主的郑文公此举的确有失人君风范。

这首诗先写人,次写马,再写武器。人是虚写,重点却在马和武器上。换言之,在这场浩大的战争中,少有人的动作,整个焦点落在了马和兵器上。"驷介旁旁"、"驷介麃麃"、"驷介陶陶"传神地描绘出战马在沙场上高昂的气势;"二矛重英,河上乎翱翔",把河上战争两军兵刃相接的冲突场面写得甚是激烈壮观。这是以场面来写人,所有的场面描写都是为了衬托主帅。

末章描写在接敌过程中,战车的左右各站一人,对付远距离敌人就用弓箭,对付近旁的敌人就用矛戟。战车左转的时候,车右的战士可活动的空间变大,从而有条件从右侧攻击,同时又保护了左侧的御者,反之亦可。在这种"左旋右抽"的车战中,诗中提及中军主帅时用了"作好"两个字来形容,凸显了主帅的斗志昂扬和武艺高强。

由此可见,高克所率领的军队作战有法,称得上精锐之师,郑文公却打算将其放逐于战场不管,其讽刺的意味不言而喻。从诗的章法上说,三个章节的结构和用词都只是稍有变化,只有末章与前两章稍有不同。作者采用反复咏叹的手法,以加强读者对高克这支精锐部队的印象,讽刺之味尽在其中。

在春秋时期,老百姓将诸侯争霸引发的战争称为"不义之战",足见其痛恨之情,而人们对举国上下齐心协力、抗击外敌的战争,总是赋以"正义"之名,给予歌颂。劳动人民的心中总是有一杆衡量善与恶的天平,当历史或现实扰乱了他们心中对正义的理想时,诗便成为了他们控诉的武器,不对历史人物作评价,只将深深的讽刺纳入其中,却得到难以估量的价值。《清人》从另一个角度诠释了讽刺的高妙境界:对诗的本事不着一字,不动声色地给对象辛辣的嘲讽。

◎女曰鸡鸣◎

女曰鸡鸣,士曰昧旦①。子兴视夜②,明星有烂③。将翱将翔④,弋凫与雁⑤。弋言加之⑥,与子宜之⑦。宜言饮酒,与子偕老。琴瑟在御⑧,莫不静好⑨。

知子之来之⑩,杂佩以赠之⑪。知子之顺之⑫,杂佩以问之。知子之好之,杂佩以报之。

【注释】

①昧旦:天色将明未明之际。②兴:起。视夜:察看夜色。③明星:启明星。有烂:灿烂,明亮。④将翱将翔:已到破晓时分,宿鸟将出巢飞翔。⑤弋(yì):用生丝做绳,系在箭上射鸟。凫:野鸭。⑥加:射中。⑦与:为。宜:即"肴",烹调菜肴。⑧御:弹奏。⑨静好:和睦安好。⑩来:殷勤体贴之意。⑪杂佩:古人佩饰,上系珠、玉等,质料和形状不一,故称杂佩。⑫顺:柔顺。

【赏析】

《女曰鸡鸣》是《诗经·国风·郑风》中的一篇,出自东周时期,今郑州市新郑一带。古今学者对这首诗的解读充满争议,古代学者多认为这是一首刺诗或"夫妇相互警戒"的诗,而现代学者闻一多《风诗类钞》曰：“《女曰鸡鸣》，乐新婚也。”但这些说法都有隔靴搔痒之嫌。实际上，诗作所表现的是一种对青年夫妇和睦生活的赞美与向往。

作为《诗经》中独具特色的一篇，《女曰鸡鸣》描写了一对平民夫妻，在天色未明之际，刚从睡梦中醒来时的对话，于日常生活中见浪漫气息，宁静而温馨。

妻子清晨催令丈夫起床，而丈夫并不十分情愿，妻子爱惜丈夫但同时提醒他不忘生活的责任。公鸡初鸣，妻子便起床准备开始一天的劳作，同时也告诉丈夫“鸡鸣了，要起床了”。

“女曰鸡鸣”，这是妻子含蓄地催促，委婉的言辞充满着不忍与爱怜；“士曰昧旦”，丈夫回得竟也十分干脆，一句“天还未亮”给读者创造了一位丈夫在天刚破晓时睡眼惺忪不愿起床的图景。渴睡之情于下一句中流露得更重，他怕妻子再次催促，便辩解道“子兴视夜，明星有烂”，言外之意是天色尚早，让我再多睡一会儿吧。

勤劳的妻子却不以为然，因为她想到丈夫是家庭的支柱，每天都有很多活计要做，如此才能维持农家的生活，便再次委婉地提醒丈夫肩负的职责：“将翱将翔，弋凫与雁。”栖息的雁雀即将起飞翱翔了，话外之音是：你也该整理弓箭去河畔了。委婉的话语中却不失坚决，可见妻子对丈夫的爱意和对生活操持的清醒。

《齐风·鸡鸣》中也有类似的情景，《鸡鸣》中女子的口气很着急，男子却找出诸多借口推脱，不为所动。而本篇女子的催声中饱含温柔缱绻之情，男子听罢后会有如何的反应呢，这让读者十分期待下一章的故事。但令人意外的是，次章并没有写丈夫如何回应，而是直接切换入另一个镜头。

虽未直接描写上一章丈夫在妻子的催促下的行动，但以妻子的祈愿暗暗写出丈夫已准备出门打猎，妻子满意之下，又对丈夫生出愧疚之情，责怪自己早上对他催促太急，因此她面对辛苦的丈夫与幸福的生活发自内心地唱出了自己的愿望：“弋言加之，与子宜之”，愿丈夫打猎能满载而归；“宜言饮酒，与子偕老”，愿粗茶淡饭中与丈夫厮守一生。唱到琴瑟和谐的场面时，诗人情不自禁地在诗中感叹道：“琴瑟在御，莫不静好。”男的鼓瑟，女的弹琴，比起“男耕女织”，又增添了一份浪漫色彩。无论古今，夫妻之间都有着和谐静好的同种追求。

就这样，一个对于生活充满感激之情、对丈夫爱惜扶持、勤勉持家的女子，便活现而出，让人对其从外表到内心都尊敬佩服。因此，下面紧接着出现一个赠佩表爱的场面，就在情理之中了。

我国自古就有“投之以木瓜，报之以琼琚”之说，丈夫这一看似平凡的举动，使诗歌情境的逻辑成为打动人心的鸾凤和鸣。不提上一章打猎多与少，也不提是否知道妻子的祈愿，丈夫感受到妻子对自己的“来之”、“顺之”与“好之”，便解下杂佩“赠之”、“问之”与“报之”。与上一章妻子的祈愿交相呼应，二人的情谊之深、默契之足让人叹息。至此，这幕生活小剧也达到了艺术的高潮。

这篇充溢着生活气息的作品，因其口语化的对话而使艺术上颇为有味。值得一提的是，在《女曰鸡鸣》这首诗中，除了“女曰鸡鸣，士曰昧旦”这句诗明确指出是妻子在讲话还是丈夫在讲话之外，接下来的描述大多无法分清是谁在讲话。男女主人公虽然亲密但并不"无间",相敬如宾,互称"子",这也反映出当时的中国男尊女卑的情况应该不太严重,不像后来发展到两晋南北朝的时候,丈夫可以称妻子为"卿"。而无论是称谓也好,交谈也罢,《女曰鸡鸣》给青年男女的相处提供了一条敞亮的路,平等、尊重、责任是家庭和谐的良方,这首诗在千百年之后的今天,仍可以与之共勉。

◎有女同车◎

有女同车,颜如舜华①。将翱将翔,佩玉琼琚②。彼美孟姜③,洵美且都④。
有女同行,颜如舜英。将翱将翔,佩玉将将⑤。彼美孟姜,德音不忘⑥。

【注释】

①舜华:植物名,即木槿花。华:同"花"。②琼琚:美玉。③孟姜:毛传:"齐之长女。"排行最大的称孟,姜则是齐国的国姓。后世孟姜也用作美女的通称。④洵:确实。都:娴雅。⑤将将:即"锵锵",玉石相互碰击摩擦发出的声音。⑥德音:美好的品德声誉。

【赏析】

"我与这位女子同车而行,她容颜好似的绽放的木槿,再配上腰间的环佩叮当,仿佛鸟儿要飞翔。美丽而端庄的人儿,你就是孟姜。

"我与这位女子同车而行,她容颜好似的绽放的木槿,再配上腰间的环佩叮当,仿佛鸟儿要飞翔。品德高尚的人儿,你就是孟姜。"

诗人毫不避讳对美人孟姜的赞美,若非是绝代风华,也难有如此的歌咏。史书记载:"次女文姜,生得秋水为神,芙蓉如面,比花花解语,比玉玉生香,真乃绝世佳人,古今国色。兼且通今博古,出口成文,因此号为文姜。"如此美人,如是诗篇引出了其后一段不能不说的故事。

齐僖公得了一个出水芙蓉般的女儿自然是宠爱有加,早早就开始为其选择佳婿。选来选去,相中了郑国的太子忽。这个小伙子不仅相貌俊朗,为人也很正直,且身为一国的储君,如此门当户对、郎才女貌,每日对着文姜不停地夸赞未来女婿。文姜彼时正是少女怀春的年纪,心里也对这场婚姻暗生期待。可就在民间对这场婚姻充满期待的当口,太子忽却提出了退婚,理由是"齐大非偶",讲得通俗一些,就是说自己的地位卑微,不敢高攀像齐国这样的大国。情窦初开的孟姜听闻此言,当即就晕倒过去,从此一病不起。

文姜有个同父异母的兄长,名叫诸儿,他听闻此事之后,便常来探望,渐渐与其暗生情愫。"诸儿时时闯入闺中,挨坐床头,遍体抚摩,指问疾苦,但耳目之际,仅不及乱。"齐僖公闻之传言,心中大惊,在诸儿加冠之后,匆匆为其娶了宋女为妃。孟姜再受打击,心生绝望。恰逢太子忽率领郑国的军队,帮助齐国打败了入侵的北戎部落,齐僖公重提婚事,仍是拒绝。史书记载,太子忽是这样拒绝的:以前没有帮齐国忙的时候,我都不敢娶齐侯的女儿。今天奉了父亲之命来解救齐国之难,娶了妻子回去,这不是用郑国的军队换取自己的婚姻吗?郑国百姓会怎么说我!

《毛诗序》却不以为然:"太子忽尝有功于齐,齐侯请妻之;齐女贤而不娶,卒以无大国之助,至于见逐,故国人刺之。"依《毛诗序》的观点,"有女"之女与"彼美"之女应是两个人。各种理由实在难以圈点,无论人物到底是谁,诗中以男子的语气赞美女子的美丽,这一点是毫无争论的。诗人从容颜、行动、穿戴以及内在等方面进行描写,同《诗经》中写平民的恋爱采用了完全不同的手法。

值得一提的是,《有女同车》对于美女摹形传神的描写,对后世影响很大,清姚际恒《诗经通论》指出宋玉《神女赋》"婉若游龙乘云翔"、曹植《洛神赋》"翩若惊鸿"、"若将飞而未翔"等句,皆发源于此。

◎山有扶苏◎

山有扶苏[①],隰有荷华[②]。不见子都[③],乃见狂且[④]。
山有桥松[⑤],隰有游龙[⑥]。不见子充[⑦],乃见狡童[⑧]。

【注释】

①扶苏:树木名。②隰:洼地。③子都:古代美男子。④狂且(jū):丑陋的狂童。⑤桥:通"乔",高大。⑥游龙:水草名,又名水红。⑦子充:古代良人名。⑧狡童:狡狯的少年。

【赏析】

后人称郑国是情歌的沃土,是不无道理的。这首《山有扶苏》首章与末章都以"山有扶苏,隰有荷华"、"山有乔松,隰有游龙"这样的句式起始,描写的尽是山中的树,低谷的花,并未见一人。

其实这并不是情侣约会的地点和景色的描写,因为在《诗经》中,"山有……,隰有……"是常用的起兴句式。如《北邶·简兮》中有"山有榛,隰有苓";《唐风·山有枢》中有"山有枢,隰有榆"、"山有漆,隰有栗"等。

《毛诗序》中明确提出"故诗有六义焉:一曰风,二曰赋;三曰比,四曰兴,五曰雅,六曰颂",这里就是一个典型的起兴。清代方玉润在《诗经原始》中说:"诗非兴会不能作。或因物以起兴,或因时而感兴,皆兴也。"清代姚际恒在《诗经通论》中也说:"兴者,但借物以起兴,不必与正意相关

也。"本诗中的起兴就是如此,与后文的故事并不相关。

当然,无论是生长在山上的扶苏树、松树,还是盛开在水中的荷花、水红,这些美丽的植物都是诗不可或缺的部分。正是"兴"的存在,才让《诗经》中大多出自寻常生活的诗作拥有了绝美的意境。

这是一首情人约会时打情骂俏的有趣场景,然而,这样简单的内容却因时代的久远而被后人蒙上了一层神秘的面纱,被许多名家解释出了重重含义。

《毛诗序》:"《山有扶苏》,刺忽也。所美非美然。"认为这首诗是讥刺郑昭公忽的,这种解说显然没有得到广泛的流传与认同。今人高亨《诗经今注》以为这诗写"一个姑娘到野外去,没见到自己的恋人,却遇着一个恶少来调戏她",这样的解说显然也不在情理之中。

而朱熹则认为《山有扶苏》是"男女戏谑之辞"。这种说法已经接近诗旨。所谓"戏",即打情骂俏之意。自此,后人对《山有扶苏》的解释达成比较一致的意

见，"这是一位女子与爱人欢会时，向对方唱出的戏谑嘲笑的短歌"之类的说法，便脱胎于朱熹之说，吸其精华而承继之。

短短的两章，却众说纷纭，不禁让人们还未读诗便困惑起来。实际上，回归诗的本义，从诗中看到的便是一对热恋中的男女在调皮地骂俏的场面，女主角定是个生性好强却不失情调的年轻姑娘，等不见心上人来赴约心生焦急与不满。恋人姗姗来迟，姑娘心里欣喜，嘴里却骂道：子都那样的美男没有来，却来了个你这样的狂妄之徒；子充那样的良人还没等到，你这样的狡狯少年却来了！将"子充"、"子都"这种古代的美男子放在言语之中，以对恋人的迟来表示不满，可见当时的男女们已具有了很高的审美水平和恋爱的心得。处于热恋中的古代青年男女，表达在欢会中的愉悦心情时，可谓不拘一格，也不仅仅停留于平铺直叙的倾诉。诗中所描写的那种俏骂，把小儿女热恋时的情态刻画得入木三分。"狂"与"狡"并不是褒义词，但也不是真正的贬低，故意戏谑所爱的人，恐怕是每个女孩子对心上人撒娇的本性。

由此可见，《诗经》中的爱情诗不仅有唯美、有伤感、有温馨，也有这般的活泼与自然的人性流露，《山有扶苏》就为我们提供了一个别开生面的约会画面。正是这些生动的人物、各具特色的性格、语言与爱情的融合，才让《诗经》保持了流传千古而不褪其色的无穷魅力。

◎狡童◎

彼狡童兮[①]，不与我言兮。维子之故[②]，使我不能餐兮。
彼狡童兮，不与我食兮。维子之故，使我不能息兮[③]。

【注释】

①狡童：狡狯的少年。②维：因为。③息：安稳入睡。

【赏析】

爱情总是让人欢喜让人忧。你侬我侬时哪怕是天上的星星都能为你摘下，而斗气吵架时又食难下咽、夜不能寐，久久难以释怀。爱情不是一个人的事，因为彼此在乎对方，所以哪怕是极其细微的动作或表情，都牵动着另一半的心。《狡童》里的情侣似乎闹了什么矛盾，生气冷战，男子每一个冷漠的表情都让那女子痛苦不已，寝食难安。

《狡童》的主旨是显而易见的，所以历来没有过多纷争。全诗共两章，浅显易懂。大致是说一对情侣不知为何产生了一点矛盾，两人都矜持着不跟对方说话，但是可怜的女孩总是用眼睛偷偷瞄着男子，那男子每一个冰冷的表情和动作都像一把尖刀直刺她的心房，让她伤心不已。爱情最怕的是冷战，它不比"热战"那样迅疾猛烈，来得快去得也快，而是久久地、慢慢地深入人的心里。

"彼狡童兮，不与我言兮。维子之故，使我不能餐兮。"用"狡狯"形容这个男子也着实好笑，有一种似嗔似喜的感觉。好像是在撒娇，又好像对这个男子又爱又恨。有一种说法认为"狡"通"佼"，取强壮俊美之意；若按这种意思理解"彼狡童兮"，说的就是："那个强壮漂亮的小伙子啊……"

无论哪种解释都表现出一种骂中有爱、恨中带恋、爱恨交织的复杂细微的情感。所谓"若忿，若憾，若谴，若真，情之至也"（陈继揆《读风臆补》）。闭目细想，似乎能感觉这个女子正柔声细语地指责那男子："你这个狡狯的小子啊，竟然不跟我说话，本来没有大多的事情，难道你就不能主动一点吗？都是因为你的缘故，害得我食难下咽。"

"彼狡童兮，不与我食兮。维子之故，使我不能息兮。"你这个狡猾的小子啊，竟然还不跟我一起吃饭，我想不透你心里到底是怎么想的，都是因为你，弄得我精力憔悴，夜不能寐。仔细判断，两人的矛盾好像不但没有冰释，反而进一步激化了。从开始的时候是"不与我言兮"升级到后来的"不与我食兮"，先是由开始的不理不睬，到最后的分而食之，让我们不得不怀疑这个男子的动机，他是否想借吵架之由与女子彻底决裂也未可知。

《狡童》在运用了复沓的写作手法的同时，还运用了循序渐进的结构方式，使全诗非常有层次。从"不与我言"到"不与我食"形象生动地表现了这对恋人之间矛盾的白热化。寥寥几笔展现了一个逐步从冷淡到疏离的发展过程。

全诗还有一大亮点就是叙述时人称的改变。从开篇第一句的"彼狡童兮"到后来的"维子之故"很明显从第三人称转到了第二人称，可以说从间接的呼告直接转到了直接的呼告。从文章的暗含之意中不难体会出，这个女子柔情似水，话里话外都表示出她仍对这份爱情充满渴望。纵使冷漠在他们之间形成阻碍，还是不能熄灭她对心爱男子的爱情之火。

这首诗是以一个女子的口吻对男子"怜惜"的责备，无关痛痒。《诗经》中表达爱情的诗篇数不胜数，无论是《氓》中性格刚强的女子对丈夫的痛诉，还是《将仲子》中相会时又怕别人说闲话的羞怯，同一个主题有时会在许多篇章中都有体现，而这篇《狡童》则开创了一个新的主题，即青年男女闹矛盾时的心理描写。

爱里有幸福和甜蜜、有关心和惦念、有生气和暴怒，也有相守和背叛。纵然时间在变、环境在变、地点在变、服饰在变、语言在变，不变的是这爱的意义。从两千多年前的先秦到今天，爱的内容依然是那样隽永。聪明的男人永远不会让自己心爱的女人像《狡童》里的女子那样食难下咽，夜不能寐，他会在适当的时机伸开忍让的双臂。阴雨的日子谁都会有，谁敢保证自己的天空永远万里无云？爱情就是这样，似惊而喜、似喜而悲。有矛盾的时候两个人静下来好好谈一谈，没有什么是解不开的结。

◎褰裳◎

子惠思我①，褰裳涉溱②。子不我思③，岂无他人？狂童之狂也且④！
子惠思我，褰裳涉洧⑤。子不我思，岂无他士？狂童之狂也且！

【注释】

①惠：见爱，即爱我。②褰（qiān）裳：提起下衣。溱（zhēn）：郑国水名，出密县境，东北流至新郑县，与洧水合。③不我思：不思念我。④狂童：谑称，犹言"傻小子"。且：语气助词。⑤洧（wěi）：郑国水名，发源于今河南登封阳城山。

【赏析】

南方的女人总留给人阴柔之美的印象，北方的女人却是大气爽朗的化身。《褰裳》是一首采自郑国的诗歌，郑国是周朝分封的诸侯国之一，位于现在的陕西一带，后东迁都新郑，也就是现在的河南，皆属于北方范畴。这首诗就形象而生动地刻画了北方女子旷达乐观的情怀。

《毛诗序》对其主旨的探究是："《褰裳》，思见正也。狂童恣行，国人思大国之正己也。"这一观点是从《左传》中得出，子大叔赋《褰裳》，借以试探晋国的态度。《毛诗序》的探寻总是与政治有关，看其见解枯燥乏味，不免失去了诗歌原本的美意。

本诗所述就是一个开朗豪爽的女子日夜思念自己的丈夫，但她没有以往《诗经》所述女子的那份矜持和羞怯，而是快人快语，爽朗泼辣。她没把思念藏掖在心中，而是大胆地表达出来，这种豪爽令人瞠目结舌，同时又不免生出几分赞叹。

"子惠思我，褰裳涉溱。"你要是想我爱我，那就立刻提起衣裳的前后襟，趟过这宽阔的溱河来看我。这是开篇第一句，读起来有几分赫然，让人不敢相信这是开篇第一句。开门见山、无渲染、无点缀、直接点题，真是快人快语，干脆利落。

"子不我思，岂无他人？狂童之狂也且！"你以为你不想我，就没有别人再想我了吗？狂妄的小子，不要把你自己想得太高高在上，即便没有你，我的生活依然精彩。这三句话简直不能用快人快语来形容，几近泼辣和野蛮。女子一再使用近似强迫的口气警告离家在外的男子：她不怕被抛弃。

"子惠思我，褰裳涉洧。子不我思，岂无他士？狂童之狂也且！"这一段内容与第一段基本一致。你要是思念我啊，你就痛痛快快地卷起衣角，趟过这清澈的洧河。男子汉大丈夫不要婆婆妈妈犹豫不决，你不再喜欢我了，难道就没有男人再喜欢我了？你这个轻狂的小子啊，简直是狂妄至极。

深入全诗来看，女主人公其实也是悲凉的，因为这个男子始终还是没来看望她。而她这些锋利尖锐的话也无非都是气话，只是少了其他女子的哭哭啼啼，坚强的外表下或许仍有一颗脆弱不堪一击的心。

全诗一开头便毫无铺垫和渲染，直接开门见山地叙述，这种写作手法在《诗经》当中并不多见。且这首诗语言干脆利落，富有个性，用字虽少但每字都有其表现的内容，无一字多余，也无一字可删。

这首诗塑造了一个心直口快、爽朗、泼辣的北方女子形象。无论是开头"子惠思我，褰裳涉溱"的直截了当，还是结尾"狂童之狂也且"的野蛮与讽刺，都让人觉得闻其语似见其人。"狂童之狂也且"这句话里含有讽刺之意，而且带有几分狡黠和戏谑。

《褰裳》一诗的诗风热烈奔放，活泼轻快。描写人物的写作方法有很多，但作者选用的是最具传神功能的语言描写，语言描写往往能使一个人鲜活起来，尤其诗中这种个性十足的语言，更是向人们生动展示了一个自信、自强、打不败的女中豪杰的形象。

在以"男子是天"的古代婚姻观念里，这等豪放不羁的女子实不多见，她大胆地向礼教提出挑战。后人无从知晓那男子是否回来去看望她，但结果并不重要，重要的是她的言语早已让人折服。她告别了婚姻中弱女子被遗弃时悲悲戚戚的姿态，而完全以一个胜利者的姿态向她的男人下了最后通牒。她那种与生俱来的勇气和昂扬向上的乐观，让人心生敬意，给所有恋爱中或婚姻中的弱女子敲响了独立自主的警钟。

◎东门之墠◎

东门之墠①，茹藘在阪②。其室则迩③，其人甚远。
东门之栗，有践家室④。岂不尔思，子不我即⑤。

【注释】

①墠（shàn）：土坪，铲平的地。②茹藘（rú lú）：草名，即茜草，可染红色。阪（bǎn）：小山坡。③迩：近。④有践：行列整齐的样子。⑤即：就，接近。

【赏析】

印度伟大诗人泰戈尔曾经说过："世界上最遥远的距离，不是明明无法抵挡这种思念却还得故意装做丝毫没有把你放在心里，而是面对爱你的人，用冷漠的心，掘了一条无法跨越的沟渠。"的确如此，心灵上的距离往往要比实际距离更远、更宽、更难以逾越。

《东门之墠》是一首典型的爱情诗。对于这首诗的主旨历来争论较少，《毛诗序》评价曰："男女有不待礼而相奔者也。"汉代著名注解家郑笺也拓展道，此为"女欲奔男之辞"。这首诗的情味很浓厚，所以理解为爱情诗是理所应当的，时至今日都无二论。

从"子不我即"等句来看，这首诗是以女子的口吻叙述的，诗中略带埋怨的口气。原来她与心上人的住所离得很近，但是两人却很疏远，她心里想着他，而男子却从来没有来看望过她，所以她禁不住埋怨他。

全诗篇幅较短，短小精悍但却意味深长，"东门之墠，茹藘在阪。"若要读懂此句，首先要明白两个概念，第一个是"墠"，指的是经过清除平整的土地。第二个是"茹藘"，这是一种草本植物。东门之外有一块像广场一样开阔见方的平整土地，茂盛的茜草疯狂地生长着，爬满了这块土地的斜坡。这两句交代了地点以及事件发生的周围环境。"其室则迩，其人甚远。"从你居住的地方到我家仅仅几步之遥，可是感觉心就像隔了一堵墙一样遥远。这两句便是诗的症结所在，精练的语言道出了诗的矛盾之处，也就是说两人实际距离与心理距离不成正比。

第二段句式与第一段基本一致，但在措辞上并不是简单更换几字，而是内容上的升华。"东门之栗，有践家室。"东门之外有一株株高大的栗树，饱满圆润的栗子着实惹人喜爱，小屋子一排一排整整齐齐地坐落在那里。这两句与"东门之墠，茹藘在阪"作用相当，也是交代住处。"岂不尔思，子不我即。"我们两家相隔如此之近，可是你却吝啬得连看我一眼都不愿意，更别提来我家看望，我整天在家里眼巴巴地期盼你来，可你终究没能来，让我急得焦头烂额。

一篇文章也好，诗歌也罢，环境描写既能交代事情发生的地点或背景，又能渲染气氛，烘托人物的心情，增强文章的真实性，使文章错落有致。"东门之墠，茹藘在阪"是对男子家外部的环境描写，男子家从外观来看，有一道长长的土坪，山孤上长满了葱葱郁郁的茜草。这是《诗经》当中常见的手法，这种描写手法的目的主要有两种：一个是起兴，起到抛砖引玉的效果，也就是说"言在此而意在彼"，环境上的描写不过是为了引出下文。

还有一个功用就是渲染气氛。从土坪和杂草来看似有悲凉之感，通过阅读下文可知，全诗所写之事本就不是什么喜庆之事，所以这段环境描写恰好渲染了这种萧瑟荒凉的气氛。第二段的环境描写也不例外："东门之栗，有践家室。"这段环境描写从男子的家转移到女子的家，这是女子家的外部情况，房屋外面长满了栗子。在《诗经》中"栗"的象征意义与"婚嫁"有关，看着房屋外这些景象，也就更勾起了女主人公渴望心上人看望她的那份情思。

常言道："麻雀虽小，五脏俱全。"此诗便是如此，虽然短小精悍，但首尾呼应、结构严谨、浑然一体。第一段采取虚实结合的方法，给读者以想象的空间。"其室则迩"是实写，实实在在交代了客观情况，讲的就是两家的实际距离，没有一点虚假和修饰。而紧跟着的一句"其人甚远"则是虚写，强调的是心理状况，有想象和夸张的空间。这样一来，全诗一张一弛，节制有度，耐人寻味。

很多时候真正让人冷漠的不是实际距离的远近，而是心灵上是否有隔膜。就像《东门之墠》中，两人各自的家再近，也无法拉近心的遥远。日常生活当中也是如此，无论是友人还是恋人，只有真正地走进彼此的心房，才能在根本上拉近两人的距离，哪怕是天各一方，也能心心相印。

◎风雨◎

风雨凄凄，鸡鸣喈喈①。既见君子，云胡不夷②？

风雨潇潇，鸡鸣胶胶。既见君子，云胡不瘳③？

风雨如晦④，鸡鸣不已。既见君子，云胡不喜？

【注释】

①喈（jiē）喈：鸡鸣声。②胡：何。夷：同"怡"，悦。③瘳（chōu）：病愈，此处是指愁思满怀的心病消除。④晦：昏暗。

【赏析】

《风雨》一诗单从题目上来看，没有一点与人相关的信息。风和雨是常见的自然气象，所以很难从题目上掌握到什么重要信息。《毛诗序》曰："《风雨》，思君子也。乱世则思君子不改其度焉。"《毛诗序》认为这是一首女子思君之作，风雨则暗示着风雨飘远的山河。郑笺又对《毛诗》的观点加以引申曰："兴者，喻君子虽居乱世，不变改其节度。鸡不为如晦而止不鸣。"也是说君子身居乱世却不改气节风度，大致意思与《毛诗序》所述一致。

《风雨》一诗的情境是：在一个风雨大作、天色阴沉的日子里，女主人公一人在家，孤单害怕，再加上外面的雄鸡一直叫个不停，于是增加了她对远在他乡的丈夫的思念，哪曾想说曹操曹操到，丈夫就在这时回来了，女子很开心，满脸洋溢着幸福的喜悦。

"风雨凄凄，鸡鸣喈喈。"从这一句不难看出，此诗开头就以风雨和鸡鸣起兴。外面电闪雷鸣，北风呼呼地刮，雨点滴滴答答地打在窗棂上，组成一首不规则的乐曲，雄鸡不知是被雷声吓到还是怎么回事，不停地鸣叫着。常言道"一切景语皆情语"，作者不会平白无故地浪费笔墨描写景物，这些景物的背后其实都暗藏着一种思想感情，此处的"风雨"、"鸡鸣"无不渲染了一种灰色阴暗的气氛，给人一种压抑的感觉。

"既见君子，云胡不夷？"每到这样的天气她便最想念丈夫，想着想着眼前一个熟悉的身影，简直做梦一般，心上人奇迹般出现在女子的眼前，也不知这女子是吓到了还是太惊喜，久久没有说出话来。

"风雨潇潇，鸡鸣胶胶。既见君子，云胡不瘳？"这一段无论是在句式上还是句子上都是对上一段的复沓，只在个别字上有所改动。风雨潇潇，缠缠绵绵地交织在一起，没有丝毫要停的意思，雄鸡也跟着凑热闹，叫唤的声音越来越大，混着外面的风雨声，嘈杂至极。此时的我身边没有一个人，多么的悲凉，可怕的寂寞让她更加怀念自己的丈夫，可是谁能想到就在这会丈夫忽然到家了，刹那间一切都烟消云散了，所有的烦恼忧愁都化为乌有，简直就像去了一大块心病一样轻松自在。

"风雨如晦，鸡鸣不已。既见君子，云胡不喜？"这是全诗最后一章，与前两章大同小异，只是在思想感情上有所加深。大雨倾盆前总是有很多前兆，先是一朵朵黑压压的云朵布满整个天空，里面不知装了多少雨滴，空气很稀薄让人喘不上来气，尔后便是丝丝凉风。这就宣告着大雨马上来临，雄鸡在外面叫个不停，在女子万念俱灰之际，丈夫回来了，她高兴得简直没有任何词语能形容。

全诗共三章，章章复沓，反复吟咏，一唱三叹使全诗具有丰富的艺术韵味。细细品味，文章刚一开始通过狂风暴雨和让人心烦的鸡叫声渲染了一种风雨交加、夜不能寐、阴暗、悲凉的气氛，但到三四句突然笔锋一转，喜上眉梢。这正是作者的高明之处，作者利用哀景衬乐情，更加突出女子见到丈夫时那种雨过天晴的喜悦。明末清初著名思想家王夫之曾说："以乐景写哀，以哀景写乐，一倍增其哀乐。"这种反衬的手法更加深和突出了喜悦的内容，而前者的悲仅仅是陪衬而已。

全诗多次出现叠词，如"凄凄"、"喈喈"、"潇潇"、"胶胶"这些叠字、双声、叠韵词语的使用，加强了语言的形象性和音乐性，渲染了风雨萧瑟的气氛，同时深化女子对男子思念的主题，更加深了细腻真挚的情感。此外，全诗层层递进，"云胡不夷""云胡不瘳""云胡不喜"中的"夷"、"瘳"、"喜"三个字，真切地表现出女子见到丈夫后的心理过程。从首先震惊般的平静到后来像去了一块心病一样轻松自在，到最后喜不自胜，喜出望外，可以看出女子内心活动的发展变化，一切进行得顺理成章而又浑然天成。《风雨》一诗无论从遣词造句还是句式章法上看，都不失为一篇上等的佳作。

◎子衿◎

青青子衿^①，悠悠我心。纵我不往，子宁不嗣音^②？
青青子佩^③，悠悠我思。纵我不往，子宁不来？
挑兮达兮^④，在城阙兮^⑤。一日不见，如三月兮。

【注释】

①衿：襟，衣领。②嗣音：传音讯。③佩：这里指系佩玉的绶带。④挑、达：走来走去的样子。⑤城阙：城门两边的观楼。

【赏析】

"青青子衿，悠悠我心，但为君故，沉吟至今。"曹操的这首《短歌行》的前两句便是从《子衿》中得到的灵感，不过曹操雄才大略，"新瓶盛陈酒"改了主旨，换了意境，借"子衿"抒发自己渴求贤人的心情。而《子衿》谱写的则是一曲热恋中的姑娘对情人的思念和等候情人来相会的恋歌。

"青青子衿，悠悠我心。"读起来朗朗上口，美丽动人。"子衿"的意思是"你的衣领"，最早指女子对心上人的爱称，后来指对知识分子、文人贤士的雅称。这句话的意思是说，难以忘记的是你那青色的衣领，那样整洁干净，它牵动着我悠悠的心，自从上次别离已有许久，你的样子和衣着我还依稀记得。

"纵我不往，子宁不嗣音？"从第一章可以看出，不知什么原因让两人失去了联系，女子对这个不来看望她的男子满腹抱怨。而她没有去看他，却是出于女子的矜持和羞怯，在女子自己看来是情有可原的。

"青青子佩，悠悠我思。纵我不往，子宁不来？"忘不了那青色的佩带，现在不知它是否还紧贴在你的身旁。上次离开这儿的时候，佩带还是那样的整洁干净。即使我没有去看你，你怎么就不知主动来看我？女人是口是心非的动物，嘴上不说，心里却是刻骨的想念。

这一章大致是对上章的重复，以反复递进、层层深入的写法，将长相思之苦，提升至极。从上段的"子衿"和本段的"子佩"都可以看出女子的心上人是个有身份有地位的年轻人，纵不是官宦子弟，也绝不是普通的百姓人家。

"挑兮达兮，在城阙兮。一日不见，如三月兮。"想你的心情抑制不住，你不来，我又不能过去找你，我就每天登上高高的城楼向远方眺望，希望能看见你的身影。一天见不到你的身影，就如同隔了三个月那么长。这一段寥寥几笔就生动形象地刻画出了女主人公焦急难耐的心情。她等不了男子来看她，那对于她来说简直是无尽的煎熬，于是她吃力地爬上城门两边的观楼，不时地向远处眺望。结尾的一句"一日不见，如三月兮"更是成了男女之间表达相思之情的千古绝唱。

此诗章法之妙历来被学者称颂。全诗只有三章，每章四句，每句四言，区区四十九字便将女子的思念之情刻画得淋漓尽致。这全依赖于作者对心理描写的挖掘。

从全诗来看，从开篇对心上人衣服的描写到埋怨男子没来看她，都是主人公一系列心理活动的表现，第三章的"挑兮达兮，在城阙兮"更是表现了女子焦灼的心情。结尾一处的"一日不见，如三月兮"运用了夸张的修辞手法，形象而生动地突出了女子对心上人的思念之情。此后心理描写在文学作品中占了很大一部分比重。

在《诗·王风·采葛》中也有类似的语句"彼采葛兮，一日不见，如三月兮。彼采萧兮，一日不见，如三秋兮。彼采艾兮，一日不见，如三岁兮"。"一日不见，如隔三秋"从此以后便成了表达思念的妙语，虽有夸张，但唯美动人，千百年来为人们所传唱不衰。

◎出其东门◎

出其东门①，有女如云②。虽则如云，匪我思存③。缟衣綦巾④，聊乐我员⑤。
出其闉阇⑥，有女如荼⑦。虽则如荼，匪我思且⑧。缟衣茹藘⑨，聊可与娱。

【注释】

①东门：城东门。②如云：形容众多。③匪：非。思存：想念。④缟(gǎo)：白色。綦(qí)巾：暗绿色头巾。
⑤员：同"云"，语气助词。⑥闉阇(yīn dū)：外城门。⑦荼(tú)：茅花，白色。茅花开时一片皆白，
此亦形容女子众多。⑧且(jū)：语气助词。⑨茹藘(lú)：茜草，其根可制作绛红色染料。

【赏析】

"唯一"在字典里的解释为"独一无二"，看似简单，但在爱情中要做到却难。《红楼梦》第
九十一回中宝玉说过："任凭弱水三千，我只取一瓢饮。"后来这句话慢慢用来表现情侣间对爱忠贞的
宣誓。《出其东门》将这个宣誓化成一首诗，表现了男子对意中人至死不渝的爱。

尽管古人认为这首诗的主旨是"闵乱"之作，即在郑国出现内乱时，国内兵荒马乱，一片人心惶
惶，许多夫妻因为逃命或对爱的不忠贞纷纷离散。而这首诗是为了传达男主人公想保住他的妻儿老小
而作。但从诗意来看，还是把这首诗划归恋人之间惺惺相惜的主题最为贴切。

"出其东门，有女如云。"不农耕的日子总是悠闲而自在的，漫步出了城东门，看到这边的美女如
天上的云朵一样，时不时从身旁走过。"美女如云"就是从这来的。

"虽则如云，匪我思存。缟衣綦巾，聊乐我员。"虽然美女这么多，可是却没有能打动我心的人，
因为在我的心里已经有了日日夜夜思念的人。只有那个穿着白裙子系着暗绿色头巾的女子才是我心之
所倾，只有她才能让我怦然心动。

"出其闉阇，有女如荼。"这时候男子已经踱步至
外城门，看见美女多得像山上的茅花一样，个个鲜艳
夺目，香气袭人。无论是上文所提到的"如云"，还是
本段的"如荼"，都是对美好的女子由衷的惊讶和赞叹。
美丽的姑娘成群结队在街上闲走，像是一道道美丽的
风景，勾起男主人公对心上人无尽的思念。

"虽则如荼，匪我思且。缟衣茹藘，聊可与娱。"
虽然美女这么多，可是却没有能打动我心的人，因为
在我的心里已经有了日日夜夜思念的人。只有那个穿
着白裙子戴着鲜艳红色头巾的女子才是我心之所倾，
只有她才能让我怦然心动。

全诗的意思很简单，而文字温雅灵动、气韵平和、
通俗易懂，情思的清纯和恳挚丝丝进入人的心田。用"如
云"和"如荼"形容美女数量之多，"如云"意在说明
美女体态轻盈，有"飞燕"之美。"如荼"形容女子灿
烂如花，夺人眼目。两章回环复沓，反复强调。这些

都是主人公之所见所感，然而目的却是为了突出主人公在如此多的美女当中，仍能毫不动心，表现出他对爱情的专一和对心爱女子的痴情。

此外，这首诗在结构上也很讲究，前半部分是正面描写，后半部分连用了两个"虽则……匪我……"的转折句，转折句的目的就是为了强调和突出后半句的内容，男主人公坚定不移的神态和斩钉截铁的口气，表达着对那位"缟衣綦巾"的女子的情有独钟。一个女人能得到男人如此专一的爱，着实让人羡慕。

诗篇当中，男主人公对这个"缟衣綦巾"平凡女子坚定不移的爱让人钦佩。在那些盛装打扮、香气袭人的美女面前，主人公仍钟情于他的"缟衣綦巾"，有爱的支撑，再平凡也是独一无二，再朴素也是弥足珍贵。在那样一个男权和夫权至上的年代，一个男子能这么钟情、这么坚定、这么专一，实在难能可贵。

◎野有蔓草◎

野有蔓草①，零露漙兮②。有美一人，清扬婉兮③。邂逅相遇④，适我愿兮。

野有蔓草，零露瀼瀼⑤。有美一人，婉如清扬。邂逅相遇，与子偕臧⑥。

【注释】

①蔓：蔓延。②零：降落。漙（tuán）：形容露水很多。③清扬：目以清明为美，扬亦明也，此处形容眉目漂亮传神。婉：美好。④邂逅：不期而遇。⑤瀼（ráng）：形容露水很浓。⑥臧：善，好。

【赏析】

"邂逅"这一美妙的词语，出自于这篇《野有蔓草》。之后在《唐风·绸缪》中也有沿用："今夕何夕，见此邂逅。"直到《后汉书》的"邂逅发露，祸及知亲"都有体现。即使是在现代，这个古老而曼妙的词语仍被沿用着，因为"邂逅"始终是爱情中最美的时刻。

关于此诗的主旨，《毛诗序》认为："《野有蔓草》，思遇时也。君之泽不下流，民穷于兵革，男女失时，思不期而会焉"。这是《毛诗序》对其背景的研究，这对男女之间的爱情发生在那个战乱频繁的年代。《毛诗序》点评的一贯作风，便是将美好的事物打碎了呈现在人们眼前，给人一种缺陷美，让人心生惋惜。

而宋代的朱熹看到此诗时言道："男女相遇于田野草蔓之间，故赋其所以起兴。"能看到朱老夫子这样客观而又坦然的评论实在难得。的确，这首诗浪漫唯美，于千万人之中，没有早一步，也没有晚一步，刚好遇上，万般美好始从邂逅开始。

"野有蔓草，零露漙兮。有美一人，清扬婉兮。"优美的诗句，可与《蒹葭》媲美。湛蓝的天空中飘着朵朵白云，时而团团如轮、时而飘飘如丝、时而绵绵

如雪，清晨的露珠依在嫩绿的叶子上，阳光打在上面折射出七彩光芒。有位倾国倾城的佳人，她长相秀丽清纯，最迷人的是那双水汪汪的大眼睛，平生万种情思悉存眼底。

从第一章的"清扬婉兮"和第二章的"婉如清扬"中可以看出，这个女子满眼柔情、清纯透彻、眉目流转传情。曼妙的女子让诗中的男主人公一见倾心。"邂逅相遇，适我愿兮。"世界上最美丽的时刻便是不期而遇之时。两颗惺惺相惜的心，碰撞出了火花。这两句将全诗推向了高潮，如此貌美如花的女子在这样一个草长莺飞的季节里与诗中的男主人公不期而遇，这是缘分，更是上天注定。诗的第一章将人笼罩在一种浪漫唯美的世界里。

第二章与第一章的句式以及内容基本一致，形成了一种回环往复的复沓美。"野有蔓草，零露瀼瀼。"同样的方法，以景衬情。放眼望去野草遍地，由远及近，颜色由深及浅，阵阵微风吹来那些柔软的野草像波浪一样一层一层涌向远方。"有美一人，婉如清扬。"有位俏美人，清纯安静，她就像一条清澈的小河缓缓地、清凉地穿过人的心扉，刹那间让人眼前一亮。"邂逅相遇，与子偕臧。"席慕容曾说，一次邂逅是五百年前在佛前祷告才修来的缘分，今日他们的相遇必定都是前世的盼望。男主人公似乎难以抑制这份惊喜和兴奋，对这份突如其来的"恩赐"，他显得手足无措，只希望眼前的可人儿与他一同分享这份快乐和欣喜。

闻一多先生对《野有蔓草》的研究可谓是独到精辟，他对《野有蔓草》这首诗的理解是："你可以想象到了深夜，露珠渐渐缀满了草地，草是初春的嫩芽，摸上去，满是清新的凉意。"闻一多先生的描绘极具诗情画意，他把整首诗的时间推到了夜间，真可谓是另辟蹊径，独有一番韵味。

这是一首委婉悠扬的抒情曲，先以"野草露珠"写景起兴，再对人物进行细致入微的肖像描写，最后抒情深入主题，一步一步由浅到深，衔接恰当，水到渠成。全诗共两章，每章六句，每句四言，其中夺人眼目的是诗中风光旖旎的大自然与人物的情感合二为一。诗以山野郊外作为背景，象征着一种对自由的向往，草肥露浓更意在描写情感的笃厚，达到了情景交融，浑然一体的完美境界。很多学者一直在斟酌此诗所述之事是否真实，但不论是作者的主观臆想，还是在那岁月静好的年代确有此事，这首诗都不失为一种明亮而澄澈的光芒，静静地绽放在古老而神秘的华夏沃土上。

◎溱洧◎

溱与洧①，方涣涣兮②。士与女③，方秉蕑兮④。女曰观乎？士曰既且⑤，且往观乎⑥？洧之外，洵讦且乐⑦。维士与女⑧，伊其相谑⑨，赠之以勺药⑩。

溱与洧，浏其清矣⑪。士与女，殷其盈矣⑫。女曰观乎？士曰既且，且往观乎？洧之外，洵讦且乐。维士与女，伊其将谑，赠之以勺药。

【注释】

①溱（zhēn）、洧（wěi）：郑国二水名。②方：正。涣涣：河水解冻后的奔腾的样子。③士与女：此处泛指男男女女。后文"士"、"女"则特指其中某青年男女。④秉：执。蕑（jiān）：一种兰草。⑤既：已经。且：同"徂"，去，往。⑥且：再。⑦洵：诚然，确实。讦（xū）：广阔。⑧维：发语词。⑨伊：发语词。相谑：互相调笑。⑩勺药：一种香草，与今之木芍药不同。⑪浏：水深而清之状。⑫殷：众多。盈：满。

【赏析】

《溱洧》是《诗经·郑风》当中的名篇，溱和洧是两条河的名称。河水历来是诗家喜欢引用的对象，水的灵性在于它昭示了千古的诗心：柔顺、缥缈、浩瀚、汹涌……《溱洧》里阳春三月，河水清澈，一群小伙子小姑娘淌着清冽的河水，有说有笑，一边嬉戏一边互赠着礼品，气氛温暖，洋溢着爱的芬芳。

《溱洧》三言、四言、五言参之。"溱与洧，方涣涣兮。"这是开篇第一句，以溱水和洧水起兴。"涣涣"二字让人很容易想到一幅冰化雪消、桃花盛开的欣欣向荣的景色。阳春三月，白雪消融，汇聚成一条条小河，最后流入那清澈的溱河、洧河。溱河、洧河涨满了潮，河水非常丰盈，仿佛要溢上岸一样。

"士与女，方秉蕳兮。"青年小伙子和这群貌美如花的女孩子们一个个兴高采烈地跳着蹦着，她们每个人手里都拿着散发幽香的兰花，好像是准备送给即将遇到的心上人。这段文字当中，千万不要小看了这个"蕳"字，正是这些花花草草让这篇诗歌散发着爱的芳香，引人入胜。

"女曰观乎？士曰既且，且往观乎？"看上去似乎是一问一答的形式，细细品味，犹如是女孩子对男孩提出的难题。她们刻意刁难这些男孩，好像是在测探他们的真心。姑娘们对那些男孩说道："你能不能从这条河里游过去啊？"男孩子一点也不畏惧，从容不迫地答道："这条河已经游过了。不妨再去走一走吧。"男孩子拗不过这些古灵精怪的丫头们，跟着她们一起来到了洧水河边。

"洧之外，洵讦且乐。维士与女，伊其相谑，赠之以勺药。"到了洧河边上，她们不禁感叹这个选择无比正确，果然没有白来一遭。这里地域辽阔，河水柔顺，在这嬉戏游玩的人特别多，她们相互朝对方泼水，这是多么快乐的一幕。无论是河水两岸还是河水中央到处挤满了男男女女，大家又是说又是笑，玩得不亦乐乎，在临行之时还相互赠送芍药以示情谊。

这是文章第一章，较《诗经》中的其他诗篇而言，篇幅较长，但是句意并不难理解，俗话说："一年之计在于春，一日之计在于晨。"春天万物复苏，是生命怒放的季节。杜甫在《丽人行》中曾吟咏道："三月三日天气新，长安水边多丽人。"动物冬眠了一冬天，开春都要出来晒晒太阳，所以人更是不例外。

"溱与洧，浏其清矣。士与女，殷其盈矣。女曰观乎？士曰既且，且往观乎？洧之外，洵讦于且乐。维士与女，伊其将谑，赠之以勺药。"这是全诗第二段，大致内容与第一段一致，运用了《诗经》的常用手法：复沓。只是在个别词语上稍加改动。这群青年小伙子和姑娘们满怀兴致来到了溱河和洧河旁嬉戏，暮春三月，春光融融，溱河和洧河夹杂着刚刚融化的雪水，快乐地翻腾着一朵朵洁白的浪花，一层卷着一层，向下奔流。河流两岸的沙滩上，更是一番热闹的景象，经过了一冬的蛰伏，小伙子和姑娘们都出来活动筋骨，换上了薄薄的衣衫，更显得精神焕发。他们追着闹着，相互簇拥，人人手里拿着一束兰花，似乎正要准备送给心仪的人。

《毛诗序》按照它一贯的做法点评道："《溱洧》，刺乱也。兵革不息，男女相弃，淫风大行，莫之能救焉。"然而从这首诗的内容看来，根本没有什么战乱的影子，男孩女孩们相互谈笑互赠香草，一派祥和安逸的景象，并非战乱时应该有的景象。所以《毛诗序》之说略有偏颇。到了宋代朱熹又将这美妙的诗歌大加指责："郑卫之乐，皆为淫声。然以诗考之，卫诗三十有九，而淫奔之诗才四之一；郑诗二十有一，而淫奔之诗已不翅七之五。卫犹为男悦女之词，而郑皆为女惑男之语。卫人犹多刺讥惩创之意，而郑人几于荡然无复羞愧悔悟之萌。是则郑声之淫，有甚于卫矣。"在他心中这群在河边与男子嬉戏打闹的女子不知廉耻，有失风范，十足轻浮。

贯穿全诗的无疑就是那一弯春水，而那些"蕳"、"勺药"更不容忽视，它们是诗中男女表达爱意的道具。诗中有叙事，有对话，语言生动，感情真挚朴实，这样一首美轮美奂、欣欣向荣的诗歌被"卫道士"们打为"淫诗"，难道不是对诗歌本身的一种亵渎吗？

齐风

◎鸡鸣◎

鸡既鸣矣，朝既盈矣①。匪鸡则鸣②，苍蝇之声。

东方明矣，朝既昌矣③。匪东方则明，月出之光。

虫飞薨薨④，甘与子同梦。会且归矣⑤，无庶予子憎⑥。

【注释】

①朝盈：上朝堂的官员已满。②匪：不是。③昌：盛，意味人多。④薨（hōng）薨：飞虫的振翅声。⑤会：会朝，上朝。⑥无庶予子憎：庶几予子憎，庶几没有因我恨你。

【赏析】

全诗共三章，每章四句，四言、五言掺杂而叙之，句式相互交错，有对话意味，有散文化的倾向。"鸡既鸣矣，朝既盈矣。匪鸡则鸣，苍蝇之声。"天色已亮，公鸡喔喔地叫唤，太阳也慢慢地爬上了山头。缕缕阳光投射到整间屋子里面，娇羞的女子推着身旁的男子告诉他外面天色已亮，公鸡已经开始报晓。群臣早朝人都到了。那男子睁开惺忪的眼睛向外看了一眼推脱道，那不是鸡鸣，是苍蝇嗡嗡地叫。

"东方明矣，朝既昌矣。"东方已经泛起了鱼肚似的白色，照亮整个屋子。群臣全都上朝堂。这一章无非也是对上一章内容的重复，然而换了描写的对象，不拘泥于一个对象。使全诗看起来形式多变，新颖活泼。"匪东方之明，月出之光。"面对女子的催促，那男子又使出了同样的招数，答道，那不是东方的光亮，明明是月亮放出的皎洁之光，天色还早呢，再休息一会儿吧。丈夫懒散地推脱，故意把天明说成是月光，惹人发笑，把这一片段理解成夫妻之间的缱绻生活，实在再贴切不过了。

"虫飞薨薨，甘与子同梦。会且归矣，无庶予子憎。"诗中的女主人公实在叫不醒那懒惰的男子，这时虫子从窗外飞来嗡嗡作响，男子借题发挥说道，虫子嗡嗡作响，咱们俩再睡一会儿吧。妻子无奈之下，只好说，你快起来吧，大家都各自忙开来了，你我在这磨蹭岂不是让人笑话和憎恶？丈夫贪恋衾被不起，妻子一番催促也是无可奈何。诗中语言朴素质朴，通俗而不庸俗，文中所述之事其实在日常生活中再常见不过，所以这正是真性情的流露，耐人寻味。

全诗独到之处还在于韵脚上的诸多技巧，全诗前两章都严格按照押韵进行，首章前两句都压"矣"字韵。后两句中的"鸣"与"声"紧紧压住韵脚。第二章与第一章的押韵状况是一致的，前两句同样压"矣"韵，后两句压的是同韵脚的"明"与"光"。而到了第三段一、二、四句同压一韵，唯留第三句，这有可能是语音在流传的过程中逐渐演变和发展，现代的读音与古代不一致，在古代应该是押韵的。

《毛诗序》认为这是一首表达"思贤妃"的诗歌，这一观点在古代一直影响深远，后世学者如宋代朱熹、清代方玉润都承袭此说，分别提出"赞美贤妃说"和"贤妇警夫早朝"说。然而这些解说都按照同一线路发展，未免给人一种牵强附会之感。直到现代著名学者钱锺书在其著作《管锥编》中提及的观点，才给人带来一种耳目一新的感觉，他认为《鸡鸣》是"作男女对答之词"，这一评价很客观，把范围划得很宽泛，让人欣然接受。

可以说，这部诗歌从头到尾都洋溢着一种浪漫。试想一下，一对平凡的夫妻每天过着按部就班的生活，时间一长就渐渐缺少了情趣，然而从这首诗当中不难看出"情调"二字。妻子叫丈夫起床时，丈夫非但没有埋怨和生气，而且幽默地打趣，这样的夫妻生活难道不是有滋有味的吗？婚姻是一本偌大而漫长的书，若没有情趣陪伴，再勤奋的人读的时间长了也会疲惫，所以要善于从生活中找到情趣，这样才能保持婚姻生活的新鲜。

◎还◎

子之还兮①，遭我乎峱之间兮②。并驱从两肩兮③，揖我谓我儇兮④。

子之茂兮⑤，遭我乎峱之道兮。并驱从两牡兮⑥，揖我谓我好兮。

子之昌兮⑦，遭我乎峱之阳兮。并驱从两狼兮，揖我谓我臧兮⑧。

【注释】

①还：轻捷的样子。②峱（náo）：齐国山名，在今山东淄博。③肩：三岁的兽。④儇（xuān）：轻快便捷。⑤茂：美，此处指善猎。⑥牡：公兽。⑦昌：指强有力。⑧臧：善，好。

【赏析】

《还》是一首关于两个初次见面的猎人协同打猎的山歌，短短数句，男人的直率、火热、友善、矫健，跃然于纸上。

这是一首叙事诗，猎人用简练的笔墨诉说了事情的来龙去脉，清楚而又生动。他外出打猎时遇上一个很出色的同行，两个人相互看重，并驱而行，协同猎取了两头狼，最后都为对方的能力所深深折服，相赞而归。回到家中，他激切地向家人夸耀那个猎人，开头就是赞扬"子之还兮"，表现出了其直率、风风火火。当然，在夸奖别人的同时，他也借别人的口吻夸耀了自己，"揖我谓我儇兮"，说对方作揖告别时夸赞自己能力超群，表现出了他的自信和可爱。

另一种说法是"子之还兮"为当面赞颂之辞。作者去猛山打猎，偶遇一位壮实的猎人，外表不凡，动作敏捷娴熟，强壮有力，真诚而又直接的作者心生喜欢，脱口赞扬。而后，他们并力捕兽，收获颇丰，最终告别之际，或是二人又相互赞扬一番，或是对方为了回应当初的夸赞，作揖寒暄而归，表现出浓浓的人情味，反映出当时人际关系的融洽、无隔阂。

两种情景，大致相似，都生动传神地描绘出一种直率和火热，把读者带到了那个质朴而又纯真的狩猎时代：男人们并力向前，初次见面就能性命相托；男子的阳刚和强壮成为最有力的性征诠释，以力为美，反映出健康而又明确的审美标准；人们的心底直率坦诚，没想过以全部功劳自居，不会因为分功不均而反目成仇，崇尚分享合作后的劳动成果；对自己认为的美好，对自己崇尚、敬佩的人事，毫无顾忌，毫不隐瞒，大声喊出心底的赞扬。随着这首简单的诗歌，当时生机勃勃、和睦太平的社会风俗，得以慢慢地浮现在我们面前。

这种美好，不仅在于作者所建构建的情境，也流淌于诗作的字里行间。"子"是对那位同行的敬称。"遭"字表明他们并非事先约定，只是邂逅相遇。首句开篇赞誉，突兀有力，更显真诚，真实表达了诗人由衷的仰慕之情。次句点明他们相遇的地点，第三句说他们共同合作，奋力追杀两只公狼。最后一句是猎后合作者对诗人的称誉："揖我谓我儇（好、臧）兮。"诗人以"揖我"这一示敬的动作联系首句，表现两位壮士的情投意合、心意一致，这使得诗篇在结果上、情感上共同达到了圆满、欣喜的境地。

第三句中，诗人只是简省地交代过程"并驱从两肩（牡、狼）兮"，而没有具体说出逐猎的结果，但是从他兴奋的叙述中，读者完全可以读出他们的成功。这样的写法颇有好处：只需说出目标，不强调结果，因为成功是必然的，无须多言，充分体现出作者的自信；进一步简省笔墨，使诗歌简练不拖沓，着笔于主干，忽视次要细节的描写，敲碎故事情节的连贯性，使得叙事更有跳跃感，更能调动读者的阅读情绪，体味作者当时的心绪，产生身临其境之感；以动感的追逐过程代替静态的结果，使得诗歌充满动感，符合猎人风风火火的性格和旺盛的生命激情。这一细节的处理，是高度自信和巧妙艺术手法的结合，充分体现了作者的性格特征。

诗作运用"赋"的手法，章节间回环复沓，仅易数字，相互补充，在简短的章节中极尽铺陈，以诉说的口吻，把作者所要表达的喜悦之情推向了高潮。方玉润《诗经原始》评论说："'子之还兮'，已誉人也；'谓我儇兮'，人誉己也；'并驱'，则人己皆与有能也。寥寥数语，自具分合变化之妙。猎固便捷，诗亦轻利，神乎技矣。"充分说明了其粗豪风格下的细腻质地，实为《诗经》中的佳作。

◎东方之日◎

东方之日兮，彼姝者子①，在我室兮。在我室兮，履我即兮②。
东方之月兮，彼姝者子，在我闼兮③。在我闼兮，履我发兮④。

【注释】

①姝：貌美。②履：蹑，放轻脚步。即：相就，接近。③闼：内门。④发：走去，指蹑步相随。

【赏析】

没有呆板礼教束缚的齐国，民风开放，在这里人们可以直接追求自己的幸福，即使是女子也可以主动追求心仪的男子，《东方之日》就是这样一首诗。在上古时代，社会风气并不拘谨，男女交往十分开通。齐女对爱情的执著正如"拼将一生休，尽君一日欢"，这种为爱奋不顾身的精神，感染了后世很多的人。

这首诗描写了一个和男子热恋的齐国女子，主动来到了男子的家中，整日与他亲热，两人形影不离，恩爱非常。诗中运用男子口吻来描述这段爱情，他说出了女子的热情和对爱恋的热切，言语中没有淫邪。在爱情中，男女双方都非常幸福，男子受到女子的青睐，感到非常高兴，他尊重女子的情感，不会因为女子主动投怀送抱而看轻她。他们正大光明地倾诉衷情，体现出了《诗经》"思无邪"的本质。

头两句是具有象征意义的起兴，诗人在早晨面对初升的旭日，晚间面对刚起的新月时，都会想到自己那美艳而温柔的情人，她既向朝阳一样艳丽而热烈，又像月光一样皎洁而恬静。他想到自己的情人是那样大胆热切地追求他，对他充满了柔情蜜意，为了他自荐枕席，和他在一起男欢女悦。所以每当日出东方时和月上梢头时，他心里一定会想起"彼姝者子"的形象。这时，他总是感到情意缠绵，朦朦胧胧，在他的心中，他的情人就是"在我室兮"。

二、三两句承接得非常自然。当男子对着朝阳和明月想着自己的情人，沉浸在甜蜜的回忆中时，他再也压抑不住自己的爱意，于是他将他们幽会的秘密脱口说了出来。他除了说出他的情人在他的卧室里，还描绘了他们相处的情景："履我即兮""履我发兮"。从这两句话中，能感受到男子的幸福，同时对于女子能够这样爱恋自己，他感到颇为得意。他的心被爱情撩拨得激烈跳荡，所以诗中有六句诗都用了"我"字，这些都表现了男子的矜喜之情。

诗中每节一、三、四、五句押韵，与八个"兮"字组成韵脚，称为"联章韵"。每节的第三句和第四句又都是重复的，这样的写法让全诗读起来极有流连咏叹的情味。

关于本诗的主旨，《毛诗序》说："《东方之日》，刺衰也。君臣失道，男女淫奔，不能以礼化也。"孔颖达在《正义》中指出本诗是"刺齐哀公也"。何楷在《诗经世本古义》中说本诗是刺齐襄公也，他们都赞同《毛诗序》的观点。

朱谋玮在《诗故》中提出，这是一首"刺淫"的诗，他说："旦而彼姝人室，日夕乃出，盖大夫妻出朝，而其君以无礼加之耳。"牟庭在《诗切》中提到，这是一首意在"刺不亲迎"的诗，他说："刺不亲迎者，言有美女光艳照人，不知何自而来，如东方初出之日也。"

虽然各家的见解各不相同，但他们的共同点就是，都认同本诗是一首关于男女情事的诗。诗中充满了女子幽会的回忆，毫无疑问是一首情诗。

◎东方未明◎

东方未明，颠倒衣裳①。颠之倒之，自公召之。

东方未晞②，颠倒裳衣。倒之颠之，自公令之。

折柳樊圃③，狂夫瞿瞿④。不能辰夜⑤，不夙则莫⑥。

【注释】

①衣裳：古时上衣叫"衣"，下衣叫"裳"。②晞（xī）：破晓，天刚亮。③樊：篱笆。圃：菜园。④狂夫：狂妄无知的人。瞿（jù）瞿：瞪视的样子。⑤辰：指白天。⑥夙（sù）：早。莫：晚。

【赏析】

《东方未明》是周代百姓广为传唱的一首民歌，产自齐国京都地区。它揭露了当时统治阶级的残暴，诉说了奴隶们受压榨的痛苦生活，反映了奴隶阶级的反抗心声。

全诗三章，诗人巧妙地抓住了奴隶生活的一瞬间，展现出了一副悲惨而苦涩的画面：天还未亮，劳累到虚脱的人们仍兀自安睡，监工的吆喝声如平地惊雷，突然响起，催促上工。寂静的安睡，一下子被打破，劳工们个个惊醒，黑暗中手忙脚乱，穿衣颠倒，洋相出尽，犹如惊弓之鸟。

奴隶们的身心，都受到残酷的奴役，日常稍不留意，就会遭到严厉处罚，饱受皮肉之苦，监工长久残酷压迫的结果，正是这种场面。诗人借这一典型时刻，突出"颠倒衣裳"的典型细节，以小见大，将奴隶们的痛苦生活描摹得纤毫毕现。清牛运震《诗志》赞说，这一描写"奇语入神，写忽乱光景宛然"，并起到了以少总多的艺术效果。

前两章结构上回环复沓，只换几字，如"未明"与"未晞"、"衣裳"与"裳衣"、"颠之倒之"与"倒之颠之"、"召之"与"令之"，反复咏唱，一再渲染。这是歌唱时的和声，使诗在吟唱时显得回复重叠，余音袅袅，提升了主人公的感情基调，强化了诗篇的内涵。到此，奴隶们已不单单有恐惧和慌乱，长期的奴役生活，诱发了他们对自身命运和整个社会的思索，在他们身上，痛恨和觉醒已初现端倪："自公召之"、"自公令之"。苦难的根源来自"公"——这些劳役者开始觉醒，发出了对当权者的不平之鸣。

这种明确而又愤激的指责，是作者直抒胸臆的呐喊，真实记录奴隶们的高呼和申诉，感情激越地表达了奴隶们的觉醒，也暗含了奴隶们势必抗争的决心，一定程度上真实再现了那个饱含压迫的时代。同时，这首诗抒发了下层阶级的愤懑，摹写出了一触即发的阶级矛盾，对统治阶级起到了强烈的揭露和批判作用，带有强烈的感情色彩，极易引起读者共鸣。

控诉即已发出，但怨怒却没有就此终结，矛头直指当权者后，但作者还嫌不够，于是笔锋又回到现实，进一步摹写奴隶们的悲惨遭遇，使诗作的感情进一步郁结。第三章描写劳作的内容，半夜被驱赶起，砍柳枝编篱笆，"狂夫"瞪着大眼监视，令人反感和怨恨。"狂夫瞿瞿"，是个典型的细节描绘，把监工的凶恶嘴脸和盘托出，读来如在目前，有着很强的形象感。"不能辰夜，不夙则莫"，则指出劳役不但要起早晚睡，而且成年累月莫不如是，使奴隶们生活境遇的悲惨凸显得无以复加。

这种生动的真实，跟作者高超的写作技巧密不可分。在具体行文过程中，作者只是选取了典型的场景，既没有铺叙劳动者的辛酸，也没有扩展具体的劳动场面，只以简单的笔墨，勾勒出集中而又概括的画面，把奴隶们的悲惨生活描摹得惟妙惟肖，使人们如临其境，也使诗作呈现出极高的文学价值。

全诗三章，皆为四言句，每句两个音拍。前两章运用回环复沓的艺术手法，渲染环境气氛，突出事物特征。且以工整的排列，朗朗上口的语言形式，尽情抒发心中的抑郁情感，增强了音乐效果。第三章则转变风格，避免通篇一致的枯燥感，显得起伏有致，使得诗作情感得以持续叠加。诗作的另一突出特点是通篇明白晓畅，语言通俗易懂，"未明"、"颠倒"、"狂夫"、"不能"等，都是人们常用的口头语言，以此入诗，质朴自然，充满无限的生命力。

对于此篇的诗旨，历来亦不乏异声，据《毛诗序》解释："《东方未明》，刺无节也。朝廷兴居无节，号令不时，挈壶氏不能掌其职焉。"把诗篇的矛头指向不称职的朝廷和官员。《郑笺》则说："挈壶氏失漏刻之节，东方未明而以为明，故群臣促遽，颠倒衣裳。"说是掌管更漏的官员失职，导致错误，群臣以为上朝迟了，慌乱起床，颠倒衣服。一直到南宋朱熹亦是如此评论，没能还诗作本真。这都是对诗作的牵强附会，力争把经典与政治扯上关系，委实错误。现如今，人们已立足实际，用文学的方法解读《诗经》，真正把经典贴近生活和真实，准确把握了作者的赋诗意图，归还了《东方未明》的主旨。

◎南山◎

南山崔崔①，雄狐绥绥②。鲁道有荡③，齐子由归④。既曰归止⑤，曷又怀止⑥？
葛屦五两⑦，冠緌双止⑧。鲁道有荡，齐子庸止⑨。既曰庸止，曷又从止⑩？
艺麻如之何⑪？衡从其亩⑫。取妻如之何⑬？必告父母。既曰告止，曷又鞠止⑭？
析薪如之何⑮？匪斧不克⑯。取妻如之何？匪媒不得。既曰得止，曷又极止⑰？

【注释】

①南山：齐国山名，又名牛山。崔崔：山势高峻的样子。②绥（suí）绥：求偶的样子。③有荡：即荡荡，平坦的样子。④齐子：齐国的女儿（古代不论对男女美称均可称子），此处指齐襄公同父异的妹妹文姜。由归：从这儿出嫁。⑤止：语气词，无义。⑥怀：怀念。⑦葛屦：麻、葛等制成的单底鞋。五：并列。⑧緌（ruí）：帽带下垂的部分。帽带为丝绳所制，左右各一从耳边垂下，必要时可系在下巴上。⑨庸：用。⑩从：相从。⑪艺（yì）：种植。⑫衡从："横纵"之异体，东西曰横，南北曰纵。亩：田垄。⑬取：通"娶"。⑭鞠（jú）：放任无束。⑮析薪：砍柴。⑯匪：通"非"。克：能、成功。⑰极：（放纵到）极点。

【赏析】

赏析这首诗之前，还必须要了解当时一段饱受非议的历史。春秋时期，齐国和鲁国联姻，齐襄公的同父异母妹妹文姜被嫁给了鲁桓公，但文姜不守妇道，与齐襄公有染，乱伦私通。齐国势大，鲁国势小，懦弱的鲁桓公敢怒不敢言。《左传》记载，公元前694年，鲁桓公要去齐国，夫人文姜要求同行，鲁桓公只得答应，文姜和齐襄公趁机相会。后来鲁桓公发觉，谴责了文姜，

文姜便告诉了齐襄公,襄公便设宴款待桓公,趁机将桓公灌醉,然后让公子彭生在驾车送桓公回国的路上扼死了桓公。这件事暴露后,齐国百姓皆以为耻,这首诗便是在此情境下产生的。

对于这首诗主旨的评论,多依托于上述史料,《毛诗序》云:"《南山》,刺襄公也。鸟兽之行,淫乎其妹。大夫遇是恶,作诗而去之。"意为襄公施禽兽行径,与其妹乱伦,大夫们痛心疾首,作诗刺之。不过,在这段历史背景中,不仅襄公可恨,鲁桓公的懦弱也同样可气。

古今学者大多认为这是一首讽刺齐襄公与鲁桓公的诗,诗分两部分,第一部分是一、二两章,讥讽荒淫的齐襄公,第二部分则是三、四两章,是对鲁桓公的"怒其不争"。历来评论相对较统一,异议很少。

作者开篇描写雄狐对伴侣的渴望,用意在于影射齐襄公对文姜的觊觎之心。作者以南山和雄狐起兴,展示出一种高远深邃的画面:山高树茂,急切的雄狐四处穿梭,叫声连连。不仅把诗的背景拉得极其宏大,让人感到诗作肯定包含丰富的所指,又将齐襄公渴切的思想状态描摹殆尽,让其丑恶嘴脸暴露无遗。章末,又用反问进行了讽刺:"既然已经出嫁了,为什么还对那段私情念念不忘呢?"即是在问文姜,也是在问齐襄公,一箭双雕,意味深长。

第二章还是诉说前事,但在表达上更进一步。作者影射齐襄公和文姜乱伦的无耻行为时,从寻常事物入手,描述鞋子、帽带都必须搭配成双,借以说明世人都各有明确的配偶,所指明确而又表达隐晦,既达到讽刺对象的效果,又显得不露端倪。后半部分与第一章相似,使情感力度得到更深一步加强。

第三、四章转换角度,发表对鲁桓公的议论。作者成功运用"兴"的手法,以种麻前先整理田地、砍柴前要先准备刀斧这些日常劳动中的必然性,来说明娶妻必须有父母之命、媒妁之言。再进一层针砭实际,说明桓公既已明媒正娶了文姜,而又无法做文姜的主,放任她回娘家私通,父母之命、媒妁之言都被搁浅、践踏,显得庸弱无能,文姜的无视礼法、胡作非为也跃然于纸上。

本诗在表达涉及政治、国君的问题时,用隐晦曲折的笔墨来讽刺针砭,避免了直白显露,并且能做到所指鲜明,内在意义一索可得。陈震《读诗识小录》谓其:"意紧局宽,布置入化,所谓不接形而接以神者。"说诗作主旨鲜明,但行文疏荡散致,布局合理,形散而神不散。陈继揆《读诗臆补》:"令其难以置对,的是妙文。"说其所指非常明确,但却让人无法抓住把柄。这些评论,都深得其意。

◎甫田◎

无田甫田①,维莠骄骄②。无思远人,劳心忉忉③。

无田甫田,维莠桀桀。无思远人,劳心怛怛。

婉兮娈兮④,总角丱兮⑤。未几见兮,突而弁兮⑥。

【注释】

①田(diàn):治理。甫田(tián):大田。②莠:狗尾草。骄骄:高大的样子。③劳心:忧心。忉(dāo)忉:心有所失的样子,与下文"怛(dá)怛"同义。④娈:貌美。⑤总角:古代男孩将头发梳成两个髻。丱(guàn):形容总角翘起之状。⑥弁(biàn):成人的帽子。

【赏析】

《甫田》以一位农妇的口吻,道出了她对丈夫深深的思念,情之深,时之久,突破了其能承受的底线。诗人以农家最寻常的事件和最普通的画面入诗,将镜头直接拉入广阔的农田,从田中又高又长的莠草着笔，给诗作展示了一幅荒芜的景象。

"甫田"一词，历来有争议，一说是寻常农田，一说为新开辟的农田。做寻常农田讲时，丈夫去了远方，家中缺少劳力，田里长满了深深的野草（维莠骄骄，维莠桀桀），女主人公面对此情此景，伤感万分，心生幽怨，不禁说道："无田甫田，维莠骄骄（桀桀），无思远人，劳心忉忉（怛怛）！"意思是今后我不再种地了，因为地已经荒了，我也不再想他了，因为思念只能增添烦忧！这是女子的牢骚语、反语、伤心语，正是其相思情切的表现。

"甫田"作新开垦农田讲时，女主人公就带上了坚强的色彩。这位辛劳的农妇，坚毅而自立，丈夫离开以后，她又独自开垦了很多的荒地，努力支撑着家用。但其中的痛苦，妇人也是勉力坚持，在承受不住时，她这样劝自己："不要再开垦农田了，这么多的荒草，你真的支撑不住，就此停下吧；不要再思念他了，他走得这么远，归期渺渺，只能让你更加担忧，更加劳心。"这种明知无效的自劝，当然不会使心情释然，坚强的女主人公肯定会一如常故，开垦出更多的荒地，更多次地思念自己的夫君。

最后一段可以有三种解释，一则诗作笔锋转向，不再描摹农妇自我劝说，而是记述其孩子的成长过程，好似农妇幽幽自语后的画外音，给其相思的程度和时间加上了一些补充和解释。"婉兮娈兮，总角丱兮。未几见兮，突而弁兮。"这几句在伤心农妇的身边展开了一幅画面，小孩子从"婉兮娈兮"成长为"总角丱兮"，继而成长得更快，变为"突而弁兮"。它概括了孩子的成长，也把时间的飞快流逝注入其中，女主人公的等待可见其久。另外，时间之所以会过得这么快，应该还有女主人的恍惚在里面。男人走了之后，日子再也不是日子，农妇变得孤独而又恓惶，对生活不再有起码的兴趣，对时间的感觉也不再清晰，由此，其思之切、念之深跃然于纸上。

第二种解法是此章与上两章一脉相承，都是由女主人幽幽的自语和埋怨："自你走后，孩子一天一个样，现在都成人了，十多年都过去了，你还没有回来！"这种解释，不仅依然可以表现时间的流逝，还更增添了那种深深的幽怨，读者不禁会对这位脆弱而又不幸的女子心生怜惜。

第三种解释是由实写转向虚写，女主人公由于思念深切，不自觉地产生了幻觉：丈夫归来了，他见到离家时还是小孩的儿子，如今已经长大成人，微笑着赞叹说："婉兮娈兮，总角丱兮。未几见兮，突而弁兮。""原来还扎着丫角，老是蹦蹦跳跳，现在就突然变成懂事的大人了，时间过得真快啊！"如此写来，有记叙，有想象，笔法虚实结合，变得丰富多样。清陈震《读诗识小录》说本诗的含蓄美尽在这一虚境之中，前两句"换笔顿挫，与上二章形不接而神接"，后两句"奇文妙义，与上四'无'字神回气合"，通篇连贯顺畅，抒情巧妙。

单就从女主人的角度而言，本诗主旨就已纷繁复杂。如果此诗变换一下视角，则又可作出另一番解释。有一些评论者从远行男子的视角和口吻入手，认为这首诗是丈夫对家人的思念。男子离家日久，对家中人事的想念与日俱增，想到要强而又深情的妻子，想到自己与她一块开垦荒地时的辛苦与快乐，着实担忧，不禁对着空气默默诉说相思："你不要再开垦农田了，这么多的荒草，你会支撑不住的，不要思念我啊，那只能让你更加劳心。"最后，男子又想到自己的孩子应该成人了吧，他想象着孩子的成长过程，从"婉兮娈兮"到"总角丱兮"，再到突然的"突而弁兮"，每一步都带给他经久不息的感慨，父亲想象这些时的心情，应该是欣喜与酸楚各自参半吧！

上述的说法无不充满了浓浓的人情味，让人感慨恻然，但这首诗在古代的解法，依然是依附政治，针砭寄托。追溯历史，齐襄公与妹妹文姜淫乱，把妹夫鲁桓公杀死，又嫁祸给公子彭生，为转移国人视线，他兴无义之师，多次攻打他国，干涉别国内政，最终死在国人手里。齐国诗人作诗讽刺，即《甫田》。诗人奉劝人们莫费力不讨好去耕那种荒芜多年的田地，莫白费力思念远方的人，即把不现实的念头抛开，别去做超出自己能力的事，由此讽刺了齐襄公胆大荒淫的小人行径。

◎卢令◎

卢令令①，其人美且仁②。
卢重环③，其人美且鬈④。
卢重鋂⑤，其人美且偲⑥。

【注释】

①卢：黑毛猎犬。令令：即"铃铃"，猎犬颈下套环发出的响声。②其人：指猎人。仁：仁慈和善。③重（chóng）环：大环套小环，又称子母环。④鬈（quán）：头发弯曲。⑤鋂（méi）：一个大环套两个小环。⑥偲（cāi）：多才多智。

【赏析】

齐国位于山东省的中北部和中部，地形复杂多山，人们狩猎频繁。《齐风》中的这则《卢令》，是一首赞美猎人、描写人与动物和谐关系的颂歌，全诗只有6句，24个字，如同一幅生动的素描画，

描绘出猎犬在猎人跟前昂首阔步、威风凛凛之状，其在跑动中套环叮咚作响，受宠貌和兴奋貌呼之欲出，形象地表现了猎犬的威风、主人的英姿，也从侧面烘托当时狩猎风尚的浓重。

本诗起笔不凡，以"先声夺人"的表现手法，从闻者所听着笔。如孟子所说"听车马之音，见羽毛之美"，人们未见犬形，先闻铃声，一只头戴项圈、圈上挂满铃铛、身形矫健、欢呼雀跃的猎犬形象浮现在读者眼前，先定其势，吊足读者胃口，继而猎犬出场，并引出猎犬的主人，并全方位赞扬，着力突出其飒爽英姿和美好品质。

每章前句写犬，后句写人，"令令"、"重环"、"重鋂"的描写，从形貌到声音，无不呼之欲出。猎犬的颈铃响声和套带的圈环所发出的金属光泽，最难为人忽视，这样的着笔，可谓抓住了典型细节。"美且仁"、"美且鬈"、"美且偲"，写人的外形和内在，更是把握住了各个方面，在夸赞其外形美好的同时，又夸赞其仁爱、

勇敢和超凡才干，让人对其心生敬佩。这种组合，两相映衬，实属恰巧，反映出作者细致的观察力和深湛的艺术技巧。

作者通过寥寥数笔，生动形象地给读者展示出了一幅春秋时代齐国人民养犬狩猎的广阔画面，进而反映出其爱好田猎的民情风俗，以及把猎人当做英雄偶像来仰慕的风气，主旨得以突出，过渡极其自然。优秀的猎犬是由优秀的猎人培训出来的，诗作重点反映的是古代先民衡量美男子和优秀猎手的标准，在当时的社会环境下，完美的猎手必须心灵美、外形美、德才兼备、爱护动物。这样，通过这首诗，读者能够深入到那个古往的社会，真切地把握其时代的脉搏。

在上述评论占据主流之时，学者们依然不乏异声，有些人一反其褒扬的主调，主张此诗为讽刺之作，亦收奇效。其理由是：诗中不厌其烦地反复描写猎犬，对猎人的猎技没有着墨太多；诗作只是摹写猎犬出场时的姿态，没有说它追逐猎物时的迅疾敏捷。因此，学者们声称，这首诗可能是运用反语，明褒实贬，讽刺一些猎手只追求表面的光鲜和浮华，而没有真实的本事，这条狗可能只是一条权作观赏的宠物，主人可能也只是一个追求外在、善摆花架子的纨绔子弟。如此一来，诗作的主旨得到深化，内涵变得厚重，让人阅读之余有所警醒。

一些评论者鉴于上说，结合当时的社会背景，推导出当时的田猎比赛已经非常盛行。在比赛中，人们不仅仅关注猎手和猎犬的田猎能力，还要附加上对其形象的考察，诗作中的猎人和猎犬，可能是形象良好又能力强悍的绝佳组合，也可能只是专事外在形象比赛的选手，追求的仅为表演效果。这种观点，反映出当时生产的进步和人们审美水平的提高，亦有其可取之处。

◎载驱◎

载驱薄薄①，簟茀朱鞹②。鲁道有荡，齐子发夕③。
四骊济济④，垂辔沵沵⑤。鲁道有荡，齐子岂弟⑥。
汶水汤汤⑦，行人彭彭⑧。鲁道有荡，齐子翱翔⑨。
汶水滔滔，行人儦儦⑩。鲁道有荡，齐子游敖⑪。

【注释】

①驱：车马疾走。薄薄：象声词，形容马蹄和车轮的转动声。②簟茀（diàn fú）：遮盖车子的方纹竹帘。朱：红色。鞹（kuò）：光滑的皮革。用漆上红色的兽皮蒙在车厢前面，是周代诸侯所用的车饰，这种规格的车子称为"路车"。③齐子：指文姜。发夕：傍晚出发。④骊（lí）：黑马。⑤沵（nǐ）沵：柔软状。⑥岂（kǎi）弟：天刚亮。⑦汶水：流经齐鲁两国的水名，在今山东省。汤（shāng）汤：水势浩大的样子。⑧彭彭：众多的样子。⑨翱翔：遨游。⑩儦（biāo）儦：行人往来的样子。⑪游敖：即"游遨"。

【赏析】

据《春秋》记载，文姜在鲁庄公二年（前692）、四年（前690年）、五年（前689年）、七年（前687年）都曾与齐襄公相会，其时鲁桓公已死，其子鲁庄公即位，然而文姜仍与襄公保持不正当的关系，不顾亡夫尸骨未寒，亦不顾其子鲁庄公的颜面。这首《载驱》便是讥讽文姜淫乱的诗歌。

但也有学者认为，庄公无能，没有对母亲的行为加以制止，因此人们赋诗讥刺。另外，《毛诗序》主张此诗针砭齐襄公，说是他穿盛装、驾车骑，驰骋于大道，前往文姜处与之私通，恶及万民。立足文本，这种说法有其不当之处。后来方玉润更正此说，认为此诗专刺文姜，但两人媾和一体，刺文姜就是刺襄公，他逃不掉干系，但亦不是《毛诗序》中所说的直指襄公。

结合诗作的具体内容，朱熹在《诗集传》中更加详细地说明：第一章"齐人刺文姜乘此车而来会襄公也"，第二章"言无忌惮羞耻之意也"，第三章"言行人之多，亦以见其无耻也"，将其对文姜的讽刺明确而又条理清晰地分条指出。

第一章从文姜乘坐的车子写起，文姜乘着夜色就坐上车子，沿着鲁国宽广平坦的大路，前往齐地与襄公幽会，因为时间之早、速度之快，以至于只给人留下了一个背影和隆隆响个不停的车声。"薄薄"一词，既描述疾驰的豪华马车，表现其略显颠簸的节奏，反映出它的质地优良和快速时的动感，又在字里行间透露主人公的急促难耐的心情。路人看到的车子外观华美：竹帘遮蔽着车窗，红漆皮革做的车棚，但美丽的车子里面坐着的是无所顾忌的文姜，恰似文姜美丽的外表下一颗不堪的心灵，作者形象笔触下所蕴涵的讽刺，辛辣十足。

接下来作者将镜头跟进，紧随着文姜的车子与大路上奔驰，旨在捕捉其一举一动，细致地刻画其表情心态。"济济"一词，形象地传达出四匹骏马的外形，也将其奔跑时抬首落蹄的错落一致表现了出来，使读者产生如观其貌之感。清一色的四匹骏马，美观大方，昂首阔步地奔跑着，显得雄壮威武至极。轻垂的马缰绳，柔软地摆动着，可见马儿跑动时的平稳迅捷和车夫的高超技术。"沵沵"的运用，描绘出了缰绳的上下晃动之态，表现出其用料之好，衬托乘车者的身份非同一般。

这时，作者又吟唱起来："鲁国的道路啊宽阔又平坦，乘坐大车的文姜啊快乐又急切！"如果说第一章是从车声隆隆来体现文姜的急切心情，第二章就是极尽铺陈之能事，将文姜的排场描摹得淋漓尽致，从四骊济济之盛来体现齐女私会的大肆张扬。

第三、四章，作者仅换数字，反复强化文姜的神色。河水的"汤汤"、"滔滔"与行人的"彭彭"、"儦儦"连用，说明环境的熙攘和文姜经过时引起的嘈杂，反衬出她的胆大妄为和深失民心。车子行到了汶水旁边，可能是遇到了集市或城镇，路边繁华了起来，只见水流急湍、水势浩大，路上行人如织、热闹非凡，但文姜的车马依然没有减速，跑动的威武霸气，丝毫不顾及路上摊点和行人。如此华美的车马，在古代应该是为贵族专门配置的，观车就能知其内所坐之人，众人知道里面坐的是文姜，也应该知道其与襄公的苟且之事，都赶紧避让一旁，指点纷纷。大家可以想象她在车内的状态：神情舒适、怡然自得、霸气外露、毫不收敛，似乎在向众人显摆：快让开，我要去和情人相会了。通过这种描写，文姜的神情跃然于纸上。

作者运用了许多连绵形容词，生动传神，念起来朗朗上口，它们是作者刻画精细、表现传神的关键，使诗作中的人与物变得鲜活，达到了形、神、声兼备的高度，同时也加强了诗歌的音乐性、节奏感，便于人们反复咏叹吟诵，取得了很好的表达效果。

高超的艺术性并没有影响诗作主旨的彰显，作者在针砭当权者的丑行时，虽用语隐晦，但所指明确，使读者卒章而知其意。后世有评论家认为，全诗只是描述车马，记述行人观察车子的情形，表达车中人的感受，也仅仅是说出发，没有说到什么地方去，更没有提文姜和襄公的名姓，但"鲁道""齐子"四字，交代出了一切，这种"暗中埋针伏线"的手法，即是"春秋笔法"，虽然细微，但明确显示出了作者的意图。

◎猗嗟◎

猗嗟昌兮①，颀而长兮②。抑若扬兮③，美目扬兮。巧趋跄兮④，射则臧兮⑤。

猗嗟名兮⑥，美目清兮⑦。仪既成兮⑧。终日射侯⑨，不出正兮⑩。展我甥兮⑪。

猗嗟娈兮⑫，清扬婉兮。舞则选兮⑬，射则贯兮⑭，四矢反兮⑮，以御乱兮⑯。

【注释】

①猗嗟：叹美之词。昌：壮盛的样子。②颀：身长的样子。③抑：通"懿"，美好。④趋跄：快步走，从容而又合节拍的姿态。⑤臧：善。⑥名：眉睫之间。⑦清：眼睛黑白分明。⑧成：成就，完成。⑨侯：古代赛射或习射时用的箭靶。用兽皮做的叫"皮侯"，用布做的叫"布侯"。⑩正：箭靶的中心。⑪展：诚然，真是。⑫娈：美好。与下句"婉"字义同。⑬选：指齐乐善舞。⑭贯：射中。⑮反：重复之意，指箭箭射中一处。⑯御：抵抗，御敌。

【赏析】

《猗嗟》是一首赞美少年射手的诗作。作者运用铺陈手法，以赞美的口吻、夸张的笔调，从各个角度和细节描述了少年射手的神技，细致生动。全诗共三章，每章都可以分为前后两个部分，前部分写射手身材体态的健美，后半部分写他技艺的高超。寥寥数十字，就从身材上、眉目上、动作上、技术上等各个方面，用简练的线条勾画出一个鲜明的肖像。

诗作每章均以"猗嗟"发端，"猗嗟"为叹美之词，相当于"啊"或"啊呀"。用这种叹美词开头，起到了先声夺人的效果，尽可能快地把读者的关注点转移到诗人所要赞美的人或事，并显得非常口语化，使得诗作轻快自然，便于作者抒情达意，也有利于调动读者的情绪，且在描写少年射手的形象和技艺时，起到一种渲染烘托的作用，深深扣住了主题。

作者在赞颂少年形象之美时，遵循了个很好的逻辑顺序，首先突出他身体强壮："猗嗟昌兮，颀而长兮。"形容小伙子长得高大、粗壮、结实。然后视角由整体转向局部，描摹其面部特征，说明其面色明净、眼睛明亮。最后，作者把着笔点移至少年的动作上，"巧趋跄兮"，步履矫健，走动速度快，且十分有节奏。"舞则选兮"，身体灵活，动作优美，摇曳生姿。这种身体素质，以及所显示出的速度和协调性，是一位优秀射手不可缺少的。

在众多描写中，最出彩的是对眼睛的描写，作者可谓细致入微、不惜笔墨，"美目扬兮"、"美目清兮"、"清扬婉兮"，三次提及眼睛的美妙动人，"扬"、"清"、"婉"，从不同侧面刻画其目光明亮、炯炯有神，通过这种全方位地刻画，少年的特色得以浮现：既具备了优秀射手所必不可少的优异视觉，又神采飞扬、楚楚动人。

诗作并非耽于外在形象的赞颂，而是继续深入、由表及里，详细说明了少年的技艺和品质。在描述内在时，作者终于按捺不住，喜爱之情溢于言表，夸赞说："展我甥兮。"对于"甥"字，人们的解释是多样的，有"妹子为甥"、"妹婿为甥"、"凡异族之亲皆称甥"、"女子称夫婿为甥"等多种。基于此，也使得诗的主旨，多为后人所争。

《毛诗序》立足"妹子为甥"，认为"甥"比附齐襄公与鲁庄公的舅甥关系，这牵涉到齐襄公和文姜兄妹乱伦的历史，妹夫桓公被害后，其子鲁庄公继位，然文姜又多次与其兄私会，庄公不能止。在古代，女子夫死从子，文姜的言行应该由鲁庄公约束，所以《毛诗序》指责鲁庄公虽仪容华美，神技突出，但却不能防闲其母，没有做到儿子的职责。后"主美"者亦有同"妹子为甥"者，方玉润主张诗作是齐人初见庄公时，真心叹其仪容之美、技艺之神，作诗赞之，并亲切地称其为"齐侯之甥"。但因其母不贤，后人在读这首诗时，不自然地就戴上了有色眼镜，以为是在讽刺，扭曲了作者的本意。

就诗境和行文语气来看，这种"妹子为甥"的说法，仅立足于"甥"一字而忽视整篇，过于牵强，应为评论者附会旧说，不可尽信。抛开历史烟云，"女子称夫婿为甥"更符合整首诗的感觉，并回归单纯赞美少年射者的主旨，显得比较恰当。

在这种"女子称夫婿为甥"的说法下，通篇为一个情窦初开的女子的口吻，她因某个机会，看到了一位英俊的美少年在表演射箭神技，不禁心生爱慕、倾心赞扬。她先称赞男子的外形俊美，后又称赞其技艺超群，其间不乏对这位男子终日练箭的想象，可谓心思颇多，并在诗作中含而不露地表露心迹："展我甥兮。"真是我理想中的好夫君啊！女孩的淳朴、大胆跃然纸上。

魏风

◎葛屦◎

纠纠葛屦①，可以履霜。掺掺女手②，可以缝裳。要之襋之③，好人服之。
好人提提④，宛然左辟⑤，佩其象揥⑥。维是褊心⑦，是以为刺。

【注释】

①纠纠：缠绕，纠结交错。葛屦：指夏天所穿的用葛绳编制的鞋。②掺（xiān）掺：同"纤纤"，形容女子的手很柔弱纤细。③要：同"腰"。襋（jí）：衣领。④好人：此处是指富家的女主人。提提：傲慢。⑤辟：同"避"。左辟即左避。⑥象揥（tì）：象牙做的簪子。⑦褊心：心地狭窄。

【赏析】

关于《葛屦》这首诗，古人有"刺君褊急"的说法。而诗的文字并未体现这一点，可见这种说法只是古人附会。这首诗讽刺了心胸狭隘、缺少宽容度量的人，但并不一定指"魏地之君"。现在大多数的学者都认为本诗是劳者对上位者的不满。

《葛屦》讽刺的对象是一位贵妇人。在讽刺贵妇人的同时，这首诗也控诉了阶级的不平等。本诗通过描写一个缝衣小妾为家中女主人缝制衣服的过程，揭露当时贫富不均的现实，是一首典型的讽刺诗。诗中成功地塑造了两个对比鲜明、不同类型的女性。她们分别是不劳而获的贵妇和劳而不获的小妾，诗中将这两个对立的形象展现在了公众面前，通过赤裸裸的对比，给人们以震撼，发人深省。

诗中首先提出问题："脚穿破旧的麻布鞋怎能踩踏深秋的寒霜？""瘦弱细小的双手怎能缝制华丽的衣裳？"一个脚穿破布鞋、吃不饱、穿不暖、无偿从事劳役的瘦弱妾氏形象便跃然纸上。她在霜寒中，还要独自劳作不止，她心灵手巧，做得一手好女红，但却只能"苦恨年年压金线，为他人做嫁衣裳"。

同时，诗人还描绘了一个只顾自己装饰打扮、喜穿新衣、把自己的幸福建筑在别人的痛苦上的、养尊处优、虚荣心强的贵妇形象。这个贵妇心胸狭窄，她冷酷无情地对待着妾氏，毫无怜悯之心。这样的压榨行为尽管相当不合理、不公平，在当时却是理所当然。本诗通过这两个形象构成了鲜明对比，表现出被奴役者的悲愤，末句的"维是褊心，是以为刺"就是这种愤慨的表现。

本诗共有两节，第一章先写出了缝衣女穷困的样子，那时已经天寒地冻了，但是她的脚上还穿着夏天的凉鞋。她终日受到女主人的虐待，所以她在受冻的同时还要挨饿，她双手纤细，瘦弱无力。即使已经十分虚弱了，她还要为女主人缝制新衣。她忍饥挨饿之后做成的衣服，不但不能穿在她自己的身上，她还要亲手将它穿在别人的身上。

当贵族家的婢妾将缝制好的新衣，拿去请嫡妻试穿时，嫡妻作出一副视而不见、满不在乎的样子。她避开妾氏，为自己佩戴高级的象牙簪子。

第一章的最后出现了"好人服之"这一句，其中"好人"这个词，指的就是外貌美好的人，在诗中是对女主人的尊称。但是"好人"这个词在诗的具体情境下，则带着讽刺的意思。

在第二章中，诗人转而描写女主人的富有和她的傲慢。在穿上妾氏辛苦缝制的衣服之后，她看都不看妾氏一眼，而是傲慢地自顾着梳妆打扮起来。这样的举动，让缝衣女感到愤慨和难以容忍。

诗中呈现出两种不同的画面，两种不同的世界情景。本诗的最后两句"维是褊心，是以为刺"两句点出了本诗的主题。这两句话充分地表现出了本诗的讽刺意义，全诗的题意通过这两句得到了加深。这首诗通过主仆两个不同的女性形象，表现出诗人了对劳动者的深切同情以及对剥削者的强烈讽刺，揭露了当时社会中的压迫和普通劳动者的可悲命运，对后来的同类诗歌有很深的影响。

◎园有桃◎

园有桃，其实之殽①。心之忧矣②，我歌且谣③。不我知者，谓我士也骄。彼人是哉④，子曰何其⑤，心之忧矣，其谁知之？其谁知之，盖亦勿思⑥。

园有棘⑦，其实之食。心之忧矣，聊以行国⑧。不我知者，谓我士也罔极⑨。彼人是哉，子曰何其？心之忧矣，其谁知之？其谁知之，盖亦勿思。

【注释】

①殽：同"肴"，吃。"其实之肴"，即"肴其实"。②忧：忧伤。③歌、谣：曲合乐曰歌，徒歌曰谣，此处皆作动词用。④是：对。⑤其：疑问语气词。⑥盖（hé）：通"盍"，何不。⑦棘：通常指酸枣。此处特指枣。⑧聊：姑且。行国：离开城邑。"国"与"野"相对，指城邑。⑨罔极：无极，没有准则。

【赏析】

对本诗内涵的解读,首先依托于抒情主人公的界定,诗中"谓我士也骄"点明主人公是一位"士",他说别人称其为"士",自己又未更正,可见并无异议。但是,"士"的含义纷纭绘难辨,因此,应当联系诗作进行推断。通读此诗,加之想象,可以推断诗中所描绘的情景如下:主人公对国家担忧、不满,但没人理解他,还指责其高傲、反复无常,在忧愤无法排遣时,他只得长歌当哭,最后在无可奈何中,他"聊以行国",置一切于不顾。因此,从诗的内容和情调判断,主人公当是士人阶层,但怀才不遇,不禁忧时伤己、作诗排遣。

诗作以"园有桃,其实之殽"起兴,引出下句"心之忧矣,我歌且谣",如此开篇,可谓一箭多雕:桃子成熟在夏季,隐含了诗作的时令;桃子熟了当然要采摘下来食用,心中忧烦当然要吟哦宣泄,这样,作者开篇就讲出了自己牢骚有理,显得直率;诗人有感于桃子的果实味美又可饱腹,而自己却无所可用,因而心中郁愤不平,表现其"不得志"的窘境;另外,园内有桃,实熟待摘,比兴自己在等待人来摘取,可到现在还未曾有人,于是忧心忡忡。简单的一句,蕴涵之多,可谓神奇。

"心之忧矣,我歌且谣。"他放声高歌以排遣内心苦闷,却反被认为是狷介骄纵,此即为"不我知者,谓我士也骄"。诗人的心态、思想、忧虑、行为,无不真实而又正确,但最终被视为"骄",委屈却又无可奈何。"园有棘,其实之食。"时光流转,枣儿熟了,到了秋季,诗人越发烦躁,歌谣已不能尽其情,他决定离开这是非之地,"聊以行国",换掉这个不愉快的生活环境。这一举动,却又被人指点:"谓我士也罔极。"真的是走也不对,不走也不对。

此情此景,作者不禁问道:"彼人是哉,子曰何其?"他们说得对吗?你说我该怎么办呢?难道大家是对的,而我错了?思维的混乱和迷茫展现出他内心的痛苦和矛盾。作者彻底不知所措了:面对残酷的现实,庸碌无为的统治者,国家和人民的出路在哪里呢?一个痛苦、矛盾而又极力"上下而求索"的"先忧者"形象,端立于字里行间。

最后四句:"心之忧矣,其谁知之!其谁知之,盖亦勿思!"诗人认为自己是有识之士,然而世上竟无一知己,所以诗才反复地说"其谁知之"。然而当他得知"理解"也是不可能时,他只得以"不想"来自我保护:"其谁知之,盖亦勿思。"既然没有人是清醒的,自己为何要独守清明?不过自找烦恼罢了,还是忘掉这一切吧!

《园有桃》是较早的自由诗,描写不得志的士人之生活境遇和心理状态。他自得其是然而无人可诉,空怀报国之志却落为庸人笑柄,结尾"盖亦勿思",道出了无可奈何、自欺欺人的消极避世态度,他最终蹉跎岁月,郁郁寡欢。诗中表现出的爱国感情和忧愤情绪与《离骚》是相同的,屈原对故国深深眷恋,日日担忧,最终难以承受"独醒"的艰难,选择了汨罗江,本诗作者则是勉力自持,努力忘却这无尽的烦恼,然而,诗人的忧愤之情却无穷无尽,难以排遣,只得自欺欺人、空言忘却。

本诗句式以充分表达愤慨情绪为先,不避讳参差错落。押韵方面,前六句在一、二、四、六句末,后六句韵脚转换,押在八、九、十、十一、十二句末,和谐中有跌宕和转折,避免了通篇一韵的单调,使得篇什充满力度和层次之感。两章文字相似，前六句只有八个字不同，后六句完全重复，回环复沓，并且十、十一两句重复，显得哀思绵延，给人以"欲说还休"的惆怅，风格消沉悲痛。

◎陟岵◎

陟彼岵兮①，瞻望父兮。父曰："嗟！予子行役，夙夜无已。上慎旃哉②，犹来无止③。"

陟彼屺兮④，瞻望母兮。母曰："嗟！予季行役⑤，夙夜无寐。上慎旃哉，犹来无弃。"

陟彼冈兮，瞻望兄兮。兄曰："嗟！予弟行役，夙夜必偕⑥。上慎旃哉，犹来无死。"

【注释】

①陟（zhì）：登上。岵（hù）：有草木的山。②上：通"尚"，希望。旃（zhān）：之。③犹来：还是归来。④屺（qǐ）：无草木的山。⑤季：小儿子。⑥偕：俱。

【赏析】

因政治动荡，战争频发，兵役繁复，孝子远行在外，思念父母兄弟，作歌排遣。这便是《陟岵》一诗的来由。诗的主人公是家中最小的儿子，被征上阵，久不归家，对父母和兄长极尽想念。诗作开创了思乡诗的一种独特的抒情模式，在历代文学中饱受好评，因此，它被推为"千古羁旅行役诗之祖"。

登高望远，是久未归家的人们排遣乡愁的一种重要手段，也是对人们渴望相聚的心情的形象传达，因此有言曰"远望可以当归，长歌可以当哭"。因此诗以"陟彼岵兮，瞻望父兮"起兴，直言思亲之情。在诗作中，作者连续三次登上高山，远望乡里，分别思念父亲、母亲和兄长，情感在分说和复沓中极尽交叠，形成极大的情感张力，表现出其思家之切，感人肺腑。

登高必有所见，但主人公之见，却非同一般："父曰：嗟！予子行役，夙夜无已。"作者没有继续言说主人公多么痛苦，多么思念，而是转而描绘了其想象之景：父亲的音容笑貌浮现在了空中，他微笑而又心疼地说："儿啊，你行役辛苦，早晚都得不到休息，一定要注意身体啊，希望能够早日归来，不要滞留远方！"谆谆告诫、殷殷希望，形象而又真实，不知有多少次潜入过梦境，才能如此纤毫毕现。作者通过这一新异的手法，从想象入手，同时表现征夫的思念和家人的温暖，两相对照，相得益彰，巧妙无痕。

第二章是描写主人公对母亲的想象。同样是一幅类似于上章的画面，但所述却各有千秋，相似但不雷同："我的小儿子啊，你出门在外行役辛苦，白天黑夜的不能睡觉，一定要注意身体啊，千万不能不回家，千万不要把自己的母亲抛弃！"

在母子之间，比父子之间更多了具体的日常细节，也因此生发出了更多的依恋和牵挂。孩子小时候，母亲多会每天嘱托、陪伴孩子睡觉，这种经历和记忆，早已深深地融进了母子关系，成为一种亘古不变的内容和必然，即使长大了，孩子不在身边，母亲依然会习惯而又当然地关心孩子的睡眠。伴随着孩子的成长过程，母亲的欣喜和期待也充满着每一分每一秒，她会时刻想着，孩子马上就要大了，马上就能为自己分担压力了，这些想法也慢慢进入到习惯和意识中。如今，孩子的远走他乡，最沉重地击中了母亲的期待，因此她才会产生这样的担忧。

第三章则是对其兄长的想象。兄弟之间，自然要直率得多，所以兄长言语的不同之处为"犹来无死"，直言弟弟千万不要客死他乡，传达出了亲人最真实、最要紧的担心。不回来也不要紧，最重要的是能够平平安安地活着。父母最担心的，当然也是孩子的死亡，但因为有所畏惧，所以不敢说，因为过于生硬，怕孩子听到心里难过，所以不愿说。兄长这脱口而出的"犹来无死"，表现了深深的手足之情，也是给弟弟的一种警示：一定要注意身体、小心谨慎，最终活着回来。这也从侧面反映了行役中的艰难和危险。

这种场面的营造，并非诗人的刻意造作，而是主人公情至深处的真实表现。这种对亲人念己的设想，包含了无数的无奈和辛酸：双方心意相通但生分两地，温馨的回忆在心中交叠但只添相思，一声声真实的嘱托全都无法送达，对方的状况只能凭想象营造，亲人能否还是自己想象中的情形，何时才能真实地见到想象中的场景？每一个思考都纠缠着无数的希冀和担忧，融汇着无数的慰藉和害怕，也承载着无数的回忆和憧憬。正所谓"笔以曲而愈达，情以婉而愈深"。

在写作技巧上，作者直录口语，真实而质朴，因真实而形象，因质朴而感人，产生了极具震撼的艺术力量，让人观之既能营造出主人公之貌，又能联想到自己之悲。"上慎旃哉"一句，有着极大的艺术张力，"旃"为兼语，是"之"、"焉"的合音字，因此，简简单单的一个"慎"字，作者用了四个语气词帮衬，叮嘱之切、情感之真，描摹得极尽厚实。父母兄长的谆谆之心，都灌注于这一延绵悠长而又沉重的字句中，穿越千山万水，来到主人公的心田。

◎伐檀◎

坎坎伐檀兮①，寘之河之干兮②。河水清且涟猗③。不稼不穑④，胡取禾三百廛兮⑤？不狩不猎⑥，胡瞻尔庭有县貆兮⑦？彼君子兮⑧，不素餐兮⑨！

坎坎伐辐兮⑩，寘之河之侧兮。河水清且直兮⑪。不稼不穑，胡取禾三百亿兮？不狩不猎，胡瞻尔庭有县特兮⑫？彼君子兮，不素食兮！

坎坎伐轮兮，寘之河之漘兮⑬。河水清且沦猗⑭。不稼不穑，胡取禾三百囷兮？不狩不猎，胡瞻尔庭有县鹑兮？彼君子兮，不素飧兮⑮！

【注释】

①坎坎：象声词，伐木声。②寘（zhì）：同"置"，放。干：河岸。③涟（lián）：水波纹。猗（yī）：义同"兮"，语气助词。④稼（jià）：播种。穑（sè）：收获。⑤禾：谷物。三百：极言其多，非实数。廛（chán）：捆。⑥狩：冬猎。猎：夜猎。此诗中皆泛指打猎。⑦瞻：向前或向上看。县：古"悬"字。貆（huán）：幼貉。⑧君子：此系反话，指有地位有权势者。⑨素餐：白吃饭，不劳而获。⑩辐：车轮上的辐条。⑪直：水流的直波。⑫特：三岁的兽。⑬漘（chún）：河岸。⑭沦：小波纹。⑮飧（sūn）：晚餐，此处泛指吃饭。

【赏析】

这是一首伐木者之歌，铿锵而悠扬的歌声传达了这样的情景：一群伐木者砍树造车时，联想到剥削者不劳而获，愤怒非常，发出了质问：为什么那些从不种田的人，家里谷物堆满了仓房？为什么那些从不打猎的人，飞禽走兽挂满了庭院？这种质问反映了劳动者对现实的清醒认识，蕴藏着一种猛烈的反抗情绪。

《诗经》可以说是中国讽刺文学的源头，揭露和讽刺剥削阶级是《诗经》的主旨之一。在众多经典诗篇中，《伐檀》以独特的刚柔美，展现出非同一般的色彩和音响。

诗作每章首句都用同一个叠字，"坎坎"是伐木时发出的声音，因为檀树木质很硬，所以拿斧子砍起来铿然作响，以此入诗，尽显音律谐和悠扬，作者先声定式，给全诗抹上一丝叮咚舒卷之感，为强烈的讽刺和质问披上了温婉的外衣。另外，这一叠字也巧妙地深化了主题：古人以檀木造车，劳动强度很大，伐木工人生活的辛苦可见一斑。人们把树砍倒，然后堆放到河岸边，利用水力把其运走，简短数字，工人们的整个劳动过程展现在眼前，声情并茂。

伐木者把檀树运至河岸，放眼望去，水流清澈，微波荡漾，一幅优美的山水盛景展现在眼前，不禁对此美好景象赞叹不已，但他们身上肩负的沉重压迫与剥削，立即打破这暂时的轻松与欢愉，硬生生地把他们从如梦胜景拉回真实的人间地狱。他们看着能够自由自在流动的河水，联想到自己整日劳作，没有自由，不禁悲从心来，不得不一吐为快。

于是，他们向有权势者提出了尖锐的责问："不稼不穑，胡取禾三百廛兮？不狩不猎，胡瞻尔庭有县貆兮？彼君子兮，不素餐兮！"伐木者们感情变得激越，不禁直接指责和怒骂："这些'君子'们，你们不是在白吃饭吗？"

第二、三章文字上改易数字，反复咏唱，也在内容上作出补充，加深了所要表现的主题，"辐"是车轮中的直木，"漘"是指河岸边，各种做车配件的出现，暗示了伐木者们劳动的无休无止。"特"指三岁的野兽，各种猎物的描写反映了剥削者的贪婪本性：无论猎物如何，一概据为己有。

《伐檀》句式整齐，结构对称，富有鲜明的节奏感和韵律性，三章反复咏叹，有力地表达了伐木者的痛声疾呼和反抗情绪，使感情在叠唱中步步深化，增强了诗的抒情性和讽刺力量。

从表面看来，此诗用词清新、语调清婉，好似一首细腻的抒情诗，然实为柔中寓刚，充满了硬度和情感张力。它申诉时没有使用陈述句，而是选择反诘句，这样质问和讽刺，显得情感激越、笔力厚重。

"不稼不穑，胡取禾三百廛兮？不狩不猎，胡瞻尔庭有县貆兮？"连用反诘句，以不可阻挡的气势和一针见血的力度，直指剥削者。章末"彼君子兮，不素餐兮"，用毋庸置疑的语调，毫不摇摆，一锤定音，揭示剥削者的本性和虚伪，增加了讽刺意味，深刻地揭示了主题。写作手法上，全诗以叙事为主，未加渲染但饱含愤怒，每章末用直抒胸臆的方式来控诉，增加了真实感与揭露的力度。

诗作的句式从四言、五言、六言、七言乃至八言，因而被有些学者称为杂言诗最早的典型。灵活多变的句式，使感情得以自由抒发，充分表现。戴君恩《读诗臆评》评论道："忽而叙事，忽而推情，忽而断制，羚羊挂角，无迹可寻"。形容诗作的描摹起兴无端，艺术手法不可寻其踪迹。牛运震《诗志》曰："起落转折，浑脱傲岸，首尾结构，呼应灵紧，此长调之神品也。"同样对此诗的艺术性作出了很高的评价。

就此诗的主旨，同样有着诸多解法，最早《毛诗序》以为是"刺贪也。在位贪鄙，无功而受禄，君子不得进仕尔。"评论者依托政治,将矛头指向官员腐败,立意深刻但似显偏颇。还有学者称为"美君子隐居之志也",或"魏国女闵伤怨旷而作",或"父兄训勉子弟之词",皆有卖弄学问或标新立异之嫌,都未能获其要理。

到了近代,一些学者认为这首诗是奴隶主贵族"站在井田所有制立场来攻击新兴的封建剥削";或认为是"劳心者治人的赞歌,它所宣扬的是一种剥削有理、'素餐'合法的思想"。这些说法更加偏颇,不为多数人所取。

像一些比较中肯的评论者所说那样,《伐檀》的思想高度应该表现在主人公逐渐觉醒的认识水平上:他们虽意识不到不合理分配现象的社会根源何在,但已经清楚地看到,社会上存在着两大阵营,一个是生产者,一个是所有者,而非常怪异的是,生产者不是所有者,所有者不是生产者。这种评论是比较有价值的,既反映了诗作的内容,又将抽象的社会规律明了地融入其中。

◎硕鼠◎

硕鼠硕鼠[①],无食我黍[②]!三岁贯女[③],莫我肯顾。逝将去女[④],适彼乐土。乐土乐土,爱得我所[⑤]!

硕鼠硕鼠,无食我麦!三岁贯女,莫我肯德[⑥]。逝将去女,适彼乐国[⑦]。乐国乐国,爱得我直[⑧]!

硕鼠硕鼠,无食我苗!三岁贯女,莫我肯劳。逝将去女,适彼乐郊。乐郊乐郊,谁之永号[⑨]!

【注释】

①硕鼠:肥大老鼠。②无:毋,不要。黍:黍子,去皮后叫黏米,是重要的粮食作物之一。③三岁:多年。贯:侍奉。女:同"汝"。④逝:通"誓"。去:离开。⑤爱:于是,在此。所:处所。⑥德:恩惠。⑦国:域,即地方。⑧直:同"值",价值。⑨之:其,表示诘问语气。号:呼喊。

【赏析】

老鼠大概是人们最讨厌的动物之一了,生性贪婪狡猾,眼小嘴尖,一看就叫人生厌。于是,当看到"硕鼠"这个题目时,人们自然明白这不会是一首快乐的颂歌,而是一首怨刺之诗。事实上,《硕鼠》确实是一首不满现实的诗,而且是一首以破口大骂的方式表达不满的诗。

所不满者何事?古代学者多认为是农民"刺重敛"。今之人多以为此诗是当时农奴反对阶级剥削的反映。两种看法虽有所不同,但分歧不大,可互相参照。

诗一开头便大声直呼"硕鼠硕鼠,无食我黍",仿佛直指硕鼠之面加以怒斥。鼠本来就已经很惹人厌了,还是个肥硕的鼠,这就更令人憎恶了。老鼠从来是偷窃之辈,靠着偷盗粮食生活,是不折不扣的寄生虫。一只普通的老鼠长成了"硕鼠",这是偷食多少粮食的结果!这只硕鼠,便是对贪婪凶残的剥削者的绝妙比喻。日出而作,日落而息,田地里的庄稼是农民们顶着多少个烈日,受了多少次风霜才换来的果实。可是如此艰辛的劳动却被这些老鼠蚕食殆尽,确实叫人气愤。

古人常说,"滴水之恩,当涌泉相报"。按如此说,养育之恩便是无以为报的天大恩情了。可惜这只是君子的做法,"硕鼠"不会接受这一套。"三岁贯女,莫我肯顾",老鼠的一身脂肪是农民多年喂养的结果，可是对于这些养活它们的农民，硕鼠却毫无顾念之心，反而变本加厉地吞食他们的血汗。

如果永远忍受这群硕鼠的索取，只怕最终连性命也不保。所以农民决定"逝将去女，适彼乐土"，打算永远离开硕鼠，寻找一个"乐土"。所谓"乐土"，就是农民"爱得我所"的地方。

诗分三章，在反复咏叹中诗意层层递进。第一章时作者呵斥硕鼠"无食我黍"，而硕鼠贪婪成性，无视作者的呵斥，还啃食农民的麦子，于是农民继续斥道："硕鼠硕鼠，无食我麦！"然而到第三章，诗人指出，硕鼠之贪婪是永远也无法满足的。吃光黍和麦后，硕鼠变本加厉，连尚未成熟的庄稼幼苗都不放过。从"无食我黍"到"无食我麦"，再到"无食我苗"，硕鼠的凶残和贪婪暴露无遗。

由于不堪硕鼠无止境地盘剥，农民们希望找到一个自耕自足、不受压迫的地方，那将是他们的"乐"之所在。但是随着硕鼠的步步紧逼，他们向往乐土的心情也渐渐发生了变化。一开始，他们向往的是"乐土"，然而在硕鼠的贪婪下他们的追求从乐土变成了乐国，又从乐国变成了乐郊。"乐土"、"乐国"、"乐郊"三个词看似所指相同，实则有相当大的区别。"土"当指人类脚下这片广袤的大地，而"国"是这片土地上的一个区域，而"郊"的范围就比国更小了。可见，人们虽然不堪"硕鼠"的盘剥，但逐渐意识到现实的残酷，根本不存在所谓的乐土。"乐土"到"乐国"再到"乐郊"的变化，实际上是希望逐渐落空的表现。所以，末句"乐郊乐郊，谁之永号"透出些许无奈和悲哀。

唐风

◎蟋蟀◎

蟋蟀在堂，岁聿其莫①。今我不乐，日月其除②。无已大康③，职思其居④。好乐无荒，良士瞿瞿⑤。

蟋蟀在堂，岁聿其逝。今我不乐，日月其迈⑥。无已大康，职思其外。好乐无荒，良士蹶蹶⑦。

蟋蟀在堂，役车其休⑧。今我不乐，日月其慆⑨。无已大康，职思其忧。好乐无荒，良士休休⑩。

【注释】

①聿（yù）：语气助词。莫：古"暮"字。②除：过去。③已：甚。大康：同"泰康"，过于享乐。④职：主要职务。居：处，指所处职位。⑤瞿（jù）瞿：警惕瞻顾的样子。⑥迈：时光流逝。⑦蹶（jué）蹶：动作勤敏的样子。⑧役车：一种装上方形箱子的车子，此处指服役的车子。⑨慆（tāo）：逝去。⑩休休：安闲自得，乐而有节的样子。

【赏析】

劝勉人珍惜年华光景的《蟋蟀》出自《唐风》。全诗共三章，意义大致相同，每章的各别词句稍有变化，但都是由物及人，叹惋岁月易逝。

"蟋蟀在堂，岁聿其莫"，诗人看到蟋蟀从野外迁移到屋子里，猛地意识到天气已经转凉，在不知不觉中，时间已是年末。《诗经·豳风·七月》就曾提到："七月在野，八月在宇，九月在户，十月蟋蟀入我床下。"同样是以蟋蟀的习性来突出四季变化。

首句以蟋蟀起笔，这一写法是"赋"还是"兴"却引起了争议。如果将首句作为"兴"看，那么，它就是一种纯粹的起兴，不掺杂"比"的因素，因为它在意思上与下文并无联系，但从深层情绪和心理衍变来看，却有着密切的关联。所以这一句可以认为是直陈其事的"赋"，也可认为是用以引起下文情感的"兴"。

三、四句直接由蟋蟀迁徙的现象开始述说心怀："今我不乐，日月其除。"时至岁末，转眼一年又过去了，言外之意时光飞逝，岁不我待。诗人由"岁莫"引起对时光流逝的感慨，进而宣扬及时行乐的思想，但是这并非诗人本意，而是为了统领后面两句的过渡。

"职思其居"、"职思其外"、"职思其忧"是说：享乐不要过度，应当顾虑自己当下的职责所在；第二层更进一步，强调对分外的职务也不能不考虑；第三层告诫人们要有忧患意识，目光要长远。诗人说出这句话，是对他人的警醒，同时也是自我克制。

"好乐无荒，良士瞿瞿"、"好乐无荒，良士蹶蹶"、"好乐无荒，良士休休"这三章的末句是提醒后人：享乐要在不荒废事业的前提下进行，要学习贤士的勤奋向上，时刻提醒自己享乐的尺度。后四句基本上属于说教，但诗人拿捏得很有分寸，在劝戒的同时也肯定"好乐"，但要求有节制，真挚的语气也容易让人接受。

《蟋蟀》是含有治国、处世和人生感悟的政治、教化诗，其惜时劝勉的积极意义十分可贵。而且，在让人们珍惜时光、恪守职责的基础上也没有忘记提倡享乐的精神，这种折中的态度在当时的社会环境下是难能可贵的，也为后人提供了一种处世态度。全诗"思"的态度是今人值得好好承继的精神，而"好乐无荒"的告诫，至今仍意义深远。

◎山有枢◎

山有枢①，隰有榆②。子有衣裳，弗曳弗娄③。子有车马，弗驰弗驱④。宛其死矣⑤，他人是愉⑥。

山有栲⑦，隰有杻⑧。子有廷内⑨，弗洒弗扫⑩。子有钟鼓，弗鼓弗考⑪。宛其死矣，他人是保⑫。

山有漆，隰有栗。子有酒食，何不日鼓瑟⑬？且以喜乐，且以永日。宛其死矣，他人入室。

【注释】

①枢（shū）：木名，刺榆。②隰：低湿之地。③曳：拖。娄：古代裳长拖地，需拖着或提着，娄指提。④驱：车马疾走。⑤宛：通"苑"，枯死的样子。⑥愉：快乐、享受。⑦栲（kǎo）：木名，即臭椿。⑧杻（niǔ）：树名。⑨廷：庭院。内：厅堂和内室。⑩洒：浇水。⑪考：敲击。⑫保：占有。⑬瑟：一种似琴的拨弦乐器，有二十五弦。

【赏析】

《山有枢》通篇口语，可以将这首诗理解为一位友人的热心劝勉，他看到自己的朋友拥有财富却不知享用，也许是因为节俭，抑或是因为生性吝啬，又或者是因为忙于事务没有时间，无法过上悠游安闲的生活，无法真正地享受人生，因此，不禁怒从中来，出语激烈，严厉警醒，一片赤诚。

"山有……，隰有……"是起兴之语，与后文中所咏对象没有多少联系，只是即兴式的起兴。首章言友人有衣服车马，但没有用正确的方式使用，作者以为应该用"曳"、"娄"、"驱"、"驰"的方式，尽情享用它们，否则自己死去之后，只能留给别人。这里的"曳"、"娄"，是一种非同一般的穿衣打扮方式，不同于日常，"驱"、"驰"所指的也并不是寻常意义上的赶路，而是郊游等娱乐活动，代表一种安闲的生活方式。

第二章与第一章相似，只是把笔触转向房屋钟鼓，说它们需要"洒扫"、"鼓考"。可见主人并不是吝啬，而是节俭或太忙，因为越是吝啬的人，越会对自己的财物爱惜得无以复加，一定会把它们收拾得整齐干净，不会"弗洒弗扫"。再结合主人空有编钟大鼓，却从来都不敲不击，可以推测出主人真的是忙，虽然家资殷富，但没有享乐的时间和闲心。

这种生活方式，在作者看来是暴殄天物，作者尊敬友人的性格，但更愿意友人的生活变得更加美好，因此才有章末的出言相激："宛其死矣，他人是保。"直言其死，是两人关系亲近的表现，作者应该是一个性格直率的人，或者是当时因勉励劝言而感情激动。

第三章是整个诗篇的重点，关键四句为"子有酒食，何不日鼓瑟？且以喜乐，且以永日"。诗作三章都是口语，到这里突兀地出现了"喜乐"和"永日"两个内涵深远的词，显得不同寻常。关于"喜乐"的意思，有评论者提出是"诗意地栖居"、"诗意地生存"，"永日"为"延日"之意，即延长自己的生命，使生命变得美好而隽永。这两个词将诗的意志和内涵提升到一个非常高的高度，使得通篇口语和直接言死的粗俗得到了一定程度的缓和。

这两个词应该是作者和其友人都非常熟稔的词，并且双方都知道对方知晓，两人必定讨论过，或

者在书信中探讨过。此时作者看到友人的生活状态，非常不满，便将这两个词提出来用以责问："你这种生活状态是喜乐吗？通过这种生活状态能达到永日吗？"作者主张享受人生，友人更愿活得忙碌充实，作者眼见劝服无望，情感变得激越，声音也逐渐提高，以图用气势压制友人，并且以死亡恐吓友人，使其同意自己的观点："你不享受生活，还想喜乐永日，你等着，等你死了，别人就尽情享受你辛辛苦苦创造的价值！"

由此，整篇文章的脉络和内涵变得清晰：作者和友人都是贵族阶级，家资殷富，但他们的生活方式不尽相同，诗人的主张是，生命是短暂的，应该及时行乐，通过这种方式得到喜乐，达到永日。而那个侧面描写的友人，则主张努力工作，认真创造价值。这首诗作就是在讨论什么样的生活方式更加健康、更加有价值，诗意深刻之处正在于此。

从诗中可以看出，从很久以前，人们就开始对生活方式进行深入细致的反思，并且真正把这种思考作用于日常生活，着实难得。在《诗经》以后，这种争论历久弥多，并且仁智共见，到现在也没有得出统一的观点，但却给人们自我的思索选择，提供了素材和借鉴。这首诗，除了生活方式之争外，还有诗的主旨，自古以来评论界还存在其他诸多说法。

有评论者主张它是在嘲讽一个守财奴式的贵族统治者，诗旨在于针砭，一章的衣裳、车马，二章的廷内、钟鼓，三章的酒食、鼓瑟，概括了贵族的生活起居，他热衷于聚敛财富，却舍不得耗费使用，是个"葛朗台"式的悭吝者、守财奴，所以诗人予以辛辣的讽刺。这种观点充满着训诫意义，有利于警醒世人，自有其积极价值。

又有一说也是主张针砭，但其将对象明确化，直指晋昭公的腐朽统治，《毛诗序》认为此诗是讽刺晋昭公："不能修道以正其国，有财不能用，有钟鼓不能以自乐，有朝廷不能洒扫，政荒民散，将以危亡，四邻谋取其国家而不知，国人作诗以刺之也。"认为晋昭公没能很好地勤于政事、治理国家，导致国家秩序混乱、礼乐不存、百姓离散、外患四伏，而昏庸的晋昭公却丝毫不得而知，国人愤怒，作诗刺之。这种说法把诗作主旨上升到政治层面，寓意变得极深，亦有可取之处，足以警告后世的统治者。

以上两者都是针砭丑恶，而朱熹《诗集传》另辟蹊径，从《诗经》中诗作的联系入手，认为此诗为答前篇《蟋蟀》之作，"盖以答前篇之意而解其忧，盖言不可不及时为乐。然其忧愈深而意愈蹙矣。"即这是《蟋蟀》的姊妹篇，承《蟋蟀》篇的主旨内涵，更深入具体地劝谕应怎样在礼乐的规范下享受生活。这种说法旨在规劝和引导人们怎样生活，更加符合诗作本义，但其服务的对象，却因此囿于吃喝不愁的贵族，显示了其局限之处。

◎扬之水◎

扬之水①，白石凿凿②。素衣朱襮③，从子于沃④。既见君子⑤，云何不乐⑥。

扬之水，白石皓皓⑦。素衣朱绣，从子于鹄⑧。既见君子，云何其忧。

扬之水，白石粼粼⑨。我闻有命⑩，不敢以告人。

【注释】

①扬：激扬。②凿凿：鲜明的样子。③襮（bó）：绣有花纹的衣领。④子：你。沃：曲沃，地名。⑤既：已。君子：指桓叔。⑥何：什么。⑦皓皓：洁白的样子。⑧鹄：邑名，即曲沃。⑨粼粼：清澈的样子，形容水清石净。⑩命：政令。

【赏析】

说来很巧，在《诗经·国风》中共有三首《扬之水》，它们分别在《郑风》《唐风》和《王风》中出现。这三首诗称得上同中有异，尽管在句式上三言、四言、五言不等，但每首诗的开头都是以"扬之水"起兴。

先秦时期，统治者采集诗歌的目的是为了"体察民情"，因为民歌的产生是一种民间感情的自然流露和宣泄，人们通常会把自己的心声编成歌词来吟咏，所以民歌均是对现实的反映。一些研究历史的学者甚至会把文学作品当做透露历史信息的证据。《唐风·扬之水》就反映了春秋早期发生在晋国的一件历史事件。

这首诗的主旨很复杂，究其背景，与政治大有关系。《毛诗序》云："《扬之水》，刺晋昭公也。昭公分国以封沃，沃盛强，昭公微弱，国人将叛而归沃焉。"

公元前745年，太子伯即位为晋昭侯，封他的叔父桓叔一块曲沃的封地，桓叔乐善好施，在受封之前就深得晋国民心，晋国百姓都愿意随他去曲沃。曲沃在晋国早期曾为国都，是晋国政治、经济、文化活动的中心，十分发达。这在一定程度上对晋国国都造成威胁。一山难容二虎，为了避免这种尾大不掉的情况，一场战争正蓄势待发。昭侯先发制人发起攻击，桓叔在攻晋失败后，返回曲沃养精蓄锐以待东山再起，在桓叔、昭侯死去后，他们的儿孙相继秉承父志，继续陷入无休无止的征战当中。《扬之水》描写了这场政变阴谋发动的知情者其复杂的内心感情

"扬之水，白石凿凿。素衣朱襮，从子于沃。既见君子，云何不乐。"这是全诗开篇第一句，激扬的河流日日夜夜地流淌，冲刷着河底每一块石头，日复一日，年复一年，这些石头被冲刷得愈发干净，棱角也渐渐磨去。看到此情此景，不禁让人想起当年，跟随那个红领白衣的君子到达沃城，浩浩荡荡的一支队伍意气风发。这里所说的"君子"指的就是桓叔，现在既然已经见到了这位好善乐施的仁德君子，怎么能不打心眼里高兴呢？从这一段可以看出，桓叔的追随者以能跟随桓叔为荣，喜悦之情简直难以言表。

"扬之水，白石皓皓。素衣朱绣，从子于鹄。既见君子，云何其忧。"无论从句式还是句子上看，这一段几乎是对上一章的复沓，只在个别字上有所改动，其目的便是为了增强诗歌的语气和思想感情，造成回环往复之美。湍急的河水涓涓流淌啊，河底的石头清晰可见，在河水的冲刷之下变得更加洁白，像皓月一样皎洁，像贝壳一样光亮。看到此情此景不禁让人想起一个人，那人穿着白色带有红色绣领的外套，当初跟随你到鹄城来，至今无怨无悔，既然已经见到了你这位达官贵人，那还有什么可值得忧愁的呢？一、二两章，主人公难以抑制喜悦之情，从字里行间都可以感受到这些追随者的荣耀。

"扬之水，白石粼粼。我闻有命，不敢以告人。"激扬的流水哗哗流淌，水底的石头在河水的耐心冲刷之下，日渐晶莹剔透。当我听说军官正在密谋密令，甚至即将要进行之时，我怎么也不敢告诉别人。从这一句可以看出跟随之人内心的矛盾和复杂，他恐惧甚至是害怕。首领们似乎早就有什么密谋，对于这一切主人公早就有所耳闻，但却不敢吭声。这两句的描写细腻真实，写出了主人公有满腹的难言之隐但却没办法吐露的无奈，形成了一种九曲回肠的曲折美。

诗人把激扬欢腾的流水，比作自己见到桓叔后的喜悦心情。全诗从前到后层层递进，吸引读者的阅读兴趣，从最开始跟随者的喜悦到后来透露出丝丝恐惧之情，让读者迫不及待想知道这个穿着"素衣朱绣"的人究竟是一个什么样的人，他们要做些什么。带着这些疑问，作者积蓄力量在最后一段一语道破，点明了政变真正的目的，给人恍然大悟之感。

《扬之水》以文学的形式记载这一段历史事件，不仅在一定程度上揭开历史的真实面目，更以文学的形式使历史脱离枯燥，变得魅力四射。

◎椒聊◎

椒聊之实①，蕃衍盈升②。彼其之子，硕大无朋③。椒聊且④，远条且⑤。

椒聊之实，蕃衍盈匊⑥。彼其之子，硕大且笃⑦。椒聊且，远条且。

【注释】

①椒：花椒。聊：草木结成的一串串果实。②蕃衍：生长众多。盈：满。升：量器名。③硕：大。朋：比。④且：语末助词。⑤条：长。⑥匊（jū）：掬，两手合捧。⑦笃：厚重，形容人体丰满高大。

【赏析】

全诗共两章，每章六句，句式整齐，对仗工整。第一章与第二章无论在内容上还是句式上都属复沓形式，循环往复，有一咏三叹之美。

"椒聊之实，蕃衍盈升。"花椒子生长在树上，一串串非常饱满，结结实实地挂满梢头。不难看出，这两句话运用了"兴"的艺术手法。作者先抒写景物之美，粗壮繁茂的花椒树上结满了饱实的花椒，一串串像火红的小灯笼挂在树梢，十分惹人喜爱。摘下来足足有一升，十分饱满。这是丰收的象征，更有人丁兴旺的意蕴。

"彼其之子，硕大无朋。"那个女子真是好福气啊，身材魁梧，体格健壮，抚育了这么多的儿女还能如此健康，跟往常一样矫健，身体素质真是非同寻常。从这一句来看，"赞美女子体格"的观点似乎没有什么不通。"椒聊且，远条且。"花椒不仅外形美观，而且香气袭人，一串串的花椒时不时散发着阵阵清香，沁人心脾。

"椒聊之实，蕃衍盈匊。"花椒长在高高的树上，一串串非常饱满，结结实实地挂满梢头。一茬又一茬新枝更换旧芽，呈现在人们眼前的总是那么鲜活的景象。

"彼其之子，硕大且笃。"那个女子真是好福气啊，身材魁梧，体格健壮，抚育了这么多的儿女还能如此健康，跟往常一样矫健，身体素质真是非同寻常，而且满脸忠厚老实的样子，给人一种安全感。"椒聊且，远条且。"花椒一串串时不时散发着阵阵清香，若是从远处走来远远就能闻到那股沁人心脾的芳香，弥漫在整个空气当中。

这首诗歌当中比喻手法运用得很有趣，信手拈来而又浑然天成，然而细细想来却十分神似。诗中将这个家族的子子孙孙都比作一串串的花椒，众所周知，花椒呈红色，一串串生在树上，犹如挨近的石榴一样。所以用如此密实繁多的花椒来形容家中的人丁兴旺再合适不过。这一比喻从侧面上也赞扬了女子良好的身体素质和男子旺盛的生命力。这样新奇而又贴切的比喻增强了文章的感染力，使文章生趣盎然。文章一开头便运用花椒与人互化，比兴合一，借对花椒的描写赞美人物的美好，使读者能够欣然接受，并且能够留下深刻隽永的印象。

中国古代社会的大家族都讲究四世同堂，儿孙众多是家大业大的根基。尽管这种思想在今天看来有点守旧和落后，但在那个年代这却是对家族，尤其是对一家之主至高无上的称颂和赞扬。《椒聊》一诗让我们看到了一个儿孙满堂的大家庭，让我们知晓了那一段以子孙众多为骄傲自豪的历史。

关于《椒聊》一诗的主旨，《毛诗序》认为这是一首讽谏诗。在春秋晋国时期晋穆侯之子曲沃桓叔，子嗣旺盛，势大力大，《毛诗序》认为这首诗便是赞美曲沃桓叔讽刺晋昭公之作。

宋代朱熹《诗序辨说》认为"此诗未见其必为沃而作也"，后人多不认同此说，还有人纠结于"彼其之子，硕大且朋（笃）"这句话，其观点也依据是否与妇人有关而展开。有的人认为这句话是赞扬妇人身材魁梧，体格健壮，有人则反驳，体格健壮的描写一看便知是称颂男子。至于诗中到底所言何物，由于材料缺失，今人亦无从所知，只剩下对那段早已泛黄的历史所展开的无尽猜测，仁者见仁，智者见智，便是对《诗经》中一些晦涩的诗歌最大的尊重。

◎绸缪◎

绸缪束薪[①]，三星在天[②]。今夕何夕，见此良人[③]？子兮子兮，如此良人何？

绸缪束刍[④]，三星在隅[⑤]。今夕何夕，见此邂逅[⑥]？子兮子兮，如此邂逅何？

绸缪束楚[⑦]，三星在户。今夕何夕，见此粲者[⑧]？子兮子兮，如此粲者何？

【注释】

①绸缪（móu）：缠绕，捆束。②三星：即参星。③良人：丈夫，指新郎。④刍（chú）：喂牲口的青草。⑤隅：指东南角。⑥邂逅（xiè hòu）：不约而来的爱悦者。⑦楚：荆条。⑧粲者：漂亮的人，此处指新娘。

【赏析】

本诗的开头是"绸缪束薪"这四个字，"绸缪"的意思就是缠绕，也可以引申为缠绵，"束薪"两字原本的意思是扎起来的柴火，因为古代的婚嫁都是燎炬为烛的，所以束薪是一种比兴手法，暗示着婚亲。事实上，《诗经》里所有关于婚妻的诗，都是使用"束薪"来暗示的。

本诗共用三节，通过戏谑的口吻，描绘出了一幅贺新婚时闹新房的场面。诗中写出了新婚之夜的三个典型场景，通过这些场景表现出了新人的甜蜜和闹洞房的人们的欣喜。"绸缪束薪，三星在天"这两句告诉了我们婚礼举行的时间。春秋时的婚亲大多在傍晚进行，那是暮色未降，三星挂在天边，在柔和的光线下，新郎新娘期待着相见的时刻。

第一节是在戏谑新娘。婚礼刚刚结束，道贺的人们刚刚离开，这时星星三三两两升上了天空，准备闹洞房的人们将新娘团团围住，他们询问新娘子"今夜是个什么夜"，他们逼着沉浸在甜蜜的幸福之中的新娘子一定要说出答案，对于新娘来说，这天夜里显然是决定她终生命运的时刻，过了今天她就是人妇了。所以面对这样的问题，新娘感到非常羞涩，但是闹洞房的人们完全不打算放过新娘，他们继续询问着已经心跳脸红的新娘："你如何碰见这么好的新郎？"这样的话语让新娘感到更加的害羞，也许她会把自己的恋爱经历告诉这些人，然后人们会感叹道："有福气的你呀，把这个可心的新郎怎么办？"这是再让新娘子表态自己将来要怎样孝敬公婆和侍候丈夫。总之，他们一定要把新娘弄得面红耳赤才肯罢休。

第二节则是在考问新郎。"三星在隅"这一句告诉我们，现在屋子外面收拾桌椅板凳和锅碗瓢盆的那些大嫂们也已经离开了，那些星星已经升到了中天。刚刚那些闹过新娘的人们又开始戏谑新郎了。他们询问新郎："今夜是个什么夜？"对于新郎来说，今夜同样是非常重要的一天。在面对幸福的婚礼的同时，人们也在提醒新郎幸福的背后还有着责任和义务，他们询问新郎："你如何偶遇这么好的新娘？"对于这些闹洞房的人们来说，即使已经从新娘那儿知道他们恋爱的故事，但是他们还想通过新郎的角度来听听这段故事。他们想知道新郎是怎样夺得了姑娘的芳心。听完故事之后，他们同样会感叹："有福气的你呀，把这个漂亮的新娘怎么办？"这里闹洞房的人们同样是期待着新郎表态，说出自己打算怎样呵护自己的新娘，将来一定会和她比翼齐飞，白头偕老。

第三节是人们对新人的祝福。这时夜已经深了，人们大都已经休息了，甚至已经可以听见进入睡梦中的人们的鼾声了，新婚的夫妇期盼着他们的洞房花烛夜，这时，星星已经对着窗户了。人们感叹道："今夜是个什么夜？"今夜是一个幸福的夜，一对幸福的男女在月下老人的牵线之下，终于佳偶天成，人们赞叹新娘的美丽："我们何时得见这么美丽的新人？"娇羞的新娘妩媚百态，看得满脸红光的新郎都沉醉了，闹洞房的人们不忍心再耽误新人的美好时光。他们询问新人："有福气的你们呀，面对光彩美丽的对方怎么办？"其实答案大家都心照不宣，这些话语中充满着善意和祝福，本诗到这里也达到了一个高潮。

在人们闹洞房的过程中新郎的父母进来了很多次，他们通过给闹洞房的人们发放美食，来冲淡一下热烈的气氛，以此来给儿子与媳妇解围。最后闹洞房的人们带着未尽兴的遗憾，嘻嘻哈哈地，各自回家了。然而也有些不死心的人会乘机钻入衣柜里或床底下，当然也有些人会躲在窗户根下偷听着新婚夫妇的悄悄话，这些都能够成为他们日后笑谈的材料。

诗中的语言活泼风趣，有极强的生活气息。这首诗描写了一场从黄昏一直持续到半夜的婚礼，通过夸张的语气，形象地刻画了闹洞房的人的形象，让人仿佛可以看到他们笑着和同伴眨眼睛，商量要如何难为新郎和新娘的情景。本诗并没有从正面描写新人，但是却通过闹洞房的人们的提问，让人看到了羞涩和窘迫的新郎和新娘，展示了他们的甜蜜与幸福。

◎羔裘◎

羔裘豹袪①，自我人居居②。岂无他人，维子之故③。
羔裘豹褎④，自我人究究⑤。岂无他人，维子之好。

【注释】

①袪（qū）：袖子。②自我人：对我们。自，对；我人，我等人。居居：心怀恶意的样子。③维：只。子：你。故：指爱，或解释为故旧。④褎（xiù）：同"袖"。⑤究究：同"居居"。

【赏析】

《唐风·羔裘》全诗虽然只由两个章节组成，但是脉络极其清楚。每一章的前两句，诗人重点描写一个人服饰的威猛、华贵。从"羔裘豹袪"、"羔裘豹褎"来看，诗人所写的这个人正是当时的一位卿大夫，因为只有卿大夫这种身份地位的人，才可以穿袖口镶着豹皮的衣服。

卿大夫在西周、春秋时期是非常重要的官职，辅助国君进行统治，并且掌管着各个郡县的军政大权。《国语·鲁语下》就有描写卿大夫的语句："卿大夫朝考其职，昼讲其庶政，夕序其业，夜庀其家事而后即安。"一般来说，卿大夫都是良田千顷，金银无数。这首诗讽刺的就是一个志得意满、抛弃故旧的卿大夫。

本诗每章的前两句除了讲卿大夫的服饰，还描绘出了这名卿大夫对待故人恃权傲物、趾高气昂的态度。这引起了诗人的不满，特地作此诗讽刺他。诗的后两句则采用了自问自答的方式，表现诗人作为卿大夫的老朋友愤懑不平的情绪，但是诗人并没有用歇斯底里的语句发泄自己的不满，而是通过"怨而不怒"，体现了自己高尚的情操和温柔敦厚的性格，也反衬出讽刺之人浅薄的德行。

除了这种浓浓的讽刺意味，《唐风·羔裘》中还蕴涵着古人良好的环保意识。这首诗谴责那些穿着"羔裘"的人，这与我们今天谴责那些穿着动物毛皮制品的人不是不谋而合？其实许多古人的著作都在号召人们要尊重自然、顺天而为，比如《易·坤》卦中的"不习无不利"，以及《国语·鲁语上》所说的："鸟兽孕，水虫成，兽虞于是乎禁罝罗，猎鱼鳖以为夏犒，助生阜也。鸟兽成，水虫孕，水虞于是禁罝罜麓，设阱鄂，以实庙庖，畜功用也。"再到老子的《道德经》，都强调人类应与自然和睦相处。

《唐风·羔裘》作为一首谴责的山歌或是讽刺的山歌，采用赋的表现手法。诗人以衣服作为载体，从羊羔皮制成的官服的装饰、质地、材料，联想到此人为官的品德、才能、人性。这种以物喻人的手法极其自然，也十分高明。因为衣服是人们生活的必需品，每个人都要穿衣服，所以以衣喻人就再自然贴切不过了。

但就《唐风·羔裘》本身而言，只是运用了反复吟咏、循环往复的手法，此外，诗中所用的设问和作答的形式也并无新意，在《诗经》中时而可见。不过这种手法用在以物喻人的讽刺诗里，增强了整首诗的讽刺意味，对以后的讽刺诗发展产生了重要影响。

◎鸨羽◎

肃肃鸨羽①，集于苞栩②。王事靡盬③，不能艺稷黍④。父母何怙⑤？悠悠苍天，曷其有所⑥？

肃肃鸨翼，集于苞棘⑦。王事靡盬，不能艺黍稷。父母何食？悠悠苍天，曷其有极⑧？

肃肃鸨行⑨，集于苞桑。王事靡盬，不能艺稻粱。父母何尝？悠悠苍天，曷其有常⑩？

【注释】

①肃肃：鸟翅扇动的响声。鸨（bǎo）：鸟名，似雁，不过比雁要大，群居水草地区，性不善栖木。②苞：草木丛生。栩（xǔ）：柞树。③靡：没有。盬（gǔ）：休止。④艺：种植。⑤怙（hù）：依靠，凭恃。⑥曷：何。所：住所。⑦棘：酸枣树。⑧极：尽头。⑨行：行列。⑩常：正常。

【赏析】

春秋时期的晋国，政治黑暗，徭役沉重，百姓终年奔波在外、辛劳服役，无法赡养父母、护佑妻子，更别提安居乐业。《鸨羽》就是在这种情形下产生的。

古今论者对其异议很少，一致赞同此诗反映了百姓痛恨徭役、渴望安居的沉重心情。在古代，繁重无休止的徭役是悬在劳动人民头上的一把利刃，刺破无数人安居太平的美梦。自从阶级产生以后，最底层的劳动者无不需要在统治者的强制下，从事艰苦的劳役，不能赡养父母、无法与家人团聚，服役者不堪忍受肉体与精神的双重痛苦，纷纷通过歌声向统治者发出呐喊。

要弄清楚诗歌的指向，必须首先清楚鸨鸟的特性。朱熹言："鸨，鸟名，似雁而大，无后趾。民从征役而不得养其父母，故作此诗。言鸨之性不树止，而今乃飞集于苞栩之上。如民之性本不便于劳苦，今乃久从征役，而不得耕田以供子职也。"鸨鸟属于雁类，生性只能浮水，因为爪子间有蹼，但是缺少后趾，所以无法抓握树枝，不能像其他鸟类一样在树上栖息。诗中描写鸨鸟集结在树上，这就好比农民抛弃本业，不再劳作务农一般。这是一种隐喻的手法，直接指向百姓常年从事徭役而无法过正常生活的社会现实。

"鸨羽"是一种起兴，引出下文的反常现实：农民不种地耕作，却长期在外服役，上头的差事一拨接一拨，不知何时是尽头，回家的日子自然渺不可及。主人公触景生情，想到自己的悲惨境遇，不禁放声大呼，反复控诉"王事靡盬，不能艺稷黍"，指出造成百姓无法务农的人正是人民的父母官——统治者。接着，他又反复质问："父母何怙"、"父母何食"、"父母何尝"，以及"曷其有所"、"曷其有极"、"曷其有常"，语言悲伤，感情激越。

《鸨羽》开端皆以"肃肃"领起，先声定式，奠定了全诗感伤悲凉的基调，使得诗中所写役人、主人公的感伤心绪，都如飒飒吹过的秋风和脆弱无助的黄叶，沾染上"肃肃"之感。接着，作者感情变得激越，直指王事，连用反问，给人强烈的情感冲击。陈继揆《读诗臆评》评论说："一呼父母，再呼苍天，愈质愈悲。读之令人酸痛摧肝。"分析透彻入理。

全诗勾勒出这样一幅画面：主人公在军士的鞭笞下辛劳一天，到了傍晚终于有了一刻空闲，他站在飒飒的秋风中，满脸的疲惫与沧桑，显得异常的孤独和无助。眺望天空，他发现了一幕相当怪异的情景，成群的野雁，没有自由地翱翔在空中，而是悲戚地挤在一棵树上，显得无助而又凄凉。由景及人，回想自己，不禁潸然泪下：这不是跟自己一样吗？自己也无法待在该在的地方，不能做自己想做的事情，繁重的劳役迫使自己远离父母和故土，无法自由地享受安居乐业的幸福。想到这里，主人公心中十分酸楚。

画面的悲戚，愈显示出内涵的厚重，作者不仅描写了这种凄惨的事件和景象，也不止于抒发心中的愤懑和无奈，而是进一步展现出百姓们的美好品质，表现了统治者的无道和虚伪，直指统治阶级所推崇的治国之道——孝道和爱民。在强烈的呼号中，主人公特别提出了劳动人民尊老养老、孝顺父母，让人心生感慨，倍感动容。在"曷其有所"、"曷其有极"、"曷其有常"的质问中，深刻地揭露出统治者的言行不一：以保民的借口执政，实际上却是不顾百姓死活，如若是天灾也就罢了，而现在造成百姓流离失所的正是满口仁义的统治者自身。由此，把诗歌的内涵提升到一个新的高度。

◎有杕之杜◎

有杕之杜①，生于道左②。彼君子兮，噬肯适我③？中心好之，曷饮食之④？
有杕之杜，生于道周⑤。彼君子兮，噬肯来游⑥？中心好之，曷饮食之？

【注释】

①杕（dì）：树木孤生之的样子。②道左：道路左边，古人以东为左。③噬（shì）：何。适：到，往。④曷：同"盍"，何不。⑤周：右边。⑥游：游逛。

【赏析】

《有杕之杜》的主人公是一位年轻的女子，她长久地暗恋心中的君子，但不敢一诉衷肠，只得日日思念。她在男子可能出现的地方站立良久，只求能看心上人一眼，而这种微浅收获的代价，则是伴随着整个等待过程的纠结忧思、心如鹿撞。作者以高超的写作技艺，直录女子的所思所想，生动形象，反映出了女子纯真的心境和浓厚的爱慕之情。

诗作以生于道旁的杕杜比兴，具有浓重的意蕴。独自兀立的棠梨树，孤零零的，落寞不已，呈现出女主人公此刻最真实的心境：因为心有所属，相思情切，而变得孤独、寂寞异常；她日思夜想着能够有心上人的陪伴，白日焦躁不安，夜晚辗转难眠，心儿早已飞到了心上人身边。

另外，作者描画的这一场面，也是对女主人公翘首企盼的图景的摹写：她只身一人，在道旁伫立良久，等待着心仪男子的到来，也许是初次见面的地点即是这里，也许是曾经打听到男子不日要路经此处，她欣喜而又紧张地等待着，时间一分一秒地过去，但人并没有出现，只有那株同样伫立道旁

的赤棠树,与柔弱的女子两相对照,更添伤感。

女子在等待中,不免变得烦躁和不安,开始默默地念叨着:"彼君子兮,噬肯适我。"看看四周荒凉的景象,显眼的就只有那孤零零的赤棠,她不免信心陡减:"那个人儿,他愿意到这儿来吗?这儿如此偏僻,也不是他经常到的地方,他能专程赶来的可能性不大啊!"女子的提心吊胆,是对环境的不自信。也是对自己的不自信,她在伤感外部环境时,也在盘算着自己的优点和长处,思考着自己哪一点能够吸引心仪的男子,因而忧虑无限、患得患失,担心自己的一腔热情,无法换来回应。这种对自己魅力的怀疑,正是每一个陷入相思的人的共性。

最终,女子左思右想后,坚定了自己的信心:"他一定会来的!"这是女子对心上人的肯定,也是对自己的肯定。然后,她变得释怀很多,开始思考如何回应和招待男子。"中心好之,曷饮食之",我心中喜欢他,这一点是确定的,但如何招待他,却颇费心思,是该彻底表现出自己的爱慕,还是该有所保留、稍稍透露一点呢?怎样才能让男子感觉好一些,让其既不感到疏远,又不会感到唐突?这些都还需要细细思考。这样,一个小女儿家的心思,就被作者寥寥数笔,形象生动地表现在字里行间。

诗作运用回环复沓的手法,两章仅易数字,就写出了女子缠绵、纠结的心境,达到了结构和情感的契合。

因为诗作浅短,描述的仅为外在环境和主人公的心理活动,因此,诗作呈现出很大的蕴藉性,有着很大的表意空间。对于其主旨,也因此仁者见仁、智者见智,历来有多种看法。一些喜欢附会政治的评论者,如《毛诗序》《诗集传》等,主张诗作不应该单纯从字面意义出发,而是有更加深刻的内涵,主旨应为"刺晋武公"或"好贤",认为作者的写作目的是针砭统治者的昏聩腐败,或者是统治者以思妇自比,抒发强烈的求贤愿望。

这些说法,虽提高了诗的意旨,丰富了诗作的内涵,达到了寓教于诗的目的,但却显得牵强,将自然变为了晦涩,多不为今人所取。现代的评论者大都基于诗作的内容,还原当时劳动人民的思想版图,认为此诗是迎送相思之作,如"迎宾短歌说"、"思念征夫说"、"情歌说"、"孤独盼友说"等,显得更加自然、契合。

◎葛生◎

葛生蒙楚①,蔹蔓于野②。予美亡此③,谁与独处?
葛生蒙棘④,蔹蔓于域⑤。予美亡此,谁与独息?
角枕粲兮⑥,锦衾烂兮⑦。予美亡此,谁与独旦⑧?
夏之日,冬之夜。百岁之后,归于其居⑨。
冬之夜,夏之日。百岁之后,归于其室⑩。

【注释】

①葛：藤本植物，茎皮纤维可织葛布。蒙：缠绕。楚：灌木名，即牡荆。②蔹（liǎn）：白蔹，攀缘性多年生草本植物，根可入药。③亡此：死于此处，指死后埋在那里。④棘：酸枣。⑤域：坟地。⑥角枕：牛角做的枕头。⑦锦衾：锦缎褥。⑧独旦：独处到天亮。⑨居：坟墓。⑩室：墓冢。

【赏析】

《葛生》一诗历来被誉为悼亡诗的始祖，至于所悼之人是丈夫还是妻子已无从考证，当然这也无关紧要。整首诗从头到尾灌注了一种凄凉之感，两人分隔两地，肝肠寸断，作者到坟墓看望逝去的人，不禁勾起无限情思，顿时百感交集，倍感伤心。死者长已矣，活人空思念，作者甚至发出了"死后同穴"的悲号，读起来让人叹息。

战争总是带给人们莫大的伤害，男子壮丁在外充军，妻子在家空劳思念，更惨的是丈夫马革裹尸战死沙场，妻子独守空房甚至要追随丈夫而去。朱熹在《诗集传》中道："妇人以其夫久从役而不归，故言葛生而蒙于楚，蔹生而蔓于野，各有所依托，而予之所美者独不在是，则谁与而独处于此乎？"朱熹这一点评很独到且一针见血，女子独自一人在家，丈夫在外久从役而不归，除了思念更有那份受不了的孤独，见到墙外的葛藤不禁触景生情。

"葛生蒙楚，蔹蔓于野。"诗从葛生写起，开篇起兴，主人公触景生情。墙外的葛藤长得正盛，相互缠绕着一点也不放松，野外的蔹草更是肆意地长着，蔓延整个山坡。这是第一段前两句，浸透着荒凉之感。

"予美亡此，谁与独处？"我的心上人就这样走了，她的身旁有没有人陪伴着他啊？他一个人在那边会不会感到孤独？这几句读起来简直催人泪下，活着的人和死去的人都变成了孤苦伶仃的可怜之人，四下里举目无亲。用问句，极言主人公对逝去的人的思念和一种似自言自语的凄凉。

第二章是第一章的复沓，"葛生蒙棘，蔹蔓于域。予美亡此，谁与独息？"内容和句式都大致相同，不过这一章较上章来讲又添几分悲怆，坟墓周围长了不少酸枣树，真是大树好依傍，上面爬满了密密麻麻的葛藤，坟园附近长满了蔹草。没有人来打扫，这坟园竟变成如此光景，我的心上人你就这么撒手人寰，有没有人陪伴你？你在那是不是很孤独？

"角枕粲兮，锦衾烂兮。予美亡此，谁与独旦？"诗中第三章换了描写对象，棕色的牛角制的枕头，油光闪亮，不知道这牛角的枕头你用着习不习惯？白白的棉花软软的、柔柔的，那为你新做的棉花被子不知你盖得舒不舒服？我的心上人啊，你怎么来去如此匆匆，有人陪伴你吗？你自己一人孤不孤独啊？清代学者郝懿行首先从这两句当中破解出其诗主旨及背景。他认为，在古代"角枕"、"锦衾"都是收殓死者的用具，并且指出："《葛生》，悼亡也。"今人也多取其说。

"夏之日，冬之夜。百岁之后，归于其居。冬之夜，夏之日。百岁之后，归于其室。"这是全诗的最后两章，看起来类似互文一样的文字，实质上更是文章主旨的升华。"夏之日，冬之夜"，夏季的白日和冬夜的夜晚是一年四季中最折磨人的时刻，炎炎烈日和凛冽寒风足以让一颗孤独的心雪上加霜。自从你走后，我的每一个日子都仿佛是夏天的白日和冬季的夜晚，你不要着急，百年之后我定会与你相会，把这日日夜夜熬完就是你我团聚之时。最后一章又将这催人泪下的悲号重申了一遍。这漫长寒冷的冬季和酷日当头的夏季是我一年最无助的时刻，待我熬完这段时日，定会与你相会于穴中。

这是一首感人的悼亡诗，不仅情感真实，在描写时作者也刻意而为之。从全诗的布局来看完整且一咏三叹，"夏之日，冬之夜"和"夏之日，冬之夜"不简简单单是语序上的颠倒，更突出了主人公日复一日年复一年对逝去之人的无限怀念之情。

◎采苓◎

采苓采苓^①，首阳之颠^②。人之为言^③，苟亦无信。舍旃舍旃^④，苟亦无然。人之为言，胡得焉^⑤？

采苦采苦^⑥，首阳之下。人之为言，苟亦无与。舍旃舍旃，苟亦无然。人之为言，胡得焉？

采葑采葑^⑦，首阳之东。人之为言，苟亦无从。舍旃舍旃，苟亦无然。人之为言，胡得焉？

【注释】

①苓：一种药草。②首阳：山名。③为（wěi）言：即"伪言"，谎话。④舍旃（zhān）：放弃它吧。⑤胡：何。⑥苦：苦菜，野生，可食用。⑦葑（fēng）：芜菁。

【赏析】

从古到今的学者、论家大都认同此诗是专门为讽刺晋献公而作。如清代方玉润认为，这首诗讽刺的是听信谗言的当权者晋献公，当时的国主晋献公，亲信佞臣，听信谗言，杀了太子申生。所以民间诗人写出这样的诗来表达心中的不满也就不足为奇了。

虽然百姓因怨而发诗，规劝世间人以诚信为本，但在当时的制度下，毕竟不敢大胆地直抒胸臆，所以同《诗经》中的多数名篇一样，该诗一上来采用"兴"的手法——先言他物以引起所咏之词。第一章的"采苓采苓，首阳之颠"，第二章的"采苦采苦，首阳之下"，第三章的"采葑采葑，首阳之东"，都是用"先言他物"的手法以引出了接下来的文字，借以表达"苟亦无信"、"苟亦无与"、"苟亦无从"的理念。

这里所说的"无信"，是在强调人们所说谎言内容的虚假；"无与"则强调的是蛊惑之言千万不能理睬；"无从"则是在强调谎言的教唆不可盲目信从。三个章节的寓意层层递进，从而强有力地道出了听信谎言的可悲之处。接下来，诗人又采用"舍旃舍旃"这个叠加的句子，进一步阐述了谎言的不可靠。到这里，诗人所要表达的"无信"、"无与"、"无从"的理念已经阐述得淋漓尽致，深入人心了。他在给人们描绘一个美好的情景，只要人人能做到"无信"、"无与"、"无从"，伪言之人在这个世界上必然没有了安身立足之地。所以，诗人在每一章的最后以"人之为言，胡得焉"作为结束，表明伪言者的结果只能是徒劳无功。

历史上，有多少名人志士、忠臣良将都是被奸佞小人的谗言害死的，又有多少国君是听信奸臣的伪言成为亡国之君的，这样的例子不胜枚举。面对小人当道，伪言横飞，那些忠臣、正直的士大夫、文人墨客很难实现自己的政治抱负，所以满腔的愤恨只有通过诗歌来排遣，通过讽刺昏庸的当权者，詈骂那些伪言的小人，来发泄心中的不满。

抛开诗中蕴涵的讽刺意味，单就诗词的语境勾勒出的情景来说，这又是一首妇人埋怨负心之人的弃妇诗。第一章以苓起兴，之后描绘了一个女子伤心欲绝的哭诉，仿佛在诉说自己被心爱之人抛弃的遭遇，告诫其他的女子不要轻易相信男人的花言巧语，把自己的一生托付给他。结尾"胡得焉"表明了女子在深深的自责，嘲笑自己被爱情模糊了双眼。后两章，诗人又分别以"苦"、"葑"来反复强调女子的命运就像这两种"苦菜"一样可怜、凄苦，使整首诗的感情色彩更加的悲悯，令人同情。

当然，把《采苓》看做一首女人的哭诉诗只是一种可以尝试的解法。至于这首诗的艺术手法，并没有什么独特之处，与《关雎》、《子衿》、《蒹葭》这样的优秀作品比起来，还是要略逊一筹。不过，作为一首讽刺诗，考虑到当时语言词汇的匮乏，人们思想的界限，《采苓》已经很伟大了，它仿佛是一首轻柔悦耳的钢琴曲，在进入唯美的前奏后突然转入铿锵的副曲，这铿锵的副曲就是诗中不做伪言之人的告诫。

然而这个世界不都是好人，也不都是坏人，生活里总是有那么一些伪言之人堂而皇之地存在着，我们已经从几千年前的《采苓》中听到了古人的呼唤。虽然诗人描绘的理想主义愿景可能并不会实现，但是真与伪、善与恶的天平往哪一边倾斜，没有时间的界限，也并不是特定的某些人的责任，始终秉持《采苓》中诗人的愿景，伪言之人才有消亡的可能。

秦风

◎车邻◎

有车邻邻①，有马白颠②。未见君子③，寺人之令④。
阪有漆⑤，隰有栗⑥。既见君子，并坐鼓瑟。今者不乐，逝者其耋⑦。
阪有桑，隰有杨。既见君子，并坐鼓簧⑧。今者不乐，逝者其亡。

【注释】
①邻邻：同"辚辚"，车行声。②颠：头额。③君子：对友人的尊称。④寺人：近侍，常指宦官。⑤阪：山坡。⑥隰：低湿的地方。⑦耋（dié）：八十岁，此处泛指老人。⑧簧：原指笙吹管中的簧片，此处代指笙。

【赏析】
《车邻》是《诗经·秦风》的第一个篇章，主要讲述了贵族朋友之间相聚作乐，琴瑟甚欢的场景，并从中引出了诗人感叹人生匆匆，及时行乐的理念。第一章从诗人拜会朋友的途中说起。诗人坐着华

丽的马车，在路上急速奔走，车声"邻邻"。在诗人心里，这声音犹如有人在演奏美妙的音乐一般，是那么的悦耳动听。其实，这是因为诗人此刻正怀着一颗喜悦的心情前往，所以嘈杂的马车声在他听来也如同美妙的音乐。

而后他特意形容了自己的马是"有马白颠"。这不是一匹普通的马，而是毛白如雪、十分名贵的白顶马。这里诗人特别点出白马的特征，着重写出它的名贵，就是为了通过马而从侧面烘托出自己身份的尊贵。

紧接着，诗人写自己到了朋友的家，下了马车之后，"未见君子，寺人之令"。显然，朋友家是一个贵族家庭，深宅大院，在见到主人之前，必须命门口的仆人前去向主人禀报，可见诗人朋友身份的高贵，进而也在暗示诗人自己的身份也不是普通之人。

第一章的描述，诗人是"醉翁之意不在酒"，通过对看似与自己不相关的一些事物的描述，来暗示自己的高贵身份，而二、三章，诗人则是没有遮掩地描绘自己见到朋友之后其乐融融的场景。但是这两章，诗人也并非全都是讲自己见到朋友之后是如何兴高采烈。

"今者不乐，逝者其耋"、"今者不乐，逝者其亡"，这两句是诗人在慨叹，春去秋来，花谢花开，与朋友把酒言欢的日子在渐渐变少，人生一转眼就会消失殆尽，苍老会没有预兆地爬上我的面容，等到那时，只剩下数天等死的日子了。与其那样，不如及时行乐，此刻享受欢愉，这也是诗人作此诗所要表达的人生理念。

诗中所表现出来的及时行乐思想与东汉时期《古诗十九首》中所描述的"人生非金石，岂能长寿考"、"人生忽如寄，寿无金石固"、"为乐当及时，何能待来兹"的观点十分相似，它们之间或许有着一脉相承的关系。虽然本诗作者所述"今者不乐，逝者其耋"、"今者不乐，逝者其亡"两句有些消极的情绪，但是把它呈现在朋友间相聚作乐的场景中，作为朋友之间坦露襟怀、以诚相待的话语，不免又流露出叹息人生短促的伤感，让人产生了怜悯光阴的共鸣。

言至此，不得不说说此诗赞美之人——秦仲。秦仲是秦国初创时期的重要人物。丰坊《诗传》有云："襄公伐戎，初命秦伯，国人荣之。赋《车邻》。"《毛诗序》也有云："美秦仲也。秦仲始大，有车马礼乐侍御之好焉。"而在吴懋清《毛诗复古录》中更是提到了"秦穆公燕饮宾客及群臣，依西山之土音，作歌以侑之"的句子。

秦人原来生活在东夷地区，大约在3600年前西迁到西垂，也就是今天甘肃天水一带。在3000年前，聚集在以甘肃礼县为中心的秦人，依靠着高超的养马技艺和强大的作战技能，迈开了征战天下的步伐。

公元前827年，周王利用秦人抵御西北少数民族的祸患，任命非子的重孙秦仲为西垂大夫。秦仲生活在周厉王时期，当时的周厉王残暴异常，文武百官和老百姓都已经无法忍受，揭竿而起。西部少数民族也乘机作乱。周宣王即位后，任命秦仲为大夫，命他整治西部边患。因少数民族兵力强大，结果大败。周宣王命秦仲的五个儿子前去讨伐，并借给他们七千兵马，最终大获全胜。

此诗就是为了赞扬秦仲固守边陲，安定民生的壮举而作。同时又因当地遭受连年的战争，死伤无数，家破人亡，更反映出了及时行乐的重要所在，固以此诗来告诉人们要珍惜活着的每一天。

《车邻》在语境上也有很浓的地域特色，像诗中描绘的"阪有漆，隰有栗"、"阪有桑，隰有杨"，漆、栗、桑、杨都是产于西北陕甘地区的植物，一眼就能辨别该诗出自《诗经·秦风》，以此也就不难猜出为何《车邻》会作为《秦风》的第一篇。

◎驷骥◎

驷骥孔阜①，六辔在手②。公之媚子③，从公于狩④。
奉时辰牡⑤，辰牡孔硕⑥。公曰左之⑦，舍拔则获⑧。
游于北园⑨，四马既闲。辖车鸾镳⑩，载猃歇骄⑪。

【注释】

①驷：四马。骥（tiě）：毛色似铁的好马。②辔：马缰。原本四匹马应有八条缰绳，但由于中间两匹马的内侧两条辔绳系在御者前面的车杠上，所以只有六辔在手。③媚子：亲信、宠爱的人。④狩：冬猎。古代帝王打猎，四季各有专称。《左传·隐公五年》："故春蒐、夏苗、秋狝、冬狩。"⑤奉时：指为公爷赶兽。辰牡：牝鹿和牡鹿代祭祀皆用公兽。⑥硕：肥大。⑦左之：向左面射箭。⑧舍：放、发。拔：箭的尾部。⑨北园：秦君狩猎时休憩用的园子。⑩辖（yóu）：用于驱赶堵截野兽的轻便车。鸾：鸾铃。镳（biāo）：勒马用具，与衔（马嚼子）合用，衔在马口中，镳是两头露在外面的部分。⑪猃（xiǎn）：长嘴的猎狗。歇骄：短嘴的猎狗。

【赏析】

这是一首描写秦君田猎盛况的狩猎诗。

"驷骥孔阜，六辔在手。"诗人选取阵列的一角为切入点：通过对四匹健壮高大的马的描写，凸显出一种凝重之感。然后镜头转向控制缰绳的人，也就是赶车之人。这里的赶车人，只是一个宠臣，却在这阵仗中显得胸有成竹，可见其主人更不是一般角色。

"公之媚子，从公于狩。"诗人点出了主人的身份，即秦襄公，他在一大批随从的陪伴下共同出猎，阵容颇具规模，声势也十分浩大，这正是一个国家国力强盛的表现。这一章仅仅描写了队伍的一角，就显示出了队伍的纪律严明与君主的威严，反衬出了"公"是一位治国、治军有方的君主。

"奉时辰牡，辰牡孔硕"，狩猎在第二章正式开始。一声令下，狩猎官打开牢笼，将早已准备好的"猎物"放出。所谓"猎物"是专供王家狩猎做靶子用的时令兽，而非山林中自然生长的野生猛兽。这样一场轰轰烈烈的皇家狩猎活动便开始了。读诗人会自然地在脑海中想象当时锣鼓喧天，猎物逃窜，众人追赶的壮观画面。

"公曰左之，舍拔则获。"公在众猎物中相中了靠左的一只，举起弓箭，单目瞄准，猎物不出所料地倒地，一位武艺不俗、治国有法的君主的形象似乎正慢慢清晰起来。

一反人们的期待，猎后没有丰盛的猎物，也没有推杯换盏等俗套的仪式。"游于北园，四马既闲。"人们没有忙于庆祝，而是继续去北园游玩，场景急速由狩猎场转换到了北园。地点转换的作用是突出王家苑囿之广大，国土之充实，紧张的氛围随即放松下来。

"辖车鸾镳，载猃歇骄。"此处又着眼于"驷骥"，心绪却不再是首章的紧张，而是轻松悠闲。此处"闲"字语意双关：马闲，人亦闲适。末句给了一个有趣的画面特写：打猎时奋勇追捕猎物的猎狗们此刻都

乘在辋车上休息。镜头由人再次移至马的身上，可谓一处妙笔，从动物的紧张到松弛，从人的威武到闲适，画面张弛有度而不失质感。

《诗经》中写狩猎的名篇有二，即《大叔于田》与本篇，二者各有所长，前者反复铺张，详实细致；本篇精要简约，惜墨如金。二者不能简单地分出伯仲，都具有不同的艺术魅力。

狩猎的规模在古代足可以证明一个国家的实力和一位帝王的才德，所以古代描写狩猎场面的作品不胜枚举。如司马相如《子虚赋》、《上林赋》等，扬雄《长杨赋》："今年猎长杨，……罗千乘于林莽，列万骑于山嵎。"可窥见其规模之大。而《驷驖》却不像汉赋那样细致冗繁，它以简驭繁，以少胜多，仅三章已把狩猎全过程描写完毕，而不失大气与风度。这得力于高度浓缩的取景方式，典型场景和典型人物的塑造，富于表现力的瞬间和细节的捕捉，可见作者的写作功力不一般，艺术概括能力极强。

◎小戎◎

小戎伐收①，五楘梁辀②。游环胁驱③，阴靷鋈续④。文茵畅毂⑤，驾我骐馵⑥。言念君子⑦，温其如玉⑧。在其板屋⑨，乱我心曲⑩。

四牡孔阜⑪，六辔在手⑫。骐骝是中⑬，𬴂骊是骖⑭。龙盾之合⑮，鋈以觼軜⑯。言念君子，温其在邑⑰。方何为期⑱，胡然我念之⑲？

伐驷孔群⑳，厹矛鋈镦㉑。蒙伐有苑㉒，虎韔镂膺㉓。交韔二弓㉔，竹闭绲縢㉕。言念君子，载寝载兴㉖。厌厌良人㉗，秩秩德音㉘。

【注释】

①小戎：兵车。因车厢较小，故称小戎。伐（jiàn）：浅。收：轸，车后横木。②楘（mù）：用皮革分五处缠在车辕上，起加固和修饰作用。梁辀（zhōu）：弯曲的车辕如船状，即用五束皮带系在车辕上。③游环：活动的环。胁驱：驾具。马的胁部加上皮扣，连在拉车的皮带上。④靷（yǐn）：引车前行的皮革。鋈（wù）续：以白铜镀的环紧紧扣住皮带。⑤文茵：有纹饰的虎皮坐垫。畅毂（gǔ）：长毂。⑥骐：青黑色如棋盘格子纹的马。馵（zhù）：左后蹄为白色，或四蹄皆白的马。⑦君子：此处指从军的丈夫。⑧温其如玉：女子形容丈夫性情温润如玉。⑨板屋：用木板建造的房屋。⑩心曲：心灵深处。⑪牡：公马。孔：甚。阜：肥大。⑫辔：缰绳。⑬骝（liú）：赤身黑鬣的马。⑭𬴂（guā）：黄色、黑嘴的马。⑮龙盾：画龙的盾牌。⑯觼（jué）：有舌的环。軜（nà）：内侧二马的辔绳。⑰邑：秦国的属邑。⑱方：将。期：指归期。⑲胡然：为什么。⑳伐驷：披薄轻甲的四马。孔群：很协调。㉑厹（qiú）矛：头有三棱锋刃的长矛。镦（duì）：矛柄下端的金属套。㉒蒙：画杂乱的羽纹。伐：中型盾。苑：花纹。㉓虎韔（chàng）：虎皮弓囊。镂膺：在弓囊

前刻花纹。㉔交帐二弓：两张弓，一弓向左，一弓向右，交错放在袋中。㉕闭：弓架，用以正弓。绲（gǔn）：绳。滕（téng）：缠束。㉖载寝载兴：又睡又起，起卧不宁。㉗厌厌：安静柔和的样子。㉘秩秩：聪明多智。

【赏析】

《小戎》写妇人对出征西戎的丈夫的思念与赞美。东周初年，西戎对秦国骚扰不断，于是秦襄公率兵讨伐，一举获胜，驱赶西戎数百里。这场战役的胜利，不仅化解了危机，还扩大了秦国的版图。《小戎》所写内容，与上面所说史实有关，因此也有了"美秦襄公"说。此外，还存在"赞美秦庄公说"、"慰劳征戎大夫说"、"伤王政衰微说"、"出军乐歌说"、"怀念征夫说"等，就其文本所叙来说，"怀念征夫说"是比较可信的说法。

诗有一实一虚两条线索，先从实处着笔，回忆起丈夫出征那天自己送别时所见场景："小戎伐收，五楘梁辀。游环胁驱，阴靷鋈续"，"骐骝是中，骝骊是骖"，"交帐二弓，竹闭绲滕"，目光所及由兵车到战马再到兵器，这些正是从征将士的象征，描写武器装备的精美、阵容的强大是为了衬托主人公的勇武高贵，但主人公又并不是一介莽夫，作者描写他的性情是"如玉"。回忆完曾经送别的场景，诗的视角转回到女主人公身上：思想远方的征夫，"言念君子，温其如玉"、"言念君子，温其在邑"。这样过去的回忆与现在的思念两条线索交替进行，"蒙太奇"的手法在诗人手中运用自如，可谓其妙。

这两条线索引人领着全诗的走向，从宏观着眼，全诗三章，每章的前六句赞美秦师兵车阵容的强大，后四句抒发女子对征夫的思念之情。但细微之处也见功力，各章的后四句，虽然都有"言念君子"之意，但在表情达意方面仍有变化。如写女子对征夫的印象：第一章是"温其如玉"，形容其丈夫的性情犹如美玉一般温润；第二章是"温其在邑"，言其征夫戍守边邑，为人忠厚；第三章是"厌厌良人"，言其个性柔顺随和。写到自己的思念之情时，也略有变化：第一章是"乱我心曲"，心烦意乱；第二章是"方何为期"，盼望归期；第三章是"载寝载兴"，辗转难眠。用不同的侧面表达着同一相思之情，诗人笔调老道而不单一，可以说在艺术上颇有造诣。

除了艺术上的独特之处，《小戎》还让读者更加了解了"秦风"。在秦国，习武成风，男儿从军参战，为国效劳，成为时尚。而装备精良，阵容壮观，粮草充足都成为国力强盛、武力壮大的表现，秦地人从不掩饰对军事力量的自信，这也往往成为他们炫耀的资本，这正是"秦风"一大特点。

诗的叙述者不是身在军中的军人，而是征夫的家人，从一个旁观的角度见证了军事力量在国人心中的烙印。征夫们受到国人的称赞与礼遇，妻子也为有这样一位丈夫而感到荣耀。人们心中不曾有征戍苦难的阴影，这与《诗经》其他"风"中所描述的大为不同，同样出自《诗经》，不同国风对征戍的态度便可看出人们不同的生活境况。

◎蒹葭◎

蒹葭苍苍①，白露为霜。所谓伊人②，在水一方。溯洄从之③，道阻且长。溯游从之，宛在水中央。

蒹葭萋萋，白露未晞④。所谓伊人，在水之湄⑤。溯洄从之，道阻且跻⑥。溯游从之，宛在水中坻⑦。

蒹葭采采，白露未已。所谓伊人，在水之涘⑧。溯洄从之，道阻且右⑨。溯游从之，宛在水中沚⑩。

【注释】

①蒹葭（jiān jiā）：芦苇。苍苍：鲜明、茂盛的样子。下文"萋萋"、"采采"义同。②伊人：那个人，指所思慕的对象。③溯洄：逆流而上。下文"溯游"指顺流而下。④晞（xī）：干。⑤湄：水和草交接的地方。⑥跻（jī）：登。⑦坻（chí）：水中高地。⑧涘（sì）：水边。⑨右：不直,绕弯。⑩沚（zhǐ）：水中的小沙洲。

【赏析】

《蒹葭》这首诗是写一个男人痴情苦恋的心理感受。

"蒹葭苍苍，白露为霜。"河畔的芦苇青郁葱葱，深秋的白露霜凝渐浓。作者以苇草苍苍、白露成霜的清凉景象起笔。

"所谓伊人，在水一方。"那位让我日夜想念的人,就在河水对岸的那一方。主人公是一名青年男子，有位让他一直神不守舍、魂牵梦绕的姑娘，在此秋景寂寂、秋水漫漫的境地里更让他痛苦地思念着她。他仿佛在微风吹拂的秋苇中望见对岸雾气笼罩中的她，心也随之飞到她的近前，缠绕在她身上不去。

"溯洄从之，道阻且长。"我想逆流而上去追寻她，可是道路艰难阻隔又怎赶得上。表面是说青年追寻苦恋的姑娘的路上有艰难障碍追赶不上，但在青年心里，哪里真的是路难追不上，其实是她如水中仙女一样高贵难攀，但他又放不下这颗朝思暮想的心。

"溯游从之，宛在水中央。"我想顺流而下去寻找她，她宛然就在站立在水中与我相望。青年男子心中设想着从水中游向她的身边，这样也许能够得到她，可他尝试过，就是游不到她的近前。其实，他此时出现了幻想、幻觉，姑娘变成一个浮动的人影，扑朔迷离亦真亦幻，仿佛立在水中央向他招手，也仿佛对他轻蔑一望随之隐去身影。因而他在水边眺望对岸和水中，神魂不安，视觉模糊，出现向她游过去的幻象。他这是爱得太深以致失魂了。青年男人迷恋某人又求之不得时常会有这种失魂落魄的感觉，《蒹葭》即把这种心理感受描写得入木三分。

下面两章较第一章只换少许字词，叠唱的效应加深了诗的意旨，翻译过来就是：

河畔的芦苇青郁葱葱，清晨的露水未干天色朦胧。那位让我日夜想念的人，我想逆流而上去追寻

不停，可是路有艰难阻隔又怎赶得上而去跟从。我想顺流而下去寻找她，她宛然就站立在水中与我心意相通。

河畔的芦苇更是繁盛，清晨的露水仍在晨色弥蒙。我那苦苦思念的人，就伫立在茫茫的对岸或水中。我想逆流而上去追寻她，可是路有艰难阻隔力不从。我想顺流而下去寻找她，她宛然就站立在水中与我心相通。

全诗反复咏唱"未晞"、"未已"，变换使用"湄"、"跻"、"涘"、"坻"、"右"、"沚"，绘出的是一幅白露横江、雾锁清河的迷蒙图景，描写的是求情难得、如隔深水、水中望月、镜中看花的惘然况味，演现了一种痴迷的情感，使整个诗篇都涂满了迷茫而伤感的色调。

古罗马诗人桓吉尔有一句名诗："望对岸而伸手向往。"被后人理解为追求情人而不得才隔水伸手向往，仍是求之难得。德国古民歌描写追求女子不得也多称被深水阻隔。正所谓"隔河而笑，相去三步，如阻沧海"（但丁《神曲》）。人类恋爱的情感以及求之不得的失恋感受大概是相通的，不然古欧洲与古中国为何都以隔水向往

来描述苦恋苦求的感受？

这首诗用水、芦苇、霜、露等自然事物烘托出一种清凉、朦胧的意境。秋晨淡雾，烟笼寒水，露凝霜结，烟水缥缈中一位少女隐现迷离，仿佛真的存在，又仿佛只是虚影。女人柔如水，诗中的水象征了女性的柔与美，但寒水是否又象征这女性的孤高难求将主人公苦苦折磨。女子一会儿在水边，一会儿在洲上，一会儿在水中，如魅影，如游仙，飘忽不定，牵人肠肚。再配以蒹葭、白露、秋浦，越发显得难以捉摸，变得神秘、眩惑、难舍，甚至令人痴狂。

"所谓伊人，在水一方"一句诗，不但把主人公折磨欲狂，也让多情的世人展开无限联想。"在水一方"，烟水笼罩的隔岸或水中，一定是那淡雅如水的美姿娇容，令人魂牵梦绕。怪不得"所谓伊人，在水一方"的吟唱会让人进入一种幻美境界，这恐怕就是《蒹葭》为我们营造的一种女人和水组合而成的朦胧美效应。

◎黄鸟◎

交交黄鸟①，止于棘②。谁从穆公③？子车奄息④。维此奄息，百夫之特⑤。临其穴，惴惴其慄⑥。彼苍者天⑦，歼我良人⑧！如可赎兮，人百其身⑨。

交交黄鸟，止于桑⑩。谁从穆公？子车仲行。维此仲行，百夫之防⑪。临其穴，惴惴其慄。彼苍者天，歼我良人！如可赎兮，人百其身。

交交黄鸟，止于楚⑫。谁从穆公？子车针虎。维此针虎，百夫之御。临其穴，惴惴其慄。彼苍者天，歼我良人！如可赎兮，人百其身。

【注释】

①交交：飞来飞去。②棘：酸枣树。棘之言"急"，双关语。③从：殉葬。④子车：复姓。奄息：人名。下文"子车仲行"、"子车针（zhēn）虎"与此同。⑤特：杰出的。⑥"临其穴"二句：郑笺："谓秦人哀伤其死，临视其圹，皆为之悼慄。"⑦彼苍者天：悲哀至极的呼号，犹今语"老天爷"。⑧良人：好人。⑨人百其身：用一百人赎一条命。⑩桑：桑树。桑之言"丧"，双关语。⑪防：抵挡。⑫楚：荆树。楚之言"痛楚"，亦为双关。

【赏析】

殉葬这种制度在上古时期是非常常见的，它是奴隶社会的一种恶习。那时殉葬的人不单单只有奴隶，还有一些是统治者生前最亲近的人，像是本诗中所说的为秦穆公殉葬的"三良"（"子车奄息"、"子车仲行"、"子车针虎"）。他们是《黄鸟》一诗主要哀悼的对象。

秦穆公，嬴姓名任好，是春秋时期秦国的一位国君，是春秋五霸之一。他于公元前659年即位，死于公元前621年，作为一名霸主他继位的当年就亲自带兵讨伐了茅津的戎人，由此展开了他的扩张疆土的事业。公元前647年，晋国攻打秦国，双方在韩原大战，秦军生俘晋惠公。公元前627年，"崤之战"，秦军三帅被晋俘获，"匹马只轮无返者"。公元前626年，与晋军再战，再次失败。公元前624年，秦穆公亲自率兵讨伐晋国，一雪崤战之耻。公元前623年，秦军出征西戎，"益国十二，开地千里，遂霸西戎"。公元前621年，秦穆公死。

作为一名骁勇善战的君主，他满怀着壮志未酬的遗憾，于是对军队有着深深依恋的他就决定

让奄息、仲行、铖虎这三名能够以一当百的战将和一百七十余人为他殉葬。秦穆公的这个决定，让秦国上下所有人感到十分痛心。

本诗开篇二句通过"交交黄鸟，止于棘"起兴。有学者认为，"棘"与"急"，是语音相谐的双关语，这样的写法为本诗渲染出一种紧迫、悲哀、凄苦的氛围，这就给本诗奠定了一种哀伤的基调。

"谁从穆公？子车奄息。维此奄息，百夫之特"，点明奄息为穆公殉葬的事，这里的用意是指出当权者为了自己的私欲就让一位才智超群的"百夫之特"成为了牺牲品，表现了秦人的无比惋惜之情。后六句写秦人为奄息送殉时的情状。"惴惴其慄"这一句，充分地描写出了秦人目睹人被活埋的惨象时那种惊恐的情景。

人们看到这样的情景，先是惊恐，随即惋惜，最终感到愤怒，忍不住发出了呼号，他们质问着苍天为什么一定要"歼我良人"。人们甚至希望用百个人来代替奄息，来挽救他的性命，他们甘心情愿牺牲自己。秦人对奄息的悼惜之情由此可见一斑。

第二章主要是在哀悼仲行，第三章是在悼惜铖虎，这两章也是通过重章的叠句来表现人们的悲愤，这两章的结构和第一节是相同的。

优秀的人物成了殉葬品，枉然送掉了性命，这是一件很可惜、令人痛断肝肠的事情。人们"惴惴其慄"地走近殉葬者的墓穴，内心感到非常恐惧，他们战栗着，感叹上天为什么不让好人好好活着，他们愿意以身代替那些优秀的将领。

本诗一唱三叹，在三章中换了三个名字，哀悼了子车家族的三兄弟。虽然殉葬的人并不只是三个人，但诗人正是通过展现这三个声誉和知名度很高的人的悲惨结局，来表现诗人对古代殉葬制度的血泪控诉。

◎晨风◎

鴥彼晨风①，郁彼北林②。未见君子，忧心钦钦③。如何如何，忘我实多！
山有苞栎④，隰有六驳⑤。未见君子，忧心靡乐。如何如何，忘我实多！
山有苞棣⑥，隰有树檖⑦。未见君子，忧心如醉。如何如何，忘我实多！

【注释】

①鴥（yù）：鸟疾飞的样子。晨风：鸟名，即鹯（zhān）鸟，属于鹞鹰一类的猛禽。②郁：郁郁葱葱，形容茂密。③钦钦：忧而不忘的样子。④苞：丛生的样子。栎（lì）：树名，柞树。⑤隰（xí）：低洼湿地。六驳（bó）：木名，梓榆之属。⑥棣：唐棣，也叫郁李，果实是红色的，形状如梨。⑦檖（suì）：山梨。

【赏析】

关于《晨风》的主题见仁见智，有很多种解释，不必拘泥于一说。朱熹认为这是一首含有秦俗的诗，是写妇女担心外出的丈夫已将她遗忘和抛弃。而清代方玉润认为这首诗也可当成是在说君臣之情，这要看读诗的人的心境。今人高亨在其《诗经今注》则说："这是女子被男子抛弃后所作的诗。也可能是臣见弃于君，士见弃于友，因作这首诗。"可见，这首诗存在不同的主题。

从诗的本意来看，《晨风》是一首描述妻子思念丈夫的诗。本诗为我们展现了一个痴心女子盼望在外出门久不归家的丈夫能够早日回来的心情。她朝朝暮暮地等待着自己的丈夫，但是她的丈夫已经完全将她忘记了，始终都没有回到她的身边。可以说，本诗既表现出了女子的痴情，同时也揶揄嘲弄了女子丈夫的"二三其德"。

第一章"鴥彼晨风，郁彼北林"，这两句话使用晨风鸟归林来起兴，描写小鸟飞倦还知道要飞回自己的窝里，但是人却已经忘记了自己的家，只想留在外面，不想回到自己的家。这两句话表现出了这位女子的情深意切，她焦急盼望，黯然神伤，诚心期盼丈夫回到自己的身边。

后四句"未见君子，忧心钦钦。如何如何，忘我实多"将人带入了女子的内心世界，将她的感情展现出来。天色已经到了暮色苍茫的黄昏时分，女子守望了一天，仍然没有看到她的丈夫，她心里感到非常忧伤苦涩。她对自己的丈夫用情至深，越想越怕，她猜想丈夫是不是已经将她给遗忘了。女子和自己的丈夫也许有着许许多多甜蜜的回忆，他们花前月下、山盟海誓，但是这些美好的回忆丈夫恐怕已经不记得，可见女子被丈夫负得有多深。

第二、第三章都是通过开头的复叠句"山有……隰有……"来起兴的，这是《诗经》中常出现的起兴句。第二章告诉我们，那一直盼望着丈夫回来的女子，她向四处张望，没有看到丈夫归来，却瞥见晨风鸟像箭一样掠过，然后飞入北林，然后映入她眼帘的就是山坡上茂密的栎树和洼地里树皮青白相间的梓榆。

第三章中，女子看到树换成了棠棣树和山梨树。诗人这样写的目的一方面是为了换韵脚，另一方面是为了说明天下万物都能够各得其所，但是自己却无所适从，女子的凄凉不言而喻。第二章和第三章反复地吟咏女的"忧心"，虽然这两章只有两个字不同，但是这两层的意思却是层层递进的。从对往事和现实的欢乐，到郁闷难安；最后女子变得"如醉"，也就是如醉如痴、精神恍惚，痛不欲生。最后女子几乎要精神崩溃了。

本诗的主线就是"忧心"两个字，忧心贯彻全诗的始终，主人公的心理路程，轨迹分明。本诗通过层层递进的形式表现出了女子的惆怅和凄凉，全诗各章节的感情递进轨迹非常清晰、真实可信。诗歌的语言不事雕琢，质朴平实，感情真挚。

◎无衣◎

岂曰无衣？与子同袍①。王于兴师②，修我戈矛。与子同仇③。
岂曰无衣？与子同泽④。王于兴师，修我矛戟。与子偕作⑤。
岂曰无衣？与子同裳⑥。王于兴师，修我甲兵⑦。与子偕行。

【注释】

①袍：长袍。②王：此处指周王。③同仇：共同对抗敌人。④泽：内衣。⑤偕：一起。⑥裳：下衣,此指战裙。

⑦甲兵：铠甲与兵器。

【赏析】

"岂曰无衣？与子同袍。王于兴师，修我戈矛。与子同仇。"这是全诗开篇第一句，以这个问句作为开头别具一格，吸引了读者的阅读兴趣。怎么会没有衣裳？谁说我们没有衣裳？和你穿着同样的战袍，意气焕发、精神抖擞。君王要起兵打仗，我们义不容辞，君王有命，我们赴汤蹈火在所不惜。修好戈和矛，检查好各种武器，我们一起上阵同仇敌忾打它个落花流水。

这种设问式的章法更加突出回答的内容，好像反问，又好像极力在证明什么，生怕打仗会遗漏了他们这群高手，秦地人民好战尚武的性格在这一章显露无疑。那种大山般深沉、大海般广阔的气势，让人读完热血沸腾。

"岂曰无衣？与子同泽。王于兴师，修我矛戟。与子偕作。"谁说我们没有衣裳，我们连汗衫都跟你们穿的一致，莫要从衣服上判别什么，我们都有一颗抗击西戎的心。君王要起兵打仗，我们义不容辞，君王有命，我们赴汤蹈火在所不惜。修好铠甲和兵器，检查好各种武器，我们和你共同做准备，共同一起上前线，同结一心、同仇敌忾打它个落花流水。

"岂曰无衣？与子同裳。王于兴师，修我甲兵。与子偕行。"谁说我们没有衣裳，我们穿着一样的战裙，莫要从衣服上判别什么，我们都是一起的，都有一颗抗击西戎的心。君王要起兵打仗，我们义不容辞，君王有命，我们赴汤蹈火在所不惜。修好铠甲和兵器，检查好各种武器，我们和你共同做准备，共同一起上前线，同结一心、同仇敌忾打它个落花流水。

《毛诗序》评此诗为："《无衣》，刺用兵也。秦人刺其君好攻战。"读过这首诗的人都可以感觉出《毛诗序》此评显得偏颇。整首诗从头到尾都洋溢着一种高亢的激情，只有赞美，没有讽刺。《毛诗序》此评驱散了诗歌本有的艺术魅力。朱熹在《诗集传》中也说："秦人之俗，大抵尚气概，先勇力，忘生轻死，故其见于诗如此。"在这首诗上朱熹眼光独到，一语中的，他看出了这首诗意气风发，豪情万丈，秦地人民好战尚武的精神势不可挡。

这首诗是整齐的四言句式，从第一章中"修我戈矛。与子同仇"可以看出这是秦地人民为了作战的心理活动，他们现在挺身而出，不管环境有多艰难都视死如归、同仇敌忾。第二章就可以看出情感有所变化，"修我矛戟。与子偕作"，这一章秦兵似乎跃跃欲试，修好各种武器，全面做好迎战的准备，只等君王一声令下。到了第三章感情激烈如泉涌，"修我甲兵。与子偕行"，修好武器大家团结一心上前线，如果说第二章是待发的箭，那这一章他们便像离弦的箭一般冲向前去，所向披靡。整首诗无不渗透着那种慷慨激昂的英雄气概，大家有着一颗同仇敌忾的心，他们同穿一个战袍，同穿一件外衣，甚至是同穿一件汗衫，战士们连战衣都备不齐，但是大家团结互助，什么都不计较。就凭着这种执著劲，还有什么东西是不可摧毁？相信每一位读者都会被诗中这种斗志昂扬、众志成城的精神所感动。在那样一个年代，那样艰苦的环境下，战士拥有的就是心之所向，这股热情令人心驰神往。

◎权舆◎

於我乎①？夏屋渠渠②。今也每食无余。於嗟乎！不承权舆③。

於我乎？每食四簋④。今也每食不饱。於嗟乎！不承权舆。

【注释】

①於：叹词。②夏屋：很大的食器。渠渠：丰盛。③承：继承。权舆：原意是草木初发，此处引申为起始、当初。④簋（guǐ）：古代以青铜或陶制作的圆形食器。

【赏析】

《权舆》是一篇反映没落贵族的生活和心态的诗篇。它以对比的手法写出了士人昔日奢华的生活与今日没落潦倒的模样，具有深刻的讽刺意义；也有学者将其解释为君主待贤士有始无终，二者的意义其实并无太差异，都是今夕生活状态的对比。不同之处在于主人公的身份到底是贤德之士还是没落无能的贵族，并无实据可证，但这并不影响对诗的解读。

诗的首章是对过去生活的回忆："於我乎？夏屋渠渠。今也每食无余。""我啊，曾经大碗饭菜，餐饭每顿都有富余。"作者的高明之处在于，写饮食的目的其实反映出主人公身份地位已经发生了变化。如果这是一位贤才，就由此反映出贤者在国君心目中的位置。这样的感叹直击读者的内心，让人自然想到如今的情形是不是和曾经相差很大，为下章的今日之惨状埋下伏笔，使今昔的强烈对比就显得自然。接下来一句"於嗟乎！不承权舆"道出了内心的凄凉：哎，不如当初了啊。

诗的末章是写今日黯淡的生活状态。末章与首章的语言相差无几，但从"每食四簋"到"每食不饱"，其中的变化让作者接连咏叹"於嗟乎！不承权舆"，充满了失望和凄凉之感。但是读罢此诗，似乎没有让读者对诗的主人公产生什么同情之心，诗中并无此人的生平事迹与贡献，无法判断其到底是一位有才能的贤士还是没落贵族，相反，其生活态度反而让人颇为担忧。这样看来，即便是曾经的贤士，如今只会怨天尤人的行为也让人难以赞同。

《权舆》以第一人称的抒情方式，主人公的内心独白流露出抱怨、怨恨、悲观、颓废的情绪。遇到挫折，主人公既没有自我反省，也没有重新振奋精神，鼓起进取的勇气。尽管前人大都为其辩护，将责任归咎于君主对贤士的不重视，导致待遇今非昔比，甚至难以果腹。但就文本来看，诗的抒情主人公从头至尾采取的都是一种坐享其成、怨天尤人的消极态度，这样的人是否是"贤"人，是否值得君主礼遇确实是有待商榷。

陈风

◎宛丘◎

子之汤兮^①，宛丘之上兮^②。洵有情兮^③，而无望兮。
坎其击鼓^④，宛丘之下。无冬无夏，值其鹭羽^⑤。
坎其击缶^⑥，宛丘之道。无冬无夏，值其鹭翿^⑦。

【注释】

①汤：通"荡"。②宛丘：四方高、中央低的土山。③洵：确实，实在是。④坎：击鼓声。⑤值：持。
⑥缶（fǒu）：瓦盆，一种打击乐器。⑦翿（dào）：一种用鸟羽毛制作的伞形舞蹈道具。

【赏析】

　　陈地因为生产力发展水平较高，祭祀等活动尤为盛行。巫风在陈地有着久远的历史和良好的传承。

　　舞蹈作为巫风最主要的表演形式，在这首《宛丘》中体现了出来。因此，对于本篇的主旨，便有了刺陈好巫风说、刺陈幽公说，等等。无论是第一种说法还是第二种说法，因是刺诗，而缺乏必要的文本支持而难以服众，因此学界有了第三种解释：情诗恋歌说。以后多数学者持此观点，认为《宛丘》一诗表达了诗人对一位巫女舞蹈家的爱慕之情。

　　男主人公在宛丘的游乐盛会上，爱上了一位能歌善舞的女子。两人佳期相会，在歌舞之中互相倾诉衷肠。全诗三章，着力描写女子"无冬无夏，值其鹭羽"的舞，击鼓、击缶等舞蹈动作，表现出男主人公对跳舞者的倾心。

　　诗中"宛丘之上"、"宛丘之下"和"宛丘之道"可以看做舞者跳舞地点变化的线索。古代"宛丘"的形状像倒扣的碗底；有防洪、军事等作用，古代都城基本上都建在丘上。

　　在这样的地点，诗的首章以浓烈的感情拉开了幕布。作者以欣赏舞蹈者的眼光写巫女优美的舞姿，不仅让作者沉醉其中，连读者也不由自主地沉浸到舞蹈的画面中。首句一个"汤"字，引起了许多学者对其负面的解释，但单这一字并不能得出舞者放荡的结论。实际上，荡是摇摆的意思，解释为舞者热情奔放的舞姿并不生硬。随着舞姿的变化，诗人的心情却发生了微妙的变化。两个"兮"字，看似寻常，实深具叹美之意，流露出诗人对舞蹈之女喜不自禁的爱恋之情。巫女自顾欢舞，哪里能察觉到那位观赏者心中涌动的情愫，一边单恋的诗人不禁心生惆怅，发出了"洵有情兮，而无望兮"的慨叹。

　　诗的第二、三章用白描手法描绘的巫舞场景，虽全是描写的语言，并无抒情的语句，但可见其中情意。"坎其击鼓，宛丘之下。"在欢腾热闹的鼓声、缶声中，巫女不断地跳着舞，从城里舞到城外，从寒冬舞到炎夏；时空变化了，她的舞蹈却仍是那么热烈奔放；同时，正是因为有诗人的一双眼睛始终深情地关注着她，记录着她的每一个舞步。所以读者读此诗时，不仅对诗人所流露的痴情印象深刻，更能体会到一种真正原始的活力与自然的魅力。

　　"值其鹭羽"、"值其鹭翿"说明诗中歌舞的女子是位领舞人；她用"鹭羽"来指挥全场，让众人的动作整齐划一。古代舞蹈与劳动关系密切，不可分割。在获得好的收成时，人们通常都会载歌载舞，用以庆贺。

陈地人民能歌善舞的特点，充分体现出他们对美好生活的向往。诗中舞蹈所表现出来的蓬勃生命力，令人心服。诗人对舞者的爱恋也自然而然，质朴清纯，《宛丘》似一口清泉为现代浮躁疲惫的心灵找到了律动的源头。

◎东门之枌◎

东门之枌①，宛丘之栩②。子仲之子③，婆娑其下④。

穀旦于差⑤，南方之原⑥。不绩其麻，市也婆娑。

穀旦于逝⑦，越以鬷迈⑧。视尔如荍⑨，贻我握椒⑩。

【注释】

①枌（fén）：木名，白榆。②栩（xǔ）：柞树。③子：女儿。④婆娑：回旋舞蹈的样子。⑤穀：好，善。旦：日。差：选择。⑥原：平地。⑦逝：过去。⑧越以：于以。鬷（zōng）：常常。迈：前往。⑨荍（qiáo）：荆葵花。⑩贻：赠送。椒：花椒。

【赏析】

　　《东门之枌》是一首抒情的山歌，它的内容本身就是男女间对唱的山歌。陈国在古时候盛行巫风，那里的人们大都能歌善舞，所以青年男女们在聚会的时候常常假借歌舞的名目来为自己选择情人，他们选择的方式就是通过对唱山歌来互相倾爱慕之情。这是古陈国的风俗习惯，这种风俗一直延续到了今天，现在贵州、云南、广西等地的少数民族依然保留着这样的风俗习惯。

　　"穀旦于差，南方之原"一句中的"穀旦"是一个很有意义的时间，正如后世所说的"良辰"。而"南方之原"，也不是一个普通的地点，是与"穀旦"相对应的"南方高平之原"，可以算一个"吉祥之地"。

　　陈国的古风相对各地来说保存得比较好。所以在"穀旦"这样一个适合祭祀狂欢的良辰吉日，人们会祭祀很多事情，像是祈祷丰收的火把节、腊日节等。不同的祭祀狂欢有着不同的主题，所以它们的内容也是各不相同的。

　　在上古时代因为人丁稀少，所以祭祀生殖神就成了非常重要的活动。在这个时期里，青年男女们可以没有禁忌地自由恋爱甚至是交合，这些都体现出了那个年代的人的热情和奔放。

　　事实上一直到现在，壮族、侗族等少数民族仍然保留着每年三月三的古俗。类似的还有布依族在同期举办的跳花会，这种活动又因为是为男女准备的交谊活动，所以又被称为"鹊桥会"。在黎族三月三则被称为谈爱日。

　　这首诗展现了一个陈国男女的恋爱故事，他们在聚会中相识相知，然后相互慕悦，互赠定情信物。诗中通过"不绩其麻"和"越以鬷迈"这样的描写，表现出了

热恋中的男女特点，同样也将陈国的风俗风气展现在读者面前。这首诗通过男子的口吻，叙述他中意的姑娘，即子仲家的女儿。他们在陈国郊野那种着密密的白榆、柞树的一大片高平土地上幽会谈情。

他们初见之时子仲家的少女在树下翩翩跳舞，她那美丽的身姿，吸引了不少男子的目光。和着姑娘的舞姿小伙唱起了情歌，他的歌声婉转动听。男子大胆的求爱打动了少女的心，最终他从少女那里得到了一把香气扑鼻的紫花椒作为她的定情物。在这样一个美好的时间，美好的地点，一对幸福的情侣诞生了，他们幸福的爱情之花含苞初放。在男子的眼中，少女就像荆葵花一样美丽；在少女的心中，男子就是她理想的情人，他们通过一束花椒表白各自的感情。

总之，本诗在为我们展现了一段美妙的爱情故事的同时，又将当时的风俗民情展现在了我们的面前，有极强的艺术价值和历史价值。

◎东门之池◎

东门之池，可以沤麻①。彼美淑姬②，可以晤歌③。
东门之池，可以沤纻④。彼美淑姬，可以晤语。
东门之池，可以沤菅⑤。彼美淑姬，可以晤言。

【注释】

①沤（òu）：长时间用水浸泡。②淑姬：善良的姑娘。③晤歌：用歌声互相唱和。④纻：纻麻。⑤菅（jiān）：菅草。多年生草本植物，可做绳索。

【赏析】

《东门之池》是一首描写男子对叔姬爱慕的诗，抒发出了两人情投意合的喜悦。本诗通过浸泡麻来起兴，写明了情感发生的地点，同时也暗示出情感在交流的过程中，得到了加深。麻可泡软，也就是意味着情意的逐渐深厚。

其实将长久浸泡的麻，从水中捞出，然后洗去泡出的浆液，剥离麻皮，是一项相当艰苦的劳动。但是，就是在这样艰苦的劳动中，男子感到能和自己钟爱的姑娘在一起，又说又唱，非常幸福，他珍惜这种在艰苦劳动中的温馨相聚，所以他们的歌声中充满欢乐的气氛。

本诗的意思十分简单，一群青年男男女女，他们聚集在护城河里浸麻、洗麻和漂麻。大家在一起劳动，他们一边干，一边谈天说地，他们谈笑间高兴地唱起了歌来。这时就有勇敢的小伙子大着胆子，向着自己爱恋的姑娘，唱出了自己的心情，于是就有了这首《东门之池》。

诗中人们所做的事情是制作衣服之前必须经历的繁冗步骤。大麻、纻麻经过人们的揉搓、洗净、梳理之后，就成了耐磨的纤维，人们可以利用它们，当做原料来织成麻布，然后再用这些麻布来裁制衣服。因为洗麻非常重要，所以农村中的劳动青年每年都会到护城河去沤麻，这样年年都有男女青年相聚在那里劳动、谈笑、唱歌，于是像《东门之池》这样欢乐的歌声，也就年年都会飘扬在护城河上。

诗文中的文字非常温雅，在措辞上也十分平和，因为是在表达男子对女子的爱慕之情，所以充满了清纯和恳挚的感情，让文字也有了温度。在第一章中本诗的全部意思都已经全部展现了出来，诗的第二、三章是在运用相同或相近意义的字语进行复沓。这种复沓就是一种反复吟唱，它表现出了中国民歌传统的语言形式。

◎墓门◎

墓门有棘①，斧以斯之②。夫也不良③，国人知之。知而不已，谁昔然矣④。

墓门有梅，有鸮萃止⑤。夫也不良，歌以讯之⑥。讯予不顾，颠倒思予⑦。

【注释】

①墓门：墓道的门。②斯：劈开，砍掉。③夫：这个人，指作者讽刺之人。④谁昔：往昔，从前。然：这样。⑤鸮（xiāo）：猫头鹰，古人认为是恶鸟。萃：集，栖息。⑥讯：借作“谇”，斥责，告诫。⑦颠倒：跌倒。

【赏析】

这首自产生以来就备受争议的小诗，自先秦起便流传甚广，相关的传说也是十分丰富。流传的广泛证明它在劳动人民之中引起了共鸣，说明其内容定与人民密不可分。

诗的首章以棘起兴：“墓门有棘，斧以斯之。”通往墓道的门前长起了酸枣树，用刀斧就可以铲除掉。朱熹在《诗集传》中对这两句的解释是：“兴也。言墓门有棘，则斧以斯之矣，此人不良，则国人知之矣。国人知之犹不自改，则自畴昔而已然，非一日之积矣。所谓不良之人，亦不知其何所指也。”那么下面要说的定是一些无法铲除的东西，“夫也不良，国人知之”，如果国家出了一个不良之人，那么用什么方法能铲除他呢？“知而不已，谁昔然矣”，现在全国上下都知道有个只在其位不谋其职的人，而他自己却全然不知。诗句中的气愤之情直白地显露，百姓的不满对所说之人是莫大的讽刺。

诗的末章进一步地对不“良”之人进行讽刺。“墓门有梅，有鸮萃止”，是人民以自己的方式在发泄心中的怨气：你家的墓地丛生了酸枣枝，每天都有成群的猫头鹰在上面哀号。此处仍以起兴开始，有人认为“梅”古文作“槑”，与棘形近，遂致误。“夫也不良，歌以讯止”：我们唱这首歌就是希望你的不良之举有所改正。语气十所恳切，看出人们曾经对其寄以很大的希望。然而事与愿违的是“讯予不顾，颠倒思予”：但我们的歌却未打动你，你耽于享乐、声色犬马不屑于听。而等你下台潦倒之际恐怕会怀念当初我们这支歌吧！语重心长，却又无可奈何的语气在本章中颇为明显。

《墓门》其艺术上的特色有许多亮点：其一，仅仅用了短小精悍的两章，就丰富地传达出指斥和告诫的意味，整齐的四字诗句十分富有韵律感；其二，两章的开头均以动植物起兴，对恶势力的痛斥毫不容情，对国家依然坏人当道的状况表现出忧虑之情。《墓门》可以说是一篇在直露的指责中不乏蕴藉意味的作品。

◎防有鹊巢◎

防有鹊巢①，邛有旨苕②。谁侜予美③？心焉忉忉④。
中唐有甓⑤，邛有旨鷊⑥。谁侜予美？心焉惕惕⑦。

【注释】

①防：水坝。一说堤岸。②邛（qióng）：山丘。苕（tiáo）：苕菜。③侜（zhōu）：谎言欺骗。④忉（dāo）忉：忧虑的样子。⑤唐：朝堂前和宗庙门内的大路，中唐泛指庭院中的主要道路。甓（pì）：砖。⑥鷊（yì）：绶草，一般生长在阴湿处。⑦惕惕：提心吊胆的样子。

【赏析】

这是一首抒发唯恐失去爱情的忧虑心情的诗歌。本诗描写了一名男子担忧自己和情人之间的关系被别人离间，而感到忧虑和恐慌的心理。朱熹说："此男女之有私，而忧或间之辞。"细细地品味诗文，就可以感受到诗中那种浓烈悒郁的心绪。

本诗的重点就是"予美"二字。"予美"的意思就是"我所爱慕的"。在《诗经》中，美通常指的是美人、丈夫或妻子，也可以是美丽、美好的意思。人们会因为钟爱，而觉得自己喜欢的人很美。一个"美"字表达出了诗人的感情。

诗人"予美"的对象，不一定是和他已经定情相恋的人，也可能是他暗暗相恋的人。综观全诗，可以知道诗中被爱的那个人并不十分清楚谁在暗中爱着自己。就在这样的时刻，第三者已经悄然而至。面对这样的情况，作者感到非常焦急，他害怕自己喜欢的人会被别人抢去。在他的心中，那个第三者和自己喜欢的人是不合适、不协调的，只有自己才和那个人是最完美的一对。

这一切都是暗暗发生的，诗人暗暗地爱着一个人，暗暗地担忧、害怕，暗暗地感叹、忧伤，所以这首诗便体现出了一种暗中的情愫，表现出主人公对爱情的真挚和执著。

全诗共两章，每章三句。第一句都是比喻，原本应建在树上的鹊巢却筑在了堤坝上，原本应生长在湿地上的苕草却生长在了山丘上。这种不协调的搭配方式是诗人用来比喻诳骗之言的。第二、三句主要写诗人的心理活动。诗人怀疑现在有人在暗中接近他的心上人，这个别有用心的人正在挑拨、破坏他们的关系。

在提出了这一连串的疑问之后，诗人说出了自己心中的郁闷。他感叹，到底是谁诳骗他的心上人，原本他的心上人只和他要好，是他的最爱。但是现在他却要面临最爱的人可能会被人抢走的危险，因为他的心上人突然对他冷淡了下来，他知道这中间一定有什么变故，这一切都让他感到万分忧伤。

这些大都是诗人自己的猜测、推想和幻觉，未必真的发生了。诗人之所以会这样觉得，可以说是他不平常的心理活动的表现，这些都表达了诗人对心上人的爱慕之情。因为他爱之愈深，也就忧之愈切。诗人所用的比喻大都是一些自然现象，但又是一些在自然界中绝对不会发生的事情。因为喜鹊不可能把窝搭到河堤上；苕不可能长到高高的山坡上；砖不可能用来铺路；绶草也不可能生长在山坡上。这些违反常识的事物经诗人的组合之后，表明了一种不协调的感觉，同时也是在告诉世人，它们都是不会长久的。诗人虽然内心担忧，但是他在担忧的同时也相信真正的爱情是坚贞不移的，谁也不能横刀夺爱。

《防有鹊巢》一诗是通过将一些不协调的事物放在一起，来引起对危机的恐惧，以此表现诗的主旨。

但是关于这个主旨，历代的诠释都是不尽相同的，由此也就引申出很多不同的观点。主要观点有两种，一种认为这首诗表现臣子担忧君主相信谗言，另一种则认为这是一首"男女之有私而忧或间（离间）之词"（朱熹《诗集传》），从诗文来看，这种说法比较贴合诗歌的情绪。

◎月出◎

月出皎兮①，佼人僚兮②。舒窈纠兮③，劳心悄兮④！
月出皓兮⑤，佼人懰兮⑥。舒忧受兮，劳心慅兮⑦！
月出照兮⑧，佼人燎兮⑨。舒夭绍兮，劳心惨兮⑩！

【注释】

①皎：月光洁白明亮。②佼：同"姣"，美好。僚：娇美。③舒：舒徐，舒缓，指从容娴雅。窈纠：与第二、三章的"忧受"、"夭绍"，皆形容女子行走时体态的曲线美。④劳心：忧心。悄：忧愁的样子。⑤皓：洁白明亮的样子。⑥懰：娇美。⑦慅（sāo）：心神不宁。⑧照：明亮的样子。⑨燎：明。⑩惨：当为"懆（cǎo）"，焦躁的样子。

【赏析】

月下的迷离，相思的惆怅，这一无数次出现在中国古典诗词中的意象，追根溯源，便是这一首《月出》。一位优雅而多情的诗人，心有所属，时刻不能忘怀，因而夜不能寐。他为排遣相思，披衣下床，步入小院中央，盘桓徘徊良久。月光如洗，澄澈无瑕，叫人心归纯净。朦胧间，月光照耀下，如琼如玉的远处，居然出现了那位女子的身影，体态匀称，身姿绰约，飘飘欲仙，不似凡俗。作者举步靠近，心想一靠芳泽，但幻影如雾，渐渐消散。作者方知自己思念之切，几近成痴，于是，便作了这首经典的《月出》。

自古以来，月光就是美好的象征，人们用它来代表美好的人物、事物、时刻、场景、愿望等，甚至为其编造出美好的神话故事，其皎洁、清明、澄澈，让无数的人心生向往。诗作的题目，交代了诗人活动的背景和时间，月光如水的夜晚，本身就有很大的魅力和诱惑力，容易使人生发出许多美好的联想。"月出"一词，突出了其"出"这一时刻，将这种美好，从无到有，全面而细致地展示给读者，不仅增添了其动感，还有一种神秘感和朦胧感潜藏其中，宛如幽幽现出真容的月儿，就是那位狡黠多情的美人。

诗作以对月色的描摹开端，"月出皎兮"，"月出皓兮"，"月出照兮"，反复的回环中，营造出一幅愈来愈明亮的画面。"皎"，突出月光的明净无瑕，"皓"，突出月光的明亮广阔，"照"则是重点凸显其光线充足，普照大地，把世间的一切都浸润在那一片柔美里。这一步一步的递进，展现出时间的逐渐流逝，月亮从刚升起时的白净柔弱，最终演变为当空普照，可以看出，作者的相思和幻想并非一小会儿，而是持续了整整一个晚上。这也反映了作者的相思程度，随着月光越来越亮，变得愈来愈深。

以月光作为背景，更加衬托出女子情影的秀美。接下来，作者开始描绘那位意中女子，她的面容、身姿、体态，在月光下慢慢展现，构织出一幅别样的美景：月光朦胧下，一个线条优美的女子在缓缓起步，几分神秘，几分忧愁，月白和白衣共舞，清辉和素颜映衬，让人无限动容。这一如工笔画般的景象，渗透出无限的画意，与清雅而浓郁的诗情，水乳交融，共同达到写景抒情的极致境地。

中国传统的审美标准，自有其独特性和鲜明性。对于年轻的女子，外形上，以细长柔弱为最佳，无数描摹刻画美女的诗句，都能反映出这一标准的深入人心，如"窈窕淑女，君子好逑"等。而气质上，则以闲缓贤淑为最佳，"淑女"务必要动作轻缓，举止静穆，安静持理，这样才最惹人爱惜。诗作中的女子，无疑达到了这一标准。作者在每章的开端描摹完撩人的月色之后，第二句直接写伊人的外部形态，"僚"、"㥃"、"燎"，极尽反映出其美丽的容貌，婀娜的体态；第三句写伊人苗条的身段，娴雅的举止，"窈纠"、"忧受"、"夭绍"，三组连绵词，显现出其身材苗条、秀美，行步时摇曳生姿，从容不迫，雍容大方。这种舒缓安静的气质美，比外表更富有魅力。

最后一句的"劳心悄兮"、"劳心慅兮"、"劳心惨兮"，则是作者将笔触转向自身，因爱慕伊人，作者变得心神不安、焦虑愁苦、烦闷异常。诗人对女子可能是一见钟情，也可能是相知已久，但因为某些外在阻力，或单单是因为自卑，迟迟不敢对其表白心中所想，因而生发出无限的忧愁。诗人此时此刻的心情，正如《关雎》里所写的"求之不得，寤寐思服。悠哉悠哉，辗转反侧"一样。

他可能会进一步想象：她会不会真的在月下独自徘徊，与我望着同样的星光点点，感受着同样的夜风拂面？在她的脑海中盘旋的会是什么，有没有我的一寸空间？这纷乱如麻的心绪，体现出诗人爱得深沉。另外，诗人愈赞美其美好，就愈是阻碍了自己表白的可能，女子愈姣美，自己愈觉得难以攀比，这种由对照下产生的自卑，形成了严重的可望不可即的距离感，因而令他更加忧愁，也让人觉得其情感真挚，合乎逻辑和自然。

诗作各句以"兮"收尾，声调平和舒缓，一唱三叹，余韵无穷。月色的"皎"、"皓"、"照"，容貌的"僚"、"㥃"、"燎"，体态的"窈纠"、"忧受"、"夭绍"，心情的"悄"、"慅"、"惨"，在古音中都属于相通的宵部和幽部，全诗一韵到底，和谐至极，再加上"窈纠"、"忧受"、"夭绍"都为叠韵词，更显舒缓缠绵。

受《月出》影响，后世出现了很多"望月"主题的诗。如张若虚的《春江花月夜》、杜甫的《闺中望月》等，皆是此类的佳作。

◎泽陂◎

彼泽之陂①，有蒲与荷②。有美一人，伤如之何③？寤寐无为，涕泗滂沱④。
彼泽之陂，有蒲与蕑⑤。有美一人，硕大且卷⑥。寤寐无为，中心悁悁⑦。
彼泽之陂，有蒲菡萏⑧。有美一人，硕大且俨。寤寐无为，辗转伏枕。

【注释】

①陂（bēi）：堤岸。②蒲：香蒲，一种生在河滩上的植物。③伤：因思念而忧伤。④涕泗：眼泪和鼻涕。⑤蕑（jiān）：兰草。⑥卷（quàn）：通"鬈"，头发卷，形容鬓发很美。⑦悁悁：忧伤愁闷的样子。

⑧菡萏（hàn dàn）：荷花。

【赏析】

春秋战国时代，女性在生活、思想的各个方面，都还有着同男子相差无几的权利和自由。厚重而无情的礼教，当时还没有成为社会的主流，人们处事言行，都还能够依循自己心中最本真的想法，而很少顾及太多的社会压力和约束。

当时，男女之间的相恋和欢会，都是非常自然的，特别在民间，男女相恋发而为歌，唱将出来，也都是极为普通的，并不像后世所说的违反伦理纲常。《泽陂》一诗所具有的独特气质，直至今日依然显得率直坦诚、大胆火热。《泽陂》是一首写女子相思之情的诗歌，场景是在水草依依、风荷高举的池塘边，对象是一位高大壮硕又英俊的男子，而女子的爱之切、情之深，则是"涕泗滂沱"、"辗转伏枕"。

诗作每章意思基本相同，采用回环复沓的艺术手法，将情感酝酿得浓烈而悠长。作者以所见的池塘起兴，寥寥数语，就将读者带进了一个青葱水嫩、如诗如画的艺术幻境：池塘边众草丛生、百卉争艳，高树与低蔓携手，葱绿与粉嫩辉映，蓬蓬勃勃、盈盈满满，生气蒸腾；池水轻漾，波光激滟，明净如玉，游鱼青蛙一览无余，清风吹过，波面缓缓荡开，犹如初受碰触的心境。此种场景，很能够撩动相思之心。女子身处其中，不自觉地受到感染，产生出爱恋的悸动，又想到了自己心仪的那位男子：他的强健高大、俊美优雅，像清风拂过水面一样，早已撩拨得那片心湖不再平静。

四下再无旁人，女子任随思绪飞舞，再也难以抑制心中的思念，开始默默地低声自语："有美一人，伤如之何？"那位健美的男青年，你知不知道对我造成了多大的伤害？女子因相思而神情恍惚，也许已经成疾已久，经常会陷入到对两人相会的幻觉当中，好像那位男子就在自己的身边相伴，于是开口埋怨。这种倾诉，更加传神地显现出女子的情深意切。接下来，作者又将笔锋转向现实，着力描写了女子平时的惨状："寤寐无为，涕泗滂沱。"女子陷入相思之后，无时无刻不在心烦意乱、情迷神伤，晚上因思念而彻夜难眠，白天又因伤感而几经泪下，变得憔悴不堪。

第二章，主人公仅易数字，依然矢志不渝地吟唱着自己的相思和爱慕。在这一章中，女子对心仪的男子热切地赞美："有美一人，硕大且卷。"那个健美的男儿，即身材高大，又容貌英俊。这是一种赞扬的口吻，女主人公的爱慕和自豪溢于笔端。想到男子的美好后，她丝毫不在意男子对她造成的伤害，也丝毫不顾及男子心中会不会有她，而是不顾一切地付出自己的痴心。章末的"中心悁悁"一句，体现出女子依然因相思郁郁不乐，但却不再像首章那样"涕泗滂沱"。然而，其原因不是自己得到满足和慰藉，而仅仅是因为想到了男子的美好，这种对心上人只要想想就能开心满怀的女子，显得单纯善良。

两章的歌唱仍不足以排遣心中的爱恋，女子在第三章中，又从不同角度赞美了男子的优秀，表现了自己的相思。"硕大且俨"，是从性格上对男子进行的描写，端庄谨严，是一个人有涵养的外在表现，也是最让人放心的品质之一，说明这位男子积极向上，丝毫不虚度光阴。他一定是在忙于事务，没有机会儿女情长。女子明白这些，因此才深深地把思念埋在心底，尽力忍受着相思之苦，不去打扰、影响男子的生活。"辗转伏枕"，是对女子相思之状的极尽描摹，夜晚翻来覆去、想睡又睡不着、睡不着又命令自己睡的形态，最能表现思念心上人时的煎熬。

桧风

◎羔裘◎

羔裘逍遥①，狐裘以朝②。岂不尔思？劳心忉忉③。
羔裘翱翔，狐裘在堂。岂不尔思？我心忧伤。
羔裘如膏④，日出有曜⑤。岂不尔思？中心是悼。

【注释】

①逍遥：悠闲地走来走去。②朝：朝堂。③忉忉：忧愁的样子。④膏：油脂。⑤曜（yào）：闪闪发光。

【赏析】

《诗经·桧风·羔裘》被大多数人认为是一首讽喻之作是有根据的。一般来说，《诗经》中与君主相关的题材大多有这样几种方向：对君主贤能的赞美、对国家强大昌盛的歌颂以及对无贤之君的讽喻，等等。根据诗意推测，此诗应是桧国大臣因国君治国不力被迫离去后所作。忠诚的臣子与不务国事的君主也成为一种比衬，从这个方面来讲讽刺的态度也显得意味深长。

诗的首章直叙主题，没有用起兴手法。"羔裘逍遥，狐裘以朝"一句不是对国君服饰单纯的描绘或赞美，而是流露出作为臣子的担心与忧思。大国之君身处盛世，尚须仪礼视朝、谨慎地以国事为务，何况当时桧国"国小而迫"，已经被周边的强国所觊觎，国家已经到了生死存亡的紧要关头，这种处境之下的国君却有心情锦衣玉食，有良知的臣子怎能不心焦如焚？

"岂不尔思？劳心忉忉"，这是身处末世的臣子内心深处深深的痛楚，不能对君主言说，于是化为诗篇以哀悼即将逝去的家国。第二章在回环往复中语气更深重，痛心之感也愈发深切。重复的作用是反复强调主旨，让感受更加强烈。读者就是从这样层层深入的语气中，感受到诗作者对国之将亡的痛心，和对只知游玩宴乐、追求享乐的昏君的怨愤。诗的末章则用特写镜头，放大羔裘在日光照耀下的情景，使读者的视觉感更加开阔。

一般来说，当人们第一眼看到柔润而有光泽的羔裘时，第一直觉是赞叹它的雍容、华美、富贵，但在诗中，这种华丽给人的感觉不是美好而是一种负担，是另一种形式的"过目不忘"。难以忘记的不是华美服饰给人带来的美感，而是在这服饰背后对国君昏聩、国家危在旦夕的忧虑之情。

"岂不尔思？中心是悼"这一句，让上面的羔裘顿时黯然失色，读到这时，难免会联想作者看到这样的情境时会有什么样的选择，这就回到了开篇时对主旨探讨的问题：这样的君是奉还是弃？诗人心中也纠结万分，于是便自然有"劳心忉忉"、"我心忧伤"、"中心是悼"的情感流露。

在这样急切且繁复的情感流露中，读者才真切地感受出诗作者的深切思虑。诗人的选材角度独特，笔下的国君并没有什么"大恶"，只是通过小小的华丽服饰入手，这便是"见微知著"的手法的运用。从小处出发，从细节出发，一件小小的衣服竟然有大文章，国家不保之时君主尚思服饰，反衬出了不务国事的君主的大问题来。这位忧国忧民的大夫，从这些所谓"小事"看出大问题，国君又不听谏言，只能作诗讽刺，以明心迹，这是本诗的特色之一。

同时，这也证明作者"劳心忉忉"、"我心忧伤"、"中心是悼"并非是杞人忧天，三组伤感的情绪渐渐递进，心情愈加沉重，其中的忧国之情也愈加强烈。"岂不尔思"一句于三章中反复咏之，对国君的忧怨也暗含中间，从而获得强烈的感染力，取得了很好的艺术效果，这也是本诗的重要特点。

◎素冠◎

庶见素冠兮①，棘人栾栾兮②，劳心博博兮③。
庶见素衣兮，我心伤悲兮，聊与子同归兮。
庶见素韠兮④，我心蕴结兮⑤，聊与子如一兮。

【注释】

①庶：幸。②棘人：急于哀戚的人。栾（luán）栾：瘠瘦的样子。③博博（tuán）：忧苦不安。④韠（bì）：即蔽膝，古代官服装饰，革制，缝在腹下膝上。⑤蕴结：郁结。

【赏析】

对于《素冠》一诗所要表达的内容，历来是众说纷纭。有人说这是一首悼念亡者的丧葬诗，有人说这是一首对遵守传统礼乐之人的赞扬诗，也有人说这是诗人去监狱探视友人的探监诗。

之所以会出现这么多争议，主要还是因为不同的人对诗中"素衣素冠"和"棘人"理解的不同。把这首诗看做悼亡诗的人认为"素衣素冠"是家中有人过世时穿的丧服，"棘人"就是为先辈守孝服丧之人；把这首诗看做探监诗的人，则认为"素衣素冠"就是平时穿的普通衣服，"棘人"看成关押在监狱的有罪之人。真可谓"仁者见仁，智者见智"。

但是，古时候一些释评《诗经》的著作大都认为这是一首赞美孝子的诗。像《毛诗序》朱熹所著的《诗经传》中都认为"素衣素冠"为凶服、孝服，强调的是晚周时期，人们已经开始不遵守传统礼乐制度，家中有人去世，作为子女大都不能守孝三年，而诗中所说的"素衣素冠"之人，是尽孝道、遵守传统礼乐的好榜样。

但是随着时间的递进，后人开始将"棘人"解释为囚犯、罪人。"棘"在古代就被看做囚禁有罪之人的场所，相当于现在的监狱。所以有观点认为这是一首忠良之士在朝廷遭到奸臣陷害，被贬入狱的诗。诗的第一章着重描写一位遭受迫害的贤臣，他头戴"素冠"，身穿"素衣"，身体消瘦羸弱，弱不禁风。诗人从外在的容貌到内在的心理活动，将一个落魄之人的形象一步一步展现出来，颇有屈原在江畔行吟，"形容枯槁，颜色憔悴"的意味，带给读者一息悲剧的气氛。

二、三两章，诗人仍是从衣着写起，并以"素衣""素韠"作为托物喻人的引子，并且与第一章的"素冠"相呼应，自上而下地描绘出了这位受到迫害的贤臣的穿着。然而，不管哪一种衣服，诗人都在前面加了一个"素"字，究其用意，这个"素"字正是在暗含"棘人"高风亮节、清白如雪的形象。

到了第二章第二句，诗人以一句"我心伤悲"直接、明确地抒发了自己的情感，连同接下来的"我心蕴结"、"聊与子同归"、"聊与子如一"，一步一步，递进地阐明了诗人的意愿，使刚才"伤悲"、"蕴结"的思想感情得到了升华。

其实，这首诗还蕴含了诗人悲喜交加的情感变化。作为探监之人，诗人面对屈打成招、关在监狱里的贤臣感到既悲伤又悲愤。但是当他走进牢房，还能与"棘人"有幸相见，瞬间又感到了一丝欣喜，这种情感的变化，虽然可贵，但也实属无奈。

监狱是一个关押罪恶的地方，凡是被关进里面的人，严刑拷打、受伤送命并不是什么新鲜的事情，但是送进监狱里的人难道全都是坏人吗？答案是否定的。君主专制时代，一个人的生命往往掌握在最高统治者的手里，有时无意的一句话就可能让君主产生了怀疑，进而引火烧身。而那些只会给君主进谗言的奸臣，更是破坏贤良之士的罪魁祸首，所以在当时，好人因为遭受诬陷，蒙冤而死的事情数不胜数。

诗人探望的这位"棘人"就是蒙冤者之一。虽然诗中没有详细描述诗人探视的具体情节，对"棘人"究竟所犯何罪也不得而知，但是从侧面不难看出，身处当时的险恶环境，当一位贤臣遭到迫害之时，诗人仍然不顾危险，毫无避讳地到监牢中探望这位友人，表明自己的心与蒙冤的"棘人"同归的态度。可见，诗人也是一个重情重义的贞良之士，这种患难与共的精神实在难能可贵。

诗人在诗中勾勒出的人物形象十分鲜明，并且感情丰沛，每句的最后一个字都以语气词"兮"煞尾，悲情的音调始终环绕在耳畔。

◎隰有苌楚◎

隰有苌楚[①]，猗傩其枝[②]。夭之沃沃[③]，乐子之无知！
隰有苌楚，猗傩其华[④]。夭之沃沃，乐子之无家[⑤]！
隰有苌楚，猗傩其实。夭之沃沃，乐子之无室！

【注释】

①隰：低湿的地方。苌（cháng）楚：藤科植物，也就是今天的羊桃、猕猴桃。②猗傩（nuó）：同"婀娜"，柔轻盈柔美的样子。③夭：少，此指幼嫩。沃沃：润泽的样子。④华：花。⑤无家：指无家庭拖累。

【赏析】

《隰有苌楚》主要表达的是人不如草木的情感。桧国的民歌《桧风》留存较少，仅有四篇被收入《诗经》。周代的诸侯国桧国，地处今河南省密县一带，于春秋初年为郑武公所灭。由于周王朝和各诸侯国对其横征暴敛，劳动人民生活在水深火热之中，因此《桧风》大都表达人民的不满、怨愤和伤感情绪。

从这个角度来看，本诗的作者确是有感而发，或许是生活不如意而流露出羡慕草木的感情来。朱熹《诗集传》有论："政烦赋重，人不堪其苦，叹其不如草木之无知而无忧也。"就本文来说，诗人反复表达的是对苌楚无思家国的羡慕之情，"人不如草木"的感叹。

本诗中"人不如草木"之叹，对后来的文人影响很大，草木自此便经常用来与人尤其是不如意的人生相比较。如陶渊明《归去来兮辞》中就叹息："木欣欣以向荣，泉涓涓而始流。善万物之得时，感吾生之行休。"

得出"人不如草木"结论的诗人，想必人生中遭遇了诸多不幸，才会羡慕起摇曳的植物来。"苌楚"，是指野生的猕猴桃，到唐代它才第一次被植入庭院，之前只是荒野群林中的拇指般大的小桃子。《隰有苌楚》以猕猴桃起兴，引发诗人内心的忧虑，诗中的人十分向往猕猴桃在风中伸展枝条的自由。全诗三章，重章叠咏，每章二、四句各换一字，重复诉说同一个意思，可见其感念之深。

全诗各章的首两句均为起兴，把苌楚的枝、花、实分解各属一章，这是《诗经》重叠形式之一种：即分别讲一事物的各个部分。诗人看到洼地上猕猴桃藤蔓蜿蜒，开花结果，生机蓬勃。其自由生长、生命力旺盛的样子使诗人对自己的遭际十分惆怅，小小的植物却活得如此旺盛，而诗人联想到自己的境遇难免愁苦起来。

诗人在不知不觉中就将猕猴桃与自己的生活状况联系到一起，视角自然而然地从植物切换到人身上。三、四句是描述，又好像是对自己处境的嘲讽。因为赞叹猕猴桃充满生机时，渗透了主观情感。第四句变换了人称，直呼猕猴桃为"子"，以物为人，人与物对话，人与物对比。诗人心中的苦闷在这里沉默地爆发了，究竟是怎样的处境让诗人不仅自叹不如草木，而且还与猕猴桃对起话来？"我活得还不如你啊"，不如之处就在"知"与"家"上。人比草木高级的地方就在于有"知"，人有家室能享受天伦之乐，这一点也是草木不能及的，而恰恰是这两点成为诗人认为不如草木之处，寥寥五个字中包含着诗人诸多痛苦与愤慨。

诗人运用"宛转表达"的手法，以猕猴桃为赞美对象来表示羡慕的同时，宛转曲折地表达内心的苦恼。诗先后赞美猕猴桃枝条柔美、花儿盛开、硕果累累，但是每一章的末句又分别说因为它无知觉、无思想，所以没有苦恼；因为没有养家糊口的负担，所以不必辛苦操劳；也因为没有家室，所以生长得格外自由茂盛。换而言之，如果它有思想，有知觉便会感到苦恼；如果它有了家室，便会承受生命中那些负担与沉重。《隰有苌楚》以写美好景象来为苦恼心情作反衬，达到利用气氛来反衬心境的艺术效果。

曹风

◎蜉蝣◎

蜉蝣之羽，衣裳楚楚。心之忧矣，於我归处①？
蜉蝣之翼，采采衣服。心之忧矣，於我归息？
蜉蝣掘阅②，麻衣如雪③。心之忧矣，于我归说④？

【注释】

①於我归处：何处是我的归宿。②掘阅：通"掘穴"，即掘地而出。③麻衣：指古朝服。④说（shuì）：通"税"，歇息。

【赏析】

    关于《蜉蝣》这首诗，《毛诗序》认为它是一首讽刺曹昭公奢侈的诗，对这种说法，后人看法不一。从当时的历史环境和本诗的诗意来看，用蜉蝣来讽刺国君的奢侈，其实有一些不伦不类。但是通过蜉蝣来表达贵族阶层的情绪这一观点，却是符合诗意的。

    曹国是一个位于齐、晋之间的较小的诸侯国。曹国的曹共公（姬姓，伯爵，春秋时曹国第17位国君）和晋文公（公子重耳）是同时代的人。曹公（曹国君主谥号皆称公）的生活非常腐化，令当时曹国的百姓人民都感到悲观失望。之所以用"蜉蝣"来起兴，是因为曹国有很多湖泊，这样的环境非常适宜于蜉蝣生存，那里的人们对于这种生物十分熟悉。再加上当时曹国国力单薄，时常处在大国的威逼之下，这样的国情，也让曹国的士大夫们对人生产生了很多忧惧和伤感。

    蜉蝣是一种十分漂亮的小虫。它的身体非常软弱，有一对相对其身体来说非常巨大的、完全透明的美丽翅膀，翅膀上还有两条长长的尾须，所以当它们在空中飞时，姿态就像在跳舞一样，显得纤巧动人。但是蜉蝣又是一种朝生暮死的渺小昆虫，它生长在水泽地带。蜉蝣的幼虫时期是比较长的，有些甚至可以活二三年。但是当它们长成成虫之后，就不饮不食，在空中飞舞交配，在完成繁衍物种延续后代的使命之后就结束生命，成年蜉蝣的生命一般只有一天。因此，古人常用蜉蝣来叹息人生易逝、生命短暂。

    喜欢在日落时分成群飞舞的蜉蝣，在繁殖完成之后就会死去，然后坠落在地面上，不用一会，地上就会积成一层厚厚的蜉蝣尸体。即使是这种小生命的死，也会变得引人瞩目，甚至给人惊心动魄的感觉。但是蜉蝣"衣裳楚楚"、"采采衣服"的美丽，并不能掩盖它生命短暂的事实。这首叹息人生短促、生命无常虚幻的诗，表达了曹国人民对于好景不长、年华易老、生命短促、人生不知何处是归宿的伤感悲叹。

    本诗将人生和一种弱小的生物联系到一起，将人生比喻为朝生暮死的昆虫，这种比喻可以引起人们对人生意义和价值的思考。它让人开始思考和探索如何度过这短暂的一生，同时也开始思索自己的行为会对子孙后代产生什么影响。

    蜉蝣的幼虫期是在水中度过的，它们的育化过程长达五六年。在这漫长的时间里，蜉蝣积蓄着力量，吸取着能量，壮大着自己，等到有朝一日它们化育为成虫后，就将所有的力量爆发出来。它们披着美丽的外衣，用短暂的生命换来辉煌的一刻，我们不知道蜉蝣的心情，也就不能确认它们对这样的选择是否后悔。诗人借这朝生暮死的小虫写出了脆弱的人生在消亡前的短暂美丽，以及人们对于生命终要面临消亡的困惑。

这样简单的一首诗却有着很强的表现力。蜉蝣小小的翅膀在阳光下显得异常美丽，有一种不真实的艳光，朝生暮死的命运使这种小虫的一生带上了华丽的色彩，这种美丽让诗人深深感喟。他感叹美丽的事物总是会很快消亡，那种昙花一现、浮生如梦的感觉显得十分强烈。所以本诗的情调是消沉的，那种忧愁伤感几乎是深入骨髓的。

《蜉蝣》表达了当时曹国人民"生如朝露，命如蜉蝣"的悲观心态，诗中充斥着"朝生暮死心忧伤"，"我和蜉蝣的归宿其实都一样"的想法。人的生命，最终不过如一场烟花，绽放过，或绚烂，或黯淡，终化为天地间一粒小小尘埃。表面上鲜艳华丽但生命极其短促的蜉蝣，提醒人们要珍惜已有的幸福，不要虚度年华、留下遗恨。

◎候人◎

彼候人兮①，何戈与祋②。彼其之子③，三百赤芾④。

维鹈在梁⑤，不濡其翼⑥。彼其之子，不称其服⑦。

维鹈在梁，不濡其咮⑧。彼其之子，不遂其媾⑨。

荟兮蔚兮⑩，南山朝隮⑪。婉兮娈兮⑫，季女斯饥⑬。

【注释】

①候人：官名，是看守边境、迎送宾客和治理道路、掌管禁令的小官。②何：通"荷"，扛着。祋（duì）：武器，祋的一种，竹制，长一丈二尺，有棱而无刃。③彼：他。其：语气词。之子：那人，那些人。④赤芾（fú）：赤色的芾。芾是祭祀时穿的衣服，是一种用皮革制作的蔽膝，上窄下宽，上端固定在腰部衣上，按官品不同而有不同的颜色。⑤鹈（tí）：即鹈鹕，喙下有囊，食鱼为生。梁：伸向水中用于捕鱼的堤坝。⑥濡（rú）：沾湿。⑦称：相称，相配。服：官服。⑧咮（zhòu）：禽鸟的喙。⑨遂：终，久。媾：厚待，厚受。此处指厚禄。⑩荟（huì）、蔚：云层蔽日，天空阴暗昏沉的样子。⑪朝：早上。隮（jī）：升，登。⑫娈：貌美。⑬季女：少女。

【赏析】

对于《候人》所处的时代背景，《春秋左传》有记载："二十有八年春，晋侯侵曹，晋侯伐卫。三

月丙午，晋侯入曹，执曹伯。曹伯襄复归于曹，遂会诸侯围许。侵曹伐卫。"曹共公亲小人，而远贤臣，最后当然是落得个亡国的下场。这样的时代背景，为本诗的对比写法提供了可能性。

《诗经》里的讽刺诗不在少数，《候人》位列其中。与其他诗歌不同的是，这首诗的讽刺对象不是某一个特定的人物，而是对好人沉下僚、庸才居高位的社会现实的讽刺。

《候人》这首诗无论内容与形式都取得很好的艺术效果，赋比兴手法无一漏用，由表及里，对候人、季女等弱势一方的同情，对无才而贵的强势一方的批判都写得十分到位。陈震《读诗识小录》对本诗评论道："三章逐渐说来，如造七级之塔，下一章则其千丝铁网八宝流苏也。"现在看来，这样的评价并不为过。

诗的首章就将两种不同的人、两种不同的遭际进行了对比。前两句写"彼候人"扛着戈、扛着祋，其辛苦之状可见一斑，后两句写"彼其之子"即"那个（些）人"，或更轻蔑一些呼为"那些小子"。"三百赤芾"如作为三百副赤芾解，则极言其官位高、排场大。如真是有三百副赤芾的人，其身份之高可想而知，恐怕是统率大官的人，即国君。

两两对比之中，已将两方的差距言说清楚。虽然诗人没有直接对双方进行善恶评价，但爱憎之情还是可以体味出的："何戈与祋"，显示出"彼候人"官位之卑微、工作之辛苦，诗人对其寄寓了同情之心；而"三百赤芾"的"彼子"却无功受禄，谴责、不满之情已溢于言表。仅仅四句，就将本诗的主旨概括了出来，所以这章可以看做全篇的统领，其他章节在此基础上渐次展开，同情之心慢慢收拢，讽刺批判占据主要内容。

接下来诗人弃用赋说，改用"比"法：前两句比喻，后两句主体。"维鹈在梁，不濡其翼"，用了鹈鹕的一个生活中的细节来打比方。鹈鹕是一种水鸟，它们捕食的特点是不必下水更不必打湿翅膀，只需站在鱼梁上，颈一伸、喙一啄就可以吃到鱼，安然之态令人瞠目。由于地位的优势，近水鱼梁自然可以不劳而获。这样一说，读者自然会联想到诗人要比喻的对象是不劳而获的"彼子"，于是接下来矛头直指"彼子"，说其"不称其服"。"服"即其身份地位的象征。身份高的服高"百赤芾"，特权也就多，无才无德也可加官受禄，显贵一生，这与站在鱼梁上低头吃鱼的鹈鹕并不二致。诗人的不满情绪到这里显然没有结束，于是便有了下面第三章的继续。

"维鹈在梁，不濡其咮"，即鹈鹕不仅不沾湿翅膀，甚至连喙也可以不沾湿。这是因为鱼有时会跃出水面，有的则会跳到坝上。而站在坝上的鹈鹕就可连喙都不湿，轻易地吃到鱼。而后两句写到"彼子"也深一层，"彼其之子，不遂其媾"：正如不劳而获的水鸟般，"彼子"也可无才受禄。

"彼子"描写完毕后，诗似乎要接近尾声，第四章前两句以写景起兴。"荟兮蔚兮，南山朝隮"为读者描绘了天色昏暗，云山雾绕的景色。这句起兴并非无缘无故，与后面的叙事有着某种氛围或情绪上的联系。"婉兮娈兮，季女斯饥"，相貌婉娈的女子却在这样的环境中忍饥挨饿，艰难地生存，其惨象可想而知，阴沉的南山似乎预示着她的明天：希望渺茫，不见光明。"季女斯饥"与"荟兮蔚兮"正相映相衬。"婉"、"娈"都是美的褒赞，与"斯饥"形成强烈的反差，引起人们的同情。

豳风

◎七月◎

七月流火①，九月授衣②。一之日觱发③，二之日栗烈④。无衣无褐，何以卒岁？三之日于耜，四之日举趾。同我妇子，馌彼南亩⑤，田畯至喜⑥。

七月流火，九月授衣。春日载阳，有鸣仓庚⑦。女执懿筐⑧，遵彼微行⑨，爰求柔桑。春日迟迟，采蘩祁祁⑩。女心伤悲，殆及公子同归。

七月流火，八月萑苇⑪。蚕月条桑⑫，取彼斧斨⑬，以伐远扬⑭。猗彼女桑⑮。七月鸣鵙⑯，八月载绩。载玄载黄，我朱孔阳⑰，为公子裳。

四月秀葽⑱，五月鸣蜩⑲。八月其获，十月陨萚⑳。一之日于貉㉑，取彼狐狸，为公子裘。二之日其同，载缵武功㉒。言私其豵㉓，献豜于公㉔。

五月斯螽动股㉕，六月莎鸡振羽㉖。七月在野，八月在宇，九月在户，十月蟋蟀入我床下。穹窒熏鼠㉗，塞向墐户㉘。嗟我妇子，曰为改岁，入此室处。

六月食郁及薁，七月亨葵及菽。八月剥枣，十月获稻。为此春酒，以介眉寿。七月食瓜，八月断壶㉙。九月叔苴㉚，采荼薪樗㉛，食我农夫。

九月筑场圃，十月纳禾稼。黍稷重穋㉜，禾麻菽麦。嗟我农夫，我稼既同㉝，上入执宫功㉞。昼尔于茅，宵尔索綯㉟。亟其乘屋㊱，其始播百谷。

二之日凿冰冲冲㊲，三之日纳于凌阴㊳。四之日其蚤㊴，献羔祭韭。九月肃霜㊵，十月涤场。朋酒斯飨㊶，曰杀羔羊。跻彼公堂，称彼兕觥，万寿无疆！

【注释】

①流火：大火星自南方高处向偏西方向下行。②授衣：裁制冬衣。③觱（bì）发：风吹过物体发出的声响。④栗烈：凛冽、寒冷。⑤馌（yè）：送饭。⑥田畯（jùn）：为领主监工的农官。⑦仓庚：黄莺。⑧懿筐：很深的筐。⑨微行：小路。⑩蘩：白蒿。祁祁：形容采蘩妇女众多。⑪萑（huán）苇：芦苇。⑫条桑：修整桑枝。⑬斨（qiāng）：方孔的斧。⑭远扬：长得特别高或特别长的桑枝。⑮猗彼女桑：用绳子拉住柔桑。⑯鸣鵙（jú）：伯劳鸟。⑰孔阳：色彩十分鲜明的样子。⑱秀：长穗。葽（yāo）：即远志，一种药用植物。⑲蜩（tiáo）：蝉。⑳陨萚（tuò）：落叶。㉑于貉：猎貉。㉒缵：继续。㉓豵（zōng）：小野猪。㉔豜（jiān）：大野猪。㉕斯螽（zhōng）：即螽斯，昆虫名。㉖莎鸡：纺织娘，昆虫名。㉗穹窒：堵住洞穴。㉘塞向：堵塞北窗。墐户：将泥涂在竹木所制的门上，堵住缝隙，抵御御寒风。㉙壶：葫芦。㉚叔苴（jū）：拾麻籽。㉛荼：苦菜。樗（chū）：苦椿树。㉜重穋（lù）：后熟曰重，先熟曰穋。㉝既同：已收齐。㉞上：同"尚"。功：事。㉟索綯（táo）：搓草绳。㊱乘屋：覆盖屋顶。㊲冲冲：凿冰的声音。㊳凌阴：冰窖。㊴蚤：同"早"，此指早朝，古代一种祭祀仪式。㊵肃霜：凝露成霜。㊶朋酒：两壶酒。

【赏析】

这首诗从七月开始写起，而并非我们现在所用的阳历的一月写起，因为诗中使用的是周历，周历以夏历（今之农历，一称阴历）的十一月为正月，七月、八月、九月、十月以及四、五、六月，皆与夏历相同。"一之日"、"二之日"、"三之日"、"四之日"，即夏历的十一月、十二月、一月、二月。"蚕月"，即夏历的三月。这些是理解此诗的前提，我国古代的历法在周朝就已经形成并稳定了。

首章直接把读者带进那个凄苦艰辛的岁月，奠定了文章辛劳艰苦的基调。朱熹《诗集传》云："此章前段言衣之始，后段言食之始。二章至五章，终前段之意。六章至八章，终后段之意。"总分的写作方式是十分严谨的。

"七月流火，九月授衣"：七月火星向下降行，八月将裁制冬衣的工作交给妇女们去做，准备过冬了。"一之日觱发，二之日栗烈"写出了冬日自然环境的恶劣：十一月天气寒冷，北风发出觱发的声响，十二月寒风"栗烈"，是一年最冷的时刻。

"无衣无褐，何以卒岁"是下层人民发自内心的一句心酸呐喊：我们没有御寒的衣服，怎么挨过这寒冷的冬天？挨过了寒冬，正月里又要马不停蹄地修理农具。二月里下田耕种。男人在田里干着重活，女人和小孩们则承担着送饭的任务。"田畯至喜"一句的出现显得很不和谐，在这样艰苦的劳作过程中，还有人会面露喜色：原来是因为看着我们这样辛苦地劳动，那些农官感到很高兴。诗人在首章先勾勒出大体框架，呈现出当时农业生活的整体风貌，以后各章便从各个侧面进行细致刻画。

第二章是采桑图。"春日载阳，有鸣仓庚。女执懿筐，遵彼微行，爰求柔桑"，一幅美丽的春光图在眼前展开：春日渐暖，鸟儿争春。妇女们提着筐子，出去采摘养蚕用的桑叶。妇女们辛勤地工作了很久，采了很多的桑叶。

"女心伤悲，殆及公子同归"：她们看见了贵族公子，不由得感到害怕，担心自己被掳去而遭凌辱。"田畯至喜"点到了当时社会的阶级关系，这里便慢慢地加以展开。这里的"公子"，许多论者认为是指豳公之子。当时的豳公占有大批土地和农奴，权势浩大，他的儿子们自然也趾高气昂，且享有与农

家美貌女子"同归"的特权。可见，妇女的生存状态在那时十分堪忧。

诗的第三章是纺织图。"蚕月条桑，取彼斧斯，以伐远扬。猗彼女桑"：蚕月即三月，三月时节，人们开始修剪桑枝，用刀锯和斧子，砍去高枝与长条，然后再采摘柔嫩的桑叶。

"我朱孔阳，为公子裳"：亲手纺织的布染成黑红色或黄色，最美的则是朱红色。可惜这些布不是为自己所织，而要用来给贵族公子做衣裳。正如宋人张俞的《蚕妇》诗："昨日入城市，归来泪满巾。遍身罗绮者，不是养蚕人。"劳动人们的疾苦都是相似的。

第四章是狩猎图。农事既毕，他们还要为统治者猎取野兽。"一之日于貉，取彼狐狸，为公子裘"：他们打下的大野猪，要贡献给豳公。阶级地位又一次显示出来：那些在底层劳作的人只能过最差的生活，而贵族们却过着不劳而获的寄生虫生活。

第五章是备冬图。五月里，蚱蜢齐鸣，六月里，

纺织娘鼓翅发声。天愈来愈冷了。"穹窒熏鼠，塞向墐户。嗟我妇子，曰为改岁，入此室处"：用烟熏老鼠，把它赶出屋里；堵住北窗，用泥把门缝封上，以御严寒。一年辛苦忙碌，直到新年才能稍稍歇一会儿，其中心酸让读者动容。

第六章是副业图。除了以上的那些农事，农民仍要做一些副业，而享用其成果的仍不是自己，而是供统治者享用。七月里烹煮葵菜，八月里打枣，九月里拾取芝麻，十月里收稻。"食我农夫"，农奴食不果腹，并非因为田地里的作物少，而是因为都被奴隶主残酷地掠去，而农民们却只能煮些苦菜维生。

第七章是修屋图。农民不但要种地织布，还要为统治者修盖房屋。农民住的屋子如此破烂简陋，却要为贵族修缮住宅，其中鲜明的对比，不露自显。

第八章是祝寿图。尽管农民一年到头辛苦干活，上有剥削，下无余粮，却仍旧要举杯向剥削他们的贵族高呼"万寿无疆"。诗人笔调虽愉快，但其中复杂的情愫却可任由读者想象。

《七月》以叙事为主，以赋的手法为读者展开了一幅幅生动的农事图，"敷陈其事"、"随物赋形"，在图景中始终穿插着阶级关系，在叙事中写景抒情，感情流露自然，诗意浓郁。通过娓娓的叙述，真实地展示了当时的社会生活和劳动场面，在朴实的叙述中，暗藏着底层劳动人民的血与泪。诗中对这忙碌而一无所有的十二个月的描述，正是劳动人民对剥削者的无声控诉。

◎鸱鸮◎

鸱鸮鸱鸮①，既取我子②，无毁我室③。恩斯勤斯④，鬻子之闵斯⑤！
迨天之未阴雨⑥，彻彼桑土⑦，绸缪牖户⑧。今女下民⑨，或敢侮予⑩！
予手拮据⑪，予所捋荼⑫，予所蓄租⑬，予口卒瘏⑭，曰予未有室家⑮。
予羽谯谯⑯，予尾翛翛⑰，予室翘翘⑱，风雨所漂摇，予维音哓哓⑲！

【注释】

①鸱鸮（chī xiāo）：猫头鹰一类的鸟。②子：幼鸟。③室：鸟窝。④恩：通"殷"，言殷勤于幼子。斯：语气助词。⑤鬻（yù）：育，养育。闵：病。⑥迨（dài）：及。⑦彻：通"撤"，撤去。桑土：桑根。⑧牖（yǒu）户：窗门。⑨下民：下面的人。⑩侮：欺侮。⑪拮据：辛苦。⑫捋：一把一把地摘取。荼（tú）：茅草花。⑬蓄租：积蓄。⑭卒瘏（tú）：尽瘁。⑮室家：鸟窝。⑯谯（qiáo）谯：羽毛稀疏的样子。⑰翛（xiāo）翛：羽毛干枯无光泽的样子。⑱翘翘：危险不稳的状况。⑲哓（xiāo）哓：惊恐的叫声。

【赏析】

《鸱鸮》这首诗，《毛诗序》称它是"周公救乱"之作，方玉润在《诗经原始》、魏源在《诗古微》中认为它是"周公悔过以儆成王"、"周公戒成王"之作，朱熹认为此诗是："比也，为鸟言以自比也。"意思是，这首诗运用了比喻的手法，来告诉我们一些道理。所以可以将其理解为一首寓言诗，也可以将它视作一首弱者悲怆呼号的诗。

本诗共有四节，以一只失去孩子的孤弱无助的母鸟为主角。

第一节中，母鸟第一次出现在读者眼前，当它出现时，正是它的雏鸟被恶鸟"鸱鸮"攫去之时。"鸱鸮鸱鸮，既取我子，无毁我室"：母鸟面对着刚刚被鸱鸮洗劫了的危巢，看着自己的雏鸟被得意盘旋的鸱鸮叼在嘴里，不由得发出了悲怆的呼号。它目睹了这场飞来横祸，因而感到极度惊恐和哀伤。母鸟悲叹着，可恶的鸱鸮，不但夺走了我的孩子，还捣毁我的巢，我含辛茹苦、小心翼翼养大的孩子，

就这样失去了。

这句话中充满了母鸟的无奈和心酸。诗的开篇没有描述出一个场景，而是让读者听到了母鸟的哀号。但就是在这怆然的呼号中，读者看到了母鸟悲伤的姿态及其子去巢破的惨淡景状。

那只瞪大眼睛、仰对高天、发出凄厉呼号、哀怒交集的母鸟形象栩栩如生。但是面对强大的鸱鸮，孤弱的母鸟没有办法惩治它。所以它只能看着鸱鸮渐渐远去的身影发出怆怒的呼号。

"恩斯勤斯，鬻子之闵斯"，这是母鸟发出的伤心呜咽。这短短的几个字表现出一种深切的悲伤，在风高巢危的树顶，母鸟的鸣叫声更显得凄凉。

第二节进入了母鸟的回忆和抗争。面对自己被毁坏的巢，母鸟想起了当初建巢的辛苦。它在阴雨时节还没有到来的时候开始建巢，四处寻觅建巢用的桑树根须，然后一点一点把它们叼回来，口衔着这些韧须紧紧地缠绑窠巢。但让母鸟无奈的是，现在那些恶人都已经欺负到它的身上来了。

接下来，诗作展示了母鸟筑巢的艰辛，表达了母鸟付出辛勤的劳作之后，依然无法把握自身命运的凄凄泣诉。母鸟用自己的嘴衔草，用自己的脚爪抓树根，四处去捋白色的茅草花，然后把这些茅草花一点一点地垫在巢底作为垫子。它为了这个小窝，付出了极大的代价。艰苦的劳作下，它的羽毛一根根疏落，尾巴一天天残破，最后自己都累病了，高高地挂在树枝上的家，依然岌岌可危。面对风吹雨打，它会变得动荡不安，面对恶鸟，它也毫无抵抗之力。

"予手拮据"、"予口卒瘏"、"予羽谯谯"、"予尾翛翛"，这几句都是对母鸟建造自己巢窠的描述。面对天地间的烈风疾雨，母鸟毫无回天之力。诗的结尾句"予室翘翘，风雨所漂摇，予维音哓哓"，正是母鸟"哓哓"的叫声，这样的叫声穿透了天地的风雨，喊出了母鸟无助的哀伤。这首诗写出了母鸟失去雏鸟、巢窠被破坏的伤痛，同时也可以通过这只鸟看到那些备受欺凌、艰辛生存、不能把握自身命运的人们。

◎东山◎

我徂东山，慆慆不归①。我来自东，零雨其濛。我东曰归，我心西悲。制彼裳衣，勿士行枚②。蜎蜎者蠋③，烝在桑野④。敦彼独宿⑤，亦在车下。

我徂东山，慆慆不归。我来自东，零雨其濛。果臝之实⑥，亦施于宇⑦。伊威在室⑧，蟏蛸在户⑨。町畽鹿场⑩，熠耀宵行⑪。不可畏也，伊可怀也。

我徂东山，慆慆不归。我来自东，零雨其濛。鹳鸣于垤⑫，妇叹于室。洒扫穹窒，我征聿至⑬。有敦瓜苦⑭，烝在栗薪⑮。自我不见，于今三年。

我徂东山，慆慆不归。我来自东，零雨其濛。仓庚于飞，熠耀其羽。之子于归，皇驳其马⑯。亲结其缡⑰，九十其仪⑱。其新孔嘉，其旧如之何？

【注释】

①慆（tāo）慆：久。②士：通"事"。行枚：行军时衔在口中以防止出声的竹棍。③蜎（yuān）蜎：幼虫蜷曲的样子。蠋（zhú）：毛虫。④烝：乃。⑤敦：团状。⑥果臝（luǒ）：葫芦科植物。⑦宇：屋檐边。⑧伊威：一种小虫，俗称土虱。⑨蠨蛸（xiāo shāo）：一种蜘蛛。⑩町畽（tuǎn）：屋旁的空地，禽兽践踏的地方。⑪熠耀：光明的样子。宵行：萤火虫。⑫垤（dié）：小土丘。⑬聿：将要。⑭瓜苦：瓜瓠，瓠瓜。一种葫芦。古时有一种习俗，在婚礼上剖瓠瓜成两张瓢，夫妇各执一瓢，装满酒用来漱口。⑮栗薪：束薪，即柴堆。⑯皇：指马的毛色黄白相杂。驳：指马的毛色不纯。⑰亲：此处是指女方的母亲。结缡（lí）：将佩巾结在带子上，这是古代婚仪。⑱九十：形容很多。

【赏析】

从诗的内容上看，这是一首征人在解甲还乡途中所写的抒发思乡之情的诗。这首诗通过抒发返乡士卒复杂的内心世界，从客观上暴露出这样一种事实：战争只能给人民的生活带来灾难，只能给人带来心灵上的痛楚。诗中流露出从军士卒渴望和平安定的心情。

诗的每一节前四句文字相同，它们构成了全诗的主旋律。每节的后四句都是叙事性内容，它们大抵可分为前后两部分。前两节主要是写主人公在还乡途中悲喜交加的心情，这时他的喜悦已经远远高于悲伤。为了表现出这种心情，诗人首先描写着装的改变，可以说，就是这样一个小细节，让读者看出这是一个解甲归田的退役士兵。通过他的喜悦，可以看出人们结束战争、回归和平的渴望。接下来，诗人描写了自己在回家途中餐风露宿的样子，他夜住晓行，非常辛苦。

第二节描写归家的士兵看到家园荒芜、民生凋敝、杂草丛生、野兽昆虫出没的情景，这些都倍增了他的怀念之情。后两节主人公的脑中出现了妻子在家中忧思的情景，出现了新婚时的情景，也有对久别重逢的想象。诗中提到葫芦（瓜瓠），是因为古代有一种风俗，夫妇在合卺时须剖瓠为瓢，彼此各执一瓢，盛酒漱口以成礼。这些描写主要是为了表明诗人有自己重视、在意的人。

最后一节，诗人回忆了三年前自己举行婚礼时的情景，那时迎亲的车马、参加婚礼的人们全都洋溢出喜气，丈母娘亲自为新娘子"亲结其缡，九十其仪"，为她结上佩巾，要她安分做人。回忆中的欢乐与"妇叹于室"形成了鲜明的对比，联系主人公日后的遭际，可以看出他新婚即与妻子别离的悲痛与伤感。

这首诗的想象力十分丰富，几乎都是靠回忆、幻想、再现来支撑起诗的细节。本诗通过第一人称的口气，直截了当地喊出了主人公久征在外不得归的怨愤，表现出思念家乡与诅咒战争的情绪。

◎九罭◎

九罭之鱼①，鳟鲂②。我觏之子③，衮衣绣裳④。

鸿飞遵渚⑤，公归无所，於女信处⑥。鸿飞遵陆⑦，公归不复，於女信宿⑧。

是以有衮衣兮⑨，无以我公归兮⑩，无使我心悲兮！

【注释】

①九罭（yù）：网眼较小的渔网。九，虚数，此处表示网眼很多。②鳟鲂：鳟鱼和鲂鱼。③觏：遇见。

④衮：古时的高级礼服。⑤遵：沿着。渚：沙洲。⑥女（rǔ）：汝。信：再住一夜称信。处：住宿。⑦陆：水边的陆地。⑧信宿：同"信处"，住两夜。⑨有：持有、留下。⑩无以：不要让。

【赏析】

《毛诗序》将《诗经》中很多诗都解释为赞美周公的诗，其历史渊源尚需考证。关于这首诗，闻一多《风诗类钞》说"这是燕饮时主人所赋留客的诗"，是比较让人信服的。不难看出，《九罭》与大多数《诗经》中的诗不同，其形式一改整齐的句式，没有重章叠咏，也没有一唱三叹，而是以时间顺序为线索进行叙述。

"九罭之鱼，鳟鲂"，手忙脚乱地拿了渔网去捕鳟鱼、鲂鱼，是因为"我觏之子，衮衣绣裳"：身着华服的高官来了。"九罭"是网眼较小的渔网，此处强调这一点，是为了体现主人的志在必得。

"鸿飞遵渚，公归无所，於女信处"，鸿雁留宿沙洲水边，第二天就飞走了，不会在同一地点多逗留。诗人发现并巧妙地运用了这一自然现象，用来比喻那位因公出差至此的高级官员的短暂行程：过了今晚您就要回去了。

"鸿飞遵陆，公归不复，於女信宿"，人与鸿雁不同，相逢相聚不易，怎么忍心匆匆告别呢？请您再住一晚吧！挽留的诚意与巧妙的比喻结合，感情真挚，笔法精巧。

"是以有衮衣兮，无以我公归兮"提供了一个古老的传统：留帽，即下层官员或者平民百姓把高级官员的礼服留下来，表达对客人诚恳的挽留。《九罭》为后人提供了先民优秀的待人礼节，此处也是一个重要的考证。这种风气到后代演变成"留靴"：把离任官员的靴子留下，表示实在不愿让他离去。

"无使我心悲兮"正面点出全诗的感情核心：因客人的离去而悲伤。这是读者可以预料到的结局。与之前活动不相称的是主人的心愿没有达成，那么多真诚的举动仍是没有留下客人，不禁让读者都为之遗憾，同时也为主人的真诚所感动。这个感情总爆发，使读者回顾上文，深感挽留客人的心情诚恳真实，并非只是出于形式。

正是采用这种层层推进的结构，这首诗才取得了强烈的抒情效果，达到了与重章叠咏的诗相异的艺术效果。此诗按时间顺序叙事，其中又巧妙地穿插了起兴手法，艺术手法可谓老道自然。本诗不但形式上值得借鉴学习，更加重要的是它还承载了我国古代先民的好客礼节，为后人留下宝贵的精神财富，也为后人更好地继承和发扬民族精神提供了最初的蓝本。

雅 篇

小雅

◎鹿鸣◎

呦呦鹿鸣①，食野之苹②。我有嘉宾，鼓瑟吹笙。吹笙鼓簧③，承筐是将④。人之好我，示我周行⑤。

呦呦鹿鸣，食野之蒿⑥。我有嘉宾，德音孔昭⑦。视民不恌⑧，君子是则是傚⑨。我有旨酒⑩，嘉宾式燕以敖⑪。

呦呦鹿鸣，食野之芩⑫。我有嘉宾，鼓瑟鼓琴。鼓瑟鼓琴，和乐且湛⑬。我有旨酒，以宴乐嘉宾之心。

【注释】

①呦（yōu）呦：鹿的叫声。②苹：艾蒿。③簧：笙上的簧片。笙是用几根有簧片的竹管、一根吹气管装在斗子上做成的。④承：奉上。将：送，献。⑤周行：大道，引申为大道理。⑥蒿：又名青蒿、香蒿，是一种菊科植物。⑦德音：美好的品德声誉。孔：很。⑧视：同"示"。恌：同"佻"。⑨则：法则，楷模，此处作动词用。⑩旨：甘美。⑪式：语气助词。燕：同"宴"。敖：游乐。⑫芩（qín）：草名，蒿类植物。⑬湛（dān）：乐之久。

【赏析】

《鹿鸣》这首诗原来是君主在宴请群臣时唱的诗，后来在民间也逐渐得到了推广，在乡人的宴会上也经常可以听到人们唱这首歌。

"呦呦鹿鸣，食野之苹。我有嘉宾，鼓瑟吹笙"，通过鹿鸣起兴，来表现君臣宴饮的氛围。东汉末年曹操的《短歌行》中，就引用了这四句，来表示自己求贤若渴的心情。

通过这四句，读者仿佛可以看到一群麋鹿在原野上悠闲地吃草，它们不时发出呦呦的鸣叫声，叫声相互回应，让人觉得非常和谐悦耳。这样的画面，营造出一个美好、宁静、悠闲的氛围。可以想象，在君主宴请大臣的宴席上，要是也有这样的氛围，那会是多么的轻松愉快，拘谨和紧张的感觉都会消失，人们都会放松下来。在等级森严的社会上，君臣之间礼数太周到，就会变得有些生疏。所以君主会通过宴会来和群臣沟通感情，倾听群臣的心里话。

按照当时的礼仪，宴会上是一定要奏乐的。因此接下来，诗人便从"呦呦鹿鸣"的氛围转入"鼓瑟吹笙"的乐声中。当时在一场宴会上需要演唱三首诗歌，因为《鹿鸣》这首诗在歌唱时需要用笙乐来相配，所以诗中才会说"鼓瑟吹笙"。

虽然现在无从得知这首诗的旋律，但是分析全诗三节的内容就会发现，它们都拥有非常欢快的节奏，所以可以判定，这首诗始终洋溢着欢快、愉悦的气氛。作为一首宴飨之乐，此诗是没有一点哀音的。

诗的第一节，君主和大臣相互迎合着，气氛和乐，乐工们吹奏起了琴瑟笙箫。在音乐声中，君主安排小臣们"承筐是将"，也就是捧着成筐的礼品币帛，将它们馈赠给前来赴宴的嘉宾们。在酒宴上馈赠礼品是古人的习惯，君主认为这些来赴宴的大臣都是尊重他、爱戴他，能够给他提出谏言的人。"人之好我，示我周行。"君主感谢他们帮助自己施行治国安邦之道，并希望将来能够继续和他们有良好的沟通。

第二节，君主进一步表示自己的祝词，对君主来说，这些大臣们都是品德崇高的人，他们在老百姓面前说话办事总是诚心敬意，从不耍花招、使奸巧。君主觉得自己应该以他们为表率，向他们学习。君主之所以要这样说，一方面是为表示自己是一位虚心好学、能接受意见的君主，另一方面是为了要求自己的臣子成为清正廉明的好官，希望他们能够矫正民风。君主愿意和大臣们一起畅饮，纵情歌舞，上下同乐。

"宴乐嘉宾之心"这一句将诗的主题深化了。在最后一节中，诗中的欢乐气氛达到了最高潮。但君主这次宴请大臣并不是为了满足口腹需要，而是要做到"安乐其心"，达到沟通君臣关系，彰显君主的威仪和亲和，使所有参与宴会的群臣心甘情愿为君主和国家服务的目的。

◎皇皇者华◎

皇皇者华①，于彼原隰②。駪駪征夫③，每怀靡及④。
我马维驹，六辔如濡⑤。载驰载驱⑥，周爰咨诹⑦。
我马维骐⑧，六辔如丝⑨。载驰载驱，周爰咨谋⑩。
我马维骆⑪，六辔沃若⑫。载驰载驱，周爰咨度⑬。
我马维骃⑭，六辔既均⑮。载驰载驱，周爰咨询⑯。

【注释】

①皇皇：犹言"煌煌"，形容光彩甚盛。②原隰（xí）：原野上高平之处为原，低湿之处为隰。③駪（shēn）駪：众多的样子。征夫：这里指使臣及其属从。④靡及：不及。⑤六辔：古代一车四马，马各二辔，其中两骖马的内辔，系在轼前不用，故称六辔。如濡：新鲜有光泽的样子。⑥载：语助词。⑦咨诹（zōu）：商量，咨问。⑧骐：青黑色的马。⑨如丝：指辔缰有丝的光彩和韧度。⑩咨谋：与"咨诹"同义。⑪骆：白毛的马。⑫沃若：驯顺的样子。⑬咨度：与"咨诹"同义。⑭骃：杂色的马。⑮均：协调。⑯咨询：与"咨诹"同义。

【赏析】

《皇皇者华》是一首赞美使臣不辞辛苦广采民意的诗。

诗共有五节，其中四节的内容，诗人都用来描写奔波在路上的各色马匹。诗人不厌其烦描绘着它们"载驰载驱，周爰咨诹"的样子，这样写的目的就是为了告诉我们，像他一样的征夫有很多，他们策马驰骋在路上，来去匆匆，勤劳地为君主求访民声，可见他们对君主的忠诚。

诗中描写了身负国君的命令的大臣四处去搜集民间情况，他广询博访的目的是为了向上可以宣扬国家的明德，向下可以辅助自己的不足。为了完成任务的使臣在旅途中时刻谨记君主的教导，忠于职守。他们行走在乡野民间，不辞辛劳，还深感自己有做得不够的地方。

本诗极具艺术效果，全诗通过"皇皇者华"一句起兴，统领全文。本诗前后各章，交相辉映，联系紧密，照顾周密。本诗语言开朗活泼，朝气蓬勃，押韵得体，具有很强的可诵性。

"煌煌的花枝，已盛开在原隰之上了。奉使的征夫，已骎骎然奔驰于行道之中了。怀着国家的使命，常想着自己的不足。"这一段话说得委婉而寄意深长，表达了君主对自己的使臣的慰问之情，他知道使臣为了帮助他得到民声而在路上奔波，十分辛苦，同时君主又告诫使臣一定要时刻谨记自己的职责，要忠于自己的使命，君主希望自己的使臣能够常常用"靡及"来自警。虽然这几句话说得分外委婉，但是同时他又具有十分庄重的感觉。本节同时为后面几节中君主所言的具体内容做了铺垫。

本诗从第二节至第五节都是在用使臣的口气反复表达君主的教诲，可见使臣将君主的教诲时刻记在了心上，他时时刻刻都在告诫自己要忠于职守。

第二节中的前三句："我马维驹，六辔如濡。载驰载驱"都是使臣在自述他在民间收集民声的征途上所遇到的情况。第四句"周爰咨诹"，则表明了"博访广询，多方求贤"的意义是什么，同样也告诉了我们"君教使臣"的主要内容，更是点明了"每怀靡及"一句中使臣怀思的是什么。

第三节至五节所表述的内容和第二节基本相同，只是在几个词语上稍做了修改。"我马维骐，六辔如丝"、"我马维骆，六辔沃若"、"我马维骃，六辔既均"。这几句话虽然更换了几个字，但是其用意都是为了展现奉命出行的使臣在途中所看到的盛况。第二节的"载驰载驱，周爰咨诹"，第三节的"载驰载驱，周爰咨谋"，第四节的"周爰咨度"，第五节的"周爰咨询"，它们的意义都是"遍于咨询"，也就是君主要他做到"广询博访"的意思。这些词句的不断重叠，反复表明在征途之中的使臣没有一刻忘记过君命。

通读全诗，就会发现"每怀靡及"和"周爰咨诹"这两句，是本诗关键所在。本诗通过第一节的"每怀靡及"总领全文，引出第二节以下的"周爰咨诹"、"周爰咨谋"、"周爰咨度"等句子的含义，让我们明白了君教使臣的含义，同时很好地体现了君子嘱托使臣"每怀靡及"的殷殷之意。

◎常棣◎

常棣之华①，鄂不韡韡②。凡今之人，莫如兄弟。
死丧之威③，兄弟孔怀④。原隰裒矣⑤，兄弟求矣。
脊令在原⑥，兄弟急难。每有良朋⑦，况也永叹⑧。
兄弟阋于墙⑨，外御其务⑩。每有良朋，烝也无戎⑪。

丧乱既平，既安且宁。虽有兄弟，不如友生⑫。
俅尔笾豆⑬，饮酒之饫⑭。兄弟既具⑮，和乐且孺⑯。
妻子好合⑰，如鼓瑟琴。兄弟既翕⑱，和乐且湛⑲。
宜尔室家⑳，乐尔妻帑㉑。是究是图㉒，亶其然乎㉓。

【注释】

①常棣：亦作棠棣、唐棣，蔷薇科落叶灌木，果实比李小，可食。②鄂不：萼足。韡（wěi）：鲜明的样子。③威：通"畏"。④孔怀：最为思念、关怀。孔：很，最。⑤裒（póu）：聚集。⑥脊令：通"鹡鸰"，一种水鸟。⑦每：虽。⑧永：长。⑨阋（xì）：争吵。⑩御：抵抗。务：通"侮"。⑪烝：通假作"曾"，乃。戎：帮助。⑫友生：友人。⑬俅（bìn）：陈列。笾（biān）豆：祭祀或宴会时用来盛食物的器具。笾用竹制，豆用木制。⑭饫（yù）：满足。⑮具：同"俱"，聚集。⑯孺：相亲。⑰好合：相亲相爱。⑱翕（xī）：聚合。⑲湛：深厚。⑳宜：和顺。㉑帑（nú）：儿女。㉒究：深思。图：考虑。㉓亶（dǎn）：信、确实。然：如此。

【赏析】

西周初年的时候，曾经出现过周公的兄弟管叔和蔡叔的叛乱。根据这件事，《毛诗序》判定《常棣》是周公写的："《常棣》，宴兄弟也。闵管、蔡之失道，故作《常棣》。"西周末年，统治阶级骨肉相残、手足相害的事情发生得更多了。《左氏春秋》认为《常棣》是厉王时召穆公所作的，《左传·僖公二十四年》："召穆公思周德之不类，故纠合宗族于成周，而作诗曰：'常棣之华……'云云。"

其实，无论《常棣》的作者是周公抑或是召穆公，都没有足够的证据可以证明，因此，读者不妨将"常棣"当成一个文学意象。"凡今之人，莫如兄弟"这两句可视作《常棣》这首诗的主旨。它是一首在周人宴会上劝诫兄弟友爱的诗，既有叹惜，又有警世规劝的意思。

本诗所表达的内容通过四个层次表现出来，有"莫如兄弟"这样的歌唱；也有"不如友生"这样的感叹；还有"和乐且湛"这样的推崇和期望。第一层就是第一节，这一节用棠棣之花来起兴，"常棣之华，鄂不韡韡"，这两句通过赞叹常棣之花的鲜明娇艳来比喻兄弟之间的感情。"鄂不"这个词的意思是花萼和花蒂有所依托，两者紧密相依，这是花朵美丽的基础。由此引出"凡今之人，莫如兄弟"这两句，在全世界，只有兄弟之间的情义才是最坚固的。这一句既赞美了兄弟之间的亲情，同时也是对中华民族传统人伦观念的一种展现。

接下来的三节中，诗人描绘了三个典型情境，用这样的情景表现出"莫如兄弟"这句话的意义。

这一层首先描写兄弟之间的深厚感情：如果有一方遭遇了死丧，剩下的人一定会感到悲痛；若有一方被埋尸荒野，剩下的那个一定会不远万里带他回去。

第二部分写到兄弟之间如果有一方遇到了困难，另一方一定会去帮助。"脊令在原"这一句郑笺是这样解释的："雍渠水鸟，而今在原，失其常处，则飞则鸣，求其类，天性也。犹兄弟之于急难。"鹡鸰是一种被困处高原时就飞鸣寻求同类的鸟。这样的鸟正好符合兄弟急难时互相救助的情景。

第三部分是写兄弟之间如果有一方遭遇了外人的侮辱或者非难，那么他的兄弟一定会鼎力帮助他。就算亲兄弟之间也会因为一些琐事发生争执，但是当他们遭遇外敌之时，他们一定能做到一致对外。

这三节对兄弟之情的反复吟咏，加强突出了兄弟团结的重要意义。这一部分通过"死丧"、"急难"和"外御"这三个词，描写了兄弟之情的诚笃深厚。

前面两部分诗人是从正面来赞颂理想中的兄弟之情，而诗的第三层所描写的内容，从正面的理想回到了当时的现实；也就是理想中的"莫如兄弟"变成了现实中的"不如友生"。

"虽有兄弟，不如友生"，诗人叹息着：丧乱平息，安宁来临之后，虽然有兄弟，但是"不如友生"

的情况也许就会发生了。虽然兄弟之间可以共御外侮，但是当没有外敌之后，兄弟之间就会发生内斗，这样的内斗会使得兄弟之间产生矛盾，这样一来，兄弟之间的相处就比不上朋友之间的和谐美好了。

接下来，诗人展示了兄弟和乐、骨肉相亲、夫妻和睦、全家团圆的场景。兄弟和乐融融，夫妻琴瑟和谐。第七节中"妻子"和"兄弟"的对照，表明兄弟之情是胜过夫妇之情的；因为只有兄弟和睦，才能室家安宁，也就是"兄弟既翕"，才能"宜尔室家，乐尔妻孥"，所以和睦的兄弟关系是家族和睦、家庭幸福的基础。

兄弟友爱，手足亲情，是永恒的文学主题。本诗用对比的方法，凸显了"凡今之人，莫如兄弟"这一主旨。诗中对于手足之情的描写，真挚感人，影响深远。

古人看重和强调兄弟亲情是有其特殊原因的，一方面是因为血缘；另一方面是父系社会的观念使然。男性是国家和家庭的主宰，也是传宗接代的主角，兄弟担任着双重的主角，其重要性不言而喻。

◎伐木◎

伐木丁丁①，鸟鸣嘤嘤②。出自幽谷，迁于乔木。嘤其鸣矣，求其友声。相彼鸟矣③，犹求友声。矧伊人矣④，不求友生。神之听之⑤，终和且平⑥。

伐木许许⑦，酾酒有藇⑧。既有肥羜⑨，以速诸父⑩。宁适不来⑪，微我弗顾⑫？於粲洒扫⑬，陈馈八簋⑭。既有肥牡⑮，以速诸舅⑯。宁适不来，微我有咎⑰。

伐木于阪，酾酒有衍⑱。笾豆有践⑲，兄弟无远。民之失德⑳，乾餱以愆㉑。有酒湑湑我㉒，无酒酤我㉓。坎坎鼓我㉔，蹲蹲舞我㉕。迨我暇矣㉖，饮此湑矣。

【注释】

①丁（zhēng）丁：砍树的声音。②嘤嘤：鸟叫的声音。③相：审视，端详。④矧（shěn）：况且。伊：你。⑤听之：听到此事。⑥终……且……：既……又……。⑦许（hǔ）许：砍伐树木的声音。⑧酾（shī）：过滤。有藇（xù）：酒清澈透明的样子。⑨羜（zhù）：小羊羔。⑩速：邀请。⑪宁适不来：难道有事不能来。⑫微：非。弗顾：不顾念。⑬於粲洒扫：清洁庭院忙打扫。⑭陈：陈列。簋（guǐ）：盛放食物用的圆形器皿。⑮牡：雄畜。诗中特指公羊。⑯诸舅：异姓亲友。⑰咎：过错。⑱衍：美好的样子。⑲笾（biān）豆：盛放食物用的两种器皿。践：陈列。⑳民：人。㉑乾餱（hóu）：干粮。愆：过错。㉒湑（xǔ）：滤酒。㉓酤：买酒。㉔坎坎：鼓声。㉕蹲蹲：舞姿。㉖迨：等待。

【赏析】

《伐木》是一首宴请亲朋故旧的诗歌。

本诗共有三节，后两节的内容都是集中笔墨来描写宴饮，这是因为在那个时代，宴饮是建立和维系友情的重要手段。在诗中，作者采用了一种先迂回后正面的表达方式。

第一节通过鸟鸣来比喻人不能没有亲友。本节的开篇用"丁丁"的伐木声和"嘤嘤"的鸟鸣声营造了一个伐木声和鸟鸣声交融在一起的空山清响的气氛。鸟儿被叮叮的伐木声惊醒，感到即将有一场灾难就要降临，于是它们发出了"嘤嘤"的啼鸣声。虽然感到十分恐慌，但是它们并没有忘记通知自己的同类赶紧搬家迁居。于是，林中到处响起了鸟鸣声，群鸟听见这些报警之声立即行动了起来，从"幽谷"搬迁到了"乔木"，就这样，避免了一场灭顶之灾。

诗人认为帮助鸟儿及时脱离险境的因素就是友情，帮助鸟儿们继续过着安宁生活的还是友情。"相彼鸟矣，犹求友生。矧伊人矣，不求友声。"鸟儿都可以通过鸣叫声来示警和寻友，那么作为人，就更应该通过自己的努力来经营好友情，让亲朋好友都拥有和平安宁的生活。

人有时会被冷落、被抛弃，有时会因为各种缘故失去友情，生活中会发生许许多多矛盾和纷争，这些都是不珍惜友情所带来的。作者最后说"神之听之，终和且平"，从人情天理说，只要人们之间能够相亲相爱，那么这个世界也将会变得和平安宁。这既是对神的祈求，也是对神的宣誓。

诗人决定要用丰盛的酒肴，来热诚地款待亲友。他解释说，诸父诸舅"宁适不来"的原因应该是"微我有咎"。第二节描绘出筹办筵席的热闹场面，诗人决定用纯净的美酒、上好肥嫩的羔羊以及丰盛的美食来招待自己的亲友，同时又勤快地将院落打扫干净，这些都表明主人是诚心诚意要招待大家，他宴请的目的不只是出于礼仪，更多的是为了寻求友谊。

他所邀请的都是他的长辈，其中有他同姓的"诸父"，也有他异姓的"诸舅"。诗人希望他邀请的客人都能够光临，他害怕自己有所疏忽，而落下一个朋友，诗人顾虑着"怎能邀请了他们不肯来？千万莫要再见怪"。

倘若他的父兄朋友们因为各种原因没有来，那么也一定有他们的原因吧。但诗人还是满怀期待地等着他们的到来，希望愈大，诗人就愈怕落空，这种"患得患失"的感觉，写得很真实，字里行间都表明诗人诚恳寻找朋友的决心和对友情坚定不移的追求。

第三节的前四句是第二节的延续和发展，简单地告诉读者，这次请的是同辈的朋友，酒菜也十分丰盛，诗人用周到的礼节招待他们，和招待长辈时一样尽心。诗人的目的是为了告诉世人，无论长幼亲疏，都要做到互相友爱。

这一节体现了作者美好的愿望。宴会中酒杯已经斟满了，桌子上陈列着满满的美食，其实兄弟之间的距离并不遥远。作者希望普通人之间绝不"乾餱以愆"，而要做到以诚相待。亲友之间要"有酒湑我，无酒酤我"，相互理解、信任、和睦快乐地相处，这种团结友爱、皆大欢喜的气氛，寄托着诗人殷切的期望。

◎天保◎

天保定尔，亦孔之固^①。俾尔单厚^②，何福不除^③？俾尔多益，以莫不庶^④。

天保定尔，俾尔戬穀^⑤。罄无不宜^⑥，受天百禄。降尔遐福，维日不足^⑦。

天保定尔，以莫不兴。如山如阜^⑧，如冈如陵，如川之方至^⑨，以莫不增。

吉蠲为饎^⑩，是用孝享^⑪。禴祠烝尝^⑫，于公先王^⑬。君曰卜尔^⑭，万寿无疆。

神之吊矣^⑮，诒尔多福^⑯。民之质矣^⑰，日用饮食。群黎百姓，遍为尔德^⑱。

如月之恒^⑲，如日之升。如南山之寿，不骞不崩^⑳。如松柏之茂，无不尔或承。

【注释】

①亦孔之固：把稳固赐给你。②俾：使。尔：你。单厚：确实很多。③除：给予。④庶：众多。⑤戬穀（jiǎn gǔ）：福禄。⑥罄：所有。⑦维：通"惟"，惟恐。⑧阜（fù）：土山。⑨川之方至：河水涨潮。⑩吉：吉日。蠲（juān）：祭祀前沐浴斋戒使清洁。饎：祭祀用的酒食。⑪是用：即用是，用此。⑫禴（yuè）祠烝尝：一年四季在宗庙里举行的祭祀的名称。春祠，夏禴，秋尝，冬烝。⑬公：先公，周之远祖。⑭君：祭祀中扮演先公先王的神尸。⑮吊：降临。⑯诒（yí）：通"贻"，送给。⑰质：质朴。⑱为：通"化"，感化。⑲恒：指月上弦。⑳骞（qiān）：亏损。

【赏析】

　　有学者认为，《天保》是"召公致政于宣王之时祝贺宣王亲政的诗"（赵逵夫《论西周末年杰出诗人召伯虎》）。召伯虎是宣王的抚养人、老师及臣子，在宣王登基之初，他对新王表达自己的鼓励和期望，希望新王登位后能励精图治。作为一个具有远见卓识的政治家，他在诗作中也表达了自己"敬天保民"的政治理想。

　　作者首先呈言，宣称新王受天命而即位，上天肯定会维护其统治，宣王治理下的国家定会稳固长久，口吻大气，充满了说服力和感染力。在此章后半段，作者又语重心长地鼓励："俾尔单厚，何福不除？俾尔多益，以莫不庶。"反复肯定上天降临给宣王各种各样、所有可能存在的福分，宣王只管放心就好。

　　第二章，作者还是从不同角度表明上天的厚爱，声称新王即位后，上天将竭尽所能，"罄无不宜"地保佑王室，使其安定繁荣、一切顺遂。作者甚至夸张地写道：上天时时刻刻都在全力地降福，不担心福分太多，只担心他用来赐福的时间不够用。寥寥数语，以一种极端的方式展示出上天的福赐之厚、眷顾之周。

　　以上两章中，各种祝福都说尽了，所有角度也都用完了，但作者还嫌不够。在第三章中，他用反复譬喻的博喻方法，设譬连珠，精心描摹，极言上天对新王的佑护与偏爱：他的恩泽如巍峨的山峦、丰腴的土阜、平整的高岗、入云的山峰以及正值涨潮的河川，雄伟壮大，气势非凡。作者想到了一切大气、宏阔、厚重的意象，用来形容新主的福泽之厚，并预示今后国家的百业兴旺，使得诗作形象鲜明生动，气氛热烈而又典雅。

　　通过以上的言辞，对上天眷顾的描述已再难复加，诗作从第四章起，开始笔锋转向，诉说对祖先的祭祀，以期他们对新主的护佑。作者先写新王选择吉利的日子，举行了祭祀祖先的仪式，祖先们受祭而降临，给予新主福分，使得国泰民安、一派祥和繁盛。对于新主来说，上天的恩泽可能虚无缥缈一些，它仅存于自己的想象，毕竟每一位君王都宣称自己为天子，数目太多，结局各异，难证其实，而自己的祖先则显得更加实在，他们与新主互为亲人，有着血浓于水的亲情，新主更易信任、放心。

作为一国之主，单靠神灵护佑是不够的，他的统治还需要百姓的支持，第五章的后四句，开始表达国人的拥戴。作者在此把这个问题提了出来，打消了新主的隐忧："民之质矣，日用饮食。群黎百姓，遍为尔德。"百姓们非常的质朴，而且很拥戴您的统治，因为质朴，所以容易管理，不易动乱；因为拥戴，所以易于驱遣，便于新主完成雄图伟业。

在新主悬着的心彻底放下来之后，作者又加上了一章，作为气势的帮衬，末章跟第三章一样，用了博喻的手法：您的统治一定会和月亮一样恒定，和初升的太阳一样蒸蒸日上，和南山一样长寿，和松柏一样茂盛。用世间最美好的事物作比，对年轻君王毫无保留地热情鼓励，让听者动容。想必现在的君王心中，一定会充满着无尽的信心、朝气和力量吧。

《天保》通过臣下对君主的祝颂，祈求苍天神灵赐福，较为集中地反映了周人敬天保民的思想意识。一、二、三章是"敬天"，体现出周人稳定而强烈的天命观，几乎与天平齐的，还有祖先及其神灵，诗的后半部分，重视祭祖祀神，反映出这一理念。其实，"天"、"祖"，代表的是君主自己，他们秉承上天旨意治理天下，其降生、继位乃至覆灭，都是上天意志的安排。先祖应天顺民但事业未竟，后来的君主若能继承先祖的德行，自然就会得到其庇护和万民的拥戴。由此，古代君主"敬天"、"敬祖"，实质上是在警诫自我，让自己有所依循和敬畏。

"保民"思想即"以德为政"，《礼记》云："殷人尊神，率民以事神。""周人尊礼尚施，事鬼敬神而远之。"周人此种"保民"思想，与殷商相比，有着极大的进步意义。三千年后的今天，顺应自然规律的"敬天"思想，和关注民生的"保民"思想，仍然没有过时，对国家的长治久安、繁荣兴旺依然有着极其重要的作用。

◎出车◎

我出我车，于彼牧矣①。自天子所，谓我来矣。召彼仆夫，谓之载矣。王事多难，维其棘矣②。

我出我车，于彼郊矣。设此旐矣③，建彼旄矣④。彼旟旐斯⑤，胡不旆旆⑥？忧心悄悄⑦，仆夫况瘁⑧。

王命南仲，往城于方。出车彭彭⑨，旂旐央央⑩。天子命我，城彼朔方。赫赫南仲⑪，狎狁于襄⑫。

昔我往矣，黍稷方华⑬。今我来思⑭，雨雪载涂⑮。王事多难，不遑启居⑯。岂不怀归？畏此简书⑰。

喓喓草虫⑱，趯趯阜螽⑲。未见君子⑳，忧心忡忡。既见君子，我心则降㉑。赫赫南仲，薄伐西戎㉒。

春日迟迟，卉木萋萋㉓。仓庚喈喈㉔，采蘩祁祁㉕。执讯获丑㉖，薄言还归㉗。赫赫南仲，狎狁于夷㉘。

【注释】

①牧：城郊以外的地方。②棘：急。③旐（zhào）：画有龟蛇图案的旗。④建：竖立。旄（máo）：旗竿上装饰牦牛尾的旗子。⑤旟（yú）：画有隼鸟图案的旗帜。⑥旆（pèi）旆：旗帜飘扬的样子。⑦忧心悄悄：暗中担忧。⑧况瘁（cuì）：辛苦憔悴。⑨彭彭：形容车马众多。⑩旂（qí）：绘交龙图案的旗帜，带铃。⑪赫赫：威仪显赫的样子。⑫襄：即"攘"，平息，扫除。⑬方：正值。华：开花，诗中指黍稷抽穗。⑭思：语气助词。⑮雨雪：下雪。涂：即"途"。⑯遑：空闲。⑰简书：周王传令出征的文书。⑱喓（yāo）喓：昆虫的叫声。⑲趯（tì）趯：蹦蹦跳跳的样子。阜螽（zhōng）：蚱蜢。⑳君子：指出征之人。㉑降：安宁。㉒薄：借为"搏"，打击。西戎：古代北方少数民族。㉓萋萋：草木茂盛的样子。㉔喈（jiē）喈：鸟叫声。㉕蘩：白蒿。祁祁：众多的样子。㉖执讯：捉住审讯。获丑：杀敌割左耳。㉗还：凯旋。㉘猃狁（xiǎn yǔn）：北方的少数民族。夷：扫平。

【赏析】

方玉润说："此诗以伐猃狁为主脑，西戎为余波，凯还为正意，出征为追述，征夫往来所见为实景，室家思念为虚怀。"

诗人表达了胜利的喜悦，对南仲英明指挥的赞颂，同时还歌颂了周宣王平定四夷的功绩。诗中并没有正面描写战争的激烈场面，只是用"猃狁于襄"来阐述战争的结果。全诗描写的重点是战争前的准备工作，详尽描绘了雄壮的军威、浩大的声势，以及全国上下的同仇敌忾；此外，本诗还描写了战争后方人民平静而安适的生活，这一切都暗示着胜利是这场战争的必然结果。

本诗前三节将描写重点放在了战前情景上，用画面的描绘与心理暗示相叠加的方式来进行细部刻画，详细写出了在紧急的王命催促下，将士慷慨赴难的情形。《出车》这首诗，表现周宣王初年南仲统率将士讨伐猃狁的故事，诗中歌颂了统帅南仲的英明和他的赫赫战功，结构宏大而完整。

第一节主要写南仲奉王命出征。"我出我车，于彼牧矣。自天子所，谓我来矣"这几句话中的一串连贯动作，突出了事态的紧急，形成了一种时空上的逼近感。将士们在郊外列队，整装待发，车马排列整齐，军队旗帜鲜明。"谓我来矣"表现出了一种舍我其谁的豪迈，勇士的形象跃然纸上。面对紧急的王命，将士准备充分，一种紧张的战前气氛充满了字里行间。最后两句中"多难"和"棘"二词，暗示主帅和士兵们心理上都十分凝重和压抑。

第二节写军旗猎猎，主要是为了突出"忧心悄悄"。"旐"、"旄"、"旂"、"旟"这几个词说明军队已来到了郊外，这支声势浩大的队伍气势凛然。士兵们举着龟蛇图案的旗帜前进着，战车上插着装饰隼鸟羽毛的大旗，这些旗帜在风中猎猎飘扬着。前锋到达郊外时，后面军队才刚刚出城。最后又用"忧心悄悄，仆夫况瘁"两句表明行军中的士兵心理上的紧张，他们知道出兵打仗不是儿戏，因此只能悄悄地怀念家乡。

第三节写到了朔方之战，这一节重点描述了南仲。南仲是周王任命的大将军，他依照王命到朔方筑城迎敌。"出车彭彭，旂旐央央"这两句叙述军容之盛，周军拥有大量的战车，这些车子在行进时发出滚滚的声音，猎猎飘扬的旗帜雄壮而壮观。再加上赫赫有名的南仲能起到威慑外族的作用，反映作

者对赢得这场战争的自信。

诗的前三节既有恢宏的郊牧誓师、野外行军，同时还兼有细致入微的人物心理描写，整体与细节、客观与主观的描写巧妙地组合在了一起。诗的后三节没有花费过多的笔墨描写战争的具体过程，而是重点描写部队凯旋的场面。通过"昔我往矣"、"今我来思"的今昔对比，写出战争胜利之后将士们得胜归来的情景，写出人们对他们归来的喜悦之情以及对主帅的赞美之情。

第四节描写将士归来途中被雨雪阻隔在路上的情景。将士们打完仗，启程回家时，回忆起了离家时的场景：那时五谷丰登，丰收在望，现在他们却被困在大雪纷飞的泥泞道路上，一种凄苦的感觉涌上了心头。士兵们在战争期间，完全没有休息安闲的时候。他们思念国家，却不敢违背王命，所以一直处在矛盾之中。

第五节是用士兵妻子的口吻来写她对丈夫的思念，描绘出了夫妻团聚的情景，其中带有很多想象的成分。士兵们在归家的路上，开始想象着这时的妻子。他仿佛看到，在夏秋之时，家周围的草丛之间蝈蝈在叫，蚱蜢在跳，独守空闺的妻子正在思念着行役在外的丈夫。她的内心备受煎熬，一副忧心忡忡、楚楚可怜的模样，让士兵感到怜爱。对于士兵来说，自己只有在想象中才能够见到妻子，对妻子的相思之苦才能稍稍平复。当然，美好的回忆、甜蜜的思念都不能够一直持续，南仲将军在归途中又带领士兵去攻打西戎。

第六节主要是写"执讯获丑"，其目的就是为了突出春日迟迟。士兵们的归家之路从冬天一直走到春天，他们在路上看到了春日暄妍，草木荣茂，禽鸟和鸣，村姑采蘩这样的美人美景，不禁感到心旷神怡。

接下来的内容是审讯俘虏，展现胜利者的荣耀。本节的最后又重叙一次"赫赫南仲，狁于夷"，这样写的目的是为了突出将帅的军功。这几节的描写采用了虚实结合的方式，表现战士们喜忧参半的心情，细致传神，感人心扉。

◎杕杜◎

有杕之杜^①，有睍其实^②。王事靡盬^③，继嗣我日^④。日月阳止^⑤，女心伤止，征夫遑止^⑥。

有杕之杜，其叶萋萋^⑦。王事靡盬，我心伤悲。卉木萋止，女心悲止，征夫归止。

陟彼北山^⑧，言采其杞^⑨。王事靡盬，忧我父母^⑩。檀车幝幝^⑪，四马痯痯^⑫，征夫不远。

匪载匪来^⑬，忧心孔疚^⑭。期逝不至^⑮，而多为恤^⑯。卜筮偕止^⑰，会言近止^⑱，征夫迩止^⑲。

【注释】

①有：句首语气助词，无义。杕（dì）：树木孤独的样子。杜：一种果木，又名棠梨。②睍（huǎn）：果实圆浑的样子。实：果实。③靡：没有。盬（gǔ）：停止。④嗣：延长、延续。⑤阳：农历十月，十月又名阳月。止：句尾语气词。⑥遑：闲暇。⑦萋萋：草木茂盛的样子。⑧陟：登山。⑨言：语气助词，无义。杞：即枸杞，落叶灌木，果实小而红，可食，可入药。⑩忧：此为使动用法，使父母忧。一说忧父母无人供养。

⑪檀车：役车，一般是用檀木做的。幝（chǎn）幝：破败的样子。⑫痯（guǎn）痯：疲劳的样子。⑬匪：非。载：车子载运。⑭孔：很，大。疚（jiù）：病痛。⑮期：预先约定时间。逝：过去。⑯恤：忧虑。⑰卜：以龟甲占吉凶。筮：以蓍草算卦。⑱会言：合言，都说。⑲迩：近。

【赏析】

《杕杜》被认为是一首"闺思诗"，丈夫久役不归，妻子在家等待，久不得果，心中思念、焦虑至极，作歌排遣。诗作从一个侧面，表达出古代劳动人民深厚的爱情及亲情，也反映了漫长的徭役对普通百姓造成的巨大伤害。

诗作以孤独生长的棠梨起兴，传达出在家中长久等待的妻子心中难以排遣的孤独忧伤之情：那株孤零零的棠梨树，独自兀立，应该很久了吧，如今又到了收获的季节，它的枝干上挂满了颗颗硕大圆满的果子，给人一种沉重之感，似乎随时都会不堪重负而倒下。"有睆其实"，既点明了季节，此刻是万物收获的秋季，又用形象的画面反映出女主人公独自支撑家庭的沉重。因为"王事靡盬，继嗣我日"，丈夫的服役时间越拖越长，无尽无休，妻子在家照看老小、独操家务，忙于柴米油盐，极为辛苦。

"日月阳止，女心伤止，征夫遑止"，是妻子对役期的盘算，"阳"是十月，周历以十月为年终。一年到头，该是举家团聚的时候了，妻子的思夫之情更甚，每每辛苦操劳的间隙，她都默数着日子：马上就要过年了，服役的男人终于可以空闲了吧，应该马上就要回来了吧！

之所以如此盘算，是因为古有法制："无过年之繇，无逾时之役。"规定中，徭役的时间不会超过新年，也不会到期而不放归。但此刻，因为统治者的无道，徭役变得非常繁重，不仅迁徙地域遥远，时间也没有了限制，只要任务没有完成，役者就不能回去。这种变化，使得百姓无法团聚，夫妻分离，老无所养，幼无所教，民怨纷纷，因此，这首诗也起到了针砭现实、抨击统治者政策暴虐、不顾民生的效果，变得内涵深远、主旨厚重。

"其叶萋萋"，"卉木萋止"，点明杕杜的情形和周围的自然环境，历来有两种解释：一者认为时间同于前章，依然处于秋季，杜叶未落，草色仍青，这种场面生发出主人公悲秋惜时之情，眼看光阴虚度，青春即将不再，可丈夫仍难归来。另一种说法为一年过去，春天来到，杜叶吐翠，草木萋萋，女主人公盼过无数时日，仍然未见丈夫归来，因此将诗作的时间跨度拉得很长。显然，末句"征夫归止"，意思并非是征夫已经归来，而是妻子声嘶力竭的呼喊，是一种无限深切的语气和口吻。

为避免与上文重复而显得沉重拖沓，也为了从不同的视角全面地描写主人公的思夫之情，第三章中，作者转移了场所和写作手法。开篇"陟彼北山，言采其杞"，妻子登上北山，采集枸杞，虽地点和工作改变，但思念丈夫的心情丝毫没有变弱。郑笺云："杞非常菜也，而升北山而采之，托有事以望君子。"因此，"登高采杞"有着明显的望远怀人意味。另外，此句又暗示了时间和季节，枸杞的成熟表明时间已经到了夏季，这就与上段中的春季形成鲜明对比，暗示妻子的等待时间又延长了很多。

下一句为"王事靡盬，忧我父母"，笔触转到了对父母的赡养和侍奉上，丈夫未归，除了对妻子造成严重影响外，父母的生活也变得非常艰难。妻子一人在家，忙里忙外，当然无法为父母提供很好的照顾，再加上父母年老体病，处境就更堪忧了。作者从父母这一具体视角，把家庭的窘迫全面地摄入笔下，显得精炼而集中。另外，"百善孝为先"，尽孝道是中华民族的传统美德，是为人的根本，也是政治统治和等级规范的根基，而统治者剥夺百姓的这项权利和义务，是很错误的，从而鲜明地传达了其无道、昏庸，也昭示了其必然灭亡的命运。

接下来的"檀车幝幝，四马痯痯，征夫不远"是虚写，为女主人公的幻觉和揣想之辞。由于思念之深，压力之大，其神情逐渐变得恍惚，不自觉地产生对丈夫归来的幻想：丈夫驾着一辆破旧的役车，从远处缓缓赶来，拉车的马匹已经极尽疲困，大口地喘息着，但丈夫的面容已清晰可见，距离已经不远了。

这种以虚衬实的手法，将妻子的思念之情、渴望之意，传达得淋漓尽致，很具有感染力。另外，对于此句还有一种解释：妻子看到的车骑、役夫确有其事，但都不是丈夫，她看到一批一批征夫途经而去，产生了"过尽千帆都不是"的无奈和失落，屡屡遭到欢喜化为失望的打击，对丈夫的牵挂和担心也愈甚。

最后一章，妻子由于思念和担心变得非常急切，诗作的情感达到最高峰，不再使用比兴手法，而是直陈其事。"匪载匪来，忧心孔疚"，是前章"檀车"三句的转折，本以为"不远"，实际上却是空欢喜一场；也是对上文无限回环的情感的总结，诗作开始由宏阔转向收束，到达收尾阶段。"斯逝不至，而多为恤"，妻子点明自己担忧的根本原因，除了思念，更多的是担心，害怕丈夫在外已经发生不测。想到这里，她的心头猛然一紧，于是笔锋突转，开始安慰自己："卜筮偕止，会言近止，征夫迩止。"求卜问筮的结果都是好的，女主人公在失望中获得了一丝光明，也为诗作留下了一个还算明媚、温馨的结尾。

诗到此处戛然而止，没有说出明确的答案，也许在不久后丈夫真的平安归来，从此夫妻恩爱，家庭日日兴旺；也许真的是悲剧而终，"可怜无定河边骨，犹是春闺梦里人"，丈夫徭役中发生不测，无法归来，而妻子日复一日地执著等候，几近望夫化石。诗作留下了极大的想象空间，连同其真挚、深切的感情和爱意，为读者展现出古代夫妻间的真挚情谊，以及当时妇女的高尚人格，也反映出当时的社会现实：徭役给每一个家庭、每一个个体，所带来的难以磨灭的痛苦。

◎南有嘉鱼◎

南有嘉鱼，烝然罩罩①。君子有酒，嘉宾式燕以乐②。
南有嘉鱼，烝然汕汕③。君子有酒，嘉宾式燕以衎④。
南有樛木⑤，甘瓠累之⑥。君子有酒，嘉宾式燕绥之⑦。
翩翩者鵻⑧，烝然来思⑨。君子有酒，嘉宾式燕又思⑩。

【注释】

①烝（zhēng）：众多。罩罩：用多罩来捕鱼。②式：语气助词。燕：同"宴"。③汕汕：用众多抄网捉鱼。④衎（kàn）：快乐。⑤樛（jiū）：树木向下弯曲。⑥瓠（hù）：葫芦。累：缠绕。⑦绥：安。⑧鵻（zhuī）：鸟名，即斑鸠，也叫鹁鸪。⑨思：句尾助词，下同。⑩又：通"右"，劝酒。

【赏析】

这是一首具有求贤之意的宴饮诗，作者为一位求贤若渴的统治者，经常与宾客们宴饮共欢，在一次觥筹交错中，主人表露心迹，婉转、优雅而又热切地传达出他的对待贤者的态度。在具体写作过程中，作者慧心独运，于通俗处着笔，借宴席上可以见到的"鱼"、"蔬"、"禽"等寻常菜肴作为起兴题材，但其落笔不俗，寥寥数语便构织出了一幅幅美好而又意蕴深远的图画，优雅、形象地展现出其求贤若渴的思想、绝佳的才情和高超的写作技巧。

"南有嘉鱼，烝然罩罩"、"南有嘉鱼，烝然汕汕"是起兴句，重章叠唱，反复咏叹：在美好的南边，溪流蜿蜒流淌，肥硕又敏捷的鱼儿，在清澈的溪水里往来翕忽，欢快地生活着，人们在很远处就可观其貌、知其乐。"烝然罩罩"、"烝然汕汕"两句的运用，把那种鱼儿欢快跳跃的图景形象地展现在了读者眼前，生动形象，纤毫毕现。

作者以如此美好的图景比兴，开篇定势，使全诗处于一种和睦、欢愉的气氛中。鱼儿的怡然自得，比兴的是人们的畅快安适：无数德才兼备的宾客聚集在华美的厅堂里，高谈阔论、觥筹交错。二者一虚一实，用深深的鱼水情象征宾主之间融洽、依存的关系，表达出主人与宾客间的深情厚谊，意在言外，技巧奇妙，共同把美好的氛围推向极致。这里还蕴涵了主人对待贤者的思想：开明仁慈的主人对于贤者的渴求，超越了一般的主仆关系，而带上了类似于恋人间"鱼离不开水，水离不开鱼"的依恋，真实而又深切。作者通过这一比兴，把求贤的意图写得渴切而又美好。

接着作者笔锋转向，从水中转移到了陆地，描绘出另外一幅葱郁的图景：枝干挺拔、树叶茂盛的大树上缠绕着青青的葫芦藤，微风吹来，葫芦叶和树叶交相飘飒，高蹈共舞，一片和煦。这种比兴，蕴涵的依然是求贤思想，树木象征主人，藤蔓象征宾客，藤蔓攀缘在树木粗壮的身躯上，努力追寻着高处的阳光雨露。大树是高贵的，藤蔓是卑微的，但高贵而大度的大树，热情和蔼地接纳了诸多平凡的藤蔓，成为它们向上的支柱和臂膀，与此同时，藤蔓也因之点缀了大树，给其增添了色彩和生机，二者相得益彰，共同达到了极致。

"翩翩者雒，烝然来思"一句，描摹了一群翩翩飞来的斑鸠：高远明净的碧空，一群斑鸠从远处缓缓靠近，它们身形优美，飞行动作闲雅自如，和身下葱郁的树林内清澈的湖水交相辉映，让人观之即顿生爱慕，斑鸠们不是路经此处，而是喜欢上了此处美好的生存环境，举群搬迁到此，欲于此地长久生活下去。

这里作者要表达的是"良禽择木而栖"的思想，斑鸠代表一切美好的鸟儿，也代表了满腹才华的贤士，鸟儿选择的栖息地，必是茂盛而又有美好的大树和水美草丰、没有危险的地方，同样，贤者所选择的主公，也定是虚怀若谷、公允厚道的明主。作者通过这一"群鸟来归"的生动景象，为宾主尽欢的宴席增添了欢快融洽的氛围，也尽显了"宾主绸缪之情"的求贤之意：表达了自己对贤者云集于己的希望，也彰显了主人对于此处是贤者美好聚集地的保证。

另外，有论者说此章隐含了宴饮后的射礼，嘉宾在祥和欢乐的气氛中你斟我饮，望到成群的斑鸠在不远处翱翔停歇，顿生向往，开始商量宴后打猎之事，

这使得诗作获得了更大的表现空间，将宴席后的田猎图画一并呈现给了读者，言尽而意未穷，显得余韵袅袅。

作为一个整体，诗作在回环复沓中亦有着内在的层层递进，席宴上的描绘遵循了层次和程度的加深，分别以"嘉宾式燕以乐"、"嘉宾式燕以衎"、"嘉宾式燕绥之"、"嘉宾式燕又思"来表现宾客们初饮、宴中、酣饮时的形态。随着酒筵的进行，宾主的酒意渐浓，热情逐渐升温，视线也慢慢变高，四章比兴中的空间转移也渐渐变高，从水里到陆地上再到空中，三者的演进遵循了人们的常规思路。在章法、句式上，诗作不仅采用回环复沓、重章叠唱的手法，而且在每章最末处添了两个虚词，延长了诗句，显得余韵不绝，便于歌者深情缓唱时情感的连绵不绝。

◎南山有台◎

南山有台①，北山有莱②。乐只君子③，邦家之基。乐只君子，万寿无期。

南山有桑，北山有杨。乐只君子，邦家之光。乐只君子，万寿无疆。

南山有杞④，北山有李。乐只君子，民之父母。乐只君子，德音不已⑤。

南山有栲⑥，北山有杻⑦。乐只君子，遐不眉寿⑧。乐只君子，德音是茂⑨。

南山有枸⑩，北山有楰⑪。乐只君子，遐不黄耇⑫？乐只君子，保艾尔后⑬。

【注释】

①台：莎草，又名蓑衣草，可制蓑衣。②莱：藜草，嫩叶可食。③只：语气助词。④杞（qǐ）：木名，一说杞柳，一说枸杞。⑤德音：好名誉。⑥栲：树名，山樗。⑦杻（niǔ）：树名，檍树。⑧遐：何。眉寿：高寿。⑨茂：美盛。⑩枸（jǔ）：树名，即枳椇。⑪楰（yú）：树名，即鼠梓，也叫苦楸。⑫黄耇（gǒu）：少年发黑，老变白，白久变黄为老寿。⑬保艾：安定地长养。

【赏析】

在这首诗中，南山有台、有桑、有杞、有栲、有枸，北山有莱、有杨、有李、有杻、有楰，庄园里山川秀丽、花木繁茂，为宾主宴饮营造了好的环境和场所，并进一步说明贵族地位很高、家业很大，受人尊敬亦是理所当然。这样先言他物，复沓起兴，符合《诗经》一贯的创作手法，十足的民歌风味自然流溢。

这种兴中有比的手法，并未仅仅停留在句子表面，而是带上了深远的象征意义。南山坡盛长繁茂的莎草，北山坡长着嫩绿的黎草等，是说周围山川上植物的茂盛，其实也是在说主人的身体健康、精神矍铄、德行优良，有着旺盛的生命力和非同一般的影响力，深受人们敬爱。作者没有明确写出祝寿对象的身份，从字面仅仅可以看出其为一位德高望重的贵族长者，但诗作以赞颂的口吻，铺陈的手法，反复咏叹，展现出宾主欢聚一堂的盛景，把宾主间的融洽和睦的氛围描写得淋漓尽致。这种比兴也铺垫了人们对老者的祝愿，由于老人德高望重，各处的人们纷纷到来，献上各种祝愿之辞，这些祝者和祝词就像比兴中的植物一样，遍及南山北山。

还有人从"贤者"角度出发，主张这些植物比兴国家具备的各种君子贤人。他们德才兼备，倾力为国，因此国家得以强盛，百姓得以乐业，也才会有如此盛大的宴会和可以尽情饮乐的宾主。

在巧妙的兴语之后，作者难以抑制自己的崇敬和情感，直接进入表功祝寿阶段。每章两次直呼"乐只君子"，可见祝者对被祝者的敬爱，同时也反映出两者的关系之密切，彼此毫无芥蒂。作者的直率、兴奋、热情，在这一遍一遍的直呼中完全地展现，一幅觥筹交错、把盏言欢的图景浮现在读者眼前，到处热闹非凡，人们酒意正酣，拉手搭肩、直呼其名地热情劝饮，暂时忘记了等级尊卑，不再顾忌平时的谦和稳重形象，唯以劝自己所敬重之人干杯为念。

劝饮的说辞和凭借，当然以表功为最优。诗作前三章"邦家之基"、"邦家之光"、"民之父母"三句，赞扬了长者的功绩价值，也揭示了其身份地位。作者没有说明其具体官职和其贡献的细节，而是从大处落笔，以"国家根基"、"国家光耀"、"百姓父母"这三个大气而笼统的定位相赠，言简意赅，表意透彻，使诗作具有了恢宏气势，显得意境深远，也以节省的笔墨描绘了被颂者形象：这一定是位了不起的人物，居然使作者用了如此字眼，他的地位功绩如此不消细说，肯定是众望所归，人们对此非常了解。由此，长者的权威性和宴会的群众基础的坚固广泛都得到了极大的彰显。

功表的成功，使得后面的祝寿顺理成章。"万寿无期"、"万寿无疆"、"德音不已"、"德音是茂"以及四、五两章"遐不眉寿"、"遐不黄耇"两个反诘句，从长寿、品德的流传、外在形象等各个方面表达了作者对寿者的祝愿，希望其健康长寿、德音永传、形象隽朗。其中运用得最妙的应是两个反问句"遐不眉寿"、"遐不黄耇"：这样的君子怎能不长出体现寿相的长眉？这样的君子怎能不童颜黑发延年益寿？可以想象，主人现在的形象肯定是年岁已高、寿眉长垂但头发未白，这句话既是赞颂和祝愿，又是在陈述事实，这种以事实为凭借的祝福，最具有说服力，相信也是最能讨寿者欢心的。

在诗作的最后，颂者定格在"保艾尔后"一句上。护佑子嗣是国人的传统，也是老人们的最大心愿，早已坚固地建立在了古代先民的家庭观念和功用心理上。祝福和盛宴，并非仅仅为了老人自己的健康长寿，还为了传扬老人的功德，使其能够为子嗣积福。颂者在赞扬长者的时候，着眼的也并不仅仅是老人自己，而是老人所在的整个家族。个人的地位和贡献，就是整个家族的地位和贡献，其影响力波及家族中的每一个人，甚至是其后的世世代代。诗歌在此到了高潮之处，由祝福先辈而推及其后裔，使简单的个人赞颂获得了整个家族的厚重度和连及千秋百代的历史沧桑感。

◎蓼萧◎

蓼彼萧斯①，零露湑兮②。既见君子，我心写兮③。燕笑语兮④，是以有誉处兮⑤。
蓼彼萧斯，零露瀼瀼⑥。既见君子，为龙为光⑦。其德不爽⑧，寿考不忘。
蓼彼萧斯，零露泥泥⑨。既见君子，孔燕岂弟⑩。宜兄宜弟，令德寿岂。
蓼彼萧斯，零露浓浓。既见君子，鞗革忡忡⑪。和鸾雝雝⑫，万福攸同⑬。

【注释】

①蓼（lù）：长而大的样子。萧：艾蒿，一种有香气的植物。②零：落。湑（xǔ）：叶子上沾着水珠。③写：舒畅。④燕：通"宴"，宴饮。⑤誉处：安乐愉悦。⑥瀼（ráng）瀼：露水很多。⑦为龙为光：为被天子恩宠而荣幸。⑧爽：差。⑨泥泥：露水很重。⑩孔燕：非常安详。岂弟（kǎi tì）：即"恺悌"，和乐平易。⑪鞗（tiáo）革：马缰绳。冲冲：饰物下垂的样子。⑫和鸾：为铜铃，系在轼上的叫"和"，系在衡上的叫"銮"。⑬攸同：所聚。

【赏析】

关于《蓼萧》这首诗，清代吴闿生在《诗义会通》中说："据词当是诸侯颂美天子之作。"这种观点是比较符合诗意的，所以本诗是一首关于诸侯朝见天子时歌功颂德的诗，表达了诸侯对天子的尊崇和歌颂。

文中的"萧"指的是香蒿，这是一种在祭祀上用的植物。诗人为读者展现出艾蒿青青，秀颀美丽的样子，这些美丽的香蒿上滚动着晶莹的露珠，露珠在阳光的照射下发出璀璨的光芒。在这里阳光和雨露代表着皇恩浩荡，草芥则是微臣小民的自比，这两句是在告诉我们，那些卑微的小臣们有幸见到了君王，得到了君王的恩宠，使得他们喜出望外、乐不可支，"我心写兮"，就代表了这些小臣们的心情。他们如坐春风地和君王一起宴饮谈笑，在得到君王的首肯和赞许之后，感到了无上的荣耀。

诗中每一节都会反复强化这种自然环境的描写，这样的描写刻画了君臣之间欢宴的外部环境，同时也表现出了臣子对君子的歌颂、感恩之情。"蓼彼萧斯，零露湑兮"这一句是全诗的主旨，诗人通过含蓄、形象的笔法来表明诗的主旨所在，同时也奠定了诸侯对天子恩及四海的感恩戴德、极尽颂赞的感情基调。"既见君子，我心写兮"，表明小臣日日夜夜都在盼望着能够见到君主，今天朝思暮盼的盼望终于得偿所愿了。在这些小臣的心中，能够见到君主是十分光荣的事情，"写"这个字，生动形象地描绘出诸侯们那种兴奋不已、激动难当的感受。当这些小臣真正和天子一起共享宴乐的时候，他

们争先恐后地倾吐自己心中对天子的敬爱和祝福，在圣洁的朝圣中如痴如醉。

"既见君子，为龙为光。其德不爽，寿考不忘"，正因为天子的美德持久不变，所以我们这些小臣才能蒙受天子的恩宠，得到无上的荣光。因此最后众人齐祝天子长寿安康。二、三两节分别从诸侯和天子两个方面来进行描写。从诸侯的角度来说，如前所说，他们感谢天子的恩宠；从天子的角度来说，诗人用一句"孔燕岂弟"写出了君王安详的音容，"宜兄宜弟"则写出了他对臣子那种像兄弟一样深情的厚谊。这样的天子，必然会受到臣下的拥戴和尊崇。

"既见君子，鞗革冲冲。和鸾雝雝，万福攸同"，这四句写出了天子离开宴会时的情景。通过两个细节描写：垂饰的摆动和銮铃的响声，表现出君主不同寻常的威仪和气度。

诗中将得到君王恩宠之后感到无上光荣的臣子的心理完整表现了出来。这些小臣的形象跃然纸上，他们用自己对君王的歌功颂德来报答君王的恩情，"其德不爽，寿考不忘"是开始，"和鸾雝雝，万福

攸同”为结尾，一前一后的赞颂交相呼应，描绘出一幅其乐融融的祝福场面。虽然有所拘谨，有些溢美，但这些都是他们抒发出来的真情实感。

自古以来统治者就十分重视和下臣的关系，像西周初时这样君王和各地诸侯关系融洽，相安无事，甚至可以宴饮笑语的景象，在后世似乎并不多见。周王之所以能够做到这一点，是因为他实行了"宜兄宜弟"的平等政策，使得臣下"我心写兮"，一心归顺君王，营造出了融洽安定的政治局面。

◎湛露◎

湛湛露斯①，匪阳不晞②。厌厌夜饮③，不醉无归。
湛湛露斯，在彼丰草。厌厌夜饮，在宗载考④。
湛湛露斯，在彼杞棘⑤。显允君子⑥，莫不令德⑦。
其桐其椅⑧，其实离离⑨。岂弟君子⑩，莫不令仪⑪。

【注释】

①湛湛：露清莹盛多。斯：语气词。②匪：通"非"。晞：干。③厌厌：和悦的样子。④宗：同族。考：成。指宴饮之礼。⑤杞棘：枸杞和酸枣，皆灌木，又皆身有刺而果实甘酸可食。⑥显允：光明磊落而诚信忠厚。⑦令：善美。⑧桐：桐有多种，古多指梧桐。椅：山桐子木，梓树中有美丽花纹者。⑨离离：下垂的样子。⑩岂弟（kǎi tì）：同"恺悌"，和乐平易的样子。⑪仪：仪容，风范。

【赏析】

《湛露》这首诗，虽然初看之时会让人觉得平淡无奇，但是细细品味之后，就会发现其中深厚的意味，令人回味无穷。

前三节起兴之句"湛湛露斯"，描画出夜间宴饮的朦胧和静谧之境。户外露水正浓，在宗庙外，萋萋的丰草，杞、棘等灌木，在近处则是扶疏的桐、梓一类乔木，一切都笼罩在夜露之中，寂静而祥和。然而室内却觥筹交错，一片热闹景象。"厌厌夜饮，不醉无归"一句，足见欢宴的气氛之高涨。一内一外，一静一动，相互映衬烘托，便勾勒出一场清秋露浓之夜的宴饮图，举重若轻，信手拈来，手法高妙。

二、三、四节的丰草、杞棘和桐椅，各自对应宴饮者的"载考"、"令德"、"令仪"，即孝道、美善、优美的风度，是对众人的德行和风范的一种隐喻。尽管首节主人要求众宾客"不醉无归"，但这些谦谦君子即使醉了也依然风度优美，并不失态。

清秋、夜露、酒香、醉不失仪，宾主尽欢，为了充分表现这一场美妙的夜宴，诗人运用的音韵自然也极具美感。如前两节中一、三句开头的"湛湛"与"厌厌"相互呼应，和二、四句句尾的脚韵"晞"、"归"在语音上构成一个回环，极有美感。再如后两节的顶真式谐音，第三节中，"杞棘"是双声，紧接着的"显允"则是叠韵，两者连在一起读，有一种波澜起伏、却又连绵不尽之感；同样，第四节中的"离离"是叠词，音声自然也是双叠，接下来的"岂弟"又是叠韵，两句通读下来，朗朗上口，有一种和谐之美。

由此可见，《湛露》一诗，虽然只是在写一场秋夜的宴饮，却从内容到形式，都写得韵味无穷。《毛诗序》解读这首《湛露》时曾点出它的主旨："天子宴诸侯也。"这种说法后世几乎没有争论。

◎彤弓◎

彤弓弨兮^①，受言藏之^②。我有嘉宾^③，中心贶之^④。钟鼓既设，一朝飨之^⑤。

彤弓弨兮，受言载之^⑥。我有嘉宾，中心喜之。钟鼓既设，一朝右之^⑦。

彤弓弨兮，受言櫜之^⑧。我有嘉宾，中心好之。钟鼓既设，一朝酬之^⑨。

【注释】

①彤弓：漆成红色的弓，天子用来赏赐有功诸侯。弨（chāo）：弓弦松弛的样子。②言：语气助词。藏：珍藏于祖庙中。③嘉宾：有功诸侯。④中心：内心。贶（kuàng）：爱赐。⑤一朝：整个上午。飨（xiǎng）：用酒食款待宾客。⑥载：装在车上。⑦右：通"侑"，劝酒。⑧櫜（gāo）：装弓的袋，此处指装入弓袋。⑨酬：互相敬酒。

【赏析】

周代，天子为了奖励功臣，也为了表明自己的宽爱仁慈，经常会将一些器物赏赐给下属，包括弓矢、青铜器、酒食、车马等，后来这项行动逐渐发展成一种礼仪制度，盛行于西周到春秋时期。对这一项受封礼仪和赏赐仪式，古代铭文中多有记载。《彤弓》一诗中体现的就是当时赏赐仪式的盛况，仪式中所赠之物，是一具涂了红漆的大弓。

开篇直言其赠："彤弓弨兮，受言藏之"，直陈事件中最精彩、最有意义的瞬间，显得集中而直接，营造出了火热、隆重的氛围，也把作者的兴奋之情悉数展示了出来。如此着笔，将读者的注意力充分吸引和调动，让其不禁想象当时的场景氛围，更有利于增加诗作的感染力。

"受言藏之"一句，描写了受赏者的恭敬之情和其对弓矢的珍惜，"受"与"藏"之间，加一"言"字，使语速变缓，音节间有所停顿，显得滞涩有力，反映出受赏者在仪式上恭敬、沉稳的心情、动作。他当时肯定表情严肃、举止慎重、节奏鲜明，缓慢地接过弓弩，又亲自把它收藏好，每一个细节都亲力亲为、努力做到最好。简短的两句，写作技巧上的妙处颇多，显示了诗人行文的匠心。

最隆重的场面描写完毕，诗作没有补充事件的来龙去脉，而是直录周天子的言语："我有嘉宾，中心贶之。""我"指周天子，他把臣子称为"嘉宾"，消泯两者刻板严肃的政治地位差距，而换上和谐互爱、地位相近的宾主之谓，使君臣间的欢乐、融洽气氛迅速增加。天子对有功诸侯的宠爱之情，臣子对君主的爱戴之意，借这一称谓，悉数传达了出来。

"中心"，即"心中"，天子的喜悦是情真意切的，赏赐诸侯的举动也是出于真心诚意，没有半点的政治意图和其他动机。简短的一句告慰之语，使诗作从火热、隆重的赏赐仪式上，转到一个温馨、融洽的场面，丰富了诗作的内涵和包蕴，使其具有了无限张力。

两句中的"嘉宾"，预示着必定会有席宴的存在，而作者对于接下来的席宴，没有正面描写，更没有铺陈其盛况，而是采用虚写，从预测席宴所需要的时间入手，侧面进行描绘，显得别具一格。

"钟鼓既设，一朝飨之"，作者看到钟鼓已经安排妥当，猜想待会一定会表演乐舞。既然有丝竹伴耳，大家想必都会非常高兴，席宴的场面肯定也非常宏大壮观，它必然不会在短时间里草草结束，而是会持续非常之久。由此，诗人虽对席宴的盛景只字未提，但宾主尽欢、丝竹盈耳的盛况，很容易就能被读者构造出，这种处理方法，可谓精妙之极。

接下来的部分延续了前面的句式，使诗作所蕴含的情感无限叠加。字词的调整，起到了避免重复、为诗作内容补充细节的作用，也有着层层递进的内在逻辑。

臣子对彤弓的处理方式是"藏"、"载"、"櫜"，从泛泛的藏，发展到藏于车内，再发展到藏于弓袋中，一次比一次细心、严密。周天子对臣子的态度，开始是"觃"，继而"喜"，最后是"好"，心理变化明显，层层深入，程度不断加深。宴会场面从"飨"到"右"再到"酬"，先是普通的款待，然后变为热情地劝酒，最后变成众人互劝，达到情绪的顶峰。

情感的发展与叠加，得益于诗作内蕴的深邃，也更加推动了诗作艺术性的增长。彤弓有着浓烈的象征意义，以此开篇，显示了诗作的广远意蕴和深刻内涵，暗示其所指非小。全诗三章，一改《诗经》传统，无涉比兴，纯用赋法，仍取得了极好的表达效果，所述情感浓郁而真切，显得别开生面。

诗作结构上跌宕跳跃，极尽轻灵，从赏赐仪式转到天子的言语，再转到对宴饮场面的想象，一以贯之，毫无滞涩，未给人松散疏离之感，并抓住了最重要的表现视角，使整个复杂的赏赐仪式，连同后面紧跟的宴饮，以及宴席的筹备过程，悉数传达出来。因此，虽诗作题材狭窄，记述的仅是寻常的宫廷生活，但由于在别致的结构中灌注进了深厚情感，于起伏摇曳间透露出难得的欢快之感，因而使整首诗显得别开生面，内蕴丰富。

◎菁菁者莪◎

菁菁者莪①，在彼中阿②。既见君子，乐且有仪③。

菁菁者莪，在彼中沚④。既见君子，我心则喜。

菁菁者莪，在彼中陵。既见君子，锡我百朋⑤。

泛泛杨舟，载沉载浮。既见君子，我心则休⑥。

【注释】

①菁(jīng)菁：草木茂盛。莪：莪蒿，又名萝蒿，一种可吃的野草。②阿：山坳。③仪：仪容，气度。④沚：水中小洲。⑤锡：同"赐"。朋：古代货币单位。上古以贝壳为货币，相传五贝为一朋。⑥休：喜。

【赏析】

"菁菁者莪"是起兴句，诗中也有很多"在彼中阿"、"在彼中沚"、"在彼中陵"的其他植物，因此，这一句可看成概说。

第一节描述一名女子独自在莪蒿长得十分茂盛的山坳里，邂逅了一位仪态落落大方、性格开朗活泼同时又举止从容潇洒的男子，两个人一见钟情，英俊的男子在女子的内心深处引起了强烈震颤。

第二节写女子和男子又一次相遇在水中的沙洲上，女子再次看到"君子"，心里十分兴奋和喜悦，诗人用一个"喜"字来表现怀春少女那种既惊又喜的微妙心理。

第三节中，女子和男子见面的地点从绿荫覆盖的山坳和水光萦绕的小洲转移到阳光明媚的山丘上，场景的变换说明这两个人的恋情渐趋柳暗花明。"锡我百朋"这一句，充分地表现出女子看到自己的爱人之后那种欣喜若狂的心情。

第四节中，女子和男子之间的关系更加紧密了。"泛泛杨舟"，暗示两个人将会在人生的长河中同舟共济，福祸与共。

短短十六句，描述了一个美妙动人的爱情故事。男女主人公的爱情十分浪漫，诗中几乎处处都在描写清朗明丽的山光和灵秀迷人的水色，就在这清幽的山坡、静谧的水洲上，有情人相遇相识、相偎相依，情景交融，令人心神俱醉，极具情致。

这是一种解法。如果按照《毛诗序》"乐育材"的观点来分析这首诗，也会有所收获。可以将这首诗看成是一首通过比兴的方式反复咏叹君子长育人才的欢悦之情的诗作。

第一节的"栽蒿长得多么茂盛啊"，表明这里是一个"育材之地"，学生们一见到"君子"就感到十分欢乐。第二节与第一节意义相近。第三节描写学生们见到"君子"之后，"君子"给了他们"赐以百朋"的奖励。第四节可以通过两层来分析，第一层写杨舟载木、沉浮不定，预示着学生们忐忑不安的心理状态，第二层则写学生们见到"君子"之后心情一下子就变得极其安然。这一节通过前后的对比表现出学生们内心世界的变化。

中国历来就是十分重视学习的国家，《礼记·学记》载："古之教者，家有塾，党有庠，术有序，国有学。比年入学，中年考校。一年，视离经辨志。三年，视敬业乐群。五年，视博习亲师。七年，视论学取友，谓之小成。九年，知类通达，强立而不反，谓之大成。夫然后足以化民易俗，近者说服而远者怀之。此谓大学之道也。《记》曰：'蛾子时术之。'其此之谓乎？"可见，勤勉学习是值得我们炫耀的精神。

究竟哪种主题更确切，不好定论。《毛诗序》的说法由来已久，流传了两千多年，它的影响是十分大的。人们提起《菁菁者莪》这首诗，首先想到的就是"乐育才"。但是，这首诗用爱情的主题来解释也很合理，因为《小雅》中描写男女相悦之情的《隰桑》一诗，其章法、句式都与这首《菁菁者莪》十分相似。从多种角度分析本诗，会使这首诗更有意味。

◎六月◎

六月栖栖①，戎车既饬②。四牡骙骙③，载是常服④。猃狁孔炽⑤，我是用急⑥。王于出征，以匡王国⑦。

比物四骊⑧，闲之维则⑨。维此六月，既成我服。我服既成，于三十里⑩。王于出征，以佐天子。

四牡修广，其大有颙⑪。薄伐猃狁，以奏肤公⑫。有严有翼⑬，共武之服⑭。共武之服，以定王国。

猃狁匪茹⑮，整居焦获⑯。侵镐及方⑰，至于泾阳。织文鸟章⑱，白旆央央⑲。元戎十乘⑳，以先启行。

戎车既安，如轾如轩㉑。四牡既佶㉒，既佶且闲㉓。薄伐猃狁，至于大原㉔。文武吉甫，万邦为宪㉕。

吉甫燕喜，既多受祉㉖。来归自镐，我行永久。饮御诸友㉗，炰鳖脍鲤㉘。侯谁在矣㉙，张仲孝友㉚。

【注释】

①栖栖：通"栖栖"，惶惶不安的样子。②饬（chì）：整顿，整理。③骙（kuí）骙：马很强壮的样子。④常服：画有日月的旗。⑤孔：很。炽：势盛。⑥是用：是以，因此。⑦匡：扶助。⑧比物：力气均齐。⑨闲：熟习。则：法则。⑩于：往。三十里：古代军行三十里为一舍。⑪颙（yóng）：大的样子。⑫奏：建立。肤公：大功。⑬严：威严。翼：恭敬。⑭武之服：打仗的事。⑮匪茹：不自量。⑯焦获：周之地名。⑰镐、方：周之地名。⑱织文鸟章：指绘有隼鸟图案的旗帜。⑲央央：鲜明的样子。⑳元戎：大的战车。㉑轾（zhì）轩：车身前俯后仰。㉒佶（jí）：健壮。㉓闲：熟娴，驯服的样子。㉔大原：即太原，地名，与今山西太原无关。㉕宪：榜样、典范。㉖祉（zhǐ）：福。㉗御：进献。㉘炰（páo）：蒸煮。脍鲤：切成细条的鲤鱼。㉙侯：语气助词。㉚张仲：吉甫的朋友。

【赏析】

《六月》这首诗既是一首完整的叙事诗，也是一篇表现抵御外族入侵的爱国主义颂歌。

整首诗按照战争的起因、经过和结局的顺序，记叙这场反侵略的正义战争的始末。在这场周宣王北伐猃狁的战争中，主帅尹吉甫和将士们同心同德，共赴国难。最终他击败猃狁，取得了赫赫战功。这是一首洋溢着威武严肃、同仇敌忾气氛的诗。将士们立志要保卫国家，他们斗志高昂，有着必胜的信念，饱含着强烈的爱国主义精神。

整首诗语言气势雄伟、质朴有力。将士们面对紧迫的军情，匆忙奔赴前线，军队浩浩荡荡，驾驶着战车势如破竹地冲向敌阵，在这金戈铁马肆意纵横驰骋的战场上，响起了震耳欲聋的鼓角声和呐喊声。在这样的军队面前，那些狂妄的敌寇只能缴械投降，望风而逃。

诗一开篇，作者用追述的语气，回忆起战报传来的时候正是农事的六月，听到战争的消息，人们将刀出鞘、箭上弦，将士高喊着，战马嘶鸣着，气氛紧张得一触即发。开头的"六月栖栖"一句，表现出忙碌紧迫的战争气氛，因为在古代，冬夏两季是不会打仗的，而这次战争却发生在了夏季的六月，可见这是一次关系国家存亡的重大战事。为了应对这次战争，周王接到信息之后，当机立断作出了出征的决定，兵车，马匹都已经准备好了。迎战的将士们穿着威风凛凛的战袍，战车上的旗帜猎猎飘扬。就这样，王室在周宣王的诏命之下，开始北伐猃狁。

第二、三节，诗人开始赞叹周军的训练有素和应变迅速。从马的进退有度、威风凛凛，到军队的士气高涨、纪律严整，均从侧面写出了主将的治军有方。能文能武的尹吉甫成为周军的主帅，他在战事危急的时候，从容镇定，带领着训练有素的军队，日行军三十里。虽然战事进展迅速，但是尹吉甫却不催促军队快速行进。他率军有方、体恤士兵，极大地提高了军队的士气。因为尹吉甫知道，前方等待他的是一场关系到国家安危存亡的战争，他需要和将士们同仇敌忾，一起抗敌。

第四节展示了威武雄壮、气势磅礴的战斗场面。"织文鸟章，白旆央央"，战旗飘扬着，它就是胜利的象征和标志。"元戎十乘，以先启行"，表明众多作为开路先锋的战车进入敌阵，他们锐不可当，在这些大型战车之后，便跟着那些训练有素的车队和士兵。作者采用了对比的方法，用"猃狁匪茹，整居焦获。侵镐及方，至于泾阳"的来势凶猛；和车坚马快、旌旗招展的周军"元戎十乘，以先启行"的状态进行对比。这些描写都体现了战争一触即发。

"戎车既安，如轾如轩。四牡既佶，既佶且闲"，寥寥十六个字，展现了一幅战场全景画：战马熟练地向前奔突，戎车忽高忽低地向前奔驰合围，将士们勇敢拼杀，为了彻底击垮侵略者，周军军队以无坚不克之势将敌人击退到靠近边界的太原。将士们用自己的鲜血换来了战争的胜利。

最末一节，作者描述了庆祝凯旋的欢宴。尹吉甫凯旋，他接受赏赐，宴请宾客。"我行永久"，说明作者也是随军远征的一员，对于这次的胜利他也感到光荣。所以诗人虽然是在歌颂将帅，但是同时也赞扬了军队的严整和威武，表达了将士们对周王朝的忠诚。

本诗通过将追忆和现实相结合的写法，将原本平淡无奇的故事，描述得十分精彩，极具余韵。全诗具有非常丰富的变化，节奏感、灵动感都很强。此诗一、二、三节铺垫蓄势，第四节达到全诗的高潮，第五节开始舒放通畅，第六节则完全归于宁静祥和。

◎采芑◎

薄言采芑①，于彼新田②，于此菑亩③。方叔莅止④，其车三千，师干之试⑤。方叔率止，乘其四骐⑥，四骐翼翼⑦。路车有奭⑧，簟茀鱼服⑨，钩膺鞗革⑩。

薄言采芑，于彼新田，于此中乡⑪。方叔莅止，其车三千，旂旐央央⑫。方叔率止，约軝错衡⑬，八鸾玱玱⑭。服其命服⑮，朱芾斯皇⑯，有玱葱珩⑰。

鴥彼飞隼⑱，其飞戾天⑲，亦集爰止⑳。方叔莅止，其车三千，师干之试。方叔率止，钲人伐鼓㉑，陈师鞠旅㉒。显允方叔，伐鼓渊渊㉔，振旅阗阗㉕。

蠢尔蛮荆，大邦为仇。方叔元老，克壮其犹㉖。方叔率止，执讯获丑㉗。戎车啴啴㉘，啴啴焞焞㉙，如霆如雷。显允方叔，征伐猃狁，蛮荆来威㉚。

【注释】

①薄言：句首语气词。芑（qǐ）：一种野菜。②新田：指开垦两年的田。③菑（zī）亩：指开垦一年的田。

④莅（lì）：临。止：语气助词。⑤干：捍敌。试：演习。⑥骐：青底黑纹的马。⑦翼翼：整齐严谨的样子。⑧路车：大车。奭（shì）：红色的涂饰。⑨簟茀（diàn fú）：遮挡战车后部的竹席子。鱼服：用鲛鱼皮做箭袋。⑩钩膺：带有铜制钩饰的马胸带。鞗（tiáo）革：皮革制成的马缰绳。⑪中乡：新田中。⑫旂旐（qí zhào）：画有龙和龟蛇图案的旗帜。⑬约軝（qí）：用皮革约束车轴露出车轮的部分。错衡：用横木相连。⑭玱（qiāng）玱：象声词，金玉撞击声。⑮命服：此处指军装。⑯芾（fú）：皮制的蔽膝，类似围裙。⑰有玱：即"玱玱"。葱珩（héng）：翠绿色的佩玉。⑱鴥（yù）：鸟飞迅疾的样子。⑲戾：到达。⑳止：止息。㉑钲人：掌管击钲击鼓的官员。㉒陈：陈列。鞠：训告。㉓显允：声名赫赫。㉔渊渊：象声词，击鼓声。㉕振旅：整顿队伍，指收兵。阗（tián）阗：击鼓声。㉖克：能。壮：光大。猷：谋略。㉗执讯：捉住审讯。获丑：俘虏。㉘啴（tān）啴：此处形容兵车行走的声音。㉙焞（tūn）焞：车马众多的样子。㉚来：语气助词。威：威服。

【赏析】

《采芑》是一首赞美周宣王的大臣方叔南征讨伐荆蛮的诗。这首诗是为了突出方叔而作的，形象生动地刻画出一个威风凛凛的将军形象。它和《六月》不同，诗中并没有涉及敌我交战的内容，所以这首诗应是赞美军容、军纪和军威的，同时它也蕴涵着必将取得胜利的意思。

本诗首先描写的是方叔南征的声势，西周时期的战争大多是车战，方叔这次出征出动了大量的战车，十分壮观。除此之外，这首诗还描写了主帅的战马、战车所披挂的装饰以及战车整齐威武排列的样子，这些描写都是为了突出方叔的指挥有方。

诗中还有描写方叔服饰的诗句，目的是为了通过强调方叔穿着天子赏赐的华贵官服来强调他是一位位高权重的国家重臣。诗中还赞美了周军军纪严明和训练有素。诗人认为，周军是一支战斗力强劲的军队，无坚不摧、战无不胜。整首诗运用渲染和烘托的手法，展现了在宣王的统领下周国国家兴盛、力克四夷的美好未来。

本诗可以分为两个部分，第一部分为前三节，是表现方叔具有卓越的治军才能。第四节为第二部分，表达了周军的自信心和威慑力，点明演习的目的和用意。第一节以"采芑"起兴，通过它来引出这次演习的地点是在"新田"、"菑亩"上。这一节主要写出了周军的军威，在旷野上有一支浩浩荡荡的大军，他们严谨布阵，严守军纪。"其车三千，师干之试"，三千车马，突出了当时王师的庞大。

清代的金锷在《军制车乘士卒考》中分析说，战车一乘有甲士十人、步卒十五人，三千乘共有士卒七万五千人，可见当时周朝王师的强大；军中猛将如云、战车如潮、阵容强大，军队的防御实力很强。

之后，诗人又写到队伍的前方，写出主将出场时的赫赫威仪。"乘其四骐，四骐翼翼。路车有奭，簟茀鱼服，钩膺鞗革"，方叔乘坐一辆红色的战车，他的车用花席为帘，拉车的四匹马很强壮，战车十分耀眼，他就站在队伍的中央，显得十分高大威武、与众不同和威猛慑人。

第二节在写法上和第一节差不多，通过"旂旐央央"、"约軝错衡"这种对色彩的刻画，加强了对演习队伍声势的描绘。"方叔莅止，其车三千，旂旐央央"，方叔统率的大军，红旗招展，浩浩荡荡。"方叔率止，约轸错衡，八鸾玱玱"，方叔指挥军队出发了。"服其命服，朱芾斯皇，有玱葱珩"，进一步刻画了方叔的形象，他穿着朱衣黄裳的命服，红色敝膝闪闪发光，显现出将军的非凡气度。

第三节和前两节的感觉一下子就不同了，这一节主要是写出战。这一节用鹰隼一飞冲天来比喻方叔所率的周军也将像鹰隼一样勇猛无敌、斗志昂扬。这时周师在方叔的指挥下严谨地演习着阵法："钲人伐鼓，陈师鞠旅"，"伐鼓渊渊，振旅阗阗"，执行号令的钲人、鼓人已经做好准备，列队誓师，兵士个个摩拳擦掌。战车在雷霆般的战鼓声中保持着进攻的阵形，他们在响彻云霄的喊杀声中向前冲去；演习结束，队伍又在一阵鼓声中，井然有序地退出演习场返回营地了。

第四节写告捷。"蠢尔蛮荆，大邦为仇"这两句是用雄壮的气概直斥无端滋乱之荆蛮。"戎车啴啴，啴啴焞焞，如霆如雷"，描写众多战车出发时的轰鸣声。"显允方叔，征伐玁狁，蛮荆来威"，是写蛮荆听说要来攻打他们的是早先讨伐过玁狁的将军方叔，吓得望风而逃，不战而降了。

当然这些并不是真实发生的事情，而是一种想象。作者相信，凭借装备精良的部队，英勇的方叔一定可以取得战争的胜利。

◎车攻◎

我车既攻①，我马既同②。四牡庞庞③，驾言徂东④。

田车既好⑤，田牡孔阜⑥。东有甫草⑦，驾言行狩。

之子于苗⑧，选徒嚣嚣⑨。建旐设旄⑩，搏兽于敖⑪。

驾彼四牡，四牡奕奕⑫。赤芾金舄⑬，会同有绎⑭。

决拾既佽⑮，弓矢既调⑯。射夫既同⑰，助我举柴⑱。

四黄既驾⑲，两骖不猗⑳。不失其驰㉑，舍矢如破㉒。

萧萧马鸣㉓，悠悠旆旌㉔。徒御不惊㉕，大庖不盈㉖。

之子于征，有闻无声。允矣君子㉗，展也大成㉘。

【注释】

①攻：坚固。②同：指选择调配足力相当的健马驾车。③庞庞：马高大强壮的样子。④言：句中语气词。徂（cú）：往。东：东都洛阳。⑤田车：猎车。⑥孔：甚。阜：高大肥硕有气势。⑦甫草：甫田之草。一说古地名，在今河南省中牟县境内。⑧之子：那人，指天子。苗：夏猎。⑨选：通"算"，清点。嚣（áo）嚣：声音嘈杂。⑩旐（zhào）：绘有龟蛇图案的旗。旄：饰牦牛尾的旗。⑪敖：地名。⑫奕奕：马从容而迅捷的样子。⑬赤芾（fú）：红色蔽膝。金舄（xì）：用铜装饰的鞋。⑭会同：会合诸侯，是诸侯朝见天子的专称，此处指诸侯参加天子的狩猎活动。有绎：连续不断而有次序的样子。⑮决：用象牙和兽骨制成的扳指，射箭拉弦所用。拾：皮制的护臂，射箭时缚在左臂上。佽（cì）：排列有序。⑯调：调正。⑰同：协同。⑱举：取。柴（zì）：堆积的禽兽。⑲四黄：四匹黄色的马。⑳两骖：四匹马驾车时两边的马叫骖。猗：偏差。㉑驰：驰驱之法。㉒舍矢：放箭。破：射中。㉓萧萧：马长鸣声。㉔悠悠：旌旗轻轻飘动的样子。㉕徒御：徒步拉车的士卒。不惊：不喧哗。㉖大庖：大厨。㉗允：确实。㉘展：诚。

【赏析】

周朝在厉王之后，国势日渐衰弱。所以宣王即位之后，想要复兴周朝。本诗所描写的内容就是周宣王为了重整士气而亲自率领浩浩荡荡的队伍去东都会猎的场面。

古代天子的狩猎活动并不是单纯的娱乐，而是饱含着特殊政治意义的军事训练和军事演习。当时，经历了厉王的统治之后，社会动荡不安，礼仪制度遭到破坏，诸侯对王师貌合神离，宣王为了复兴王室，慑服诸侯，就举行了这样的狩猎活动。其目的在于：一方面可以和诸侯联络感情，另一方面也可向诸侯显示周朝的武力。

方玉润在《诗经原始》中就这样解释道："盖此举重在会诸侯，而不重在事田猎。不过籍田猎以会诸侯，修复先王旧典耳。昔周公相成王，营洛邑为东都以朝诸侯。周室既衰，久废其礼。迨宣王始举行古制，非假狩猎不足以慑服列邦。故诗前后虽言猎事，其实归重'会同有绎'及'展也大成'二句。"

本诗共有八节，是按照田猎的循序进程描写的。全诗的结构非常完整，层次分明，有条不紊，对这场大规模的田猎活动进行了细致的描写，使读者如见其人，如闻其声。本诗在选材上十分讲究，详略得当。狩猎的过程并没有细致的描写，几乎是一带而过，对捕获了多少的禽兽，也没有过多强调，只是用"大庖不盈"就轻描淡写地带过了，而在车马旌旗的盛大和狩猎大军的威武雄壮上运用了大量的笔墨进行描写，这都是为了彰显周王朝的威势和力量，以达到炫耀周王朝武力强大、慑服诸侯的目的。

第一节总起全诗，描写了车马的盛备，此时，狩猎的大军即将往东方狩猎去了。诗人反复描述出发前的准备工作做得如何完美，字里行间流露出一种昂扬向上、神采奕奕的感情基调。

第二、三节的内容点出狩猎的地点是在圃田和敖地。在圃田和敖地那里，到处都是人，到处都是马，旌旗猎猎，连天蔽日，这些细节处处都表现出周王朝的强大。

第四节写诸侯来时的情景。他们穿着红色的蔽膝和金黄色的鞋，车马十分齐整，这种场面充分体现了宣王中兴、国家没有内忧外患、政治状况十分稳定的现状。

第五、六节主要描述射猎的场面。诸侯和他们的随从士卒们争相驾车射箭，为周王献艺，诗人通过描写他们技艺的娴熟，表现出周王朝军队的强大。

第七节写田猎结束之后的场面。狩猎的人们收获了许多猎物，因为狩猎已经结束了，所以这一节的气氛没有前面那么紧张。"萧萧马鸣，悠悠旆旌"一句，连用两个叠词，用骏马的嘶鸣声以及旌旗的飘动声，来反衬营地的静谧和君度的庄严肃穆，动中有静，静中有动，充分体现出众人舒缓悠长的氛围和心情。

第八节写射猎结束整队收兵时的场景，这里的描写展现出周军的军纪严明，"允矣君子，展也大成"，赞美之情溢于言表。

◎鸿雁◎

鸿雁于飞^①，肃肃其羽^②。之子于征^③，劬劳于野^④。爰及矜人^⑤，哀此鳏寡^⑥。

鸿雁于飞，集于中泽。之子于垣^⑦，百堵皆作^⑧。虽则劬劳，其究安宅^⑨。

鸿雁于飞，哀鸣嗷嗷^⑩。维此哲人^⑪，谓我劬劳。维彼愚人，谓我宣骄^⑫。

【注释】

①鸿雁：水鸟名，即大雁；或谓大者叫鸿，小者叫雁。②肃肃：鸟飞时扇动翅膀的声音。③之子于征：这个人服役。④劬（qú）劳：勤劳辛苦。⑤爰：语气助词。矜人：可怜人。⑥鳏（guān）：老而无妻者。寡：老而无夫者。⑦于垣：筑墙。⑧堵：长、高各一丈的墙叫一堵。⑨究：终。宅：居住。⑩嗷嗷：鸿雁的哀鸣声。⑪哲人：才智极高的人。⑫宣骄：骄奢。

【赏析】

《鸿雁》这首诗共有三节。在这三节中，每节都是用"鸿雁"两字起兴，在诗中作者通过鸿雁来进行自喻。按照朱熹的观点，这是一首"饥者歌其食，劳者歌其事"的现实主义诗作。

第一节描写流民都被迫去野外参加劳役的场景，此处反映受害的流民十分众多，揭露了统治者的冷血、无情和残酷，驱使劳力，连鳏寡之人也不放过。颠沛流离无处安身的流民看到天空展翅高飞的大雁，忍不住感伤起来，他们叹息着，这叹息中饱含着他们对自己不得不参加繁重徭役的哀怨。

第二节在内容上承接第一节，描绘服劳役的流民们筑墙的情景。这时天空中的鸿雁已经聚集到了水泽中去。漂泊迁徙的大雁，让流民们想到了自己。这里用大雁来象征集体劳作的流民们，他们努力筑起很多堵高墙，但是这些辛苦建成的围墙中，却没有一处是他们的家园。没有安身之地的流民发出了"虽则劬劳，其究安宅"的疑问，饱含不平和愤慨。

最后一节述说流民们悲惨的命运，是流民的悲哀之歌。他们为了让贵族们生活得更好而辛苦工作，但是到头来却要忍受那些贵族的嘲弄和讥笑。大雁的声声哀鸣，一下子引起了流民们的共鸣，他们内心凄苦不堪，再也无法忍受之时，唱出了这首诗，以宣泄心中的愤恨。

本诗开篇的"鸿雁于飞"指代的是那些流离失所、无依无靠的流民，他们的生活十分困苦，特别是鳏寡孤独的人，日子过得更是悲惨。为了完成王的命令，为了尽快让这些人有住的地方，流民们不辞辛劳，筑墙盖房。

作为一种候鸟，鸿雁总是秋来南去，春来北迁，它们的这种习性和被迫在野外服劳役、四方奔走的流民十分相似，两者都过着居无定处的生活。在长途旅行中鸣叫的鸿雁，声音十分凄厉，让听到的人生出悲苦，流民们触景生情，增添了不少忧愁。

这首诗反映了当时无奈的社会现实，动荡的社会导致大量的人遭受到流离失所的痛苦。"鸿雁于飞"具有十分深刻的含义，它生动形象地说明了流民们的无限哀痛，后人因此将"哀鸿"这个词当做灾乱流民的代名词。

◎庭燎◎

夜如何其^①？夜未央^②。庭燎之光^③。君子至止，鸾声将将^④。

夜如何其？夜未艾^⑤。庭燎晢晢^⑥。君子至止，鸾声哕哕^⑦。

夜如何其？夜乡晨^⑧。庭燎有辉。君子至止，言观其旂^⑨。

【注释】

①其：语尾助词。②央：尽。③庭燎：宫廷中照亮的火炬。立在地上的大烛，由苇薪制成。④鸾：铃。此为旂上的铃。将（qiāng）将：铃声。⑤艾：尽。⑥晢（zhé）晢：明亮。⑦哕（huì）哕：铃声。⑧夜乡晨：天将亮。⑨旂（qí）：画有交龙、竿顶有铃的旗。

【赏析】

这是一首记述宣王中兴的诗作，为问答体诗，每章前半部分，摹写宣王的问和夜人的答。宣王由于关心国事，牵挂上朝时间，夜不能寐，一遍一遍询问更时。此问彼答这一类型，极具特色，在《诗经》及后世的诗歌中都不多见。诗作每章后半部分笔锋转向，描写的是众臣子对上朝的重视和对国事的尽心，他们天不亮就纷纷驱车来朝，恭敬等候。如此君臣对照，两相呼应，展示了一种积极蓬勃的政治局面。

周宣王名曰姬静，他之前是无道的厉王，暴虐残忍，多为世人诟病，他之后是昏聩的幽王，"烽火戏诸侯"，最终葬送了西周。位于两者之间的宣王，可能是因为从小际遇非凡，心性得到磨炼和升华，成为了一个"中兴之主"。他勤勉于政事，在位四十多年，励精图治，内安百姓，外伐强敌，西周很大程度上得到了振兴。此诗描摹的，就是"宣王中兴"这一场面的形象诠释及其得以出现的原因。

在具体的组织行文中，作者别出心裁，没有描写大的局势，也没有人云亦云地说些歌颂的套话，而是从一个侧面入手，抓住了一个细微但极其典型的瞬间，反复渲染。宣王为政勤奋，他在接受朝见的前夕，认真准备，悉心思考，以致夜不能寐，因为生怕耽误早朝的时间，一夜中多次问夜人"夜如何其"。虽然话短意浅，并且在作者的加工之下，没有丝毫特别情感的表露，但由于反复出现，历时较长，显得意蕴深远，形象地描绘出了宣王迫切焦急并且唯恐延误上朝的心情，生动至极。

"夜未央"、"夜未艾"、"夜乡晨"三句，是对宣王反复询问的回答，答者是守候在宣王身边的"鸡人"，也就是当时的报时之官。鸡人掌管城中的鸡和其他牲畜，懂得观星，熟知各种计时器具，能够在黑夜中辨别时间，待到祭祀或上朝时，由他来司晨、叫醒百官。诗中，鸡人的回答，俭省而优雅，呈现出尽责的态度和谨严的职业操守，得体至极。一位普通的官员都能如此干练尽职，朝廷的有序和高效可想而知。这一描摹，也从侧面深化了诗作主旨，反映了宣王的治国之能。

鸡人是如何辨别时间的呢？宣王寝房外面又是什么样子？作者显然不满足于仅仅给出一个简短的对答。他像驾驭着一台摄像机一样，先在近处捕捉到一个近景特写，然后慢慢地转向窗外，将镜头渐渐伸长，把寝宫外面的情况摄入镜头之中，如此反复多次：首次为"庭燎之光"，庭中蜡烛光明亮堂，远处没有一点亮色，故而鸡人说"夜未央"；第二次"庭燎晢晢"，烛光不如原来的明亮，但依然清晰耀眼，可见天色将曙，夜幕渐稀，四周已有微光，夜未艾将艾；第三幅是"庭燎有辉"，天已微明，烛光暗淡，已经可以看到其上的烟气缭绕，即为"夜乡晨"。

如此三章，笔触划过来又划过去，在寝宫内外往返数次，"镜头"所摄之景悉数简练，但所含意蕴则深远浓郁，并且在相似的重复中将张力叠加，即使是在现在，亦显得非常经典。

诗作中并非只有极具动感和连贯性的画面，还有着非常巧妙的声音营造。在诗作每章的后半段，作者再从听觉入手，继续填充他营造出的纯美意境：首段"鸾声将将"，一阵依稀可闻的叮叮当当声，撕破幽暗的夜幕，远远传来，由于距离稍远，清脆稍减，悠扬骤增，锵锵不绝于耳，由此可以判断出奔来的车子还比较遥远，数目不多，渐闻渐止；第二章"鸾声哕哕"，则是规律而节奏的叮当之声，清脆悦耳，并且急促有力，欢快而慌乱，表明车子已近，人数稍多，另外，选"哕哕"而不用其他，急促中显出一丝节制之感，表明诸侯放慢了车速，既是对王宫禁地的敬重，也是体恤君王，避免嘈杂之声搅扰到其美梦。

诗作全篇，对于视觉形象和听觉形象的描写，十分生动形象，并且在细微处的把握准确至极，达到了极高的艺术境地，使读者有身临其境之感。

第三章中，臣子们都已悉数到达，在朝堂外毕恭等候，"言观其旗"，都慎重、平静地看着半空中渐渐升起的旗帜，做最后阶段的准备和等待。这里的旗帜，可以扩展开来，被理解为朝廷所有的纲要和政策。以及朝廷的威严。臣子目光悉数在此，反映出他们一心维护朝廷的权威，认真遵循君王的驱使，严格认真地履行自己的职责，显得有序、谨严、同心协力。另外，旗子的随风飞扬，也显示着宣王一朝的意气风发、如日中天，昭示了其美好前景。

此诗中，宣王勤于朝政，严肃纲纪，没有正面铺陈的臣子们，也被烘托得忠心耿耿、积极用心，显得形象高大光明，如此上下齐心，才有后来的国之中兴。这一点为后世历代的统治，提供了极高的政治借鉴和规劝价值。

◎沔水◎

沔彼流水^①，朝宗于海^②。鴥彼飞隼^③，载飞载止^④。嗟我兄弟，邦人诸友^⑤。莫肯念乱^⑥，谁无父母。

沔彼流水，其流汤汤^⑦。鴥彼飞隼，载飞载扬。念彼不迹^⑧，载起载行。心之忧矣，不可弭忘^⑨。

鴥彼飞隼，率彼中陵^⑩。民之讹言^⑪，宁莫之惩^⑫。我友敬矣^⑬，谗言其兴。

【注释】

①沔(miǎn)：流水满溢的样子。②朝宗：归往。本意是指诸侯朝见天子(《周礼·春官·大宗伯》："春见曰朝，夏见曰宗。")，后来借指百川归海。③鴥(yù)：鸟疾飞的样子。隼(sǔn)：一种猛禽。④载：句首语气助词。⑤邦人：国人。⑥念乱：止乱。⑦汤汤：义同"荡荡"，水大流急的样子。⑧不迹：不循法度。⑨弭(mǐ)：止，消除。⑩率：沿。中陵：陵中。⑪讹言：谣言。⑫宁莫之惩：怎么可以不惩凶。⑬敬：同"警"，警戒。

【赏析】

《沔水》描写了当时国家动乱、政事日非、谣言四起的悲惨情境，作者在诗中表达了自己对国家的担忧、对百姓的同情和对友人的告诫。对于《沔水》一诗的主旨，《毛诗序》主张其为"规宣王"

之作，但语焉未详，没有说出规劝的原因和内容。朱熹《诗集传》主张"此忧乱之诗"，结合诗作中可以感受到的作者忧乱畏谗的沉痛，这种观点当为中肯评价。今人高亨在其《诗经今注》评论道："这首诗似作于东周初年，平王东迁以后，王朝衰弱，诸侯不再拥护。镐京一带，危机四伏。作者忧之，因作此诗。"主张诗作描写的是周平王东迁后镐京一代的悲惨情形，被多数学者认同。

诗中的比兴手法不同于一般篇什，连用两组比兴句。第一章开篇四句写流水朝宗于海，飞鸟一会儿飞翔，一会儿止息，但有安适的落脚处，以此反衬百姓的处境还不如流水和飞鸟，只得在战争的催逼下无家可归、四处流亡，过着妻离子散、家破人亡的悲惨生活。

后四句写诗人对社会动乱的痛恨。"嗟我兄弟，邦人诸友"，"兄弟"、"邦人"、"诸友"，三个词概括了一切自己认识的亲人熟人，在正常情况下，这些人应该是作者生命的依靠和生活的寄托，而现在，他们却"莫肯念乱"，即都不肯制止社会的动乱，还要继续参与其中，成为一个个刽子手、阴谋家，作者不由地感到孤立无援、痛心疾首，他最终呼喊道："谁不是娘生父母养的生命，谁家没有老迈的双亲需要赡养？为什么还在不停地打打杀杀？生命可贵，和平可贵啊！"一颗拳拳之心可表日月。稍作推想便可想而知，战乱应最终归咎于高高在上的当权者，他们对动乱不加制止，还挑唆百姓加入其内，使得人们老无所终、少无所养，悲惨异常。

第二章前四句为比兴句，描写流水浩荡不休、奔涌回旋，飞鸟翱翔不止、毫不停歇，暗喻盗贼的数量繁多和惨案的接连不断、没有尽头，同时也衬托了诗人心情的极具烦乱，此刻作者的心境较之第一章变得更加忧心如焚、坐立不安。

后四句，作者看到不法之徒趁乱作恶、为非作歹，便"心之忧矣，不可弭忘"，心的忧伤不可停止，难以忘怀。战争是强者之间的游戏，参战方无论胜负，最终的苦难都要百姓承担。除了兵士，一些素质低下的人很容易沦为强盗，无恶不作，混乱的社会管制让他们有了可乘之机，挨饿受冻的悲惨现实让他们有了"不迹"的理由，因为他们直接深入百姓家中，其危害甚至比军队更甚。因为战争的频繁和盗贼的雪上加霜，平凡的弱者永远都处于最悲惨的境遇中，只得逆来顺受，凄苦度日。

前两章侧重于表现生命的无保障和生活的艰难，第三章作者转向了人的精神世界。此处本应该和前两章中的比兴相同，但四句只剩下了两句，可能在流传过程中遗漏或丢失，剩余两句"鴥彼飞隼，率彼中陵"写飞鸟沿丘陵高下飞翔，形容后文所提到的流言的忽起忽落，其速度之快，来势之猛，让人猝不及防。

当人们陷身于危难的境遇中时，最有价值的是对未来美好生活的憧憬和肯定，以及身边人的信任和相互依靠，它们能让人心有寄托，能给人活下去的力量。但现实的情况却是，四处铺天盖地的谣言并起，今天说马上就要亡国，明天说有军队又要袭来，弄得百姓人心惶惶，个个犹如惊弓之鸟，在冻饿之余还要承受惊吓和希望破灭的苦痛。正直的官员们饱受奸臣诽谤，今天被奏谋反，明天被污通敌，无法受到主上的信任和施用，一腔热血和满腹才华被迫弃置，只能眼看着奸臣谋利、国家倾覆、民不聊生。诗人对此心中愤慨不平，

劝告友人应自警自持，防止为谗言所伤。

三章中的比兴虽然都是描述流水和飞鸟，用词也大同小异，但并不是简单重复，而是和所表达的主题巧妙地契合在一起，在文章起承转合中各自侧重，使诗作变得蕴藉深广。这样的手法也便于归顺行文脉络，引发读者思路的延伸，使本来离散的叙述变得连贯。

透过这些内涵深远的比兴和或激愤或低沉的控诉，诗人的形象鲜明地呈现在了字里行间：生逢乱世，心中耿直仁慈，没有随波逐流，关心国事，具有强烈的忧患意识，爱憎分明，对百姓、亲人、友人以及其他的正直之士心存关怀怜悯，痛恨厌恶屠戮百姓的凶手，对作乱之徒充满了憎恶，希望能再造安定和平、和睦共荣的稳定局面，与"莫肯念乱"的当权者形成强烈的对比。

这是一首抒情诗，着重描摹一种不安和忧虑的心情，对祸乱的场面没有加以具体叙述，然而他的这种悲痛却能深刻地让读者感受到当时社会环境的惨状。此诗三章，皆从悲惨处着笔，描写的事由没有明显的连贯线索，笔端跳跃跌宕，无迹可寻，映照了作者因祸乱而心绪不宁的心理状态，做到了文章结构和情感的内在统一。

◎鹤鸣◎

鹤鸣于九皋①，声闻于野。鱼潜在渊，或在于渚②。乐彼之园，爰有树檀，其下维萚③。它山之石，可以为错④。

鹤鸣于九皋，声闻于天。鱼在于渚，或潜在渊。乐彼之园，爰有树檀，其下维榖⑤。它山之石，可以攻玉。

【注释】

①九皋：泽中水溢出称一折，九折指极远处。②渚：水中小洲，此处当指水滩。③萚（tuò）：枯落的枝叶。④错：砺石，可以打磨玉器。⑤榖（gǔ）：树木名，即楮树，其树皮可作为造纸原料。

【赏析】

生活在城市的人们，生活总是忙忙碌碌的，每天对着钢筋混凝土堆建成的都市，很容易感到疲累和倦怠，这时很多人就会向往鸟语花香的田园生活。《鹤鸣》就描述了这样一幅迷人的世外桃源的景象：在广袤的原野上，仙鹤在云霄间鸣叫，鱼儿在深渊和滩头潜入、跃出。在这美丽的景象周围，耸立着堆满枯枝落叶的高大檀树的园林，园林的近旁，又有一座怪石嶙峋的山峰。这真是一幅美妙的自然美景。

关于《鹤鸣》这首诗的主旨，《毛诗序》认为是"诲（周）宣王"。朱熹的观点则有所不同，他认为这首诗的主旨是劝人为善，在此观点的基础上，今人程俊英在《诗经译注》中提出了更为后人所认可的说法：“这是一首通篇用借喻的手法，抒发招致人才为国所用的主张的诗，亦可称为'招隐诗'。”

诗中以“鹤”比喻隐居的贤人，诗人所描绘出的这样一幅美妙画卷，一方面正是隐居者适宜居住的地方，另一方面则隐隐指向隐居之人高洁的志趣和品性。

《鹤鸣》一共有两个章节，每节皆有比喻。第一节的比喻分别是“鹤鸣于九皋,声闻于野”，“鱼潜在渊，或在于渚”，“爰有树檀，其下维萚”，“它山之石，可以为错”，第二节只改变几个字或改变语序，意义并无变化。朱熹曾将这四个比喻，转变了成了诚、理、爱、憎这四种思想。在朱熹的观点中，由这四种思想引申出来的，就是“天下最普遍的真理”。这其实就是朱熹理学的观点，他用这样的观点来分析《鹤鸣》，显然窄化了这首诗的主题。

第二节的“它山之石，可以攻玉”是一句名句。北宋哲学家、易学家邵雍曾经这样解释过“它山之石，可以攻玉”：他把遇到的侵犯欺凌比作砺石，把品行高尚的人比作美玉。美玉只有在经过砺石的琢磨后才能绽放光彩。也就是说，君子要时刻自省，通过磨砺来完善自己。

其实，在读这首诗时，不需要去想那么多事情，只要把自己融入到这首诗所描绘的场景中，把它当成一首简单的即景抒情小诗就可以了。这是一幅漫游于荒野的图画，可以听到鹤鸣，看到鱼游，踩着落叶漫步在檀树林中，观赏怪石嶙峋的山峰。从听觉写到视觉，再到心中所感所思，一条清晰的脉络贯串全篇，有色有声，有情有景，充满了诗意，使人产生思古望今的情怀。

◎祈父◎

祈父①，予王之爪牙。胡转予于恤②？靡所止居③。
祈父，予王之爪士。胡转予于恤？靡所底止④。
祈父，亶不聪⑤。胡转予于恤？有母之尸饔⑥。

【注释】

①祈父：周代掌兵的官员,即大司马。②恤：忧愁。③靡所：没有处所。④底(zhǐ)：至。⑤亶(dǎn)：确实。聪：听觉灵敏。⑥尸：主。饔（yōng）：熟食。

【赏析】

王都卫士，即王家禁旅，又称作京畿卫队，类似后期的羽林军。按古制，他们只负责王室和都城的防务和治安，在一般情况下不外调征战。但这首诗的背景里，掌管王朝军事的祈父——司马，破例地调遣王都卫队去前线作战，致使卫士们心怀不满。从另一角度，亦可看出，当时战事不断，兵员严重短缺，国家遭遇了连守卫京都的武士都要抽调的窘境。这些军士都动怒了，其他常年兵役在外的普通士兵又该如何？《祈父》是一首周王朝的王都卫士抒发内心不满情绪的诗作。诗作深层地映射了民怨纷起、政局动荡的社会现实。

这首诗一反《诗经》开端比兴的常态，不再温柔含蓄、彬彬舒缓，而是以质问的语气，一开头便大呼“祈父”。继而厉声直言其事：“胡转予于恤？靡所止居”，为什么使我置身于险忧之境，害得我背井离乡，饱受征战之苦？禁卫军目圆睁、发上指，欲以死相拼、一探究竟的面孔，随着这声呵斥，生动鲜明地浮现在读者眼前。这种短促、直接的喝问风格，契合了武士们心直口快、敢怒敢言的性格特征。司马的此举，真的有违常理，触动了将士们心中的底线。主上和司马等一干统治者，随着连年

181

的征战，在将士们心中已经威信尽失，命令的神圣性荡然无存，将士们日积月累，积攒下了深重的怨恨。

第二章与第一章仅易数字，武士的愤怒情绪在复沓中一步步增加，几乎到了一触即发的境地，也使得诗作的紧张程度急剧上升。到第三章，武士们一呼再呼以至三呼司马，责其"不聪"，斥其昏庸，感情逐步加深，带上了深深的怨憎之情，甚至隐隐蕴涵复仇之意，形势的动荡程度达到顶峰。个中的原因，不是将士们无理取闹，也并非他们贪生怕死，而是他们所面临的惨状：家中的老母亲得不到奉养，自己无法尽到人子之责，离家时老母依然强健，但由于兵役太久，归家时老母早已兀自死去，生为人子却未能替父母养老送终，此种责任怎能承担？

短短一句话，怨恨的原因和不能从征的苦衷，悉数道来，让读者侧然。整篇诗作下来，将士们由不满意随意征调，进而演进到对政策的质问，最终又转变为对司马不能体察下情的斥责，矛盾顿然升级。

这显然不是仅仅在斥责统兵司马，司马是周宣王的"爪牙"、"爪士"，司马的命令一定是周宣王的命令，因此武士们是把周宣王当做质问对象的。历史上，周宣王连年征战，军政不休，把军士们置于无尽头的危难境地中，把无辜的人民捆绑在无休止的战车之上，这种局面岂是一个小小的司马官所能造成的？即使一切罪责皆在司马，宣王任人失察，也照样难辞其咎。由此，诗作获得了更高的针砭层次和更强的针砭力度。

在军士的这种怨愤中，还隐藏着极大的隐忧，因征调不满就暴跳如雷，是否不够本分？动不动就搬出老母，是不是太过矫情？细想之下，就会发觉，当时的情况远远惨痛过人们的想象。在那个时期，寻常百姓家中，大都会有多个子嗣，即使是有一两个在禁卫军中任职，也不会出现老母卒于家中无人送终的情况，唯一的解释就是，其他的儿子早已战死沙场。他们悉数被征调入伍，整日南征北战，尽数客死他方。而这一支禁卫军中的士兵，是各自家中仅存的独嗣，也是各家为其老迈父母送终的唯一希望。而如今，兵役时间太长，军队不予准假，已有很多双亲未得送终而死去，将士们早已怨愤连连，这次调兵，正是一个导火索，将士们再难沉默。

这首诗似乎过于激烈，但言为情遣、气为势逼，直抒胸臆，一点没有过错。这种拍案而起，使得这首数十字的小诗，拥有了惊人的力量，它以饱满的激情，奋力撕开了历史的一角，让读者得以窥得当时社会的真容。作者是聪明的，他只选择了一个微细的角度，把笔触放置在待遇最优厚、任务最轻松、地位最崇高的禁卫军身上，以他们难以容忍的愤怒，来代表和反衬全体国人对战争的厌恶和对安居乐业的向往，从而反衬出当时的战乱是多么的频繁，死伤数目是多么的巨大，有多少家庭妻离子散，老无所终、少无所养，百姓和军士心中，又积压着多少怒火。

◎白驹◎

皎皎白驹①，食我场苗②。絷之维之③，以永今朝④。所谓伊人⑤，于焉逍遥⑥。

皎皎白驹，食我场藿⑦。絷之维之，以永今夕。所谓伊人，于焉嘉客。

皎皎白驹，贲然来思⑧。尔公尔侯⑨，逸豫无期⑩。慎尔优游⑪，勉尔遁思⑫。

皎皎白驹，在彼空谷⑬。生刍一束⑭，其人如玉⑮。毋金玉尔音⑯，而有遐心⑰。

【注释】

①皎皎：毛色洁白的样子。②场：菜园。③絷（zhí）：用绳子绊住马足。维：拴马的缰绳，此处意为维系，用作动词。④永：长。此处用如动词。⑤伊人：那人，指白驹的主人。⑥于焉：在此。⑦藿（huò）：豆叶。

⑧贲（bì）然：装饰华美的样子。此处指光彩的样子。⑨尔：你，即"伊人"。公、侯：古爵位名，此处皆作动词，为公为侯之意。⑩逸豫：安乐。无期：没有终期。⑪慎：慎重。优游：义同"逍遥"。⑫勉：抑止。遁：避世。⑬空谷：深谷。空，"穹"之假借。⑭生刍（chú）：青草。⑮其人：亦即"伊人"。如玉：品德美好如玉。⑯金玉：此处皆用作意动词，珍惜之意。⑰遐心：疏远之心。

【赏析】

《白驹》是一首在田猎宴会上唱的雅歌，有学者提出殷人喜欢白色，大夫大都乘坐白驹，所以这首诗是武王为箕子饯行的诗；也有人提出，这是一首王者想要留住贤者却没有做到，只好将其放归山林的诗；还有人认为这首诗是一首关于朋友离别的诗。

《白驹》是一首极力挽留客人的诗，充分表现出主人热情挽留客人的心情。为了留住客人，主人把客人的马匹拴住，希望客人能在这儿多住几日，多得几天逍遥。同样为了留住客人，主人放跑了客人的马儿，希望客人能放开歌喉，互相咏唱，安心在此。

本诗对后世有着非常深远的影响，"白驹"一词已经成为思贤怀友的代名词。《白驹》一诗共有四节，可以将这四节分成两个层次。前三节为第一层，最后一节为第二层。

第一层，主要写客人未离去时主人的挽留。在古代，主人留住客人的方式有很多种。本诗中的主人想方设法地将客人骑的马拴住，主人感叹说，一匹浑身皎洁的白马，正在吃着他的豆苗和豆叶，为了保住他的豆苗和豆叶，主人只有将马用绊马索绊上，然后再用缰绳将马拴在桩上。主人这样做的目的表面上是为了保护自己的财产，实际上是为了不让那位志行高洁的嘉宾离开。绊马和拴马的目的是为了留人。

主人希望客人在他家多待一段时间，逍遥一段时间，哪怕仅仅是一朝一夕，只要能延长他欢乐时光就可以了。主人"絷之维之"这个小动作，就充分表现出主人对客人无限的敬慕之情和对朋友的真心挽留之意。这几节的文字中，字里行间都流露出主人的殷勤好客和热情真诚。

第三节中，诗人采用间接描写的方法形象地对客人进行了刻画。通过这一节，可知客人的能力十分强，甚至能够成为公侯一样的人物，不幸的是，他生不逢时，在这样一个乱世诞生，朝廷不能接受他，同时高洁的客人又不愿和世人同流合污，于是他选择了避世而居，退隐山林。

第二层主要写客人已去而主人怀念他的情景。虽然主人再三挽留，但是高贵的客人还是走了。他希望朋友能够和他约定，再一次到他的家中来做客，并和他保持联系，不可因隐居就疏远了朋友，惜别和眷眷思念都溢于言表。但是一心隐居的朋友却没有答应，而是婉言谢绝了主人的美意。

被拒绝了的主人依然期盼着自己的朋友有一天能够再次来到他的家中做客。于是他整天都站在大路口，望向朋友离去的方向，希望忽然有一天，朋友能够骑着他那匹浑身皎洁的小白马再次来到自己的家。但是执意隐居的朋友因为选择了独善其身，希冀逃离乱世洁身自好，所以再也没有出现。

为了再次见到朋友，主人曾长途跋涉，到了朋友隐居的旷谷，但是他只看到了那匹浑身雪白的小白马在空谷中自由自在地奔跑，却没有找到躲避起来的朋友。主人万般无奈之下，只能回家，他在家中为朋友的白马备了青草作为饲料，继续等待他那像玉一样的朋友再次到来，他托风告诉他音讯全无的朋友，"不要珍惜音讯如金玉，心存疏远忘知交"。主人明白朋友不愿入仕，不愿和世人有所纠葛的心情，理解朋友的一番苦心，但是他依然希望朋友不要回避自己，和自己经常联系。主人感慨，希望朋友"谨慎你优游的玩乐心，切勿只图闲暇避世居"。

这一节写出主人真挚的感情，表现出他誓约的诚恳。言语的甘美，写出了主人和朋友分别时的依依不舍，托出主人和朋友离别之后的眷眷相思，一往情深。这一节，既有主人对朋友的希冀，又有他对朋友的劝勉，主人对朋友只有期盼殷殷，而没有任何的轻视和不屑。这首诗将主人思贤怀友的感情描绘到了极致。

有人说，金子虽长埋于地下，有朝一日重见天日时照样会熠熠发光。但人毕竟不同于金子，人的寿命是有限的，正如阳货见孔子时所说："日月逝矣，岁不我与。"假如真想为这个世界做点什么，就不应该一味从洁身自好的观念出发隐遁山林，正如金子莫要长埋于泥土之中一样。

◎黄鸟◎

黄鸟黄鸟①，无集于榖②，无啄我粟。此邦之人，不我肯榖③。言旋言归④，复我邦族⑤。

黄鸟黄鸟，无集于桑，无啄我梁。此邦之人，不可与明⑥。言旋言归，复我诸兄。

黄鸟黄鸟，无集于栩⑦，无啄我黍。此邦之人，不可与处。言旋言归，复我诸父。

【注释】

①黄鸟：黄雀。②榖（gǔ）：木名，即楮木。③榖（gǔ）：善。④言：语气助词，无实义。旋：转身。⑤复：回返。邦：国。族：家族。⑥明：通"盟"，讲信用。⑦栩（xǔ）：柞树。

【赏析】

朱熹《诗集传》中说："民适异国不得其所，故作此诗。"

当时的人们在奴隶主的残酷剥削以及无休战乱的颠簸之下，被逼无奈纷纷离开故土逃到异乡，就这样变成了"流民"。这些被迫寄人篱下的流民们，抱着满腔的希望来到了异乡。这个他们原以为会比故园好的地方，却和他们的想象完全不同，这里的人们对他们非常不友好，他们在异乡感到孤独难处。诗人用黄鸟为兴，喊出了"此邦之人，不我肯榖"、"不可与明"、"不可与处"这些语言都表现了诗人急不可耐的思归的决心。诗人通过这样的语言告诉世人，在这个世界上已经没有一块没有剥削与压迫的乐土。

贪得无厌的黄鸟，吃光了人们所有的粮食，然后还要和人们作对。它们停在人们家门前的树上，不停鸣叫着，它们的叫声让人们感到心烦。"黄鸟"在此处指代的正是那些盘剥压榨底层老百姓的人。走投无路的穷苦百姓于是宁愿离开生养他们的故土，也不愿再受压迫。这些可怜的人背井离乡，原本是想要寻一个世外桃源，但是出乎他们意料的是，他们的愿望根本无从实现，这就是残酷的现实。

　　无奈中，人们认识到这样一个现实：在世上再也没有乐土天国可以寻找。天下何处不灾荒，哪里都没有余粮可供他们食用，天下到处都是吃人的豺狼，哪里都不是穷人的乐土，而且就连那些此邦之人也已经丧失了基本的怜悯之心，他们"不我肯穀"、"不可与明"，甚至"不可与处"。

　　就像今人余冠英说的那样："背井离乡的人在异乡遭受剥削压迫和欺凌，更增添了对邦族的怀念。"无奈之下人们只能"言旋言归，复我邦族"，就这样人们决定回到自己的故乡去，与自己的邦族、诸兄、诸父生活在一起，流着同一种血液才会彼此照应，生活于其中才会有安全感。虽然那里还是恶人横行霸道，但是在那里至少还有他们的亲人和朋友。他们相信，在和亲人的相互依傍中，可以寻求些许暖意，这样的温暖能够给他们充满伤痛的心以解脱的慰藉和沉醉。

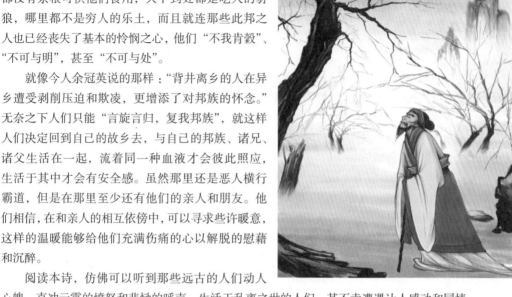

　　阅读本诗，仿佛可以听到那些远古的人们动人心魄、直冲云霄的愤怒和悲恸的呼声，生活于乱离之世的人们，其不幸遭遇让人感动和同情。

◎我行其野◎

　　我行其野，蔽芾其樗①。昏姻之故，言就尔居②。尔不我畜③，复我邦家④。

　　我行其野，言采其蓫⑤。昏姻之故，言就尔宿⑥。尔不我畜，言归思复⑦。

　　我行其野，言采其葍⑧。不思旧姻，求尔新特⑨。成不以富⑩，亦祇以异⑪。

【注释】

①蔽芾（fèi）：幼小的样子。樗（chū）：臭椿树。②言：语气助词，无实义。③畜：养育。④邦家：故乡。⑤蓫（zhú）：一种野菜，又名羊蹄菜，似萝卜，多食使人腹泻。⑥宿：居住。⑦思复：想归复。⑧葍（fú）：一种野草，花相连，根白色，可蒸食。⑨新特：新配偶。⑩成：通"诚"，的确。⑪祇（zhǐ）：恰恰。

【赏析】

　　关于这首诗的解读，历来有两种方式，虽各异，但都立足于浓厚的传统文化土壤。一种主张此诗应归属于古代非常突出的弃妇文学母题。男尊女卑的伦理传统，导致了家庭婚姻中女子的被动地位，诗作写的是一个远嫁他乡的女子被喜新厌旧的丈夫遗弃，归家途中所表现的悲愤和伤痛。另一种解释主张此诗作于周代。当时男女地位还未悬殊，女子怀疑丈夫变心，心中郁闷，同桌饮酒时酩酊大醉，借之一诉苦楚，反映了当时颇为自由平等的婚姻以及其中产生的情感纠葛。

　　第一种观点更具有文学创作的传统性和一般性，作者把主人公的悲剧情形放置在了一个生长着荒草恶木的原野中，情景交融，增添孤独凄凉氛围。诗作从主人公周遭环境和其心理活动落笔，以真实的口吻直录其所遇所感，通过故事片段延伸出整个事件情由和发展脉络，新颖独特。

作者寥寥数笔，营造出了这样一幅图景：头上是炎炎烈日，周遭是一片寂寥和荒芜，脚下是坑洼路途，一位伤感但坚毅的妇人边走边思，她在路边见到了臭椿树、羊蹄菜、菖菜，不由得联想到无情无义、喜新厌旧的丈夫，心底倍加怨骂，于是下定决心结束这段痛苦婚姻，返回娘家，重新开始新的生活。

广阔的原野、醒目的树草和渺小无助的妇人，营造出一种对立感，这一画面，因具有深远的表现张力，被后世很多评论家所赞赏。自然界的宏大与人类的渺小，原野的空阔寂静和人心的焦虑、满腹苦楚，相互彰显，画面的内蕴由此被无限放大，得以上升到一种哲学高度，能够指称诸多抒情主人公被命运抛弃、抗争无力的事由，由此获得了更广阔的情感蕴涵。

一、二章里，她只是兀自念叨："尔不我畜，复我邦家。""尔不我畜，言归思复。"节制而隐晦，没有指出丈夫的丑行，为其保留了颜面。到第三章，主人公终于控制不住，和盘托出丈夫的恶行："不思旧姻，求尔新特。成不以富，亦祇以异。"不是因为我有什么过错，也不是性格不合或遭遇变故，而是负心男见异思迁、喜新厌旧。难以平复的伤痛和无人可诉的委屈，此时悉数喷涌而出，全诗也在高潮中戛然而止，留给读者无限的同情、惆怅和遗憾。

文中开端处两次提到"昏姻之故"，发人深思。那人如此可恶，为什么开始能与他共同生活呢？是因为两人具有婚约，可见当初女子也并非对其心存爱意，只是因为父母之命、媒妁之言而违心下嫁。在后来的生活中，女子被迫随遇而安，改变初衷，立志勉力维持这段婚姻，但喜新厌旧的男子，却无端将其破坏，抛弃旧人。因此，婚姻在女子面前是一道枷锁，开始时无法反抗，只得跳进来。当被迫要努力维护时，男子却轻而易举地将其践踏，因此，自始至终，女子都是婚姻制度的牺牲品。

上一种解释，真切但未免沉痛。有的学者另辟蹊径，立足于"小雅"的特性，做了更为人性化的解读。"雅"即酒歌，是在宴会、酒席上人们相互对唱的迎宾歌、敬酒歌、答谢歌、赞美歌等，要按时间、地点、人物等不同环境进行咏唱。本首诗歌则是在酒席上一位妇女酒醉后的气话。

在夏、商、西周以及东周的春秋时期，男尊女卑的思想尚未完全形成，还有许多地方保留着母系氏族的遗风，很多执政的统领都是女性，她们也能同男子同坐一席，大碗喝酒、大块吃肉。这位女子酒喝多了，便借着酒劲数落丈夫，抒发自己心中的疑虑和怨气。

周朝，同姓氏之间不能结婚，小族要想发展强大，多采取联姻方式。第一章，这位女子述说自己并不爱自己的丈夫，因为婚约才嫁了过来，但现在男子背地里不忠于她，不愿要她了，所以她要回家！开始时女子还收敛一些，最后越说越上劲，开始把自己的怀疑和盘托出："你不顾惜我们的婚姻，就是看那女的长得好看。别以为我不知道，那个女的我认识，她家里并不富裕，所有的原因都出在你身上，是你见异思迁、喜新厌旧！"

这种解释，使得诗歌具有浓浓的生活气息和喜剧色彩。诗中的男人也许没有出轨，仅仅是女子多想和敏感；女子也并非仅仅因为婚约才嫁过来，两人之间也许有着浓浓的情谊；也许男子真的出了轨，但还没有到驱逐原配的地步，一切都还只是小问题，还有挽回的余地。种种猜测，都使得诗作不像上一种解释那样生冷、绝情。读者还可以依据诗中情形想到事情的后续发展：这位硬气的女子肯定会奋起力争，不会让自己受到委屈，当时的社会环境也不会让这个负心的男子得逞。较之于上一种"弃妇"的说法，此说多了调笑、热闹、荒诞和温情，更契合当时开放自由的民风和思想状况。

◎斯干◎

秩秩斯干①，幽幽南山②。如竹苞矣③，如松茂矣。兄及弟矣，式相好矣④，无相犹矣⑤。

似续妣祖⑥，筑室百堵⑦，西南其户⑧。爰居爰处⑨，爰笑爰语。

约之阁阁⑩，椓之橐橐⑪。风雨攸除⑫，鸟鼠攸去，君子攸芋⑬。

如跂斯翼⑭，如矢斯棘⑮，如鸟斯革⑯，如翚斯飞⑰，君子攸跻⑱。

殖殖其庭⑲，有觉其楹⑳。哙哙其正㉑，哕哕其冥㉒。君子攸宁。

下莞上簟㉓，乃安斯寝㉔。乃寝乃兴㉕，乃占我梦㉖。吉梦维何？维熊维罴㉗，维虺维蛇㉘。

大人占之㉙，维熊维罴，男子之祥㉚；维虺维蛇，女子之祥。

乃生男子㉛，载寝之床㉜，载衣之裳㉝，载弄之璋㉞。其泣喤喤㉟，朱芾斯皇㊱，室家君王㊲。

乃生女子，载寝之地。载衣之裼㊳，载弄之瓦㊴。无非无仪㊵，唯酒食是议㊶，无父母诒罹㊷。

【注释】

①秩秩：涧水清清流淌的样子。斯：语气助词。干：山间流水。②幽幽：深远的样子。南山：终南山，位于陕西西安市南。③如：犹言"有……，有……"。苞：竹木稠密丛生的样子。④式：语气助词，无实义。好：友好和睦。⑤犹：通"尤"，过失。⑥似续：通"嗣续"，犹言"继承"。妣祖：先妣、先祖，统指祖先。⑦堵：一面墙为一堵，一堵面积方丈。⑧户：门。⑨爰：于是。⑩约：用绳索捆扎。阁阁：捆扎筑板的声音，一说将筑板捆扎牢固的样子。⑪椓（zhuó）：用杵捣土，犹今之打夯。橐（tuó）橐：捣土的声音。⑫攸：语气助词。⑬芋：通"宇"，居住。⑭跂（qì）：踮起脚跟站立。翼：鸟张翼的样子。⑮棘：急，矢行缓则枉，急则直，急有直的意义。⑯革：翅膀。此处指鸟飞则变为静止状态。⑰翚（huī）：野鸡。⑱跻（jī）：登。⑲殖殖：平正的样子。庭：庭院。⑳觉：高大而直立的样子。楹：柱子。㉑哙（kuài）哙：宽敞明亮的样子。正：白天。㉒哕（huì）哕：光明的样子。冥：夜里。㉓莞（guān）：蒲草，可用来编席，此指蒲席。簟（diàn）：竹席。㉔寝：睡觉。㉕兴：起床。㉖我：指殿寝的主人，此为诗人代主人的自称。㉗罴（pí）：一种野兽，似熊而大。㉘虺（huǐ）：一种毒蛇，颈细头大，身有花纹。㉙大人：即太卜，周代掌占卜的官员。㉚祥：吉祥的征兆。古人认为熊罴是阳物，故为生男之兆。虺蛇为阴物，故为生女之兆。㉛乃：如果。㉜载寝之床：就睡在大床上。㉝衣：穿衣。裳：下裙，此指衣服。㉞璋：玉器。㉟喤喤：哭声洪亮的样子。㊱朱芾（fú）：用熟治的兽皮所做的红色蔽膝，为诸侯、天子所服。㊲室家：指周室、周家、周王朝。君王：指诸侯、天子。㊳裼（tì）：婴儿用的裸衣。㊴瓦：陶制的纺线锤。㊵非：错误。仪：善。㊶议：谋虑、操持。古人认为女人主内，只负责办理酒食之事，即所谓"主中馈"。㊷无父母诒罹：不要使父母遭非议。

【赏析】

《斯干》一诗，以友人的口吻，歌颂了一位贵族的美好品性和生活。这位贵族，祖先功德卓著，本人品性良好，生活环境优美，宫室宏大壮丽，让人羡慕和敬重。在诗篇中，作者表达了自己对其的良好祝愿，望他早生子裔。全诗细密生动，有虚有实，展示了当时宫室建筑的美好，也反映了当时的风俗和人们的思想观念。全诗九章，一、六、八、九四章七句，二、三、四、五、七五章五句，参差错落，在雅颂篇章中是颇具特色的。

诗作开头以两个叠词"秩秩"、"幽幽"起，明确了全诗悠远舒缓的基调，作者以平静和美的心境，慢慢讲述他所进入的美妙、纯净而生动的世界。首先是外在环境之美，面山临水，松竹环抱，形势幽雅。然后是人们之间的情谊之美，友人兄弟，和睦互爱，真心笑颜。既有美景，又有浓情，生活于此，是再好不过了。"如竹苞矣，如松茂矣"二句，既是赞美环境优美，又暗喻主人的品格高洁，语意双关。由此，作者说出了此处各种层次和方面的美好：每个人都谦恭高洁，人际关系和睦，周围环境明丽优美，由里到外皆如此。方位和层次的转变化于无形，且又毫无遗漏，可见作者的艺术用心。

第二章，讲述建筑宫室的原因。"似续妣祖"，为的是继承祖先的功业。功业当然是美好而伟大的，祖先们励精图治、功勋卓著，在历史上受人敬仰，荫蔽后世，到现在依然为人称道。而主人建屋立室，如此华美，自然也要将之传于子孙，使他们的创举能够造福于后代，功业和房屋的传承使美好的品德能够随时间延续，由过去到未来形成贯连，提升影响和生命力。这一章中，作者着眼于美好品德的传承，把它们放置在邈远的时间长河中，形成一条纵向的经线。而上一章中的美好，从每个人的内心，由内而外横向波及外在环境，形成纬线上的扩展，二者相互交织，形成纵横捭阖、铺天盖地的全面之势。

以下三章，是对宫室建造过程的具体描述。第三章"约之阁阁，椓之橐橐"，描摹建筑宫室时艰苦而热闹的劳动场面，捆扎筑板时绳索"阁阁"发响，夯实房基时木杵"橐橐"作声，热闹而生动。宫室建筑得如此坚固、严密，自然"风雨攸除，鸟鼠攸去"，主人自然舒适安乐，如此顺承而下，反映出事由的必然和作者轻松欢娱的写作心情。

第四章描绘宫室气势的宏大和形势的壮美，作者从远处着笔，连用四个比喻，博喻赋形，借美丽的飞禽在不同时刻的形状之美，来描绘宫室高耸入云、钩心斗角、起伏有势的盛景。当时的建筑水平之高，窥一斑而知全豹。其中，"如鸟斯革，如翚斯飞"的描绘，表现了作者丰富的想象力和细致的观察力，虽是笼统的比喻和粗线条的勾勒，但却暗含了中国建筑艺术史上"飞檐"的民族形式，对后世的建筑产生很大的指导意义。

第五章则是把视角拉近，具体描绘宫室内部的情状。"殖殖其庭"，室前的庭院平整宽阔；"有觉其楹"，拱顶的柱子耸直气派；"哙哙其正，哕哕其冥"，庭院白天里显得明亮，夜里也很光明。这样的宫室，主人怎么可能不舒服，所以，第三、四、五章的最后都要加上主人的感受：舒舒服服地在这儿生活起居、漫步行走或安然休憩，是多么享受啊。作者描绘宫室时，由远到近、由室外到室内，逐步推进，犹如所持并非纸笔，而是一架先进好用的摄影机，作者随着观察点的移动而转换镜头焦距，娴熟自然，最终把整座宫室完整而具体地呈现在读者眼前。

美好环境和建筑最终都要服务于居住其内的人们，后四章里，作者笔锋转向了宫室主人，开始对其描摹和祝愿。第六章先说主人入居此室之后将会寝安梦美，梦到"维熊维罴，维虺维蛇"。第七章接着写美梦的吉兆，预示将有贵男贤女降生，然后第八章说喜得贵男后的情形，第九章说幸有贤女后的情形，层次井然有序。

以如今的观念看来，诗中唯一不美好的就是严重的男尊女卑思想。生了男孩，放在床上，裹上宽大的衣裳，让他玩弄白玉璋，为将来封王做准备。而生了女孩，则放在地上，裹上小被子，让她玩弄纺缍，为将来操持家务做准备，还不准违背父母、公婆及丈夫的意愿。这不同的待遇和教育方式，应该是时代意识的反映。从那时起，重男轻女的民俗就已经开始了，并且，诗中所说的是君王家的女孩，她们尚且如此，寻常百姓家的女孩怎么样，就可想而知了。

◎节南山◎

节彼南山①，维石岩岩②。赫赫师尹③，民具尔瞻④。忧心如惔⑤，不敢戏谈。国既卒斩⑥，何用不监⑦！

节彼南山，有实其猗⑧。赫赫师尹，不平谓何？天方荐瘥⑨，丧乱弘多。民言无嘉，憯莫惩嗟⑩！

尹氏大师，维周之氐⑪，秉国之均⑫，四方是维。天子是毗⑬，俾民不迷。不吊昊天⑭，不宜空我师⑮。

弗躬弗亲，庶民弗信。弗问弗仕，勿罔君子？式夷式已⑯，无小人殆⑰。琐琐姻亚⑱，则无膴仕⑲！

昊天不佣⑳，降此鞠讻㉑。昊天不惠㉒，降此大戾㉓。君子如届㉔，俾民心阕㉕。君子如夷，恶怒是违。

不吊昊天，乱靡有定。式月斯生㉖，俾民不宁。忧心如酲，谁秉国成㉗？不自为政，卒劳百姓㉘。

驾彼四牡㉙，四牡项领㉚。我瞻四方，蹙蹙靡所骋㉛。

方茂尔恶㉜，相尔矛矣㉝。既夷既怿㉞，如相酬矣。

昊天不平，我王不宁。不惩其心，覆怨其正㉟。

家父作诵㊱，以究王讻。式讹尔心㊲，以畜万邦㊳。

【注释】

①节：高峻的样子。②岩岩：积石的样子。③师尹：太师和尹氏。太师，西周掌军事大权的长官；尹氏，西周文职大臣尹吉甫的后代。④具：通"俱"。⑤惔（tán）：火烧。⑥卒：全。⑦何用：何以。⑧有实：实实，广大的样子。《诗经》中形容词、副词以"有"作词头者，相当于该词之重叠词。猗：指山坡。⑨荐：重。瘥：疫病。⑩憯（cǎn）：曾，乃。⑪氐：根柢。⑫均：此处指国家政权。⑬毗：辅助。⑭吊：善。昊天：犹言上天。⑮空：空乏。师：众民。⑯式夷式已：受伤或停职。⑰无小人殆：不要受小人斥摈。

⑱琐琐：小小。姻亚：统指襟带关系。姻，儿女亲家；亚，通"娅"，姐妹之夫的互称。⑲膴（wǔ）仕：厚任，高官厚禄。⑳庸：均。㉑鞠讻：极凶。㉒不惠：不恩惠。㉓戾：暴戾，灾难。㉔君子如届：君子如果到来并过问。㉕阕：息。㉖式月斯生：应月乃生。㉗秉：掌握。㉘卒劳百姓：终于劳苦百姓。㉙牡：公马。㉚项领：肥大的脖颈。㉛蹙蹙：局促的样子。㉜茂：盛。恶：罪恶。㉝相尔：观察您。㉞怿：悦。㉟覆：反而。正：规劝纠正。㊱作诵：通"作讽"，作诗讽谏。㊲讻：改变。㊳畜：养。此处指安定。

【赏析】

《节南山》叙述的是幽王时代的事，诗旨哀怨，指斥幽王身边的权臣尹氏和太师执政不平，导致国脉不兴，天怒人怨，诗人的愤恨之情充斥于字里行间。

"节彼南山，维石岩岩。赫赫师尹，民具尔瞻。"开篇通过南山起兴，引出两位权势显赫的臣子。南山险峻，巨石嶙峋，这种描写既写出了两位权臣的权力如山一般威赫，又形象地表现出他们二人为政的"不平"。第二节"不平谓何"一句，是质问，也是无可奈何的嗟叹。第一节的"不敢戏谈"和第二节的"民言无嘉"，进一步描摹出在权臣统治之下的民众战战兢兢，却又忍不住愤恨之言的情状。

"国既卒斩，何用不监"一句，质问两位权臣平时为何不行分内之事，导致"天方荐瘥，丧乱弘多"。一人祸，一天灾，两者之间存在密不可分的联系。人祸引起了天灾，而天灾的到来更加深了人祸的后果，导致民众生出更大的怨恨。通过这些铺垫，第三节进一步说明，因为师尹害人害天，引来上天的报复，这些报复变成灾害施加到了人民的身上，面对天灾人祸的双重打击，人们已经悲愤到了极点。

第四节强调执政之人应远离小人，凡事要亲自过问，这样才能赢得人民的信任。

第五节的"昊天不佣"、"昊天不惠"，看上去是在抱怨老天不公，降下巨大的祸乱和灾难，但实则指向执政之人的无能。"君子如届"、"君子如夷"两句则指出君子执政的方向：君子执政要如临深渊，如履薄冰，民众才能安然放心地走在平坦的大路上；君子执政平等，这样，那些难以平息的民怨才能消失。排比、对比的运用使得诗文一气呵成，将诗人的责怨之情充分表现了出来。第六节则起到了承上启下的作用，全诗通过这一节实现了一种感情上的转变：由不可抑制的愤怒转向了稍稍和缓的无奈叹息。

接下来的几节，其长度有所改变。如果将这首诗当做一首歌谣，那么这就算是一种音乐的变奏。形式上的变化常常意味着内容或情感的转变。诗人不再如前几节那样酣畅淋漓地进行指斥，而是在短促的悲叹中升华全诗的感情。"方茂尔恶，相尔矛矣"一句说明师党与尹党互相倾轧，同时也互相勾结，导致朝政难以改革；"驾彼四牡，四牡项领"一句说明人们在无奈之下只能到其他的诸侯国避乱，但是已避无所避，因为宗周和四国都被师尹扰乱了。无奈之下，士大夫作了这首诗，"以究王讻"，以追究导致国家祸乱的罪魁祸首。

这是一首政治讽喻诗，讽刺了地位显赫的师尹，同时痛斥统治者执政不平、倒行逆施、鱼肉百姓的行为。他们使得周王朝动荡不安、濒临崩溃。可见，诗人不畏权贵，正直不阿，具有忧国忧民的品质。

◎正月◎

正月繁霜①，我心忧伤。民之讹言②，亦孔之将③。念我独兮，忧心京京④。哀我小心，癙忧以痒⑤。

父母生我，胡俾我瘉⑥？不自我先，不自我后。好言自口，莠言自口⑦。忧心愈愈，是以有侮。

忧心惸惸⑧，念我无禄⑨。民之无辜，并其臣仆。哀我人斯，于何从禄？瞻乌爰止⑩，于谁之屋？

瞻彼中林，侯薪侯蒸⑪。民今方殆，视天梦梦。既克有定，靡人弗胜。有皇上帝，伊谁云憎？

谓山盖卑⑫？为冈为陵。民之讹言，宁莫之惩⑬。召彼故老，讯之占梦⑭。具曰予圣⑮，谁知乌之雌雄？

谓天盖高，不敢不局⑯。谓地盖厚，不敢不蹐⑰。维号斯言，有伦有脊⑱。哀今之人，胡为虺蜴⑲？

瞻彼阪田⑳，有菀其特㉑。天之扤我㉒，如不我克。彼求我则㉓，如不我得。执我仇仇㉔，亦不我力㉕。

心之忧矣，如或结之。今兹之正，胡然厉矣？燎之方扬㉖，宁或灭之㉗。赫赫宗周㉘，褒姒灭之。

终其永怀㉙，又窘阴雨。其车既载，乃弃尔辅㉚。载输尔载㉛，将伯助予㉜。

无弃尔辅，员于尔辐㉝。屡顾尔仆㉞，不输尔载。终逾绝险，曾是不意㉟。

鱼在于沼，亦匪克乐。潜虽伏矣，亦孔之炤㊱。忧心惨惨㊲，念国之为虐。

彼有旨酒，又有嘉肴。洽比其邻，昏姻孔云㊳。念我独兮，忧心慇慇㊴。

佌佌彼有屋㊵，蓛蓛方有榖㊶。民今之无禄，天夭是椓㊷。哿矣富人㊸，哀此惸独。

【注释】

①正月：正阳之月，夏历四月。②讹言：谣言。③孔：很。将：大。④京京：忧愁深长。⑤癙（shǔ）：幽闷。痒：病。⑥俾：使。瘉：病，指痛苦。⑦莠言：坏话。⑧惸（qióng）：忧郁不快。⑨无禄：没有福禄。⑩乌：此处指周家受命之征兆。此下二句言周朝天命将坠。⑪侯：维，语助词。薪、蒸：木柴。⑫盖：通"盍"，何。⑬惩：警戒，制止。⑭讯：问。⑮具：通"俱"，都。⑯局：弯曲。⑰蹐：轻步走路。⑱伦、脊：条理，道理。毛传："伦，道；脊，理也。"⑲虺蜴（huǐ yì）：毒蛇与蜥蜴，两者都为毒螫之虫，因以比喻肆意害人者。⑳阪（bǎn）田：山坡上的田。㉑有菀（wǎn）：茂盛。㉒扤（wù）：动摇。㉓则：语尾助词。㉔仇（qiú）仇：傲慢。㉕不我力：不用我。㉖燎：放火焚烧草木。扬：盛。㉗宁：岂。或：有人。㉘宗周：西周。㉙终：既。怀：忧伤。㉚辅：车两侧的挡板。㉛载输尔载：前一个"载"，虚词。后一个"载"，所载的货物。输，

丢掉。㉜将：请。伯：排行大的人，等于说老大哥。㉝员：《毛传》："益也。"指加固。㉞仆：也叫伏兔，像伏兔一样附在车轴上固定车轴的东西。一说车夫。㉟曾：竟，乃。不意：不以为意。㊱炤：通"昭"，明显。㊲惨惨：忧愁不安。㊳云：亲近，周旋。㊴殷殷：忧愁的样子。㊵仳（cǐ）仳：低微。㊶薪（sù）薪：鄙陋。㊷椓（zhuó）：打击。㊸笃（gě）：欢乐。

【赏析】

《史记·周本纪》中这样记述西周灭亡前夕的历史："幽王以虢石父为卿，用事，国人皆怨。"而这首写于西周将亡之时的《正月》中，有一句"赫赫宗周，褒姒灭之"，恰似对西周覆亡的精准预测。

很显然，这首诗是表达诗人忧国忧民、愤世嫉俗的政治讽喻诗。作为周室的大夫，诗人虽然是当时社会的上层人士，但他仍然将矛头直指周幽王。诗中所写是诗人的亲身经历和人生遭遇，诗人感叹自己生不逢时，但他决定即使孤苦无依也要坚持正义。

面对即将崩溃的西周王朝，诗人心底有着无限愤怒，他的郁闷和不平都通过诗歌表现了出来。诗中描写西周末年的黑暗政治，揭露了当时朝廷的昏庸、腐败和残暴。诗中展现出诗人对曾经兴盛的王朝沦落的哀婉，同时也表达出自己的无可奈何、孤独无助和感伤。

诗人写"正月"时令失常，出现了多霜的反常气候，面对这样的状况，民间谣言四起。这里是以气候比喻国事的反常无道，这种反常导致当时的社会成为一个是非颠倒、环境险恶、人人自危、政治黑暗和贫富对立的人间地狱。诗中重点突出这一切都是因为荒淫骄奢的周幽王宠幸褒姒、重用佞人所致。作者是一名有能力、有政治远见的人，他在诗中说"彼求我则，如不我得"，这就表明他刚入仕的时候统治者很需要他，但是因为他过于正直，马上就受到了统治者的冷落，于是感叹"执我仇仇，亦不我力"。面对国家的前途多难，他"忧心愈愈，是以有侮"，诗人同情底层人民的苦难遭遇，却遭到佞臣们的排挤和中伤。就这样，一个因为忧国忧民而不见容于世的孤独士大夫形象就出现在了读者面前。

虽然本诗的君王并没有明确说明是周幽王，但是诗中的暗示让人猜到了这位昏庸无度的君王就是周幽王。"民今方殆，视天梦梦"两句，非常严厉地指出周幽王对百姓的困苦完全视而不见，对江山社稷也完全不在手。"赫赫宗周，褒姒灭之"两句，直接指明了周幽王将会葬送周朝的结局。

得志的佞臣"好言自口，莠言自口"，"洽比其邻，昏姻孔云"，他们巧言令色，嫉贤妒能，结党营私，狼狈为奸，这些心肠毒如蛇蝎的人享有高官厚禄，得到了君王的宠幸和重用。对于这种现状，诗人感到憎恨与厌恶，感叹这些小人必将毁灭国家。

广大的人民承受着统治者和佞臣们的层层剥削和压迫，他们在这样的暴政之下完全失去了平安生活的机会，遭受着无休无止的灾难，且只能忍气吞声地生活。对于这些可怜的人，诗人非常同情，感叹"民之无辜，并其臣仆"。诗中通过描述这样的三种人，强调是施行虐政的昏君导致了百姓们的困苦，虽然上天必将惩罚昏君，但是面对上天的惩罚，百姓也必然要无辜受过。

诗中陈词激烈，感情迫切，哀痛感人，通过一个"独"字，展现了诗人在黑暗的政治社会中艰难摸索的孤独。诗人用"瞻乌爰止，于谁之屋"来形容周王朝，通过"乌鸦"落的地方来说明西周王朝的灭亡是必然的。诗中通过大量的警言，表现了诗人深深的哀伤。

这首诗运用了很多修辞手法，其中有比喻，例如"鱼在于沼，亦匪克乐。潜虽伏矣，亦孔之炤"一句，用鱼在浅池必然会遭殃，来比喻乱世中人躲不过亡国之祸。还有对比，诗中的最后两节，通过描写居高位者"彼有旨酒，又有佳肴"、"佌佌彼有屋，蔌蔌方有榖"，与穷苦百姓"民今之无禄，天夭是椓"形成鲜明对比，不置一词便突出了诗人的极大愤慨。本诗四言中夹杂着五言，这样的写法错落有致，表现了诗人激烈的情感。

◎十月之交◎

十月之交^①，朔日辛卯^②，日有食之，亦孔之丑。彼月而微，此日而微。今此下民，亦孔之哀。

日月告凶，不用其行^③。四国无政^④，不用其良。彼月而食，则维其常^⑤。此日而食，于何不臧^⑥！

烨烨震电^⑦，不宁不令^⑧，百川沸腾^⑨，山冢崒崩^⑩；高岸为谷，深谷为陵。哀今之人，胡憯莫惩^⑪？

皇父卿士^⑫，番维司徒^⑬，家伯维宰^⑭，仲允膳夫^⑮，棸子内史^⑯，蹶维趣马^⑰，楀维师氏^⑱，艳妻煽方处^⑲。

抑此皇父^⑳，岂曰不时^㉑？胡为我作^㉒，不即我谋？彻我墙屋^㉓，田卒汙莱^㉔。曰予不戕^㉕，礼则然矣。

皇父孔圣，作都于向^㉖。择三有事^㉗，亶侯多藏^㉘。不慭遗一老^㉙，俾守我王。择有车马，以居徂向^㉚。

黾勉从事^㉛，不敢告劳。无罪无辜，谗口嚣嚣^㉜。下民之孽^㉝，匪降自天。噂沓背憎^㉞，职竞由人^㉟。

悠悠我里^㊱，亦孔之痗^㊲。四方有羡，我独居忧。民莫不逸，我独不敢休。天命不彻^㊳，我不敢傚我友自逸。

【注释】
①交：日月交会，指晦朔之间。②朔日：初一。③行：轨道，规律，法则。④四国：泛指天下。⑤则：犹。⑥臧：善。⑦烨（yè）烨：雷电闪耀。震电：如打雷闪电。⑧宁、令：皆指安宁。⑨川：江河。⑩冢：山顶。崒：通"碎"，崩坏。⑪憯（cǎn）：乃。莫惩：不戒惩。⑫皇父：周幽王时的卿士。卿士：官名，总管王朝政事，为百官之长。⑬番：姓。司徒：六卿之一，掌管土地人口。⑭家伯：人名，周幽王的宠臣。宰：冢宰。六卿之一，"掌建六邦之典"。⑮仲允：人名。膳夫：掌管周王饮食的官。⑯棸（zōu）子：姓棸的人。内史：掌管周王的法令和对诸侯封赏策命的官。⑰蹶（guì）：姓。趣马：养马的官。⑱楀（jǔ）：姓。师氏：掌管贵族子弟教育的官。⑲艳妻：指周幽王的宠妃褒姒。煽：炽热。⑳抑：感叹词。㉑岂：难道。㉒我作：作我，役使我。㉓彻：拆毁。㉔汙：积水。莱：荒芜。㉕戕（qiāng）：残害。㉖向：地名。㉗三有事：三有司，即三卿。㉘亶（dǎn）：确实。侯：语气助词。㉙慭（yìn）：愿意，肯。㉚徂：到，去。"以

居徂向"即"徂向以居"。㉛暋(mǐn)勉:努力。㉜嚚(áo)嚚:七嘴八舌的样子。㉝孽:灾害。㉞噂(zǔn)沓:聚在一起说话,形容议论纷纷。背憎:背后互相憎恨。㉟职:主。㊱里:"悝"之假借,忧愁。㊲瘝(mèi):病。㊳天命不彻:天命不合正道。

【赏析】

《十月之交》是一首政治怨刺诗,作者从自然现象着笔,继而揭露政治上的黑暗,再总结其深层原因,最后点出自己的做法,脉络十分清楚。作者感于当时的险恶自然现象,结合自身所处的政治局面,对社会现实提出了自己的思考和不满,严厉抨击了把持朝政的皇父诸人,斥责他们在其位不谋其政,中饱私囊,把国家社稷推向了危险的边缘。

据天文学家考证,诗中记载的日食发生在周幽王六年十月一日(公元前776年9月6日),作者在诗中记载了这一现象,还详细描述了后来发生的地震,以此作为自己说理的依据,真实而深刻。

诗作第一章交代时间、事件,以及事件发生时的情态和人民的反应。"日者,君象也。"在古人看来,太阳发生日食,白日无光,预示着有关君国的灾难。由此作者展开联想,在第二章里,"四国无政,不用其良",着笔的重点随之转向政治统治,抒发了作者对政治日弊、百姓日苦的悲痛与忧虑,过渡自然,论理谨严。

第三章,诗人更进一步,在描写日食之余,又搬出了后来发生的地震,对其情形进行了细致的描述:"百川沸腾,山冢崒崩;高岸为谷,深谷为陵。"诗中写的地震确有史实记载,《国语·周语》:"幽王二年,西周三川皆震。""是岁三川竭,岐山崩。"作者从大处着笔,通过具有特征性的大特写,展开了一幅历史上少有的巨大灾变图,历来为读者称道。其中"高岸为谷,深谷为陵"二句,因其鲜明的形象性,获得了不朽的艺术生命,被后世历代文人借用,成为了历史上概括政治巨变、社会更迭的代表性诗句。

诗人对于灾害的描述,透露着对国家的无比担忧。他知道这些灾害是上天对统治者的警醒,但统治者们没有任何改善,依然是不行善政、黑暗腐朽,于是,作者将抨击的笔触直指其自身。第四章到第六章,作者深切揭露周幽王宠幸嫔妃、奸臣乱党把持朝政的无道。第四章中,作者开列皇父诸党,揭示他们从里到外把持朝政的丑行。第五章指出皇父诸党对百姓的横征暴敛,并对其巧加名目,作者予以深刻揭露,讽刺了"礼法"的虚伪。第六章体现出皇父的自私以及对朝廷的危害,其聪明才智全用在维护自己的利益上,对国家的岌岌可危无动于衷。为躲避灾难,他们远迁向邑,带去贵族富豪,没有给周王留下任何有用的辅佐。任用这样的人当权,国家必然一步步走向灭亡。

最后,作者开始描写自己的境遇和心态。第七章作者写自己尽心为国但招谗言迫害,处境悲惨又有口难开,狼狈至极。分析自己的遭遇后,作者幡然醒悟,在后半部分总结出事由的内涵:"下民之孽,匪降自天。噂沓背憎,职竞由人。"百姓的灾难,不是上天降予的,而是由于小人作祟。他们口蜜腹剑,使无数的忠良志士饱遭罹难。这里表明了作者的幡然醒悟,与开篇的天降灾难相互对照,是作者认识的升华，也表达了诗人对现实处境的忧虑意识。

最后一章，诗人点明了自己的立场和今后的做法。他面对周朝严重的危机，虽然疲惫、心痛，但并没有退缩不前，而是尽职尽责，"明知不可为而为之"，显得坚忍而忠诚。"悠悠我里，亦孔之痗"是作者心态上的悲惨，在章节开头直陈其痛，感染人心。"四方有羡，我独居忧"，作者思维深刻、眼光清明，别人都没有看透现实的黑暗，只有他心中明白、忧虑担心。"民莫不逸，我独不敢休。天命不彻，我不敢傚我友自逸"，写作者选择的做法和其今后的坚持，在众人都或变质或放弃时，只有他不愿随波逐流，自我而独特，还在兀自自持。诗人是坚定的，也是孤独的，是自信的，也是明知无望的，这种复杂的心态，杂糅在这则短诗中，给人无限感慨。

◎雨无正◎

浩浩昊天①，不骏其德②。降丧饥馑，斩伐四国③。旻天疾威④，弗虑弗图。舍彼有罪，既伏其辜⑤。若此无罪，沦胥以铺⑥。

周宗既灭⑦，靡所止戾⑧。正大夫离居⑨，莫知我勚⑩。三事大夫⑪，莫肯夙夜。邦君诸侯⑫，莫肯朝夕⑬。庶曰式臧⑭，覆出为恶⑮。

如何昊天，辟言不信⑯。如彼行迈⑰，则靡所臻⑱。凡百君子，各敬尔身⑲。胡不相畏⑳，不畏于天！

戎成不退，饥成不遂㉑。曾我暬御㉒，憯憯日瘁㉓。凡百君子，莫肯用讯㉔。听言则答㉕，谮言则退㉖。

哀哉不能言，匪舌是出㉗，维躬是瘁㉘。哿矣能言㉙，巧言如流，俾躬处休㉚。

维曰予仕㉛，孔棘且殆㉜。云不何使，得罪于天子。亦云可使，怨及朋友。

谓尔迁于王都㉝，曰予未有室家。鼠思泣血㉞，无言不疾㉟。昔尔出居，谁从作尔室㊱？

【注释】

①浩浩：广大的样子。②骏：长。③斩伐：犹言"残害"。四国：四方诸侯之国，犹言"天下四方"。④疾威：暴虐。⑤既：尽。伏：隐匿、隐藏。辜：罪。⑥沦胥：沉没、陷入。⑦周宗：即"宗周"，指西周王朝。⑧靡所：没处。止戾（lì）：安定、定居。⑨正大夫：长官大夫，即上大夫。⑩勚（yì）：劳苦。⑪三事大夫：指三公，即太师、太傅、太保。⑫邦君：封国的君主。⑬莫肯朝夕：郑笺："不肯晨夜朝暮省王也。"马瑞辰《毛诗传笺通释》："谓朝朝于君而不夕见也。"⑭庶：庶几，表希望。臧：好，善。⑮覆：反而。⑯辟言：正言，合乎法度的话。⑰行迈：出走、远行。⑱臻：至。⑲敬：谨慎。⑳胡：何。㉑饥成不遂：饥荒不退。㉒暬（xiè）御：侍御。国王左右亲近之臣。㉓憯（cǎn）憯：忧伤。瘁：病。㉔讯：谏诤。㉕听言：顺耳之言。答：应。㉖谮（zèn）言：谏诤的话。㉗出：通"绌"，细劣。㉘瘁：病，或谓憔悴。㉙哿（gě）：欢乐。能言：指能说会道的人。㉚处休：处于安乐之地。㉛维：句首助词。于仕：去做官。㉜孔：很。棘：急，比喻艰难。殆：危险。㉝尔：指上言正大夫、三事大夫等人。㉞鼠：通"癙"，忧伤。㉟疾：通"嫉"，嫉恨。㊱作：营造。

【赏析】

周幽王荒淫昏庸，在他的统治下，朝政混乱腐败。他重用佞臣，宠爱褒姒，废除了申后和太子宜臼，加重剥削，因为他的不仁导致了地震和旱灾，天灾人祸使得人民流离失所，灾难重重。对于这样的王，申侯感到非常不满，于是他联合犬戎等外族势力，在骊山之下杀死了周幽王，攻陷了镐京，灭了西周王朝。这时原本属于西周的土地，也变成了犬戎等族的。在申、鲁、许等国的拥立下，宜臼嗣立为王。在秦国的护送下，东迁于洛邑，在晋、郑等国的夹辅之下创立东周，成为始君周平王。

作者亲身经历了西周的陷落和东周的建立，他看到因为君主荒废政事而导致的亡国，不由得埋怨上天"弗虑弗图"，他怨恨周幽王糊涂昏聩、不辨忠奸，也痛恨那些只顾自己、不行本分的官员。"正大夫、三事大夫、邦君诸侯"，面对黑暗的政局，只有他自己"鼠思泣血"，直言指斥暴君和奸佞误国，显示了大义凛然的气概。

目睹这一切的诗人，已经没有多余的心力铺垫，因此诗一开篇就将矛头直逼昊天，借"降丧饥馑"来刺幽王。诗人用无限感慨、无限忧伤的语气，埋怨上天变化无常丧失恩德，上天的"不骏其德"，导致天下混乱、灾难降临。这一切都是因为真正有罪的人所致。然而，暴虐无道的周幽王依然享乐逍遥，广大无罪的百姓就得代替他承担这些苦难。诗人在诗中将周幽王的罪过一一罗列，他对人民威虐暴戾，而且不思改过；他经常颠倒黑白，让有罪之人逍遥法外，而让无罪之人身陷囹圄，含冤受罪。周幽王倒行逆施的行为，把国家逼到了全面崩溃的边缘，让人痛心疾首。

诗中的第二节将当时的现实展现在了世人的面前："周宗既灭，靡所止戾"。诗人感叹，在国家即将灭亡的时候，民众流离失所，无以安处，这些达官贵人却争相逃避，不顾百姓死活。他们掌权却不做实事，不肯为国日夜工作效劳，只是敷衍了事，甚至乘机做出各种恶劣的行径。面对这些，周幽王不但没有想要励精图治，反而变本加厉，做出了更多天怒人怨的事情。直到国家崩溃而再也无法挽救的时候，那些本该为国效力的诸侯大臣、公卿大夫们，反倒纷纷逃之夭夭了，他们各保其身，完全没有考虑过国家的命运。正因为如此，曾经繁荣的国家终于也面临覆灭的命运，并且这种消亡已无法挽回了。

到了第三节诗人仍从问天开始，"如何昊天，辟言不信"进一步阐述了这场导致国家覆灭的灾祸的根本原因：一方面君王"辟言不信"，行事不依常理，将国家引向了灭亡；另一方面，那些乱臣贼子，"凡百君子"在国家将亡之际，不思挽狂澜于既倒，只是"各敬尔身"，更加肆无忌惮地危害人民。

面对此情此景，诗人感到忧心忡忡，他看到连年的兵祸，完全没有消退的迹象；灾荒饥馑也日甚一日，看不到停止的一刻。这样的国家已经无人支撑了。在大局已定的时刻，王还不思悔改，凡百君子，不肯谏诤，朝堂之上只有谀词谗言。国家的灭亡已经指日可待了。作者虽然胸中有治国之道，想要挽救国家，但是忧国忧民的他，手无实权，无法为改变国家做点什么。

在第四节中，作者语气悲痛地述说着，不仅百官"莫肯用讯"，君王也只听好话，完全不接受任何批评。诗人在国家生死存亡、危难当头的情况下，虽然为国事"惽惽日瘁"，但是也没有任何方法改变现状。

到了第五节，诗人又一次申诉了自己的艰难处境。他空有理想和抱负，想要挽救国家，而能说会道的佞臣们却一直在君王面前口若悬河、谄媚逢迎。诗人用自己的"维躬是瘁"，和他们的"俾躬处休"相对比，说明自己不能在君王面前进谏，不是因为自己不会说话，而是因为国王昏庸无能。这一节对比鲜明，表现了诗人深沉的感情。

第六节诗人提出，在乱世昏君的时代出仕当官是十分不明智的，因为这时的君王都是恶忠直而好谀佞的，如果是一个巧言如流、投其所好的佞臣，那么他将会过得如鱼得水。这样的人会因为国家的混乱而得到高官厚禄，享尽荣华。他们迎合暴君，窃取利禄，坏纲乱世，使得君王闭目塞听，把君王变得更加昏庸无度。但如果是一个正直的人将会"莫肯用讯"，有口难言。虽然不是口讷舌拙，但他总是忧虑重重，有着难以明言的苦衷，心里有话却不敢和天子进谏。

诗的最后一节，作者希望当国家的混乱稍微稳定了之后，那些达官贵人、诸侯大臣们尽快回到王朝的新都，重振王室朝纲，但是达官贵人们用"无家可归"为借口拒绝，于是诗人悲愤地问道，当年仓皇离开王都的时候，你们没有带人去造房屋，不是也都迅速地逃跑了吗？面对这些达官贵人们的嘴脸，诗人感叹他们有何面目自称"国之栋梁"。

诗人在国破、世危的局面下，立场坚定地指责昏君、痛斥诸臣。诗人面对这样的情况，尽管想要救国于覆亡之际，却苦于力量单薄，所以，他的忧伤、悲痛只能通过诗歌表达出来。诗中寄托了诗人的遥深之慨，感情深沉而真挚。

◎小旻◎

旻天疾威①，敷于下土②。谋犹回遹③，何日斯沮④？谋臧不从⑤，不臧覆用⑥。我视谋犹，亦孔之邛⑦。

潝潝訿訿⑧，亦孔之哀。谋之其臧，则具是违⑨。谋之不臧，则具是依⑩。我视谋犹，伊于胡底⑪。

我龟既厌⑫，不我告犹⑬。谋夫孔多，是用不集⑭。发言盈庭，谁敢执其咎⑮？如匪行迈谋⑯，是用不得于道。

哀哉为犹，匪先民是程⑰，匪大犹是经⑱；维迩言是听⑲，维迩言是争⑳。如彼筑室于道谋，是用不溃于成㉑。

国虽靡止㉒，或圣或否。民虽靡膴㉓，或哲或谋，或肃或艾㉔。如彼泉流，无沦胥以败㉕！

不敢暴虎㉖，不敢冯河㉗。人知其一，莫知其他㉘。战战兢兢，如临深渊，如履薄冰。

【注释】

①旻（mín）：此指苍天。疾威：暴虐。②敷：布施。下土：人间。③谋犹：谋划、策谋。回遹（yù）：邪僻。

④沮:阻止。⑤臧:善、好。从:听从、采用。⑥覆:反而。⑦孔:很。邛(qióng):毛病、错误。⑧潝(xì)潝:小人党同而相和的样子。訿(zǐ)訿:小人伐异而相毁的样子。⑨具:同"俱",都。⑩依:依从。⑪于:往、到。胡:何。底:止。⑫龟:指占卜用的灵龟。厌:厌恶。⑬不我告犹:不告诉我什么是吉凶。⑭集:成就。⑮咎:罪过。⑯匪行迈谋:即不进而谋。⑰匪:非。先民:古人,指古贤者。程:效法。⑱大犹:大道。经:遵循。⑲维:只有。迩言:近言,指谗佞近习的肤浅言论。⑳争:争辩、争论。㉑溃:达到。㉒靡止:(国土)狭小无所居。㉓肵:大,多。㉔艾:有治理国家才能的人。㉕无:通"勿"。沧胥:沉没。败:败亡。㉖暴虎:空手打虎。㉗冯(píng)河:徒步渡河。㉘其他:指种种丧国亡家的祸患。

【赏析】

　　看到国家日益凋敝,政权日益腐败,最高统治者昏聩无道,不禁悲从中来,作诗以述己思。在诗中,作者辛辣讽刺统治者善恶不辨、听信邪僻之言,针砭奸佞之臣在其位不谋其政的丑恶嘴脸,指出国家面临的覆灭之祸已积薪待燃,让人读之恻然。

　　作者以较长的篇幅、错落的句式,通过比兴、批判等表达方式,鲜明地道出自己对劣政的痛恨。

　　"旻天疾威,敷于下土"这一句起兴,开篇定势,把整篇诗作的大气、沉重、怨愤,和盘托出。上天的意志由君主体现,作者指责上天,就是在揭露当朝的黑暗统治。接下来,作者进一步直言其事:"谋犹回遹,何日斯沮?"讲明当前国政错误百出、邪僻古怪。昏庸的国王是非不辨,导致了"谋臧不从,不臧覆用"的结果,好的谋略无处施展,错误的政策反复施用,让百姓久遭折磨。在章节最后作者追加上自己的评价,给朝廷下了定论:"我视谋犹,亦孔之邛。"在我看来,朝廷的过错真的太多了!表现出作者的极度不满和对国家命运的极度忧虑。

　　接下来,作者开始挖掘造成这种局面的原因。第二章作者指出,这种错误和混乱,是因为一些身居高位的官员党同伐异、争斗不休,他们为了一己私利,不惜扭曲朝纲、蛊惑主上,使偏听偏信的君主"谋之其臧,则具是违。谋之不臧,则具是依",违背、否定了所有好的谋略,施用的全是错误的谋划。说到这里,作者心情变得无比愤恨,冷冷地说道:"我视谋犹,伊于胡底。"我倒是想看看,这些谋略到底能造成什么样的祸乱!

　　第三章开端,作者用"我龟既厌"再次表示对国家命运的深切忧虑。由于统治无道,上天也不再帮助,开始不管不问、弃之一边,诗人占卜,问求于灵龟,但灵龟厌卜,不再预告吉凶。诗人只得放弃上天的护佑,把希望又转向臣子的辅佐,但他们又难当大任:"谋夫孔多,是用不集。发言盈庭,谁敢执其咎?"谋臣虽数量众多,但相互扯皮,一点也不团结;都在叽叽喳喳地发言,但没有一个人能说到点子上。就像一群人在讨论远行,但讨论来讨论去,就是得不出能够实施的计划,就是不见他们上路。

　　第四章视角又转向了君主,指出了君主身上的错误。"哀哉为犹",作者不消细说就给了定论:"唉,悲哀啊,不行,真是不行……"体现出对君王的无限失望。接下来是罗列原因:君主丝毫不效法古代圣主贤君的行为、法纪,一点也不遵从治国理政的常规道理、办法,只喜欢听一些谄媚的言语,只喜欢争论一些肤浅庸俗的见解。如此一来,王朝的国策必然脱离实际，没有半点的科学性和有效性。最终，作者又作出总结：由这样的君王治国理政，统领社稷，就好像在道路上建造房屋，方向错误、做法糊涂，绝对不可能取得成功。

虽然臣子和君主都如此不堪，但诗人并非完全放弃，他挨个抨击一遍。发尽心中的牢骚后，诗人没有就此完结，而是耐下心来，讲述自己的施政理念，为飘摇的统治指引方向。第五章作者以谏劝的口气说，周朝泱泱大国，各种人才都有，不乏明智之士与治国贤才，"或哲或谋，或肃或艾"，国家兴盛的希望就在这些人身上。对于这支饱含希望的力量、这些层出不穷的英才之士，作者用比喻热切地歌颂说："他们就像长流长新的泉水一样，绝不会变得衰败、腐朽！"

国家需要人才，也呼唤一个英明的掌舵者。上一章中，作者提出了对治国人才的肯定和希望，最后一章则提出对国君的期望、规劝和嘱托：人们都"不敢暴虎，不敢冯河"，是因为那是鲁莽的象征，作为国君，切忌不可鲁莽行事；"人知其一，莫知其他"，人的能力是有限的，只能看到问题的一个方面，不免会失于偏圃，一定要广听建议和意见，全面地理解、把握问题；最重要的一点，为政者要时时刻刻小心细心，要努力保持一种"战战兢兢，如临深渊，如履薄冰"的心态，切忌大意、随便。

作者心系国家，出语从针砭到规劝都显得脉络清晰，深刻务实。在诗中，作者传达出了"天子有争臣七人，虽无道，不失其天下"的道理，寄托了比较先进、完整的治国理念，对后世产生深远影响。

◎小宛◎

宛彼鸣鸠①，翰飞戾天②。我心忧伤，念昔先人③。明发不寐④，有怀二人⑤。
人之齐圣⑥，饮酒温克⑦。彼昏不知，壹醉日富⑧。各敬尔仪⑨，天命不又。
中原有菽⑩，庶民采之。螟蛉有子⑪，蜾蠃负之⑫。教诲尔子⑬，式穀似之⑭。
题彼脊令⑮，载飞载鸣⑯。我日斯迈⑰，而月斯征⑱。夙兴夜寐，无忝尔所生⑲。
交交桑扈⑳，率场啄粟㉑。哀我填寡㉒，宜岸宜狱㉓。握粟出卜，自何能穀？
温温恭人㉔，如集于木。惴惴小心㉕，如临于谷。战战兢兢，如履薄冰。

【注释】

①宛：小的样子。鸠：鸟名，似山鹊而小，短尾，俗名斑鸠。②翰飞：高飞。戾：至。③先人：死去的祖先。④明发：天亮。⑤二人：父母。⑥齐圣：正直聪明的人。⑦温克：善于克制自己以保持温和、恭敬的仪态。⑧壹醉：每饮必醉。富：盛、甚。⑨仪：威仪。⑩中原：原中，田野之中。菽：豆。⑪螟蛉：螟蛾的幼虫。⑫蜾蠃（guǒ luǒ）：一种黑色的细腰土蜂，常捕捉螟蛉入巢，以养育其幼虫，古人误以为是代螟蛾哺育幼虫，故称养子为螟蛉义子。负：背。⑬尔：你、你们，此指作者的兄弟。⑭式：句首语气词。穀：善。⑮题（dì）：通"睇"，看。脊令：鸟名，通作"鹡鸰"，形似小鸡，常在水边捕捉昆虫。⑯载：则、且。⑰迈：远行，行役。⑱征：远行。⑲忝：辱没。尔所生：指父母。⑳交交：鸟鸣声。桑扈：鸟名，似鸽而小，青色，颈有花纹，俗名青雀。㉑率：循、沿着。场：打谷场。㉒填：通"珍"，穷困，困苦。寡：贫。㉓岸：通"犴"，牢房。㉔温温：和柔的样子。恭人：谦逊谨慎的人。㉕惴惴：恐惧而警戒的样子。

【赏析】

《小宛》一诗的作者是西周王朝的一个下级官吏，父母在世时，生活富裕，有良好的生活环境。父母去世后，作者谨遵父母的教诲，不敢有丝毫懈怠，日日为各种事务奔波，力图振兴家族。但由于受到诸多打击，再加上外界势力的逼迫和伤害，作者的生活逐渐变得艰难，但他丝毫没有放弃，而是努力应对，盼望有朝一日能改变自己的命运。

作者的哀伤、疲惫之情和振作之意互为纠缠，或明或暗地贯穿于全诗。第一章以"宛彼鸣鸠，翰飞戾天"起兴，写小鸟鸣叫着一飞冲天，畅快勇猛，暗含对自己的叩问和期望：小鸟能有此奇迹和创举，自己和家庭什么时候才能有所起色呢？这本是昂扬奋发之语，但下句转向，书写"我心忧伤"，使原本的气势倏然降下，成为悲惨现实的反衬，也将全诗置于一种阴晦、低落的氛围中。章末"明发不寐，有怀二人"直述通宵达旦不能寐，怀念祖先、父母，追思过往，显示出作者处境的艰难和内心的忧伤，也暗含着今不如昔的深切感慨。

如此今夕变异，定有复杂的原因，第二章中，作者开始剖析事情的缘由。在讲述中，作者首先就点出了其中的最大原因——众兄弟酗酒败家。表现手法上，他以埋怨的口吻，通过对比手法，说道："人家贤达的人喝酒，知道适量、克制，你们这些人，每次都是大醉，再不改掉恶习，恢复仪容，上天不会保佑你们！"

说完之后，作者是开始冷静下来，扩展自己的思路，思量这件事的后果。在思考的同时，他的视野也变得开阔，比兴的题材转向田野间："中原有菽，庶民采之。"百姓在田野里采摘豆子，辛苦地劳作。作者由果实及其采集、收获想到了兄弟们的后代以及他们的成长：不能让他们跟着那几个酒鬼，否则其教育和抚养都得不到保障，不可能拥有美好的未来，必须由自己来代养他们，传授教化、规正品性，教育他们长大继承祖业家风。"螟蛉有子，蜾蠃负之"按陆机的说法："螟蛉者，桑上小青虫也，似步屈，其色青而细小。或在草莱上。蜾蠃，土蜂也，似蜂而小腰，取桑虫负之于木空中，七日而化为其子。"蜾蠃有雄无雌无法生殖，所以就捕获"螟蛉"的幼虫，将它哺育长大，传宗接代，因此"螟蛉"成为养子的代称。

第四章作者以"题彼脊令，载飞载鸣"比兴，用鹡鸰的"载飞载鸣"来映衬自己日复一日、月复一月地四处奔走，"斯迈"、"斯征"，为整个家族打点一切，寻觅兴盛之法。但可想而知，人力甚微、差距太大，收获甚小。尽管如此，作者还是没有放弃，更加"夙兴夜寐"、夜以继日地坚持着，希望能够"无忝尔所生"，尽量作出成就，不辱没自己的双亲。

第五章继续说自己的窘迫和坚持。"交交桑扈，率场啄粟"，弱小平凡的小青雀都能够赶上好运气，找到一片谷场，遗穗丰富，欢快地啄食着。而自己的运气呢？则是"哀我填寡，宜岸宜狱"，贫穷、孤独，又患了病，还因为墙倒众人推，挨了一身的官司，真是祸不单行。想到这里，作者感情又激愤起来："握粟出卜，自何能穀"——"抓把米去占卜，我倒要看看到底什么时候我才能摆脱厄运！"这种心态，既是对命运的不满、质问和抗争，但也有深深的宿命论深藏其中，纠结矛盾，体现出作者的不甘和茫然，贴切真实。

在诗作的最后，作者又重新回归现实，提出了对自己今后生活的考量，为自己的行动、心态做了调整和计划，也用平静、审慎的语句为全诗作结。他告诫自己，一定不要放弃，要坚持下去，并在日常细节上严格规范：外在仪表方面，一定要像站在树顶一样，动作轻柔，努力协调身体各个部位，时刻规矩，做一个"温温恭人"；为人处世方面，要"惴惴小心"，好像自己面对的不是寻常的人和事，而是来到了悬崖边上，面前是深不可测的幽谷，万不可掉以轻心，否则就会出错而掉下去，丧失生命；做事、行动方面，要时刻保持"战战兢兢"的状态，就像在薄冰上行走，每一步都要小心翼翼，用上十分的心思，保证自己能走到河的对岸，把事情圆满完成。三个"如"字，把作者对自己的苛求描绘得充满力度，也反映出作者今后的所遇之艰、责任之重。

这首诗采取了意味深长的比兴手法，因物起兴、借景寄情，虽然感情沉重，但表现得活脱生动。诗作各章语意恳切、重点突出，组织上逻辑严密、层次分明、转接顺畅，语言质朴而又整饬，显示出作者高超的写作技巧和驾驭语言的能力。

◎小弁◎

弁彼鸒斯①，归飞提提②。民莫不穀③，我独于罹④。何辜于天⑤？我罪伊何？心之忧矣，云如之何⑥？

踧踧周道⑦，鞫为茂草⑧。我心忧伤，惄焉如捣⑨。假寐永叹⑩，维忧用老⑪。心之忧矣，疢如疾首⑫。

维桑与梓⑬，必恭敬止⑭。靡瞻匪父⑮，靡依匪母⑯。不属于毛⑰，不罹于里⑱。天之生我，我辰安在⑲？

菀彼柳斯⑳，鸣蜩嘒嘒㉑。有漼者渊㉒，萑苇淠淠㉓。譬彼舟流，不知所届㉔。心之忧矣，不遑假寐。

鹿斯之奔，维足伎伎㉕。雉之朝雊㉖，尚求其雌。譬彼坏木㉗，疾用无枝㉘。心之忧矣，宁莫之知㉙。

相彼投兔㉚，尚或先之㉛。行有死人㉜，尚或墐之㉝。君子秉心㉞，维其忍之㉟。心之忧矣，涕既陨之㊱。

君子信谗，如或酬之㊲。君子不惠，不舒究之㊳。伐木掎矣㊴，析薪扡矣㊵。舍彼有罪，予之佗矣㊶。

莫高匪山，莫浚匪泉㊷。君子无易由言㊸，耳属于垣㊹。无逝我梁㊺，无发我笱㊻。我躬不阅㊼，遑恤我后㊽！

【注释】

①弁（pán）：通"般"。鸒（yù）：乌鸦。②提（shí）提：群鸟安闲翻飞的样子。③穀：美好。④罹：忧愁。⑤辜：罪过。⑥云：句首语气词。⑦踧（dí）踧：平坦的状态。周道：大道、大路。⑧鞫：尽，皆。⑨惄（nì）：思，想。⑩假寐：不脱衣帽而卧。永叹：长叹。⑪用：犹"而"。⑫疢（chèn）：病，指内心忧痛烦热。疾首：头疼。如：犹"而"。⑬桑梓：古代桑、梓多植于住宅附近，后代遂为故乡的代称，见之自然思乡怀亲。⑭止：语气词。⑮靡：不。瞻：尊敬、敬仰。匪：不是。⑯依：依恋，依靠。⑰不属于毛：古代裘衣毛在外。毛在外属阳，指父亲。⑱里：指母亲。⑲辰：时运。⑳菀：茂密的样子。㉑蜩（tiáo）：蝉。嘒嘒：蝉鸣的声音。㉒漼（cuǐ）：水深的样子。渊：深水潭。㉓萑（huán）苇：芦苇。淠（pèi）淠：茂盛的样子。㉔届：到、止。㉕伎（qí）伎：鹿急跑的样子。㉖雊（zhì）：野鸡。雊（gòu）：雄鸡鸣。

㉗坏木：有病的树。㉘疾：病。用：犹"而"。㉙宁：难道。㉚相：看。投兔：入网的兔子。㉛先：开、放。
㉜行：路。㉝墐（jìn）：通"殣"，掩埋。㉞秉心：犹言居心、用心。㉟维：犹"何"。忍：残忍。㊱陨：落。
㊲酻：劝酒。㊳舒：缓慢。究：追究、考察。㊴掎（jǐ）：牵引。此句说，伐木要用绳子牵引着，把它慢
慢放倒。㊵析薪：劈柴。杝（chǐ）：顺着纹理劈开。㊶佗（tuó）：加。㊷浚：深。㊸无易：不要轻易。㊹属：
连接。垣：墙。㊺逝：拆毁。梁：拦水捕鱼的堤坝，亦称鱼梁。㊻发：打开。笱（gǒu）：捕鱼用的竹笼。
㊼阅：容纳。㊽恤：忧虑。

【赏析】

关于《小弁》一诗的主旨，或说是周幽王放逐太子宜臼，宜臼放歌述哀；或说是宣王时尹吉甫
惑于后妻，逐前妻之子伯奇，伯奇忧而著诗。诗作抒写了遭受父母抛弃后的主人公在流浪途中的孤
独、失落、思考以及质询。

作者的遭遇在历史上是常见的，母亲离世，父亲再续，异母弟妹出世，后母偏心，虐待前妻子女，
并谗言斗进，父亲的慈爱天平，因后妻枕边风的反复吹刮，逐渐失衡，最终作出放逐的行为。被弃者
尚自年幼，处境十分苍凉，只能默默承受不被亲人见容的痛苦，心怀无限哀怨，无奈作诗排解。

诗人以"忧怨"为基调，对自己被逐后的悲痛心情反复倾吐，多侧面、多层次地刻画了自己细致、
丰富的心绪和情感。或以眼前之景比兴内心之情，或以客观事物衬托自己的处境，正反结合，将抽象
的难以名状的内心情感形象地表达出来。作者赋、比、兴交互使用，泣诉、忧思混杂胶着，内容丰富，
感情深厚。

首章从"弁彼鸒斯，归飞提提"起笔，以美景衬哀境，呼天自诉，先言"我独于罹"的忧伤和悲痛。
用"民莫不穀"对比自己的"我独于罹"，直接喊出"何辜于天？我罪伊何？心之忧矣，云如之何"
的无奈和感叹，揭示内心沉重的忧怨。作者被亲人和家庭逐出，遭受的是情感上的毁灭性打击，但这
种境遇的由来却属无中生有，怎能不叫人心灰意冷？

作者开篇明义、直陈事由之后，倾诉、呼告的欲望稍作满足，情感稍稍平复，开始描写所见的景象：

放眼望去，平坦的大道上，杂草丛生，诉说着饱
含生机的苍凉。原本想远眺忘忧，但目之所及尽
是悲哀，所见之景牵动心中之情，舒缓的心境又
纠结起来：这正像诗人自己的生活，原本平静安
详、秩序井然，现在却变得千疮百孔、混乱不堪。
作者不由得将笔触由外转内，继续抒发自己心中
沉重浓厚的忧愁："我心忧伤，惄焉如捣。"

"维桑与梓，必恭敬止。"作者面对桑梓"必
恭敬止"，即恭敬孝顺父母。"靡瞻匪父，靡依匪
母"，对父亲唯恐不尊重，对母亲唯恐不依顺，言
行举止没有半点差池。但其后果，却是"不属于
毛，不罹于里"，被家庭各方嫌弃，形象地传达出
作者失去父母之爱后的无归属感和失落感。最终，
作者只有无奈地把这份罪责归咎于上天："天之生
我，我辰安在？"——"是上天生了我，我是无
父无母的野孩子，我什么时候才能摆脱现在的厄
运？"语言变得极其沉痛。

"菀彼柳斯，鸣蜩嘒嘒。有漼者渊，萑苇淠淠"，

柳青苇绿，呢喃之声渐闻，一片欣欣向荣，而自己却"譬彼舟流，不知所届"，漂泊无定，不知所归，更不知所往。"鹿斯之奔，维足伎伎。雉之朝雊，尚求其雌"，矫健的花鹿快速奔跑，漂亮的鸟儿成双成对，欢快温馨，自己却是"譬彼坏木，疾用无枝"，孤苦伶仃、憔悴不堪。美丽的景象和内心的痛苦忧伤相互烘托，产生了极大的震撼效果，让人不忍想象主人公当时所处的情境。

第六章里，作者描绘了一些路途上发生的事件："相彼投兔，尚或先之。行有死人，尚或墐之。"野兔投网还有人放走，人死于道路还有人埋葬，显示出世间所存有的浓浓温情。这也可能是作者脑海中的记忆。然后，作者将其与自身情况相对照，用以抒情达意：父亲残忍绝情，不顾惜自己的儿子，连路人都不如，而自己的处境，更是比不上那些遇到好人的小动物和死者。无奈之下，作者只得"涕既陨之"了。

接下来作者揭示出自己被逐的原因："君子信谗"、"君子不惠"。君子"不舒究之"，被人灌醉酒一般，多遭蒙蔽，最终颠倒是非曲直，看不清对错。"伐木掎矣，析薪抛矣"，说伐木要用绳子牵引，劈柴要顺着纹理，做事情不能没有原则和凭证。

最后一章，作者把笔触转向自身。他感到自己从前的生活环境处处是陷阱，现在想想就后怕，于是埋怨自己从前为什么不谨言慎行，而被人抓住把柄。本章前四句是沉痛的反省，着眼过去。后四句是关照现实和今后，作者高呼："不要再迫害我了，我已经很惨了，现在连安身之所都没有，更别提考虑以后的生活！"

◎巧言◎

悠悠昊天①，曰父母且②。无罪无辜，乱如此幠③。昊天已威④，予慎无罪⑤。昊天泰幠⑥，予慎无辜。

乱之初生，僭始既涵⑦。乱之又生，君子信谗。君子如怒⑧，乱庶遄沮⑨；君子如祉⑩，乱庶遄已。

君子屡盟⑪，乱是用长。君子信盗⑫，乱是用暴。盗言孔甘⑬，乱是用餤⑭。匪其止共⑮，维王之邛⑯。

奕奕寝庙⑰，君子作之。秩秩大猷⑱，圣人莫之⑲。他人有心⑳，予忖度之。跃跃毚兔㉑，遇犬获之。

荏染柔木㉒，君子树之。往来行言㉓，心焉数之。蛇蛇硕言㉔，出自口矣。巧言如簧㉕，颜之厚矣。

彼何人斯？居河之麋㉖。无拳无勇㉗，职为乱阶㉘。既微且尰㉙，尔勇伊何？为犹将多㉚，尔居徒几何㉛？

【注释】

①昊天：老天，苍天。②且：语尾助词。③幠（hū）：大。④威：暴虐、威怒。⑤慎：确实。⑥泰：太。⑦僭（jiàn）：谗言。涵：容纳。⑧怒：怒责谗人。⑨庶：几乎。遄沮：迅速终止。⑩祉：福，此指任用贤人以致福。⑪盟：与谗人结盟。⑫盗：盗贼，借指谗人。⑬孔甘：很好听，很甜。⑭餤（tán）：原意为进食，引申为增多。⑮止共：尽职尽责。⑯邛：病。⑰奕奕：高大的样子。寝：宫室。庙：宗庙。

⑱秩秩大猷：多而有条理的典章制度。⑲莫：谋划。⑳他人有心：逸人有心破坏。㉑跃（tì）跃：跳跃的样子。毚（chán）：狡猾。㉒荏（rěn）染：柔弱的样子。㉓行言：统言。㉔蛇（yí）蛇硕言：夸夸其谈的大话。㉕巧言如簧：说话像奏乐一样好听。㉖麋（méi）：通"湄"，水边。㉗拳：勇。㉘职：主要。乱阶：逐渐引出祸乱的一连串事件。㉙微：小腿生疮。尰（zhǒng）：通"肿"，脚肿。㉚犹：指诡计。㉛徒：党徒。

【赏析】

《巧言》一诗的主旨是抨击谗言的可恶。作者尽其所能，形象刻画了小人们的丑恶嘴脸，与此同时，作者针砭了君主的昏庸，并在论述中提出了自己的政治主张和构想，使诗作显得内容丰富、立意颇深。

第一章，作者开端便呼告上天："悠悠昊天，曰父母且。无罪无辜，乱如此怃。"他情感激越，内心的苦楚难以自持，作出呼天抢地之举。诗作起调突兀，显出作者饱受谗言之苦，其日甚久、其度甚深。

其后，他又一边埋怨上天，一边辩白道："昊天已威，予慎无罪。昊天泰怃，予慎无辜。"上天威严但是糊涂，任凭世间有如此的不公，作者无可奈何，无法洗刷自己所受的委屈和迫害，只得不断地呼告。

通过第一章的呼告，作者的委屈得到一定程度的抒发，心中的怨怒不再那么强烈，开始对自己的处境和造成这种状况的原因进行思索。所以接下来作者对谗言现象进行了反省。他指出，应该被指责的不仅仅是那些奸邪小人，还有那些昏聩无能、目光浅短的统治者，正是他们的姑息养奸，才使得这种可怕的局面愈来愈盛。

在本章后半段，作者用虚写的手法，提出了自己的假设和希望："君子如怒，乱庶遄沮；君子如祉，乱庶遄已。"如果当初，君主严肃贤明，就不会被进谗者有机可乘，那该会是一种多么美好的场面？作者抚今追昔，对先前所具有的可能性抱有幻想，说明了自己对现实局面的无能为力，更反映出如今的情势危急，且已难改变。

第三章里，作者又分别从君主和小人两个方面，具体分析了谗言出现的原因、危害。"君子屡盟，乱是用长。君子信盗，乱是用暴"，是从君主着眼，因为他轻取轻信，使得身边贤者无存，尽是一些小人，而后果则是国家发生了长久而又严重的祸乱。

"盗言孔甘，乱是用饯。匪其止共，维王之邛"，是从小人入手，因为他们只会甜言蜜语、丝毫不能尽忠职守，因此，才使得上述的祸乱不断增多，整个国家变得积贫积弱。通过此章，作者既展现出了国家凋敝的现状，又将其具体的责任分明地归咎给庸主和奸臣，显得其条理清楚、论事透彻。

接下来，作者描绘了一个完美的国家本该具有的局面，或者是诉说了自己脑海里构建的关于朝廷的最理想画面。在这个国家里，"奕奕寝庙，君子作之"，圣明的君主建造起巍巍的宫殿和宗庙，也就是建立起稳固而有序的国家政权。"秩秩大猷，圣人莫之"，其中所遵循的条理而规范的典章制度，都是由圣人呕心沥血而作，既符合民心和逻辑，又非常简洁、好用。

"他人有心，予忖度之"，当有奸人或外敌觊觎生事时，以作者为代表的忠臣贤人能够有所觉察，继而认真分析，最终得出正确、有效的应对之法，把事态消灭在萌芽之中。这样，君主、贤人、忠臣，三者共同努力，肯定会得出"跃跃毚兔，遇犬获之"的效果——那些貌似聪明活跃的小人，就像野兔遇上猎犬一样，被轻松地捉住拿下。

理想固然非常美好，但现实又是一个什么样子呢？进入第五章，作者开始描述现实与理想的不同，在具体行文中，依然是分成了两个方面：首先是君主，"荏染柔木，君子树之。往来行言，心焉数之"，美好的树木代表着美好的局面，它现在还没有存在，需要君主慢慢树立起来。君主对臣下的言行还没有分辨的能力，需要在心中思考分析数遍。

后半段是写小人，他们非但没有被轻松清除，反而是"蛇蛇硕言，出自口矣。巧言如簧，颜之厚矣"，

大言不惭地说着漂亮的空话，巧舌如簧，脸皮厚得无以复加。很显然，对于二者，作者的讽刺力度是不同的。论述君主时，作者留有余地，与其说是揭露，不如说是指引和规劝，对其还抱有希望。而揭露小人嘴脸时，则极尽抒写之能事，着力刻画，其中"巧舌如簧"一词，更是深入人心。

最后，作者将笔力都集中于小人身上，进行了炮火般地抨击，分别论述了其形态、专长、下场、社会关系等诸多方面，细致而形象。"彼何人斯？居河之麇"，是比喻和象征手法，小人们居于河边的水草丛中，即说明他们善于躲藏，暗地行动。"无拳无勇，职为乱阶"，他们既没有能力，也缺少高尚的品格和气质，唯一的职责就是造谣生事、祸乱朝纲。

"既微且尰，尔勇伊何"，作者指出他们注定的下场。因为其行动猥琐、无处不在，所以作者诅咒他们小腿生疮、脚部肿烂，而这也是其行动能力的丧失，昭示了他们的专长已毁，不能再继续害人。"为犹将多，尔居徒几何"，则反映了其人缘和社会地位，小人虽诡计多端，但最终无法避免被人识破的厄运，人们认清其真面目后，必然羞与为伍、纷纷躲避，到时他们只能形单影只，独自品尝孤独，再也找不到算计他人的机会。

◎何人斯◎

彼何人斯①？其心孔艰②。胡逝我梁③，不入我门？伊谁云从④？维暴之云⑤。
二人从行⑥，谁为此祸？胡逝我梁，不入唁我⑦？始者不如今⑧，云不我可⑨。
彼何人斯？胡逝我陈⑩？我闻其声，不见其身。不愧于人，不畏于天。
彼何人斯？其为飘风。胡不自北？胡不自南？胡逝我梁？只搅我心。
尔之安行，亦不遑舍⑪；尔之亟行⑫，遑脂尔车⑬。壹者之来⑭，云何其盱⑮！
尔还而入，我心易也⑯。还而不入，否难知也⑰。壹者之来，俾我祇也⑱。
伯氏吹埙⑲，仲氏吹篪⑳。及尔如贯㉑，谅不我知㉒。出此三物㉓，以诅尔斯㉔。
为鬼为蜮㉕，则不可得。有靦面目㉕，视人罔极㉖。作此好歌㉗，以极反侧㉘。

【注释】

①斯：语气助词。②孔：甚，很。艰：此指用心险恶难测。③梁：拦水捕鱼的坝堰。④伊谁云从：是听从什么人的话？⑤云：言论。⑥二人：主人公与"彼"人。⑦唁：慰问。⑧如：像。⑨可：嘉、好。⑩陈：堂下至门的路。⑪遑：空闲。舍：止息。⑫亟：急。⑬脂：通"支"，以轫木支车轮使止住。⑭壹者：犹云乃者。⑮盱（xū）：张目。⑯易：改变，此处指转悲为喜。⑰否难知也：使我难知情。⑱俾：使。祇：病也。⑲伯氏：兄。埙（xūn）：古陶制吹奏乐器。⑳仲：弟。篪（chí）：古竹制乐器。㉑及：与。贯：为绳贯串之物。㉒谅：诚。知：交好、相契。㉓三物：猪、犬、鸡。㉔诅：盟诅。古时订盟，杀牲歃血，告誓神明，若有违背，令神明降祸。㉕靦（miǎn）：露面见人之状。此处指狡猾的样子。㉖视：示。罔极：没有准则，指其心多变难测。㉗好歌：善良、交好的歌。㉘极：尽。反侧：在床上翻来覆去睡不着。此处指为人反复无常，不正直。

【赏析】

　　本诗的主人公应该是一名女子。"伊谁云从？维暴之云"，这一句和《卫风·氓》中女子指责丈夫"言既遂矣，至于暴矣"非常相似，前人认为此处之"暴"是指周天子的卿士暴公，但对照《氓》这首诗来看，似乎应是粗暴之意。诗中"尔还而入，我心易也。还而不入，否难知也"几句，则是说明主人公训斥的对象和她同住一处，他们是一家人。所以本诗可以看成该是一名女子对丈夫弃妻行为的指斥。

　　时光流逝，女主人公不再如从前那般容貌鲜丽，因此她那薄情寡义的丈夫，开始不像从前那样珍惜她了，往日的温柔逐渐被粗暴所取代，丈夫待她再也没有热恋时的热情了，有的只是无尽的冷漠。

　　丈夫进了家门，却只想去河梁捞取鱼虾。他从房前路过，却很少停下车看望在家忙碌的妻子。他总是匆匆地来，又匆匆地去。妻子怀疑丈夫是不是已经变心了，是不是有了其他的恋人，妻子的一片深情受到很深的伤害。她期待丈夫能够回心转意，其情至真，如泣如诉，非常感人。

　　"及尔如贯"这一句，女子感叹命运之绳将自己和丈夫连在了一起，他们本应该亲密无间，但是她的丈夫却连夫妇之礼都不顾及，女子感到悲愤难平。她追忆着从前"二人从行"时的快乐，再看看现在自己的凄凉，感到非常痛苦。她的快乐和痛苦都和自己的丈夫密切相关，她不明白为什么原本相处得很好的丈夫，现在却扬言说再也不会和自己和好了。

　　在诗人感叹命运的时候，丈夫来到了堂下，妻子只听见他和他人交谈，却一直没有看到过他，他们的距离非常近，但是他们的心却越来越远了。诗人心中充满了可望而不可即的痛苦。她在心中不断质问着丈夫：为什么你不会觉得愧对我，难道你就不怕上天的报应吗？

　　丈夫的"不入我门"、"不入唁我"，让女子感到悲伤不已，但是她却不能忘情于自己的丈夫，于是只能寄望于在回程时能够再次看他一眼。当她的祈祷落空后，她感到非常愁苦，诗人又回想起了往日的欢乐时光。当初二人相好的时候，他们不单是生活上的密友，同时还是知音，有共同的爱好，丈夫奏乐吹埙，妻子就吹篪和音，和乐融融。但是现在这一切都不复存在了，女子一心一意地对待自己的丈夫，丈夫却不是如此待她，女子摆出了猪、犬、鸡、她这样做的原因是为了让丈夫回想起他们当初的山盟海誓。

女子在漫漫长夜辗转反侧，发出了愤怒的诅咒。"为鬼为蜮，则不可得。有靦面目，视人罔极"，女子痛斥自己的丈夫虽然为人，但却阴险狡诈，胜过鬼蜮。虽然她有心和丈夫一刀两断，但是一到关键时刻，诗人还是放不下过去美好的日子，对丈夫还有留恋。女子唱这首诗歌的目的就是希望丈夫能够幡然悔悟，和自己再续前缘。

本诗虽然有叙事，但诗中穿插着各种生活片断的回忆，全诗的结构似断非断。此诗采用叠章和问句，用跳荡不定和迅速转换的意象，来表现女主人公的疑惑、惊诧、痛切和哀伤。女子的痴情可见一斑，感人至深。

◎谷风◎

习习谷风①，维风及雨②。将恐将惧③，维予与女④。将安将乐，女转弃予⑤。

习习谷风，维风及颓⑥。将恐将惧，寘予于怀⑦。将安将乐，弃予如遗⑧。

习习谷风，维山崔嵬⑨。无草不死，无木不萎。忘我大德，思我小怨。

【注释】

①习习：大风声。②维：只，仅。③将：方，正当。④女：同"汝"，你。⑤转：反而。⑥颓：自上而下的旋风。⑦寘予于怀：把我抱怀里。⑧遗：遗忘。⑨崔嵬（wéi）：山高峻的样子。

【赏析】

《谷风》的女主人公因为年老色衰，被狠心的丈夫抛弃，心中痛苦不堪。她想起从前生活艰苦时夫妻恩爱的场景，哀感连连不能自抑，所以作诗以遣心绪，抨击了那个"只可共患难，不能同安乐"的负心汉行径。

首章开端以山谷的大风起兴，形象而又巧妙。本来山风之势就很强，经过山口时，由于地形原因，所经的通道骤然变小，产生强大的压力，使风速变得极快，吹到脸上，犹如刀割，让人难以忍受。诗作以此风比喻女子遭受挫折之大，形容前夫寡情残忍之甚，入木三分，很有艺术表现力。另外，这一比兴也有点明地点的作用，此刻女子被前夫驱逐，无家可归，只能到处飘零，来到了山口之间。她独自面对着强烈的大风，举步维艰、呼吸困难，此情此景，又使她想起了前夫种种令人寒心的作为，心中幽怨难当。

悲痛中，女子又想起了曾经的生活场景。当时夫妻俩年少恩爱，郎情妾意、如胶似漆，"将恐将惧，维予与女"：虽然生活艰苦至极，整日衣食无着、担惊受怕，但却自在逍遥，两人"只羡鸳鸯不羡仙"，同心协力、毫无芥蒂。而现在，则是"将安将乐，女转弃予"——拿我的青春换取了你的富足，你又狠心地将我弃之不顾！随着多年的辛苦，前夫成就了事业或功名，继而欲望膨胀、喜新厌旧，抛却糟糠之妻，将女子置于一种极其无助的境地。

第二章作者运用回环复沓的艺术手法，仅易数字，与首章结构相似，意思相近，是女子在悲痛中的反复诉说与思考。"寘予于怀"是写前夫曾经给自己的温暖和抚慰。如今，孤苦伶仃的女子，只身一人，站在山间风口，被风吹得寒冷至极，不禁想寻找一丝的温暖。于是，前夫曾经把自己拥在怀里的场面浮现在脑海。那种温存的记忆和如今前夫的冰冷面孔，形成鲜明对照，也与女子所处的境地相互映衬，使得诗作简练、具体而又意蕴深邃。"弃予如遗"是第一段中"女转弃予"的更进一步，"女转弃予"

只是单一地说抛弃自己，而此刻增加了程度描写：前夫抛却自己时，面不改色、心如止水，不念及丝毫旧情，显得非常冷血。

第三章依然延续"谷风"的比兴手法。比兴之后，诗句结构与上文显示出了不同。"无草不死，无木不萎"是女子在迎风前进时对周遭环境的观察，她看到在大风的摧折下，山间风口处各种植物都已死去，光秃秃的甚是萧条，显示出弱者受尽欺凌的无奈，也昭示着狂风的强横和霸道。自己和前夫的关系不也同这狂风和草木一样吗？自己软弱无辜，饱受欺凌，处于被动地位。"忘我大德，思我小怨"，我对他的大恩，他完全抛之脑后，我的一些小毛病，他挑来拣去，丝毫不肯放过。这种写法，不仅顺畅自然，达到了情与景的完美融合，还起到了章末点题的效果。挖掘女子被逐的根本原因，前人评说道："道情事实切，以浅境妙。末两句道出受病根由，正是诗骨。"

《谷风》的语言凄恻委婉，娓娓道来，没有丝毫言辞激切的措辞和恶语，但责备意味得到充分体现，真正达到了"怨而不怒"的艺术效果，主人公的善良随顺，也得到了淋漓尽致的表现。诗作韵律和谐，将女主人公的哀伤，演绎得舒缓而浓重，很具有感染力。作者以叙事手法为主，但起兴的成功运用，使诗作不乏浓厚的抒情色彩，更显事件丰满具体、脉络清楚明了、感情浓厚真挚。虽诗作篇幅短小，但丝毫没有影响其艺术价值的传达。

关于诗作的主旨，历来有很多不同的解释。结合雅诗的性质，《毛诗序》说："《谷风》，刺幽王也。天下俗薄，朋友道绝焉。"主张其为政治怨刺诗，说幽王无道，国家凋敝，政教不行，人们的思想道德每况愈下，朋友之间忘大德而思小怨，相互绝交。现代的评论家们，多不再依附政治，而从诗的内容出发，还原其"弃妇之辞"的根本，并认为《小雅·谷风》同《邶风·谷风》之间有着鲜明而紧密的联系。

◎蓼莪◎

蓼蓼者莪①，匪莪伊蒿②。哀哀父母，生我劬劳③。
蓼蓼者莪，匪莪伊蔚④。哀哀父母，生我劳瘁。
瓶之罄矣⑤，维罍之耻⑥。鲜民之生⑦，不如死之久矣！无父何怙⑧？无母何恃？出则衔恤⑨，入则靡至。
父兮生我，母兮鞠我⑩。拊我畜我⑪，长我育我，顾我复我⑫，出入腹我⑬。欲报之德，昊天罔极⑭！
南山烈烈⑮，飘风发发⑯。民莫不穀⑰，我独何害！
南山律律⑱，飘风弗弗⑲。民莫不穀，我独不卒⑳！

【注释】

①蓼(lù)蓼：长又大的样子。莪(é)：一种草，即莪蒿。②匪：同"非"。伊：是。③劬(qú)劳：与下章"劳瘁"皆劳累之意。④蔚(wèi)：一种草，即牡蒿。⑤瓶：汲水器具。罄(qìng)：器皿中空。⑥罍(lěi)：盛酒水器具。⑦鲜(xiǎn)：指寡、孤。民：人。⑧怙(hù)：依靠。⑨衔恤：含忧。⑩鞠：养。⑪拊：抚育，抚养。畜：培育。⑫顾：顾念。复：返回，指不忍离去。⑬腹：指怀抱。⑭昊(hào)天罔极：犹云父母之恩广大无边，不知如何报答。⑮烈烈：艰难，形容难于攀登。⑯飘风：狂风。发发：风疾的样子。⑰穀：善，指养。⑱律律：同"烈烈"。⑲弗弗：同"发发"。⑳卒：终，指养老送终。

【赏析】

《蓼莪》这首诗，主要是诗人抒发自己不能为父母养老送终的痛极之情，诗中充满了对已故父母的深情怀念、感恩、歌颂、内疚、忏悔和忆苦思甜等百感交集的复杂感情。诗中悼念了父母恩德，表达了自己失去父母的孤苦以及不能为父母送终的遗憾，可能是上坟扫墓祭祀时的祭歌。全诗沉痛悲怆，凄恻动人。清代的方玉润在《诗经原始》中这样评价本诗："此诗为千古孝思绝作，尽人能识。"

本诗通过第一人称的角度，采用独白的方式来讲述自己的感情：诗人家庭生活非常贫困，在万般无奈之下，他只能到外面去谋求生计，可当他回到家乡之后，才发现自己的父母已经双双去世了。虽然这时他生活变好了、且过上了丰衣足食的生活，但再也没有机会报答父母的养育之恩，更没有办法为父母养老送终了。这样的痛苦一直纠缠着他，让他遗憾终身。

诗人通过摇曳的丛丛莪蒿来比喻自己心中对父母的悲悼之情。诗中连用"生"、"鞠"、"拊"、"畜"、"长"、"育"、"顾"、"复"、"腹"九个动词，目的是颂扬父母对自己的养育之恩。这首诗描绘了这样一幅画面：诗人父母的坟头上长满了很高很高的蒿草，墓地前用来祭奠祖先的酒瓶、酒坛空空如也，这一切都说明诗人父母的坟已经很久没有人来打扫了。坟墓的荒凉使诗人感到内疚，于是感叹道："可怜我的父母亲，生我养我真艰辛"、"父母恩浩大无边"。

诗中充分表达了孝子"无父何怙？无母何恃"的悲思。诗人追忆了孩童时父母给自己的宠爱，以及长大之后在父母的照顾之下不愁吃穿的事情，现在自己想要报答父母的恩德时，父母却已经去世了。诗人只能永怀遗憾和内疚。当痛苦到了一定的程度，他不由得发出了"鲜民之生，不如死之久矣"的悲号，然后引出了失去父母之后"出则衔恤，入则靡至"的失落之情。诗文后面的景象描绘中，通过描写南山的高大，表现出了父母的恩德以及孝子的悲苦，情景交融、虚实结合的描写，将诗人的赤诚之情完整地表现了出来。

诗共有六节，可以分成三层：第一、二两节是第一层，诗人感叹父母生养了自己，并辛苦劳累地照顾了自己。"蒿"象征着不成材且不能尽孝，诗人感叹自己不成材还不能尽孝。后两句表现出父母是费心劳力，吃尽苦头才养大自己的。

第三、四节是第二层，主要描写父母对儿子的深爱和儿子失去了双亲的痛苦。第三节的头两句用"瓶"来比喻父母，用"罍"来比喻孩子。用瓶子从罍中取水时，却没有取到水，这是因为罍无储水可汲，这就像孩子想要赡养父母，却没有尽到孝心而感到羞耻一样。

第四节的前六句叙述父母对诗人的养育。诗人的表述虽然语拙但是情真，他言直意切，不厌其烦，如哭如诉。姚际恒在《诗经通论》中说："勾人眼泪全在此无数'我'字。"这一节的最后两句，表现出了不得奉养父母的诗人，将自己的痛苦归咎于上天，他责备上天变化无常，夺去父母的生命，让他无法报答父母。

本诗最后两节是第三层，这一部分抒写了诗人的不幸，表现了他丧失父母的悲痛和凄凉。"烈烈、发发、律律、弗弗"的运用，加重了诗人的哀思，使读者和诗人一起悲叹。

《蓼莪》一诗劝勉我们要在短暂的人生中奉养父母、报答父母的养育之恩，因为天有不测风云，决不能有任何的犹疑和迟缓，否则将抱恨终身。

◎大东◎

有饛簋飧①，有捄棘匕②。周道如砥③，其直如矢。君子所履④，小人所视。睠言顾之⑤，潸焉出涕⑥。

小东大东⑦，杼柚其空⑧。纠纠葛屦⑨，可以履霜⑩。佻佻公子⑪，行彼周行⑫。既往既来，使我心疚。

有冽氿泉⑬，无浸获薪⑭。契契寤叹⑮，哀我惮人⑯。薪是获薪，尚可载也。哀我惮人，亦可息也。

东人之子，职劳不来⑰。西人之子⑱，粲粲衣服。舟人之子⑲，熊罴是裘⑳。私人之子㉑，百僚是试㉒。

或以其酒，不以其浆㉓。鞙鞙佩璲㉔，不以其长㉕。维天有汉㉖，监亦有光㉗。跂彼织女㉘，终日七襄㉙。

虽则七襄，不成报章㉚。睆彼牵牛㉛，不以服箱㉜。东有启明㉝，西有长庚。有捄天毕㉞，载施之行㉟。

维南有箕㊱，不可以簸扬。维北有斗㊲，不可以挹酒浆㊳。维南有箕，载翕其舌㊴。维北有斗，西柄之揭㊵。

【注释】

①饛（méng）：食物满器的样子。簋（guǐ）：古代一种圆口、圈足、有盖、有座的食器，青铜制或陶制，供统治阶级的人使用。飧（sūn）：晚饭。②捄（qiú）：曲而长的样子。棘匕：酸枣木做的勺匙。③周道：大路。砥：磨刀石，用以形容道路平坦。④君子：统治阶级的人，与下句的"小人"相对。小人指被统治的民众。⑤睠（juàn）言：眷恋回顾的样子。⑥潸（shān）：流泪的样子。⑦小东大东：西周时代以镐京为中心，统称东方各诸侯国为东国，以远近分，近者为小东，远者为大东。⑧杼柚（zhù zhóu）：杼，织机之梭；柚，织机之大轴；合称指织布机。⑨纠纠：缠结的样子。葛屦：葛布鞋。⑩履：踏。⑪佻佻：豫逸轻狂的样子。⑫周行：大道路。⑬氿（guǐ）泉：泉流受阻溢而旁侧流出的泉水，狭而长。⑭获薪：砍下的薪柴。⑮契契：忧结的样子。寤叹：不寐而叹。⑯惮：疲劳成病。⑰职劳：从事劳役。来：慰勉。⑱西人：周人。⑲舟人：有舟之人，此处指西人中的富人。⑳熊罴是裘：用熊皮、马熊皮为料制的皮袍。㉑私人：家奴。㉒百僚：犹云百隶、百仆。㉓浆：薄酒。㉔鞙（juān）鞙：形容玉圆（或长）的样子。璲（suì）：随身佩带的宝玉。㉕以：因。㉖汉：银河。㉗监：照。㉘跂：同"歧"，分叉的样子。织女：三星组成的星座名，呈三角形。㉙七襄：七次移易位置。㉚不成报章：织不成布帛。㉛睆（huǎn）：明亮的样子。牵牛：三颗星组成的星座名，又名河鼓星，俗名牛郎星。㉜服箱：驾车运载。㉝启明：启明星。㉞天毕：毕星，八星组成的星座，状如捕兔的毕网。㉟施：张。㊱箕：俗称簸箕星，四星联成的星座，形如簸箕，距离较远的两星之间是箕口。㊲斗：北斗星。㊳挹：舀。㊴翕：吸。㊵西柄之揭：南斗星座呈斗形有柄，天体运行，其柄常在西方。

【赏析】

《大东》是一首怨刺诗,作者是周代一个小的东方诸侯国的文人,他目睹周王室横征暴敛、鱼肉属国,愤然写了这首诗。诗中抱怨西周王室诛求无已、不停地劳役人民。《毛诗序》中提出,这个东方的小国应该指的是谭国(现在在山东章丘西面)。而这首诗的作者应该就是谭国的大夫,虽然没有具体的资料能够证明这一点,但是可存一说。

本诗塑造了两个对比鲜明的形象:一个是西周剥削者残酷、贪婪、骄奢的形象,一个是对西周人满怀仇恨的谭国人被榨取、被奴役、被压迫的形象。通过对这两个典型形象的描写和刻画,形象地表现了君子与小人的对立。

这首诗以西周通往东国的公路为开篇,点明他们之间的对立。这条路对双方的意义是不同的,对于周人来说这是一条致富的路,"佻佻公子,行彼周行"充分表现了西人对于这种现状的得意。但对于东人来说,这是一条苦闷之路,通过这条路他们失去了财富、亲人和尊严,"潸然出涕","使我心疚"就是他们心情的写照。在这条路的联通下,东人"杼柚其空",因为生活困苦,金钱匮乏,他们不得不在冷天穿着夏天的破麻鞋劳动。

诗人在对比中,展现出了一幅贫富悬殊、苦乐不均的生活画面——"西人之子,粲粲衣服",西人喝着上等的美酒,佩戴着宝玉,过着骄奢淫逸、纵情享乐的生活。"东人之子,职劳不来","私人之子,百僚是试",东人却连薄酒都吃不上,他们身上连杂佩也没有。他们做着所有的工作,却得不到一点点的慰抚和利益。

这样的对比,表现出的不单是宗主国和诸侯小国之间的矛盾,同样也有统治者与人民之间的矛盾冲突。

这首诗运用了赋、比、兴的表现手法。第一节"兴"的手法运用比较多。头两句"有饛簋飧,有捄棘匕",都是一些当时贵族用的食具,诗人在周人贵族的家中看到这些东西,想到自己原本也是一名贵族,现在却沦为"小人"的痛苦生活,伤心得流下了眼泪。

"比"是比喻,它在诗中仅在一句或两句中起到联系局部的作用,例如"如砥"和"如矢"。诗人用砥和矢比喻"周道"的抽象的平直。第一节最后四句用的是"赋",赋就是直接铺叙,这里诗人把自己的思想感情,平铺直叙了出来。"履"和"视"这两个字,就是诗人眼中周人和东人对这条公路的不同感受。情景交融,引出无限的悲凉和凄苦。

第三节中诗人用获薪不能让水浸湿来比喻东人再也受不了摧残了。刚刚砍下来的柴棍,都能用车子装载使用,也该让劳苦的东人们休息休息了。这里"获薪"和"惮人"形成了对比,表现人的待遇还不如物。

从第五节后四句一直到最后,描写的都是诗人在仰观天象。诗人看到了天汉、织女、牵牛、长庚、天毕、北斗、南箕等天象,他用这些来比喻西周的剥削者,诗人把自己的怨愤诅咒,移加到繁星上去,进一步刻画出那些贪婪统治者的形象。诗人将思想感情和艺术手法统一在一起,做到了兴中有比,比中有赋,使得人物的形象更加鲜明,诗意更加深刻了。

◎北山◎

陟彼北山，言采其杞①。偕偕士子②，朝夕从事。王事靡盬③，忧我父母。
溥天之下④，莫非王土。率土之滨⑤，莫非王臣。大夫不均，我从事独贤⑥。
四牡彭彭⑦，王事傍傍⑧。嘉我未老，鲜我方将⑨。旅力方刚⑩，经营四方⑪。
或燕燕居息⑫，或尽瘁事国⑬；或息偃在床⑭，或不已于行⑮。
或不知叫号⑯，或惨惨劬劳⑰；或栖迟偃仰⑱，或王事鞅掌⑲。
或湛乐饮酒⑳，或惨惨畏咎㉑；或出入风议㉒，或靡事不为㉓。

【注释】

①言：我。杞：枸杞，落叶灌木，果实入药，有滋补功用。②偕偕：健壮的样子。士：周王朝或诸侯国的低级官员。周时官员分卿、大夫、士三等，士的职级最低，士子是这些低级官员的通名。③靡盬：无休止。④溥：大。⑤率土之滨：四海之内。古人以为中国大陆四周环海，自四面海滨之内的土地是中国领土。⑥贤：贤劳，艰辛。⑦牡：公马。彭彭：形容马奔走不息。⑧傍傍：不得止。⑨鲜：称赞。⑩旅力：体力。⑪经营：规划治理，此处指操劳办事。⑫燕燕：安闲自得的样子。⑬尽瘁：尽心竭力。⑭息偃：躺着休息。⑮不已：不止。⑯叫号：叫呼号召。⑰惨惨：忧虑不安的样子。劬劳：辛勤劳苦。⑱栖迟：休息游乐。⑲鞅掌：事多繁忙。⑳湛（dān）：沉湎。㉑畏咎：怕出差错获罪招祸。㉒风议：放言高论。㉓靡事不为：无事不作。

【赏析】

周代社会是一个等级制度十分严谨的社会，其政权严格按照宗法制度来组织。其中，王和诸侯的官员们，被分为卿、大夫、士三等，上下级等级森严，尊卑的地位不可逾越。这样的等级制度是按照血缘关系的远近亲疏来规定的。所以作者所属的士是最低、也最受压迫的阶层。

《诗经》表现"士"这一阶层的诗篇有不少，主要都是描写这个阶层地位低下、因而备受驱使的辛苦处境，这些诗抒发了士的压抑和怨愤，暴露了统治阶级内部上下关系中存在的难以调和的矛盾，反映了那时的宗法等级制度的不平等和隐藏在它之下的阴暗和危害。《北山》就是众多这样的诗篇中的一篇。它主要描绘了统治阶层的劳役不均，同时揭露了上层统治阶级的腐朽以及下层人民的怨愤，是一篇优秀的怨刺诗。这首诗是劳于王事的作者发出的不平之鸣，"大夫不均，我从事独贤"，这一句是全诗的中心。

诗人对大夫分配差事的不均表示抱怨，同时也对自己长期承受繁重的工作表示不满。这些人起早贪黑、一刻不停地在四方奔波，却得不到相应的回报，至多换来大夫几句言不由衷的夸赞。"嘉我未老，鲜我方将。旅力方刚，经营四方"四句活灵活现地勾画出一个大夫在役使下属时的样子："你年纪这么轻，身体又这么健壮，前程无限啊，多出几趟差，多做些贡献吧！"可见统治者就是用这样虚伪的话语来达到使役他人的目的。

诗的后三节，诗人运用了大量的对比手法，十二句叙述了十二种现象，其中每两种现象就形成一个对比，一共形成了六个对比。这六个对比将大夫的形象完整地描画了出来。可以看到，大夫都过得安闲舒适，每天不是饮酒享乐就是休憩睡觉，他们不会征发号召，只会在酒足饭饱之后给其他人挑刺、找麻烦。而为大夫工作的士却必须为这些不学无术的大夫尽心竭力、四处奔走，他们辛苦劳累，忙忙碌碌，一人承揽了所有的工作，同时还要担心自己万一出什么差错，就会被那些喜欢找麻烦的大夫治罪。

大夫和士是两种完全对立的人，对比的形式，更能让人明白他们谁好谁坏，谁善谁恶。在对比之后全诗就结束，作者没有做任何评论，也没有抒发自己的感慨，姚际恒在《诗经通论》中评论说："'或'字作十二叠，甚奇；末句无收结，尤奇。"鲜明对比之后就戛然停止，读者的心中也已经有了自己的结论，这样的结局可以让读者慢慢体会，细细回味。

作为周代统治阶级内部最低一级的士，作者在表现士受到上层的王、公、卿大夫的压迫之后发出了"不平"的呼声，反映了当时统治阶级内部尖锐化的矛盾以及不合理的社会现状。

◎无将大车◎

无将大车①，祇自尘兮。无思百忧，祇自痕兮②。

无将大车，维尘冥冥③。无思百忧，不出于颎④。

无将大车，维尘雝兮⑤。无思百忧，祇自重兮⑥。

【注释】

①将：扶进，此指推车。大车：平地载运之车。②痕（qí）：病痛。③冥冥：昏暗，此处形容尘土迷蒙的样子。④颎（jiǒng）：光亮。⑤雝（yōng）：通"壅"，引申为遮蔽。⑥重：加重。

【赏析】

《无将大车》一诗的主旨和作者，历来饱受争议，最恰当的应该是以下的这种说法：诗的作者是一位正直而有操守的官吏，他不见容于奸佞的同僚，被君主所疏远，无能为力，只得独自痛心于当朝政治的黑暗和统治者的昏庸，感时而伤乱，作歌来自我排遣，诉说自己内心的沉重与忧伤。

全诗三章，均以推车起兴，寄寓深远。在古代，生产力落后，人们从事农业劳动时，多肩挑背扛，高级的生产工具很少。当时的车子做工粗糙，非常沉重，再加上道路崎岖难行，多坑洼险阻，使用起来很不方便。当车子过于繁重时，人们便在其后推车前进，这时，推车人会被车轮扬起的灰尘洒满全身，弄脏衣服和须发，辨不清方向和位置，还有可能摔倒。作者以此起兴，说出了推车时的艰难和危险，为全诗营造出了一种悲痛、伤感而又迷茫的氛围。

另外，诗人选用推车为比兴，除了烘托氛围之外，还有更深层的意义在里面。在中国的古代，车子是地位和身份的象征，越是体积大、做工精致的车子，其内所坐之人也越是尊崇，并且，古人原本就存有直接以乘舆指天子、诸侯的说法。因而，这里的"将大车"，就有了鲜明的政治隐喻，作者写推车，其实是以之比喻为国效力、服侍君王的政治工作，由此，诗作获得了更深层次的内蕴和更大的表现空间。

每章的后半段，诗人由推车之艰难，兴起了"无思百忧"的感叹：人们活在世界上，就像不要去

推那种大车一样，心里不要老是装着世上的种种烦恼；就像强自推车会弄脏自己的衣服须发一样，整天地思考只会使自己百病缠身，痛苦不堪，甚至生不如死。结合上文的分析，这里的烦忧，正是作者对于国家的忧虑，对于昏庸君王的痛心疾首，对于黎民百姓的同情。作者的意思就是：人生在世，不要焦虑急躁、忧怀百事，平静安然地度过每一天就好；不要做自己力所不能及的事情，太沉重的车子不要推，太黑暗的官场不要去介入，免得自己最终落得灰头土脸、性命不保的境地；无能为力的忧思，不要想起，家国大事，是时事所趋、造化所致，非一人一时所能改变，不要螳臂当车，做一些无用之功。

诗中沉痛的情绪和深切的感慨，愈积愈深，最终形成蓬勃之势，给读者以沉痛的冲击，这种情感的叠加，得益于其行文的结构。全诗三章，采用回环复沓的手法，每章仅易数字，在反复诉说中，使诗作的表现张力和情感内蕴极具叠加，产生极强的感染力，达到了震撼人心的艺术效果。

诗作的三章内容，并非简单地循环往复，而是在表现上步步递进。第一章讲尘土的浓重程度，先是"祇自尘兮"，指出有尘土的存在，但仅能在人的身体上覆盖薄薄的一层，程度上只属一般；第二章则为"维尘冥冥"，尘土的量增加不少，把光线都遮挡得变暗不少，四处冥冥昏沉，是首章的递进；第三章"维尘雝兮"，尘土变得遮天蔽日，有把推车人掩埋的气势，其夸张程度达到了顶点。诗作的后半部分也是如此，从"祇自疧兮"发展到"不出于颎"，最终变为"祇自重兮"，先说身体上的病痛，第二章发展到精神上的忧心忡忡，第三章是前面两者的叠加，悉言身体上和精神上的双重痛苦。如此步步推进，符合人们接受心理和情感的发展趋势，便于抒情达意，产生共鸣。

政治黑暗，君主善恶不辨、赏罚不均，自然引起正直之士的窘迫和怨言，引发他们对于政治和百姓的担忧。然而，对于此诗的主旨，还有另外一种理解。这种说法以《毛诗序》为代表："《无将大车》，大夫悔将小人也。"诗作的写作背景是幽王之时，君主善恶不辨、赏罚不均，小人获益、贤人受害，贤者推举的人才中，亦有不少刚开始貌似忠良，但当政后就露出了奸邪狡诈的真面目，变为作恶多端的小人，贤者只得兀自懊悔，后悔自己推举人才时不能明察秋毫。在此处，"将"的意思是推举、奖掖，"将大车"即为"推举小人"。

◎小明◎

明明上天，照临下土。我征徂西①，至于艽野②。二月初吉③，载离寒暑④。心之忧矣，其毒大苦⑤。念彼共人⑥，涕零如雨。岂不怀归？畏此罪罟⑦。

昔我往矣，日月方除⑧。曷云其还⑨，岁聿云莫⑩？念我独兮，我事孔庶⑪。心之忧矣，惮我不暇⑫。念彼共人，睠睠怀顾⑬。岂不怀归，畏此谴怒。

昔我往矣，日月方奥⑭。曷云其还，政事愈蹙⑮？岁聿云莫，采萧获菽⑯。心之忧矣，自诒伊戚^⑰。念彼共人，兴言出宿^⑱。岂不怀归？畏此反覆^⑲。

嗟尔君子，无恒安处^⑳。靖共尔位^㉑，正直是与^㉒。神之听之，式榖以女^㉓。

嗟尔君子，无恒安息。靖共尔位，好是正直。神之听之，介尔景福^㉔。

【注释】

①征：行，此指行役。徂：往，前往。②芜（qiú）野：荒远的边地。③二月：指周正二月，即夏正之十二月。初吉：上旬的吉日。④离：经历。⑤毒：痛苦，磨难。⑥共：此指恭谨尽心。⑦罪罟（gǔ）：指法网。⑧除：除旧，指旧岁辞去、新年将到。⑨曷：何，何时。其：将。还：回去。⑩聿云：二字为均语气助词。莫：岁暮即年终。⑪孔庶：很多。⑫惮：劳苦。不暇：不得闲暇。⑬睊睊：即"睠睠"，恋慕。⑭奥：通"燠"，温暖。⑮蹙：急促，紧迫。⑯萧：艾蒿。菽：豆类。⑰戚：忧伤，痛苦。⑱兴言：语首助词。出宿：不能安睡。一说到外面去过夜。⑲反覆：指不测之祸。⑳恒：常。安处：安居，安逸享乐。㉑靖：安定。共：通"恭"，奉，履行。位：职位，职责。㉒与：亲近，友好。㉓榖（gǔ）：善，此指福。以：与。女：通"汝"。㉔介：给予。景福：犹言大福。

【赏析】

一位京城的小官吏，受差遣行役于西方荒远之地，经过严冬酷暑，仍不得归家，心忧至极。环境艰苦，差事繁重，他辛苦万分，只能勉力坚持，靠着对故乡和老友的回忆支撑着。尽管如此，他依然尽忠职守、一心为公，不敢丝毫怠慢，还语重心长地劝勉老友"靖共尔位"。在这埋怨、互勉的纠葛中，小官吏严谨的态度和美好淳朴的心灵，给人几多感动。

本诗的前三章，描写的是诗人的经历之难、思乡之苦和役事之怨。首章中，作者交代了自己的使命、目的地以及出发季节。二月的一天，作者出征到西方，来到了这一片荒凉的"芜野"，从此埋头苦干，历时寒暑，至今没有归家。想到在京城时朝夕相处的故友，不由得"涕零如雨"，心中无限感慨。在章末，作者运用反问句，万分哀怨地感慨道："我怎不想回去，就是怕触犯法则，朝廷怪罪啊。"朝廷没有下发归家公文，认真、老实的作者不敢自作主张，只能把那份痛苦和思念深深地埋在心底。

第二章中，作者抚今追昔，诉说了徭役之久，哀不自胜，多有抱怨。作者的怨愤是有道理的，在古代，为维护下层人民权益，行役制度是有严格规定的，如《盐铁论》中就有明确记载："古者行役不逾时，春行秋返，秋行春返。"春天去秋天来，秋天去春天回，不会让人在外经历整个寒暑，穿寒衣去的不用备置单衣，穿单衣的不用备置寒衣，行役制度显得非常的人性化。但在此诗中，诗人的行役已不循旧制，不仅徭役之地极远，而且时间极久，第三章中提及，现在已是"岁聿云莫，采萧获菽"。一年将完，但归期未至，不知道还要持续多久。

"念我独兮，我事孔庶"描写出了作者的处境之艰险和危难：只有一个人，事情非常多，做也做不完。诗人也许是独自到此，也许是其他人不堪重负，早已逃去，所有的事务都得由他自己处理。诗人孤独无依，连个说话的伴儿都没有，憔悴瘦弱，忍受着旷野的恐惧和辛劳的工作，不知能坚持多久，兀自强撑着。

就是在这种工作环境下，诗人依然没有逃离，心中也没有放弃，他只是一遍一遍地思念"共人"，为自己增加温暖和信心。"共人"是与诗人一样效命王室、忠于职守的人，地位相同，工作相似。想到他们，诗人油然而生一种同病相怜、眷恋怀念之情，"涕零如雨"、"睊睊怀顾"，一股温暖涌向心间。想着他们的音容笑颜，作者好像又回到了一同出生入死，互扶互助的过去，无形中充满了力量。

四、五两章是诗人对友人的劝诫和互勉。诗人虽然忧伤孤独、疲于奔命，但对王事还是不敢懈怠，并谆谆告诫老朋友："嗟尔君子，无恒安处。靖共尔位，正直是与。"——远在家乡的老友们，你们不要太贪图安逸，一定要恭谨从事，忠于职守！这是规劝友人，也是作者在无助之下的自我勉励：为

官者一心为政是分内之事，不认真做就对不起主上的垂青和百姓的认同，并且这份认真不会白费，天地间自有公道，如果自己做得到位，神灵自然会赐福于己。这种难得的慎独和自省，把官员的廉洁、尽职、正直，演绎得淋漓尽致。

诗作从多侧面表现了诗人的内心世界，展示了其心理变化的轨迹，纵横交织，细腻婉转。诗人是这样一个人：虽有着对公事的不满，牢骚连连，但克己敬业，显得真实可爱、有血有肉；虽思家念友，但没有因私忘公，而是坚定执著地坚守着自己的岗位，显得公私分明。他更像我们身边身份平凡、有着七情六欲的普通人，让人倍感亲近。牺牲自己的小幸福而"先国后家"，克制自己的欲望而"先公后私"，是诗人身上体现出来的为官为人之道，让后代无数读者侧目仰视。

◎鼓钟◎

鼓钟将将①，淮水汤汤②。忧心且伤。淑人君子③，怀允不忘④。

鼓钟喈喈⑤，淮水湝湝⑥。忧心且悲。淑人君子，其德不回⑦。

鼓钟伐鼛⑧，淮有三洲⑨。忧心且妯⑩。淑人君子，其德不犹⑪。

鼓钟钦钦⑫。鼓瑟鼓琴，笙磬同音。以《雅》以《南》⑬，以籥不僭⑭。

【注释】

①鼓：敲击。将将：同"锵锵"，象声词。②汤（shāng）汤：大水涌流的样子。③淑：善。④怀：思念。允：确实。⑤喈（jiē）喈：钟声。⑥湝（jiē）湝：水流声。⑦回：邪。⑧伐：敲击。鼛（gāo）：一种大鼓。⑨三洲：淮河上的三个小岛。⑩妯（chōu）：因悲伤而动容、心绪不宁。⑪犹：奸邪。⑫钦钦：象声词。⑬以：为，作，指演奏、表演。《雅》：《诗经》中有《雅》。《南》：《诗经》中有《周南》《召南》。⑭籥（yuè）：乐器名，似笛。不僭：按部就班，和谐合拍。

【赏析】

关于《鼓钟》的主旨，前人有过许多争论，主要围绕最早的一种观点"刺幽王"说展开。

认同这一观点的学者认为，这首诗是用雅音正声与幽王的德行作对比，反衬幽王的无德无能。而反对这一观点的人则认为这一观点牵强附会，因为诗中并未指出这段音乐是何时、何人所奏。

其实可以将这首诗看成一首描写聆听音乐、怀念君子的诗。诗人有感而发，感慨国运、时代，其中有他浓浓的忧心和伤感。诗人所听的并不是普通的音乐，而是"雅"、"南"这样的周朝音乐。在国运衰微的末世，诗人听着这些代表着周朝辉煌历史的音乐，这些盛世之音让诗人感慨今昔，悲从中来，禁不住发出了追慕往昔贤人的感叹。正如方玉润在《诗经原始》中说的："玩其词意，极为叹美周乐之盛，不禁有怀在昔淑人君子，德不可忘，而至于忧心且伤也。此非淮徐诗人重观周乐、以志欣慕之作，而谁作哉？"

诗人面对着滔滔流泻的淮水，听到了钟鼓的铿锵声，在他眼前正在举行着一场隆重的歌舞之筵。“敲起编钟音声锵锵响”，“敲起编钟音声喈喈扬”，“敲起编钟擂响低沉的大鼓”，“敲起编钟音声钦钦响，又拨瑟又弹琴鼓乐齐鸣，吹笙簧打玉磬声交和唱”，这些都是《雅》和《南》中的标准音乐，音乐优美，舞蹈规矩整齐，这样万方乐奏、千人相和、千人酣舞的场景令人叹为观止。

在周朝能够奏《雅》演《南》的只有天子，这是只有在国家的隆重庆典或节日时，为了弘扬国威、君威才会举办的活动。原本这是庄严的活动，但是诗人所经历的这场规模空前的歌舞却不是为了国家而举行的庆典，也不是节日的庆祝，如此奢华的活动仅仅是为了满足君王自己的私欲，是为了迎合当权者奢靡荒淫、醉生梦死、挥霍无度的欲望。

这时的君王没有顾忌百姓的苦难，没有考察过自然的灾害，他们将天下的财富全都征敛到了自己的手中，然后肆意挥霍。这样的行为让诗人感到担忧和悲伤，他追念古代圣贤、向往着原来的太平盛世，感叹君子因为“品德无邪，行为端庄”，才能够“令人怀念不已，终生难忘”。但是现在再没有像古人一样高洁的人了，天下也再没有像古时候一样的净土了，在这秽浊的世上，世人要如何才能摆脱苦难呢？

在诗的最后一节，音乐齐鸣、宴会上又开始奏《雅》舞《南》，统治者们依然沉湎在淫逸的生活中，他们依然对普通人的死活不管不问，这样的行为也就为他们虚华生活的破灭作出了预言。

◎楚茨◎

楚楚者茨①，言抽其棘②，自昔何为？我艺黍稷③。我黍与与④，我稷翼翼⑤。我仓既盈，我庾维亿⑥。以为酒食，以享以祀⑦，以妥以侑⑧，以介景福⑨。

济济跄跄⑩，絜尔牛羊⑪，以往烝尝⑫。或剥或亨⑬，或肆或将⑭。祝祭于祊⑮，祀事孔明⑯。先祖是皇⑰，神保是飨⑱。孝孙有庆⑲，报以介福⑳，万寿无疆！

执爨踖踖㉑，为俎孔硕㉒，或燔或炙㉓，君妇莫莫㉔。为豆孔庶㉕，为宾为客，献酬交错㉖。礼仪卒度㉗，笑语卒获㉘。神保是格㉙，报以介福，万寿攸酢㉚！

我孔熯矣㉛，式礼莫愆㉜。工祝致告㉝，徂赉孝孙㉞。苾芬孝祀㉟，神嗜饮食。卜尔百福㊱，如几如式㊲。既齐既稷㊳，既匡既敕㊴。永锡尔极㊵，时万时亿㊶！

礼仪既备，钟鼓既戒㊷，孝孙徂位㊸，工祝致告。神具醉止㊹，皇尸载起㊺。鼓钟送尸，神保聿归㊻。诸宰君妇㊼，废彻不迟㊽。诸父兄弟㊾，备言燕私㊿。

乐具入奏(51)，以绥后禄(52)。尔肴既将(53)，莫怨具庆。既醉既饱，小大稽首(54)。神嗜饮食，使君寿考(55)。孔惠孔时(56)，维其尽之(57)。子子孙孙，勿替引之(58)！

【注释】

①楚楚：植物丛生的样子。茨：蒺藜，草本植物，有刺。②抽：除去，拔除。棘：刺，指蒺藜。③艺：种植。④与与：茂盛的样子。⑤翼翼：繁盛茂密的样子。⑥庾（yǔ）：露天粮囤，以草席围成圆形。亿：形容多。⑦享：上供，祭献。⑧妥：安坐。侑：劝进酒食。⑨以介景福：用来助我得大福祉。⑩济济：形容人多。跄（qiāng）跄：步趋有节的样子。⑪絜（jié）：同“洁”，洗清。⑫烝：冬祭名。尝：秋祭名。⑬剥：宰割支解。亨：同“烹”，烧煮。⑭肆：陈列，指将祭肉盛于鼎俎中。将：捧着献上。⑮祝：太祝，司祭礼

的人。祊(bēng)：设祭的地方，在宗庙门内。⑯孔：很。明：指祭礼洁净。⑰先祖是皇：先祖神道最堂皇。⑱神保：祭时用人作尸之美称。飨：享受祭祀。⑲孝孙：祭祀祖先时的主祭之人。庆：福。⑳介福：大福。㉑爨(cuàn)：烧菜煮饭。踖(jí)踖：恭谨敏捷的样子。㉒俎：祭祀时盛牲的礼器。硕：大。㉓燔：烧肉。炙：烤肉。㉔君妇：主妇。莫莫：恭谨。㉕豆：食器，形状为高脚盘。庶：众，多，此指豆内食品繁多。㉖献：主人劝宾客饮酒。酬：宾客向主人回敬。㉗卒：尽，完全。度：法度。㉘获：得时，恰到好处。㉙格：至，来到。㉚酢：回敬酒。㉛煢(nǎn)：敬惧。㉜式：发语词。愆(qiān)：过失，差错。㉝工祝：祝官，主持祭祀司仪的人。致告：代神致辞，以告祭者。㉞赉(lài)：赐予。㉟苾(bì)：浓香。孝祀：犹享祀，指神享受祭祀。㊱卜：给予，赐予。㊲几：期。式：法，制度。㊳齐：庄敬。稷：疾，敏捷。㊴匡：正，端正。敕：严整。㊵锡：赐。极：至，指最大的福气。㊶时：是。㊷戒：备。㊸祖位：指孝孙回到原位。㊹具：俱，皆。止：语气词。㊺皇尸：代表神祇受祭的人。㊻聿：乃。㊼宰：掌膳食之人。㊽彻：通"撤"，撤去。㊾诸父：伯父、叔父等长辈。兄弟：同姓之叔伯兄弟。㊿备：尽，完全。燕私：祭祀之后在后殿宴饮同姓亲属。51入奏：进入后殿演奏。祭在宗庙前殿，祭后到后面的寝殿举行家族私宴。52绥：安，此指安享。后禄：祭后的口福。53将：美好。54小大：指尊卑长幼的各种人。稽首：跪拜礼，双膝跪下，叩头至地。一种最恭敬的礼节。55寿考：长寿。56惠：顺利。时：善，好。57尽之：尽其礼仪，指主人完全遵守祭祀礼节。58替：废，改变。引之：长行此祭祀祖先之礼仪。

【赏析】

　　《楚茨》反映了西周上层贵族在丰收之后和家族的成员们一起祭祀祖先、祈神明赐福。诗中涉及了很多西周祭祀文化礼仪方面的问题。这是一首儒雅的叙事诗，再现了西周祭祀文化的场面。全诗共有六节：

　　第一节主要描述了祭祀的前奏。人们种下了黍稷，粮食获得了丰收，丰盛的粮食堆满了仓囷，并以粮食酿造祭祀美酒。

　　第二节描述了祭祀前的一些准备工作，开始对祭祀活动进行描写。人们神态庄严，步伐肃然，他们将宰好的牛羊肉清洗、宰剥、烹饪，然后将它们奉献给神灵。工作的时候大家分工明确，祭祀的准备工作忙碌而肃穆。祭祀仪式非常完整。

　　第三节进一步展示祭祀的场景，描写了厨师的谨严小心和敏锐快捷，烹饪牛羊肉方法有烧有烤，主妇们忙着摆放祭器，祭品非常丰盛，这时主人已经向宾客敬酒了，仪式隆重又井然有序，不失礼仪。

　　第四节主要写祭祀活动的发展。主祭者态度恭顺，代表神祇致辞："祭品丰盛美妙，所有的神灵都很满意，祭祀仪式标准而隆重，因而神灵要赐予众人亿万福禄。"这样的言语使人们十分高兴，他们恳求神灵赐无数的福给子孙。

　　第五节主要写仪式完成之后钟鼓齐奏，主祭人回到原来的位置，司仪告诉大家神已经醉了，所以"皇尸"也就可以功成身退了。就这样皇尸和神灵在钟鼓声中被送走了，人们撤去了祭品，然后相聚在一起，开怀畅饮。

　　第六节写的是祭祀活动的尾声。这时人们在音乐齐奏的祖庙内，享受着祭后的美酒佳肴，丰富的酒菜让所有参与到祭祀中的人们十分高兴。酒足饭饱之后，他们互敬互祝，一片其乐融融，祝主人长命百岁，保子孙福佑。

《楚茨》作为一首祭祖祀神的乐歌，描写出了祭祀的全过程，一直从祭前的准备写到了祭后的宴乐，将周代祭祀的仪制详细展现了出来。而且，这首诗展现了先民祭祀祖先时热烈庄严的气氛，诗人细腻详实地将这一幅幅画面描绘出来，给人一种身临其境的感觉。全诗结构严谨，风格典雅，引人回味。

◎信南山◎

信彼南山①，维禹甸之②。畇畇原隰③，曾孙田之④。我疆我理⑤，南东其亩⑥。
上天同云⑦，雨雪雰雰⑧。益之以霡霂⑨，既优既渥⑩，既霑既足⑪，生我百谷。
疆埸翼翼⑫，黍稷彧彧⑬。曾孙之穑⑭，以为酒食。畀我尸宾⑮，寿考万年。
中田有庐⑯，疆埸有瓜。是剥是菹⑰，献之皇祖⑱。曾孙寿考，受天之祜⑲。
祭以清酒，从以骍牡⑳。享于祖考。执其鸾刀㉑，以启其毛，取其血膋㉒。
是烝是享，苾苾芬芬㉓。祀事孔明，先祖是皇。报以介福，万寿无疆。

【注释】

①信：延伸。②禹：大禹。甸：治理。③畇（yún）：平整田地。原隰：高原和洼地，泛指全部田地。④曾孙：后代子孙。田：垦治田地。⑤疆：田界，此处用作动词，划田界。理：田中的沟陇，此处亦用作动词。疆指划定大的田界，理则细分其地亩。⑥南东：用作动词，指将田陇开辟成南北向或东西向。⑦上天：冬季的天空。同云：天空布满阴云，浑然一色。⑧雨雪：下雪，"雨"作动词，降落。雰雰：纷纷。⑨益：加上。霡霂（mài mù）：小雨。⑩优：充足。渥：湿润。⑪霑：浸湿。⑫埸（yì）：田界。翼翼：整齐的样子。⑬彧（yù）彧：茂盛的样子。⑭穑：收获庄稼。⑮畀（bì）：给予。⑯庐：通"芦"，萝卜。⑰菹（zū）：腌菜。⑱皇祖：先祖之美称。⑲祜（hù）：福。⑳骍（xīn）：赤色。牡：雄性兽，此指公牛。㉑鸾刀：带铃的刀。㉒膋（liáo）：脂膏，此指牛油。㉓苾（bì）：浓香。

【赏析】

《信南山》是一首周王祭祖祈福的乐歌，与《楚茨》的意思大体相同，只是《楚茨》兼祭秋冬，

而本诗专为冬祭。

烝祭作为一年的农事完毕之后的最后一次祭典，在以农立国的周朝中显得格外重要。农神后稷是播植百谷的始祖，所以周人在年终的祭歌中歌唱农事，是自然的事。

本诗共有六小节。第一节主要描写疆理的整修。因为《信南山》是一首重农业而祭神的诗，所以诗是从田功开始写的。延伸无际的终南山原野，是大禹治水之后开辟出来的田地，无论是高原还是洼地，当时的人们把这些土地都开垦成了周王朝的农田，人们在这里种植庄稼，在土地上划分疆界，"我疆我理，南东其亩。"东西南北阡陌交通，地势水利都非常合适。这一节既写出了先辈祖宗垦拓的艰辛，同时又告诉后代子孙守业是非常困难的，通过这一节可以看到当时的农业生产状况。

第二节主要描写雨雪来得及时。在农业生产中，水是十分重要的，是农业的命脉。所以诗人在描写了土地之后接着写的就是水利。在当时周地有泾渭两条水路可以用来灌溉，但是对于当时广大的农田来说，这些水路是有限的，所以为了让农作物能够良好地生长，人们都期盼着上天能够及时降下雨雪，这样才能滋润田地，帮助禾苗茁壮生长。这就是我们常说的"瑞雪兆丰年"。而且对于农田来说，冬天的雪非常重要，同样，春季的雨也要适当才可以。所以在落雪之后再及时降雨，就能够保证有一个丰年，也就是"益之以霡霂"，天降甘霖会帮助土地"既优既渥，既霑既足"，然后"生我百谷"。因为雨雪适时，田地得到了湿润，变得宜于耕耘，在这样的条件下，庄稼茂盛茁壮也是理所当然的。

第三节接着写的就是黍稷的茂盛。在天时和地利都得到了之后，在人们的眼前仿佛已经可以看到丰收的景象了。"疆埸翼翼，黍稷彧彧"，展现了田地的样子，井田整整齐齐的，庄稼也郁郁葱葱的，一眼望不到边的茂密庄稼，看上去非常的美妙祥和。

第四节主要是描写"中田有庐"。农民住在筑于公田中间的房屋，他们种植的作物是以粮食为主，瓜果为副的，所以那时的农田里种的大都是各色五谷，瓜果只有在田埂地畔里才有种植。在那时瓜果也是贡品，当它们瓜熟蒂落之后，人们将它们切开腌好，然后它们就成为向祖宗之灵献祭的物品。人们通过献祭来祈求祖宗在天之灵赐福保佑。

第五节主要是描写牺牲。在古代的祭祀中，最为讲究的就是牺牲，这一节中诗人细致入微地描写了备办牺牲贡品的情况。"斟上清清的醇酒"、"再献上毛色纯正的赤红公牛"，这几句就描写出了人们虔诚恭敬地把祭品供奉于先祖灵，让祖先前来好好享受。

第六节是在描写"祀事孔明"。这一节是说琳琅满目的各种祭品，当人们将美味芬芳的祭品贡献摆放好之后，在人们的心中那些列祖列宗的神灵便会欣然前来享受这些祭礼了。这一节所描写的内容就将祀事活动推向了高潮，表现了人们期待在祖荫的庇护下得到幸福的愿望。

姚际恒在《诗经通论》中评论本诗："上篇（按指《楚茨》）铺叙闳整，叙事详密；此篇（指《信南山》）则稍略而加以跌荡，多闲情别致，格调又自不同。"概括得非常恰当。

◎甫田◎

倬彼甫田^①，岁取十千^②。我取其陈，食我农人，自古有年^③。今适南亩^④，或耘或耔^⑤，黍稷薿薿^⑥。攸介攸止^⑦，烝我髦士^⑧。

以我齐明^⑨，与我牺羊^⑩，以社以方^⑪。我田既臧^⑫，农夫之庆。琴瑟击鼓，以御田祖^⑬，以祈甘雨^⑭，以介我稷黍，以穀我士女^⑮。

曾孙来止⑯，以其妇子，馌彼南亩⑰，田畯至喜⑱。攘其左右，尝其旨否⑲。禾易长亩⑳，终善且有㉑。曾孙不怒，农夫克敏㉒。

曾孙之稼，如茨如梁㉓。曾孙之庾㉔，如坻如京㉕。乃求千斯仓，乃求万斯箱㉖。黍稷稻粱，农夫之庆。报以介福㉗，万寿无疆。

【注释】

①倬：广阔。甫：大。②十千：言其多。③有年：丰收年。④适：去，至。⑤耘：锄草。耔（zǐ）：培土。⑥黍稷：谷类作物。薿（nǐ）薿：茂盛的样子。⑦介：长大。止：停止，指结实。⑧烝：进呈。髦士：英俊人士。⑨齐（zī）明：即粢盛，祭祀用的谷物。⑩牺：祭祀用的纯毛牲口。⑪以：用作。社：祭土地神。方：祭四方神。⑫臧：好，此指丰收。⑬御（yà）：同"迓"，迎接。田祖：田神。⑭祈：祈祷求告。⑮穀：养活。士女：贵族男女。⑯曾孙：周王自称，相对神灵和祖先而言。止：语气助词。⑰馌（yè）：送饭。⑱田畯：农官。⑲旨：美味。⑳易：禾盛的样子。㉑有：富足。㉒克：能。敏：勤快。㉓茨：茅屋顶。㉔庾：粮仓。㉕坻（chí）：水中高地。京：高丘。㉖箱：车箱。㉗介福：大福。

【赏析】

这首诗是周王在祭祀四方之神、土地神、农神时所唱的祈年乐歌，主要描写了周王所重视的农业生产的两个方面，也就是祭神求福和馌礼劝农。人们为了祈求丰收，会祭祀所有的神明。一年耕种开始的时候，就要用谷物和羔羊来祭祀神灵，以表示其虔诚。当庄稼渐渐长大之后，人们又用热烈的音乐来求雨。因为有神灵的佑护，所以到了丰收的时候，要用祭祀来表达自己对于神灵的感谢，以表明自己不会忘记神明的恩德。

本诗共有四节，每节都有十句。第一节主要是铺叙事实，是在叙述大田农事。在整首诗中，这一节为下面几节将要展开的祭祀做铺垫。这里描述了一片广袤又肥沃的农田，它每年都可以收获上万担的米粮。人们依靠着丰富的物产在仓内储了大量的谷物。因为这里年复一年都有很好的收成，所以这片土地养活了世代生活在这里辛勤劳作的农人们。

这一天，君主非常高兴地来到南亩巡视自己的土地，看到那里的农人们都非常繁忙地工作，有的农人在锄草，有的农人在为禾苗培土，田里的小米和高粱已经生长得密密麻麻了，君主心里十分高兴，仿佛已经看到了庄稼成熟之后的样子，也看到了田官们将丰收的粮食献上来时的情景。

为了让仪式能够顺利进行，周王派来的人取来祭祀用的碗盆，他们恭恭敬敬在其中装上了精选的谷物，同时君主又命人给神明供奉上肥美的牛羊，就这样，对土地神和四方神的祭祀就隆重开始了。因为田里的庄稼长得非常好，农人们也感到十分高兴。

所以在祭祀中，农人们都非常高兴地弹着琴瑟，敲着鼓，开始迎接农神。这时所有的人都在心中默默地祈祷着，希望天普降甘霖，地里的庄稼能丰收，这样

所有的人都可以丰衣足食。通过这些描写，可以清晰地看到先民们对土地的崇敬之情。

周王在仪式之后亲自督耕，他和他的妻子儿女以及农人们一起来到田间。他们亲手做了饭菜给辛勤劳作的农人们。田官看到这些事欣喜异常，他和身边的农人一起吃了这些饭菜。周王看着眼前一片丰收的景象，脸上露出了舒心的微笑，高兴地称赞农人们的辛劳勤勉。这一节和前面相比有十分浓烈的生活气息；帝王这种亲临现场劝农的做法，被后世称为德政。

收获的季节到来之后，农人们获得了前所未有的大丰收。他们收获的粮食在场院上堆积如山，就像一座座小山一样，仓中也装得满满的。为赶造粮仓和车辆，农人们奔走忙碌，为了丰收而庆贺，他们感激赐福给他们的神灵，祝愿周王万寿无疆。这一节充满了丰收后的喜悦，又有一种满足和欢乐之感。

《甫田》这首诗表现了上古时代的先民们对农业的重视，这体现在他们对农业神灵的崇拜上，因而这首乐歌不但在文学方面，在史学方面也有十分巨大的价值。诗中对先民祭祀神灵的仪式的详尽描写，为后世的人展示了一幅农业古国的原始风俗画卷。

◎大田◎

大田多稼①，既种既戒②，既备乃事③。以我覃耜④，俶载南亩⑤，播厥百谷⑥，既庭且硕⑦，曾孙是若⑧。

既方既皁⑨，既坚既好，不稂不莠⑩。去其螟螣⑪，及其蟊贼⑫，无害我田稚⑬！田祖有神⑭，秉畀炎火⑮。

有渰萋萋⑯，兴雨祁祁⑰。雨我公田⑱，遂及我私⑲。彼有不获稚⑳，此有不敛穧㉑。彼有遗秉㉒，此有滞穗㉓，伊寡妇之利㉔。

曾孙来止，以其妇子。馌彼南亩㉕，田畯至喜㉖。来方禋祀㉗，以其骍黑㉘。与其黍稷，以享以祀，以介景福㉙。

【注释】

①大田：面积广阔的农田。稼：种庄稼。②既：已经。种：指选种籽。戒：同"械"，此指修理农业器械。③乃事：这些事。④覃（yǎn）："剡"，锋利。耜（sì）：古代一种似锹的农具。⑤俶（chù）载：开始从事。⑥厥：其。⑦庭：挺拔。硕：大。⑧曾孙是若：顺了曾孙的愿望。曾孙，周王对他的祖先和其他的神都自称曾孙。若，顺。⑨方：指谷粒已生嫩壳，但还没有合满。皁（zào）：指谷壳已经结成，但还未坚实。⑩稂（láng）：指穗粒空瘪的禾。莠（yǒu）：田间似禾的杂草，也称狗尾巴草。⑪螟（míng）：吃禾心的害虫。螣（tè）：吃禾叶的青虫。⑫蟊（máo）：吃禾根的虫。贼：吃禾节的虫。⑬稚：幼禾。⑭田祖：农神。⑮秉：执持。畀：给与。炎火：大火。⑯有渰（yǎn）：即"渰渰"，阴云密布的样子。⑰祁祁：众多的样子。⑱公田：公家的田。⑲私：私田。⑳稚：低小的穗。㉑穧（jì）：已割而未收的禾把。㉒秉：把，捆扎成束的禾把。㉓滞：遗留。㉔伊寡妇之利：这都是寡妇得的利。㉕馌（yè）：送饭。南亩：泛指农田。㉖田畯（jùn）：周代农官，掌管监督农奴的农事工作。㉗禋（yīn）祀：升烟以祭天，古代祭天的典礼，也泛指祭祀。㉘骍（xīng）：指赤色牛。黑：指黑色的猪羊。㉙介：祈求。景福：大福。

【赏析】

《大田》一诗主要描写周王督察秋季收获，祈求今后能收到更大的福祉。这首诗和《甫田》前呼后应，是《甫田》的姊妹篇。两首诗都详尽展现了西周农业的生产方式、生产关系等，是《诗经》中不可多得的关于农事的诗。

全诗共分四节，其中前二节起铺垫作用，第三节实写丰收，这一节的描写最为重要同时也最为精彩，最后一节是用祭祀的套话来结尾。

第一节主要是在说春天要忙着耕种，这时初生的幼苗苗壮生长着。"大田多稼"一句虽然是平淡的直述，但是它展示出一个雄阔的画面，这个画面中包含了以后要说的春耕夏耘秋收等种种场景，为之后的描写提供了可能。"既种既戒"，这一句告诉人们想要做好农业就要选择良种，同时要修缮农具。只有这样才能很好完成农事，事半功倍。"既备乃事"一句，一笔带过了一系列要准备的工作，虽然字数很少，但是笔墨精简，疏而不漏。最后一句"曾孙是若"，表现出君主是天下的主宰，是祭祀的主角。

到了夏天，人们忙着除草灭虫，这时农作物已经快要成熟，丰收已经在望了。如果在播种之后对农作物不闻不问，到了秋天就很难有所收获，所以在农作物生长的过程中一定要加强管理。

"既方既皁，既坚既好。"这四个"既"将农作物生长的各个阶段的典型画面记录下来，记叙得非常精确。"不稂不莠"这一句非常重要，它说明只有将害虫除尽，才能让粮食生长得旺盛。灭虫，对于农作物来说也十分重要，只有清除害虫，才能保证最后的丰收。那时人们主要用火攻来除虫。为了让害虫能够全都被消灭，先民祭祀"田祖"的农神，希望神灵能够帮助他们除虫。

秋天雨水充足，农人们最终获得了丰收。第一节和第二节写人们的努力，在农业上，天时也是十分重要的，第三节的前四句就描写风调雨顺的情景。天气阴云弥漫，细雨蒙蒙，一场甘露及时地降临大地。这四句充分展现出农夫的喜悦之情，诗中说出了"公田"、"私田"的先后，提出了先公后私的观点，可见特定历史环境下的人们都是十分淳厚的。

接下来，农民们该收获了。但诗人并没有从正面写成片的谷穗和挥汗如雨的农夫，而是独辟蹊径，采用侧写描写、烘托的写法，重点描写细节——长得不够壮实的谷穗故意不收割，有些收割的谷物还来不及捆束，有些谷物虽然已经捆束好了但是还没有装载，现场还有很多谷穗飘洒散落到了各处。这样的画面充分表现出丰收的场面。

前面说到田里散落着很多漏收的粮食，看到这些，有人会觉得这是农夫们在偷懒和不珍惜，关于这些问题，"伊寡妇之利"这一句，给了人们一个解释。原来农夫们故意不将粮食收割殆尽是为了让鳏

寡孤独、无依无靠的人们能够糊口活命。这些粮食就是农人们宅心仁厚的一种体现，体现了他们的宽广胸怀和崇高美德，令人感动。

第四节主要描写收获时，人们在田头欢庆丰收，祭祀求福。这一节和第一节春耕时的"曾孙是若"遥相呼应。天子犒劳农夫并祭神求福，他肃穆虔诚，为天下黎民祈福求佑。

◎瞻彼洛矣◎

瞻彼洛矣，维水泱泱①。君子至止②，福禄如茨③。韎韐有奭④，以作六师⑤。
瞻彼洛矣，维水泱泱。君子至止，鞸琫有珌⑥。君子万年，保其家室。
瞻彼洛矣，维水泱泱。君子至止，福禄既同⑦。君子万年，保其家邦。

【注释】

①泱泱：水势盛大的样子。②君子至止：君子到了这里。③茨：屋盖，形容其多。④韎韐（mèi gé）：用茜草染成绛色的革制品，如今之蔽膝。奭（shì）：赤色的样子。⑤以作六师：总领六军练兵忙。⑥鞸（bǐ）：刀鞘。琫（běng）：刀鞘口周围的玉饰。珌（bì）：刀鞘末端的玉饰。⑦同：聚集。

【赏析】

从纯粹艺术审美的角度来看，此诗的艺术形象似乎不太鲜明。天子一身戎装，隆重地出现在洛水岸边，臣下们高呼"我主万岁万万岁"，有如标语口号，实在乏味得很，但细细深究，就会发现隐含于诗后的蕴意。

诗中的内容是通过赋来展现的，同时诗中也有比的运用。诸侯们纷纷来到会场，他们赞美天子是明君，能够整军经武，有他在，周室才有了中兴的气象。通过这样的描述，可以猜测这是一首周宣王时代的诗。作为一个明君，周宣王任用方叔、召虎、尹吉甫、申伯、仲山甫等名将，在他统治期间，他北伐严狁，南征荆蛮、淮夷、徐戎，诸侯们对他唯命是从，是一名有着赫赫战功的君王。

"瞻彼洛矣，维水泱泱"这两句点明天子会诸侯讲习武事的地点是在周的东都洛阳。洛阳因为洛水而出名，洛水因其又深又广，所以它成了暗喻天子睿智圣明的最佳选择，诗人赞美君主就像洛水一样源远流长，既深又广。

"君子至止，福禄如茨"这两句，讲述天子来到了洛水，和诸侯们会合。他为诸侯们讲习武事，表现出天子的勤政爱民。本节的最后两句"韎韐有奭，以作六师"，其用意是为了补足前面的内容，"韎韐"的意思是皮革制成的军服，也就是现在的皮蔽膝。"以作六师"，一句则直接表明了君王发动六军讲习武事的原因。为了习武练兵，天子亲自莅临，足见天子对这件事的重视。

"君子至止，鞸琫有珌"，这两句中鞸是剑鞘，琫珌是指剑鞘上下两端挂着的玉饰，这一段内容表明周天子在讲武视师时，他的军队军容整肃，天子佩戴着天子剑鞘，装饰得堂皇的宝剑，仪表堂堂、威慑四方。因此诗人发出了"君子万年，保其家室"的赞颂。

"君子至止，福禄既同"这两句，首先和第一节的"福禄如茨"对应上了。天子在讲武检阅六师之后，对将士和诸侯们赏赐有加，鼓励诸侯及军旅们更加团结。诗人在这之后又发出了"君子万年，保其家邦"的欢呼声，至此全诗结束了。"保其家邦"一句的意义得到了深化，比之前章节中"保其家室"的意思更进一层，阐明了诗人写作这首诗的目的。

周天子在汪洋浩荡的洛水，君临东都亲自演武。似乎也随着他的到来，福禄也被带到了这里。既有"福禄如茨",又有"福禄既同",宣王赢来了一片赞扬之声。天子检阅军队并率领六军起行的场面盛大空前,他的军队军容严整、威武雄壮、气吞山河。诗中详细描述了周天子披挂戎装的样子,这些都是在为周天子树立威信。

诗中有英明的君主,有威武的强军,有那忠心耿耿的臣子以及衷心拥护的百姓,这些都是国祚长久的象征,因为具备了这样的条件,周王朝才能实现中兴,国家才可以安然无恙。

◎桑扈◎

交交桑扈①,有莺其羽②。君子乐胥③,受天之祜④。

交交桑扈,有莺其领。君子乐胥,万邦之屏⑤。

之屏之翰⑥,百辟为宪⑦。不戢不难⑧,受福不那⑨。

兕觥其觩⑩,旨酒思柔⑪。彼交匪敖⑫,万福来求。

【注释】

①交交:鸟鸣声。桑扈:鸟名,即青雀。②莺:指文采。③君子:此指群臣。胥:语助词。④祜:福禄。⑤万邦:各诸侯国。屏:屏障。⑥之:是。翰:指屏障。⑦百辟:各国诸侯。宪:法度。⑧不:语助词,下同。戢:克制,指和平。难:行有节度,指恭敬。⑨那:多。⑩兕觥(sì gōng):牛角酒杯。觩(qiú):弯曲的样子。⑪旨酒:美酒。思:语助词。柔:指酒性温和。⑫交:通"傲",侮慢。匪敖:不傲慢。

【赏析】

《桑扈》是周王会宴诸侯时助兴的一首乐歌,为君臣宾主之间互答酬唱的祝酒诗。作者通过比兴和形象描写,真实、生动地反映出当时宴席上君臣同乐的融洽气氛。但本诗并没有停留在赞誉和劝祝的层次,而是另有其积极意义——对眼前的场面进行了深入的挖掘,在欢声笑语之间,隐隐敲响了劝诫的警钟,告诫众人要"居安思危,戒奢以俭",有着极大的训诫意义。

诗作以"交交桑扈"起兴,鸣叫的青雀,光彩的羽毛,开篇定势,为全诗营造了一种明快欢乐的气氛,符合《诗经》一贯的表现手法。那只娇小美丽、性子聪慧、鸣声清丽的青雀鸟,在林间自由地吟唱出婉转清脆的音符,与此间宴会上的情形有几多相似:欢快的氛围是相通的;羽毛的明亮华丽与宴席的陈设也是一致的;这种含有祥瑞之意的益鸟,也比喻着聚集在宴会上的君子都是才智之辈,于国于家多有裨益。

形象的表现手法,大大加强了作品的生动性,使得作者的笔触很自然地转向下句:"君子乐胥,受天之祜。"这一句既是赞美，又是祝福，点明了诗作的描述重点，在人而不在鸟：美丽的鸟儿受上天宠爱，拥有如此华丽的羽毛及嘹亮的歌声，宴席上的君子更是如此，深受上天器重，才华横溢，仪容、道德无一不美。第一章勾勒出了这样的画面：色彩艳丽的鸟儿在林间自由穿梭，才智皆美的臣属在宫廷举杯欢饮，二者两相协调，互为生色。

第二章，诗作仍以"桑扈"和"有莺"起兴，照应上章，尽显诗作的连绵、舒缓之感。在具体表现中，歌者笔锋转向，由第一章中描写青雀的羽毛转向脖颈。颈者，领也；领者，导也，脖颈在身体中居于突出的地位，不可等闲视之。与之对照，上章写君子的福泽之盛，这章便是写其地位和职属之高：才智过人的臣子，身处要职，负有统率民众、保卫国家安全的责任，是护卫国防的坚不可摧的屏障。突出臣子们光耀的职责，是突出他们的重要性，也是从反面突出其才华和品质，正因为他们才能超凡、功勋卓著，才得以受到君主如此的器重和依赖，才能担起捍卫国家的重任。

第三章，作者抛开了比兴，开始直陈其事，具体、细致地表现君子广受敬爱的缘由。"之屏之翰"是两个形象的比喻，屏风用来遮挡风尘和日光的侵害，君子对于国家，也具有这种意义：对待外敌时，他们能够抗拒入侵和骚扰，护卫神圣领土和属民不受侵犯；对于国家内部的稳定和运转，君子们又像擎天之柱一样，为社稷的骨干支架，支撑着国家大厦，使其远离倾覆。

"百辟为宪"一句，形容君子们的影响之远、威望之高，因为他们深得人心，各国诸侯纷纷效仿，唯恐无法望其项背。接下来，作者用"不戢不难，受福不那"深刻分析了产生这一现象的原因：这些君子们，是因为克制而有节度，因此才受到上天的垂青和厚爱，国家也因此更加兴盛，百姓得以安居乐业。随着这一观点的提出，诗作也转向了纯粹的议论，开始讲述温和谦恭的价值。

诗作末章"兕觥其觩，旨酒思柔。彼交匪敖，万福来求"四句，是本诗的价值所在。作者申发议论，讲述君子不居功而能成事的道理，多有训诫。为增加论证的力度，也为了说理形象，作者此处用了一个比喻："兕觥其觩，旨酒思柔。"因为正值宴会，樽酒充足，所见即是，作者信手拈来，用其为自己的说理服务：犀牛性刚好触，以其角制为觥饮酒，寓鉴戒之意，时刻警醒饮者，训导众人不得刚而傲。

酒是"柔酒"，虽味美，但易令人沉迷于中，丧失心性，销蚀其豪气动力。作者写"杯"写"酒"，实则告诫参与宴会的人不要居功自傲，如今的时局是好的，但太安逸反而可能坏了大事，只有众人时刻小心谨慎，主上虚怀若谷，臣子谦恭为政，方是最长远、最稳妥的治国之策。

诗作技艺精到，蕴藉颇深，风格怨而不怒，展现出极高的艺术价值。并且，它反映出作者心思的敏锐和超前，与众人同桌畅饮，但作者却没有沉溺于眼前的歌舞升平，而是冷静地做了一个旁观者。对于政治统治和得失时刻关注并反思着，显得沉稳而务实，这种臣子，才是最为难得的股肱之臣，才是政权社稷巍巍不倒的最坚实支撑。

◎鸳鸯◎

鸳鸯于飞①，毕之罗之②。君子万年，福禄宜之③。
鸳鸯在梁④，戢其左翼⑤。君子万年，宜其遐福⑥。
乘马在厩⑦，摧之秣之⑧。君子万年，福禄艾之⑨。
乘马在厩，秣之摧之。君子万年，福禄绥之⑩。

【注释】

①鸳鸯：水鸟名。古人以此鸟雌雄双居，永不分离，故称之为"匹鸟"。②毕：长柄的小网，此处用作动词。罗：大网，此处用作动词。③宜：《说文解字》："宜，所安也。"引申为享。④梁：筑在河湖池中拦鱼的水坝。⑤戢：收敛。⑥遐：远。⑦乘（shèng）：四匹马拉的车子。乘马引申为拉车的马。厩：马棚。⑧摧（cuò）：铡草喂马。秣（mò）：用粮食喂马。⑨艾：养护。⑩绥：安抚。

【赏析】

提起鸳鸯，大家都再熟悉不过，鸳鸯是一种体形比鸭稍小的鸭类，雄性羽毛鲜艳美丽，雌性全身呈现褐色，鸳鸯经常成对出现在池沼当中，相亲相爱，悠闲自得，风韵迷人。它们时而跃入水中，引颈击水，追逐嬉戏，时而又爬上岸来，抖落身上的水珠，用橘红色的嘴精心地梳理着华丽的羽毛。此情此景，夺人眼目。所以，世人多用鸳鸯来比喻夫妻和情侣之间的比翼双飞，情投意合。

关于《鸳鸯》这首诗的主旨主要分两个观点，后代多种新论也是基于这两种观点之上，万变不离其宗。首先以《毛诗序》为代表，以为"刺幽王也。思古明王交于万物有道，自奉养有节焉"。孔颖达等人都推崇此说。另一种就是现在通常被人们所接受的象征爱情和婚姻之说。以清人姚际恒、方玉润为代表，认为这是一首祝贺新婚的诗，赞美男女主人公的才貌与智慧和雄飞雌从绕林间的默契。相较来说，第二种观点更契合主旨，一直被人们所欣然接受。

全诗共四章，每章每句长短不统一。"鸳鸯于飞，毕之罗之。君子万年，福禄宜之。"这是开篇第一章，一雄一雌的鸳鸯一前一后，形影不离，在水里扑打着翅膀相互追逐打闹，要想抓住它们可不简单，得用小网大网来捉它。看它们如此自由和快活，莫不如放它们一条生路，让它们从此自由自在无烦忧。今天在这里祝愿君子万寿无疆、福寿安康、永结同心、地久天长。从这种解释中可以看出这是一首婚礼祝词，借着水中缠绵的鸳鸯，表达了对新人美好的祝愿。

第二章同样是以鸳鸯起兴，表达对这对新人的由衷祝福。"鸳鸯在梁，戢其左翼。君子万年，宜其遐福。"这对五彩缤纷的鸳鸯玩累了，就到岸边栖息，伸长脖子扎着膀子抖落身上的水珠，把橘红色的小嘴插到翅膀里不断地梳理，此般风景煞是惹人喜爱。今天在这里借此良辰美景，祝愿君子万寿无疆、福寿安康、永结同心、地久天长。

第三章切换了描写的对象，由鸳鸯变为马儿，"乘马在厩，摧之秣之。君子万年，福禄艾之。"套车的骏马在马房里养精蓄锐，一会喂它丰足的草料，一会又喂它香喷喷的粮食，这到底是干什么呢？原来马儿即将启程，去迎娶那美丽的新娘，真是可喜可贺啊。今天是个大喜的好日子，祝愿君子万寿无疆、福寿安康、永结同心、地久天长。这里不正面描写主人公的神态以及肖像，而是用侧面描写的方法，通过描写给马喂足够的食物来烘托主人公兴奋激动的心情。

全诗的第四章又重复第三章而咏叹，与第三章形成一种回环复沓之美，"乘马在厩，秣之摧之。君子万年，福禄绥之。"套车的骏马在马房里养精蓄锐，一会又喂它香喷喷的粮食，一会喂它丰足的草料，这到底是干什么呢？原来马儿即将启程，去迎娶那美丽的新娘，真是可喜可贺啊。今天是个大喜的好日子，祝愿君子万寿无疆、福寿安康、永结同心、地久天长。

《鸳鸯》一诗，四章中出现了两次不同的复沓，且隔行押韵，这样一来，整首诗就不会显得冗长拖沓，随时更换描写对象并对新的描写对象进行复沓强调，使诗歌灵活多变、独具匠心。

全诗寄予的情感纯洁而高雅，通过对鸳鸯细致入微的刻画，歌颂了雄雌鸳鸯不离不弃的高洁，为下文写人做好了铺垫。它们相依相伴，时而在水中嬉戏，拍打着艳丽的羽毛；时而在岸边憩息，用橘红色的小嘴梳理着自己的羽毛，而俨然如一幅图画一样美好，动静结合活泼生动，突出人们对美好爱情的向往和对理想婚姻的礼赞。后两章"马肥草足"更直言描绘出新郎即将迎娶新娘时的兴奋心情，同时暗示了生活的富足，以及对婚后生活的憧憬。

◎颊弁◎

有颊者弁①，实维伊何②？尔酒既旨，尔肴既嘉③。岂伊异人，兄弟匪他。茑与女萝④，施于松柏。未见君子，忧心奕奕⑤。既见君子，庶几说怿⑥。

有颊者弁，实维何期⑦？尔酒既旨，尔肴既时⑧。岂伊异人，兄弟具来。茑与女萝，施于松上。未见君子，忧心怲怲⑨。既见君子，庶几有臧⑩。

有颊者弁，实维在首。尔酒既旨，尔肴既阜。岂伊异人，兄弟甥舅。如彼雨雪⑪，先集维霰⑫。死丧无日⑬，无几相见⑭。乐酒今夕，君子维宴。

【注释】

①颊（kuǐ）：古代发饰，用以固定帽子。弁（biàn）：皮帽。②实维伊何：这是为什么？③肴：荤菜。④茑（niǎo）、女萝：都是善于攀缘的蔓生植物。⑤奕奕：心神不安的样子。⑥说怿（yuè yì）：欢欣喜悦。⑦期：语助词。⑧时：善也，物得其时则善。⑨怲（bǐng）怲：忧愁的样子。⑩臧：善。⑪雨（yù）雪：下雪。⑫霰（xiàn）：雪珠。⑬无日：不知哪一天。⑭无几：没有多久。

【赏析】

《颊弁》是一首反映周代贵族沉湎于享乐宴饮作乐之歌。

有一位地位显赫的贵族，要宴请他的兄弟和姻亲，他的那些亲属感到受宠若惊，一名赴宴者为了表达自己对君王的依附而写了这首诗。也可以将这首诗理解成在家族内部小型宴会上，人们为了一位位高权重的远方来的君子迎酒、敬酒。他们束发整冠，装扮齐整来迎接君子，歌者将自己比作是藤和女萝，将君子比作是松柏，自己的藤和女萝必须要依赖君子的松柏才能存活。君子是他生活的希冀。

本诗共有三节，章法结构非常工整，跌宕生姿，描写了宴会上的事情以及参加者的心境。那些落魄的贵族们失去了昔日的风光，他们戴着华贵的圆顶皮帽前去赴宴。他们兴高采烈地打扮自己的原因，是因为他们要去参加一位位高权重的贵族的宴会了，他们趾高气昂地向人们炫耀："尔酒既旨，尔肴既嘉。"那高贵的主人已经为他们准备一桌美味佳肴。

主人为了显示自己是一个公平豁达的人，也为了拉近和亲戚们的关系，他邀请了自己所有的亲戚，甚至包括那些常年不联系的远亲。正因为如此，那些平时没有往来的亲戚们喜形于色，认为这是一个讨好主人的好机会；他们对主人奉承道："茑与女萝，施于松柏。"他们希望从主人那里得到些微好处，让大贵族成为他们的庇护者。第二节中他们对主人的谄媚更加直接了，他们直接挑明自己的愿望，希望能够从主人那里得到好处与领取赏赐。主人邀请的这些一起饮酒作乐客人中不但有同姓的贵族，还有甥舅异姓外戚，可见其关系十分庞大和复杂。

一、二节中"实维伊何"、"实维何期"，这两句运用设问的方式来警示世人，渲染了宴会举行前的盛况和气氛，这两节里表现出人们为了赴宴而做的精心打扮以及兴高采烈的心情。

第三节用"实维在首"这一句写出贵族们打扮完自己之后，就开始自我欣赏、顾影陶醉了。之后所描述的就是宴会的丰盛："尔酒既旨，尔肴既嘉"、"尔酒既旨，尔肴既时"、"尔酒既旨，尔肴既阜"，反复的陈述表现出了美酒佳肴的醇香和丰盛。本诗描绘出了赴宴者对主人的赞扬、奉承。

"如彼雨雪，先集维霰"两句之后，就不再重复前两节的内容。参加宴会的人们明白，今日的宴会结束之后，他们的人生也会像雪一样，不知道什么时候就消亡了。他们感叹人生短暂，这使得他们在暂时的欢乐中会情不自禁地流露出一种黯淡低落的情绪。

由于社会动乱，饮酒作乐的贵族们的命运岌岌可危、朝不保夕。沉湎于享乐之中是不对的，这种从他们的嘴里说出来的具有讽刺意义的诗句，更加表现出了那个奢靡时代的病态心理，更具有讽刺意味。本诗对时代的腐朽性与庸俗性进行了深刻的揭示，向人们昭显着警示之意。

◎青蝇◎

营营青蝇①，止于樊②。岂弟君子③，无信谗言④。
营营青蝇，止于棘⑤。谗人罔极⑥，交乱四国⑦。
营营青蝇，止于榛⑧。谗人罔极，构我二人⑨。

【注释】

①营营：象声词，拟苍蝇飞舞声。②止：停下。樊：篱笆。③岂弟（kǎi tì）：同"恺悌"，平和有礼。④谗言：挑拨离间的坏话。⑤棘：酸枣树。⑥罔极：没有标准。⑦乱：搅乱、破坏。⑧榛：榛树，一种灌木。⑨构：播弄、陷害。

【赏析】

《青蝇》一诗谴责谗人害人祸国，劝告君子"无信谗言"。用苍蝇来喻指进谗者，借物取喻形象生动，十分恰切。诗作和盘道出了谗人令人厌恶的特点，进而认真地指出了谗人的危害，并在说理中劝诫读者，感情痛切，有理有力。

诗三章均以"营营青蝇"起兴，"营营"二字，把其四处乱飞、嗡嗡作响的苍蝇的可恶形象、特征和习性表现得淋漓尽致。三章中前两句仅最后一字不同，在回环复沓中情感反复叠加，让人似乎感受到苍蝇的反复骚扰、挥之不去，作者的厌恶情绪也随着无限强化。"樊"、"棘"、"榛"三字以点盖面，借典型位置泛指一切地方，代表苍蝇什么场合都凑热闹，肆无忌

惮，可恶至极。诗篇的前半部，通过寥寥数字传神地表达了苍蝇的全貌，极具表现力。

然而，诗篇并非真的遣责苍蝇，作者只是借此指称进谗诋毁、造谣生事的小人们。在作者看来，他们形容丑陋、不择手段、无事生非、阴魂不散，用苍蝇来比喻，再适合不过了。而且，青蝇逐臭从不掩饰，而且大张旗鼓、赶也赶不走，而谗佞小人则总是躲在角落，趁人不备，装得道貌岸然。比较起来，他们连苍蝇也不如，秉性卑琐可恶，其令人深恶痛绝，比苍蝇尤甚。

这一比喻，形象而又厚重，深得后人认同。后来"青蝇"就成了谗言或进谗佞人的代称，在后代的文学作品中，经常出现。如李白《鞠歌行》中的名句"楚国青蝇何太多，连城白璧遭谗毁"等，与此诗的表现手法一脉相承，显现出了其强盛的艺术生命力。

诗篇每章的后两句表达了作者的主张和论据，意义逐章递进。第一章是规劝正人君子不要听信谗言，此句为全诗主旨，为诗作开宗明义。第二章列出谗言的第一个危害，即搅乱国家间的关系，这是谗言在家国层面的危害，会引起政治纷争和国家覆亡。第三章指出谗言的第二个危害，即挑拨人际关系，使朋友知己互生嫌隙、反目成仇，这是谗言在个人层面的危害。而这两种不同层次的祸害，全在于"谗人罔极"，即进谗者阴险狡诈，没有安身立命待人的准则规范，阳奉阴违，出尔反尔，颠倒黑白。

在规劝君子方面，诗作可得到另外一个角度的解读：诗人在论述谗人危害的同时，倾其心力，为君子们指出了"止谗"和"除谗"的方法，即"止于樊"和"岂弟君子"。

正因谗者的无孔不入，作者主张应该多设几道篱笆作为"防线"。诗人言"止于樊"、"止于棘"、"止于榛"，不是简单的语言重复，而是有层层递进的意思在里面：第一道用柴禾秸秆，让进谗者望而却步，阻止大部分比较低等的谗人，第二道是带刺的枣树，阻止更加奸邪的谗人，第三道是密密层层的榛树，旨在能够阻止一切谗人。

这样一来，作者的防线层层深入，愈来愈密，以期达到良好的"止谗"效果。"除谗"的方法是加强修养，成为一名"岂弟君子"。因为，谗人都是在钻疏忽、愚昧、自私的空子，如果一个人充满智慧、道德高尚，并且大公无私，那么他不会被谗言所惑，也不会为谗言所害。

◎宾之初筵◎

宾之初筵①，左右秩秩②。笾豆有楚③，肴核维旅④。酒既和旨⑤，饮酒孔偕⑥。钟鼓既设，举醻逸逸⑦。大侯既抗⑧，弓矢斯张。射夫既同⑨，献尔发功⑩。发彼有的⑪，以祈尔爵⑫。

籥舞笙鼓⑬，乐既和奏。烝衎烈祖⑭，以洽百礼⑮。百礼既至，有壬有林⑯。锡尔纯嘏⑰，子孙其湛⑱。其湛曰乐，各奏尔能⑲。宾载手仇⑳，室人入又㉑。酌彼康爵㉒，以奏尔时㉓。

宾之初筵，温温其恭。其未醉止㉔，威仪反反㉕。曰既醉止㉖，威仪幡幡㉗。舍其坐迁㉘，屡舞僊僊㉙。其未醉止，威仪抑抑㉚。曰既醉止，威仪怭怭㉛。是曰既醉，不知其秩㉜。

宾既醉止，载号载呶㉝。乱我笾豆，屡舞僛僛㉞。是曰既醉，不知其邮㉟。侧弁之俄㊱，屡舞傞傞㊲。既醉而出，并受其福。醉而不出，是谓伐德㊳。饮酒孔嘉，维其令仪^㊳。

凡此饮酒，或醉或否。既立之监^㊵，或佐之史^㊶。彼醉不臧^㊷，不醉反耻。式勿从谓^㊸，无俾大怠^㊹。匪言勿言^㊺，匪由勿语^㊻。由醉之言，俾出童羖^㊼。三爵不识^㊽，矧敢多又^㊾？

【注释】

①初筵：宾客初入席时。②左右：席位东西，主人在东，客人在西。秩秩：有序的样子。③笾：竹制，盛瓜果干脯等。豆：木制或陶制，也有铜制的，盛鱼肉醢酱等，供宴会祭祀用。有楚：即"楚楚"，陈列的样子。④肴核：肉食和果品。旅：陈放。⑤和旨：醇和甜美。⑥孔：很。偕：通"嘉"。⑦酬（chóu）：同"酬"，主人劝酒。逸逸：往来有秩序。⑧大侯：射箭用的大靶子，用虎、熊、豹三种皮制成。抗：高挂。⑨射夫：射手。⑩发功：发箭射击的功夫。⑪的：侯的中心，即靶心，也常指靶子。⑫祈：求。尔爵：求射中而让别人饮罚酒之意。⑬籥（yuè）舞：执籥而舞。⑭烝：进。衎（kàn）：娱乐。⑮洽：使和洽，指配合。⑯有壬：即"壬壬"，礼大的样子。有林：即"林林"，礼多的样子。⑰锡：赐。纯嘏（gǔ）：大福。⑱湛（dān）：和乐。⑲奏：进献。⑳手仇：指对手。㉑室人：主人。入又：又入，指主人亦随宾客入射以耦宾，即耦射。㉒康爵：空杯。㉓尔时：射中的宾客。㉔止：语气助词。㉕反反：谨慎凝重。㉖曰既醉止：说是既醉了。㉗幡幡：形容轻浮无威仪的样子。㉘舍：放弃。坐迁：迁动当坐之礼。㉙僊（qiān）僊：飞舞的样子。㉚抑抑：慎密，指庄重。㉛怭（bì）怭：不庄重，轻浮。㉜秩：常规。㉝号：大声乱叫。呶（náo）：喧哗不止。㉞僛（qī）僛：身体歪斜倾倒的样子。㉟邮：通"尤"，过失。㊱弁：皮帽。俄：倾斜不正。㊲傞（suō）傞：醉舞不止的样子。㊳伐德：败德。㊴令仪：美好的仪表礼节。㊵监：酒监，宴会上监督礼仪的官。㊶史：酒史，记录饮酒时言行的官员。燕饮之礼必设监，不一定设史。㊷臧：好。㊸式：发语词。勿从谓：不要从而为之。㊹俾：使。大怠：太轻慢失礼。㊺匪言：指不该问话。㊻匪由：指不合法道的话。㊼童羖（gǔ）：没角的公山羊。㊽三爵：《礼记·玉藻》："君子之饮酒也，受一爵而色洒如也，二爵而言言斯，礼已三爵而油油，以退。"孔颖达疏引《春秋传》："臣侍君宴，过三爵，非礼也。"㊾矧（shěn）：何况。又：通"侑"，劝酒。

【赏析】

《宾之初筵》这首诗是用来讽刺贵族宴饮无度、失礼败德的诗。西周在开国之时，为了警诫自己不要像商纣王一样因酒害国，所以周公旦曾写过一篇《酒诰》，其目的就是要后代子孙以酒为诫。周公旦的《酒诰》规定，只有在举行射礼和祭祀时人们才能够喝酒，并且要有酒德，同时规定不许喝醉。一旦贵族们违反了规定，聚饮醉酒，就会被严惩，甚至是处死。

虽然有这样严厉的规定，但是随着西周贵族阶层的腐化，饮酒的风气还是形成了，周公的禁酒令也失去了约束力，这种酗酒的行为就是《宾之初筵》一诗所描绘和揭示的。

全诗共有五节每节都是十四句，每一句都是四字句，章法结构十分严谨。同时这首诗章节之间的组织也非常精妙。

本诗从内容上可以分为三个部分。

第一部分为前两节,主要是写射礼和祭祀这些合乎礼制的酒宴。它们符合《周礼》的规定:"射礼,先饮后射;祭祀,先祭后饮。"所以第一节前八句写饮,后六句写射;第二节前八句写祭祀,后六句写饮。这一部分告诉我们这个时候和这种场合,宾客都是能够遵守秩序、彬彬有礼、持重正经的人。

第二部分为第三、第四节,开始描写违背礼制的酒宴。这一部分虽然和第一部分一样以"宾之初筵"一句开始,但是和正规的酒宴却大相径庭。第二部分对于滥饮酗酒的描写十分精彩,诗中将那些贵族们的虚伪、丑态都淋漓尽致表现了出来。他们乱号乱叫,打杯翻盘;胡乱起舞,东倒西歪;帽子歪戴,衣冠不整。

第三部分就是最后一节。这一节是一段总结性的文字,通过"不"、"勿"、"无"、"匪"、"矧敢"等这样的词来表示作者对于这些贵族的否定,这些词集中在一起的目的是为了更加凸显否定的含义。

全诗各部分之间的起承转合脉络极其分明。诗中的修辞十分丰富,有消极修辞,更有丰富多彩的积极修辞。类似"秩秩"、"逸逸"、"温温"、"反反"、"幡幡"、"僛僛"、"抑抑"、"怭怭"、"傲傲"、"傞傞"这样的叠词运用得十分广泛。

"笾豆有楚,肴核维旅"、"既立之监,又佐之史",这几句则是非常标准的对偶句。"宾之初筵"、"其未醉止"、"曰既醉止"、"是曰既醉"等句子都同章、隔章或邻章重复的修辞方式。这样重复的目的是为了引出对比。但是像"其未醉止"、"曰既醉止"的重复,则既和"威仪反反"、"威仪幡幡"到"威仪抑抑"、"威仪怭怭"形成了递进,又和"其未醉止"、"曰既醉止"这两组重复构成了对比。

"是曰既醉"的隔章重复,更是将第三、第四两节直接串联了起来。诗中还运用顶针这种修辞,例如"以洽百礼""百礼即至","子孙其湛""其湛曰乐"这几句就是两个顶针。另外,"钟鼓既设,举酬逸逸。大侯既抗,弓矢斯张。射夫既同,献尔发功",这几句话在排比的同时又做到了两句一换韵,使得这首诗有了很强的节奏感。

本诗在写作上采用了欲抑先扬的写法,在诗人反复直陈醉酒之态来警戒世人之后,再描述贵族烂醉之后的丑陋形态,对比鲜明,引人深思。

◎采菽◎

采菽采菽①,筐之筥之②。君子来朝,何锡予之?虽无予之,路车乘马③。又何予之?玄衮及黼④。

觱沸槛泉⑤,言采其芹。君子来朝,言观其旂。其旂淠淠⑥,鸾声嘒嘒⑦。载骖载驷,君子所届⑧。

赤芾在股⑨,邪幅在下⑩。彼交匪纾⑪,天子所予。乐只君子⑫,天子命之。乐只君子,福禄申之⑬。

维柞之枝,其叶蓬蓬。乐只君子,殿天子之邦⑭。乐只君子,万福攸同。平平左右⑮,亦是率从。

汎汎杨舟,绋缡维之⑯。乐只君子,天子葵之⑰。乐只君子,福禄膍之⑱。优哉游哉⑲,亦是戾矣⑳。

【注释】

①菽（shū）：大豆。②筥（jǔ）：亦筐也，方者为筐，圆者为筥。③路车：即辂车，古时天子或诸侯所乘。④玄衮（gǔn）：浅黑画卷龙袍。黼（fǔ）：绣在礼服上的黑白相间的斧形花纹。⑤觱（bì）沸：泉水涌出的样子。槛泉：正向上涌出之泉。⑥浡（pèi）浡：旗帜飘动。⑦鸾：一种铃。嘒（huì）嘒：铃声有节奏。⑧届：到。⑨芾（fú）：蔽膝。⑩邪幅：像绑腿。⑪纾：怠慢。⑫只：语助词。⑬申：重复。⑭殿：镇抚。⑮平平：闲雅。⑯绋（fú）：粗大的绳索。缡（lí）：系，拴。⑰葵：通"揆"，度量。⑱腴（pí）：厚赐。⑲优哉游哉：悠闲自得的样子。⑳戾（lì）：至，至极。

【赏析】

《采菽》这首诗通过从未见诸侯时的思念之情，到远远看到诸侯来到，再到靠近看到诸侯的仪态，到最后对诸侯们功绩和福禄的颂扬之情，描绘了一幅春秋时代诸侯朝见天子时的历史画卷，气势磅礴，生动形象，十分吸引人。

开篇，作者知道就要到诸侯们朝见天子的日子了，周天子为了接待这些诸侯，已经开始为他们准备礼物了。身为一名大夫，他在猜想这些诸侯会进献什么样的礼物给周天子。

"采菽采菽，筐之筥之"，那些采菽的姑娘们连连去采菽，竟然已经把圆筐方筥都装得满满的了，这一句就表明天子给诸侯们的赏赐是非常丰盛的。"君子来朝，何锡予之？"这句疑问引出的答案告诉我们，天子赏赐给诸侯的礼物竟然就是"路车乘马"，还有"花纹礼服描龙裳"。

为了朝拜天子，诸侯们陆续离开了自己的封地，因为诸侯众多，所以声势十分浩大，场面异常壮观。"觱沸槛泉，言采其芹"这两句，用槛泉旁必有芹菜这样的特点来比兴君子来朝时也一定有仪仗队相伴。

在车马未到时，人们就已经远远见到风中"浡浡"的旗影、就听到了诸侯的"嘒嘒"的鸾铃之声由远及近，这些都是诸侯威仪的表现。"载骖载驷，君子所届"，说明豪华的马车在官道上奔驰，驷马或骖乘井然前行，滚滚烟尘留在了它们的身后，威仪显赫的诸侯们来到了宫廷。

陆续来到王宫的诸侯们，穿着特有的服饰，"赤红蔽膝垂腿侧，裹腿斜缠真利整"，赤色的护膝，裹腿的斜布是十分符合当时礼仪的装饰，他们不急不慢、从容行礼，这样的仪态让天子很满意，他们得到了天子的恩赐。"乐只君子，天子命之。乐只君子，福禄申之"四句就是从诗人看到的角度来写的，得到天子赏赐的诸侯们心花怒放。这几句既是诗人的恭维，又起到引出下文的作用。

"维柞之枝，其叶蓬蓬"，用柞树枝条长得非常长，绿叶繁茂的兴旺来比兴天下的繁盛局面和诸侯的非凡功绩。诗人自豪于周王朝坐拥天下，国运昌盛，他认为是因为有天子的治理，天下才能如此繁荣。可以说，这是对周朝的歌功颂德，同时也表明了诸侯们的想法。"乐只君子，殿天子之邦"，"平平左右，亦是率从"则点明了诸侯们的态度，他们愿意为天子镇守邦国，并许诺天子，会协助他治理其他的邻邦，帮助周国更加兴盛。

"汎汎柏舟，绋缡维之"，一句中"汎汎杨舟"指的是诸侯，"绋缡维之"则是在说诸侯与天子的

关系。诸侯和天子之间是相互依赖着的,他们的利益是紧紧维系在一起的。诸侯们帮助天子治国安邦,天子则将丰厚的奖赏赐给诸侯们。他们以统治者内部相互依存的关系共生着。"优哉游哉,亦是戾矣",这两句充分表现出作者对诸侯安居优游的艳羡之情。

◎角弓◎

骍骍角弓①,翩其反矣②。兄弟昏姻③,无胥远矣④。

尔之远矣,民胥然矣⑤。尔之教矣,民胥傚矣。

此令兄弟⑥,绰绰有裕⑦。不令兄弟,交相为瘉⑧。

民之无良,相怨一方。受爵不让,至于己斯亡⑨。

老马反为驹,不顾其后。如食宜饇⑩,如酌孔取⑪。

毋教猱升木⑫,如涂涂附⑬。君子有徽猷⑭,小人与属⑮。

雨雪瀌瀌⑯,见晛曰消⑰。莫肯下遗⑱,式居娄骄⑲。

雨雪浮浮⑳,见晛曰流。如蛮如髦㉑,我是用忧。

【注释】

①骍(xīn)骍:弦和弓调和的样子。②翩其:自然地。反矣:弹弓弦,弓弦自然会回弹。③昏姻:姻亲关系。④胥:相。⑤胥:皆。⑥令:善。⑦绰绰:宽裕舒缓的样子。⑧瘉(yù):病,此指残害。⑨至于:直到。⑩饇(yù):饱。⑪孔:恰如其分。⑫猱(náo):猿类,善攀援。⑬如涂涂附:在污泥上面涂一层污泥。⑭徽:美。猷:道。⑮与:从,属,依附。⑯瀌(biāo)瀌:下雪很盛的样子。⑰晛(xiàn):日气。⑱莫肯下遗:不肯谦下。⑲式:用,因也。居:通"倨",傲慢。娄:收敛。⑳浮浮:与"瀌瀌"义同。㉑髦:古代对西南少数民族的称呼。

【赏析】

"骍骍角弓,翩其反矣"这两句,是通过角弓不能够松弛来比喻兄弟之间是不应该疏远的。在贵族内部矛盾斗争,内忧外患之时,兄弟之间一定不要疏远兄弟而亲近小人。"兄弟昏姻"这一句应该是同宗兄弟,同宗兄弟之间一定要团结。所以"兄弟昏姻,无胥远矣"是全诗的主题句,它统领全文,以下各节都是在论述这两句的内容。只有大家拧成一根绳,心往一处想,劲往一处使,才能同舟共济,共渡难关。本节的内容虽然是劝谏和教诲,但因为都是直率恳切的语言,所以显得非常亲切。

兄弟疏远,互不亲善,终将导致兄弟自相戕害。"尔之远矣,民胥然矣。尔之教矣,民胥傚矣",这四句的结尾都是语气词,这是父兄的口气,这样的写法显得语重心长,有很强的告诫作用。如果君王都开始和自己的兄弟疏远,那么以君王为楷模的百姓一定会上行下效,这样天下就会教化不存。接下来,通过兄弟之间和睦与不和睦的两种不同结果来达到说服劝诫君王的目的。作为君王要做到兄弟之间泰然自得的和睦相处,不能和兄弟相互残害。

诗人继续通过现实中人不责己的小人做法已经蔚然成风的现象来告诉君王这就是他疏远兄弟的恶果。"民之无良,相怨一方。受爵不让,至于己斯亡"这几句就是在说兄弟之间交恶,它们相互怨怒,不顾礼仪道德,为了争爵禄地位相互斗争,因为一些蝇头小利便忘记了应有的大德。

诗人告诫周王只有他自身的行为合乎礼仪了,才能正确引导人民相亲为善。"老马反为驹,不顾其后"，以物喻人，显示老少颠倒的荒唐，惟妙惟肖地运用王室父兄的神情口吻来表现心中所感所想，愤激不满之情溢于言表。"如食宜饇，如酌孔取"，两句是教导君王如何敬老，正面告诉他养老之道。

"毋教猱升木，如涂涂附"这两句说明猿猴是天生就会上树的，泥巴涂在泥上自然就会粘得很牢，以此比喻本性无德的小人，善于攀附，即使不去招惹他，他也会主动来攀附。最后两句"君子有徽猷，小人与属"，从正面劝诫，希望周王具有美德，这样百姓也会改变恶习，变得相亲为善。

本诗希望君主能够像个君子，亲近兄弟而疏远小人，成为一名优秀的君主。当他的耳边再也没有小人们在肆意聒噪，那么他曾经泯灭的良知一定会复苏，这样兄弟能够重归于好，天下也将变得十分美好。

◎菀柳◎

有菀者柳①，不尚息焉②。上帝甚蹈③，无自暱焉④。俾予靖之⑤，后予极焉⑥。

有菀者柳，不尚愒焉⑦。上帝甚蹈，无自瘵焉⑧。俾予靖之，后予迈焉⑨。

有鸟高飞，亦傅于天⑩。彼人之心，于何其臻？曷予靖之，居以凶矜⑪。

【注释】

①菀（yù）：树木茂盛。②尚：庶几。③蹈：动，变化无常。④暱（nì）：亲近。⑤靖：安定。⑥极：同"殛"，诛杀。⑦愒（qì）：休息。⑧瘵（zhài）：接近。⑨迈：行，指放逐。⑩傅：至。⑪居以凶矜：他必置我于凶险之境。

【赏析】

《菀柳》一诗的作者，是一位耿直而愤激的官吏，他才华卓著但未被重用，冷眼于当朝的黑暗统治，不满君主暴虐无常，悲慨至极；可能他还受到了难以言说的不公平待遇，非常伤心失望，于是作歌警醒同事和世人，让他们警惕无道的君主，千万不要前去亲近。

首章以"有菀者柳，不尚息焉"起兴，作者使用祈使语气，劈面直陈、突兀强硬，产生极强的表达效果，发人深省。一方面，诗句传达出诗人强烈的愤懑之情；另一方面，这样的开头也让读者感到一丝茫然不解，产生进一步追问缘由的兴趣。在炎热的夏季，四处骄阳似火，唯有茂盛粗大的垂柳撑起一片绿荫，营建出一座温馨凉爽的避暑胜地，让人观之便无限欣喜，但作者为什么说不可以进去休憩呢？并且还如此绝对、信誓旦旦，让人听罢心生犹豫和畏惧。

在这里，作者用柳荫的阴凉，比喻君主之侧貌似光彩舒适，君主的位高权重，正如柳树的粗大茂盛，会让很多人产生亲近、寻求庇护的欲望，但殊不知，那里凶险无比，并非真的好去处。这种先设疑问的写法，便于下一步的铺展和分析，也利于读者在不经意间对诗人所陈之事增加印象，引起其情感上的共鸣。

接下来的两句，作者就所陈之事给出了自己的理由："上帝甚蹈，无自暱焉。"君主太过暴虐无常，心狠手辣，朝令夕改，危险至极，万万不可亲近，否则必然自招祸害，甚至最终弄得性命不保。然后，作者唯恐未能说尽，也担心旁人不信，又现身说法，用自己的经历警醒旁人："俾予靖之，后予极焉。"当初君主请作者入朝，共商国事，一团和气，但时日未久，君主就莫名其妙地将其责罚，使其饱受苦楚。此章每句结尾都为"焉"字，呼告语气强烈得无以复加。

作者一经倾诉，便扯开了往日久经潜藏的话题，心中感慨喷涌而出，此刻心潮澎湃，怨怒正盛，单单一章的呼告当然无法尽数消解。于是，在第二章中，作者继续一吐为快。诗作运用回环复沓的艺术手法，两章结构相同、内容相似，仅易数字，反复咏叹，以相似的语调和口吻，进一步强化诗人的谆谆告诫和拳拳用心，感染力获得无限叠加，情感势头迅速高涨。

前两章的感情蓄积，使诗人的视野、胸怀变得无限开阔，他昂头看天，看到振翅高飞的鸟儿，心有所思，话语变得更加激切。在此基础上，诗人笔锋转向，由对众人的诉说警戒，变为了对统治者的怒斥，将众人远远抛开，把所陈言语的对象直指统治者："有鸟高飞，亦傅于天。"作者以所看到的鸟儿比兴，着眼其飞行高度，言其再高也有限度，不会高过苍苍青天。而统治者的心思却丝毫没有限度，反复无常，不可推测。

"彼人之心，于何其臻"，反问的语气，斥责的口吻，显示出作者对其德不称其位的反感和抨击。最后，作者又一次地提及自己的悲惨遭遇，"曷予靖之，居以凶矜"，往日的痛苦经历总是不停地浮现脑海，作者的内心定然时刻未能安宁，其受到的苦楚定然非比寻常。他对于统治者的质问，虽显得过于单刀直入、激切无比，却是有因可循，情有可原。

诗作情感激烈、说理严谨，以事实服人，通过比拟、警戒、劝告、直陈等多种表现手法，传递出诗人的拳拳真情和无限怨恨。结构上，一气呵成，脉络清晰，上下连贯，以气御文，产生了极大的情感效果。作者通过寥寥数十字，将一个不得人心的君主以及一位严词质问的受难诗人形象，清晰地展现在读者面前。

◎采绿◎

终朝采绿①，不盈一匊②。予发曲局，薄言归沐。
终朝采蓝，不盈一襜③。五日为期，六日不詹④。
之子于狩，言韔其弓⑤。之子于钓，言纶之绳。
其钓维何？维鲂及鱮。维鲂及鱮，薄言观者⑥。

【注释】

①绿：草名，即荩草。②匊（jū）：同"掬"，两手合捧。③襜（chān）：围裙。④詹：至也。⑤韔（chàng）：弓袋，此处用作动词。⑥观：多。

【赏析】

《采绿》一诗描写了妇人对外出逾期不回的丈夫的思念。全诗从采草写起，"终朝采绿，不盈一匊"，这样的描写表现出了思妇的心不在焉。她神情不安，无心梳洗打扮，当她想到丈夫要回来时，才开始沐浴打扮，但是本来约好日期回来的丈夫却没有如期归来，这让妻子变得更加不安了，她精神恍惚，想象着丈夫已经回来了，并日夜陪伴着丈夫。妻子的想象愈美好，就反衬了现实的愈凄苦，更表现出了妻子思念的强烈。

前两节字句基本相同，变化较小，有一种重叠复沓的结构，构成了全诗的回环往复的音乐美。全诗可以分成两部分：前两节为第一部分，主要描写现实生活，后两节为第二部分，主要描写妻子的想象生活。这样一实一虚的生活描写强化了妇人的思念。

第一节是写女子手里虽然在采绿草，但是她的心已经飞越了几重山水，去寻找她的丈夫去了。诗中没有直接说出女子思念的是什么，而是说她"予发曲局，薄言归沐"：她的长发蜷曲乱蓬蓬，因为丈夫不在，无人欣赏。后来她又急忙要回家梳洗，是因为她的丈夫随时都可能回来。为了让丈夫看到她美好的一面，她一定要好好打扮自己，可见女子思念的就是自己的丈夫。

第二节的"五日为期，六日不詹"说明了女子精神恍惚的原因，她担心着没有如期归来的丈夫。郑笺关于"五日"、"六日"的解释是："五月之日"、"六月之日"，这种说法比较符合诗意，因为丈夫和女子约定的是五月之日就会回家，所以在约定之日后的每一天，女子都在思念自己的丈夫，所以也就无心采绿草了。"五日为期，六日不詹"进一步交代了女子反常行为的原因。

这两节的内容仅用了寥寥数语，就将一个鲜活的思妇形象描绘了出来，其中既有声音，又有动态，还有思绪中的波澜。同时，诗中没有提及女子丈夫外出未归的原因，这就令人产生了无限的想象，到底是什么原因使得情深意切的妻子坐卧不安心神不定，以至于茶食无心，无意梳妆。戍边、经商等都可以成为原因，这也增加了诗的韵味。

第三节写女子的丈夫去捕鱼和打猎，女子跟随在丈夫身边，丈夫打猎，就替他装弓箭；丈夫捕鱼，就为他整理钓线。尽管只是想象，但本节的描写跳出了闺怨的套路，表现出了一种甜蜜之情。这时丈夫尚未归来，可见一旦丈夫真的归来了，妻子的喜悦将更加无以言表。

第四节的内容承接了上一节的"钓"，妻子想象丈夫钓了很多的鱼，并赞美自己的丈夫十分能干。

通过这首诗，可以感到诗人夫妻的恩爱之情，丈夫为了生活在外奔波，妻子留在家中思念丈夫的同时，憧憬着美好的未来。她相信丈夫和自己是同心同德的，丈夫一定会回到自己身边，和自己过那种打猎捕鱼的悠闲生活。

本诗虚实结合，采用四言句式，带有很强的节奏感。

◎都人士◎

彼都人士，狐裘黄黄。其容不改，出言有章。行归于周，万民所望。

彼都人士，台笠缁撮①。彼君子女，绸直如发②。我不见兮，我心不说③。

彼都人士，充耳琇实④。彼君子女，谓之尹吉⑤。我不见兮，我心苑结⑥。

彼都人士，垂带而厉⑦。彼君子女，卷发如虿⑧。我不见兮，言从之迈。

匪伊垂之，带则有余。匪伊卷之，发则有旟⑨。我不见兮，云何盱矣⑩。

【注释】

①缁撮：缁布冠。②绸：密，缜密。③说(yuè)：同"悦"。④琇(xiù)：一种宝石。⑤尹吉：当时的两个大姓。⑥苑：郁结。⑦厉：带之垂者。⑧虿(chài)：蝎类的一种。长尾曰虿，短尾曰蝎。⑨旟(yú)：上扬。⑩盱(xū)：忧愁。

【赏析】

西周末年，因为周幽王的荒淫奢靡，致使周王朝的诸侯群臣都离心离德了，之后周朝东撤迁都，此后周室便苟延残喘，气息奄奄，西都镐京的遗民都变成异族的奴隶，周室再也没有了昔日的辉煌。作者看着从前都穿着华丽服饰的男女如今穿着怪异服饰，感到十分无奈和痛苦。他的惆怅之情无法直抒出来，对新的统治者的不满也不能表现出来，所以只能通过"人物仪容之美"，来表现他对"文物声明之盛"时期的追忆，希望昔日的情景"行归于周"，是真正的"万民所望"。

全诗共有五节，每节六句。全诗在直接平淡的叙述中寄寓着作者浓烈的感情。诗人渴望"都人士"能够"行归于周"，反映出沦于异族铁蹄之下的遗民的心声。"彼都人士"中的"彼"字蕴涵着诗人对物是人非，斗转星移的感慨。当人们看到这样的诗句之后，脑海中就会看到这样一幅画面：一个经历过战乱之苦的老人用他苍老的声音向他的后代们说："那个时候的京都人士啊。穿着狐裘黄黄的衣着，举止得体，出言有章，不管怎么看，不管从那个方面来看，他们都是雍容典雅，合乎礼仪的。"这样的描写其言外之意就是反讽现在生活在这里的人，完全不能和原来的京都人士同日而语。"行归于周，万民所望"，这两句充分表现了人们渴望重新回到昔日周都的心情，想要过安定昌隆的生活，渴望回到那个讲究礼仪的时代。

那时，男子的典型头饰是草笠和缁布冠，女子的典型头饰是密密直直的头发。他们的耳朵上带着漂亮的宝石饰物，充满贵族的气派。这些优雅的人就是当时的名门望族尹氏和吉氏。但是在当时非常常见的场景，在今天却再也看不到了。

诗中反复提到"都人士"和"君子女"的"仪容之美"，这些都是当时的民族文化。中国历史上许多民族的消失，并不是因为种族的灭亡，而是因为他们的文化灭亡。对于民族文化的丢失，诗人感到十分伤心。

本诗通过表现昔日都城男女的仪容之美，展现了周王朝曾经的繁荣昌盛，同时表现出作者对华夏文化逐渐衰微的心痛，最终作者发出了"我心苑结"、"云何盱矣"的感慨。在表现手法上，诗人一直在描写昔日京都男女的衣饰仪态之美，让读者从诗歌中感受到过去与现实的巨大落差，将那种今昔盛衰之感直接传递给世人。

◎黍苗◎

芃芃黍苗①，阴雨膏之。悠悠南行，召伯劳之。
我任我辇②，我车我牛。我行既集③，盖云归哉④。
我徒我御，我师我旅。我行既集，盖云归处。
肃肃谢功⑤，召伯营之。烈烈征师⑥，召伯成之。
原隰既平⑦，泉流既清。召伯有成，王心则宁。

【注释】

①芃（péng）芃：草木繁盛的样子。②辇：推车。③集：完成。④盖：同"盍"，何不。⑤肃肃：严正的样子。功：工程。⑥烈烈：威武的样子。⑦原：高平之地。隰：低湿之地。

【赏析】

"芃芃"这一叠词的应用，以及雨露润苗场景的描画，使得诗作多了几许轻松的抒情味，将全篇笼罩在舒缓悠扬的田园氛围中。黍苗得到雨水滋润、生长最盛之时，是在春夏之交，由此作者又在不经意间点明了南行的时间，一箭双雕。黍苗受到雨水的滋养得以繁盛，同样，南行众人得召伯抚慰，士气振奋，谢邑营建得又快又好。在当时那个时代，南行路途之遥远、跋涉之艰，不言自明，但有召伯慰劳，众人心甘情愿，足显召伯地位之崇、威望之高。

到达目的地，大家齐心协力，共筑谢城。因为生产力落后，人员少，规模大，当城池筑好之后，转眼间已经数年之久，工人们无法归家，思乡之情强自隐忍，如今都悉数表达了出来。"我任我辇，我车我牛"、"我徒我御，我师我旅"，四字短句中同一格式反复出现，反映出气氛的急促紧张，役夫们分工严密、合作有序、规整统一。这种局面的出现，是因为有召公做主持，众人的情绪得到了充分调动：有拉车的、有驾牛的、有步行的，各司其职，忙而不乱。这两部分可理解为人们在完工之后，对劳动过程的回忆，也可以理解为对召伯组织能力和规划能力的赞美。

通过艰苦卓绝的劳动，终于"我行既集"，建成了规模宏大的谢城，大家完成了自己的使命。"盖云归哉"、"盖云归处"，筑成而思归，众人异口同声地反复吟诵，是思乡情绪真实而自然的流露，包蕴着抑制不住的欢喜与无限欣慰，也反映了工期之长，以及众徒役对自己的亲人的无限眷恋之情。然而，尽管思乡之情非常急切，但众人的语气中却丝毫没有怨怒之气，召伯作为人们的精神领袖，确实是深得民心。这也表现出作者驾驭文字的水平之高，既能将众人的急切描摹得淋漓尽致，又能

保证全诗赞美召伯的核心主旨和欢快舒缓而又和谐的统一氛围。

营治谢邑的工程能够迅速地完工，召伯的治理有方起到了决定性的作用。"肃肃谢功，召伯营之"、"烈烈征师，召伯成之"，作者通过对偶的规整结构，热切颂扬了召伯的组织才能：将如此规模的徒役有序地组织起来，并且充分地调动大家的积极性，使每个人都能甘心出力，这是非常困难的，足见召伯的不同凡响。此章是上文具体事由和场面的总说和提炼，与第二、三章相照应，"肃肃谢功"对应"我任我辇"，"烈烈征师"对应"我师我旅"，在结构安排上颇具匠心，也反映出雅诗雅正严整的特点。

"原隰既平，泉流既清"，召伯绝非仅仅修筑了城池，还为谢邑平整了田地，清理疏导了河道，营造了必要的生存环境，昔日的不毛之地成了繁衍生息的居所，农业得到了发展。农业文明在当时是先进生产力的代表，原本是蛮夷之地的南方，如今步入文明阶段，显示着召伯此举具有开化之功。"召伯有成，王心则宁"，篇末点题，用君王的权威肯定了召伯的功绩。

本诗依循时间顺序，按情节发展叙写来龙去脉，言简而意赅，但它传达出这样一种深刻的治国思想：威望、品德比政策、高压更重要，柔性的御民方式更能显出奇效。

◎隰桑◎

隰桑有阿①，其叶有难②。既见君子③，其乐如何？

隰桑有阿，其叶有沃④。既见君子，云何不乐？

隰桑有阿，其叶有幽⑤。既见君子，德音孔胶⑥。

心乎爱矣，遐不谓矣⑦？中心藏之，何日忘之？

【注释】

①隰：低湿的地方。阿：美。②难（nuó）：盛。③君子：指所爱者。④沃：柔美。⑤幽：青黑色。⑥胶：牢固。⑦遐：何。谓：告诉。

【赏析】

《隰桑》一诗，历来有两种解释，一种基于其内容，被视为爱情诗，一位年少的怀春女子，对所爱男子百般痴想，但不敢向其诉说；另一种被视为是周文王被拘七年，最终从羑里被释返回周国时，人们所作的欢迎之歌。两种解释都非常合理、圆熟自然，显示了诗歌的开放性和蕴藉性。

"爱情诗"的说法，为诗作披上了一抹旖旎、热烈又伤感的色彩。作者以桑树起兴，"隰桑有阿，其叶有难"，各章相似的开端，勾勒出一种明丽而又浓郁的氛围：低洼潮湿的土地上，生长着一片美丽的桑林，桑树枝干粗壮、树叶繁茂，一片生机勃勃。阳光和暖明媚，普照着绿茵茵的世界，不时有阵阵清风吹过，桑林神秘地飒飒低语，鸟儿欢快地呢喃，植物旺盛地生长，空气中充满氤氲、青葱的气息。如此的桑林，为情人幽会提供了一个寂静美好的场所，少男少女在此情语绵绵，极尽欢乐，羞涩的女子，一改往日的缄默，主动说出心中的愉悦："既见君子，其乐如何？"诗作前三章回环复沓，把这种情境和心情描绘得淋漓尽致。

然而，这种美好却并非真实景状。第四章中，作者写道："心乎爱矣，遐不谓矣？中心藏之，何日忘之？"语气和场景倏然变换：心中的爱意，为什么不说呢？只是把它深深地潜藏，每天都不能忘怀。原来，幽会的场景只是作者美好的想象。怀春的她孤身一人，深入桑林深处，在树下休憩，这种美好的环境和氛围，使她心有所感，又想起了自己日日思恋的男子，幻想着两个人在此幽会。她没有勇气去表达自己的爱慕，只是痴痴地暗恋，最后又百般埋怨自己的怯懦，显示出那美好、真挚、纯粹又娇弱的心灵。

每次见到情人时，树叶都呈现出不同的形态，主人公的心情也各不相同。第一章讲叶子很茂盛，心情很快乐；第二章描写叶子的柔美，然后用很强的反问语气，表现快乐的程度悄然提升；第三章树叶变得墨绿，女子对情人的思念更加牢固。桑叶的柔美，肥厚，进而墨绿，象征女子感情的层层深入，也表现出女子不是仅仅幻想过一次，而是在漫长的时间里日日思念。

"爱情诗"的解法，美好而又感人，但有些人却提出了异议，因为《小雅》是在宴会上唱的雅乐，暗恋的内容显然不符合公开场合。他们从历史史实入手，主张这是在周文王从羑里返回周国后，族人们为了欢迎他，在宴会上唱的一首雅歌，诗中反映的并非女子的暗恋，而是人们对于文王的想念和牵挂。族人盼望文王回国，时日已久，现在得偿心愿，按捺不住心中的激动，以原隰里的桑树起兴，抒发相会后的开心。桑树的位置在"隰"地，比喻族人迁到了原隰；桑树的繁茂和生长，暗喻他们迁移后的繁荣壮大。"遐不谓矣"，意思是说："文王被关押七年，在此过程中，因为路途遥远，众人的爱戴之情无法表达。"但紧跟着，作者又说道："中心藏之，何日忘之？"——众人对于文王的感情，一直深埋在心中，没有一刻忘怀！寥寥数句，尽显众人对文王无尽的敬爱和忠诚。

我们常走在生命的分岔口，此时，选择一个就意味着丧失其他的可能，未免悲戚伤感。但艺术却不一样，它的包容性可以驾驭多种解读，使读者能够在同一地点领略到多种多样迥然各异的风光，尽情享受丰赡的视听、想象盛宴。正如这篇《隰桑》，蕴涵着儿女情长，也驾驭着君臣政治，诉说出婉转纠结，也传达出举国欢庆，各种不一样的美好，都聚拢在这方寸之间，营养了国人千年之久。

◎白华◎

白华菅兮①，白茅束兮。之子之远，俾我独兮。
英英白云，露彼菅茅。天步艰难②，之子不犹③。
滮池北流④，浸彼稻田。啸歌伤怀，念彼硕人。
樵彼桑薪，卬烘于煁⑤。维彼硕人，实劳我心。
鼓钟于宫，声闻于外。念子懆懆⑥，视我迈迈⑦。
有鹙在梁⑧，有鹤在林。维彼硕人，实劳我心。
鸳鸯在梁，戢其左翼。之子无良，二三其德。
有扁斯石，履之卑兮。之子之远，俾我疧兮⑨。

【注释】

①菅（jiān）：多年生草本植物。②天步：天运，命运。③犹：可。④滮（biāo）：水名，在今陕西。⑤卬：我。煁（shén）：越冬烘火之行灶。⑥懆（cǎo）懆：愁苦不安。⑦迈迈：不高兴。⑧鹙（qiū）：水鸟名，头与颈无毛，似鹤。梁：鱼梁，拦鱼的水坝。⑨疧（qí）：因忧愁而得病。

【赏析】

《诗经》中有很多关于弃妇的诗，《白华》就是其中的一首。这位被抛弃的妇女应该是一位贵族妇女。全诗语言委婉曲折，充分表达了诗人矛盾而复杂的心情，使读者如闻其诉，深受感动。

诗中大量含意委婉的比兴，抒发了失意女子的真实感情。首节以咏叹开始，三句都用"兮"字来结尾，最后一节以咏叹终，同样也用"兮"字来结尾。中间各节大多语气急促，气势磅礴。诗人用菅草和白茅起兴，通过表现白花的菅草白茅相互缠绕来映射情人、夫妇之间应该亲密相伴，相亲相爱。菅草白华以及茅草之白都是象征着纯洁与和谐的爱情。

被抛弃的妇人看到被白茅草捆起来的菅草时，触景生情，联想到自己悲惨的命运。她感叹本应亲密无间、相依为命、相濡以沫的夫妻却渐行渐远，自己被丈夫遗弃，再也不能和他团聚了，柔情蜜意什么的已经变得可望而不可即了，这样悲痛的心情通过"之子之远，俾我独兮"充分表现了出来，使人深切感受到了全诗那凄婉而让人心寒的悲剧基调。

接下来，诗人用能化雨滋润菅草和茅草的飘浮的白云起兴，喻示本应和谐相处的情人违背了常理，丈夫不再与妻子休戚与共了。通过诗句的描绘可以看到，白云化雨，遮盖了所有的菅茅，没有任何的偏私。自然就是这样一视同仁没有偏爱的，但是作为万物之灵的人却做不到这一点。丈夫抛弃了应该同舟共济祸福与共的结发妻子，叫人悲愤难当。

滮池的水慢慢地向北流，可以灌溉万顷稻田，但是人的恩泽却不能长久存在，无情丈夫对妻子十分的薄情寡义。诗人"啸歌伤怀"，尽管她被抛弃了，可是心地善良的她仍然从内心深处怀念着自己的丈夫。诗人用池水灌溉稻田来比兴妇人无人相顾的凄凉处境。

女子本以为自己可以过上美满幸福的日子，然而事与愿违；女子就像是那原本应是妇女用来养蚕缫丝的桑树被当成烧火的薪柴一样，被丈夫无情地抛弃，心里万分悲伤。

宫廷里的钟鼓声，悠扬传播，一直传到遥远的地方，就这样，丈夫无情抛弃结发妻子的家丑，随着钟声不断地宣扬着，天下的有识之士都会谴责那个负心的丈夫，但是不明事理的人大概会说这一切都是留不住丈夫心的妻子的过错。伤心的女子对于自己将要成为人们茶余饭后的笑谈这件事，感到十分尴尬与颤怵。即使到这个时候她还担心着丈夫，于是有了"念子懆懆"的弃妇，但是一想到丈夫对自己的嫌弃，她又感叹丈夫"视我迈迈"的冷酷无情。这样的对比，更使得被抛弃的女子的温顺善良和丈夫的轻薄无情形成了鲜明的对比。

鹤与鹙虽然都是以鱼类为食的水鸟，但性格确是不相同的。鹙生性贪婪而猛恶，喜好独霸鱼梁；鹤生性柔顺而和善，不喜争夺，这样两种水鸟在一起的结果就是鹙饱而鹤饿。丈夫的新欢就是那贪婪而猛恶的鹙鸟，弃妇就是那温顺的鹤。所以，只要女子一想到"妖大之人"就心情悲痛，所以她一次次地说"维彼硕人，实劳我心"，这正是她心情沉痛的写照。

鸳鸯是一种总是雌雄偶居不离、从不三心二意的水鸟，人们经常将夫妻比作鸳鸯。诗人感叹鸳鸯总是成双成对在河上嬉戏，它们相亲相爱，互相依靠。然而比它们高级的人却做不到对爱情专一，总是会见异思迁，弃妇那无情无德的丈夫不就是抛弃了本应与之白头偕老的妻子吗？这一节与四、五、六节连在一起看，就更能表现出弃妇那深切的怨恨之情了。她虽然怨恨抢夺了她丈夫的妖冶女人，但是追其根本原因还是她的丈夫"二三其德"所造成的。

这时弃妇不得不思考自己将来的命运，她说"之子之远，俾我疧兮"，茫然不知前途的愁苦使她生病，在愁闷中郁郁寡欢。她痛斥负心男子的寡情无义，如果真有一天自己在悲愤愁苦中死去了，都是因为那个负心汉的错，她要让他永世在良心的谴责中苟且偷生。

"痴情女子薄情郎"在现实生活中不少见，无数女子因此殒命。《白华》中那名贤淑美丽的夫人，她忧伤、惆怅，她代表了中国古代妇女的悲剧命运。全诗生动形象，富有说服力，将弃妇的忧伤完全展现了出来，具有极强的艺术魅力。

◎瓠叶◎

幡幡瓠叶①，采之亨之②。君子有酒，酌言尝之。
有兔斯首③，炮之燔之④。君子有酒，酌言献之。
有兔斯首，燔之炙之⑤。君子有酒，酌言酢之⑥。
有兔斯首，燔之炮之。君子有酒，酌言酬之。

【注释】

①幡(fān)幡：反复翻动的样子。瓠(hù)：葫芦科植物的总称。②亨：同"烹"。③斯首：白头。④炮(páo)：将带毛的动物裹上泥放在火上烧。燔(fán)：用火烤熟。⑤炙：将肉类在火上熏烤使熟。⑥酢(zuò)：回敬酒。

【赏析】

《瓠叶》是一首庶人宴请朋友之诗，它表达了主人在宴饮宾客时的自谦。本诗主要突出菜肴的简约，十分具有个性，独树一帜。

主人为客人在餐桌上准备的菜肴非常简单，只有一盘煮熟的葫芦叶以及一只碰巧捕到的野兔。虽然菜色很少，但是这并不代表主人不在乎宴请的客人，因为诗人用了四分之三的篇幅来描写要如何烹饪这只野兔。主人反复思量，他在炒、烤、熏、煨等几种做法之间犹豫不决，最后决定，一半烤，一半煨。这些细节都表现出主人为了迎客而费尽心思。

本诗共有四节，在表现形式基本上用的都是赋，诗中反复咏叹，渲染描绘。第一节用瓠叶这样一个典型的意象，表现出这场宴席所上的菜肴的粗糙和简陋。瓠叶是一种很苦的东西，宴席上出现了这样的东西，可以知道宴会上没有美味佳肴。虽然主人拿不出上好的食物，但是主人觉得礼数一定要周全，绝不因为菜肴微薄而废礼。他情真意挚地"采之亨之"，虽然菜肴寡薄，但是主人用美酒来补充，宴会中因为主人的热情，客人没有因为菜肴的简约而感到扫兴。主人将家中最好的陈年老酒拿了出来，热

情招呼宾客就座，"请客品尝杯斟满"；然后"斟满一杯敬客人"；接着"宾客回敬满杯斟"；最后"主客互劝齐干杯"。

这里运用"尝、献、酢、酬"四个字，将一场宴请客人的过程井然有序地描绘了出来，显出宴饮是依礼而行的。文中透露出热烈而欢快的气氛，宾客之间你来我往地敬酒，推杯换盏，菜肴虽然简陋但是他们仍然吃得津津有味，让人不禁想要融入其中。

诗中运用了很多代词，这样的运用加快了全诗的节奏，使得全诗的情绪变得欢快跳跃，首章的"亨"和"尝"，也为全诗奠定了一个热烈高昂的基调。后三节把白头的小兔作为赋叙的对象，通过对这只小兔的描写，从另一面表现出菜肴的简陋。

诗人反复强调兔子的原因在于，在那个时代，招待客人的荤菜应该是"六牲"，也就是牛、马、羊、豕、犬、鸡，如果是正式的宴请，为了表现对客人的尊敬，应该准备在"六牲"范围内的菜肴。所以在那时兔子是难登大雅之堂的，所以为了不失礼于客人，主人在烹饪的手法上下工夫，通过变化多端的烹调手段来让单调而粗简的原料变成诱人的佳肴。在用酒献客、酢客、酬客的过程中，诗人时刻都做到礼至意切。

其实，《瓠叶》并不是雅诗中的上品，但是它却让人非常感动。这首诗具有非常重要的历史价值，能帮助后人了解中华民族悠久的饮食文化传统，以及华夏子孙所特有的尚礼民风和谦虚美德。

宴饮朋友最重要的并不是豪华的菜肴，而是主人的真情实意，只要有心，一把菜叶，一只兔子，都可以胜似山珍海味，鱼翅燕窝。

◎渐渐之石◎

渐渐之石^①，维其高矣。山川悠远，维其劳矣^②。武人东征^③，不皇朝矣^④。

渐渐之石，维其卒矣^⑤。山川悠远，曷其没矣^⑥。武人东征，不皇出矣^⑦。

有豕白蹢，烝涉波矣^⑧。月离于毕^⑨，俾滂沱矣^⑩。武人东征，不皇他矣^⑪。

【注释】

①渐（chán）渐：山石高峻。②劳：通"辽"，广阔。③武人：指将士。④不皇朝：无暇日。⑤卒：山高峻而危险。⑥曷其没矣：什么时候可以结束。⑦不皇出：只知不断深入，无暇顾及出来。⑧有豕白蹢（dí），烝涉波矣：天象。夜半汉中有黑气相连，俗称黑猪渡河，这是要下雨的气候。⑨月离于毕：天象。月儿投入毕星，有雨的征兆。⑩滂沱：下大雨的样子。⑪不皇他：无暇顾及其他。

【赏析】

本诗是一首描述出征在外的将士们行军十分艰难的诗，大概是一名下级军官在途中写的，他自述了在东征途中的劳苦，重点叙述了行军过程中的艰难和紧张，并写出了行军途中的景色。诗人通过记述眼前的事情，来表达被迫上战场的将士们无奈的哀怨和悲叹。

本诗头两节是叠唱的，这两节的意思相仿，第一节的"不皇朝矣"说明了行军的紧急，将士们起早摸黑，天不亮就要上路。第二节的"不皇出矣"包含了许多难言的痛苦，对将士们来说，行军紧迫，他们甚至无暇顾及自己的生命安全。

诗人描述了急行军的途中，士兵们跛脚瘸腿的惨状，他们艰难地跋涉在好像永远没有终点的崎岖小路上，路上有很多的景物，但是士兵们无心观赏，他们感到十分疲劳，这时在士兵们的眼前出现了"渐渐之石"：陡崖峭壁挡住了军队的去路，面对这样的困难，他们发出了"维其高矣"、"维其卒矣"的惊呼。这些士兵觉得这样陡峭的高山是无法攀越过去的，而更令他们感到痛苦的是，疲劳不堪的他们不知道这样艰险的路途还要走多长、多远。他们渴望着早点抵达目的地，但目的地总是到不了，他们辛苦跋涉却得不到片刻的休息。

"武人东征"这一句贯穿了全诗。军士们行进到山脚下时，发现这座山十分高险。士兵们一边看着山的高度，一边开始爬山，他们关注着山顶，希望早一点到达那里。士兵们觉得只要他们翻越了这座山，剩下的路一定就会变得非常好走。其实将士们心中非常清楚，即使他们成功翻过了这座山峰，后面还会有第二座、第三座以至于无数座在等待着他们。面对这样的现实，将士们的心愿只有一个，就是希望可以早日到达行军的终点。但是他们不知道到达终点之后，会有什么样的灾难等待着他们，也不知道自己是否还有能够平安回家的一天。但是当下，他们无暇顾及更多了，他们必须全力攀爬眼前这座仿佛永远爬不上去的山。

接下来，诗人不再描写行军的严苛了，而是开始描写星空。这里的描写和第一节的"朝矣"一句相对应，主要的目的是为了告诉我们，这些将士不但白天要行军，夜晚也要行军。白天的行军是一种折磨，晚上的行军就更是一种煎熬。

诗人叹息着士兵们好不容易下得山来，又遇上一条大河挡道，况且天色已黑，月亮靠近了毕星，一场大雨顷刻之间将要来临。将士们要夜间行军，同时担心着会遭遇滂沱大雨，使得行军变得难上加难。接着诗人担心的事情发生了，在狂风大作、电闪雷鸣之后就下起了瓢泼大雨，河水裹着树枝烂草汹涌而下，雪白蹄子的野猪们惊惶失措竞相渡河，这样骇人的景象使得士兵们忘记了满身的疲累，他们不顾疲惫和饥肠辘辘，互相拽拉着过河。

这首诗展示了一幅无奈的场景：因为战争，因为王命，士兵们挣扎在死亡线上，他们背井离乡无法享受天伦之乐。在那个残酷的年代，这些士兵们的生命已经不再属于他们自己，他们只能向前向前一直向前，直到自己的生命终止的那一天。

◎苕之华◎

苕之华①，芸其黄矣②。心之忧矣，维其伤矣③！
苕之华，其叶青青。知我如此，不如无生！
牂羊坟首④，三星在罶⑤。人可以食，鲜可以饱⑥！

【注释】

①苕（tiáo）：植物名，又叫凌霄。②芸（yún）其：芸然，一片黄色的样子。③维其：何其。④牂（zāng）羊：母羊。坟：大。⑤罶（liǔ）：捕鱼的竹器。⑥鲜（xiǎn）：少。

【赏析】

本诗真实再现出了周代的灾荒，以及那时恶劣的社会现实与人民深重的苦难。

《苕之华》写得优美而有残酷，作者首先展开了一幅美景：苕华盛开，轻吐鹅黄，叶子青青，葱郁娇嫩，一派美丽的景象。然而，作者不是在赞美自然，而是在反衬生活，"心之忧矣，维其伤矣！"用如此美丽的景象衬托心之忧、生之难，很少见，但却显得恰如其分。

这美丽的苕华看似黄青交杂，一片生机，但也是无情的，因为它读不懂百姓的饥饿，也无法帮助百姓远离饥饿。这种美好与残酷之间的落差，被作者抓住，呈现在了读者面前。

"早知道我过的是这样的生活，当初不如不生在这个世界上。"这种想法是歇斯底里，也是万念俱灰。生活就一点欢乐都没有了吗？可以想象，如果不是在非常的悲苦中，怎能叫人说："知我如此，不如无生！"最可怕的是，这一切的原因不是别的，竟是饥饿！根本生活条件的缺失，肠胃因饥饿而痉挛的感觉，是最难让人忍受的，而作者正是被它们长期地折磨着。

"知我如此"揭示了作者过去的生活原本不是这样，那时的他应该富足美满，衣食无忧，开心而又快乐，不用担心饥饿，不会想到人吃人的惨状。那时的他又应是优雅而喜欢文学的，因此，即使是现在，他依然通过回忆美好给自己增加力量，即使是描述悲痛，他依然能用"苕之华，芸其黄矣"、"苕之华，其叶青青"来起兴，充满了盎然诗意。

若没有最后一章，前两章会有很多的解释，爱情、春愁都可说通，因相思或失恋而悲伤，因时光飞逝而伤怀，都是最寻常的路子。这位雅致的文士，从前说话时向来不愿直指其事，总是颇多委婉，如今他终于承受不住心中的伤痛，把人民的疾苦吐诉而出："牂羊坟首，三星在罶。人可以食，鲜可以饱！"

虽然是这样，但其表达仍充满了艺术性：羊瘠则首大，满身嶙峋骨，就剩下一个大头显眼，罶中无鱼而水静，三星之光明了可见，辉映出波光点点。怎样的情思，才能把不能接受的苦楚写得这么美且生动？实际上，现实却是这样的：灾荒连连，颗粒无收，妻离子散，饿殍满地，十里无完户，百里无炊烟，人可以吃人。

作者的苦痛来自于诸多方面，悲时，忧民，生活境遇的落差，还有更重要的饥饿。他只能苟延残喘地卧在被人啃光的树旁，看着只剩一个硕大头颅的羊的骨架、空空如也的捕鱼器具，然后攒起最大的气力来抵抗一波一波袭来的饥饿狂潮，"知我如此，不如无生！"

这种凄惨也震撼着历代的评论者，人们虽有争议，但都一致同意是表现百姓遭遇灾荒、不得不人吃人的惨状。《毛诗序》把作者定位为一位大夫，他看到惨状连连，人甚至不如苕一类植物，生命旺盛，顿生"物自盛而人自衰"之感，作诗抒怀。

此种说法有其正确性，正因是大夫，文学素养深厚，才能刻画得如此细致、描写得如此真切。正因为诗人所描述的遭际和心情如此惨痛，所以才得以拥有了超越时空的力量，成为经典。细览《诗经》，发现它总是记述先民最纯粹、最浓郁、最深刻的情怀和感受，这些心灵图画，是人类心灵中最基本的存在，因而不会因时代的更迭而散淡，如这篇《苕之华》，它不仅仅是一首诗，还是那个时代百姓记忆中最难忘的忧苦印记。

◎何草不黄◎

何草不黄？何日不行①？何人不将②？经营四方。

何草不玄③？何人不矜④？哀我征夫，独为匪民。

匪兕匪虎⑤，率彼旷野⑥。哀我征夫，朝夕不暇。

有芃者狐⑦，率彼幽草。有栈之车⑧，行彼周道⑨。

【注释】

①行：出行。此指行军，出征。②将：出征。③玄：发黑腐烂。④矜（guān）：通"鳏"，老而无妻者。征夫离家，等于无妻。⑤兕（sì）：野牛。⑥率：沿着。⑦芃（péng）：兽毛蓬松。⑧栈车：役车。⑨周道：大道。

【赏析】

《何草不黄》这首诗主要描写人民因为征战不息而感到怨恨。

作为一篇控诉统治阶级穷兵黩武、发动弱肉强食的非正义战争的诗，《何草不黄》有一种反战诗的感觉。本诗的作者用第三人称的方式来抒发自己的感情。诗中多次运用了反问句，这些句子沉痛地表达出诗人对于服兵役者的痛苦。诗人揭露了人们被迫当兵、被人驱赶着不停行军打仗的怨恨，他们像小草一样枯萎凋零，不断地四处奔走，到处作战。他们远离家乡，居无定所，和亲人音讯隔绝，无法奉养父母，受尽饥渴劳顿的折磨，过着非人的生活。

本诗共有四节，通过五个"何"字喊出了人民求生的愿望以及无比的愤怒。"哀我征夫，独为匪民"是本诗的主题。"非人"则是全诗的核心。第一、二两节用"何草不黄"、"何草不玄"来比兴征人整日奔波于荒郊旷野，在行役之中过着非人的生活，"经营四方"就是他们的命运。因为草木注定要变黄变黑，由此比喻人也注定了会因行役而生，再因行役而死。"何人不将"这一句，将行役的宿命扩展到整个社会。这是一轮旷日持久而又殃及全民的兵役，所有的人都在荒野间被驱使着，社会动荡不安。

人并不是野牛、老虎、狐狸这样的动物，人是不可能像野兽一样在旷野、幽草中生活的，但是征夫却在这样非人的状态下生存着。诗人自问自答，喊出了征夫的无奈和苦楚，诗人把士兵和野牛、老虎等兽类放在一起比较，说明这些士兵并没有被当做人来看待，他们的命运比野兽还不如。动物还可以冬眠休息，但是这些士兵却不得休息。他们从大路上到荒野，又从荒野奔波到大路。

诗人用比较含蓄的比喻，表现狐狸在钻进浓密的草丛中休息的时候，士兵们却要驾车前行。"鸟飞反故乡兮，狐死必首丘。"也就是说狐狸死时，一定会把头枕在小土堆，因为它到死都非常依恋自己的故土，铭记自己的故乡。本节提到狐狸的用意在于：狐狸可以死在自己出生的故土上，但是那些士兵却不知自己将葬身何处。当士兵们在行军的途中看到了狐狸，他们浓浓的乡愁也就这样被激活了，士兵们感叹自己的命运甚至还不如狐狸。但是不管士兵们有多少怨言，他们并没有改变自己命运的能力，他们的命运在成为士兵的那一刻就已经注定了，他们要在征途中结束自己的一生。在统治者眼中他们不是人，而是战争的工具，"有栈之车，行彼周道"这一句就是很好的说明。

诗人到最后都没有告诉人们这些士兵的结局，不知道他们是战死在沙场，还是平安返回了故乡，这种开放的结尾给读者留下了思考的空间，产生了一种含蓄的艺术效果。

诗中充满了没有希望、无从改变的痛苦，展示了征人的悲苦。可悲的是，即使动用了这样大的兵力，周王室最终也还是灭亡了。本诗情景结合，充分展现出哀怨与悲惨的氛围，感人至深。

大雅

◎文王◎

文王在上①，於昭于天②。周虽旧邦③，其命维新④。有周不显⑤，帝命不时⑥。文王陟降⑦，在帝左右⑧。

亹亹文王⑨，令闻不已⑩。陈锡哉周⑪，侯文王孙子⑫。文王孙子，本支百世⑬。凡周之士⑭，不显亦世⑮。

世之不显，厥犹翼翼⑯。思皇多士⑰，生此王国。王国克生⑱，维周之桢⑲。济济多士⑳，文王以宁。

穆穆文王㉑，於缉熙敬止㉒。假哉天命㉓，有商孙子㉔。商之孙子，其丽不亿㉕。上帝既命，侯于周服㉖。

侯服于周，天命靡常㉗。殷士肤敏㉘，裸将于京㉙。厥作裸将，常服黼冔㉚。王之荩臣㉛，无念尔祖㉜。

无念尔祖，聿修厥德㉝。永言配命㉞，自求多福。殷之未丧师㉟，克配上帝㊱。宜鉴于殷，骏命不易㊲。

命之不易，无遏尔躬㊳。宣昭义问㊴，有虞殷自天㊵。上天之载㊶，无声无臭㊷。仪刑文王㊸，万邦作孚㊹。

【注释】

①文王：周文王。②於（wū）：赞叹。昭：光明显耀。③旧邦：周在氏族社会本是姬姓部落，后与姜姓联

合为部落联盟，在西北发展。周立国从尧舜时代的后稷算起。④命：天命，即天帝的意旨。⑤有周：周王朝。不（pī）：同"丕"，大。⑥时：是。⑦陟降：上行曰陟，下行曰降。⑧左右：犹言身旁。⑨亹（wěi）亹：勤勉不倦的样子。⑩令闻：美好的名声。不已：无尽。⑪陈锡：重赐，原赐。⑫侯：乃。孙子：子孙。⑬本支：以树木的本枝比喻子孙繁衍。⑭士：这里指统治周朝享受世禄的公侯卿士百官。⑮亦世：累世。⑯厥：其。犹：谋划。翼翼：恭谨勤勉的样子。⑰思：语首助词。皇：美、盛。⑱克：能。⑲桢：支柱、骨干。⑳济济：盛多。㉑穆穆：美好。㉒缉熙：光明。敬止：敬之，严肃试敬。㉓假：大。㉔有：得有。㉕其丽不亿：其数极多。㉖周服：服周。㉗靡常：无常。㉘殷士肤敏：殷臣美好敏疾。㉙祼（guàn）：古代一种祭礼，把酒洒在地上以祭神。㉚常服：祭事规定的服装。黼（fǔ）：绣有白黑相间的斧形花纹衣服。冔（xǔ）：礼帽。㉛荩（jìn）臣：忠臣。㉜无念：念。㉝聿（yù）：发语助词。㉞永言：久长。配命：与天命相合。㉟丧师：指丧失民心。㊱克配上帝：可以与上帝之意相称。㊲骏命：大命，也即天命。㊳遏：止、绝。尔躬：你身。㊴宣昭：宣明传布。义问：美好的名声。㊵有虞殷自天：殷的喜悲从天命。㊶载：事。㊷臭（xiù）：味。㊸仪刑：效法。㊹孚：信服。

【赏析】

这是一首在大型宴会上唱的叙事雅歌，主要歌颂周文王姬昌。文王是备受周人崇敬的祖先，是周王朝的缔造者，深受人民的拥护。本诗将他称为天之子，他有着非凡的人格和智慧，是道德的楷模，天意的化身。除此之外，本诗还展现了文王深谋远虑、富有政治经验的一面，诗人希望可以通过向文王学习、借鉴殷商来使周王朝得到长治久安。

第一节主要说的是文王是得天命兴国，他建立新的王朝是天帝下的意旨。文王登上位之后，使得周这个小邦国的名誉得到了改变，他给人民带来了光明和希望。

第二节主要说文王兴国福泽了子孙宗亲，周氏的子孙百代都能够享受到这样的福禄荣耀。歌颂了文王勤勉，将显耀威名留给后代，让周国人无论在哪都会受到世人的敬重。

第三节主要是说周王朝有很多人才，这些人才都是文王培育出来的，因为有这些人才，王朝才得以世代继承。

第四节主要说文王能够使周王朝兴盛进而取代殷商，是因为他的德行高尚，他是天命所归的君主，人心所向。

第五节说明天命是无常的，当初坐拥天下的殷商贵族已成为周朝的服役者。

第六节告诉大家要以殷的例子为鉴，做到敬天修德，只要这样才能得天命，也是在告诫那些殷商的旧贵族，要自强自求，爱护人民，顺从天意。

第七节是说商汤虽然推翻夏桀，但是他的后代却没有守住天命，只有具有文王那样的德行和勤勉，才能够得到上天福佑，使得统治长治久安。最后本诗告诫人们要以文王为榜样，爱护人民，只有这样才能使国家稳定，长治久安。

到了周王朝时期，因为他推翻殷商的统治，为了巩固统治，周王朝也是借用天命，称自己是天命所归，但是因为他的政权是推翻了殷商而得到的，所以周王朝的观点是"天命无常"、"唯德是从"。

也就是说，天命其实是会改变的，上天会选择有德的人来统治天下，如果统治者失德，那么他将会失去天命，这时其他有德行的人将会代替他。这也就是文王兴周代殷的原因。

全诗动之以情，晓之以理，通过对文王功业和德行的歌颂，要求文王的子孙后代要时刻以殷为鉴，敬畏上天，像文王一样具有高尚的德行，以此来永保天命。这是本诗的中心思想。这种中心思想是从殷商继承下来、根据周朝的实际情况改造过的天命论思想。这种思想是殷商时期重要的政治哲学观点，也就是人们熟悉的"君权神授"的观点。

◎大明◎

明明在下[①]，赫赫在上[②]。天难忱斯[③]，不易维王[④]。天位殷适[⑤]，使不挟四方[⑥]。

挚仲氏任[⑦]，自彼殷商[⑧]，来嫁于周，曰嫔于京[⑨]。乃及王季[⑩]，维德之行[⑪]。大任有身[⑫]，生此文王[⑬]。

维此文王，小心翼翼[⑭]。昭事上帝[⑮]，聿怀多福[⑯]。厥德不回[⑰]，以受方国[⑱]。

天监在下[⑲]，有命既集。文王初载[⑳]，天作之合[㉑]。在洽之阳[㉒]，在渭之涘[㉓]。

文王嘉止[㉔]，大邦有子[㉕]。大邦有子，俔天之妹[㉖]。文定厥祥[㉗]，亲迎于渭。造舟为梁[㉘]，不显其光[㉙]。

有命自天，命此文王，于周于京，缵女维莘[㉚]，长子维行[㉛]，笃生武王[㉜]。保右命尔[㉝]，燮伐大商[㉞]。

殷商之旅，其会如林^㉟。矢于牧野^㊱，维于侯兴^㊲。上帝临女^㊳，无贰尔心^㊴！

牧野洋洋，檀车煌煌^㊵。驷骍彭彭^㊶。维师尚父^㊷，时维鹰扬^㊸。凉彼武王^㊹，肆伐大商^㊺，会朝清明^㊻。

【注释】

①明明：光彩夺目的样子，此处指明显的恩德。在下：指人间。②赫赫：明亮显著的样子，此处指煊赫的神灵。在上：指天上。③忱：信任。斯：句末助词。④不易维王：不易做的是治天下王。⑤适：通"嫡"，嫡子。⑥挟：控制、占有。四方：天下。⑦挚仲氏任：挚国的次女姓任，叫太任。⑧自：来自。⑨嫔：妇，指做媳妇。京：周朝都城。⑩乃：就。⑪维德之行：犹曰"维德是行"，只做有德行的事情。⑫大：同"太"。有身：有孕。⑬文王：姬昌，殷纣时为西伯（西方诸侯），又称西伯昌，为周武王姬发之父，父子共举灭纣大业。⑭翼翼：恭敬谨慎的样子。⑮昭：勤勉。事：侍奉。⑯怀：徕，招来。⑰厥：犹"其"，他、他的。回：违背。⑱受：承受、享有。方：大。⑲监：明察。在下：指文王的德业。⑳初载：初始。㉑作：成。合：婚配。㉒洽（hé）：水名，源出陕西合阳县北。阳：河北面。㉓渭：渭水，经陕西。涘（sì）：水边。㉔嘉：嘉礼，指婚礼。㉕子：未嫁的女子。㉖倪（qiàn）：如，好比。天之妹：天上的美女。㉗文：占卜的文辞。㉘梁：桥。此指连船为浮桥，以便渡渭水迎亲。㉙不：通"丕"，大。光：荣光，荣耀。㉚缵：续。莘：国名。㉛长子：指伯邑考。行：离去，指死亡。㉜笃：发语词。㉝保右：即"保佑"。命：命令。㉞燮：协同、协和。㉟会：通"旝"，军旗。㊱矢：陈列。㊲侯：乃、才。兴：兴盛、胜利。㊳临：监临。女：同"汝"，指周武王率领的将士。㊴无：同"勿"。贰：同"二"。㊵檀车：用檀木造的兵车。㊶驷骍（yuán）：四匹赤毛白腹的驾辕骏马。彭彭：强壮有力的样子。㊷师尚父：太师吕望，即姜太公。㊸鹰扬：如雄鹰飞扬，言其奋发勇猛。㊹凉：辅佐。㊺肆：疾。㊻会朝：会合朝天。

【赏析】

《大明》是一首用来在大型宴会上演唱的雅歌。它主要的目的是为当时周朝的大贵族们歌颂自己祖先的功德和功绩。

天下虽然还是归殷商王朝所有，但是皇天伟大、天命难测，殷命将亡、周命将兴，周朝文王的起义并不是因为自己贪恋王权，而是因为殷商失信于天下，纣王一意孤行，辜负了上天，人们对其万念俱灰，使百姓对他失去了信心。在迫于无奈之下，周武王才不得不顺应天意民心兴兵伐纣。可以说，这一节是全诗的总纲。

第二节从文王的父母结婚生子时写起，诗中追述了周文王的父亲王季及母亲任氏，王季受天命、娶太任、生文王；第三节描写文王降生，承受天命，"以受方国"。第四节到第六节描述了文王的为人、德行、婚姻——文王娶太姒、生武王等。文王得"天作之合"，武王受天命而"燮伐大商"，正好与首章遥相照应。

第七节开始描写武王的出生、即位和他陈兵牧野在姜太公的辅佐下克商灭纣，使天下人民得解放。这里最为著名的就是牧野之战，司马迁《史记》所载，说武王率兵车四千乘陈师牧野，纣师虽众皆无战心，纷纷倒戈，武王竟兵不血刃取得了伐纣的胜利。可见武王伐纣是人心所向。全诗描写规模壮阔宏大，内容十分丰富。

《大明》作为一首叙事诗，没有采用平铺直叙的叙事方式，而是采用了既有情势烘托，又有景象渲染的方式来变现诗文的内容。最具代表性的就是文王的两次迎亲和牧野之战。

"牧野洋洋，檀车煌煌，驷骍彭彭"，简单的三句话形成了一个排比，十二个字就把战争威严、紧迫的气势刻画了出来，这样的气势就显得"殷商之旅，其会如林"变得不足为惧了。"维师尚父，时维鹰扬"，这一句就把姜太公的雄武英姿形象地表现了出来。这样的描写让人感到周能灭殷是必然的，是人心所向的。

这首诗主要想要表达的是"天命无常，唯德是辅"的观点。周朝的开国先祖们的德行至高无上，他们是顺应天命、得到天命的人。在周文王的品行和婚配上，整首诗都做了具体生动的描写，就连周文王的母亲太任和武王的母亲太姒的描写也十分细腻，两位女性都是有名的贤德妃子，所以她们才能养育出像文王和武王这样的圣贤君王。

◎棫朴◎

芃芃棫朴^①，薪之槱之^②。济济辟王^③，左右趣之^④。

济济辟王，左右奉璋^⑤。奉璋峨峨^⑥，髦士攸宜^⑦。

淠彼泾舟^⑧，烝徒楫之^⑨。周王于迈^⑩，六师及之^⑪。

倬彼云汉^⑫，为章于天^⑬。周王寿考^⑭，遐不作人^⑮。

追琢其章^⑯，金玉其相^⑰。勉勉我王^⑱，纲纪四方^⑲。

【注释】

①芃（péng）芃：植物茂盛的样子。棫（yù）：白桵。朴：丛生之木。②槱（yǒu）：聚积木柴以备燃烧。③济济：庄敬的样子。辟王：君王。④趣（qū）：趋向，归向。⑤奉：通"捧"。璋：祭祀时盛酒的玉器。⑥峨峨：庄严的样子。⑦髦士：俊士，优秀之士。宜：适合。⑧淠（pì）：船行的样子。泾：泾河。⑨烝徒：众人。楫之：举桨划船。⑩于迈：于征，出征。⑪师：军队，二千五百人为一师。⑫倬（zhuō）：广大。云汉：银河。⑬章：文章，文采。⑭寿考：长寿。⑮遐：通"何"。作人：培育、造就人。⑯追琢：雕琢。⑰相：内质，质地。⑱勉勉：勤勉不已。⑲纲纪：治理，管理。

【赏析】

《棫朴》是一篇赞美周王的诗。全诗共有五节，每节有四句。第一节是一个总述，它讲述了因为周王有德，所以能够众望所归。因为大臣有文、武之分，所以以下面的二、三节又分开进行了描写。

"棫朴"这两个字的意思其实是为了表现灌木十分的茂盛，这样的灌木人们喜欢取用。同样的道理，如果君王贤德，则人民也愿意顺从他，所以棫朴象征的是君王。第二节的"济济辟王，左右奉璋"是承上启下句。

第三节通过"泾舟"起兴。诗人将舟中之人自觉划动船桨这样的行为比喻成六师之众自觉跟随周王出征的行为。

因为诗中并没有明确指出赞美的是哪一位周王，所以这也就成了人们争论的一个焦点。大部分人认为因为诗中有"周王寿考"这一句，而在周朝的历史上周文王传说活了九十七岁，算得上高寿，所以诗中赞美的对象应该就是周文王。又因为本节后两句"周王于迈，六师及之"而认定这首诗是在说文王伐崇。虽然这是人们普遍认同的一个观点，但是诗中毕竟没有明确的说明，所以其实是不需要太过较真这些的。

第四节用"云汉"两字起兴。"云汉"象征的是周王。末句的"遐不作人"则是一句用疑问的形式来表达肯定的句子，也就是说周王是一个能培育人的君王。最后一节可以这样解释：当精雕细刻达到了极致，就有了最美丽的外表，当纯金碧玉达到了极致，也就拥有了最好的质地。同样地，如果周王能够勤勉到极致，那么他就和那雕琢的文采、金玉的质地一样成为天下最好的君王了。

这样的解释虽然很好，但是过分曲折复杂了，所以人们更习惯于将"追琢其章"、"金玉其相"这两句中的"其"看成周王。也就是说，如果纣王能够既有华美的装饰又有优秀的内在，同时勤勉自己，那么他一定能成为一名能治理好四方的优秀君王。

◎旱麓◎

瞻彼旱麓①，榛楛济济②。岂弟君子③，干禄岂弟④。
瑟彼玉瓒⑤，黄流在中⑥。岂弟君子，福禄攸降⑦。
鸢飞戾天⑧，鱼跃于渊。岂弟君子，遐不作人⑨？
清酒既载，骍牡既备⑩，以享以祀，以介景福⑪。
瑟彼柞棫⑫，民所燎矣⑬。岂弟君子，神所劳矣⑭。
莫莫葛藟⑮，施于条枚⑯。岂弟君子，求福不回⑰。

【注释】

①旱麓：旱山山脚。旱，山名，据考证在今陕西省南郑县附近。②榛楛（hù）：两种灌木名。济济：众多的样子。③岂弟（kǎi tì）：即"恺悌"，和乐平易。君子：指周文王。④干：求。⑤瑟：光色鲜明的样子。玉瓒：圭瓒，天子祭祀时用的酒器。⑥黄流：酿秬黍为酒，以郁金草为色，故称黄流，用于祭祀。⑦福禄攸降：福禄来得丰降。⑧鸢（yuān）：鸟名，即老鹰。戾（lì）：到，至。⑨遐：通"胡"，何。作：培养。⑩骍牡：红色的公牛。⑪介：求。景：大。⑫瑟：茂密的样子。⑬燎：焚烧，此指燔柴祭天。⑭劳：慰劳，或释为保佑。⑮莫莫：茂盛的样子。葛藟（lěi）：葛藤。⑯施（yì）：伸展绵延。条枚：树枝和树干。⑰回：奸回，邪僻。

【赏析】

关于《旱麓》的主旨，可以按照今人程俊英在《诗经译注》中的解释"歌颂周文王祭祖得福，知道培养人才的诗"来进行理解。

诗文第一节的前两句首先描述了旱山山脚下树林很茂盛的场面，《毛传》是这样说的："言阴阳和，山薮殖，故君子得以干禄乐易。"这是从君与民两方面来说明的。后两句"岂弟君子，干禄岂弟"，郑玄笺说，它们的意思是君主"以有乐易之德施于民，故其求禄亦得乐易"，也就是说，这些树林才使得君子能够求禄也欢乐。第二节主要描述了君子设祭，求得天降福禄的场面，即开始描写本诗的"祭祖受福"的主题了。"瑟彼玉瓒，黄流在中"这两句，色彩明丽、交相辉映，营造出了一种强烈的视觉效果，展现了白玉和黄酒之间颜色的鲜明对比。

第三节的"鸢飞戾天，鱼跃在渊"给人一种"海阔凭鱼跃，天高任鸟飞"的感觉，表明和乐平易的君

主会培养新人，同时给他们机会，充分发挥他们的才智，让他们可以将祖辈的德业发扬光大。第四节的内容又回到了祭祀现场，"清酒既载"这一句和第二节的"黄流在中"相互衔接，描写了祭祀的"缩酒"仪式。"骍牡既备"则是描写祭祀时宰杀牡牛献飨神灵的"太牢"仪式。这种仪式根据祭品的不同，名称也有所不同，祭品中有牛的称为"太牢"，只有猪、羊则称为"少牢"，那时的牛是很珍贵的祭品，可见这个祭祀的仪式是十分隆重的。

第五节的内容又有所改变，主要描述了祭天之礼。为了完成这个礼仪，人们将明洁鲜亮的柞棫树树枝砍成条，然后堆在祭台上作为柴火，再将玉帛、祭品放在柴堆上进行焚烧，当人们看到缕缕烟气升腾到天空中时，他们相信自己实现了与天上神灵的沟通，相信神灵能够听到他们的愿望，同时会赐福给他们。最后一节内容，诗文把在树枝树干上蔓延不绝、生长茂密的葛藤比喻成了上天永久的赐福，这也就是为什么祭祀者没有选择葛藟根而是选择柞棫当做柴火的原因。

◎思齐◎

思齐大任①，文王之母。思媚周姜②，京室之妇③。大姒嗣徽音④，则百斯男⑤。

惠于宗公⑥，神罔时怨⑦，神罔时恫⑧。刑于寡妻⑨，至于兄弟，以御于家邦⑩。

雝雝在宫⑪，肃肃在庙⑫。不显亦临⑬，无射亦保⑭。

肆戎疾不殄⑮，烈假不瑕⑯。不闻亦式⑰，不谏亦入⑱。

肆成人有德，小子有造⑲。古之人无斁⑳，誉髦斯士㉑。

【注释】

①思：发语词，无义。齐（zhāi）：端庄的样子。大任：即太任，王季之妻，文王之母。②媚：爱慕。周姜：即太姜。古公亶父之妻，王季之母，文王之祖母。③京室：王室。④大姒：即太姒，文王之妻。嗣：继承。徽音：美誉。⑤百斯男：众多男儿。⑥惠：孝敬，顺从。宗公：宗庙里的先公，即祖先。⑦神：此处指祖先之神。罔：无。⑧恫（tōng）：哀痛。⑨刑：同"型"，典型，典范。寡妻：嫡妻。⑩御：治理。⑪雝（yōng）雝：和洽的样子。肃肃：恭敬的样子。⑫庙：宗庙。⑬不显：不明，幽隐之处。临：临视。⑭无射亦保：无射才的人也保用。⑮肆：所以。戎疾：大病。殄：残害，灭绝。⑯烈：光。假：大。瑕：过。⑰式：采纳。⑱入：接受，采纳。⑲小子：年轻人。造：造就，培育。⑳古之人：指文王。无斁（yì）：无厌，无倦。㉑誉：赞誉。髦：俊，优秀。

【赏析】

《思齐》是一首在大型宴会上唱的雅歌，《毛诗序》中解释说："文王所以圣也。"欧阳修在《诗本义》中也说："文王所以圣者，世有贤妃之助。"所以他们认为本诗的主旨是赞美"文王所以圣"，也就是赞美周室三母。但综观整首诗，会发现只有第一节提到了周室三母，其余四节完全没有提到，本诗赞美的对象其实还是文王，是"文王之圣"，而不"文王之所以圣"。

本诗第一节的六句诗，是在赞美三位女性，也就是"周室三母"，她们分别是文王的祖母周姜（太姜）、文王的生母大任（太任）和文王的妻子大姒（太姒）。诗文中叙述顺序没有按照世系来进行，而是先说了文王的母亲，再说文王的祖母，最后说妻子。关于这样叙述的原因，孙矿是这样分析的："本重在太姒，却从太任发端，又逆推上及太姜，然后以'嗣徽音'实之，极有波折。若顺下，便味短。"虽然这一节的重点不一定是太姒，但他评价中的"极有波折"却十分贴切。这一节作为全诗的引子，

赞美周室三母，说明文王的贤德和圣明是来源于他的祖先。

文王是一个孝敬祖先的人，所以神明对他没有怨恨，愿意保佑他。文王在妻子面前以身作则，他的高尚德行感动着妻子，使她也变得和文王一样具有道德；文王同时也在兄弟之间作出表率，他的兄弟也被他的德行感化；最后，文王的高尚道德一直推广到了家族和国家中。这三句话和我们熟悉的"修身、齐家、治国、平天下"有相同意味。

第三节诗人开始叙述文王的修身，前两句是承接上节，后三句说明文王在家庭和宗庙中处处以身作则，影响着亲族。第三节的后两句"不显亦临，无射亦保"则起到进一步深化主题的作用。对"不显亦临"这一句，《诗集传》是这样解释的："不显，幽隐之处也……（文王）虽居幽隐，亦常若有临之者。"这与后世儒家所提倡的"慎独"意思相近：文王即使一个人独处时，也克己复礼，小心谨慎，从不放纵自己，这就是心中有神明。

最后两节主要说的是文王治国。第四节的前两句"肆戎疾不殄，烈假不瑕"，是说文王是一个好善修德的人，使得天下太平，国家没有内忧外患。

第五节主要是讲文王勤于培养人才。这一节描述文王的贤德圣明已经在全国起作用了。

◎皇矣◎

皇矣上帝①，临下有赫②。监观四方，求民之莫③。维此二国④，其政不获⑤。维彼四国⑥，爰究爰度⑦。上帝耆之⑧，憎其式廓⑨。乃眷西顾⑩，此维与宅⑪。

作之屏之⑫，其菑其翳⑬。修之平之⑭，其灌其栵⑮。启之辟之⑯，其柽其椐⑰。攘之剔之⑱，其檿其柘⑲。帝迁明德⑳，串夷载路㉑。天立厥配㉒，受命既固㉓。

帝省其山㉔，柞棫斯拔㉕，松柏斯兑㉖。帝作邦作对㉗，自大伯王季㉘。维此王季，因心则友㉙。则友其兄㉚，则笃其庆㉛，载锡之光㉜。受禄无丧，奄有四方㉝。

维此王季，帝度其心，貊其德音㉞。其德克明，克明克类㉟，克长克君㊱。王此大邦㊲，克顺克比㊳。比于文王㊴，其德靡悔㊵。既受帝祉，施于孙子㊶。

帝谓文王："无然畔援㊷，无然歆羡㊸，诞先登于岸㊹。"密人不恭㊺，敢距大邦，侵阮徂共㊻。王赫斯怒㊼，爰整其旅㊽，以按徂旅㊾，以笃于周祜㊿，以对于天下(51)。

依其在京(52)，侵自阮疆。陟我高冈(53)："无矢我陵(54)，我陵我阿(55)，无饮我泉，我泉我池。"度其鲜原(56)，居岐之阳(57)，在渭之将(58)。万邦之方(59)，下民之王。

帝谓文王："予怀明德，不大声以色(60)，不长夏以革(61)。不识不知，顺帝之则(62)。"帝谓文王："询尔仇方(63)，同尔兄弟(64)。以尔钩援(65)，与尔临冲(66)，以伐崇墉(67)。"

临冲闲闲(68)，崇墉言言(69)，执讯连连(70)，攸馘安安(71)。是类是祃(72)，是致是附(73)，四方以无侮。临冲茀茀(74)，崇墉仡仡(75)，是伐是肆(76)，是绝是忽(77)，四方以无拂(78)。

【注释】

①皇：伟大、辉煌。②临：监视、监察。下：人间。赫：显著。③莫：通"瘼"，灾祸、疾苦。④二国：指夏、殷。⑤政：政令。不获：即不得民心。⑥四国：天下四方之国。⑦爰：于是，就。究：研究。度（duó）：思量、图谋。⑧耆（qí）：憎恶。⑨式：语助词。廓：大。⑩眷：思慕、宠爱。西顾：回头向西看。⑪此：指岐周之地。宅：安居、居住。⑫作：通"斫"，砍伐树木。屏（bǐng）：摒弃。⑬菑（zī）：指直立而死的树木。翳：指倒下的枯树。⑭修：修剪。平：铲平。⑮灌：丛生的树木。栵（lì）：被砍掉之后再次复生的枝杈。⑯启：开辟。辟：开辟。⑰柽（chēng）：木名，即河柳。椐（jū）：木名，俗名灵寿木。⑱攘：排除。剔：剔除。⑲檿（yǎn）：木名，俗名山桑。柘（zhè）：木名，俗名黄桑。⑳帝：上帝。明德：明德之人。㉑串夷：混夷，为西戎的一种。载：则。路：贫瘠。㉒厥：其。配：配偶。㉓既：而。固：坚固、稳固。㉔省（xǐng）：察看。山：指岐山。㉕柞（zuò）、棫（yù）：两种树名。斯：乃。拔：拔除。㉖兑（duì）：直立。㉗作：兴建。邦：国。作对：作配，指立君。㉘大伯：即太伯，太王长子。王季：即太王三子季历，太王死后即王位，称为王季。㉙因心：此处指王季依顺太王之心。友：友爱兄弟。㉚友其兄：友爱他兄长。㉛笃：厚待。庆：吉庆，福庆。㉜载：则。锡：同"赐"。光：荣光。㉝奄：全，广。㉞貊（mò）：静。㉟克：能。明：明察是非。类：分辨善恶。㊱长：族长。君：国君。㊲王（wàng）：称王。㊳顺：使民顺从。比：使民依附。㊴比于：及至。㊵靡悔：没有悔恨。㊶施（yì）：延续。㊷无然畔援：不要跋扈。㊸歆羡：犹言"觊觎"，非分的妄想。㊹诞：发语词。先登于岸：以渡河先登上岸，喻占据有利形势。㊺密：古国名。㊻阮（ruǎn）：当时的周之属国，在今甘肃泾川一带。徂：往，至。共（gōng）：周之属国，在今甘肃泾川北。㊼赫：勃然大怒的样子。斯：而。㊽旅：军队。㊾按：遏止。徂旅：前来侵犯阮国、共国的密国军队。㊿笃：巩固。祜（hù）：福。(51)对：安定。(52)依：凭借。京：周京。(53)陟：登。(54)矢：陈设。此处指陈兵。(55)阿：山冈。(56)鲜（xiǎn）原：与大山不相连的，小山。(57)阳：山的南边。(58)将：旁边。(59)方：准则，榜样。(60)大：注重、看重。以：与。(61)长：挟，依仗。夏：夏楚，刑具，木棍。革：鞭革，指皮鞭。(62)顺：顺应。则：法则。(63)仇方：盟国。(64)兄弟：指兄弟国。(65)钩援：古代攻城的兵器。(66)临、冲：两种军车名。临车用以居高临下地攻城，冲车则从墙下直冲城墙。(67)崇：古国名，在今陕西户县一带。墉：城墙。(68)闲闲：整齐的样子。(69)言言：高大的样子。(70)讯：西周时对俘虏的称呼。连连：接连不断的状态。(71)馘（guó）：将士将所杀

之敌的左耳割下来。安安：安闲从容的样子。⑫类：出征时祭祀天神以求胜利。祃（mà）：师祭，到所征之地举行的祭祀。⑬致：送还。附：安抚。⑭茀（fú）茀：强盛的样子。⑮仡（yì）仡：高耸的样子。⑯肆：杀戮。⑰忽：灭绝。⑱拂：违抗。

【赏析】

《皇矣》其主旨是歌颂文王的功业和德行。但此诗开篇却从周部族第十三代古公亶父，即周太王写起，在广阔的时间跨度里浓缩了周部族的发展史和周王朝的创建史，重点塑造了太王、王季、文王等人物形象，详细描述了太王开荒、文王征伐密、崇两国的恢宏场面。

从"皇矣上帝"到"此维与宅"，写太王接受天命，率领部族迁往岐山。"维此二国，其政不获"一句，直言殷商统治的残暴和不得民心，彰显出周朝立国的正义性和天命所归的合理性。

史料记载，太王因不堪忍受混夷（西戎的一种）的侵扰，决定率部迁岐，并在那里开荒种地，修造城郭。而此章写"上帝"对周王寄予殷切希望，因此"西顾"之后，便将岐山赐予了他，这显然是周代"尊天"思想的体现。诗中不断提及"上帝"，通过赞美天的英明伟大，以及天对君王的眷顾，来颂扬太王的神武和睿智。在此，对天的崇拜与对君王的歌颂是一体的。

接下来，写太王带领部族开荒的场面，诗中一口气用了"作之屏之"、"修之平之"、"启之辟之"、"攘之剔之"四组排比句式，将热火朝天的劳动场面描摹得十分生动。八个动词的精准性运用，体现出开垦荒地的艰难；其一以贯之的气势，则满溢着创业的激情。"帝迁明德，串夷载路。天立厥配，受命既固"几句，紧接四组排比句之后，叙述了太王创业之后的结果：他率领族人打败了混夷部落，得到了天赐良机，得以立国。

太王生有三子：太伯，虞仲，季历。最小的儿子季历即后来继位的王季。因太王宠爱季历，太伯和虞仲为顺从父意，便将王位让于季历。为了让位，两人还特意离开周地，前往南方另建他国。因此诗中有"因心则友"的说法。但此句从"维此王季"的角度说来，便显得别有深意。就事实而言，太伯、虞仲让位于弟弟，其对兄弟的友爱之情是显而易见的，诗中不写太伯"友其弟"，而只写王季"友其兄"，这种虚笔描写太伯德行的手法，能促使读者对事情根由进行推导，比起直书其事，更显曲折回味之妙。

太王的后代顺父心、友兄弟的品德和行动是符合天意的，因此周王和他的部族才能"载锡之光。受禄无丧，奄有四方"，获得无限荣光和福禄，并拥有天下四方。下一章以"维此王季"开篇，以"帝度其心，貊其德音"一句，写王季继位后威名远播的情形。"其德克明，克明克类，克长克君。王此大邦，克顺克比"，具体歌颂他端正的品德、睿智英明的领导力以及威仪堂堂，使万民归心的王者之气。

这种为王的能力和品格，到了文王时代仍未改变。"比于文王"一句，使整首诗自然地过渡到对文王的颂扬上。第五章写密国入侵，

文王在"诞先登于岸"的教导之下,毫不犹豫地"爰整其旅,以按徂旅",整军剿灭密国军队,这里赞扬了文王的果敢和英勇。这是一场反抗外族侵犯、保家卫国的战争,因此文王带领的军队是"笃于周祜",即增长周国洪福的正义之师。

"无矢我陵,我陵我阿,无饮我泉,我泉我池。"这一段描写出了文王对密国军队的严正警告,掷地有声,连用六个"我"字,表现出一种强烈的爱国爱民的情感。在对抗入侵者时,文王毫无退却之心,他"居岐之阳,在渭之将",坚定地与密军对峙。同时,再次依照"上帝"的旨意:"不大声以色,不长夏以革",不争一时之势,也不一味硬拼,而是"询尔仇方,同尔兄弟",联合周边盟国和同姓之邦,"以尔钩援,与尔临冲,以伐崇墉",用攻城的兵器和车子来攻破崇国城墙。

这首诗在结构上非常严谨,写完"以伐崇墉"一句后,立刻详写文王军队攻城的盛大战争场面。崇国的城墙虽高大坚固("言言"、"仡仡"),也抵挡不住"闲闲"、"茀茀"的临车和冲车,以及周军的凛凛士气。最终诗以"四方以无侮"、"四方以无拂"作结,也为这场正义之战画上圆满句号。

◎文王有声◎

文王有声,遹骏有声①,遹求厥宁,遹观厥成。文王烝哉②!

文王受命,有此武功;既伐于崇③,作邑于丰④。文王烝哉!

筑城伊淢⑤,作丰伊匹。匪棘其欲⑥,遹追来孝。王后烝哉⑦!

王公伊濯⑧,维丰之垣。四方攸同,王后维翰⑨。王后烝哉!

丰水东注,维禹之绩。四方攸同,皇王维辟⑩。皇王烝哉!

镐京辟雍⑪,自西自东,自南自北,无思不服⑫。皇王烝哉!

考卜维王,宅是镐京⑬。维龟正之,武王成之。武王烝哉!

丰水有芑⑭,武王岂不仕⑮!诒厥孙谋⑯,以燕翼子。武王烝哉!

【注释】

①遹(yù):语气助词。②烝(zhēng):君道。③崇:古崇国。④丰:故地在今陕西西安沣水西岸。⑤淢(xù):即护城河。⑥棘:此处为"急"义。⑦王后:第三、四章之"王后"同指周文王。⑧公:同"功"。濯:本义是洗涤,此处指"光大"义。⑨翰:主干。⑩辟:君。⑪镐:周武王建立的西周国都,故地在今陕西西安沣水以东的昆明池北岸。辟雍(bì yōng):西周王朝所建天子行礼奏乐的离宫。⑫无思不服:无不服。⑬宅:用作动词,定居。⑭芑(qǐ):芑草。⑮仕:指建功立业。⑯诒厥:传授。

【赏析】

《文王有声》是一首在大型宴会上唱的雅歌。它主要描述了周文王伐崇城之后在丰邑建都,周武王伐商之后在镐地建都,这两次周国历史上的建都大事。

文王和武王都有一个"孝"的好名声。那么也许有人会感到奇怪,既然是以"孝"为名的君王为什么会做这种迁都的事情呢,这不是没有守住祖辈的产业吗?

其实文王和武王在取得一定功绩之后选择迁都,正表达了他们的"孝"。在周族发展壮大的漫长历程中,他们经历了很多的艰辛,首先后稷被封于有邰,至十代的孙公刘迁到豳,古公亶父又从豳地迁到岐山,周文王又从岐山迁到丰邑。周人多次迁移的原因固然有西北边境的戎、狄人的侵犯,更多

的是为了让他们的农业种植能够更好地发展起来，这样他们才能得到更多的粮食，养活更多的人民。当周族的人群不断扩大之后，他们的耕地面积就会变得越来越少，于是为了生存、为了获取更多的土地他们不得不经常迁移。后来更是因为和殷商王朝结下仇怨，他们更迫切地需要扩大土地、强大自己，所以，文王和武王才会选择迁移。这样的迁移是周氏强大自己的理念，也是周族统治者历来的主张。

这首诗在艺术表现上非常有特色，它按照时间的先后顺序进行了谋篇布局。全诗共八章，前四章写周文王迁丰，后四章写周武王营建镐。先写周文王后写周武王，因为他们是父子，所以一前一后的描写也不容易混淆。同时，本诗开篇的第一句就点出了周武王的功业是由其父周文王奠定的。

在写文王和武王时，虽然写的都是迁都的事情，但是却完全没有重复，文王迁丰、武王迁镐，在两者的描写上各有侧重。方玉润是这样评价的："言文王者，偏曰伐崇'武功'，言武王者，偏曰'镐京辟雍'，武中寓文，文中有武。不独两圣兼资之妙，抑亦文章幻化之奇，则更变中之变矣！"

诗人写周文王迁都于丰时，用了"既伐于崇，作邑于丰"、"筑城伊淢，作丰伊匹"、"王公伊濯，维丰之垣"等诗句，在叙事中抒情。写周武王迁镐京时，用了"丰水东注，维禹之绩"、"镐京辟雍，自西自东，自南自北，无思不服"、"考卜维王，宅是镐京。维龟正之，武王成之"等诗句，同样是在叙事中抒情。本诗的比兴手法运用得十分巧妙，有很强的感染力。

"王公伊濯，维丰之垣。四方攸同，王后维翰"是以丰邑城垣的坚固来指代周文王的屏障的牢固。"丰水有芑，武王岂不仕"是用丰水岸芑草的繁茂景象来指代周武王是一个能培植人才、使用人才的君王。

最后一章"丰水有芑，武王岂不仕！诒厥孙谋，以燕翼子"点明了周武王完成灭殷的统一大业之后，西周王朝刚刚建立，百废待兴，周武王的子孙面临如何巩固基业的问题，起到了画龙点睛的作用。

◎生民◎

厥初生民①，时维姜嫄②，生民如何？克禋克祀③，以弗无子④。履帝武敏歆⑤，攸介攸止⑥，载震载夙⑦，载生载育，时维后稷。

诞弥厥月⑧，先生如达⑨。不坼不副⑩，无菑无害⑪。以赫厥灵，上帝不宁⑫。不康禋祀⑬，居然生子。

诞寘之隘巷⑭，牛羊腓字之⑮。诞寘之平林⑯，会伐平林⑰。诞寘之寒冰，鸟覆翼之⑱。鸟乃去矣，后稷呱矣⑲。实覃实讦⑳，厥声载路㉑。

诞实匍匐㉒，克岐克嶷㉓，以就口食㉔。蓺之荏菽㉕，荏菽旆旆㉖，禾役穟穟㉗，麻麦幪幪㉘，瓜瓞唪唪㉙。

诞后稷之穑㉚，有相之道㉛。茀厥丰草㉜，种之黄茂㉝。实方实苞㉞，实种实褎㉟，实发实秀㊱，实坚实好㊲，实颖实栗㊳。即有邰家室㊴。

诞降嘉种㊵，维秬维秠㊶，维穈维芑㊷。恒之秬秠㊸，是获是亩㊹；恒之穈芑，是任是负㊺。以归肇祀㊻。

诞我祀如何？或舂或揄㊼，或簸或蹂㊽；释之叟叟㊾，烝之浮浮㊿；载谋载惟⑤，取萧祭脂⑤，取羝以軷⑤；载燔载烈⑤，以兴嗣岁⑤。

卬盛于豆⑤，于豆于登⑤。其香始升，上帝居歆⑤。胡臭亶时⑤。后稷肇祀，庶无罪悔，以迄于今。

【注释】

①初：其初。②姜嫄（yuán）：传说中有邰氏之女，周始祖后稷之母。③禋（yīn）：祭天的一种礼仪，先烧柴升烟，再加牲体及玉帛于柴上焚烧。④弗：除灾求福。⑤履：践踏。帝：上帝。武：足迹。敏歆：很欢欣。⑥攸介攸止：肚子大了怀孕了。⑦载震载夙（sù）：或震或夙，指十月怀胎。⑧诞：到了。弥：满。⑨先生：头生，第一胎。达：顺当。⑩坼（chè）：裂开。副：（胎盘）破裂。⑪菑（zāi）：同"灾"。⑫宁：安宁。⑬康：安，宁。⑭寘（zhì）：置。⑮腓（féi）：庇护。字：哺育，爱护。⑯平林：森林。⑰会：恰好遇上。⑱鸟覆翼之：大鸟张翼覆盖他。⑲呱：小儿哭声。⑳覃（tán）：长。讦（xū）：大。㉑载：充满。㉒匍匐：伏地爬行。㉓岐：知意。嶷：识。㉔就：趋往。㉕蓺（yì）：同"艺"，种植。荏菽：大豆。㉖旆（pèi）旆：长大。㉗禾役：禾之行列。穟（suì）穟：禾穗丰硬下垂的样子。㉘幪（měng）幪：茂密的样子。㉙瓞（dié）：小瓜。唪（běng）唪：果实累累的样子。㉚穑：耕种。㉛有相之道：有相地之宜的能力。㉜茀：拔除。㉝种之黄茂：种的植物黄又好。㉞方：萌芽始出地面。苞：含苞。㉟褎（yòu）：禾苗渐渐长高。㊱发：发茎。秀：秀穗。㊲坚：谷粒灌浆饱满。㊳颖：禾穗末梢下垂。栗：结实。㊴邰：姜嫄氏娘家的国名，在今陕西武功县。㊵降：赐。㊶秬（jù）：黑黍。秠（pī）：黍的一种。㊷穈（mén）：赤苗，红米。芑（qǐ）：白苗，白米。㊸恒：遍种。㊹亩：按亩来计算产量。㊺任：挑起，抱起。负：背起。㊻肇：开始。祀：祭祀。㊼揄（yóu）：舀，从臼中取出舂好之米。㊽簸：扬米去糠。蹂：以手搓余剩的谷皮。㊾释：淘米。叟叟：淘米的声音。㊿烝：同"蒸"。浮浮：热气

上升的样子。(51)惟：计谋。(52)萧：香蒿。脂：牛油。(53)羝(dī)：公羊。軷：古代出行前祭祀路神。(54)燔：将肉放在火里烧炙。烈：将肉贯穿起来架在火上烤。(55)嗣岁：来年。(56)卬：通“昂”，我。豆：古代一种高脚容器。(57)登：瓦制容器。(58)居歆：指前来享受。(59)臭：香气。亶：诚然，确实。时：善，好。

【赏析】

这是一首周人叙述其族始祖后稷事迹的祭祀长诗，是在大型宴会上唱的雅歌。它带有非常浓重的传说色彩。

后稷是周人的英雄，传说他是少女姜嫄踩到神的足迹之后怀孕生下来的。他刚刚出生时人们因为他是姜嫄无婚而孕的，都认为他是一个不祥的人，于是后稷被丢在了窄巷里。但是因为后稷是神的孩子，所以他受到了神的庇护，活下来的稷慢慢长大了。这时他还担任夏朝的农官。后稷一生致力于推广农业栽培种植，因为这时的游牧民族有许多都变成农业定居的民族，因此后稷就受到了人们的崇拜。

《生民》按照十字句一节和八字句一节的方式前后交替构成，除首尾两节外，每节都用“诞”字领起，是一篇格式严谨的歌。

“履帝武敏歆”这一句有很多的争议，《毛传》中说：“后稷之母（姜嫄）配高辛氏帝（帝喾）焉。……古者必立郊禖焉，玄鸟至之日，以大牢祠于郊禖，天子亲往，后妃率九嫔御，乃礼天子所御，带以弓韣，授以弓矢于郊禖之前。”这里把这句话当做古代帝王求子的祭祀仪式了，也就是说姜嫄在高辛氏之帝的率领下向生殖之神求子，姜嫄跟随着高辛氏踏着他的足印前进，然后便怀孕了。现代学者闻一多在分析这个问题时，说得比较直白，他在《姜嫄履大人迹考》中说“只是耕时与人野合而有身，后人讳言野合，则曰履人之迹，更欲神异其事，乃曰履帝迹耳。”也就是等于采纳了《毛传》的说法。结合当时的情况，闻一多的见解是比较合理的。

后稷的名字叫做弃，根据《史记·周本纪》的解释，这个名字的来历就是因为他多次被抛弃。二、三两节对于他三次遭弃又三次获救的经历进行了十分细致的描述。后稷第一次被抛弃，是被扔在了一条小巷里，牛羊用乳汁喂养他，才使他保全了性命。后稷第二次被抛弃，是被扔进了一个大树林里，但是他幸运地被来砍柴的樵夫救了。后稷第三次被抛弃，是被扔到了寒冰之上，奇特的是一只大鸟用自己的羽翼覆盖，给了他温暖。经历了这些的婴儿哇哇大哭，声音十分洪亮有力，这些都预示着他将会创造出辉煌的事业。

后稷在农业种植方面有天赋。从小他就展现出了这样的才能，经他之手种植的农作物产量高、质量好，因为这些功劳，他受封于邰。四至六节生动形象地描绘出了农作物生长的全过程。这几节的修辞手法十分多样，使得诗句如行云流水般流畅、优美，其中运用了叠字、排比等手法，有极强的表现力。诗的最后两节主要是描写后稷创立祀典，为了祈求来年能够丰收,承接了第六节的最后一句"以归肇祀",这样的结尾使全歌的结构变得十分宏伟,且层次井然,具有极高的史料价值和艺术价值。

可以说,农业对于推动人类的发展有着十分重要的作用,它使人们由游牧转变成定居,农业生产的进步,使得人类文明也有了明显的发展。

◎既醉◎

既醉以酒,既饱以德。君子万年,介尔景福①。

既醉以酒,尔肴既将②。君子万年,介尔昭明③。

昭明有融④,高朗令终⑤。令终有俶⑥,公尸嘉告⑦。

其告维何?笾豆静嘉⑧。朋友攸摄⑨,摄以威仪。

威仪孔时⑩,君子有孝子。孝子不匮⑪,永锡尔类⑫。

其类维何?室家之壸⑬。君子万年,永锡祚胤⑭。

其胤维何?天被尔禄⑮。君子万年,景命有仆⑯。

其仆维何?釐尔女士⑰。釐尔女士,从以孙子⑱。

【注释】

①介尔景福:上天赐你大福。②将:精美。③昭明:光明。④有融:融融,盛长的样子。⑤令终:好的结果。⑥俶(chù):始。⑦公尸:古代祭祀时以人装扮成祖先接受祭祀,这人就称"尸",祖先为君主诸侯,则称"公尸"。嘉告:好话,指祭祀时祝官代表尸为主祭者致嘏辞(赐福之辞)。⑧笾(biān)

豆：两种古代食器、礼器。静嘉：洁美又得宜。⑨攸摄：所助，所辅。⑩孔时：很适时。⑪匮（kuì）：穷乏。⑫锡：同"赐"。类：法子，法程。⑬壸（kǔn）：宫中之道，引申为广。⑭祚（zuò）：福。胤（yìn）：后嗣。⑮被：加，给。⑯景命：大命，天命。仆：附。⑰釐（lí）：赐。⑱从以：随之以。

【赏析】

《既醉》这首诗共分八节，每节有四句，格式整洁，具有韵律感。《既醉》开篇的第一个字就是"既"字，方玉润在《诗经原始》中这样评价这样的开篇方式："起得飘忽。"开篇显得十分的优雅。"既醉以酒"，神主已经充分享受了祭品；"既饱以德"，神主已经充分感受到了主祭者周王的诚心。同时，这两句为后面的祝官代表神主致辞祝福作了铺垫——因为他享受了主祭者为他准备的美酒佳肴，对此他深表感激，同时神主代表神赐给献祭人福泽，也就成了顺理成章的事情了。

诗的内容可以分为两个部分，第一部分主要是描写诸侯们在饱餐了美食之后对周天子给予他们的恩惠表示感谢，他们祝愿周天子能够长寿、聪慧、福禄。

第二部分则是"公尸"的祝祷。对古人来说"公尸"就是神灵与祖先的化身，诸侯们通过称颂"公尸"来表达对神灵的崇敬之情。他们赞叹天子祭祀时彬彬有礼，颂扬天子是难得的孝子，因为天子有丰厚的德行，所以他的孩子们将来也一定会十分孝顺他，周王室必将世代繁荣昌盛，道德高尚的君主必然会得到上天的赐福。

这首诗开始于祝颂，最后又用祝颂的方式结束，前后呼应，充满了欢乐与喜庆的氛围，反映出了周王朝的贵族们对于福寿生活的追求和向往。诗文的前两节，主要讲述神主享受了酒食祭品之后的心满意足，和他对主祭者礼数周到的感激，神主预祝主祭者永远都能够获得神所赐的幸福光明，能够健康长寿。

第三节是一个承上启下的小节，起到了过渡作用。"令终有俶，公尸嘉告"，是神主对"公尸"的祝福。

后五节的内容中除了第三节是在答谢献祭人隆重的礼节，其余几节都是在说祝福的具体内容。所以这些诗句都是围绕着"德"、"福"这两个字来描写的。这正如方玉润在《诗经原始》中说："首二章福德双题，三章单承德字，四章以下皆言福，盖借嘏词以传神意耳。然非有是德何以膺是福？"

《既醉》说明了这样一个道理：要爱护自己的双亲和其他亲人，尊重自己的双亲和其他亲人，每个人都要心有善念，行善事。君主更需如此，要关爱天下苍生，实行仁政，只有这样才能国泰民安，保证江山永固、天下太平。同时，君主要以身作则，给百姓们作出好的示范，影响黎民百姓的行为和想法从而实现天下大同。

◎凫鹥◎

凫鹥在泾①，公尸在燕来宁②。尔酒既清，尔肴既馨。公尸燕饮，福禄来成。
凫鹥在沙，公尸来燕来宜③。尔酒既多，尔肴既嘉。公尸燕饮，福禄来为④。
凫鹥在渚⑤，公尸来燕来处⑥。尔酒既湑⑦，尔肴既脯⑧。公尸燕饮，福禄来下。
凫鹥在潨⑨，公尸来燕来宗⑩。既燕于宗⑪，福禄攸降。公尸燕饮，福禄来崇⑫。
凫鹥在亹⑬，公尸来止熏熏⑭。旨酒欣欣⑮，燔炙芬芬。公尸燕饮，无有后艰。

【注释】

①凫（fú）：野鸭。鹥（yī）：鸥鸟。泾：泾水。②燕：宴。③宜：相宜。④为：相助。⑤渚（zhǔ）：河流

湖泊中的沙洲。⑥处：安处。⑦湑：过滤。⑧脯：干肉。⑨潀（zhōng）：水流会合之处。⑩宗：尊敬。⑪宗：宗庙，祭祀祖先的庙。⑫崇：增加。⑬亹（mén）：对峙如门的山峡口。⑭熏熏：同"醺醺"，香味四传。⑮旨：甘美。

【赏析】

周代的贵族们祭祀十分讲究，一般仪式都要分作两天来进行：第一天是正祭，也就是享祀神灵；制来分析，就是在祭祀神灵以后在宴会中扮演神灵的人，也可以说他们就是祭祀的主持人。

《凫鹥》有一种和乐融融的氛围，"公尸"尽心尽力地为了祈福和祈求神灵降福而努力，而主人们则用清酒馨肴来作为回报。全诗共分五节，每节都有六句，每节的第二句都为六言，其余的句子都是四言句。这样的格式结构就像音乐中的装饰变奏曲一样，将一个结构完整的主题按照一定的规律进行变奏，但是同时又保持主题的完整，这样的诗句具有优美的旋律，适合吟唱。

诗人描述了这样的场景：野鸭和沙鸥们愉快地在泾水边嬉戏觅食，"公尸"为了接受宾尸之礼而来到了宗庙，他就像那野鸭和沙鸥一样，在这里感到自得其所，恬适愉悦。主人将清醇甘甜的酒和香酥鲜美的食物献给了"公尸"，而"公尸"也帮助献祭的人们和受祭的神灵之间进行沟通，同时祈求神灵将福禄赐给人们的愿望。

"尔酒既清"、"尔酒既多"、"尔酒既湑"、"旨酒欣欣"都是在描写酒的美，其中用了"清"、"多"、"湑"、"欣欣"这些词来表现，第四句"尔肴既馨"、"尔肴既嘉"、"尔肴既脯"、"燔炙芬芬"是在写菜肴的美，其中用了"馨"、"嘉"、"芬芬"这些词来表现。这些关于酒和菜的描写从不同角度强化了这次祭祀的祭品品质十分优良，由此表达出主人宴请的虔诚。因此，"公尸"感到特别高兴，这从诗中反复渲染的公尸"来燕来宁"、"来燕来宜"、"来燕来处"、"来燕来宗"、"来止熏熏"，就可以看出了。诗中反复强调"福禄来成"、"福禄来为"、"福禄来下"、"福禄攸降"、"福禄来崇"的原因正是因为"公尸"感到高兴，因为他们相信"公尸"感到高兴的话，神灵就会不断降福给他们。

最后要注意的是，诗的末句"无有后艰"提出了预防灾害祸殃的问题，也许有人觉得在祝词中出现这样的句子不太恰当，但正因为这句话，使得这首诗的意境得以提高。《毛诗序》中是这样说的："大平之君子能持盈守成，神祇祖考安乐之也。"也就是说，这句话是告诫祭祀者要懂得居安思危，不能放松警惕。在这首全篇都是欢宴福禄的诗中，以"无有后艰"为结尾，充分体现了古人的认真谨慎和警戒。因为有了这种戒惧的意识，他们才能在欢歌笑语中时刻记得可能出现的隐患，并制订应对方案。

◎公刘◎

笃公刘①，匪居匪康②。迺场迺疆③，迺积迺仓④；迺裹餱粮⑤。于橐于囊⑥，思辑用光⑦。弓矢斯张⑧，干戈戚扬⑨，爰方启行。

笃公刘，于胥斯原⑩。既庶既繁⑪，既顺迺宣⑫，而无永叹。陟则在巘⑬，复降在原。何以舟之⑭？维玉及瑶，鞞琫容刀⑮。

笃公刘，逝彼百泉⑯，瞻彼溥原⑰；迺陟南冈，乃觏于京⑱。京师之野⑲，于时处处⑳，于时庐旅㉑，于时言言，于时语语。

笃公刘，于京斯依，跄跄济济㉒，俾筵俾几㉓。既登乃依，乃造其曹㉔，执豕于

牢⑤，酌之用匏⑥。食之饮之，君之宗之⑦。

笃公刘，既溥既长，既景迺冈⑧，相其阴阳⑨，观其流泉；其君三单⑩；度其隰原⑪，彻田为粮⑫，度其夕阳⑬，豳居允荒⑭。

笃公刘，于豳斯馆。涉渭为乱⑮，取厉取锻⑯。止基乃理⑰，爰众爰有⑱。夹其皇涧⑲，溯其过涧⑳。止旅迺密㉑，芮鞫之即㉒。

【注释】

①笃：诚实、忠厚。②匪：不。居：安。康：宁。③迺：于是。场（yì）：田界。④积：露天堆粮之处。仓：仓库。⑤餱粮：干粮。⑥于橐（tuó）于囊：指装入口袋。小曰橐，大曰囊。⑦思辑：和睦团结。用光：以为荣光。⑧斯：发语词。张：张罗、准备。⑨干：盾牌。戚：斧。扬：大斧。⑩胥：视察。斯原：这里的原野。⑪庶、繁：人口众多。⑫顺：民心归顺。宣：舒畅。⑬陟：攀登。巘（yǎn）：小山。⑭舟：佩带。⑮鞞（bǐng）：刀鞘。琫（běng）：刀鞘口上的装饰物。⑯逝：往。⑰溥（pǔ）：广阔。⑱觏（gòu）：察看。京：京丘。⑲京师：众人居住之高山，后世将国都称作“京师”。⑳于时：于是。处处：居住。㉑庐旅：即“旅旅”，寄居。此处指宫室馆舍。㉒跄跄：形容走路有节奏。济济：从容端庄。㉓俾：使。筵：铺在地上坐的席子。几：放在席子上的小桌。㉔造：通“祰”，指告祭。曹：通“褿”，祭猪神。㉕牢：猪圈。㉖酌之：指斟酒。匏（páo）：葫芦，此处指剖成的瓢。㉗君之：当君长。宗之：当族长。㉘景：通“影”，根据日影来丈量。冈：山冈。㉙相：视察。阴阳，指山之南北。南曰阳，北曰阴。㉚三单（shàn）：轮流值班。㉛度：测量。隰（xí）原：低平之地。㉜彻：开发，治理。㉝夕阳：山的西面。㉞允荒：确实广大。㉟渭：渭水。乱：横渡。㊱厉：通“砺”，磨刀石。锻：打铁，此处指打铁用的石锤。㊲止：居。基：定。乃理：治理田野。㊳爰众爰有：人多且富有。㊴皇涧：豳地水名。㊵过涧：水名。㊶止旅迺密：指前来定居的人口日渐稠密。㊷芮（ruì）：水涯。鞫：水曲。

【赏析】

周人原本是游牧民族，从后稷开始，在邰地以农立国。后稷的儿子后来离开邰，逃至戎狄等部落，直到第四代首领公刘归来，邰地的农业生产才得以恢复。公刘的"公"是爵号，"刘"是名字，后人多以两者合称。

公刘是一位颇具前瞻性眼光的部落之长，他不满于当前的领地，为了谋求更好的发展而率族迁往豳地。这首诗便是通过对公刘迁豳的历史壮举的描写，颂扬了公刘的才识和胆略，以及受万民拥戴的光辉形象。诗的每一章都以"笃公刘"起句，"笃"是忠厚之意，亦有厚待民众之意，这一句赞语体现了后人对公刘的景仰之情。

诗的开篇"笃公刘，匪居匪康"，写公刘决心迁徙的原因，同时也写出他不愿安居享乐的进取之心。"迺场迺疆，迺积迺仓，迺裹餱粮"写出发前的准备工作，一连用五个"迺"字，整齐中见错落，造成一种跳荡的节奏感，既呈现了启程之前紧张忙碌的场景，也表现出劳动中的昂扬情绪。

准备好粮食后，"弓矢斯张，干戈戚扬，爰方启行"，族人们佩好弓箭，拿起长矛，举起盾牌，背起刀斧，出发前往豳地。接下来的几章写到达豳地之后的事。二、三章和五、六章着重描写公刘勘察地形地貌、规划用地的举动，中间第四章叙述宴会中拜天祭神，推举领袖的场景。

第二章的"于胥斯原"一句，描写公刘在豳地勘察的情景。"陟则在巘，复降在原"，公刘一下子在山顶瞭望，一下子在平原细察，突出了他不辞辛苦、事必躬亲的领导特质。这一章主要侧重塑造公刘这个人物，"维玉及瑶，鞞琫容刀"，用他身上佩戴的美玉、琼瑶以及刀鞘上闪光的饰物，来展现一位部落首领在族人眼中的光彩形象。

第三章"逝彼百泉，瞻彼溥原；迺陟南冈，乃觏于京"，是对上一章的重复，但细节处略有不同。其一，此处提及"百泉"，比上章勘测范围有所扩大。而且"逝彼百泉"这句话一方面陈述公刘勘察泉水的事实，另一方面也为后来择址建都埋下伏笔。正因为有"百泉"，所以原野肥沃，适宜居住，最终公刘决定在此建立城郭。

"于时处处，于时庐旅，于时言言，于时语语"，连用四个"于时"，不仅气脉连贯，而且生动描绘出族人在建造宫室的过程中欢声笑语的场面，表达出民众安定、舒畅的喜悦心情。

第四章写公刘设宴，庆祝新的城郭宫室的建立。宴席之中，"跄跄济济，俾筵俾几"，臣子很有威仪且姿态端庄，入席后纷纷举杯畅饮。席上气氛渐渐高涨，"执豕于牢，酌之用匏"，从猪圈里抓了猪来做菜肴，用瓢来饮美酒，鲜活的宴席氛围扑面而来。"食之饮之，君之宗之"，吃饱喝足之后，族人推举了公刘为首领。

第五章"既溥既长，既景迺冈，相其阴阳，观其流泉"，仍写公刘对平原、山地、水流的勘测，只是比二、三章细致具体。公刘不仅在原野和山冈上进行丈量，而且围绕着山南山北细细测量，还仔细观察泉流的源头，又"度其隰原，彻田为粮"，勘察低地，划定耕地。"度其夕阳，豳居允荒"，公刘登上西山，俯瞰整个豳地，感叹这片土地的广大。这种感慨中既包含着周部族对美好未来的期盼，也深藏着一种开创基业的豪迈之情。

最后一章描绘了一幅周人在豳地安居乐业的图卷。先写"于豳斯馆"，即宫室周围清幽的环境，再写"涉渭为乱，取厉取锻"，叙述采石业的发达，紧接着写"止基乃理，爰众爰有"，赞扬公刘治理得当，使人口增长，物质丰富。最后写"止旅迺密，芮鞫之即"，前来豳地定居的人越来越多，领地又继而往水边河曲处发展，极言其富饶，也是对公刘所建功业的歌颂。

◎泂酌◎

泂酌彼行潦①，挹彼注兹②，可以饙饎③。岂弟君子④，民之父母。

泂酌彼行潦，挹彼注兹，可以濯罍⑤。岂弟君子，民之攸归⑥。

泂酌彼行潦，挹彼注兹，可以濯溉⑦。岂弟君子，民之攸塈⑧。

【注释】

①泂（jiǒng）：远。行潦（lǎo）：路边的积水。②挹（yì）：舀出。注：灌入。③饙（fēn）：蒸饭。饎（chì）：酒食。④岂弟（kǎi tì）：即"恺悌"，本义为和乐平易，在此特训为恩德深长广大之意。⑤罍（léi）：古酒器，似壶而大。⑥攸：所。归：归附。⑦溉：通"概"，一种盛酒漆器。⑧塈（xì）：休息。

【赏析】

这首诗描述了一幅宴会上人们大碗喝酒的场景。

本诗共有三小节，每一小节都是通过描写远处的流潦之水来开头，它用潦水的多来形容酒水的多。水是人们生活中必不可少的物品，和人们的生活息息相关。本诗中所用的水并不是普通的江河池井水，而是远方的"流潦"。所谓流潦之水指的是雨后坑洼处的积水，那些水不但十分浑浊，同时不好取用。但是通过"挹彼注兹"，就可以用来蒸煮食物，洗濯酒器，因为此时这些流潦之水已经变得十分清澈。

虽然最后的结果是好的，但也许人们会奇怪为什么要取远方混浊不堪的"流潦"之水，然后再将其澄清后使用呢？乍看之下，这样的行为也许不符合生活常识，但其中有着十分深刻的寓意。

诗的作者是想要通过这样的描写表示远方的"流潦"之水虽然很浑浊，但我并没有放弃它，在我的努力下它最终变成了洁净的水，被我使用了。

这样的"流潦"之水其实就和四方边远的百姓一样，只要君王施行仁政，他们就会感恩戴德、心悦诚服。方玉润在《诗经原始》中是这样说的："此等诗总是欲在上之人当以父母斯民为心，盖必在上者有慈祥岂弟之念，而后在下者有亲附来归之诚。曰'攸归'者，为民所归往也；曰'攸塈'者，为民所安息也。使君子不以'父母'自居，外视其赤子，则小民又岂如赤子相依，乐从夫'父母'？故词若褒美而意实劝诫。"

如果君主做到这些，那么就一定能变成"岂弟君子，民之父母"，不能凌驾于民众头上作威作福，而要关心爱护百姓。

《泂酌》借日常生活中常见的事物引出劝解，全诗采用重章叠句，反复歌咏的写法，结构优美，影响深远。

这首诗通过用水比喻君主与人民之间的关

系来劝解君王，告诉他要如何做好百姓的衣食父母，表现出诗人对于百姓的重视。通过这首诗可以看到他对于国家的关切之心。

◎卷阿◎

有卷者阿①，飘风自南②。岂弟君子③，来游来歌，以矢其音④。
伴奂尔游矣⑤，优游尔休矣⑥。岂弟君子，俾尔弥尔性⑦，似先公酋矣⑧。
尔土宇昄章⑨，亦孔之厚矣⑩。岂弟君子，俾尔弥尔性，百神尔主矣⑪。
尔受命长矣，茀禄尔康矣⑫。岂弟君子，俾尔弥尔性，纯嘏尔常矣⑬。
有冯有翼⑭，有孝有德。以引以翼⑮。岂弟君子，四方为则⑯。
颙颙卬卬⑰，如圭如璋⑱，令闻令望⑲。岂弟君子，四方为纲。
凤凰于飞，翙翙其羽⑳，亦集爰止㉑。蔼蔼王多吉士㉒，维君子使，媚于天子㉓。
凤凰于飞，翙翙其羽，亦傅于天㉔。蔼蔼王多吉人，维君子命，媚于庶人。
凤凰鸣矣，于彼高冈。梧桐生矣，于彼朝阳㉕。菶菶萋萋㉖，雝雝喈喈㉗。
君子之车，既庶且多㉘。君子之马，既闲且驰㉙。矢诗不多㉚，维以遂歌。

【注释】

①卷（quán）：卷曲。阿：大土山。②飘风：旋风。③岂弟（kǎi tì）：即"恺悌"，和气、平易近人。④矢：陈述。⑤伴奂：无拘无束的样子。⑥优游：悠然自得。⑦俾：使。尔：指周天子。弥：终，尽。性：寿命。⑧似：同"嗣"，继承。酋：久。⑨昄（bǎn）章：版图。⑩孔：很。⑪尔：你。⑫茀：小福。⑬纯嘏（gǔ）：大福。⑭冯（píng）：依靠。翼：庇护。⑮引：引导。⑯则：标准。⑰颙（yóng）颙：庄重恭敬。卬（áng）卬：器宇轩昂的样子。⑱圭：古代玉制礼器，长条形，上端尖。璋：也是古代玉制礼器，长条形，上端作斜锐角。⑲令：美好。闻：声誉。⑳翙（huì）翙：鸟展翅振动发出的声音。㉑爰：而。㉒蔼蔼：众多。吉士：贤良之士。㉓媚：爱戴。㉔傅：至。㉕朝阳：指山的东面。㉖菶（běng）菶：草木茂盛。㉗雝（yōng）雝喈（jiē）喈：鸟鸣声。㉘庶：众。㉙闲：娴熟。㉚不：通"丕"，大。

【赏析】

这是一首记叙周成王出游，并对其歌功颂德的诗。诗的作者应是当时伴游的臣子之一。开篇几句"有卷者阿，飘风自南。岂弟君子，来游来歌，以矢其音"，点明地点、时间、人物和事件：在刮着南风的季节里，平易近人的君主到丘陵上游玩，伴游的臣子纷纷献上诗歌助兴。

交代完出游的基本情况后，作者以一句"伴奂尔游矣"起调，开始对君王进行歌颂。接下来的几章，都是解释周王得以无拘无束闲游的原因。"尔土宇昄章，亦孔之厚矣"是称颂周王朝疆土辽阔，一望无际；"尔受命长矣，茀禄尔康矣"是歌颂周王天命所归，福禄加身。

这些颂扬最终都归结到一点："岂弟君子，俾尔弥尔性"，这句话在二、三、四章重复了三次，意在强调周王的和乐平易、勤于政事。正因为君主英明伟大，国家才能安宁，才能有今日出游卷阿的盛景。

以上是对君王内在德行的直接赞美，紧随其后的两章则通过赞扬君王身边的贤臣良士来反衬君王的厚德。"有冯有翼"、"颙颙卬卬"，写贤能之才尽心尽力、忠心耿耿辅佐君主，这既是促使周王建立伟大功业、声望远播的原因，也是周王"四方为则"、"四方为纲"的必然结果。

作者对疆域和才臣的唱颂，在一定程度上弥补了颂诗在主题上的单调乏味，而且，这些唱颂全都紧扣住了歌颂君王的主题，使得整首诗在逻辑上严丝合缝。七、八章以比喻手法，总括上文对周王的赞美。作者将出游的盛况比喻成百鸟随凤。"凤凰于飞，翙翙其羽，亦集爰止"，"凤凰"是指周王，"翙翙其羽"用鸟群展翅之声，描写百鸟追随的盛大场面。

这两章的末一句，句式相同，只改动一词。"媚于天子"、"媚于庶人"，进一步写臣子对君主的忠诚追随，状君臣浩荡出游之景，如在目前。如此形容一番，作者仍意犹未尽，接着以想象虚构出一幅凤凰在"萋萋菶菶"之间，面向东方的朝阳"雝雝喈喈"，高声和鸣的画卷。

从这幅画卷中可以见出君臣相和、威仪俨然的景状。最后一章，作者由想象回到现实，实写"君子之车"、"君子之马"，但仍紧扣出游之盛来写，车"既庶且多"、马"既闲且驰"，车马之多，凸显出随从之多。作者反复从不同角度来描述游卷阿的热闹场面，归根结底仍是为了颂扬周王。末句"矢诗不多，维以遂歌"写群臣争相献诗的场景，呼应第一章的末句，对全诗进行了完整的收结。

◎板◎

上帝板板①，下民卒瘅②。出话不然③，为犹不远④。靡圣管管⑤，不实于亶⑥。犹之未远，是用大谏⑦。

天之方难，无然宪宪⑧。天之方蹶⑨，无然泄泄⑩。辞之辑矣⑪，民之洽矣⑫。辞之怿矣⑬，民之莫矣⑭。

我虽异事，及尔同僚⑮。我即尔谋，听我嚣嚣⑯。我言维服⑰，勿以为笑。先民有言，询于刍荛⑱。

天之方虐，无然谑谑⑲。老夫灌灌⑳，小子蹻蹻㉑。匪我言耄㉒，尔用忧谑。多将熇熇㉓，不可救药。

天之方懠㉔，无为夸毗㉕。威仪卒迷㉖，善人载尸㉗。民之方殿屎㉘，则莫我敢葵㉙。丧乱蔑资㉚，曾莫惠我师㉛。

天之牖民㉜，如埙如篪㉝，如璋如圭㉞，如取如携。携无曰益㉟，牖民孔易。民之多辟㊱，无自立辟㊲。

价人维藩㊳，大师维垣㊴。大邦维屏㊵，大宗维翰㊶，怀德维宁，宗子维城㊷。无

269

俾城坏，无独斯畏。

敬天之怒，无敢戏豫^㊸。敬天之渝^㊹，无敢驰驱^㊺。昊天曰明^㊻，及尔出王^㊼。昊天曰旦，及尔游衍^㊽。

【注释】

①板板：反，指违背常道。②卒瘅（dàn）：劳累多病。③不然：不对，不合理。④犹：谋划。⑤靡圣：不把圣贤放在眼里。管管：任意放纵。⑥亶（dǎn）：诚信。⑦大谏：郑重劝戒。⑧无然：不要这样。宪宪：欢欣喜悦的样子。⑨蹶：动乱。⑩泄泄：妄加议论。⑪辞：指政令。辑：调和。⑫洽：融洽，和睦。⑬怿：通"殬"，败坏。⑭莫：通"瘼"，疾苦。⑮及：与。同僚：同事。⑯嚣（áo）嚣：同"敖敖"，不接受意见的样子。⑰维：是。服：事。⑱询：征求、请教。刍荛（ráo）：割草打柴的人。⑲谑谑：嬉笑的样子。⑳灌灌：诚恳的样子。㉑蹻（jué）蹻：傲慢的样子。㉒匪：非，不要。耄：八十九十曰耄，此指昏聩。㉓熇（hè）熇：火势炽烈的样子，此指一发而不可收拾。㉔忦（qí）：愤怒。㉕夸毗：卑躬屈膝、谄媚曲从。㉖威仪：指君臣间的礼节。卒：尽。迷：混乱。㉗尸：祭祀时由人扮成的神尸，终祭不言。㉘殿屎（xī）：呻吟也。㉙葵：通"揆"，猜测。㉚蔑：无。资：财产。㉛惠：施恩。师：此指民众。㉜牖：通"诱"，诱导。㉝埙（xūn）：陶制吹奏乐器。篪（chí）：古竹制管乐器。㉞如璋如圭：半圭曰璋，合璋叫圭，指相配合。㉟益：通"隘"，阻碍。㊱辟：通"僻"，邪僻。㊲立辟：制定法律。㊳价人：武人。维：是。藩：篱笆。㊴大师：太师。垣：墙。㊵大邦：指诸侯大国。屏：屏障。㊶大宗：指与周王同姓的宗族。翰：骨干，栋梁。㊷宗子：周王的嫡子。㊸戏豫：游戏娱乐。㊹渝：改变。㊺驰驱：指任意放纵。㊻昊天：上天。明：光明。㊼王：往。㊽游衍：游荡。

【赏析】

据《毛诗序》记载，《板》就是凡伯"刺厉王"之作。

《诗经》中另一首《民劳》也是"警同列以戒王"的诗，不同的是，在结构上《民劳》卒章显志，而《板》开宗明义。此诗一开头就说明了劝谏的原因："上帝板板，下民卒瘅。出话不然，为犹不远。靡圣管管，不实于亶。犹之未远，是用大谏。"因为上天违反常道，致使下方百姓忧苦不堪。而在朝之人又不纳善言，妄行政令，无视圣人之道，言行不一。所以，诗人要"用大谏"。"下民卒瘅"本是统治者不施良政的结果，诗人却归咎于上天，不言厉王之错，而人人皆知此乃厉王无道所致。

从第二章起，诗进入了劝谏的正文。"天之方难，无然宪宪。天之方蹶，无然泄泄。辞之辑矣，民之洽矣。辞之怿矣，民之莫矣。"一方面使人相信周王朝的统治顺承天意，周天子拥有神圣不可侵犯的权力；另一方面，又用天意的种种表现来制约天子的权威。凡伯以"天之方难"和"天之方蹶"规劝厉王不要实行无道。上天已经显示种种乱象，摆在周天子面前的选择有两条，即凡伯指出的"辞之辑矣"和"辞之怿矣"。如果厉王认识到自己的错误，摒弃从前的暴政，采用善政，那么就能达到治世；反之，如果无视上天的警告，一意孤行，人民必将陷于危难中，人民陷于危难，国之危难就不远了。

诗人诚恐自己一片良苦用心不为君王采纳，于是三、四两章假托劝诫同僚向天子说明听取谏言的重要性。"我虽异事，及尔同僚。我即尔谋，听我嚣嚣。我言维服，勿以为笑。先民有言，询于刍荛。天之方虐，无然谑谑。老夫灌灌，小子蹻蹻。匪我言耄，尔用忧谑。多将熇熇，不可救药。"先贤为成就大业，不耻听取樵夫的意见，如今老臣的忠直良言更不可不听。但对于凡伯这些人的忠言，厉王根本无心听取，反将他们的话当做戏语玩笑。愤慨之下，诗人说道："多将熇熇，不可救药。"意思是如果厉王继续这样无道下去，大周将无可挽回地灭亡。

怎样才能避免走向"不可救药"的地步？诗的五、六章提出了救治之方。与国家命运息息相关的是百姓，要治国必须先救民。"天之方忦，无为夸毗。威仪卒迷，善人载尸。民之方殿屎，则莫我敢葵。丧乱蔑资，曾莫惠我师。"天道沦丧，君臣威仪尽失，贤良之人备受排挤。上层统治者背道而行，直接导致下层百姓的生活陷入困苦中。国民呻吟叹息，资财耗尽，诗人不禁问道："曾莫惠我师。"希望君王看到黎民之苦，施以恩惠。

天子恩惠民众其实很简单，良好的引导便是最大的恩惠。"天之牖民，如埙如篪，如璋如圭，如取如携。携无曰益，牖民孔易。"百姓本来就渴望安定康乐，君王若能主动诱导他们走向安康生活，他们自然会顺从地跟随。因此，诱导人民其实很容易，如同圭璋相契、埙篪相和般和谐。然而这只是理想的情形，现实的情况是"民之多辟"，君王逆天而行，奸人当道，委实堪忧。所以诗人向君上发出警告"无自立辟"，告诫厉王万不可肆意妄为，作法自毙。

"价人维藩，大师维垣。大邦维屏，大宗维翰，怀德维宁，宗子维城。无俾城坏，无独斯畏。"天子诚然是国之中央，可是国家是由民众、诸侯国、宗族等共同维系的，臣民是国之藩篱，诸侯、宗室是国之干城，没有他们的存在，国家便不成其为国家。国之不存，何来天子之安？"无俾城坏，无独斯畏"正是警告厉王不要本末倒置，一意逞威。

诗的末章，诗人重新拿出上天的意志劝谏厉王，与首章遥相呼应。诗人希望厉王听从天意，"敬天之怒，无敢戏豫。敬天之渝，无敢驰驱"。君王若能如此行事，那么国家才能安定清明。"昊天曰明，及尔出王。昊天曰旦，及尔游衍"，这最后四句表达了一位关心国家命运的老臣对国家安泰的衷心企盼。

◎荡◎

荡荡上帝①，下民之辟②。疾威上帝③，其命多辟④。天生烝民⑤，其命匪谌⑥。靡不有初，鲜克有终⑦。

文王曰咨⑧，咨女殷商⑨！曾是强御⑩，曾是掊克⑪，曾是在位，曾是在服⑫。天降滔德⑬，女兴是力⑭。

文王曰咨，咨女殷商！而秉义类⑮，强御多怼⑯。流言以对，寇攘式内⑰。侯作侯祝⑱，靡届靡究⑲。

文王曰咨，咨女殷商！女炰烋于中国⑳，敛怨以为德。不明尔德，时无背无侧㉑。尔德不明，以无陪无卿㉒。

文王曰咨，咨女殷商！天不湎尔以酒㉓，不义从式㉔。既愆尔止㉕，靡明靡晦。式号式呼㉖，俾昼作夜。

文王曰咨，咨女殷商！如蜩如螗㉗，如沸如羹。小大近丧㉘，人尚乎由行㉙。内覃于中国㉚，覃及鬼方㉛。

文王曰咨，咨女殷商！匪上帝不时㉜，殷不用旧。虽无老成人，尚有典刑㉝。曾是莫听，大命以倾。

文王曰咨，咨女殷商！人亦有言，颠沛之揭㉞，枝叶未有害，本实先拨㉟。殷鉴不远，在夏后之世㊱。

【注释】

①荡荡：放荡不守法制的样子。②辟（bì）：君王。③疾威：暴虐。④辟：邪僻。⑤凭：众。⑥谌（chén）：诚信。⑦鲜（xiǎn）：少。克：能。⑧咨：感叹声。⑨女（rǔ）：汝。⑩曾：乃。强御：强横凶暴。⑪掊（póu）克：聚敛，搜括。⑫在服：在职。⑬滔：放纵不法。⑭兴：助长。力：勤，努力。⑮而：尔，你。秉：执持。义类：善类，此指强族。⑯怼（duì）：怨恨。⑰寇攘：像盗寇一样掠取。式内：在朝廷内。⑱侯：于是。作、祝：诅咒。⑲届究：穷，尽。⑳炰然（páo xiāo）：同"咆哮"。㉑无背无侧：不知有人背叛、反侧。㉒无陪无卿：无陪臣无卿相。㉓沔（miǎn）：沉湎，沉迷。㉔不义从式：不放纵你们。㉕愆：过错。止：容止。㉖式：语助词。㉗蜩（tiáo）：蝉。螗：一种蝉。㉘丧：败亡。㉙由行：学老样。㉚覃（bì）：愤怒。㉛覃：延及。鬼方：指远方。㉜时：善。㉝典刑：指旧的典章法规。㉞颠沛：跌仆，此指树木倒下。揭：举，此指树根翻出。㉟本：根。拨：败。㊱后：君主。

【赏析】

第一节的"荡"字是全篇的中心。"荡荡上帝"这一句，通过呼告的语气，喊出了上天败坏法度的现状。之后"疾威上帝"这一句中的"疾威"突出了"荡"的程度。同时，下面几章的内容都是围绕"疾威"来描写的。

从第二节开始，都用周文王的语气哀叹殷纣王的荒淫无道。

第二节通过连用四个"曾是"营造出一种气势，增强了谴责效果。

第三节所写的内容表面上虽然是在斥责纣王，但暗地里却是在指责厉王的残暴。这一节主要指出厉王的这种行为，终会导致国家将被贤良所摒弃，祸乱四处横生。

第四节的内容主要是说，厉王的刚愎自用、恣意妄为。本节指出他是一个内无美德、外无良臣的君王，他的一系列行为给国家招来了重大的灾难。"不明尔德"、"尔德不明"，是作者在反复诉说来表现自己内心的沉重。

第五节的内容是在讽刺厉王不思进取，纵酒败德。通过描写商纣王在酒池肉林中昼夜长饮来表现，正是因为有纣王这个例子，周朝在开国之初就规定国人不可轻易饮酒，并且曾经下过禁酒令，但是随着时间的流逝，这些禁令被人们遗忘了，厉王不在乎有什么后果，不在乎历史教训，在他纵情声色的同时作者感到非常痛心疾首。

第六节主要是在描述国家因为纣王种种败德乱政的行为变得一片混乱，然后借纣王来比喻厉王，点明厉王的残暴已经更甚于纣王了，人们对他的怨恨已经蔓延到荒远的国家。这一节的内容既承接了四、五节，又呼应了第三节，表明现在国家的灾祸已经由国内绵延到了国外，国家已经变得岌岌可危。

第七节诗人从另一面说明了纣王的过错，通过这些总结痛斥纣王并劝解厉王不要再重用那些阴险的恶人和小人，同时，这一节也表现诗人对于厉王忘"旧"的不满，在本诗中，"旧"既是指旧章程，同时也是指善于把握旧章程的老臣。所以这一节"殷不用旧"和第四节"无背无侧"、"无陪无卿"两句所表达的意思是一脉相承的。

另外，本节的"虽无老成人，尚有典刑"，是说如果君王不能采用那些熟悉旧章程的人，那么至少也要做到好好掌握先王行之有效的治国之道，但厉王却完全无法做到这一点，所以表达灾难必然降临的"大命以倾"和第四节"不明尔德"、"尔德不明"两句也是一脉相承的。

第八节中诗人通过"颠沛之揭，枝叶未有害，本实先拨"来告诉厉王，现在亡羊补牢还来得及，千万不要等到大祸临头才知道后悔。遗憾的是，诗人言辞恳切的劝解没有引起周厉王的重视。

◎抑◎

抑抑威仪①，维德之隅②。人亦有言，靡哲不愚。庶人之愚，亦职维疾③。哲人之愚，亦维斯戾④。

无竞维人⑤，四方其训之⑥。有觉德行⑦，四国顺之。訏谟定命⑧，远犹辰告⑨。敬慎威仪，维民之则。

其在于今，兴迷乱于政；颠覆厥德，荒湛于酒⑩。女虽湛乐从⑪，弗念厥绍⑫。罔敷求先王⑬，克共明刑⑭。

肆皇天弗尚⑮，如彼泉流，无沦胥以亡⑯。夙兴夜寐，洒扫廷内，维民之章⑰。修尔车马，弓矢戎兵⑱，用戒戎作⑲，用逷蛮方⑳。

质尔人民㉑，谨尔侯度㉒，用戒不虞㉓。慎尔出话，敬尔威仪，无不柔嘉。白圭之玷，尚可磨也；斯言之玷，不可为也。

无易由言㉔，无曰苟矣，莫扪朕舌㉕，言不可逝矣㉖。无言不雠㉗，无德不报。惠于朋友，庶民小子。子孙绳绳㉘，万民靡不承㉙。

视尔友君子[30]，辑柔尔颜[31]，不遐有愆[32]。相在尔室[33]，尚不愧于屋漏[34]。无曰不显，莫予云觏[35]。神之格思[36]，不可度思[37]，矧可射思[38]。

辟尔为德[39]，俾臧俾嘉。淑慎尔止[40]，不愆于仪。不僭不贼[41]，鲜不为则[42]。投我以桃，报之以李。彼童而角[43]，实虹小子[44]。

荏染柔木[45]，言缗之丝[46]。温温恭人，维德之基。其维哲人，告之话言[47]，顺德之行。其维愚人，覆谓我僭，民各有心。

於呼小子[48]，未知臧否[49]。匪手携之[50]，言示之事[51]。匪面命之[52]，言提其耳。借曰未知[53]，亦既抱子。民之靡盈[54]，谁夙知而莫成[55]？

昊天孔昭，我生靡乐。视尔梦梦[56]，我心惨惨。诲尔谆谆，听我藐藐[57]。匪用为教，覆用为虐[58]。借曰未知，亦聿既耄[59]。

於乎小子，告尔旧止。听用我谋，庶无大悔[60]。天方艰难，曰丧厥国[61]。取譬不远，昊天不忒[62]。回遹其德[63]，俾民大棘[64]。

【注释】

①抑抑：慎密。②隅：屋角，借指品行方正。③职：主。④戾：罪。⑤无：发语词。竞：强盛。维人：由于（贤）人。⑥训：顺从。⑦觉：正直。⑧讦（xū）谟：大谋。命：政令。⑨犹：谋略。辰：按时。⑩荒湛：沉迷。⑪女：汝。从：通"纵"，放纵。⑫绍：继承。⑬罔：不。敷求：指广求先王之道。⑭克：能。共：执行，推行。刑：法。⑮肆：于是。尚：佑助。⑯沦胥：沉没。⑰章：模范，准则。⑱戎兵：武器。⑲用：以。戎作：代戎事。⑳遏（tì）：治服。蛮方：边远地区的民族部落。㉑质：告诫。㉒谨：谨慎。度：法度。㉓不虞：不测。㉔易：轻易，轻率。由言：发言。㉕扪：按住。朕：我，秦时始作为皇帝专用的自称。㉖逝：追。㉗雠：应验，回应。㉘绳绳：谨慎的样子。㉙承：接受。㉚友：结交。㉛辑：和。㉜不遐有愆：没有一点过错。㉝相：察看。㉞屋漏：屋顶漏则见天光，暗中之事全现，喻神明监察。㉟觏（gòu）：遇见，此指看见。㊱格：至。思：语助词。㊲度（duó）：推测，估计。㊳矧（shěn）：况且。射：厌。㊴辟：修明，一说训法。㊵淑：美好。止：举止行为。㊶僭（jiàn）：超越本分。贼：残害。㊷鲜（xiǎn）：少。则：法则。㊸童：雏，幼小。此指没角的小羊羔。㊹虹：同"讧"，溃乱。㊺荏染：柔弱。㊻言：语气助词。缗（mín）：给乐器安上弦。㊼话言：即诂言，老古话。㊽於呼：叹词。㊾臧否（pǐ）：好恶。㊿匪：非。51示：指示。52面命：当面开导。53借曰：假如说。54盈：完满。55莫：同"暮"，晚。56梦梦：昏而不明。57藐藐：轻视的样子。58虐："谑"的假借，戏谑。59聿：语气助词。耄：年老。60庶：庶几。61曰：语气助词。62忒（tè）：偏差。63回遹（yù）：邪僻。64棘：通"急"，危难。

【赏析】

《毛诗序》说此诗为："卫武公刺厉王，亦以自警也。"诗歌层次分明。前三章组成第一个层次，陈说"靡哲不愚"的普遍道理，从正反两面进行对比；接下来的六章和最末三章构成了第二和第三部分，从正反两面深入分析，苦口婆心地告诫，反复致意。首章先从哲和愚的关系说起，"抑抑威仪，维德之隅"，采用赋法，从哲人形象写起，并进而引出"靡哲不愚"的谚语，作为提纲挈领式的文字。次章从内外政策说起，告诫子孙要做到以德服人，外修文治，内修德政。第三章诗人不遮遮掩掩，直斥当今君王之"愚"。"兴迷乱于政"、"颠覆厥德，荒湛于酒"、"女虽湛乐，弗念厥绍"，多是无道之举，迷乱之政兴，道德之风坏，骄纵酒乐，不思治国。此章诗人指出了君王的平庸无能，内不能主持国政，外不能抵御外辱。

诗人在第四章中提醒子孙不要迷信上天庇佑，要整顿甲兵，勤于政务，防止外敌入侵。第五至第九章中，诗人强调慎言慎令，言论政令都要合乎民意，而且需要认真听取民意，如此才会得到人民的认可和信服。总而言之，诗人认为只要自己"敏于事而慎于言"，就不用担心别人的指责。

后三章中诗人直呼"小子"，既有对子孙不听自己忠告的忧虑，又有长辈对后辈们殷切的希望。子孙依然浑浑噩噩，不明自己良苦用心。在忧愤中诗人结束了全诗，警告子孙当前天下危难，四方多事，应该听从劝诫，如此才能保存自己的封国。

诗歌结构严整，典雅厚重，忧愤多变的语言具有较高的艺术价值。诗人作为一个长者，见多识广，博学多识，富有智慧，语气在前部分诗歌中显得雍容和缓，见识高妙，感情真挚，随着感情的加深，诗人情不自禁地对子孙们的行为产生了忧愤之情，显得急切。此外，语言精练，富有警醒意味。诗人用"白圭之玷，尚可磨也；斯言之玷，不可为也"作比，说明言论谨慎的重要性。用浅显易懂的事物说明了深奥的道理，可谓诗中充满箴言道理。

诗人从"靡哲不愚"推演出一套普遍的人生哲理，说明哲人都会有愚昧的时候，就更不用说常人了，因此把后天对人的影响和改造上放在了一个很重要的地位。诗人高人一筹的认识在于，他跳出了"王者圣人"、"受天命"的条条框框，看清了君主也需要加强德行的学习，从而揭开了统治者身上的神秘面纱，反映出了历史的发展趋势。

◎桑柔◎

菀彼桑柔①，其下侯旬②，捋采其刘③。瘼此下民④，不殄心忧⑤。仓兄填兮⑥，倬彼昊天⑦，宁不我矜⑧？

四牡骙骙⑨，旟旐有翩⑩。乱生不夷⑪，靡国不泯⑫。民靡有黎⑬，具祸以烬⑭。於乎有哀，国步斯频⑮。

国步蔑资⑯，天不我将⑰。靡所止疑⑱，云徂何往⑲？君子实维⑳，秉心无竞㉑。谁生厉阶㉒，至今为梗㉓？

忧心慇慇㉔，念我土宇㉕。我生不辰，逢天僤怒㉖。自西徂东，靡所定处。多我觏痻㉗，孔棘我圉㉘。

为谋为毖㉙，乱况斯削㉚。告尔忧恤㉛，诲尔序爵㉜。谁能执热㉝，逝不以濯㉞？其何能淑㉟，载胥及溺㊱。

如彼遡风㊲，亦孔之僾㊳。民有肃心㊴，荓云不逮㊵。好是稼穑㊶，力民代食㊷。

稼穑维宝,代食维好。

天降丧乱,灭我立王^㊸。降此蟊贼^㊹,稼穑卒痒^㊺。哀恫中国^㊻,具赘卒荒^㊼。靡有旅力^㊽,以念穹苍^㊾。

维此惠君^㊿,民人所瞻。秉心宣犹⁵¹,考慎其相⁵²。维彼不顺,自独俾臧⁵³。自有肺肠,俾民卒狂。

瞻彼中林,牲牲其鹿⁵⁴。朋友已谮⁵⁵,不胥以穀⁵⁶。人亦有言,进退维谷⁵⁷。

维此圣人,瞻言百里。维彼愚人,复狂以喜⁵⁸。匪言不能⁵⁹,胡斯畏忌⁶⁰。

维此良人,弗求弗迪⁶¹。维彼忍心,是顾是复。民之贪乱,宁为荼毒⁶²。

大风有隧⁶³,有空大谷。维此良人,作为式穀。维彼不顺,征以中垢⁶⁴。

大风有隧,贪人败类⁶⁵。听言则对⁶⁶,诵言如醉⁶⁷。匪用其良,复俾我悖⁶⁸。

嗟尔朋友,予岂不知而作⁶⁹。如彼飞虫⁷⁰,时亦弋获。既之阴女⁷¹,反予来赫⁷²。

民之罔极⁷³,职凉善背⁷⁴。为民不利,如云不克⁷⁵。民之回遹⁷⁶,职竞用力⁷⁷。

民之未戾⁷⁸,职盗为寇。凉曰不可⁷⁹,复背善詈。虽曰匪予⁸⁰,既作尔歌⁸¹。

【注释】

①菀(wǎn):茂盛的样子。②旬:树荫遍布。③刘:剥落稀疏,句意谓桑叶被采后,稀疏无叶。④瘼:病、害。⑤殄(tiǎn):断绝。⑥仓兄(chuàng huǎng):悲伤失意的样子。填:久。⑦倬:明察。⑧宁:何。不我矜:"不矜我"的倒文。⑨骙骙:形容马奔跑不息。⑩旟旐:画有鹰隼、龟蛇的旗。有翩:翩翩,翻飞的样子。⑪夷:平。⑫泯:乱。⑬民靡有黎:没有黎民。⑭具:通"俱"。⑮频:危急。⑯蔑:无。资:财。⑰将:扶助。"不我将"为"不将我"之倒文。⑱靡所止疑:没有居处终疑难。⑲云:发语词。徂:往。⑳实维:是作。㉑秉心:存心。竞:争。㉒厉阶:祸端。㉓梗:灾害。㉔愍(yīn)愍:心痛的样子。㉕土宇:土地、房屋。㉖俥(dàn)怒:重怒。㉗觏:遇。瘨(mín):灾难。㉘棘:通"急"。圉(yǔ):边疆。㉙慭:谨慎。㉚斯:

乃。削：减少。㉛尔：指周厉王及当时执政大臣。㉜序：次序。爵：官爵。㉝执热：救热。㉞逝：发语词。濯：洗。㉟淑：善。㊱载：乃。胥：互相。㊲遡：逆。㊳僾：呼吸不畅的样子。㊴肃：进取。㊵荓（pīng）：使。不逮：不及。㊶稼穑：通"家啬"，指家居吝啬聚敛。㊷力民：使人民出力劳动。代食：指官吏靠劳动者奉养。㊸灭我立王：意谓灭我所立之王。㊹蟊贼：蟊为食苗根的害虫，贼为吃苗节的害虫。泛指农作物的病虫害。㊺卒：完全。瘁：病。㊻恫（tōng）：哀痛。㊼具赘卒荒：具备像赘疣的人，则田荒。㊽旅力：指宣扬。㊾念：感动。㊿惠君：惠，顺。顺理的君主，称惠君。51宣犹：好谋划。52考慎：慎重考察。相：辅佐大臣。53臧：善。54甡（shēn）甡：众多的样子。55谮：中伤。56胥：相。穀：善。57进退维谷：谓进退皆穷。58复：反而。59匪言不能：即"匪不能言"。60胡：何。斯：这样。61迪：钻营。62宁：乃。荼毒：荼指苦草，毒指毒虫毒蛇之类，此指毒害。63有隧：隧隧，形容大风疾速吹动。64征以中垢：做事不正又混浊。65贪人：贪财枉法的小人。66听言：顺从心意的话。67诵言：忠告的言语。68悖：违理。69而：你。70飞虫：指飞鸟。古人用"虫"泛指一切动物。71既：已经。阴：通"荫"，庇护。72赫：威赫。73罔极：无法则。74职：主。凉：通"谅"，信。背：背叛。75云：句中助词。克：胜。76回通：邪僻。77用力：指用暴力。78戾：善。79凉曰不可：说你不可这样做。80虽曰匪予：虽然不是来骂我。81既：还是。

【赏析】

"菀彼桑柔，其下侯旬"，诗歌开篇以桑柔作比，说明祸乱对人民危害甚重。桑树本来是枝繁叶茂，翁翁郁郁，但却因择采殆尽而剥落稀疏。形象的喻体，将老百姓受剥夺之深，不胜其苦的现实表现出来。因此诗人不禁仰天控诉："倬彼昊天，宁不我矜？"诗人无可奈何之中，只能哀怨高明的上天，你为何不怜悯百姓呢？由此"瘼此下民"的重心得到了很好的点染，"仓兄填兮"的忧愁亦显得更加悲怆、深沉。开篇题旨，诗意严肃。

诗人顺承"瘼此下民"一句紧接着，指出祸乱之本，国势倾颓，征役不息，民无安居之所。"民靡有黎，具祸以烬"，诗人此处再次和"瘼此下民"遥相呼应，一直没有离开"民"字，在诗人眼中，"民惟邦本"，"得民心者得天下"。面对征伐、"民靡有黎"的现实，诗人大声疾呼："於乎有哀，国步斯频。"国运衰微，必难长久。第三章写出祸乱既危乎国，亦危乎己。民穷财尽，天不助我，人民流离失所，"君子实维"，这些现象确实应该引起君子们的深思呀！第四章诗人进一步深化，写出乱上加乱的国情。诗人感叹自己生不逢时，表现出对现实的殷忧之深。内乱方兴，外患又至，现在的国家可谓是祸不单行。尽管诗人忧心如焚，但是也难以力挽倾颓之势。

"国家兴亡，匹夫有责"，诗人也不愿意看到国家的毁灭。在接下来的几章中，诗人再次申述为国之道，再进忠言。"为谋为毖，乱况斯削"，反题正作，从救乱说起，只要谋虑周到，做事慎重，祸乱情况就可以削减。诗人进一步提出纲领性的观点——"告尔忧恤，诲尔序爵"，只有君王从根本上忧心国事，谨慎授官拜爵，任用贤良，国家就必然能够得以挽救。诗人再次用喻，借凉水解渴之意来比喻解救国家危难必须任用贤能。相比于"国人莫敢言，道路以目"来看，诗人更加明白百姓善良的道理，他们勤于稼穑，以耕种养活"力民代食"的人。官府要体恤民情，爱护人民，"防民之口，甚于防川"，民心在疏导而不在堵。国王为政，不得民心，人民必将如处在逆风中一样感到窒息丧气。天降灾害，祸乱频仍，执政者只知敛财，导致天怒人怨。

综观全诗，前八章从国家产生祸乱的原因入手，写出了厉王的不恤民瘼，不用贤良，以致民怨沸腾，诗人产生了忧国忧民的悲慨。后八章则是谴责同僚执政者，不能清正廉明、勇于进谏，从而加速国家危亡，更加引起了人民的怨恨。小人当权，厉王昏聩，诗人有感于此，因而作成此诗。

从第八章开始，诗人指出合乎天理的君王受到人民拥戴，君主昏聩不明则必将受到人民的反对和唾弃。本来诗人想有所作为，但是可恨小人当道，自身处境进退维谷，没有志同道合、共赴国难之人，相反，他们对其进行威胁，谗害忠良。

　　此诗并未对厉王的暴政进行直接指斥，而是通过对人民痛苦的描述，通过对社会动乱原因的分析，含蓄委婉地提出了对君王的批评。徭役不止，横征暴敛，小人当权，忠良被贬，在诗人看来，这些就是造成社会不安定的原因。但是，就算有寥寥几个像诗人这样的正直之士，也无力回天。诗中充满了诗人的批判，也表现出了诗人对现实清醒的认识。

◎云汉◎

　　倬彼云汉①，昭回于天②。王曰於乎③，何辜今之人④！天降丧乱，饥馑荐臻⑤。靡神不举⑥，靡爱斯牲⑦。圭璧既卒⑧，宁莫我听⑨？

　　旱既大甚⑩，蕴隆虫虫⑪。不殄禋祀⑫，自郊徂宫⑬。上下奠瘗⑭，靡神不宗⑮。后稷不克，上帝不临。耗斁下土⑯，宁丁我躬⑰？

　　旱既大甚，则不可推。兢兢业业，如霆如雷。周余黎民⑱，靡有孑遗⑲。昊天上帝，则不我遗⑳。胡不相畏，先祖于摧㉑？

　　旱既大甚，则不可沮。赫赫炎炎，云我无所㉒。大命近止㉓，靡瞻靡顾。群公先正㉔，则不我助。父母先祖，胡宁忍予㉕？

　　旱既大甚，涤涤山川㉖。旱魃为虐㉗，如惔如焚㉘。我心惮暑㉙，忧心如熏㉚。群公先正，则不我闻㉛。昊天上帝，宁俾我遯㉜？

　　旱既大甚，黾勉畏去㉝。胡宁瘨我以旱㉞，憯不知其故㉟。祈年孔夙㊱，方社不莫㊲。昊天上帝，则不我虞㊳。敬恭明神，宜无悔怒。

　　旱既大甚，散无友纪㊴。鞠哉庶正㊵，疚哉冢宰㊶，趣马师氏㊷，膳夫左右㊸。靡人不周，无不能止。瞻卬昊天㊹，云如何里㊺？

　　瞻卬昊天，有嘒其星㊻。大夫君子，昭假无赢㊼。大命近止，无弃尔成㊽。何求为我，以戾庶正㊾。瞻卬昊天，曷惠其宁㊿？

【注释】

①倬(zhuō)：大。云汉：银河。②昭：光。回：转。③於(wū)乎：即"呜呼"，叹词。④辜：罪。⑤荐：重，再。臻：至。⑥靡：无，不。举：祭祀。⑦爱：吝惜，舍不得。牲：祭祀用的牲口。⑧圭、璧：祭神用的玉器。⑨宁：乃。莫我听：即莫听我。⑩大：同"太"。⑪蕴隆：暑气郁盛。虫虫：热气熏蒸的样子。⑫殄(tiǎn)：断绝。禋(yīn)祀：祭天神的典礼。⑬宫：指宗庙。⑭奠：祭天。瘗(yì)：指把祭品埋在地下以祭地神。⑮宗：尊敬。⑯斁(dù)：败坏。⑰丁：当，遭逢。⑱黎民：百姓。⑲孑遗：遗留，剩余。⑳遗(wèi)：赠。㉑于摧：将灭。㉒云：遮蔽。㉓大命：国命。㉔群公：先世诸侯之神。先正：先世卿士之神。㉕忍：忍心。㉖涤涤：光秃的样子。㉗旱魃(bá)：古代传说中指能造成旱灾的鬼怪。㉘惔(tán)：火烧。㉙惮：畏。㉚熏：灼。㉛闻：恤问。㉜遯(dùn)：通"困"，受困。㉝黾(mǐn)勉：勉力为之，尽力事神，急于祷告祈求。㉞瘨(diān)：病。㉟憯(cǎn)：曾。㊱祈年：指"孟春祈谷于上帝，孟冬祈来年于天宗"之祭礼。孔夙(sù)：很早。㊲方：祭四方之神。社：祭土神。莫(mù)：古"暮"字，晚。㊳虞：忖度。㊴友：通"有"。纪：纪纲，法度。㊵鞠(jū)：穷困。庶正：众官之长。㊶疚：忧苦。冢宰：周代官名，相当于

后世的宰相。㊷趣马：官名，职责是掌管国王马匹。师氏：官名，主管教导国王和贵族的子弟。㊸膳夫：主管国王、后妃饮食的官。㊹卬（yǎng）：通"仰"。㊺里：通"悝"，忧伤。㊻嘒（huì）：微光。㊼昭假：祭祀。无赢：即无爽，无差错。㊽成：功。㊾宁：定。㊿曷：何，何时。惠：赐。

【赏析】

　　首句"倬彼云汉，昭回于天"，描写银河高远、星光闪闪的景象。"王曰於乎"一句，点出观景之人。王在夜间仰头观望星象，看到辽远高阔、清澈晴朗的夜空，不禁连声叹息："何辜今之人！"

　　诗人并未开门见山地写出大旱之时的情形，而是从周宣王夜观天象的举动，以及由此而生的叹息入手，刻画出一个忧心天下民生的君主形象，也为全诗奠定了一种焦虑哀伤的基调。"倬彼云汉，昭回于天"这一意象，若独立来看，不失为一幅美妙的夜景图，然而，放在此诗起首，却有"乐景写哀"之功用。

　　周人敬天畏神，逢此大旱，自然首先怀疑自己是否对神不敬。但"靡神不举，靡爱斯牲"，明明没有神灵不曾供奉，也没有吝惜祭品，却依然"天降丧乱，饥馑荐臻"，老天仍旧不断降下灾难。双重否定句式的运用，表现出宣王的困惑、焦灼、畏惧交织的复杂心情。

　　第二章至第七章，诗人连用六句"旱既大甚"，既点明旱灾的现状和形势，也营造出了一种紧张、焦急的阅读效果，使读者对周宣王为旱灾所苦的心情感同身受。这六章一方面写宣王眼中所见旱情，另一方面摹写宣王的心理状态。诗人对灾情的描写多用夸张手法，将情与景巧妙地进行融合，如"周余黎民，靡有孑遗"一句，表现旱灾波及之处，赤地千里，民不聊生的景状。"周地之民所剩无几"的夸大说辞中，蕴涵着宣王深深的痛苦和忧虑。再如"旱魃为虐，如惔如焚"一句，写旱魔在原本丰饶的大地上肆虐横行，导致山河枯槁，像被一场大火烧过一般。将旱灾遍地的情景想象成大火燎原，十分准确贴切；而且以大地赤火比宣王的忧心如焚，情景交融，相得益彰。

　　触目所见，举国上下一片焦渴，宣王由此面向上天接二连三发出呼号："父母先祖，胡宁忍予！""昊天上帝，宁俾我遯！""瞻卬昊天，云如何里！"——先祖们，神灵们，苍天啊，为何你们忍心见我受苦？难道想要将我们赶出此地，断绝我们的生路？如何才能止住这场干旱，让我不再忧伤？

这种发自肺腑的呼号，字字句句皆为血泪。它是先民在面对灾难时的无助、无力和无奈心情最直接、最忠实的体现。尽管宣王将这场灾难看做上天"如霆如雷"的惩罚，并带领百官和民众"不殄禋祀，自郊徂宫。上下奠瘗，靡神不宗"，不断地举行祭祀，拜祭上天和诸神，甚至"趣马师氏，膳夫左右"，让管理马匹的官员、教导自己的老师，负责王室膳食的官员都来助祭，却"无不能止"，旱情仍然持续着。夜观星象，"瞻卬昊天，有嘒其星"，天空仍然星辰无数，一望无垠。

无论怎样向上天呼告，表达自己的忧愤与失望，宣王唯一能做的事也仍是祈祷。他还劝告"大夫君子"，祈祷要虔诚，不能出差错。诗中两次提及"大命近止"，一方面写出旱灾的可怕：它好像一片死亡的阴云，悬浮在人们头顶，随时可能落下来，置人于死地；另一方面，描绘出人们大难临头时的惶恐与绝望。宣王为安定民心，只能"无弃尔成"，存着一线希望，坚持不懈地祷告下去，期望上天终有一天会听见。

经过前文的铺垫，此时的祭祀和祷告仪式已染上了深深的悲凉和哀伤。"何求为我，以戾庶正"一句，鲜明地表达出宣王的心情：这场祈雨的仪式并非为了自己，而是为了安抚百官之心。周宣王在臣子和百姓面前，保持着一个君王的威仪，给人带来了安稳和信心，但面对上天时，他却发出忧苦的叹息："曷惠其宁？"——苍天神灵，你们何时才会赐予我安宁？

◎崧高◎

崧高维岳①，骏极于天②。维岳降神③，生甫及申④。维申及甫，维周之翰⑤，四国于蕃⑥，四方于宣⑦。

亹亹申伯⑧，王缵之事⑨，于邑于谢⑩，南国是式⑪。王命召伯⑫，定申伯之宅⑬。登是南邦⑭，世执其功⑮。

王命申伯，式是南邦。因是谢人⑯，以作尔庸⑰。王命召伯，彻申伯土田⑱。王命傅御⑲，迁其私人⑳。

申伯之功，召伯是营。有俶其城㉑，寝庙既成㉒，既成藐藐㉓。王锡申伯㉔，四牡蹻蹻㉕，钩膺濯濯㉖。

王遣申伯㉗，路车乘马。我图尔居㉘，莫如南土。锡尔介圭㉚，以作尔宝。往近王舅㉛，南土是保㉜。

申伯信迈㉝，王饯于郿㉞。申伯还南，谢于诚归㉟。王命召伯，彻申伯土疆。以峙其粻㊱，式遄其行㊲。

申伯番番㊳，既入于谢，徒御啴啴㊴。周邦咸喜，戎有良翰㊵。不显申伯㊶，王之元舅㊷，文武是宪㊸。

申伯之德，柔惠且直㊹。揉此万邦㊺，闻于四国。吉甫作诵㊻，其诗孔硕㊼。其风肆好㊽，以赠申伯。

【注释】

①崧（sōng）：山高而大。维：是。岳：特别高大的山。②骏：通"峻"，高大。极：至。③维：发语词。④甫：国名，此指甫侯。申：国名，此指申伯。⑤翰：屏障。⑥于：犹"为"。蕃：即"藩"，藩篱，屏障。⑦宣：城垣。⑧亹（wěi）亹：勤勉的样子。⑨王缵之事：王使申伯办他事。⑩前一"于"字：为，建。谢：地名。⑪式：法。⑫召伯：召虎，亦称召穆公，周宣王大臣。⑬定：确定。⑭登：成为。⑮执：守持。功：事业。⑯因：依靠。⑰庸：通"墉"，城墙。⑱彻：治理。⑲傅御：诸侯之臣，治事之官，为家臣之长。⑳私人：傅御之家臣。㉑俶（chù）：修缮。㉒寝庙：周代宗庙的建筑有庙和寝两部分，合称寝庙。㉓蹻蹻：美貌。㉔锡（cì）：同"赐"。㉕牡：公马。蹻（jué）蹻：强壮勇武的样子。㉖钩膺：马颈腹上的带饰。濯濯：光泽鲜明的样子。㉗遣：遣送。㉘路车：诸侯乘坐的一种大型马车。㉙图：图谋，谋虑。㉚介：大。圭：古代玉制的礼器，诸侯执此以朝见周王。㉛迄（jì）：语助词，相当于"了"。㉜保：安保。㉝信：再宿。迈：走。㉞饯：备酒食送行。郿（méi）：古地名，在今陕西眉县。㉟谢于诚归：即"诚归于谢"。㊱峙：储备。粻（zhāng）：米粮。㊲遄（chuán）：加速。㊳番番：勇武的样子。㊴徒：徒行之士兵。御：御车之士兵。啴（tān）啴：和乐的样子。㊵戎：汝，你。㊶不：通"丕"，太。显：显赫。㊷元舅：长舅。㊸宪：法式，模范。㊹柔惠：温顺恭谨。㊺揉：安顺。㊻吉甫：尹吉甫，周宣王大臣。诵：同"颂"，颂赞之诗。㊼其：是，此。孔硕：指篇幅很长。㊽肆好：极好。

【赏析】

　　《崧高》全诗共八章，每章八句。开篇叙写申伯降生之异，说他是四岳神灵所降生，突出他的不同凡响。在当时神权凌驾一切的社会，如此崇高的颂扬似乎在为申伯在周朝的地位和诸侯中的重要作用作顺理成章的铺叙。诗歌以这样的方式起头，别有一番气势。

　　第二章写周王命召伯选定申伯的封地，突出君王对申伯的重视。自此以下，就是周王对申伯的加官晋爵、称王封地的描写。诗人着重突出申伯临别赠言，宣王饯行以及申伯启程时的盛况，最后叙写申伯荣归故里，不负众望，给各国诸侯们作出了榜样，至此，诗人点明了全诗意旨。王命是贯穿全诗

的线索，申伯受封之事为中心，按照时间顺序，写出事件发展的经过。行文过程中却又不忘添加对宣王的溢美之词和突出宣王对申伯的倚重宠眷。后面几章写申伯定封于谢、筑城池、治土田、定宗庙等，不断重申"王命召伯"之语，写出宣王的叮咛郑重之意。

"申伯之德，柔惠且直。揉此万邦，闻于四国"，最后一章点明作诗之意，特别申明申伯的功德之盛，表明其受赐的缘由绝非因先祖功德因袭或恃亲贵以邀宠。诗人作诗也只是为了申明宣王之精明能干和臣子的尽忠竭力，绝非阿谀奉迎。这是一首送行诗，主要叙述申伯南征后宣王封其于谢城，以安定民心，作王室屏障，平铺直叙，叙事详尽，多为真情实感。

◎烝民◎

天生烝民①，有物有则。民之秉彝②，好是懿德。天监有周，昭假于下③。保兹天子，生仲山甫④。

仲山甫之德，柔嘉维则。令仪令色，小心翼翼。古训是式⑤，威仪是力。天子是若⑥，明命使赋。

王命仲山甫，式是百辟⑦。缵戎祖考⑧，王躬是保。出纳王命⑨，王之喉舌。赋政于外，四方爰发⑩。

肃肃王命，仲山甫将之⑪。邦国若否⑫，仲山甫明之。既明且哲，以保其身。夙夜匪解⑬，以事一人。

人亦有言，柔则茹之⑭，刚则吐之。维仲山甫，柔亦不茹，刚亦不吐。不侮矜寡，不畏强御⑮。

人亦有言，德輶如毛⑯，民鲜克举之。我仪图之⑰，维仲山甫举之，爰莫助之。衮职有缺⑱，维仲山甫补之。

仲山甫出祖，四牡业业⑲，征夫捷捷，每怀靡及⑳。四牡彭彭，八鸾锵锵㉑。王命仲山甫，城彼东方。

四牡骙骙㉒，八鸾喈喈。仲山甫徂齐，式遄其归㉓。吉甫作诵，穆如清风㉔。仲山甫永怀㉕，以慰其心。

【注释】

①烝：众。②秉彝：常理，常性。③假：至。④仲山甫：人名，为宣王卿士。⑤式：用，效法。⑥若：选择。⑦辟：法式。⑧缵：继承。戎：你。⑨出纳：指受命与传令。⑩爰发：乃行。⑪将：执行。⑫若否：好坏。⑬解：通"懈"。⑭茹：吃。⑮强御：强悍。⑯輶（yóu）：轻。⑰仪图：揣度。⑱衮（gǔn）：绣龙图案的王服。⑲出祖：祭路神。业业：马高大的样子。⑳每怀靡及：每人怀有私心，顾不上。㉑鸾：鸾铃。㉒骙（kuí）骙：强壮。㉓遄（chuán）：速。㉔穆如清风：柔和得像清风一样。㉕永：长。怀：思。

【赏析】

此诗写的应是周宣王派大臣仲山甫到齐地筑城、平乱、巩固东方边防的事迹。

　　全诗大致可以分为三个部分，首章"民之秉彝，好是懿德"，写出天降仲山甫于大周，辅佐周王实现中兴，不同凡响。首章写出了促应天运而生，非一般人物可比，总领全诗。第二部分主要写出了仲山甫"古训是式"、"天子是若"、"出纳王命"的才干和功绩，以及不欺负鳏寡弱小、不畏豪绅、敢于向天子进谏的高贵品质和刚直无畏的精神。诗人对仲山甫推崇备至，极意美化，塑造了一位身负重任、德才兼备、忠于职守、攸关国运的忠臣形象。此部分内容由第二章开始一直写到第六章，是整首诗歌的重点和中心。末尾两章作为诗歌的第三部分，主要写仲山甫接受周王的命令启程"城彼东方"的场面。"四牡业业，征夫捷捷，每怀靡及。四牡彭彭，八鸾锵锵"，写出他的威仪，表达出诗人的敬佩和勉励之情。

◎韩奕◎

　　奕奕梁山①，维禹甸之②。有倬其道③，韩侯受命④。王亲命之⑤："缵戎祖考⑥，无废朕命⑦。夙夜匪解⑧，虔共尔位⑨。朕命不易。榦不庭方⑩，以佐戎辟⑪。"

　　四牡奕奕⑫，孔修且张⑬。韩侯入觐⑭，以其介圭⑮，入觐于王。王锡韩侯⑯，淑旂绥章⑰，簟茀错衡⑱。玄衮赤舄⑲，钩膺镂钖⑳，鞹鞃浅幭㉑，鞗革金厄㉒。

　　韩侯出祖㉓，出宿于屠㉔。显父饯之㉕，清酒百壶。其肴维何？炰鳖鲜鱼㉖。其蔌维何㉗？维笋及蒲㉘。其赠维何？乘马路车㉙。笾豆有且㉚，侯氏燕胥㉛。

　　韩侯取妻㉜，汾王之甥㉝，蹶父之子㉞。韩侯迎止㉟，于蹶之里。百两彭彭㊱，八鸾锵锵㊲，不显其光㊳。诸娣从之㊴，祁祁如云㊵。韩侯顾之㊶，烂其盈门㊷。

　　蹶父孔武㊸，靡国不到㊹。为韩姞相攸㊺，莫如韩乐。孔乐韩土，川泽讦讦㊻，鲂鱮甫甫^⑦，麀鹿噳噳^⑧，有熊有罴，有猫有虎。庆既令居^⑨，韩姞燕誉^⑤。

溥彼韩城^⑤，燕师所完^⑤。以先祖受命，因时百蛮^⑤。王锡韩侯，其追其貊^⑤。奄受北国^⑤，因以其伯^⑥。实墉实壑^⑦，实亩实藉^⑧。献其貔皮^⑨，赤豹黄罴。

【注释】

①奕奕：高大的样子。梁山：在今陕西韩城县西北。②维：发语词。甸：治理。③倬：宽大。④韩侯：姬姓，周王近宗贵族，诸侯国韩国国君。受命：接受册命。⑤王：指周宣王。⑥缵（zuǎn）：继承。戎：你。祖考：先祖。⑦朕：周王自称。⑧夙夜：早晚。匪解：即非懈，不懈怠的意思。⑨虔共：敬诚恭敬。⑩榦：纠正。不庭方：不来朝觐的方国诸侯。⑪辟：君。⑫牡：公马。⑬孔修（xiū）：很长。⑭入觐（jìn）：入朝朝见天子。⑮介圭：玉器，周王册封诸侯时赐予的镇国宝器，诸侯入觐时须手执介圭。⑯锡：同"赐"，赏赐。⑰淑旂（qí）：色彩鲜艳，绘有交龙图案的旗子。绥（suí）章：安全挂起。⑱簟茀（diàn fú）：竹编的车篷。错衡：饰有交错花纹的车前横木。⑲玄衮：黑色龙袍，周朝王公贵族的礼服。赤舄（xì）：红鞋。⑳钩膺：束在马腰部的革制装饰品。镂锡（yáng）：马额上的金属制装饰品。㉑鞹鞃（kuò hóng）：包皮革的车轼横木。浅幭（miè）：用浅毛皮裹的车上覆盖物。㉒鞗（tiáo）革：马辔头。厄：通"轭"，在辕。㉓出祖：出行之前祭路神。㉔屠：地名。㉕显父：周宣王的卿士。父，是对男子的美称。㉖炰（páo）鳖：烹煮鳖肉。㉗蔌：蔬菜。㉘筍（sǔn）：笋。㉙乘（shèng）马：一乘车四匹马。路车：即辂车，贵族用大车。㉚笾（biān）豆：饮食用具，笾是盛果脯的高脚竹器，豆是盛食物的高脚、盘状陶器。㉛燕：通"宴"。胥：皆。㉜取妻：同"娶妻"。㉝汾王：郑笺："厉王流于彘（地名，今山西霍县东北），彘在汾水之上，故时人因以号之。"㉞蹶父：周朝的卿大夫。㉟迎止：迎亲。㊱百两：百辆。彭彭：盛多。㊲鸾：通"銮"，挂在马嚼子两端的铃。㊳不（pī）：通"丕"，大。㊴诸娣从之：诸位娣女跟从她。㊵祁祁：盛多的样子。㊶顾：当时嫁娶的礼。㊷烂：光彩。㊸孔武：很勇武。孔，甚。㊹靡：没有。㊺韩姞：即蹶父之女，姞姓，嫁韩侯为妻，故称韩姞。相攸：指相女婿。㊻讦（xū）讦：广大的样子。㊼甫甫：大的样子。㊽噳（yōu）：母鹿。噳（yǔ）噳：鹿群聚的场面。㊾令居：美好的居所。㊿燕誉：安乐高兴。51溥（pǔ）：广大。

韩城：韩国都城。㉜燕师：燕国人。㉝时：掌管、统辖。蛮：古时对异族土著部落统称蛮、夷。㉞追、貊（mò）：北方两个少数民族。㉟奄：完全。㊱伯：诸侯之长。㊲实：乃。墉：城墙，用作动词。壑：壕沟，用作动词。㊳亩：田亩，此作动词，指划分田亩。籍：征收赋税。㊴貔（pí）：猛兽名。

【赏析】

这首诗按时间顺序进行叙述，条理十分清晰。先写周宣王宣布册命，后写韩侯入朝拜见天子，接受封赏，再写韩侯出发前卿士为他饯行，继写韩侯娶亲，最后写韩侯归国。全诗无一处直接夸赞韩侯的诗句，而是通过具体细致地描写韩侯受天子册封的荣耀、饯行之宴的丰盛、婚礼的铺张奢华以及归国之后的活动，让读者从中体会韩侯的显贵和作为韩城之主的才干。

开篇"奕奕梁山，维禹甸之。有倬其道"，写大禹曾治理梁山，如今更有大道直通京城，因此韩城所在地域本属于西周王朝，从而点出宣王册封韩侯的缘由。接下来写宣王册命的内容："缵戎祖考，无废朕命。夙夜匪解，虔共尔位。朕命不易。榦不庭方，以佐戎辟。"这几句话大意是说：承接你先祖的功业，不要辜负我委托于你的重任。切记日夜不懈，一定要时刻保持恭敬虔诚和谨慎之心，如此一来，我的册命自然不会变更。发挥你的才干来辅佐我，你必能让那些不来朝觐的诸侯国一一归顺。这段册命的用词庄重典雅，很符合君王的身份。

册命之后，韩侯入朝受封。"四牡奕奕，孔修且张"，在写"韩侯入觐"之前，先对他乘坐的马车进行了描写，凸显他觐见天子的气派和排场。接着，诗中花了大半章的篇幅细述天子的赏赐："王锡韩侯，淑旂绥章，簟茀错衡。玄衮赤舄，钩膺镂钖，鞹鞃浅幭，鞗革金厄。"交龙日月旗、黑色的龙袍、红色的木底高靴、雕着交错花纹、配着金质挽具、车饰华美的大车等，用华丽的辞藻详细列举，显示出韩侯所得到的无上荣耀。

"韩侯出祖，出宿于屠。显父饯之，清酒百壶"，写韩侯启程前往韩城之前祭拜祖先，随即"显父"遵照君主之令，依照礼制到郊外为韩侯饯行，备下"清酒百壶"。紧接着是对这场宴席的描述："其肴维何？炰鳖鲜鱼。其蔌维何？维笋及蒲。其赠维何？乘马路车。"连用三个问句，从酒肴、蔬菜问到宴后所赠之物，并一一作出回答，这种自问自答的手法颇具口语化和民歌化的风味，相当贴切地表现了宴席的热闹和欢畅。

叙述韩侯娶亲场面时，诗中连用"彭彭"、"锵锵"、"祁祁"三个叠词，写出迎亲车队之多，陪嫁之盛，极具表现力。随后，诗作笔锋一转，开始从韩侯岳父的角度写韩国的富庶。写他"为韩姞相攸"，选婿过程中，他相中了韩国这块地方。诗中说"莫如韩乐"，实际是通过赞美韩国土地来夸耀韩侯。

"孔乐韩土，川泽訏訏，鲂鱮甫甫，麀鹿噳噳"，如前一章一样，叠词的连续运用，不仅使诗歌朗朗上口，而且加深了词语的表现力。"有熊有罴，有猫有虎"，则近乎白话，罗列韩国珍稀的动物种类，实则还是为了突出韩国的物产丰富。"庆既令居，韩姞燕誉"，写韩侯妻子的满意之情。这是从侧面表现韩侯的治地有方，赞扬之意不言而喻。

最后一章与首章密切呼应，"溥彼韩城，燕师所完"一句，与首句"奕奕梁山"呼应，巍峨的梁山所在的韩城，如今已扩建得又高又大；"以先祖受命，因时百蛮"，则呼应首章的"缵戎祖考，无废朕命"和"榦不庭方，以佐戎辟"，册命时君王所提的要求，如今韩侯不负所托，尽数完成。他在韩国"实墉实壑，实亩实籍"，治理得井井有条，使韩城成为西周王朝北方边境的强大屏障。

韩侯做出的功绩是周宣王实现"中兴"的助力之一。这首诗以多变的语言、严谨的结构、客观的笔法叙述了韩侯的事迹，落落大方、张弛有度地表达了对韩侯的赞誉。

◎江汉◎

江汉浮浮，武夫滔滔①。匪安匪游②，淮夷来求③。既出我车，既设我旐④。匪安匪舒，淮夷来铺⑤。

江汉汤汤⑥，武夫洸洸⑦。经营四方，告成于王。四方既平，王国庶定⑧。时靡有争，王心载宁⑨。

江汉之浒⑩，王命召虎："式辟四方⑪，彻我疆土⑫。匪疚匪棘⑬，王国来极⑭。"于疆于理⑮，至于南海。王命召虎："来旬来宣⑯。文武受命，召公维翰⑰。无曰予小子⑱，召公是似⑲。肇敏戎公⑳，用锡尔祉㉑。"

"釐尔圭瓒㉒，秬鬯一卣㉓，告于文人㉔，锡山土田。于周受命㉕，自召祖命㉖。"虎拜稽首㉗："天子万年！"

虎拜稽首，"对扬王休㉘，作召公考，天子万寿！"明明天子㉙，令闻不已㉚。矢其文德㉛，洽此四国。

【注释】

①滔滔：水广大。②匪：同"非"。③来：语助词，含有"是"的意义。求：讨伐。④旐：画有鸟隼的旗。⑤铺：通"抚"，安抚。⑥汤(shāng)汤：水势大的样子。⑦洸(guāng)洸：威武的样子。⑧庶：幸好。⑨载：则。⑩浒(hǔ)：水边。⑪式：发语词。辟：开辟。⑫彻：开发。⑬疚：病，害。棘："急"的假借。⑭极：准则。⑮于：意义虚泛的助词，其词义取决于后面所带之词。⑯旬："巡"的假借。⑰召公：召虎的太祖，谥康公。维：是。翰：桢干。⑱予小子：宣王自称。⑲似："嗣"的假借，继承。⑳肇敏：勉力。戎：你。公：功业。㉑锡：赐。祉：福禄。㉒釐(lài)："赉"的假借，赏赐。圭瓒(zàn)：用玉做柄的酒勺。㉓秬(jù)：黑黍。鬯(chàng)：古时祭祀用的香酒，用郁金草合黑黍酿式。卣(yǒu)：带柄的酒壶。㉔文人：有文德的人。㉕于周受命：你在周朝受王命。㉖召祖：召氏之祖，指召康公。㉗稽首：古时礼节，跪下拱手磕头，手、头都触地。㉘对扬：颂扬。休：美德。㉙明明：勉勉。㉚令闻：美好的声誉。㉛矢：施行。

【赏析】

此诗首章起笔先声夺人，卓绝不凡。举兵伐淮夷，宣王亲征，驻于江汉之滨，召公的受命、誓师、率师出征俱在此，所以诗的前二章均以"江汉"为喻，借长江、汉水的宽阔水势，喻周天子大军浩浩荡荡的气势。也同样因为天子亲征，故曰"匪安匪游，淮夷来求"，"匪安匪舒，淮夷来铺"。横无际涯的滔滔江水与英姿飒爽的起起武夫，烘托出大军压境的气势和周王的威仪，雄浑博大。"匪安匪游，淮夷来求"，"匪安匪舒，淮夷来铺"，连用排比，反复强调，周王的出行不是为了安乐，不是为了嬉戏，而是要让"淮夷"臣服。"既出我车，既设我旐"，连用叠句，紧承上文气势。读罢此章，一幅王师向江汉征讨的宏大的图景浮现，起到总叙其事的效果。

第二章略去征战场面的描写，而是只用"经营四方，告成于王"两句点出战果，表现出另一种深意：平定边乱，不可穷兵黩武，而要讲求"文治武功"的结合。第二章开头使用复沓法与首章呼应，依然将汤汤江汉之水和勇猛的武夫作比较，简约的文字，表现的却是一场复杂但有摧枯拉朽似的战争，似不战而定，瞬间即止，四海康宁。虽然省略了战争的描绘，但是这种疏密相间、繁简得当的措辞却表现出文治武功的深意。

"江汉之浒，王命召虎"，写周宣王对召虎面授机宜，教诲召虎不失时机地进行整顿治理，未雨绸缪，做好善后事宜，君王的教诲表现出明君的深识卓见。而"匪疚匪棘，王国来极"颂扬了战乱平息的功绩，但是却衬托出王都政治清明，百姓安乐，表现出宣王的仁德。宣王再次勉励召虎，继承祖志，做栋梁之臣。宣王的谆谆面谕，反复叮咛，情见于词。而"来

旬来宣"以下几句是写宣王教诲召虎要体恤下民，勤于巡视宣抚，施行德政。这看起来在表现召虎的功绩，但这种教诲又何尝不是君王自身的希冀，又何尝不是对宣王德政的赞美和颂扬呢？

"无曰予小子"犹如今日"不要说我是小子"，十分口语化，庄重之中含亲切，上追召公辅佐文王武王之功绩，下勉召虎效先祖之忠心和鞠躬尽瘁，语带亲昵，言简意远，听着只能恭谨从命。

言语安抚已毕，宣王拿出美酒，赏赐召虎土地，召他回祖庙接受册命，以示宠信。这愈发显得庄严隆重，皇恩浩荡，愈发使得召虎伏地拜谢不迭，呼祝天子万寿无疆，既表现出宣王之德，也显示出召虎对恩赐的诚惶诚恐。全诗以赞美宣王收结，以盛赞武功始，以极颂文德终，宣扬了周王朝明君的武功文治。

◎常武◎

赫赫明明①，王命卿士②。南仲大祖③，大师皇父④。"整我六师⑤，以修我戎⑥。既敬既戒⑦，惠此南国⑧。"

王谓尹氏⑨："命程伯休父⑩，左右陈行⑪。戒我师旅，率彼淮浦⑫，省此徐土⑬。"不留不处⑭，三事就绪⑮。

赫赫业业⑯，有严天子⑰。王舒保作⑱，匪绍匪游⑲。徐方绎骚⑳，震惊徐方。如雷如霆㉑，徐方震惊。

王奋厥武㉒，如震如怒。进厥虎臣㉓，阚如虓虎㉔。铺敦淮濆㉕，仍执丑虏㉖。截彼淮浦㉗，王师之所㉘。

王旅啴啴㉙，如飞如翰㉚，如江如汉，如山之苞㉛，如川之流。绵绵翼翼㉜，不测不克，濯征徐国㉝。

王犹允塞㉞。徐方既来，徐方既同，天子之功。四方既平，徐方来庭㉟。徐方不回㊱，王曰还归。

【注释】

①赫赫：威严的样子。明明：明智的样子。②卿士：周朝廷执政大臣。③南仲：人名,宣王主事大臣。大祖：太祖。④大师：职掌军政的大臣。皇父：人名,周宣王太师。⑤整：治。六师：六军。周制,王建六军。一军一万二千五百人。⑥修我戎：整顿我的军备。⑦敬：警惕。⑧惠：爱。⑨尹氏：此指尹吉甫。⑩程伯休父：人名,宣王时大司马。⑪陈行：列队。⑫率：率领。⑬省：察视。徐土：指徐国。⑭不：二"不"字皆语助词,无义。留：同"刘",杀。处：安。⑮三事：三卿。绪：业。⑯业业：前行的样子。⑰有严：严严,威严的样子。⑱舒：舒徐。保：安。作：起。⑲绍：舒缓。游：优游。⑳绎骚：骚动。㉑霆：打雷。㉒奋厥武：奋发用武。㉓虎臣：猛如虎的武士。㉔阚(hǎn)如：虎怒的样子。虓(xiāo)：虎啸。㉕铺：大。敦：屯聚。此处指陈列。濆(fén)：大堤。㉖仍：就。丑虏：对敌军的蔑称。㉗截：断绝。㉘所：处。㉙啴(tān)啴：人多势众的样子。㉚翰：指鸷鸟。㉛苞：指根基。㉜翼翼：壮盛的样子。㉝濯：大。㉞犹：谋略。允：诚。塞：实,指谋略不落空。㉟来庭：来王庭,指朝觐。㊱回：违。

【赏析】

诗的首章以生动传神的字句传达了宣王任命将领率部出征的非凡场面。两个叠字"赫赫明明",形象地突出了宣王的王者威仪。宣王任命了南仲,让其整顿六军士气,发布安民指令。这一系列的活动就充分显示了宣王出征之前所进行的精心准备。第二章接着又叙述宣王任命司马、细查敌情、速战回朝的战前训示。

从这些简明准确的语句中就可以看见作为中兴之主的宣王胸有成竹、指挥若定、非同凡响的形象。第三章诗人又用"赫赫业业"表现了宣王非凡的举止气度,连用叠字,使诗歌在节奏上有了一种独特的音乐美。

此外,这章更为独特的地方在于,它从对交战双方的战前状态的对比描写中体现出了王师的威力。王师从容不迫的行军之中,凝聚着克敌制胜的勇气和信心。与王师的这种从容和安行所对应的,则是徐方之部风声鹤唳、草木皆兵的不安之势。这种备战状态上截然不同的表现既能让人想象王师蓄势待发的威力,也让人看到了徐方的萎靡之势。

这首诗中最能体现王师势如破竹的王者风范的描写在第五章,诗人以充沛的感情,铺陈扬厉,一气呵成,连用数个排比,如同浩荡之水,倾泻而出,令人目不暇接,震撼不已,将王师的勇猛无敌、迅疾敏捷描述得十分形象生动。以叠字"啴啴"比喻王师盛大之貌,"如飞如翰"则是说王师行动迅捷变幻莫测,如凌空高飞,风驰电掣。王师"如江如汉"汹涌奔腾,锐不可当。接下来诗又从静和动两方面着笔,用"如山之苞"写王师驻扎如山环抱,稳如山岳不可撼动;以"如川之流"写王师行军如江河奔泻,气势如虹;动静相结合,所谓"静如山、动如川"。"绵绵翼翼"又连用双声连绵词,形容王师浩大密集、连绵不绝。

◎瞻卬◎

瞻卬昊天①，则不我惠②。孔填不宁③，降此大厉④。邦靡有定，士民其瘵⑤。蟊贼蟊疾⑥，靡有夷届⑦。罪罟不收⑧，靡有夷瘳⑨。

人有土田，女反有之。人有民人，女复夺之⑩。此宜无罪，女反收之。彼宜有罪，女复说之⑪。

哲夫成城⑫，哲妇倾城。懿厥哲妇⑬，为枭为鸱⑭。妇有长舌，维厉之阶⑮。乱匪降自天，生自妇人。匪教匪诲⑯，时维妇寺⑰。

鞫人忮忒⑱，谮始竟背⑲。岂曰不极⑳，伊胡为慝㉑？如贾三倍㉒，君子是识㉓。妇无公事㉔，休其蚕织。

天何以刺㉕？何神不富㉖？舍尔介狄㉗，维予胥忌㉘。不吊不祥㉙，威仪不类㉚。人之云亡㉛，邦国殄瘁㉜。

天之降罔㉝，维其优矣㉞。人之云亡，心之忧矣。天之降罔，维其几矣㉟。人之云亡，心之悲矣。

觱沸槛泉㊱，维其深矣。心之忧矣，宁自今矣。不自我先，不自我后。藐藐昊天㊲，无不克巩㊳。无忝皇祖㊴，式救尔后㊵。

【注释】

①瞻卬（yǎng）：通"瞻仰"。②惠：爱。③填（chén）：通"陈"，长久。④厉：祸患。⑤士民：士人与平民。瘵（zhài）：病。⑥蟊（máo）：伤害禾稼的虫子。贼、疾：害。⑦夷：语气助词。届：至，极。⑧罪罟（gǔ）：刑罪之法网。⑨瘳（chōu）：病愈。⑩复：反。⑪说（tuō）：通"脱"，解脱。⑫哲：智。⑬懿：通"噫"，叹词。⑭枭（xiāo）：传说长大后食母的恶鸟。鸱（chī）：猫头鹰的一种。⑮阶：阶梯，此处作"因由"解。⑯匪：不可。教诲：教导。⑰时：是。维：为。寺人：内侍，指宦官。⑱鞫（jū）人：奸人。忮（zhì）忒：害人。⑲谮（zèn）：进谗言。竟：终。背：违背，自相矛盾。⑳极：狠。㉑伊：语助词。慝（tè）：恶，错。㉒贾（gǔ）：经商。三倍：三倍的利润。㉓君子：指在朝执政者。识：见识。㉔公事：即功事，指妇女所从事的纺织蚕桑之事。㉕刺：指责，责备。㉖富：福祐。㉗介：大。狄：坏人。㉘胥：相。忌：怨恨。㉙吊：慰问，抚恤。㉚类：善。㉛亡：散去。㉜殄（tiǎn）瘁：病困，困穷。㉝罔：罗网。㉞其：它。㉟几：危险。㊱觱（bì）沸：泉水上涌的样子。槛泉：喷涌而出的泉水。㊲藐藐：高远的样子。㊳巩：固，指约束控制。㊴忝（tiǎn）：辱。㊵后：后代子孙。

【赏析】

古代历史上，红颜祸水，几成定论。殊不知，"千金买一笑"、"冲冠一发为红颜"都非红颜之过，而是自身之责。这首诗尖锐讽刺和严正痛斥了昏庸荒淫的周幽王宠幸褒姒，斥逐贤良，败坏纲纪，倒行逆施，祸国殃民的罪恶。凄楚激越的言辞，表现出了诗人忧国忧民的情怀和疾恶如仇的愤慨。

诗歌开宗明义，直击主题，以赋的手法概括地展现出一幅人民生活于水生火热之中的末世丑态图——天灾人祸交并，人民生灵涂炭。诗人痛心疾首，无可奈何地仰呼上苍，痛陈人民辛酸。随后，

诗人开始着手分析造成这种现象的原因，展示了社会上形形色色本末倒置的现象——土地被占、人口被夺、无罪遭捕、有罪逃脱。在第三章中，诗人从周幽王宠幸褒姒荒淫误国上分析出了民生疾苦的根源，因而痛斥道："乱匪降自天，生自妇人。"将褒姒比为"枭鸱""长舌妇"，并在接下来的一章中详尽地写出了褒姒祸国的罪恶。

诗人已经不能仅仅满足于自身的愤慨了，在第五章中，诗人转向了更为深切执著的沉痛，不仅仅集中于褒姒乱国一点之上，而是预见整个周王朝大厦将倾的可悲结局。"天何以刺？何神不富？"诗人怨恨上苍不明，怨恨君主昏庸无道，怨恨忠臣贤良的真知灼见不被采纳，忧国忧民的苦衷，此处只能化为几章凄惨激越的言辞。

全诗感情波澜起伏，诗人作为有见识的爱国者，清醒的认识和特定的身份注定了他不可摆脱的矛盾痛苦和深深忧虑。他从冷静客观的观察分析中看到了周王朝行将毁灭的未来，但是作为一个爱国者，诗人又不忍心承认这种现实，承受这种残酷。怀着几分爱国情，诗人并没有完全绝望，在全诗的结尾，诗人依然抱着一丝希望，高声疾呼"藐藐昊天，无不克鞏。无忝皇祖，式救尔后"。这或许是作者对周王朝抱有的一丝幻想。当然，历史证明诗人的幻想终究只能是空想。

长篇的抒情和控诉，诗人采用了多种手法，长篇铺叙，直陈其事，直抒胸臆，言辞迫切严正，诗风端庄朴实。

颂 篇

周颂

◎清庙◎

於穆清庙①，肃雍显相②！济济多士③，秉文之德④，对越在天⑤，骏奔走在庙⑥，不显不承⑦，无射于人斯⑧！

【注释】

①於（wū）：赞叹词，犹如今天的"啊"。穆：庄严、壮美。清庙：祭文王的宗庙。②肃雍（yōng）：庄重而和顺的样子。显：高贵显赫。相：助祭的人，此指助祭的公卿诸侯。③济济：众多。多士：指祭祀时承担各种职事的官吏。④秉：秉承，操持。文之德：周文王的德行。⑤对越：犹"对扬"，对是报答，扬是颂扬。在天：指周文王的在天之灵。⑥骏：敏捷、迅速。⑦不（pī）：通"丕"，大。承：继承。⑧射（yì）：借为"致"，厌弃。斯：语气词。

【赏析】

《清庙》是《周颂》的第一篇，"颂"是宗庙之音，《周颂》就是周王朝用于宗庙祭祀的乐歌。

《毛诗序》云："《清庙》，祀文王也。"文王是周王朝的奠基者，《清庙》作为《周颂》之首自然要先赞颂文王。周文王姬昌在商纣王时期为西伯，他在世时，周人还没有完成灭商立周、统一中原的大业，但他奠定了周部族攻取天下的基础。文王在位期间，广招贤士，吕尚、鬻熊、辛甲等人纷纷来归；又先后伐犬戎、密须、黎国、邗及崇侯虎，迁都丰邑。正是由于文王治理有方，周部族才有了灭商立周的雄厚基础。周人将文王与武王看成周朝建立的两大开国贤君，赞颂之辞无数。

本诗并不直接赞美文王，而是先向人展示文王庙的气氛："於穆清庙，肃雍显相。"庙宇庄严静穆，助祭者都是高贵显赫的王侯公卿，他们的神情也无比庄重而恭敬。

"济济多士，秉文之德"说明众多祭祀者正在祭祀的对象是周文王。庙中祭祀的人济济一堂，排列整齐有序，个个态度恭谨严肃，这是因为他们继承了文王的美好德行。"秉文之德"一方面是对参与祭祀的众人精神面貌的展示，另一方面也暗含对文王之德的赞颂。

"对越在天，骏奔走在庙"描写的是祭祀者的行动：他们对着文王的在天之灵虔诚祷告，为了祭祀活动而不停地来往奔走于庙中。他们之所以心甘情愿地奔走忙碌，就是因为他们由衷地崇敬受祭的文王。

文王之德既然如此美好，就理应得到继承，最后两句"不显不承，无射于人斯"表达的就是祭祀者将把文王之德发扬光大的决心。

诗颂文王，却将笔墨集中于参与祭祀的众人身上，可谓匠心独运。称赞文王的言辞不计其数，人们对于文王的事迹已经十分清楚，因此无须多言。本诗的高明之处就在于，作者并不正面叙述文王的功德，而是重点描写助祭者和祭祀者恭敬严肃的态度，以此侧面烘托文王之德的光明伟大。·

◎维天之命◎

维天之命①，於穆不已②。於穆不显③，文王之德之纯。假以溢我④，我其收之。骏惠我文王⑤，曾孙笃之⑥。

【注释】

①维：语助词。②於（wū）：叹词，表示赞美。穆：庄严粹美。③不（pī）：借为"丕"，大。④假以溢我：借文王之美德来丰富我。⑤骏惠：顺。⑥曾孙：孙以下后代均称曾孙。笃：厚。

【赏析】

诗的开头两句"维天之命，於穆不已"赞颂天道的光明远大、无穷无尽，三、四两句才开始称赞美好纯正的文王之德。表面上看，一、二两句似乎与文王之德没有什么联系，其实不然。《周颂》中提到"天"或者"天命"的诗有很多，显示出周人对上天的无比崇敬之情。上天自有其道，主宰着宇宙万物，其英明神圣不容怀疑。而周王室是天命的顺承者，周王是天之子，周王的德行乃秉承昭昭天道而来，与天命一样神圣不可侵犯。诗先颂"天之命"，再颂文王之德，正是为了显示文王与上天的这种承继关系。天之命完美无尽，作为天命继承者的文王，其德行自然也光辉万丈了。有了天道的灿烂光环做背景，不用多费言辞，就能尽显文王德行的完美光明。

溢美之词的确可以表达对文王的敬爱之心，但以具体行动来表达心意也许更有说服力。既然文王之德如此美好，那么后人就应该将其延续下去。诗的后四句表达的正是作者继承文王德行的决心："假以溢我，我其收之。骏惠我文王，曾孙笃之。"文王之德正大光明，子孙皆沐浴在他的光辉下，祭祀者表示周室子孙一定会永遵文王教诲，认真推行文王的德行。对于圣明的文王，祭祀者除了赞美想必还有祈福之心，因为祈祷护佑才是祭祀的真正目的。但在这里，祭祀者没有对文王提出任何要求，只是恭敬地说要把文王流传下的美好德行继承下去。这种毫无条件地顺应祖先遗训的态度，更加表现出祭祀者对文王的恭顺崇敬，是文王之德深得人心的有力证据。而把文王之德与天命融为一体的赞颂方式，增强了文王之德的威慑力。

◎维清◎

维清缉熙①，文王之典②。肇禋③，迄用有成④，维周之祯⑤。

【注释】

①维：语助词。②典：法。③肇：开始。禋（yīn）：祭天。④迄：至。⑤祯：吉祥。

【赏析】

《维清》全文只有十八个字，是《诗经》中最短的一首诗。朱熹甚至怀疑此诗有所缺漏，但全诗条理清晰,内容完整,应该没有漏文。《毛诗序》云:"《维清》,奏《象舞》也。"清陈奂《诗毛氏传疏》考证说:"《象》,文王乐,象文王之武功曰《象》,象武王之武功曰《武》。《象》有舞,故云《象舞》。"《象舞》是模仿文王征战姿态的舞蹈,通过取象文王的击刺征伐之法来表现内在的武烈精神。《维清》就是配合《象舞》的歌词。

诗开篇直接称赞文王:"维清缉熙,文王之典。"有人认为这两句的意思是文王之典光辉清明,"维清缉熙"就是直接形容"文王之典"的。但还有观点认为,"维清缉熙"感叹的是当时天下的清平光明,将此二句理解为"天下清平光明,这是因为有文王法典的缘故"。这两种解释都有道理,且无论哪种解释,都说明"文王之典"是光明美好的。

"肇禋,迄用有成,维周之祯。""肇禋"的字面意思是"开始祭祀",郑玄认为具体指的是文王始创出师祭天之典;因而"迄用有成"这句是说,周人继承这一征伐之法,"至今用之而有成功"(郑笺)。"祯"为吉祥之意,"维周之祯"赞叹周室天下的祥和安宁,再次强调大周天下的吉祥得益于文王的征伐之法。末句"维周之祯"与首句"维清缉熙"相互呼应,形成回环吞吐的巧妙结构,给这首十八字的短诗增添了天然妙趣。

清代学者李光地认为《清庙》《维天之命》和《维清》是相连为义的三首诗,《清庙》是开始祭祀时的颂歌,《维天之命》是祭而得福之歌,《维清》是祭礼结束时的送神之作。而《维清》这首诗极为精简,"辞弥少而意旨极深远"(戴震《诗经补注》),读起来确实有些尾声的味道。李光地的说法也许不完全正确,但为读者理解这几首诗提供了新的角度,不妨作为一种参考。

◎天作◎

天作高山①,大王荒之②。彼作矣③,文王康之④。彼徂矣⑤,岐有夷之行⑥,子孙保之。

【注释】

①高山:指岐山。②大王:即太王古公亶父,周文王的祖父。荒:扩大,治理。③彼:指大王。作:治理。④康:安。⑤彼:指文王。徂:往。⑥夷:平坦易通。行:道路。

【赏析】

《毛诗序》说:"《天作》,祀先王、先公也。"朱熹认为这是"祭大王之诗",姚际恒则认为这是祭祀岐山的诗。从诗的内容来看,《天作》更像是通过祭祀岐山而追怀先祖功业的诗。

"天作高山,大王荒之。""高山"就是岐山,之所以不直呼其名,大概是为了显示对岐山的尊崇,

正如子孙避祖先名讳一样；"大王"即太王，为文王之祖古公亶父。这两句的意思是：上天造就了岐山这块圣地，大王将它开垦治理。史书记载，周人本居于豳地，到古公亶父时期，由于不堪熏育、戎狄的骚扰，才迁至岐山。古公亶父率领周族人在岐山开荒种地，营建城郭屋室，周人得以安居乐业。

岐山是周族人兴盛的起点，而古公亶父作为这个起点的开创者，自然受到周人的万世敬仰。为表示对古公亶父的崇敬，后人将他追尊为大王。上天是岐山的创造者，而古公亶父是它的开辟者，是上天和大王共同成就了岐山圣地。"天作高山，大王荒之"将天与大王对举，正是暗示古公亶父的德行堪与昊天相匹。

文王是古公亶父少子季历之子，他在大王打下的基础上进一步发展了周族的势力。"彼作矣，文王康之"，"彼"就是大王。在岐山九世周主中，大王、文王可谓最杰出的代表。伐纣灭商虽然完成于武王，但周代商的必然历史趋势却早在文王时就已显示出来。

经过文王的苦心经营，岐山圣地已成为武王灭商的雄厚实力基地，它提供的不仅是征战所需的物资，还有成就霸业所需的济济人才。文王虽死，却给周族人留下了一条通向成功的平坦大道，这就是"彼徂矣，岐有夷之行"的含义。原本艰险难行的岐山在大王、文王等人的不懈努力下，出现了坦荡的道路；周人也从最初的弱势部族最终发展成为拥有天下的强盛民族。可以说，古老的岐山是周人崛起的见证者。

岐山是周人的兴盛之地，凝聚着周族几代先王的艰辛。诗末一句"子孙保之"便是后人缅怀圣地和先祖之余许下的誓言。保守先人留下的基业是子孙给予先辈的最好回报。

《天作》一诗围绕一座神圣的岐山展开叙述，带领读者回顾了周族的发展历程，虽然是歌功颂德之辞，但不显枯燥寡味，保持了质朴无华的品质。

◎昊天有成命◎

昊天有成命[1]，二后受之[2]。成王不敢康[3]，夙夜基命宥密[4]。於缉熙[5]，单厥心[6]，肆其靖之[7]。

【注释】

[1]昊天：苍天。成命：既定的天命。[2]二后：二王，指周文王与周武王。[3]康：安乐，安宁。[4]夙夜：日夜，朝夕。基命：王者始承的天命。宥（yòu）密：宽仁宁静。[5]於（wū）：叹词，有赞美之意。缉熙：光明。[6]单：忠厚。厥：其，指成王。[7]靖：安定。

【赏析】

《毛诗序》认为本诗的目的是祭祀天地，但多数人不同意《毛诗序》的说法，认为此乃祭祀成王的诗。

从诗的内容来看，除了一、二两句，余下五句都是直接叙述成王之德的，说成祭天地确实不妥。

首、二句是全诗的引子，先从高高在上的"昊天"起笔，指出上天有成命，文王和武王受命于天，灭殷商，建西周。祭祀成王却不从成王下笔，先言上天，次言文、武二王。这是因为，成王受文王和武王之命，而文、武二王又受天之命，开篇如此写法正可表示成王与文、武二王一脉相承，顺承天意。

而且，上古社会中，天地、祖先是人们的精神支柱，人间的祸福都被看成上天和祖先的意志作用的结果。歌颂成王的功绩时自然不能忘记"昊天"和"二后"，这也是饮水思源、敬天尊祖之意。

之后五句是诗的主体，赞颂成王之德。"成王不敢康，夙夜基命宥密"是说成王即位后，不敢贪图安逸，日夜为保国安民而深谋远虑。

成王是武王之子，康王之父，西周第二代天子。文王和武王缔造了西周王朝，成王是这个王朝的巩固者。武王在西周江山刚刚开始稳固时驾崩，把巩固江山的大业留给了年幼的成王。创业艰难，守业也非易事，攻取江山后却没能坐稳江山的王朝历史上并不少见。成王深谙此理，所以他"不敢康"，在治理国家、巩固基业上毫不懈怠。

在两句平实的叙述后，诗人突然发出一声"於缉熙"的赞叹，情感顿时扬起。"缉熙"为连绵词，作光明解。成王在位期间励精图治，使得国家安定富强，成功继承了文、武二王的光明功绩，因此后人发出"於缉熙"的赞叹，肯定了成王的光明之道。

赞叹之后诗人马上又回归了到平实的叙述："单厥心，肆其靖之"，刚刚上扬的情感也回到之前的沉着、静穆。成王尽其一生为治国安天下而不懈奋斗，可谓耗尽心力。他的努力没有白费，"单厥心"的结果是"肆其靖之"，西周在他的治理下最终得以江山稳固、国家太平。

成王之后，康王继续精心治国，西周在成、康统治期间达到鼎盛时期，史称"成康之治"。《史记·周本纪》记载："成、康之际，天下安宁，刑措四十余年不用。"成王之所以谥号为"成"，也正是因为他是西周的守成之君。

诗以简洁的语言概括了成王巩固江山、安定天下的功绩，朴素而不失庄重。短短七句颂辞充分表达了对成王的赞美之意；同时，当西周臣民闻此颂诗，回想先王创业守业的过程时，崇敬之余必当受到鼓舞，从而更加奋发治国。

◎我将◎

我将我享①，维羊维牛，维天其右之②！仪式刑文王之典③，日靖四方④。伊嘏文王⑤，既右飨之⑥。我其夙夜，畏天之威，于时保之⑦。

【注释】

①享：献祭品。②右：通"佑"，保佑。③仪式刑：则用法。典：典章，法则。④靖：平定。⑤伊：语助词。嘏：大，伟大。⑥右：佑助。飨（xiǎng）：享用祭品。⑦于时：于是。

【赏析】

《毛诗序》云："《我将》，祀文王于明堂也。"《我将》表现的是武王出征前祭祀上帝和文王，并祈求保佑的情景。前三句"我将我享，维牛维羊，维天其右之"为第一层，祭祀上天。"我将我享，维牛维羊"展示出热烈、忙碌的祭祀场面，人们杀牛宰羊，又烹又煮，忙得不亦乐乎，使人从中感受到周人对上大信仰的无比虔诚。周人把贵重的牛羊牺牲进献给上天是因为对天的崇敬，更是因为希望得到上天的保佑，"维天其右之"可以说是崇敬之下的虔诚祈祷。

接下来四句为诗的第二层，从祭天转到祭文王："仪式刑文王之典，日靖四方。伊嘏文王，既右飨之。"周人凭着文王之典走到了今天的兴盛，要想取得更大的成就，安定天下四方，仍须遵循文王之典。文王是天命的继承者，他制定的法则自然也体现了上天的意志。效法"文王之典"就是继承文王遗志，从这个意义上说，"仪式刑文王之典"相当于为此次出兵伐纣找到了一个"替天行道"的理由。追思文王创业之功，祭祀者不禁发出"伊嘏文王"的赞叹，向文王之灵献上丰盛的祭品。

在诗的最后三句，武王特别表达了自己对天命的敬畏之心。"我其夙夜，畏天之威"，武王日夜敬畏的"天之威"是上帝的威灵，更是代表天意的文王遗命。既然敬畏天威，便要顺从天命，所谓"于时保之"其实就是武王继承文王遗志，消灭殷商的决心。

全诗通篇使用第一人称的语气，使人真切感受到武王对上帝和文王的敬畏心理。本诗虽然简短，但由于反映的是伐纣前的祭祀，历史感十分厚重。

◎时迈◎

时迈其邦①，昊天其子之②。实右序有周③，薄言震之④，莫不震叠⑤。怀柔百神⑥，及河乔岳⑦。允王维后⑧，明昭有周⑨，式序在位⑩。载戢干戈⑪，载櫜弓矢⑫。我求懿德⑬，肆于时夏⑭。允王保之⑮！

【注释】

①时：按时。迈：巡视。邦：国。②昊天：苍天，皇天。子之：以之为子，谓使之为王也。③实：语助词。一说指"实在，的确"。右：同"佑"，保佑。序：顺，顺应。有周：即周王朝。④薄言：发语词，有急追之意。震：威严。之：指各诸侯邦国。⑤震叠：震惊慑服。⑥怀柔：安抚。百神：泛指天地山川之众神。此句谓祭祀百神。⑦及：指祭及。河：此指河神。乔岳：此指山神。⑧允：诚然，的确。王：周武王。维：犹"为"。后：君。⑨明昭：即"昭明"，显著，此为发扬光大的意思。⑩式：发语词。序在位：合理安排在位的诸侯。⑪载：犹"则"，于是，乃。戢：聚拢。干，盾。干戈：泛指兵器。⑫櫜（gāo）：古代盛衣甲或弓箭的皮囊。此处用为动词。⑬我：周人自谓。懿：美。懿德：美德，指文治教化。⑭肆：于是。时：犹"是"，这、此。夏：指周王朝统治的天下。⑮保：指保持天命、保持先祖的功业。

【赏析】

《时迈》是武王灭商后，巡守邦国而告祭上天及山川的乐歌。所谓柴望是指柴祭、望祭，柴祭即燔柴以祭天地，望祭即遥望而祭山川。

全诗从"时迈其邦"到"及河乔岳"为第一层，"允王维后"以后为第二层。

第一层写武王既得天命，巡守天下。"时迈其邦，昊天其子之"，此为诗的开头，"迈"为巡守之意。武王灭商建周，分封诸侯，一切都是合乎天意的。周人认为周王的位置和权力是上天赐予的，周王巡守诸侯国是"为天远行"。周天子巡守诸侯国时会举行祭祀，目的就是借天命震慑天下，为天子行使权力树立威望。"昊天其子之"一句是说，上天把周王当做自己的儿子，其实是昭告天下，周朝顺应天命，有天威相助。此二句气势颇壮，写出周朝初建时天下安定、万邦臣服的盛大气象。第三句"实右序有周"承接首二句而来，既然周朝顺乎天命，那么当然会得到上天的保佑了。

巡守诸侯意在使各诸侯国更加效忠周王室，所以祭祀时显示王威是必要的，"薄言震之，莫不震叠"的作用就是如此。武王率领周人一举消灭殷商，又兴立大周，有这等伟大功绩在身，谁不为之震慑？"怀柔百神，及河乔岳"两句进一步强调了武王的威慑力，由于武王德行光明，连山川百神都为之感动，欣然接受他的祭祀。对武王的德行和威信进行充分的展示后，作者很自然地得出"允王维后"的结论，盛赞武王不愧为天下之君。

天命赋予武王拥有天下的权力，武王就必须保住天命。虽然武王已得天命，但如若不谨慎治理国家，终将失去上天的庇佑。诗的第二层写的即是武王如何保住天命。周人已成为中原的统治者，诸侯"式序在位"，大局已定。天下经过长期的动荡急需一个安定的环境来休养生息，增强国力。"载戢干戈，载櫜弓矢"是说把武器全部收起来，表示战争已经结束，不再需要武功。对初建政权的周朝来说，寻求治国良方是当务之急。所以武王说"我求懿德，肆于时夏"，即是希望求得治理国家的美好德行，并将之施行于天下。武王以非凡的武功消灭了殷商，建立了大周，又具备治理天下所需的德行，所以诗的最后一句称颂"允王保之"，赞叹武王能保持天命，继承祖德。

本诗结构紧密，层次清晰，重点歌颂了武王的武功和文德，再次展示了大周初建时的自信，使人看到了上升时期的周人的雄心壮志，字里行间充溢着深挚而敬慕的感情，从头至尾不用韵，语意参差，错落有致。

◎执竞◎

执竞武王①，无竞维烈②。不显成康③，上帝是皇④。自彼成康，奄有四方⑤，斤斤其明⑥，钟鼓喤喤⑦。磬筦将将⑧，降福穰穰⑨。降福简简⑩，威仪反反⑪。既醉既饱，福禄来反。

【注释】

①执：执持。竞：自强。②竞：自强。维：是。烈：功绩。③不（pī）：通"丕"，大。成：周成王。康：周康王，成王子。④上帝：指上天。皇：美。⑤奄：覆盖，此处指统治。⑥斤斤：明察。⑦喤（huáng）喤：声音洪亮和谐。⑧磬：一种石制打击乐器。筦：同"管"，管乐器。将将：声音盛多。⑨穰（ráng）穰：众多。⑩简简：盛大。⑪威仪：祭祀时的礼节仪式。反反：谨重。

【赏析】

"执竞武王，无竞维烈。不显成康，上帝是皇"，先赞武王再颂成康，是按照历史顺序进行的。赞武王强调其勇武和自强不息，颂成康则突出其守业之功。虽然语言极为简练，但读者在听到这些赞颂时会自然而然地想起周朝建立与发展的历史，武王伐纣、分封诸侯、管蔡之乱、成康之治等重大事件一一浮现脑海。所以，四句赞语有展现西周历史进程的作用。

"钟鼓喤喤。磬筦将将，降福穰穰。降福简简，威

仪反反。既醉既饱，福禄来反。"钟、鼓、磬、筦是祭祀时所用的典型乐器，喤喤、将将形容音乐的悦耳和谐。钟鼓声声，筦磬悠扬，一派其乐融融的升平景象。在热烈欢快的气氛中，人们仿佛觉得先王神灵正把无穷无尽的福禄降临到人间。音乐的盛大反映出这场祭祀的隆重，也说明此时的周朝已经拥有强盛的国力，因为一个贫弱的国家是无法承受如此耗费财力的祭祀的。花费巨大财富和精力举行祭祀的最终目的还在于祈福，祭祀者希望先王的神灵醉饱后，给予福禄。

比起之前的颂诗，《执竞》在用韵方面有了明显的进步。诗中连续使用了"喤喤"、"将将"、"穰穰"、"简简"、"反反"等叠音词，与完全不用韵的颂诗相比，多了几分绚丽的文学色彩；同时叠音词极富音乐感，又渲染出庄严肃穆的祭祀氛围，使人领略到庙堂文化的深厚底蕴。

◎臣工◎

嗟嗟臣工①，敬尔在公②。王釐尔成③，来咨来茹④。嗟嗟保介⑤，维莫之春⑥，亦又何求⑦？如何新畲⑧？於皇来牟⑨，将受厥明⑩。明昭上帝⑪，迄用康年⑫。命我众人⑬，庤乃钱镈⑭，奄观铚艾⑮。

【注释】

①嗟嗟：重言以加重语气。臣工：群臣百官。②敬尔：尔敬。在公：为公家工作。③釐：通"赉（lài）"，赐。成：指收成。④咨：询问、商量。茹：度。⑤保介：田官。⑥莫（mù）：古"暮"字，莫之春即暮春，是麦将成熟之时。⑦又：有。求：需求。⑧新畲（yú）：新田，熟田。⑨於（wū）：叹词，相当于"啊"。皇：美盛。来牟：麦子。⑩厥：其，指代将熟之麦。明：收成。⑪明昭：明明，明智而洞察。⑫迄用：至今。康年：丰年。⑬众人：庶民们，指农人。⑭庤（zhì）：储备。钱（jiǎn）：农具名，掘土用。镈（bó）：农具名，除草用。⑮奄观：尽观，即视察之意。铚（zhì）：农具名，一种短小的镰刀。艾：割。

【赏析】

这是一首跟农业有关的乐歌，也是《周颂》里首篇写农事的乐歌。周部族是古老的农耕民族，历代重视农业生产。西周建立后，更是将农业视为立国之本。西周制度，周天子直接拥有大片土地，让农奴耕种，称为"藉田"。每年春季，周王都会举行"藉田礼"，与群臣一起躬耕藉田。农业祭祀是周朝所有祭祀中非常重要的一项，开耕前有典礼，收获后也要举行祭祀。这首《臣工》可使今人领略到先人对农业的热爱和重视。

一般认为此诗产生在周成王时期，因此诗中的"王"应为周成王。诗共十五句，皆为成王对群臣及农官重视农业的告诫。前四句是周王对群臣说的话："嗟嗟臣工，敬尔在公。王釐尔成，来咨来茹。""嗟嗟臣工，敬尔在公"，周王首先肯定了群臣在各自职位上的表现，对他们的恪尽职守予以赞许。做好本职工作当然很好，但是周王还希望众臣能够多多关心农业。农业生产是全国上下的大事，"臣工"（公卿大夫和诸侯）虽然不亲自耕地，但作为国家的统治阶层，应当时常关心农事，以身作则，这样才能有利于农业的发展。

群臣关心农事主要是研究制定执行农业政策，而农官（保介）则直接管理着农民的耕作活动，于是农官成为周王的重点告诫对象。"嗟嗟保介，维莫之春，亦又何求？如何新畲？"周王来到田间，唤来司耕的农官，对他们说："现在已是暮春时节，你们还有什么要求？打算怎样耕种那些新田和熟田？"这几句话看似简单，却是古人多年农耕的经验之谈。"维莫之春"即春夏交替之时，在这时问农官"亦又何求？如何新畲？"其实是提醒农官要抓紧季节耕田，同时要对不同土质的田土进行不同的除草施肥活动。这正是古人看重天时、地利对农业的影响的反映。

"於皇来牟，将受厥明。"周王看到麦田里长势喜人的麦子，不禁发出"於皇来牟"的赞叹，并由此得出将大获丰收（将受厥明）的结论。农业能够获得丰收，除了得益于人们的辛勤耕耘，也要有风调雨顺的气候保障。周人敬天，看到庄稼如此苗壮，当然不免感激一番降施雨露的上天，所谓"明昭上帝，迄用康年"是也。说得再多，最重要的还是农夫们的实际耕作，于是最后周王对农官说："命我众人，庤乃钱镈，奄观铚艾。"如今才到暮春，麦子成熟在夏秋之际，虽然还有几个月才到收获季节，但周王似乎生怕误了农时，便早早催促农官，叫农夫赶紧准备收割的农具，以待麦熟时及时收获。

全诗篇幅不长，却对群臣、农官、农夫都一一作了嘱咐，而涉及方面虽广，却不显杂乱，由上至下，层次分明，井然有序。诗的内容详略有当，虽告诫之人甚多，却将重点放在对农官的嘱咐上；而在告诫农官时，又只是提出"亦又何求？如何新畲？"两个极为简单却十分值得注意的问题，逻辑严密而简洁精练的语言中足见周王对农业的重视程度之深。

◎噫嘻◎

噫嘻成王①，既昭假尔②。率时农夫③，播厥百谷。骏发尔私④，终三十里⑤。亦服尔耕⑥，十千维耦⑦。

【注释】

①噫嘻：感叹声，兼有神圣的意味。成王：周成王。②昭：招请。假，通"格"，义为至。尔：您，指所请之神。③时：通"是"，此。④骏发：快开发。⑤终：井田制的土地单位之一。每终占地一千平方里，纵横各长约三十一点六里，取整数称三十里。⑥服：配合，服从。⑦耦：两人各持一耜并肩共耕。

【赏析】

全诗大概的意思是：可敬的成王已经招请过先王先公之灵，祈求他们赐予谷种，他让农官率领众农夫播种五谷杂粮，又号召农夫们抓紧开垦农田，齐心协力进行劳作。诗以语气词"噫嘻"发端，引出赞美的对象成王，也含有对成王的赞叹意。"既昭假尔"：在农业祭祀时呼请神明和先祖之灵是希望得到他们的保佑，同时祈求耕种所需的谷种。

以下六句是成王告诫农官的内容。首先要"率时农夫，播厥百谷"。春天来临，农时不可耽误，农官们要带领众多农夫开始劳作，把各类种子播撒田间。在生产力有限的时代，增加粮食产量的最好方法就是扩大耕种面积。因此，成王叮嘱农官在耕种原有土地的同时，要赶快开垦更多耕地。 在诗的末尾，成王勉励众人辛勤耕耘："亦服尔耕，十千维耦。"在奴隶制社会的西周，土地归奴隶主所有，农民在奴隶主的土地上集体劳作，"十千维耦"反映的即是这种集体耕种的场景。"耦"指双人耕作，

"十千"极言劳动人数之多，是夸张的手法。"十千维耦"描绘出众多农民忙碌耕作的情景，以壮观的春耕场面结束全诗。诗虽至此结束，但那播撒百谷、万人耕种的繁忙景象仍停留于读者脑海，使人仿佛感到一个丰收的好年头正酝酿在这辛勤的劳动中。本诗句式整齐而全篇无韵，语言朴实无华，为今天的读者展示了周代农业生产的画卷。诗的后四句尤其具有历史意义，对其做深入研究可窥探出西周生产力、生产关系的发展状况。

◎振鹭◎

　　振鹭于飞①，于彼西雝②。我客戾止③，亦有斯容。在彼无恶④，在此无斁⑤。庶几夙夜⑥，以永终誉⑦。

【注释】

①振：群飞的样子。②雝（yōng）：水泽。③戾（lì）：到。止：语助词。④恶：恶感。⑤斁（yì）：厌弃。⑥庶几：差不多，此表希望。⑦永：长。终誉：恒久的荣誉。

【赏析】

　　诗以白鹭这一飞鸟形象起兴，引出赞颂对象微子。"振鹭于飞，于彼西雝"描写的是栖居在西面水泽的白鹭飞翔于天空的景象。鹭为毛色洁白之鸟，外表优美，而商人崇尚白色，又是鸟图腾民族，因此白鹭在商人心目中当为高洁神圣之物。而且白鹭是有德之鸟，它飞翔时排列成行，秩序井然，栖息时神态安详从容，可谓内外兼美。用白鹭起兴既可象征客人形象，又可比喻客人美德。"我客戾止，亦有斯容"两句便是称赞微子之仪容品德有如白鹭。而此处周王称呼微子为"我客"，既表现出对微子的尊敬又显得十分亲切，不像一般颂诗那样严肃庄重。

　　作为胜利者的周王室却能以如此亲和的态度对待敌国之后，既体现出周王的宽仁，又展示出西周恢宏博大的泱泱大国气度。从另一角度说，微子能让周王以"我客"相呼，也足以证明他在周王心目中很受欢迎。五、六两句夸赞微子之德。"在彼无恶"是说微子在邦国之内无人怨恨，说明他受到宋国臣民的拥戴；而"在此无斁"是说微子在周王室这里也十分受欢迎。

　　若非治理有方，不会得到宋国殷商遗民的拥护；若非对周王室效忠，也不会得到周天子的敬重。《史记·殷本纪》记载，纣王荒淫无道，微子屡次劝谏均不听取，于是微子离开了纣王。被封于宋后，微子便对外尊王为天下之主，这种做法自然受到周人的赞许。当然，只是效忠新朝不一定能得到尊敬，能在效忠的同时做到不卑不亢才会真正使周王尊敬，然而这实非易事。微子作为殷商之后却能受到周王的如此赞美，有力地说明了微子德行的高尚。

但毕竟微子是周王的臣子，周王还是要对其施行天子的威令。因此在盛赞微子高尚的德行之后，周王不忘告诫他："庶几夙夜，以永终誉。"这是希望微子能够日夜勤勉，将已有的德行保持下去，如此才能永保美誉。此二句虽是天子对诸侯的告诫，但语气柔和，情意殷切，大有爱惜贤人之心。

本诗以白鹭这一具体形象来赞美来客，富有诗意；而在遣词造句和用韵上也颇有讲究，文学性较强，是颂诗中较有特色的一篇。

◎有瞽◎

有瞽有瞽[①]，在周之庭。设业设虡[②]，崇牙树羽[③]。应田县鼓[④]，鞉磬柷圉[⑤]。既备乃奏[⑥]，箫管备举[⑦]。喤喤厥声[⑧]，肃雍和鸣[⑨]，先祖是听。我客戾止[⑩]，永观厥成[⑪]。

【注释】

①瞽（gǔ）：盲人。这里指周代的盲人乐师。②业：悬挂乐器的横木上的大板，为锯齿状。虡（jù）：悬挂乐器的直木架，上有业。③崇牙：业上用以挂乐器的木钉。树羽：用五彩羽毛做崇牙的装饰。④应：小鼓。田：大鼓。县（xuán）："悬"的本字。⑤鞉（táo）：摇鼓。磬（qìng）：玉石制的板状打击乐器。柷（zhù）：木制的打击乐器，状如漆桶。音乐开始时击柷。圉（yǔ）：打击乐器，状如伏虎，背上有锯齿。以木尺刮之发声，用以止乐。⑥备：安排就绪。⑦箫管：竹制吹奏乐器。⑧喤（huáng）喤：乐声大而和谐。⑨肃雍（yōng）：肃穆舒缓。⑩戾（lì）：到达。⑪永：长。成：一曲奏完。

【赏析】

《礼记·乐记》云："治世之音安以乐，其政和；乱世之音怨以怒，其政乖；亡国之音哀以思，其政困。声音之道，与政通矣。"由此可见，音乐的种类和政体得失有着密切的关系。这一首《有瞽》是周天子合乐于庙宇所唱的乐歌，集合各种乐器，在庙宇里奏给先祖听，成为周朝一整套法定礼乐制度的重要组成部分。相传当年武王病死之时成王年幼，托孤于周公旦，周公为了体现奴隶社会等级名分制度，维护以血缘宗法关系为基础的周王朝内部团结，便因此制礼作乐，不许违反和僭越。

诗歌大致可以分为三部分，前六句采用铺陈的手法写出准备时的场景，中间四句描写"合诸乐器于祖庙奏之"的情形，最终三句以点染法描绘降临神庙的周先祖神灵和周王朝客人欣赏音乐的情形。层次分明，结构完整。

开篇写盲人乐师已经把诸种乐器排列在庙宇大庭之上，他们以紧张而娴熟的动作放置支架、横板。诗人并未仅仅局限于对忙碌准备场景的描绘，也详细地描述各种乐器设施。这些用来悬挂钟、磬和各种乐器的板架上雕刻着精美的花纹，那些钉子上也插着五色羽毛，然后依次把各种乐器安放停当。演奏前准备和各种器乐设施的描述，表现出了"始作乐"的盛况，突出周天子受天命、君临天下的正统地位和征服者的煊赫威严。

"既备乃奏"，准备就绪，自然开始乐器的演奏。尽管先秦时期舞乐一体，但是诗人并没有对舞蹈场面进行描绘，而是着重描写乐队的演奏。肃静的庙堂中，一声抃响，顷刻间钟鼓齐鸣、箫管齐吹、笙簧相间，余音绕梁。众乐器同奏，声音洪亮、高亢，转而又徐缓肃穆，庙堂气氛也更加凝重、肃穆。

诗末三句虚写神灵、实写活人，虚实相映，将美妙悠扬的乐声，和谐的节奏以空外传音的方式加以渲染，正当众人沉浸在肃穆的音乐中时，一声清脆悦耳的响声，众人才如梦初醒。"永观厥成"短短四字，却将听者凝神聆听的神态，曲终兴犹未尽，不觉时间流逝的心理描写得淋漓尽致。

诗的前两部分写各种乐器设施和演奏情况，采用铺陈手法。但诗真正的精彩之处在于对音乐演奏场面、效果的描写，音乐演奏场面生动而形象，细腻而动情。而描摹心理则是用虚笔传神，齐奏时的洪亮高亢，转而为徐缓肃穆，然后以众人乐此不疲作衬托，在详略、虚实、藏露等表现手法上，都可以见到作者的匠心独运。枯燥乏味的宗庙颂歌在诗人笔下闪现出如流水般的灵动之气，从而使得诗歌别具一番意味，更具生命力。

◎载见◎

载见辟王①，曰求厥章②。龙旂阳阳③，和铃央央④。鞗革有鸧⑤，休有烈光⑥。率见昭考⑦，以孝以享⑧。以介眉寿，永言保之⑨，思皇多祜⑩。烈文辟公⑪，绥以多福，俾缉熙于纯嘏⑫。

【注释】

①载：始。辟王：君王。②曰：发语词。章：法度。③旂（qí）：画有蛟龙的旗，旗杆头系铃。阳阳：鲜明。④和：挂在车轼（扶手横木）前的铃。铃：挂在旂上的铃。央央：铃声和谐。⑤鞗（tiáo）革：马缰绳。有鸧（qiāng）：鸧鸧，金饰的样子。⑥休：美。⑦昭考：此处指周武王。⑧孝、享：均献祭义。⑨言：语助词。⑩思：发语词。皇：指周成王。祜（hù）：福。⑪烈文：辉煌而有文德。⑫俾：使。缉熙：光明。纯嘏（gǔ）：大福。

【赏析】

此诗可分前、后两个部分。前半部分绘声绘色地描绘了诸侯来朝的壮观，堂堂皇皇，颇有情景如画之感，比较富于文学色彩。开头至"休有烈光"，开宗明义，直接写出叙述诸侯群至，初次朝见周王的景象。他们主动求取礼仪典章，彰显出了周王朝的威仪。一面面交龙大旂鲜明夺目，迎风招展，簇拥着周王向庙堂汇聚；装饰豪华的车鸾与和悦动听的铃声响成一片；马缰绳上缀的玉片互相撞击，苍苍有声；马辔上的铜印辉映着丽日闪闪发光，美不胜收。诗歌以浓墨重彩描绘了诸侯云集朝廷的盛大场面，铺叙排比，文采华美。

难道长篇叙述就只是为了对场景盛大的描绘吗？结合古代君王借旗帐、车饰来昭示"令德"来看，此处宏大场景的描写另有深意。诗中着意渲染天子诸侯的旗帐、马饰，不仅仅是对一种热烈场景的展现，更是对周天下"令德"的由衷歌颂。"阳阳"、"央央"等叠词的运用，加强了夸赞色彩和音响效果，更加凸显出一种宏大的场景，鲜明夺目的旗帐和装饰豪华的车鸾，让众诸侯大开眼界，见识了王朝礼仪的何等威风，就连诗人也情不自禁地赞叹"休有烈光"。

在对盛大场景描绘之后，诗人步入正题，开始对祭祀活动的描绘，记述周天子带领众诸侯谒见先祖的情状。一个"率"字足以表现出此次赶来朝见的诸侯全部参加了祭祀活动，更加突出了周王朝的强盛和周天子的威仪。周天子和众诸侯庄严地步入庙堂，开始了虔诚庄重的献祭仪式，当祭品供上之时，庙堂便响起一片祈祝之声："以介眉寿，永言保之，思皇多祜。"活得长久些吧，普天之下芸芸众生都对神灵、先祖祈求着，但是周王之祈求长寿，在于君权神授，长享天下。

读到此处，再也寻不回前面几句的韵脚，而是无韵脚可循。现代学者王国维《观堂集林》卷二《说周颂》："窃谓风、雅、颂之别，当于声求之……然则风、雅所以有韵者，其声促也。颂之所以多无韵者，其声缓，而失韵之用，故不用韵。"此刻众人已置身于庄严的庙堂，耳边振响着舒缓的钟声，周天子怀着无比的虔诚，向着祖宗神明喃喃诉说着心中"永保"天下的愿望。

最后三句是对诸侯王公的祝祷，这些诸侯功业辉煌、文德彰显，祈求先祖赐给福气，使得他们能够奋发前进。作为周王朝的藩卫，只有他们安康"多福"，才能辅佐周天子坐稳江山，永保天下。结句"俾缉熙于纯嘏"一变四言之体，改为六言长句，其效果在于使庄严的祝祷，于曲终延续为绵绵长声，在庙堂中继续萦绕。

下半部分没有再描绘场面的盛大豪华、凝重肃穆，为了避免重复，作者把笔端伸向天子和诸侯们的内心，揭示出他们的心理追求和祈愿。

尽管颂诗多套语，但是此诗前半部分铺陈的文采，后部分着重于心理的刻画，都是值得一读的。

◎有客◎

有客有客[1]，亦白其马[2]。有萋有且[3]，敦琢其旅[4]。有客宿宿[5]，有客信信[6]。言授之絷[7]，以絷其马。薄言追之[8]，左右绥之[9]。既有淫威[10]，降福孔夷[11]。

【注释】

[1]客：指宋微子。[2]亦白其马：他用白马驾车乘。[3]有萋有且（jū）：即"萋萋且且"，此指随从众多。[4]敦琢：意为雕琢，引申为选择。旅：通"侣"，指伴随微子的宋大夫。[5]宿：一宿曰宿。[6]信：再宿曰信。或谓宿宿为再宿，信信为再信，亦可通。[7]絷（zhí）：拴马索。[8]薄言：语助词。追：饯行送别。[9]绥：安定。[10]淫：盛，大。威：德。[11]孔：很。夷：大。

【赏析】

近人说诗，多认为《有客》一诗是"微子来见祖庙"之歌，但也有人认为"此篇乃周天子饯诸侯所奏之乐歌"。归结一点，此诗是古代王公贵族接待宾客之诗。全诗是一个前后呼应、始末完整的主体，从客之至的喜悦，到客之留的殷切，再到最后客之去的祝福和深深情意，语言活泼、节奏轻快跳跃，表现出了主人对客人的真诚情谊和美好祝愿，让人感到亲切动人。

开篇叠词，"有客有客"表现出了对贵客驾临的喜悦呼告。车声辚辚，从远处传来，客人虽然因为距离较远还无法辨别是谁，那驾车的白马却早已让人看得分明，想必一定是贵客临门。主人精神为之一振，奴仆们也随着主人喜色浮动。欢快跳跃的语言，传神地表现出主仆遥见贵客到来时相互传告的欣喜；纯白一色的马，潇洒大方地展示出车骑雍

容的气派与华贵不俗的风度。先闻声，后见人，颇有"粉面含春威不露，丹唇未启笑先闻"的妙处。

全诗并未就此而止，但也未对贵客有更深更近更细的描写，而是宕开一笔，转到贵客的随员身上，以求达到烘云托月，绿叶衬花的效果。但见随员衣着花团锦簇，器宇轩昂不凡，全都是百里挑一的人才。"有萋有且，敦琢其旅"两句并未直接描写贵客的高贵，而是在随从的不凡中以烘云托月的方式写出了贵客的器宇和风采。恰如"处处景语皆情语"的妙处，诗面写客，但是字里行间跳动着的确是迎客主人的欣喜、赞叹和自豪之情。

诗歌并未顺接写出相见时的寒暄热闹的场景，而是宕开，冷却迎客主人的那份喜悦之情，表现出主人对客人很快离开的担心和忧虑。"有客宿宿，有客信信"，相逢的其乐无穷加上主人的盛情款待，使得客人有着宾至如归的感受。由此住了一天又一天，时光流逝，已经住了好几天了，但是主人依依不舍，不愿客人离开，但客人却执意要走，无可奈何之中主人只能"言授之絷，以絷其马"，只能通过绊住客人的马来挽留贵客，表现出了一种古朴纯真的待客深情。

去意已决，无论主人有多么的热情，客人终究不能久留，揖别之际，主人只能"薄言追之"，表现主人送之远、别之难，显示出"送"中之"情"。尽管主人自己虽在为别离伤感，但作为送行者，却又在贵客去意已决之时，不停地抚慰客人，让其安心登程。此情此景，让人觉得真切，愈加显得委婉动人，感人至深。

"既有淫威，降福孔夷"，末尾二句常被古人用为作别套语，但在主人的诚挚与深情中，却表达出了对远去客人的真诚美好祝愿。这祝愿犹如一缕温馨的春风，拂动着贵客的心；亦如一声悠长的钟鸣，留给全诗丝丝余韵。

◎武◎

於皇武王①，无竞维烈②。允文文王③，克开厥后④。嗣武受之⑤，胜殷遏刘⑥，耆定尔功⑦。

【注释】

①於（wū）：叹词。皇：光耀。②竞：争，比。烈：功业。③允：信然。文（第一个"文"）：文德。④克：能。厥：其。⑤嗣：后嗣。武：指周武王。⑥遏：制止。刘：杀戮。⑦耆（zhǐ）：致，做到。尔：指武王。

【赏析】

《武》是歌颂武王克商的乐舞。

诗一开头就以强烈的语气赞叹武王："於皇武王，无竞维烈。"句中感叹词"於"将人们对武王的敬仰和赞美表现得非常充分。武王伐纣其实并非从百姓利益出发，但他结束了纣王的荒淫统治，确实拯救了众多在残暴压迫下苦不堪言的生灵。而且，与纣王相比，武王的统治实在开明许多，因此他能得到普通百姓的赞美。《诗经》中的很多诗在歌颂武王时往往会提到文王，原因就在于武王的功绩是建立在文王功绩基础上的。本诗的三、四句点明文王对武王功业的开辟作用。"允文文王，克开厥后"，歌颂武王时一般赞其武功，而颂文王时常常赞其文德，这也说明文王和武王对周的贡献一在文德，一在武功。文王在位时，周逐渐强大，先解决了虞、芮两国争端，又征服了戎和密须；更重要的是，文王招贤纳士，发展生产，极大地增强了周的实力。这一切都为武王克商奠定了良好的基础。

"嗣武受之，胜殷遏刘，耆定尔功"接续"无竞维烈"一句，直陈武王伐纣除暴的功绩。武王继承文王遗志继续发展壮大周的势力，最终走向灭商并取而代之的道路。"胜殷遏刘"一句是说，武王伐纣是代表上天意志制止暴君的残杀，这实际上是为武王伐纣寻找冠冕堂皇的借口。最后一句"耆定尔功"简明扼要，斩钉截铁地表明这种大功劳是属于武王的。

作为庙堂颂歌，《武》仍然表现出庄重的风格，但也有一些曲折动人之处。如诗的开头高声称颂武王的征伐之功，三、四两句却笔锋一转，开始缅怀文王之德；之后又转回对武王的歌颂，可谓一波三折之笔。

◎闵予小子◎

闵予小子①，遭家不造②，嬛嬛在疚③。於乎皇考④，永世克孝⑤。念兹皇祖⑥，陟降庭止⑦。维予小子，夙夜敬止。於乎皇王⑧，继序思不忘⑨。

【注释】

①闵：怜悯。予小子：成王自称。②不造：不善，指遭凶丧。③嬛（qióng）嬛：孤独无依靠。疚：忧伤。④於（wū）乎：同"呜呼"，表感叹。皇考：指武王。⑤克：能。⑥皇祖：指祖父。⑦陟降：升降。庭：通"廷"。止：语气词。⑧皇王：兼指文王、武王。⑨继序：继承大业。

【赏析】

按《毛诗序》、《诗集传》的说法，《闵予小子》歌颂的是成王即位初期之事。《闵予小子》为这组诗的首篇，记叙丧中即位的成王祷告于祖庙的情形。成王即位时，年龄尚小，没有足够的政治经验，也并不清楚当如何行事，因此本诗很有可能是辅政的周公拟成王自述的口吻所作的。

武王克商四年后驾崩，未满十三岁的成王姬诵继位。周公姬旦担心新王年幼，不能控制大局，于是不顾猜疑，担起了辅政的重任。成王二十岁时，周公还政，摄政长达七年。

"闵予小子，遭家不造，嬛嬛在疚。"闵为可怜之意；"小子"是商周天子的谦称，成王面对功勋卓著的先王和群臣、诸侯，自然是"小子"。"遭家不造"指武王驾崩一事，这不仅是成王幼年丧父的个人悲痛，更是整个国家的不幸遭遇。一个十来岁的孩子既要承受丧父之痛，还要肩负家国重任，怎么不可怜！"嬛嬛在疚"是这种情况下成王的心境，武王的死使成王变成了孤子，他初即位又缺乏群臣的支持，于是产生了茕茕子立的孤独感和深深的忧虑。此三句如实叙述了成王的艰难处境，尤为突出成王的孤独无依和忧思重重。这是一种主动示弱示困的态度，目的在于驱使群臣尽心尽力辅佐嗣王。

接下来"於乎皇考，永世克孝。念兹皇祖，陟降庭止"。这四句是成王追念文、武二王之辞：他赞美父亲武王克己尽孝，又称赞祖父文王举贤任能，用人得当。武王一生功勋盖世，伐纣灭商和建立西周王朝是最为

人称颂的两件事，但在此成王却对最辉煌的业绩一字不提，只强调他"永世克孝"的德行。这样的表达自然不是随意为之，而有一番特殊的用意。众所周知，古代最看重君臣之道与父子之道，臣子对君上须尽忠，子女对父亲须尽孝，其理一致。诗言武王"永世克孝"，根本意图是提醒群臣对成王尽忠。而成王此时正处急需援助的困窘之际，明令不如感化，故此用武王"克孝"来感化在朝的武王旧臣，以期获得他们的支持。

先祖先父的功德对成王来说是一种鞭策和激励，诗的最后几句表明了成王敬重先王、继志守成的决心。"维予小子，夙夜敬止"，面对文王和武王的光明业绩，成王自感能力不足，唯有不辞辛劳，日夜用功治理国家。"於乎皇王，继序思不忘"，在祖先的神灵面前，成王许下"继序思不忘"的誓言，表示要继承两位先王的遗志，时刻不忘他们的光明之道。"继序"一语出现在诗的末尾，也有别的用意，这是在向诸侯及群臣示威：成王年纪虽小，但他贵为大周天子，是文王和武王的嫡亲血脉，他继承的乃是文王和武王的大业，诸位当以事文王、武王之心事成王。所以，"思不忘"不妨也可理解为对诸侯、群臣的提醒。

本诗是配合皇家乐舞的颂诗，语言艰深生涩，朱熹评价雅颂的用语时说："其语和而庄，其义宽而密，其作者往往圣人之徒，固所以为万世法程而不可易者也。"《闵予小子》也不例外，虽也有"嬛嬛在疚"这样的真情流露，终不免天子声音的庄严肃穆，无甚诗味可言。它让人看到了三千多年前的历史情境，虽无多少美学价值，但其历史价值仍值得重视。

◎ 敬之 ◎

敬之敬之[①]，天维显思[②]，命不易哉[③]。无曰高高在上，陟降厥士[④]，日监在兹[⑤]。维予小子[⑥]，不聪敬止[⑦]？日就月将[⑧]，学有缉熙于光明[⑨]。佛时仔肩[⑩]，示我显德行[⑪]。

【注释】

①敬：警戒。②显：明白。思：语气助词。③命：天命。易：变更。④陟降：升降。士：《说文》："士，事也。"⑤日：每天。监：察，监视。兹：此。⑥小子：年轻人，周成王自称。⑦聪：听。⑧日就月将：每日有成就，每月有奉行。⑨缉熙：积累光亮，喻掌握知识渐广渐深。⑩佛（bì）：通"弼"，辅助。时：是。仔肩：责任。⑪显：显示。

【赏析】

"敬之"就是敬天。周人为巩固统治，创造了一个主宰世界的自然神——"天"，周代替商是顺应"天命"而为，而"天命"是不可违抗的，这就为周王的统治蒙上了一层神秘的色彩。周朝君王自称是受命于天的天子，自然时时刻刻维护天的至高地位，并以天威警示群臣及百姓。

"敬之敬之"是成王对群臣的郑重嘱咐，两个"敬之"连用，使人仿佛看见周人诚惶诚恐地对天跪拜之态。敬天的原因是"天维显思，命不易哉"，天道昭昭，不可改变，众人只有顺从它。"天维显"、"命不易"并不是纯粹地叙述天命，它的言外之意是，我周王室乃顺承天命的正统，你们作为我周朝的臣子必须牢记这一点，并且要对我周室拥戴服从。

"无曰高高在上，陟降厥士，日监在兹"三句是对群臣的进一步警告。在这里成王指出了敬天的另一个原因：天能洞悉人的作为。"天"看似高高在上不理人事，其实天的意志无处不在，人间的一切活动都逃不过"天"的监视。文武百官的一言一行自然也在天所监视的范围内，"天"会根据他们的不同作为,作出相应的升降任免决定。这颇有"善有善报，恶有恶报"的意味。其实，决定"陟降"群臣的是周王室而非"天"，"日监在兹"的与其说是苍天，不如说是周王室。成王的用意很明显，就是希望群臣恪尽职守，不要作出任何不轨行为，因为你们的一切言行都在周王室的掌控之中。

此诗创作时，成王还未亲政，作为年少而缺乏经验的君王，他当然要虚心自律，而不只是以居高临下的姿态告诫群臣。

"维予小子，不聪敬止？日就月将，学有缉熙于光明。""小子"一词在《闵予小子》、《访落》中也多次出现，反映出年幼的成王在年长的群臣面前谦恭的态度。"维予小子，不聪敬止"是说：我年少不晓事，还未完全明白敬天的道理。但是成王下定决心克己勤学，通过日积月累的学习走上光明之道，这是"日就月将，学有缉熙于光明"的含义。

诗的目的是告诫群臣，所以最后两句仍归到警示臣心上。成王决心"学有缉熙于光明"，但这个目标的实现需要臣子的扶助，所以他希望群臣"佛时仔肩，示我以德行"。这里的"德行"当特指文、武二王的品行和德政。

成王即位之初，朝中大臣不少是文王和武王的旧臣，从他们身上学习前王之德行不失为一个好方法。而且，文王、武王是天命的施行者，成王作为他们的正统继承者自然也是顺乎天命的，所以全心全意为成王效力也是群臣敬天的一项基本内容。

《敬之》通篇以"天命"的威慑力量作为告诫的力量支撑。在中华民族的传统观念里，"天"占据着极为特殊的地位。无论哪个阶层的人都或多或少地敬畏"天"的力量，不仅历朝历代的帝王以"天子"自居，而且不堪压迫的反抗者也每每打着"替天行道"的旗号发动起义。此诗作为"敬天"观念的源头之一，其深厚的意蕴和历史价值不容忽视。

◎小毖◎

予其惩而毖后患①！莫予荓蜂②，自求辛螫③；肇允彼桃虫④，拼飞维鸟⑤。未堪家多难⑥，予又集于蓼⑦。

【注释】

①惩：警戒。毖：谨慎。②荓蜂：抚乱群蜂。③螫（shì）：毒虫刺人。④肇：开始。允：诚，信。桃虫：鸟名，即鹪鹩。⑤拼：翻飞。⑥多难：指武庚、管叔、蔡叔之乱。⑦蓼（liǎo）：草名，生于水边，味辛辣苦涩。

【赏析】

《小毖》是成王亲政后的作品。成王即位时年幼，由其叔父周公旦辅佐朝政，七年后还政。周公摄政期间，大行封建，制定礼乐，对巩固和发展西周的统治作出了重要的贡献。周公辅政一度引起一些人的猜疑，管叔、蔡叔和霍叔等人在朝廷内外散布谣言，说周公有篡位的野心，成王听信谗言而疏远周公。之后，管叔、蔡叔与已受封为殷侯的商纣王之子武庚串通谋反，攻打镐京。成王急忙召回身在洛阳的周公，命周公率兵平息叛乱。成王亲政后作《小毖》表达了对以往过错的深刻反省。

诗以"予其惩而毖后患"开头，直接点明本诗的主题：惩戒以往的过错以防后患。"毖"是谨慎之意，诗题为"小毖"其实就是要谨慎于小错误，防止大患发生的意思。

以后六句皆为成王自省过错之辞。成王轻信谣言，给小人以可乘之机，以致酿成"管蔡之乱"的大祸。对此，成王并无掩饰过错之意，"莫予荓蜂，自求辛螫"两句就是他主动认错的表现。"荓蜂"不仅指指管、蔡等人的谗言，也指一切祸患的发端。成王认为祸患的发生是他自己造成的，与别人无关。在叛乱发生后，成王能首先自我批评而不是将过错推到臣子身上，显示出他作为一国之君的坦荡胸襟和博大气度。

"肇允彼桃虫，拼飞维鸟"讲述的是"防微杜渐"的道理。"桃虫"即"鹪鹩"，是一种小鸟。小鸟不足为惧，但一转眼鹪鹩之雏就能变成大鹰。管叔、蔡叔与武庚等人开始力量很弱小，但由于没有及时制止，终于发生大乱，这两句正是对"管蔡之乱"由小乱变为大祸的绝妙比喻。所谓"千里之堤，溃于蚁穴"，事物的发展形成都有一个逐渐积累的过程。祸患绝非一日形成，避免灾祸就要慎于初始，防患于未然。桃虫变大鸟的意象含蓄地表达了这个道理。"未堪家多难，予又集于蓼。"西周取得天下不久，需要的是安定和平，自然经不起太多动乱，成王说"未堪家多难"正是此意。《访落》中同样有"未堪家多难"这一句，只是《访落》作于周公摄政之初，《小毖》作于周公还政之后，前者之"难"是武王驾崩带来的局势动荡，后者之"难"则是管叔、蔡叔、武庚等人的叛乱，含义不同。"蓼"是一种苦草，"集于蓼"比喻陷入困境中，"予又集于蓼"一句是成王自述其艰难处境。从这两句可以看出，成王此时十分清楚自己和整个国家的处境，知道国家难以担负从前那样的险难，其中隐含着成王将谨慎行事，避免再陷险境的决心。

◎载芟◎

载芟载柞①，其耕泽泽②。千耦其耘③，徂隰徂畛④。侯主侯伯⑤，侯亚侯旅⑥，侯彊侯以⑦，有嗿其馌⑧。思媚其妇⑨，有依其士⑩。有略其耜⑪，俶载南亩⑫。播厥百谷，实函斯活⑬。驿驿其达⑭，有厌其杰⑮。厌厌其苗，绵绵其麃⑯。载获济济，有实其积，万亿及秭⑰。为酒为醴⑱，烝畀祖妣⑲，以洽百礼⑳。有飶其香㉑，邦家之光。有椒其馨㉒，胡考之宁㉓。匪且有且㉔，匪今斯今，振古如兹㉕。

【注释】

①芟(shān)：割除杂草。柞(zé)：砍除树木。②泽泽：土解的样子。③千：指数量多。耦：二人并耕。耘：除田间杂草。④徂(cú)：往。隰(xí)：低湿地。畛(zhěn)：以前开垦的田界。⑤侯：语助词，犹"维"。主：家长，古代一国或一家之长均称主。伯：长子。⑥亚：叔、仲诸子。旅：幼小子弟辈。⑦彊：强壮者。侯以：其他帮忙者。⑧嗿(tǎn)：众人饮食声。馌(yè)：送饭。⑨思：语助词。媚：讨好。⑩依：取悦。⑪略：

锋利。耜(sì)：古代农具名，用于耕作翻土。⑫俶(chù)载：始耕好。南亩：向阳的田地。⑬实：种子。函：含。⑭驿驿：苗生的样子。达：出土。⑮厌：美好。杰：壮苗。⑯麃(biāo)：谷物的末梢。⑰亿：十万。秭(zǐ)：亿亿。⑱醴(lǐ)：甜酒。⑲烝：进献。畀(bì)：给予。祖妣：先祖、先妣。⑳洽：合。㉑有飶(bì)：芬芳。㉒椒：香气缭绕。㉓胡考：长寿，指老人。㉔匪：非。且：此。㉕振古：终古。

【赏析】

本诗可以分为两部分。虽然本诗没有分章节，诗中自成段落，层次清楚，但诗中是有韵的。可以说本诗是《周颂》中用韵较密且篇幅最长的一篇。本诗所记叙的内容主要是西周前期的农业生产情况，因此，这首诗也是历史学家们关注度最高的诗篇之一。它帮助人了解西周的社会形态，明白当时农业生产力的发展水平，诗中提供的一些可靠的信息能帮助人们了解那个时代，因此这首诗有着极高的文化和历史价值。

《载芟》一诗反映了当时的农政思想，开头四句主要写开垦土地。这时人们有的在割草，有的在刨树根，通过他们的努力，大片的土地被翻掘得十分松散。"千耦其耘"一句指的就是，遍布在低洼地、旧田埂的那些春耕生产活动正热烈地进行着。这一句中的"耘"字，可以是除去田间杂草的意思，在诗中将它和"耕"合在一起，就是则泛指农田作业。这一句中，"耘"其实也就是所谓的"耦耕"，这是这个时期的一种耕作方式，这种耕作方式是通过两个人共同合作来完成的，他们合作翻掘土壤。关于要如何合作，其方法是多种多样的，常见的如果要挖掘树根，就应该面对面地合作；如果要开沟挖垅，那就不妨肩并肩工作；如果是耒耜翻地，就应该是一推一拉。

参加春耕的人，不分男女老少全体出动，努力耕作。其中有漂亮的女子，健壮的男子，他们在田间狼吞虎咽地吃着饭，诗人通过这种细节描写，将一幅生动的画面展现在读者面前。

在古代，天下的所有土地都是归君王所有的。他再将这些土地划分给各个诸侯，君王具有随时收回土地的特权，同时，诸侯要给君主上交一定的贡赋。这些土地是长期分封给固定的使用者的。然后各诸侯也可以再将土地下分给他们的下属。就这样层层的分下去，土地的最终所有者是以家庭为基本单位的。在一个庞大的家族中，众兄弟、子孙以家长为首，同时进行劳作。

人们运用锋利的耒耜开始耕种，他们从向阳的田地开始播播种，那些作物非常易活，种子只要占地就能成活。人们不禁感叹："多么锋利的耒耜啊，百谷播下就出芽了。"这些赞叹中饱含着无限的欢欣，它们无一不是当时农业技术发展的代表。

"驿驿其达""厌厌其苗"中包含了人们对于丰收的赞叹和喜悦；"绵绵其麃"一句说明，这一切都是人们精心管理的结果，正是因为有人在努力工作，作物才能很快生长，这些都表现了人们极大的生产热情。

诗人通过夸张的手法，用"万亿及秭"来形容那广大无边得堆积露天的谷物，透露出丰收的喜悦之情。"万亿及秭"这一句则成了全诗的一个转折点。在这句之前主要是在写农事，而从这句之后则主要在写祭祀和祈祷，也就是诗的第二部分。

制酒祭祀，是全诗的中心。周代有严格的禁酒规章制度，他们的酒主要是在祭祀和百礼时应用，平日里并不经常饮酒。所以此处制酒就体现出人们发展生产的目的，人们是为了报答祖先，光大家国，保障和提高人民生活而进行耕作的。这正是周代发展生产的最根本政策。

本诗最后三句是人们祈祷的话语，他们在向神祈祷年年都能够获得丰收。《毛诗序》中有这样的话："《载芟》，春藉田而祈社稷也。"因为这样的记载，人们认为这并不单单是一首藉田祀神的诗，同时也是一首秋冬祀神诗。

◎良耜◎

畟畟良耜①，俶载南亩②。播厥百谷，实函斯活③。或来瞻女④，载筐及筥⑤，其饟伊黍⑥。其笠伊纠⑦，其镈斯赵⑧。以薅荼蓼⑨，荼蓼朽止⑩。黍稷茂止，获之挃挃⑪。积之栗栗⑫，其崇如墉⑬，其比如栉⑭。以开百室⑮，百室盈止，妇子宁止。杀时犉牡⑯，有捄其角⑰。以似以续⑱，续古之人。

【注释】

①畟（cè）畟：形容耒耜（古代一种像犁的农具）的锋刃快速入土。②俶（chù）：开始。南亩：古时将东西向的耕地叫东亩，南北向的叫南亩。③实：百谷的种子。函：含，指种子播下之后孕育发芽。斯：乃。④瞻：看望。女：读同"汝"，指耕地者。⑤筐：方筐。筥（jǔ）：圆筐。⑥饟（xiǎng）：所送的饭食。⑦纠：用草绳编织而成，形容结实。⑧镈（bó）：古代锄田去草的农具。赵（tiǎo）：锋利好使。⑨薅（hāo）：去掉田中杂草。荼蓼：两种野草名。⑩朽止：朽死。⑪挃（zhì）挃：形容收割庄稼的摩擦声。⑫栗栗：形容收割的庄稼堆积之多。⑬崇：高。墉（yōng）：高高的城墙。⑭比：排列，此言其广度。栉（zhì）：梳齿。⑮百室：指众多的粮仓。⑯犉（rǔn）：黄毛黑唇的牛。⑰捄（qiú）：形容牛角弯曲。⑱似（sì）：通"嗣"，继续。

【赏析】

本诗真实反映了当时社会的生产力情况，将当时正在蓬勃发展的农业状况展现在读者面前。《良耜》这首诗产生的时期应该是西周初期，那时经过了成、康时期，农业得到了较快的发展，在这样的背景下人们唱出了这首极具价值的诗篇。

本诗首先赞美了锋利的犁头。这是因为在那个年代农耕是社会的主流，锋利的金属犁头是最能够代表当时先进生产力的物品。通过它，可以看到当时的农业到底发展到了什么阶段，这些锋利的犁头也是当时农业行为能够获得丰收的基础。

诗人描述了播种、送饭、锄草等具体的劳动场景，表达了人们在大丰收之后的喜悦之情。当丰收的粮食要入仓的时候，人们开始为祭祀做准备，祭祀这种行为是先民从祖先那里继承下来的传统。人们通过祭祀表达自己渴望丰收的愿望和感谢神灵庇佑的心情。

这首诗共有二十三句，可以分为三个层次：第一层，是从开篇一直到"荼蓼朽止"，主要是在写春耕夏耘的画面；第二层，是从"黍稷茂止"一直到"妇子宁止"，这一部分写出了秋天大丰收时的画面；第三层，就是最后四句，这几句主要是在写秋冬祭祀时的情景。

开篇就展现了一幅农忙的画面：人们忙于春耕夏耘，当春日到来之时，农人们开始进行耕种，他们手里扶着耒耜在南亩深翻着土地，仿佛已经可以听见那些尖利的犁头在快速前进中发出了嚓嚓的声音。再将土地都翻了一遍之后，农人们开始将各种农作物的种子撒入土中，期盼着它们能够尽快发芽和成熟。当人们在劳动中感到辛苦和饥饿的时候，他们就会聚集在一边，等待着家中的女子、孩子们挑着方筐或者圆筐，将香气腾腾的饭送到他们面前。

到了炎热的夏天，农人们开始耘苗，这时炎炎的烈日挂在空中，辛苦劳作的农人们戴用草绳编织的斗笠，通过将锄头刺入土中来实现将荼、蓼等杂草锄掉的目的。这样做的好处不但可以清除和庄稼争夺营养的杂草，同时荼、蓼这样的植物在腐烂之后还可以变成作物的肥料，可谓一箭双雕。通过诗人的叙述仿佛看到了那大片大片的绿油油的黍和稷的田地，它们长势喜人，预示着又一个丰收年的到来。

等到了秋天，人们迎来了盼望的大丰收，这时诗人将另一个欢快的画面展现在人们面前。农人们正忙着用镰刀收割庄稼，割裂的声音此起彼伏，就像是一首节奏明快的歌曲一样。就这样，丰收的谷物堆满了粮仓，渐渐地堆积成了像高高的城墙一样的高山。这些上百个高高的粮食山，一字儿排开之后逐一收入了粮库。因为获得了大丰盛，所以每个粮仓都被粮食装得满满的，看到这些妇人和孩子心里十分安宁，喜气洋洋。

◎丝衣◎

丝衣其纤①，载弁俅俅②。自堂徂基③，自羊徂牛。鼐鼎及鼒④，兕觥其觩⑤，旨酒思柔⑥。不吴不敖⑦，胡考之休⑧。

【注释】

①丝衣：丝织祭服。纤（fóu）：洁白鲜明的样子。②载：借为"戴"。弁：帽。俅（qiú）俅：冠饰美丽的样子。③徂：往，到。基：房屋等建筑地基。④鼐（nài）：大鼎。鼒（zī）：小鼎。⑤兕觥（sì gōng）：盛酒器。觩（qiú）：形容兕觥弯曲的样子。⑥旨酒：美酒。柔：指文德好。⑦吴：大声说话，喧哗。敖：通"傲"，傲慢。⑧胡考：即寿考，长寿之意。休：福。

【赏析】

本诗是一首在祭祀现场诵唱的歌。吟唱诗歌的人要换上祭祀的礼服、礼帽等服装，他的神情恭恭敬敬，在将和祭祀相关的物品从内到外，从供牲到礼器都逐一查看之后，他开始表达粮食丰收的感激之情。诗人在祭台前歌唱，他的歌声告诉祖先们丰收的景象，他们之所以能够获得丰收是因为托了祖宗的福，他们美好的丰年是祖先带给他们的。

诗中开篇的两句主要是在描写祭祀时助祭的官员的穿戴和神情。关于这些衣服，郑玄注："纯衣，丝衣也"，"其色赤而微黑。"在《礼记·檀弓上》

中有这样的描述："天子之哭诸侯也，爵弁绖缁衣。"这样的衣服和白色的丝衣搭配在一起，就构成了祭祀专用的服饰。

第三句到第六句主要是在叙述这场祭祀的祭品十分丰富以及祭祀者面对祭祀的那种一丝不苟的态度，表现出主持祭祀的周天子对于神灵的那种敬重与虔诚之情。

祭祀中的祭品通常被称为牺牲，而作为牺牲的通常是羊、牛这样的牲畜。第五句和第六句是在写祭祀的器具。在古代最常用的器具就是鼎，这是古代的炊具，同时也是人们在祭祀的时候用来盛放熟牲的器具。文中提到的鼐和鼒是大小不同的鼎。其中最大的是鼐，它是用来盛牛的，在《说文解字》中有这样的解释："鼐，鼎之绝大者。"鼎要比鼐稍小些，是用来盛羊的，鼒是最小的一个，是用来盛豕的。本诗最后的两句是在说祭祀后的宴饮，也就是所谓的"旅酬"。这一段描写的重点是突出宴饮时的不吵不闹、合乎礼仪的气氛。

◎酌◎

於铄王师^①，遵养时晦^②。时纯熙矣^③，是用大介^④。我龙受之^⑤，蹻蹻王之造^⑥。载用有嗣^⑦，实维尔公允师^⑧。

【注释】

①於(wū)：赞美。铄(shuò)：美，辉煌。王师：王朝的军队。②遵养时晦：遵循时势计韬晦。③纯：大。熙：光明。④是用：是以，因此。大介：大甲兵。⑤龙：借为"宠"。荣，荣幸。⑥蹻(jué)蹻：勇武的样子。造：造就，成就。⑦载：乃。用：以。有嗣：有司，官之通称。⑧实：是。公：功业。允师：确实值得效法。

【赏析】

《毛诗序》："酌，造成《大武》也。言能酌先祖之道以养天下也。"《大武》五成的乐舞主要是表现周公平定东南叛乱回到镐京之后，被成王任命和召公一起分职治理天下的事情。那个时候虽然天下已经不再动荡不安了，但是因为国家刚刚稳定，所以不能掉以轻心。在这样的环境下，成王任命自己信任的周公治左，召公治右，也就是负责镇守东南的是周公、负责镇守西北的是召公。

从《酌》这首诗的内容来看，诗文的前四句是成王在歌颂王师获得的战绩，其中表达了成王对统兵出征的统帅们的感激之情，在诗中成王所感激的对象就是周公，歌颂了周公的功绩。诗文的后四句是写成王所下达的任命，他将天下分给周公、召公两人分职治理。这时的任命虽然是用成王的名义发布的，告庙的仪式也是由成王主持的，但是因为当时周公仍然在代天子摄政，所以本诗中所写的主人公表面上虽然是成王，但实际上还是周公。因为这样，《酌》这首诗被广大学者认为是一首周公的乐舞诗。

本诗的前半部分是在表现弦乐柔板般的从容而后半部分则主要在写铜管乐进行曲般的激昂。在当时作为乐舞的《酌》，和极具代表性的《象》舞一样十分重要。它既可以作为《大武》的一成来和其他五成合起来一起表演，也可以单独表演。

◎桓◎

绥万邦①，娄丰年②，天命匪解③。桓桓武王④，保有厥士⑤，于以四方，克定厥家⑥，於昭于天⑦，皇以间之⑧。

【注释】

①绥：安定。万邦：指天下各诸侯国。②娄(lǚ)：同"屡"，经常。③匪解：不懈怠。④桓桓：威武。⑤保：拥有。士：指功业。⑥克：能。家：周室，周王宗室。⑦於（wū）：叹词。昭：光明，显耀。⑧间：代替。

【赏析】

《毛诗序》说《桓》为"讲武类祃"之作，是武王伐纣前讲习武事，祭祀上帝和军神的乐歌。《左传·宣公十二年》记载："楚子曰：'武王克商，作《颂》曰：……又作《武》，……其六曰：'绥万邦，娄丰年。'"近代和当代学者据此认为《桓》是成王时《大武》乐舞第六场的歌诗，歌颂武王之功。从内容上看，后一说似乎更有说服力。

"绥万邦，娄丰年，天命匪解。""邦"指的是诸侯的封地。史书记载，西周灭商后为加强对各地区的控制，把周王室宗亲和功臣分封到各地，各自建立诸侯国。诸侯在享有对封地的世袭统治权的同时，有服从王命，向周王朝贡和提供军赋以及护卫王室的义务。这一制度在天下初定的西周初期，确实有效地稳定了政权。

武王灭商之后，各方臣服于周王室，天下安定；在安宁的环境下，西周百姓连年喜获丰收。"绥万邦，娄丰年"是西周太平盛世的图景，而这种局面的出现被认为是武王"天命匪解"的结果。在西周人看来，天下之所以太平，农业之所以五谷丰登、六畜兴旺，理所当然是冥冥之中的"天命"决定的。正是由于周朝顺应天意灭掉殷商，而且不断奋发进取，一刻不敢松懈，西周才得以"绥万邦，娄丰年"。

而缔造太平西周的人是"桓桓武王"，他有"保有厥士，于以四方。克定厥家"的伟大功绩。"桓"是威武的样子，"桓桓"叠用更突出武王雄壮威武的气势。

最后两句"於昭于天，皇以间之"乃是对武王的总结性赞美：武王的功德光明万丈，昭著于天！这种赞美虽十分直露，但并无阿谀之态。

很多人以为《诗经》中的颂诗多是歌功颂德之作，内容空泛，味同嚼蜡。单只看颂诗的语言，确实无多少诗歌的浪漫可言。但这是今人的看法，实际上，在"诗、乐、舞结合"的先秦时代，这些颂诗都是配合乐舞进行表演的，它们作为歌舞的有机组成部分自有其活力。简短的歌词配上典雅庄重的乐曲和舞蹈动作，便具有强烈的感染力。

◎赉^①◎

文王既勤止^②，我应受之^③。敷时绎思^④，我徂维求定^⑤。时周之命^⑥，於绎思^⑦。

【注释】

①赉（lài）：赐予。②既：尽。止：语气助词。③我：周武王自称。④敷：布陈、传布（恩泽）。时：是。绎：连续不断，此指继承。思：语气助词。⑤徂：往。⑥时：是。⑦於（wū）：叹词。

【赏析】

《赉》是武王克商凯旋后，归祀文王庙的乐歌。诗中满怀周武王对文王功德的赞颂和缅怀之情，也表达了武王承受文王基业，传扬文王业绩的愿望和决心。清人姚际恒的《诗经通论》认为是："武王初克商，归祀文王庙，大告诸侯所以得天下之意。"

诗以"文王既勤止，我应受之"起始，通过武王的口气称颂文王的千秋功绩。武王在祭祀先王之时追述文王的丰功伟业，一方面是对周朝乱世立国的历史的回顾和追念；另一方面也是自我明志，表示自己一定要以身作则，身体力行，将先王开创的宏大事业继承发扬。由此便可想象周朝的盛世之兴。

接着武王指出平定天下是他所追求的宏大目标，为了实现这个兴国强国的目标，他再次告诫各路诸侯都必须牢记文王的美好品德，切忌荒淫懈怠，贻误国事。在此武王也提出了他所谓的守成立业的方法，那就是"敷时绎思"，"敷"即布施恩泽之意。周武王伐纣灭商，开创周朝天下，同时他也分封了诸多的诸侯，这些分封的诸侯为周朝巩固统治发挥了巨大的作用。最后两句点出，周朝乃是顺应天命而立，后人应继承上天之意志，光大周朝。

《赉》属于周颂中的一首，是武王赞扬追思文王功业之作。《赉》雍容典雅，质朴无华。开头两句，句句用韵，后四句则间断用韵，反复颂美，音调纡徐舒缓，能够体现《诗经》在音韵节奏上的独到之美。

◎般^①◎

於皇时周^②，陟其高山^③，嶞山乔岳^④，允犹翕河^⑤。敷天之下^⑥，裒时之对^⑦，时周之命^⑧。

【注释】

①般：乐。②皇：伟大。时：是。③陟（zhì）：登高。④嶞（duò）：低矮狭长的山。乔：高。岳：高大的山。⑤允：通"沇"，水名。犹：通"滺"，水名。翕：合。河：黄河。⑥敷：普。⑦裒（póu）：聚集。对：配，此处指配祭。⑧时：是。

【赏析】

王国维认为，《般》是《大武》曲的第四篇。

周邦在武王的统领下，经过多年的奋斗，终于灭掉了商王朝，成为广有天下的大周王朝。对于这个新兴的王朝而言，赞美可以激发臣民的豪情，有利于巩固江山社稷。

颂歌当然要有所赞颂，这首《般》为周天子巡狩时祭祀山川之辞，赞颂对象自然也就是大周土地上的壮丽山河了。歌者面对广大的周国疆域，不禁赞叹道："於皇时周！"相当于说"啊，多么壮美啊，我们的大周！"歌者以叹词"於"发端，紧接着是形容词"皇"，而主语"时周"却放在"於皇"之后。按照正常语序，此句应为"时周皇矣"，只是普通的陈述语气，毫无诗意；而语序颠倒后，则变为感叹句，强调的是大周之"皇"，语气极为强烈，有先声夺人的气势。看似简单的四言句，却显示出《诗经》高妙的语言艺术。

如果说"於皇时周"是整体感受，那么接下来的"陟其高山，堕山乔岳，允犹翕河"则是具体描述。此时诗人登上了巍巍高山，看到狭长的山峦起伏，高峻的四岳耸立其间，大大小小的河流顺势汇入黄河。这是一种雄伟壮美的图景，展示着大自然的神奇魅力。古人敬畏自然，面对这样壮阔的山川想必更添崇敬之情。同时，这样广阔的河山此时已经变成大周的领土，所以崇敬之外，当另有一番拥有天下的自豪和自信。

需要说明的是，"陟其高山，堕山乔岳，允犹翕河"三句并不是单纯地赞美山河，它的真正内涵是先民们对于天下安定的祈求，隐含了古人的特殊心理。古人无法解释万事万物的变化，于是冥冥中祈望能够得到大自然神灵的庇佑，国家安定，百姓富足。而对于取得天下不久的西周王朝来说，国家的安定和国力的增强显得尤为重要。所以，周王除了祈求先祖的保佑外，还要敬山岳江河，祭自然神灵。

饱览大周江山的壮丽景色后，诗人更加强烈地感受到西周王朝的恢宏气势，于是又一次发出赞叹声："敷天之下，裒时之对，时周之命。"大周定国之后，拥有广袤无垠的土地，诸侯国纷纷来朝，对周天子俯首听命。这一派大一统的气象确实令人心潮澎湃。

全诗四言七句，语言极为简练却有震慑人心的威力。诗中"高"、"乔"、"敷"、"裒"等均是表示空间广阔的词，象征着周王朝的盛大；同时又描写了最能体现空间感的山川河流，进一步充实了广阔的空间，一统天下应有的雄浑气魄由此而生。

《般》是周颂的最后一篇，也是一次祭祀仪式的尾声。在祭祀仪式即将结束之际，《般》以恢宏的气势告示天下：周已经不再是当初的小部落，而是掌握天下的大王朝；周的统治顺乎天命，普天下所有人都要服从大周的号令。可以说，《般》就是周人向天下展示周王朝非凡气势的响亮乐声。

鲁颂

◎驷◎

驷驷牡马①，在坰之野②。薄言驷者③，有骄有皇④，有骊有黄⑤，以车彭彭⑥。思无疆，思马斯臧⑦。

驷驷牡马，在坰之野。薄言驷者，有骓有驸⑧，有骍有骐⑨，以车伾伾⑩。思无期，思马斯才。

驷驷牡马，在坰之野。薄言驷者，有驒有骆⑪，有骝有雒⑫，以车绎绎⑬。思无斁⑭，思马斯作。

驷驷牡马，在坰之野。薄言驷者，有骃有骃⑮，有驔有鱼⑯，以车祛祛⑰。思无邪，思马斯徂。

【注释】

①驷（jiōng）驷：马健壮的样子。②坰（jiōng）：郊外。③薄言：语助词。④骄（yù）：黑身白胯的马。皇：黄白杂色的马。⑤骊（lí）：纯黑色的马。黄：黄赤色的马。⑥以车：用马驾车。彭彭：强壮有力的样子。⑦思：语助词。臧：好。⑧骓（zhuī）：苍白杂色的马。⑨骍（xīn）：赤黄色的马。骐：青黑色相间的马。⑩伾（pī）伾：有力的样子。⑪驒（tuó）：青色而有鳞状斑纹的马。骆：黑身白鬃的马。⑫骝（liú）：赤身黑鬣的马。雒（luò）：黑身白鬣的马。⑬绎绎：跑得很快的样子。⑭斁（yì）：厌倦。⑮骃（yīn）：浅黑间杂白色的马。骃（xiá）：赤白杂色的马。⑯驔（diàn）：黑身黄脊的马。鱼：两眼长两圈白毛的马。⑰祛（qū）祛：强健的样子。

【赏析】

《毛诗序》说：“《驷》，颂僖公也。僖公能遵伯禽之法，俭以足用，宽以爱民，务农重谷，牧于坰野，鲁人尊之。于是季孙行父请命于周，而史克作是颂。”《驷》为鲁僖公之颂当无疑，只不过全诗并无直接颂扬僖公之辞，而是以写马表现鲁国对马政的重视，在对骏马的赞美中流露出对僖公的赞扬之意。

诗凡四章，每章八句，前三句同语重复，后几句则有所变换，是《诗经》常用的叠咏章法。“驷驷牡马，在坰之野”，开头这两句总写牧马的场景，给人一个完整的初步印象。“驷驷”重叠，强调马匹身躯的肥壮。而这些膘肥体壮的骏马活动的背景是“坰之野”，在辽远广阔的原野上，有成群的骏马或食或饮，或踏或卧，或奔或跃。有“在坰之野”这样一个阔大背景的烘托，愈加突显出骏马的雄健与活力。

“驷驷牡马，在坰之野”大笔勾勒群马在野之场景，可谓气势沛然，宏阔远大。之后诗人一变高声壮语为低声细语，以“薄言驷者”发端，进入对马的具体描绘。薄、言均为语助词，有延缓语气的作用。一句话里若有多个语气词，往往显得情感低回，“薄言驷者”一句，似乎是作者在独自欣赏，暗自点头赞叹马匹的繁盛和俊美。诗人如数家珍，用“有……有……”的句式点出各种骏马的名称：“有骄有皇，有骊有黄”，“有骓有驸，有骍有骐”，“有驒有骆，有骝有雒”，“有骃有骃，有驔有鱼”。

这些名称都是根据马匹不同的毛色命名的。诗人介绍了十几种马，每一种马其实就是一道艳丽的色彩。试想这么多颜色各异的马奔走在郊野上，该是多么壮观。

好马固然赏心悦目，但其真正价值却不在于此。古代多战事，战争是每个国家朝堂之上的一项永久议题。而马匹既是将士们驰骋沙场必不可少的工具，又可用于运输粮草，对战争的重要性不言而喻。西周时期，马在战争中的地位很高。车战是这一时期的主要作战形式，一辆兵车驾四匹马，配以甲士三名和步卒七十二名。驾车之马若驯良而劲健有力，则有大半胜算；不然，车马一乱，队伍便溃不成军。所以，马的优劣关键还在于能否驾好战车。诗人细数完马的名称后，就赞扬马"以车彭彭"、"以车伾伾"、"以车绎绎"、"以车祛祛"。这里的"车"无疑当为战车，而彭彭、伾伾、绎绎、祛祛都是形容马迅猛有力的词，也就是说这些"駧駧"骏马都是善驾之马。

经过对骏马的具体描绘，末二句又归到概括性的赞美上。"思无疆，思马斯臧"，"思无期，思马斯才"，"思无斁，思马斯作"，"思无邪，思马斯徂"，这几句意思互补，都是赞美马矫健善走，令人喜爱。

◎有駜◎

有駜有駜[1]，駜彼乘黄[2]。夙夜在公[3]，在公明明[4]。振振鹭[5]，鹭于下。鼓咽咽[6]，醉言舞。于胥乐兮[7]！

有駜有駜，駜彼乘牡[8]。夙夜在公，在公饮酒。振振鹭，鹭于飞。鼓咽咽，醉言归。于胥乐兮！

有駜有駜，駜彼乘駽[9]。夙夜在公，在公载燕[10]。自今以始，岁其有[11]。君子有穀[12]，诒孙子[13]。于胥乐兮！

【注释】

①駜（bì）：马肥壮的样子。②乘（shèng）黄：四匹黄马。古者一车四马曰乘。③公：公家。④明明：通"勉勉"，努力的样子。⑤振振：群飞的样子。鹭：白鹭鸟。⑥咽咽：不停的鼓声。⑦于：通"吁"，感叹词。胥乐：都快乐。⑧牡：公马。⑨駽（xuān）：青黑色的马。⑩燕：通"宴"。⑪岁其有：指年年丰收。⑫穀：善。⑬诒：留。

【赏析】

《有駜》是一首颂扬鲁僖公和群臣宴饮的诗。鲁国自庆父之难以后，外有强齐睥睨，大有袭取并吞之势。国内多有饥荒，国势江河日下。至鲁僖公继位，采取了一系列措施来振兴国势，内修武备，安抚臣民；外结盟国，巩固政权，才使鲁国转危为安。由于克服了天灾人祸，使鲁国获得了丰收。这首《有駜》正是在鲁国国运昌隆之时所作的。

此诗第一章就极力渲染了鲁国强盛的国力和奋发昂扬的精神。首句写马的强健肥壮，四匹良马拉起兵

车气势轩昂，以此来显示今日的鲁国已是何等的强盛，可谓兵强马壮。鲁国的强大不仅体现在军事武备上，也体现在鲁国的文治政事上。鲁国的官吏，忠于职守，兢兢业业，"夙夜在公"，为国家大事鞠躬尽瘁，可谓"位卑未敢忘忧国"。官吏的奋发向上精神，折射出鲁国政治的清明廉洁，吏治的朴实敬业。这也从侧面反映了鲁国之所以能取得如此辉煌事业的根本原因，那就是君臣齐心，全民奋斗的凝聚力。

接着，诗中描写了群臣宴饮的场面。大臣们在公事之余与国君一同宴饮。宴饮中，歌舞自是不可或缺的。一时间鼓乐齐发，在一片鼓乐声中，美人们手拿鹭羽翩翩起舞，舞姿轻盈，宛如成群的白鹭飞过。难怪舞者陶醉，酒者狂醉，直到酩酊大醉之时才归家。如此盛宴，君臣同乐，上下欢笑，构成一幅太平盛世的君臣宴饮图。

全诗通过对宴饮场面绘声绘色的描写，体现了鲁国的和睦、强盛。诗的第二章和第三章的前半部分，是对第一章内容的重复，只是个别字有所变化。一方面运用重言叠词的手法一唱三叹，感染读者；另一方面，步步加深，使原有画面产生变化，形成一幅动态图。

宴饮欢歌之时，于觥筹交错中，观舞者仿白鹭之形。一会儿在浅滩溪流中翩翩起舞，一会儿又振翅冲向云天。鼓声咽咽，整齐而有节奏。第三章指出郊祀之事。群臣的欢乐来自于君主的恩赐，因而说"在公载燕"。在庆贺丰收的酒宴上，人们高兴之余，自然要想到年年有余、岁岁丰收的问题。于是君臣们祝愿、祈祷"自今以始，岁其有"。鲁国的臣民们希望这种盛世之势能永久保持，福禄荫庇后世的子子孙孙。

这首诗是从一个为人臣子的视角来写的。他们因为遇上明君而奋发向上全心致力于国事，与君宴饮中的快乐，来自身处太平盛世而感受到的喜悦。在他们的眼里，"君子有穀"便是一国兴盛最大的梦想。鲁国的强大中兴让人们对作为人君的鲁僖公满含期待与颂扬。这首诗恰如其分地显示了鲁国君民期望国运昌隆、盛世永驻的美好心愿。

◎泮水◎

思乐泮水①，薄采其芹②。鲁侯戾止③，言观其旂④。其旂茷茷⑤，鸾声哕哕⑥。无小无大，从公于迈⑦。

思乐泮水，薄采其藻⑧。鲁侯戾止，其马蹻蹻⑨。其马蹻蹻，其音昭昭⑩。载色载笑⑪，匪怒伊教⑫。

思乐泮水，薄采其茆⑬。鲁侯戾止，在泮饮酒。既饮旨酒⑭，永锡难老⑮。顺彼长道⑯，屈此群丑⑰。

穆穆鲁侯⑱，敬明其德⑲。敬慎威仪，维民之则。允文允武，昭假烈祖⑳。靡有不孝㉑，自求伊祜㉒。

明明鲁侯㉓，克明其德。既作泮宫，淮夷攸服㉔。矫矫虎臣㉕，在泮献馘㉖。淑问如皋陶㉗，在泮献囚。

济济多士，克广德心。桓桓于征㉘，狄彼东南㉙。烝烝皇皇㉚，不吴不扬㉛。不告于讻㉜，在泮献功。

角弓其觩^㉝。束矢其搜^㉞。戎车孔博^㉟，徒御无斁^㊱。既克淮夷，孔淑不逆^㊲。式固尔犹^㊳，淮夷卒获^㊴。

翩彼飞鸮^㊵，集于泮林。食我桑黮，怀我好音^㊶。憬彼淮夷^㊷，来献其琛^㊸。元龟象齿^㊹，大赂南金^㊺。

【注释】

①泮水：泮宫（诸侯国的学宫）前的半月形水池。②芹：水中的一种植物，即水芹菜。③戾：临。止：语尾助词。④言：我。旂（qí）：绘有龙形图案的旗帜。⑤茷（pèi）茷：飘扬的样子。⑥鸾：古代的车铃。哕（huì）哕：铃和鸣声。⑦公：僖公。迈：行走。⑧藻：水中植物名。⑨蹻（jiǎo）蹻：马强壮的样子。⑩昭昭：指声音洪亮。⑪色：指容颜和蔼。⑫伊：语助词，无义。⑬茆（mǎo）：即今言莼菜。⑭旨酒：美酒。⑮锡：同"赐"。⑯道：指礼仪制度等。⑰丑：对敌人的蔑称，指淮夷。⑱穆穆：举止庄重的样子。⑲敬：恭敬。⑳昭：明。假：通"格"，至也。烈祖：有功业的祖先。㉑孝：同"效"，效法。㉒祜（hù）：福。㉓明明：同"勉勉"。㉔淮夷：淮水流域不受周王室控制的民族。攸：乃。㉕矫矫：勇武的样子。㉖馘（guó）：古代为计算杀敌人数以论功行赏而割下的敌尸左耳。㉗淑：善。皋陶：舜时善于断狱的法官。㉘桓桓：威武的样子。㉙狄：扫除。㉚烝烝皇皇：众多盛大的样子。㉛吴：喧哗。扬：高声。㉜讻：讼，指因争功而产生的互诉。㉝角弓：两端镶有兽角的弓。觩（qiú）：弯曲的样子。㉞束矢：五十支一捆的箭。搜：形容发箭声。㉟孔：很。博：宽大。㊱徒：徒步行走，指步兵。御：驾驭马车，指战车上的武士。斁（yì）：厌倦。㊲淑：顺。逆：违。㊳式：语助词，无义。固：坚定。犹：计谋。㊴淮夷卒获：淮夷终究得服从。㊵鸮（xiāo）：鸟名，即猫头鹰，古人认为是恶鸟。㊶怀：馈，送。㊷憬（jǐng）：觉悟。㊸琛（chēn）：珍宝。㊹元龟：大龟。象齿：象牙。㊺南金：产自南方的黄金。

【赏析】

"鲁颂"被誉之为"庙堂文学"，分有宗庙的祭歌及臣下对国君的歌颂溢美两部分。综观本诗，《泮水》当属后者，全诗充满了对鲁僖公的颂赞之词，表达出仰慕之情。但据历史记载，鲁僖公虽然多次出兵平淮，但是并未取得赫赫战果，因此，此诗威武及繁盛的描述有言过其实的痕迹。

颂诗以"赋"为基本表现手法，构成了全诗的骨骼。从鲁僖公率众来到泮宫，面带微笑，随行阵容威武雄壮，举行祝颂之事开始，逐渐写出鲁僖公文治武功，以德服人，在泮宫接受战争的胜利。同时不忘对部下的夸赞，写出贤才济济，能征善战。最终，鲁僖公击败淮夷，平天下。诗中插入了战争的相关场景和事迹，但没有给人松散凌乱之感，而是紧凑有力，简洁明快。

此诗开篇就开始运用回环复沓的表现形式，前三章开头句子"思乐泮水，薄采其芹"、"思乐泮水，薄采其藻"、"思乐泮水，薄采其茆"赋其事以起兴，同时形成回环复沓的形式。回环

复沓的表现形式形成整饬的章法，突出强调，增强了艺术效果。

当然，本诗"比兴"手法也颇具特色，增强了诗歌的抒情性和感染力。诗歌前三章都是先言他物，以引起所言之事。泮水边的盛会，鲁僖公的形象，出征淮夷的战争，都写得直观且铺陈精彩，加之其精当的描述，文学价值和史料价值兼备。

《泮水》严格遵守《诗经》中最常见的四字句格式，全诗只有第五章"淑问如皋陶"一句是五字，一至三章起始之笔都运用了反复吟咏的手法，仅用"芹"、"藻"、"茆"几个字就区分了不同的活动场所，点出不同地点，用词精炼之至。全诗在用词上颇为讲究，多处运用复词，用"穆穆"写鲁公的威严，"桓桓"写三军的雄壮，点睛之笔让诗歌的色彩增添不少。

《泮水》作为《诗经》中的长篇制作，以"赋"的基本写法，灵活运用"比兴"、回环复沓、排比等手法，描写了鲁公到泮宫的盛大场面，比较细致全面地刻画了人物。泮水之宴、三军出战，都写得轰轰烈烈。对鲁僖公的描绘，更是极尽溢美之词，描绘成一个神人般的人物，起到了突出表现的效果。

◎閟宫◎

閟宫有侐①，实实枚枚②。赫赫姜嫄③，其德不回④。上帝是依⑤，无灾无害，弥月不迟⑥。是生后稷⑦，降之百福⑧。黍稷重穋⑨，稙稚菽麦⑩。奄有下国⑪，俾民稼穑⑫。有稷有黍，有稻有秬⑬。奄有下土，缵禹之绪⑭。

后稷之孙，实维大王⑮。居岐之阳⑯，实始翦商⑰。至于文武⑱，缵大王之绪，致天之届⑲，于牧之野⑳。无贰无虞㉑，上帝临女㉒。敦商之旅㉓，克咸厥功㉔。王曰叔父㉕，建尔元子㉖，俾侯于鲁，大启尔宇㉗，为周室辅。

乃命鲁公，俾侯于东。锡之山川㉘，土田附庸㉙。周公之孙，庄公之子㉚。龙旂承祀㉛。六辔耳耳㉜。春秋匪解㉝，享祀不忒㉞。皇皇后帝，皇祖后稷。享以骍牺㉟，是飨是宜㊱。降福既多，周公皇祖，亦其福女。

秋而载尝㊲，夏而楅衡㊳，白牡骍刚㊴。牺尊将将，毛炰胾羹㊵。笾豆大房㊶，万舞洋洋㊷。孝孙有庆，俾尔炽而昌，俾尔寿而臧㊸。保彼东方，鲁邦是常㊹。不亏不崩，不震不腾。三寿作朋㊺，如冈如陵。

公车千乘，朱英绿縢㊻，二矛重弓㊼。公徒三万㊽，贝胄朱綅㊾。烝徒增增㊿，戎狄是膺㉒，荆舒是惩㉓，则莫我敢承㉔。俾尔昌而炽，俾尔寿而富。黄发台背㉕，寿胥与试㉖。俾尔昌而大，俾尔耆而艾㉗。万有千岁㉘，眉寿无有害㉙。

泰山岩岩㉠，鲁邦所詹㉡。奄有龟蒙㉢，遂荒大东㉣。至于海邦，淮夷来同㉤。莫不率从，鲁侯之功。

保有凫绎㉥，遂荒徐宅㉦，至于海邦，淮夷蛮貊㉧，及彼南夷㉨，莫不率从。莫敢不诺㉩，鲁侯是若㉪。

天锡公纯嘏㉫，眉寿保鲁。居常与许㉬，复周公之宇。鲁侯燕喜㉭，令妻寿母㉮，宜大夫庶士(75)。邦国是有，既多受祉(76)，黄发儿齿(77)。

徂徕之松(78)，新甫之柏(79)，是断是度(80)，是寻是尺。松桷有舄(81)，路寝孔硕(82)。新庙奕奕(83)，奚斯所作(84)；孔曼且硕(85)，万民是若(86)。

【注释】

①閟（bì）宫：神秘的宫殿，指祭祀后稷母亲姜嫄的庙。侐（xù）：清静的样子。②实实：广大的样子。枚枚：细密的样子。③姜嫄：周始祖后稷之母。④回：邪僻。⑤依：依靠。⑥弥月：满月，指怀胎十月。⑦后稷：周之始祖，名弃。⑧百：言其多。⑨重穋（lù）：两种谷物，先种后熟曰“重”，后种先熟曰“穋”。⑩稙穉（zhí zhì）：两种谷物，早种者曰“稙”，晚种者曰“穉”。菽：豆类作物。⑪奄有：全有。⑫俾：使。稼穑：指务农。⑬秬（jù）：黑谷子。⑭缵（zuǎn）：继承。绪：业绩。⑮大王：太王，周之远祖古公亶父。⑯岐：山名，在今陕西。阳：山南水北。⑰翦：灭。⑱文武：周文王、周武王。⑲届：诛讨。⑳牧：地名，在今河南淇县西南。㉑贰：二心。虞：疑虑。㉒临：监临。㉓敦：治服。旅：军队。㉔咸：都，共同。㉕叔父：指周公旦，周公为武王之弟，成王叔父。王，指成王，武王之子。㉖元子：长子。㉗启：开辟。㉘锡：同“赐”。㉙附庸：指诸侯国的附属小国。㉚庄公之子：指鲁僖公。㉛承祀：主持祭祀。㉜辔：御马的嚼子和缰绳。㉝解：通“懈”。㉞享：祭献。忒：差错。㉟骍（xīn）：赤色。牺：纯色牺牲。㊱飨：享用祭品。㊲周公皇祖：即皇祖周公。㊳尝：秋季祭祀之名。㊴楅（bì）衡：防止牛抵触用的横木，此指修理牛棚。㊵牡刚：红色公牛。㊶毛炰（páo）：带毛涂泥燔烧熟的肉。胾（zì）：切块的肉。㊷笾（biān）：竹制的献祭容器。豆：木制的献祭容器。大房：大的盛肉容器。㊸万舞：舞名，常用于祭祀活动。洋洋：盛大的样子。㊹臧：善。㊺常：长。㊻三寿作朋：古代常用的祝寿语。㊼朱英：矛上用以装饰的红缨。绿縢：将两张弓捆扎在一起的绿绳。㊽二矛：古代每辆兵车上有两支矛，一长一短，用于不同距离的交锋。重弓：古代每辆兵车上有两张弓，一张常用，一张备用。㊾徒：步兵。㊿贝：贝壳，用于装饰头盔。胄：头盔。绶（qīn）：线，用于编缀固定贝壳。(51)烝：众。增增：众多的样子。(52)戎狄：指西方和北方在周王室控

制以外的两个民族。膺：击。(53)荆：楚国的别名。舒：国名，在今安徽庐江。(54)承：抵抗。(55)黄发台背：皆高寿的象征。人老则白发变黄，故曰黄发。台，同“鲐”，鲐鱼背有黑纹，老人背有老人斑，如鲐鱼之纹,故云。(56)寿胥与试：老来相与进言事。(57)耆：指年老。艾：指年轻。(58)有：通“又”。(59)眉寿：指高寿。(60)岩岩：山高的样子。(61)詹：仰望。(62)龟、蒙：二山名。(63)荒：扩大,推广。大东：指最东的地方。(64)淮夷：淮水流域不受周王室控制的民族。同：会盟。(65)保：安。凫、绎：二山名，凫山在今山东邹县西南，绎山在今山东邹县东南。(66)徐：国名。宅：居处。(67)蛮貊(mò)：泛指北方一些周王室控制外的民族。(68)南夷：泛指南方一些周王室控制外的民族。(69)诺：应诺。(70)若：顺从。(71)公：鲁公。纯：大。嘏：福。(72)常、许：鲁国二地名。(73)燕：通“宴”。(74)令：善。(75)宜：适宜。(76)祉：福。(77)儿齿：高寿的象征。老人牙落后又生新牙,谓之儿齿。(78)徂徕：山名,在今山东泰安东南。(79)新甫：山名,在今山东新甫县西北。(80)是断是度：是砍下是剖开。(81)桷（jué）：方椽。舄（xì）：大的样子。(82)路寝：指庙堂后面的寝殿。孔：很。(83)新庙：指閟宫。奕奕：美好的样子。(84)奚斯：鲁大夫。(85)曼：广。(86)若：顺洽。

【赏析】

《閟宫》应该是《诗经》中篇幅较长的一首诗。相比于鲁国历代君主，鲁僖公应该是比较有作为的一位。他平淮夷，复失地，使鲁国恢复了周公时代的版图。因此，很多人都把他视为能够复兴祖先功业,弘扬国家声威,实现国富民强的一位君主。此诗即是鲁臣为了歌颂鲁僖公的功绩和祭祀祖先而写。

对中兴之主的赞美，大多是赞扬他们能够兴祖业，复疆土，之所以鲁僖公能够得到赞扬，那是因为他能够恢复“周公之宇”。诗人采用赋的手法，从鲁僖公的远祖姜嫄、后稷、太王等的业绩和鲁国建立的过程写起，徐徐转入到对功业的歌颂上来，极尽铺张扬厉之能事。

开篇采用追溯的写法，追述祖德。“閟宫有侐，实实枚枚”，首句写出姜嫄庙高大寂静、庄严肃穆的景象，慢慢由起兴转入赋比，以时间为轴，按顺序陈述祖先功德。接着写出了后稷善于稼穑，勤劳聪慧，得到人民的拥护。然后从“后稷之孙”的太王、文王、武王，抓住他们从事灭殷的事业一路写来。最后，写到了成王感谢周公辅佐的功劳，称王封侯以致鲁国诞生。犹如史诗一样，写出了周民族的发展历程，所写的每一位先祖，都是抓其重点着笔，剪裁得当，详略有致，自然顺畅。

在对先祖的发展历程进行追述后，诗人转入现实，开始颂美鲁僖公，这种主题成为诗歌的重点，从第三节一直延续到最后一节。借助祭祀祝祷的场景,历数鲁僖公继承王业以来的丰功伟绩,内修政治,外修文武，平淮夷，复失地，拿捏得当，起伏灵动。第三节一开始四句就承上启下，直接点到鲁僖公勤于祭祀,周公所赐的福祉也因此连绵不断。诗人于此处宕开一笔，在第四节写出了精心准备的过程，“夏而楅衡，白牡骍刚”。然后顺承上节，写出了祭祀场面的盛大，祭祀场景的庄重，鲁僖公的虔诚以及祈求神灵的目的——长寿安康，国家永固。如何能够使鲁国江上永固呢？诗人认为必须遏制强敌，收复失地，树立国威，使四夷宾服。诗人写出了鲁僖公不仅仅达到了保卫国土的目的，还能够开疆拓土，文治武功，四夷臣服。神灵保佑，大功告成。所以，“鲁侯燕喜”，举国欢腾。洋洋洒洒，连篇累牍，赞美僖公可谓是铺写详尽，淋漓酣畅。最后一节呼应开篇，写出了鲁国富强，大兴土木，建造新庙，顺应民心，人人爱戴，顺便提出作诗目的，使得诗歌结构完整缜密。

总而言之,《閟宫》作为《诗经》中的鸿篇巨著,既渗透着诗歌的抒情性,又融入了民族史诗的历史性，在艺术表现上，诗人精心结撰，表现效果也不同凡响。尽心尽致地铺叙，“赋、比、兴”的融合，夸张、比喻的运用，使得诗歌具有较高的艺术价值。

商颂

◎烈祖◎

嗟嗟烈祖①！有秩斯祜②，申锡无疆③，及尔斯所④。既载清酤⑤，赉我思成⑥。亦有和羹，既戒既平⑦。鬷假无言⑧，时靡有争，绥我眉寿⑨，黄耇无疆⑩。约軧错衡⑪，八鸾鸧鸧⑫。以假以享⑬，我受命溥将⑭。自天降康，丰年穰穰。来假来饗，降福无疆。顾予烝尝⑮，汤孙之将⑯。

【注释】

①烈祖：功业显赫的祖先，此指商朝开国的君王成汤。②有秩斯祜：形容福大的样子。③申：再三。锡：同"赐"。④及尔斯所：直到你所在处所。⑤清酤：清酒。⑥赉（lài）：赐予。思：语助词。⑦戒：齐备。⑧鬷（zōng）假：集合大众祈祷。⑨绥：安抚。眉寿：高寿。⑩黄耇（gǒu）：义同"眉寿"。⑪约軧（qí）错衡：用皮革缠绕车毂两端并涂上红色，车辕前端的横木用金涂装饰。⑫鸾：一种饰于马车上的铃。鸧（qiāng）鸧：同"锵锵"，象声词。⑬假（gé）：同"格"，至也。享：享用。⑭溥（pǔ）：大。将：长。⑮烝尝：冬祭叫"烝"。秋祭叫"尝"。⑯汤孙：指商汤王的后代子孙。将：佑助。

【赏析】

全诗二十二句，层次分明，逐渐深入铺写祭祀烈祖盛况。"嗟嗟烈祖"以叠字叹词开篇，一叹再叹，祭祀者对先祖崇拜得五体投地的情形如在眼前，无限的溢美之词中透露出深深的崇敬之情，点明了祭祀的缘由——烈祖洪福齐天，给子孙"申锡无疆"。直呼式的呼告修辞，感情的直接表达，毫无掩饰，单刀直入，饱含深情地对先祖进行颂扬，活泼生动的语调减少了几分刻板和呆滞，呈现出了生活的真实情感，抓住读者的猎奇心，增添了艺术效果。成汤带给子孙的大福，次数无比之多，时间无比之长，范围无比之广，后代子孙无限的感激之情表露无遗。

祭祀者并未满足于成汤赏赐给子孙们的福禄，而是继续祈求先祖永远赐予祥瑞大福。接踵而至的便是下面结构并列、内容交错的祭祀乐词。备好了清酒，献上调和均匀的美味羹，心里默默地祷告，请求先祖佑我成功。供品丰盛、讲究，言之酒馔，祈求长寿。再看看那祝祷的景象，众人默然肃穆，没有喧哗，没有纷争，心平气和，可谓百礼具备，渲染出热烈却又严肃的氛围。在如此盛大而庄严肃穆的礼仪之中，祭祀者虔诚，以求精诚所至，神明感动，使得先祖降下福佑，让"汤孙"获得万寿无疆的长眉大寿。

"约𫐐错衡，八鸾鸧鸧"，红皮的车毂，饰金的车衡，贵宾光临，驷马八铃响声锵锵，多么动听。写车马的整饬在于突出助祭的贵宾，写助祭贵宾的高贵又在于烘托出主人的身份和迎神的场面。贵宾前来助祭场景的描写，表现出了商朝的强盛，烘托出了场面的热烈，也因此将全诗祈求获福的祭祀场面再次推向高潮。

于是乎，隆重的祭祀活动开始了，祭祀者献享啊，祝祷啊，叩拜啊，祈求安康，盼望丰年穰穰，更希望先祖能够降下福泽无疆。结尾两句祝词点明了举行时祭的是"汤孙"，使得首尾呼应，结构完整。

◎玄鸟◎

　　天命玄鸟①，降而生商，宅殷土芒芒②。古帝命武汤③，正域彼四方④。方命厥后⑤，奄有九有⑥。商之先后⑦，受命不殆⑧，在武丁孙子⑨。武丁孙子，武王靡不胜⑩。龙旂十乘⑪，大糦是承⑫。邦畿千里⑬，维民所止⑭。肇域彼四海⑮，四海来假⑯，来假祁祁⑰，景员维河⑱。殷受命咸宜⑲，百禄是何⑳。

【注释】

①玄鸟：燕子。②宅：居住。芒芒：同"茫茫"。③古：从前。帝：天帝，上帝。武汤：即成汤，汤号曰武。④正域：征服疆域。⑤方：遍，普。后：此指各部落的酋长首领。⑥奄：全部。九有：九州。⑦先后：先王。⑧命：天命。殆：通"怠"，懈怠。⑨武丁：即殷高宗，汤的后代。⑩武王：即武汤，成汤。胜：胜任。⑪旂（qí）：古时一种旗帜，上画龙形，竿头系铜铃。乘（shèng）：四马一车为乘。⑫大糦（chì）：大祭。⑬邦畿：国都附近。⑭维民所止：人民所居紧相连。⑮肇域彼四海：始拥有四海之疆域。⑯假（gé）：通"格"，到。⑰祁祁：纷杂众多的样子。⑱景员：通"广运"，东西曰广，南北曰运。指大的国界。⑲咸宜：人们都认为适宜。⑳何：通"荷"，承担。

【赏析】

　　近人大多认为本诗是祭祀殷高宗武丁的颂歌。成汤建商以来，继续得到宰相伊尹的尽心辅佐，国势日盛。传至汤的长孙太甲以后，君主和奴隶主们生活开始腐化，不理朝政，奴隶也就开始反抗，国势日衰。后来盘庚东迁，呈现中兴之势，到其弟小乙，又衰落下来，小乙的儿子武丁即位，用傅说为相，讨伐鬼方、大彭等取得胜利，羌氏也都来朝见，殷又复兴。这首《玄鸟》之歌，就在于歌颂武丁中兴的事业。

　　《玄鸟》一诗二十二句，按照时间顺序，如同记载历史一样，大致可以分为四层。

　　"天命玄鸟，降而生商"，开篇追叙武丁以前殷商的历史，借神话传说从始祖写起，着重于突出商的起源。

"芒芒"广大的土地，上帝命令成汤治理四方。第一层借"吞卵而生契"的故事着意写出商朝的统治上承天命，而国泰民安的重任得由汤的后代子孙武丁来承当。以武功立国，征服四方，广施号令，据九州为王。立国、治国，两重意思，蝉联而下，为下文的武丁出场慢慢蓄势。

"商之先后，受命不殆，在武丁孙子"，商朝的再次复兴，武丁功不可没。三句顺承而来，既说明成汤上承天命，使得商朝天下不断延续，同时又在分析"不殆"的原因中自然地点出中兴之主武丁的功劳。武丁外伐鬼方、大彭，内修德政，从而使得成汤事业无往不胜。含蓄中表现出武丁中兴的丰功伟绩，自豪之情油然而生，敬佩之情翩然而至。

颂歌的重点在于歌颂祖德，表现祭祀的场景。紧接而来的是"龙旂十乘，大糦是承"的情形，如果不是武丁中兴，周王朝声威大震，就不会有诸侯十年插龙旗，满载粮食来助祭的热烈场景了。诗歌在对整体的概述描写之后，笔锋一转，回到祭祀的现实中来，着重于助祭的热烈场面，突出武丁的声威。

第四层描写"四海来假，来假祁祁"的场景。四海部族纷纷前来朝拜，旌旗之盛，人数之多，从侧面烘托出商王朝的繁荣强大。末尾二句与"天命玄鸟"、"古帝命武汤"、"受命不殆"相联系，以"天命"贯穿始终来结束全诗，既表现出商朝统治的合理性，也表现出商朝统治的绵延性。不仅如此，它同时也是祭祀者对天神的虔诚，祈盼能继续得到庇佑，使得商朝的统治昌盛、久长。

◎长发◎

濬哲维商①，长发其祥②。洪水芒芒③，禹敷下土方④。外大国是疆⑤，幅陨既长⑥。有娀方将⑦，帝立子生商⑧。

玄王桓拨⑨，受小国是达⑩，受大国是达。率履不越⑪，遂视既发⑫。相土烈烈⑬，海外有截⑭。

帝命不违，至于汤齐⑮。汤降不迟，圣敬日跻⑯。昭假迟迟⑰，上帝是祇⑱，帝命式于九围⑲。

受小球大球⑳，为下国缀旒㉑，何天之休㉒。不竞不绒㉓，不刚不柔。敷政优优㉔，百禄是遒㉕。

受小共大共㉖，为下国骏厖㉗。何天之龙㉘，敷奏其勇㉙。不震不动㉚，不戁不竦㉛，百禄是总㉜。

武王载旆㉝，有虔秉钺㉞。如火烈烈，则莫我敢曷㉟。苞有三蘖㊱，莫遂莫达㊲。九有九截㊳，韦顾既伐㊴，昆吾夏桀㊵。

昔在中叶㊶，有震且业㊷。允也天子㊸，降予卿士㊹。实维阿衡㊺，实左右商王㊻。

【注释】

①濬（jùn）哲：明智。商：指商的始祖。②长：久。祥：吉祥。③芒芒：茫茫，水盛的样子。④敷：治。下土方：指天下的土地。⑤外大国：外谓邦畿之外，大国指远方诸侯国。疆：疆土。⑥幅陨：面积。长：增长。⑦有娀（sōng）：古国名。⑧帝立子生商：上帝立女生殷商。⑨玄王：商契。桓拨：威武刚毅。⑩达：

通达。⑪率履：遵循礼法。履，"礼"的假借。⑫视：巡视；发：施行。⑬相土：人名，契的孙子。烈烈：威武的样子。⑭海外：四海之外，泛言边远之地。有截：截截，整齐划一。⑮汤：成汤。齐：齐一，一样。⑯跻：升。⑰昭假：向神祷告，表明诚敬之心。迟迟：久久不息。⑱祗：敬。⑲式于九围：领导九州。⑳球：玉器。㉑下国：下面的诸侯方国。缀旒：旗上的飘带，此指表率。㉒何：同"荷"，承受。休：美。㉓绒(qiú)：急。㉔优优：温和宽厚。㉕道：聚。㉖共：通"珙"，美玉。㉗骏厖(máng)：庇护。㉘龙：恩宠。㉙敷奏：施展。㉚不震不动：不可惊惮。㉛戁(nǎn)、竦：恐惧。㉜总：聚。㉝武王：指商汤。旆：旌旗，此作动词。㉞有虔：坚强威武的样子。秉钺：执持长柄大斧。㉟曷：通"遏"，阻挡。㊱苞：本，指树桩。蘖：旁生的枝丫。㊲遂：草木生长之称。达：苗生出土之称。㊳九有：九州。㊴韦：国名，在今河南滑县东南。顾：国名，今山东鄄城东北。㊵昆吾：国名，在今河南省许昌市东。㊶中叶：商朝中世。㊷震：威力。业：功业。㊸允：信然。㊹降：天降。㊺实维：是为。阿衡：即伊尹，辅佐成汤征服天下建立商王朝的大臣。㊻左右：在王左右辅佐。

【赏析】

《长发》先歌颂了商统治者的祖先契以及契之孙相土，之后才详细叙述主要祭祀对象成汤的事迹。在诗的末尾略提伊尹之事，是以伊尹从祀成汤之意。

诗共七章，一、二两章追述汤之祖先契和相土奠定基业之功。首章开头两句是赞美之辞，"濬哲维商，长发其祥"，称赞商朝世代有睿智、圣明的君王，上天因之赐予商吉祥。之后诗歌笔锋转向汤之祖先契，叙述商部落最初的兴起。契因协助夏禹治水有功而被舜任命为司徒，后封于商地，商人由此立国。而且在契的开拓下，商国的疆土渐渐宽广。章末两句写契的诞生，"有娀方将，帝立子生商"，传说契之母有娀吞玄鸟卵而有孕，生下契。以神话传说来解释契的诞生，颇有神秘色彩，意在表明商之建立得到了上天的允许。第二章先写契对商的治理，之后过渡到歌颂相土。玄王即契，他治国有方，无论大国小国皆归附于商。不仅如此，契还能遵循礼法，力求教令尽行。到相土统治时期，商的势力已经扩展到渤海一带，以"烈烈"赞相土，突出的就是他开拓疆土的武功。

在契和相土的治理下，商人蓄积了消灭夏朝、建立商王朝的雄厚实力，成汤是这项事业的实现者，三到六章便是对成汤这一丰功伟绩的赞扬。商汤拥有天下的原因被认为是"帝命不违"，不违帝命的具体表现有二。其一，成汤礼贤下士，不敢怠慢，合于上天之德；其二，成汤对待上天虔敬恭谨。因此，成汤能够得到上帝的认可，其德行成为九州的典范。由于成汤治国有方，广施德业，商渐渐强大，各方诸侯纷纷归服。而诸侯之所以归服，是因为成汤治国遵循法制，施政宽和，所谓"不竞不绒，不刚不柔"也。另一方面，强大的商可以荫庇下国诸侯，具有"不震不动，不戁不竦"的强国风范。对一个国家来说，四方来归意味着政通人和，"百禄是道"、"百禄是总"是理所当然的结果了。

第六章写成汤讨伐夏桀之功。"武王载旆，有虔秉钺。如火烈烈，则莫我敢曷"，寥寥四句塑造出一个勇猛威武的成汤形象。王旗飘飘，兵器在手，一股所向披靡的气势漫溢于其中。"苞有三蘖，莫遂莫达。九有九截，韦顾既伐，昆吾夏桀"，这里用比喻的手法说明了夏必亡、商必胜的道理。韦、顾、昆吾为夏朝的三个从国，诗将夏桀比喻为树干，将韦、顾、昆吾比作树干上分出的三个枝杈，生动而具体。诗人指出，夏桀已经是一株枯木，已经无法再长枝叶（莫遂莫达），而商一定会征服九州，完成统一，韦、顾、昆吾连同夏桀将一起灭亡。

成汤能有天下，得益于贤良卿士的辅佐，伊尹是其中最为著名的功臣，因此以他配祭成汤。"昔在中叶，有震且业。允也天子，降予卿士。实维阿衡，实左右商王"，这是诗的第七章，叙述的即是伊尹的辅佐之功。

本诗叙述的事件以殷商的历史事实为基础，又有神话传说的内容，语言虽有古奥生涩之处，但叙事流畅，内容凝练集中，整体表现出平易、充实的风貌。

楚辞

离骚

帝高阳之苗裔兮^①，朕皇考曰伯庸^②。
摄提贞于孟陬兮^③，惟庚寅吾以降^④。

【注释】

①高阳：古代帝王颛顼的别号。颛顼是楚国的远祖，他的后人有熊绎，被周成王封于楚国。春秋时期楚武王有个儿子叫瑕，受封于屈邑，因此子孙都以屈为氏，屈原是屈瑕的后人，所以说自己是古帝王高阳氏的后代。苗裔：后代。②朕：我。秦以前是贵贱通用的第一人称代词，秦以后则成为封建帝王自称的专用词。皇考：皇，光明；考，对已故父亲的美称。伯庸：为屈原父亲的字或名，或化名，今已不可考。③摄提：摄提格的简称。古人把天宫由东向西划为子、丑、寅、卯、辰、巳、午、未、申、酉、戌、亥十二个等分，叫做十二宫。依照岁星（木星）在空中运转所指向的方位来纪年，岁星指向寅宫，则此年为寅年，摄提格，就是寅年的别名。贞：当，指向。孟：开端，始也。陬：夏历正月的别名，又称寅月。④惟：语助词，先秦时期习惯用法。庚寅：指庚寅这一天。古人以天干地支相配来纪日，庚寅是其中的一天。按：此处是指屈原吉祥的生日。据研究，楚人以寅日为吉利的日子。降：降生，出生。

皇览揆余初度兮^①，肇锡余以嘉名^②。名余曰正则兮^③，字余曰灵均^④。

【注释】

①皇：即上文皇考的省称，指他已死的父亲。览：观察。揆：测度，衡量。余：我，此处是屈原自指。初度：指初降生时的器宇。②肇：开始，指初降生时。锡：古同"赐"，送给，给予。以：用，把。嘉名：美好的名字。③名：动词，命名的意思。正则：正，意为平；则，意为法，言其平正而有法则，解释出屈原名平的意思。④字：表字，这里用为动词，起个表字。灵均：灵，意为善；均，意为平地；灵均，很好的平地，就是"原"字的含义。

纷吾既有此内美兮^①，又重之以修能^②。扈江离与辟芷兮^③，纫秋兰以为佩^④。汩余若将不及兮^⑤，恐年岁之不吾与^⑥。朝搴阰之木兰兮^⑦，夕揽洲之宿莽^⑧。日月忽其不淹兮^⑨，春与秋其代序^⑩。惟草木之零落兮^⑪，恐美人之迟暮^⑫。不抚壮而弃秽兮^⑬，何不改乎此度^⑭？

【注释】

①纷：多，繁盛。形容后面的内美两字。吾：屈原自指。既：已经。内美：内在的美好品质。②重：加上。修能：修，意为美好；能，意为通态，容貌。修能，指下文佩戴香草等，实际上是讲自己的德能。③扈：披在身上。辟芷：辟，通"僻"，偏僻的地方。芷，白芷，香草名，因生于幽僻之处所以叫辟芷。④纫：本义是绳索，此用作动词，穿结、联缀。秋兰：香草名，秋天开花且香。以为：以之为。佩：佩戴，装饰，象征自己的德行。⑤汩：水疾流的样子，此处用以形容时光飞逝。余：我，屈原自指。若将不及：好像跟不上时光的流逝了。⑥恐：担心。不吾与：即"不与吾"的倒文，意谓不等待我。与，意为待。⑦朝：早晨。搴：同"攓"，拔取。阰：平顶小山或山坡，楚地方言。木兰：香木的一种，花状像莲，又称辛夷，今天通称紫玉兰。⑧揽：采摘。宿莽：草名。经冬不死，又名紫苏，楚语称做莽。所以有象征年华、生命的意味。木兰去皮不死，宿莽拔心不死，两者都有贞固的性格，故诗人用来作修身之物。⑨忽：迅疾的样子。淹：停留。⑩代序：代，意为更；序，意为次。代序即次第相代，指不断更迭。⑪惟：思虑。零落：凋零。⑫美人：楚辞是美人芳草皆有托。诗人有时用来比喻国君，有时用来比喻美好的人，有时用以自比。这里是指楚怀王，规劝怀王不要错过大好时机。迟暮：衰老。⑬抚：持，犹如现在所说的趁。壮：指壮盛年华。秽：草荒曰秽，这里用以比喻楚国的秽政。⑭此度：指现行的政治法度。

乘骐骥以驰骋兮^①，来吾道夫先路^②！

【注释】

①骐骥：骏马。此句比喻应任用有才能的人治理国家。②道：通"导"，引导。夫，语气词。先路：走在路之先，即为王前驱的意思。

昔三后之纯粹兮^①，固众芳之所在^②。杂申椒与菌桂兮^③，岂维纫夫蕙茝^④！彼尧舜之耿介兮^⑤，既遵道而得路^⑥。何桀纣之昌披兮^⑦，夫唯捷径以窘步^⑧。惟夫党人之偷乐兮^⑨，路幽昧以险隘^⑩。岂余身之惮殃兮^⑪，恐皇舆之败绩^⑫！忽奔走以先后兮^⑬，及前王之踵武^⑭。荃不察余之中情兮^⑮，反信谗而齌怒^⑯。余固知謇謇之为患兮^⑰，忍而不能舍也^⑱。指九天以为正兮^⑲，夫唯灵修之故也^⑳。曰黄昏以为期兮，羌中道而改路^㉑。初既与余成言兮^㉒，后悔遁而有他^㉓。余既不难夫离别兮^㉔，伤灵修之数化^㉕。

【注释】

①昔：从前。三后：后，君主。旧说不一，一说指楚国三位开国的先王：熊绎、若敖、蚡冒；一说即三皇，指黄帝、颛顼、帝喾。纯粹："色不杂曰纯，米不杂曰粹，米至细曰精"，这里用来形容三后的德行粹美完善。②固：固然，本来。众芳：众多的香草，用以比喻众多贤能的人。在：汇集。③杂：兼有。椒：香木名，就是现在的花椒。菌桂：即箘桂，桂的一种，香木名，白花黄蕊。④岂：难道，表示反向的语助词。维：当作"唯"，意为独。纫：联缀。蕙：香草名，生长在湿地处，麻叶，方茎红花，黑实。茝：同"芷"，白芷，

也是香草名。申椒、菌桂、蕙、茝，都是用来比喻有才能的贤人，即上文所说的"众芳"。此处说三君杂用众贤才，国家因此而富强，并非独取蕙茝，只任用少数贤人。⑤彼：那。尧舜：传说中上古时代的两位贤君。耿介：耿，光明；介，正大。耿介即光明正大。⑥既：皆，尽。遵道：遵循正途。而：因而。路：大道。⑦何：何等，多么。桀纣：指夏桀和商纣王，是夏朝和商朝的末代之君，他们历来被作为暴君的代表。昌被：一作"猖披"。猖，狂妄；披，"诐"的假借字，偏邪的意思。⑧夫：发语词。唯：只是。捷径：斜出的小路，比喻不走正途。窘步：困窘失足。⑨惟：思。党人：古代的党人指朝廷中为私利而结成帮派的人。偷乐：苟且享乐。⑩路：指政治道路，楚国的前途。幽昧：黑暗。以：而。险隘：危险而狭窄。⑪岂：哪里。余身：我自身。惮：畏惧、惧怕。殃：灾祸。⑫皇舆：本指帝王所乘的车子，这里比喻国家政权。败绩：古代使用战车作战，车辙大乱，是溃不成军的表现。这里喻指君国之倾危。⑬忽：急匆匆的样子，根据下文，这里形容奔跑速度很快。奔走：奔跑。先后：指在君王的身边。奔走先后就是效力左右的意思，乃是从"皇舆"一语生发而来的。⑭及：赶上，追及，这里有"继承"之意。踵：脚跟；武：足迹。"踵武"连文为义，指前王的业绩。⑮荃：或说荪，石菖蒲一类的香草，叶形似剑，古人认为可以避邪。指称尊贵者，也以喻君，此为当时之俗。余：屈原自指。中情：忠心之情。⑯信逸：听信逸言。齌怒：盛怒、暴怒。⑰謇謇：謇，楚语，指发言之难，因口吃而说话艰难的样子。謇謇，此处形容忠贞直言的样子。为患：招致祸患。⑱舍：放弃的意思。⑲九天：九重天。正：通证。⑳灵修：楚人称神灵为灵修，此处代指楚君怀王。㉑"曰黄昏"二句是衍文，为《九章·抽思》语。期：约定。羌：楚语，表转折的意思，犹如今语的"却"。㉒初：当初，应指诗人受到楚怀王信任之时。成言：指彼此的话。此指屈原受重用时，共同制定的治国大策。㉓悔遁：遁，逃跑；悔遁在此是背弃成言之意。他：其他，另有打算。㉔既：本来。离别：分别，此指诗人被楚怀王疏远、放逐。㉕伤：悲伤、哀伤。数化：屡次变化。数，屡次之意。

　　余既滋兰之九畹兮^①，又树蕙之百亩^②。畦留夷与揭车兮^③，杂杜衡与芳芷^④。冀枝叶之峻茂兮^⑤，愿俟时乎吾将刈^⑥。虽萎绝其亦何伤兮^⑦，哀众芳之芜秽^⑧。众皆竞进以贪婪兮^⑨，凭不厌乎求索^⑩。羌内恕己以量人兮^⑪，各兴心而嫉妒^⑫。忽驰骛以追逐兮^⑬，非余心之所急^⑭。老冉冉其将至兮^⑮，恐修名之不立^⑯。

【注释】

①余：屈原自指。滋：栽培，培植。兰：香草名。畹：三十亩田为一畹，一说十二亩为一畹。②树：种植。蕙：香草名。树蕙：屈原曾为楚三闾大夫，负责贵族子弟的教育，树蕙指的是对贵族子弟的培育。③畦：四周有浅沟分隔的小块田地，这里用为动词。留夷、揭车：香草名，都是楚地所产。④杂：间种。杜衡：状与葵相似的一种香草，又称马蹄香。⑤冀：期待。峻：长大，高大。峻茂：高大而茂盛的样子。⑥俟：等待。俟时，即等到成熟的时候。刈：收割。这两句比喻把贤才培养好了，用他们治理国家。⑦虽：纵使。萎：枯萎。绝：凋落。何伤：何妨，有什么关系。⑧哀：痛惜。众芳：指前所培植的众香草——兰、蕙、留夷、揭车等，喻指"平日所栽培荐拔与己同志者"。芜秽：指众芳的变质。这两句用以比喻自己所培养的人才不但不为国家出力，反而改变节操，与"党人"同流合污。⑨众：指朋比为奸的贵族们。竞进：争逐权位，求进。贪婪：贪求财物。⑩凭：楚方言，满之意，此处用作状语，"满不在乎"之满，形容党人不厌求索。不厌：不满足。求索：索取。⑪羌：楚方言，发语词，义近"乃"。恕：揣度。量：衡量。恕己量人：意谓用自己的心去估量别人。⑫兴心：起心，打主意，即产生了嫉妒之心。此二句意谓"党人贪婪竞进，而又以为贤者亦复如此，故嫉妒之也"。⑬忽：急急忙忙，疾速。骛：形容马乱跑的样子。追逐：与"驰骛"同义连用，意谓钻营，追求自己的私利。⑭所急：急，指迫切需要。所急指急于要做的事。⑮冉冉：渐渐，岁月流逝之意。⑯修名：美好的名声。立：树立。

朝饮木兰之坠露兮①，夕餐秋菊之落英②。苟余情其信姱以练要兮③，长顑颔亦何伤④。揽木根以结茝兮⑤，贯薜荔之落蕊⑥。矫菌桂以纫蕙兮⑦，索胡绳之纚纚⑧。謇吾法夫前修兮⑨，非世俗之所服⑩。虽不周于今之人兮⑪，愿依彭咸之遗则⑫。长太息以掩涕兮⑬，哀民生之多艰⑭。余虽好修姱以靰羁兮⑮，謇朝谇而夕替⑯。既替余以蕙纕兮⑰，又申之以揽茝⑱。亦余心之所善兮⑲，虽九死其犹未悔⑳！

【注释】

①朝：早晨。坠露：坠落的露水，指从木兰花瓣上坠落下的露水。木兰花晚春开花，这句既指朝，又指春。②餐：吞食。落英：初开的花朵。木兰开于春，菊花发于秋。这句既指夕，又指秋。春与秋合起来说四时。此二句以"饮露餐英"喻自己长期服食美洁，修洁自身。③苟：只要，如果。余情：指内心。信姱：信，真实；姱，美好。信姱，诚然美好，言内美也。练要：精粹，犹言精练要约，指精练于要道。④顑颔：因饥饿而面色憔悴。何伤：何妨。⑤揽：持取，拿着。木根：指木兰之根。结：意为编结。⑥贯：贯穿，串联起。薜荔：一种蔓生的香草名。蕊：花心。⑦矫：高举，举起。犹言"取用"。菌桂：一种香木，即前"杂申椒与菌桂"的菌桂。⑧索：本义是绳索，这里用作动词，搓绳。胡绳：香草，茎叶可做绳索。纚纚：串联起来，长而下垂，编织得整齐美好的样子。⑨謇：发语词，楚方言。此与前文"余固知謇謇之为患兮"之"謇"意义不同。法：取法，效法。夫：助词，彼。前修：前代的贤人。⑩世俗：指楚国政界庸俗之人。服：用。⑪虽：纵然。不周：不合，不能委曲周旋而故之意。⑫依：依照。彭咸：是屈原心目中所敬仰的人。殷商时期的贤人，据说他上谏国君不听，投水自杀而死。屈原此处言彭咸，表明自己将沉渊自杀。⑬太息：叹息。掩涕：擦眼泪。⑭民生：有多种解释，一说民生即人生，指诗人自己。艰：艰难。"民生多艰"，此处指屈子所见到、所体验到的楚人的遭遇，当然也包括自身在内。⑮好：喜好。修姱：修饰美好的品德。修，修饰，含修养之意；姱，指美好的品德。靰：指马缰绳。羁：指马络头。羁在此作动词，比喻自身约束自己。⑯谇：进谏。替：废除，撤职。⑰既：已经。以，助词，调整音节。蕙纕：用蕙草编缀成的带子。纕，本义指佩带。⑱申：申斥。揽：择取。⑲亦：语助词，若是。善：用作动词，认为善。⑳虽：即使。九死其犹未悔：指不管遭受到多少次多么重大的打击也不会屈服。犹，还。

怨灵修之浩荡兮①，终不察夫民心②。众女嫉余之蛾眉兮③，谣诼谓余以善淫④。固时俗之工巧兮⑤，偭规矩而改错⑥。背绳墨以追曲兮⑦，竞周容以为度⑧。忳郁邑余侘傺兮⑨，吾独穷困乎此时也⑩。宁溘死以流亡兮⑪，余不忍为此态也⑫。

【注释】

①灵修：指楚怀王。浩荡：本义为大水横流的样子，此处喻指君王糊涂荒唐，恣意妄为而无定准。②终：始终。察：体察。民心：人的内心。③众女：喻指朝中围绕于楚怀王周围的逸佞、群小。嫉：嫉妒。余：诗人自指。蛾眉：蛾指蚕蛾，蚕蛾之眉（实指须），细长而曲，指眉毛像蚕蛾触须般齐整，所以常用来比

喻女人眉毛长得很美。此处是屈原喻指自己美好的品质。④谣诼：造谣诽谤。淫：邪乱。⑤固：本来。工巧：善于取巧。⑥偭：违背。规矩：本是木工的工具，量圆用的为规，量方用的为矩，引申为规则法度。改错："错"通"措"，改错即改变措施。⑦绳墨：木工引绳弹墨，用以打直线，这里指法度。追曲：追，随；曲，邪曲。比喻贵妃宠臣违背正直之道而追求邪曲之行。⑧竞：争相。周容：无原则地取容，指奉迎苟合，讨好别人。以为：作为。度：法则，常法。⑨忳：烦闷，副词，作"郁邑"的状语。郁邑：忧虑烦恼。三个形容词连用，是楚辞的特有语法。侘傺：失意的样子，形容失志之人茫茫然无所适从。⑩穷困：指孤立无援的状况。⑪宁：宁愿。溘死：忽然死去。流亡：随水漂流而去。⑫余：我，屈原自指。此态：指"固容以为度"，即苟合取容之态。

鸷鸟之不群兮①，自前世而固然②。何方圆之能周兮③，夫孰异道而相安④？

【注释】

①鸷鸟：指鹰鹃一类品行刚烈、不肯与凡鸟同群的猛禽。不群：即指不与众鸟同群。诗人以此表明自己不与凡庸为伍。②前世：古代。固然：本来如此。③何方圆之能周：方的榫头和圆孔怎能相合。周，合。④异道：不同的道路，此处喻指不同的政治主张。

屈心而抑志兮①，忍尤而攘诟②。伏清白以死直兮③，固前圣之所厚④。悔相道之不察兮⑤，延伫乎吾将反⑥。回朕车以复路兮⑦，及行迷之未远⑧。步余马于兰皋兮⑨，驰椒丘且焉止息⑩。进不入以离尤兮⑪，退将复修吾初服⑫。

【注释】

①屈心：与"抑志"同义，均指按捺自己的心志。屈：委屈。抑：抑制。②忍尤：与"攘诟"同义，意思是能容忍外来的耻辱。攘，容忍。诟，耻辱。此为忍耻含辱之意。③伏：通"服"，保持，坚守。死直：死于正道、正义。④固：本来。前圣：指前代之贤圣，如尧、舜、禹、汤、文王。厚：赞许、嘉许。⑤悔：恨。相道：看，观看。察：看清楚。⑥延：引颈。伫：久立。延伫，意思是引颈怅望，低徊迟疑。反：同"返"。即指下文"退将复修吾初服。"⑦回：这里意指调转。复路：回归过去的道路。⑧及：趁着。行迷：指迷途。以上四句是屈原在政治上被排挤打击之后，产生了要退出政治舞台的消极想法。⑨步：解开驾车的马使之自在游走。兰皋：长满兰草的河岸。皋，河岸边。⑩驰：指马的奔跑。椒丘：长满椒木的土丘。且：暂且。焉：于此、在此。止息：休息一下。⑪进：仕进，指进身于君前，即受重用。不入：指不被君王所采纳。离：同"罹"，遭受。尤：罪过。⑫退：退隐。复：再，重新。初服：当初的服装，实指当初的初衷、夙志，即篇首所云之"内美"、"修能"。修吾初服：指修身洁行。

制芰荷以为衣兮①，集芙蓉以为裳②。不吾知其亦已兮③，苟余情其信芳④。高余冠之岌岌兮⑤，长余佩之陆离⑥。芳与泽其杂糅兮⑦，唯昭质其犹未亏⑧。忽反顾以游目兮⑨，将往观乎四荒⑩。佩缤纷其繁饰兮⑪，芳菲菲其弥章⑫。民生各有所乐兮⑬，余独好修以为常⑭。虽体解吾犹未变兮⑮，岂余心之可惩⑯！

【注释】

①制：裁制。芰：楚人称菱为芰。衣：上身所穿的叫衣。②集：合，积聚。芙蓉：荷花。裳：下身所穿的叫裳。③不吾知：即"不知吾"的倒装，意指不了解我。已：止，算了罢。④苟：如果。余情：我之情实。信：诚然。芳：香洁。⑤高：高峻，此处用为动词，加高的意思。岌岌：本指高耸的样子，此处指帽高。⑥长：修长，这里用为动词。陆离：修长而美好的样子。⑦芳：指芬芳之物。泽：说法不一，指腐臭之物，或说为润泽的意思。杂糅：掺杂在一起。芳泽杂糅，比喻自己和群小共处一朝。⑧唯：只有。昭质：指清白纯洁的本质。亏：亏损。⑨反顾：回顾，回头看。游目：纵目瞭望之意。⑩往观：前去观望。四荒：指四方荒远之地。这里是指重新寻找道路以实现自己的理想。⑪佩：佩戴，具体可以指香囊、玉佩。缤纷：盛，极言多。繁饰：饰物繁多。⑫菲菲：勃勃，形容香气浓郁。弥章：更加明显。⑬民生：人生。乐：爱好。⑭好修：好为修饰，即自我修洁的意思。常：恒常之法。⑮体解：肢解，古代把人的四肢分割下来的一种酷刑。犹：尚且。未变：不改变，指决不改变初衷。⑯岂：怎能。惩：指恐惧，解为"怨艾"亦通。

女嬃之婵媛兮①，申申其詈予②。曰："鲧婞直以亡身兮③，终然夭乎羽之野④。汝何博謇而好修兮⑤，纷独有此姱节⑥？薋菉葹以盈室兮⑦，判独离而不服⑧。众不可户说兮⑨，孰云察余之中情⑩？世并举而好朋兮⑪，夫何茕独而不予听⑫？"

【注释】

①女嬃：历来解说不一。一说是女人名，一说是女伴，一说是妾。当以侍妾说为是。婵媛：联绵词，眷恋。②申申：反反复复。詈：责骂，苦苦相劝。③鲧：神话传说中上古时期的治水人物，禹的父亲。婞直：倔强刚直。亡身：即忘身，意谓忘记对自身的危害不顾生命的意思。④终然：终于。夭：夭折，死于非命。羽之野：羽，羽山，传说在今山东蓬莱县东南。羽之野，指羽山的郊野。⑤汝：你，指屈原。何：为何。博謇：意谓过于刚直。博，过甚。⑥纷：纷纷然，众多之意。独：唯独你。姱节：美好的节操。⑦薋、菉、葹：都是恶草名。此处用来比喻谗佞盈满于君王身边的人。盈室：满屋。⑧判：判然，区别。离：舍弃。服：使用，佩戴。⑨众：众人。户说：挨家挨户去解说。⑩孰：谁。云：助词，无词义。察：体察。余：这里指我们，实指屈原。中情：指内心。⑪世：当今，指世俗之人。并举：相互抬举。好朋：喜欢结为朋党。⑫夫：犹汝也。茕独：孤独。不予听：即"不听予"，不听我的劝告。予：我，女嬃自称，以上写女嬃劝他妥协。

依前圣以节中兮①，喟凭心而历兹②。济沅、湘以南征兮③，就重华而陈词④：

【注释】

①依：循。前圣：前代圣贤。节中：节操，中正。②喟：叹息声。凭心：愤懑发于心。历兹：经历到如今。意谓经历到如今这样的打击。③济：渡过。沅、湘：水名，沅水与湘水都在今湖南省境内。南征：南行。④就：靠近。重华：舜的号。传说舜死在苍梧之野，苍梧山在今湖南省宁远县境内。要向重华陈词，就必须渡沅、湘二水向南进发。以下为向舜陈词的内容。

"启《九辩》与《九歌》兮①，夏康娱以自纵②。不顾难以图后兮③，五子用失乎家巷④。

【注释】

①启：夏启，禹的儿子，继禹之后做了国君。《九辩》、《九歌》：古代乐曲名。传说《九辩》、《九歌》是天帝的乐曲，被夏启从天上偷下来带到了人间。②夏康：太康，启的儿子。以：而。自纵：自我放纵。太康用《九辩》、《九歌》娱乐自己，任情放纵。③顾：环顾考虑。难：患难。不顾难，即不考虑祸难而为未来打算。图：谋，打算。④五子：太康的五个儿子。用失乎："失"可能是"夫"的误写。"乎"是"夫"误写后加上的。"用乎"之文，与用夫、用之同。用，因也；用乎，因此的意思。家巷：家族内部斗争。据记载五观作乱，启派兵讨平。

羿淫游以佚畋兮①，又好射夫封狐②。固乱流其鲜终兮③，浞又贪夫厥家④。浇身被服强圉兮⑤，纵欲而不忍⑥。日康娱而自忘兮⑦，厥首用夫颠陨⑧。夏桀之常违兮⑨，乃遂焉而逢殃⑩。后辛之菹醢兮⑪，殷宗用而不长⑫。汤、禹俨而祗敬兮⑬，周论道而莫差⑭。举贤而授能兮⑮，循绳墨而不颇⑯。皇天无私阿兮⑰，览民德焉错辅⑱。夫维圣哲之茂行兮⑲，苟得用此下土⑳。瞻前而顾后兮㉑，相观民之计极㉒。夫孰非义而可用兮㉓，孰非善而可服㉔？阽余身而危死兮㉕，览余初其犹未悔㉖。不量凿而正枘兮㉗，固前修以菹醢㉘。"曾歔欷余郁邑兮㉙，哀朕时之不当㉚。揽茹蕙以掩涕兮㉛，沾余襟之浪浪㉜。

【注释】

①羿：古代传说中的善射者。淫游：过度地游乐。佚畋：放纵而无节制地打猎。佚，放荡纵恣。②封：大也。封狐，大狐狸。③固：本来。乱流：意谓逆行篡乱之流。鲜终：很少有好的结果。④浞：寒浞，羿的相。据《左传》记载，羿做国君后，逸乐无度，不理国政，寒浞令他的家臣逢蒙射杀了羿，抢夺了羿的妻子。贪：贪恋，此可作"霸占"解。厥：同"其"。家：指妻室。⑤浇：寒浞与羿妻生的儿子。被服：犹言"披服"，抢夺，依仗。强圉：有极大的力量。传说他能在陆地行船。⑥纵欲：放纵自身的欲望。不忍：不止，

不能加以克制。⑦日：天天。康娱：安于娱乐，指沉浸在娱乐中。自忘：指忘掉自身的安危。⑧厥首：他的脑袋。用夫：因此。颠陨：坠落。⑨夏桀：夏朝末代的国君。常违：违，邪僻。常违，即"违常"，违背常道，行为邪僻。⑩乃：竟。遂：经究。焉：于是，指桀之违背常道之事。逢殃：遭到祸患，指为汤所放逐。⑪后辛：即商纣王，名辛，又称帝辛，商朝末代国君。菹醢：指把人剁成肉酱，古代的一种酷刑。⑫殷宗：指殷朝的祖祀。宗，宗族统治，即指殷代的统治。用而：因而。不长：指被周武王所灭。⑬汤、禹：商汤、夏禹，指古代贤君。俨：庄严，敬畏。⑭周：

此指周文王、武王。论道：选择、讲求治国的道理。莫差：没有丝毫的差错。⑮举贤而授能：选拔任用有德有才的人。举，选用。授，任用。⑯循：遵照，遵守。绳墨：木工画直线用的工具，喻指规矩、法度。不颇：颇，偏。不颇即无偏颇，与上文"莫差"义近。⑰皇天：上天。阿：偏袒、庇护。⑱览：察。民德：人之品德，实指君德。焉：于是。错：通"措"，安置。辅：辅助。⑲夫：发语词。维：同"惟"，独。圣哲：即有高智慧的圣贤。茂行：美好的德行。⑳苟得：才能够。用：享有。下土：天下。用此下土，即享有天下。㉑瞻前而顾后：即观察古往今来之成败。㉒相观：观察。此为动词连用，相、观，均为看、察之意。计极：即极计，指最终的法则和标准。计，策之意。㉓夫：发语词。孰：哪。非义：不行仁义。用：服用。这句是说哪有不义的国君能长久统治国家？㉔非善：不行善事。㉕阽：临近险境。危死：危亡几近于死。㉖览：反观。初：初心，本心。㉗量：度。凿：榫头的孔。枘：榫头。这句话的意思是说，枘要插进凿中，如不度量凿的方圆大小，就无法合榫。比喻臣子如不度量国君的贤愚就直言进谏，一定会招致灾祸。㉘固：应为"故"。前修：前贤，指被纣剁成肉酱的比干、梅伯等贤臣。以：因此。向重华的陈词到此结束。㉙曾：屡次，不断地。歔欷：气咽而抽泣的声音。郁邑：忧伤的样子。㉚时之不当：生不逢时之意。当，遇。㉛揽：取。茹：柔软。掩涕：擦眼泪。涕，眼泪。㉜沾：浸湿。浪浪：泪流不止的样子。以上通过向重华陈词，明确人生真谛，决定直面现实，我行我素，虽死而不后悔。

跪敷衽以陈辞兮①，耿吾既得此中正②。驷玉虬以乘鹥兮③，溘埃风余上征④。朝发轫于苍梧兮⑤，夕余至乎县圃⑥。欲少留此灵琐兮⑦，日忽忽其将暮⑧。吾令羲和弭节兮⑨，望崦嵫而勿迫⑩。路曼曼其修远兮⑪，吾将上下而求索⑫。

【注释】

①敷衽：敷，铺开；衽，衣襟。即指铺开衣襟。陈词：指以上向重华述说的话。②耿：光明。既：已经。中正：正直而不偏邪的品德，此处指治国之道。诗人在重华面前陈词后，感觉他已经在神灵面前印记了中正的治国之道。③驷：本义是四匹马拉的车，这里是动词，指驾车。玉虬：白色无角的龙，玉在此表示颜色。鹥：凤鸟一类。④溘：掩，压着。埃风：卷有尘土的大风。上征：上天远行。⑤朝：清晨。发轫：出发的意思。轫，挡住车轮转动的横木。发轫，就是拿开挡车轮的横木，使车轮转动。苍梧：山名，据说舜葬此地。因刚刚向舜陈述完，所以从苍梧山出发。⑥至乎：到达。乎，于。县圃：又称"玄圃"，神话中昆仑山上的仙山名，据说在昆仑山顶，为神所居。⑦少留：稍微停留一会儿。灵琐：神灵所居的门，实指县圃。琐，本指门上刻画的环形花纹，以此代门。⑧忽忽：匆匆，很快的样子。⑨令：命令。羲和：神话中的太阳神，给太阳驾车。弭节：指停车。弭，停止。节，马鞭。⑩崦嵫：神话中山名，日所入处。迫：近。⑪曼曼：同"漫漫"，路遥远的样子。修远：长远。修，长。⑫上下：犹云登降。上到天国，下到人间到处寻求，象征追求同心同德者。上下求索，体现了诗人追求理想实现的一种韧性精神。

饮余马于咸池兮①，总余辔乎扶桑②。折若木以拂日兮③，聊逍遥以相羊④。

【注释】

①咸池：神话中的池名，太阳出来洗澡的地方。②总：结，系。辔：马缰绳。扶桑：神话中的树名，太阳从它下面出来。③折：攀折。若木：神话中的树名，在昆仑山的极西，太阳所入之处。④聊：暂且。逍遥：自由自在的样子。相羊：徘徊，盘桓。

前望舒使先驱兮①，后飞廉使奔属②。鸾皇为余先戒兮③，雷师告余以未具④。吾令凤鸟飞腾兮⑤，继之以日夜⑥。飘风屯其相离兮⑦，帅云霓而来御⑧。纷总总其离合兮^⑨，斑陆离其上下^⑩。

【注释】

①前：在前面。望舒：月神的驭手。先驱：指在前面开路。②后：在后面。飞廉：风伯，风神。奔属：奔跑追随。③鸾：指凤鸟一类。皇：指雌凤一类。先戒：在前面警戒。④雷师：雷神丰隆。具：备，指车驾。⑤飞腾：腾空而飞。腾，飞之速也。⑥日夜：指日夜兼程。⑦飘风：旋风。屯：聚集。离：同"丽"，依附。⑧帅：率领。云霓：彩云，云虹。御：同"迓"，迎接。⑨纷总总：形容很多东西聚集在一起。离合：忽散忽聚。⑩班：文采杂乱，五彩缤纷。陆离：形容光彩斑斓，参差错综。此二句既可看做是想象中的境况，又可看做诗人的心境描写。

吾令帝阍开关兮^①，倚阊阖而望予^②。时暧暧其将罢兮^③，结幽兰而延伫^④。世溷浊而不分兮^⑤，好蔽美而嫉妒^⑥。

【注释】

①帝阍：天帝的守门人。关：门。②倚：靠着。阊阖：天门。望：冷漠地看着，拒绝开门。上天求女象征着企求楚王的理解，帝阍不开门表示这一理想的破灭。③时：时光，此指日光。暧暧：昏暗的样子，光线渐渐微弱。④结：编结。延伫：徘徊迟缓。⑤溷浊：混乱污浊。不分：没有区别。⑥蔽：遮蔽，掩盖。蔽美：遮盖美好的东西。以上四句，承上言见帝之受阻，诗人感慨万千。

朝吾将济于白水兮^①，登阆风而绁马^②。忽反顾以流涕兮^③，哀高丘之无女^④。

【注释】

①朝：清晨。济：渡。白水：神话中水名，发源于昆仑山。②登：攀登上。阆风：神话中的山名，在昆仑山上。绁：拴，系。这两句写心里的想法。③忽：突然间。反顾：回头望。④哀：痛惜。高丘：高山，似即指阆风，借指楚国。女：神女。屈原表面上是哀阆风的无神女，实际是哀楚王没有好的嫔妃。

溘吾游此春宫兮^①，折琼枝以继佩^②。及荣华之未落兮^③，相下女之可诒^④。

【注释】

①溘：形容快。春宫：神话中东方青帝所住的仙宫。②琼枝：玉树的花枝。继：继续，补充。佩：佩戴。③及：趁着。荣华：花朵。荣，草本植物开的花。未落：尚未凋谢，指琼枝言。④相：察看。下女：宓妃诸人，对高丘而言，所以说下。可诒：可以赠送。诒，一本作"贻"。

吾令丰隆乘云兮^①，求宓妃之所在^②。解佩纕以结言兮^③，吾令蹇修以为理^④。纷总总其离合兮^⑤，忽纬𬘬其难迁^⑥。夕归次于穷石兮^⑦，朝濯发乎洧盘^⑧。保厥美以骄傲兮^⑨，日康娱以淫游^⑩。虽信美而无礼兮^⑪，来违弃而改求^⑫。

【注释】

①丰隆：云神。②求：寻求。宓妃：神话中古帝伏羲氏的女儿。溺死在洛水，后成为洛水女神。③佩纕：佩戴的香囊。结言：约好之言，以香囊为信物，此指定盟约。④蹇修：人名。旧说是伏羲的臣，不可信。理：提亲人。⑤纷总总：来去无定的样子，形容提亲人多次往返，费了不少口舌。离合：言辞未定。⑥纬𬘬：乖戾，

不相投合。⑦次：住宿。穷石：神话中山名，传说是后羿
居住的地方。⑧濯发：洗头发。洧盘：神话中的水名，出
崦嵫山。这两句暗示宓妃与后羿有暧昧关系。⑨保：持，
依仗。厥美：她的美貌。厥，其，此处指宓妃。骄傲：傲
慢无礼。⑩日：成天。康娱：娱乐享受。淫游：过分的游
乐。⑪虽：诚然。信美：确信美好。无礼：指生活放荡，
不合理法。⑫来：乃，呼语。违弃：抛弃，放弃。改求：
另外寻求。

　　览相观于四极兮①，周流乎天余乃下②。
望瑶台之偃蹇兮③，见有娀之佚女④。吾令鸩
为媒兮⑤，鸩告余以不好⑥。雄鸩之鸣逝兮⑦，
余犹恶其佻巧⑧。心犹豫而狐疑兮⑨，欲自适
而不可⑩。凤凰既受诒兮⑪，恐高辛之先我⑫。
欲远集而无所止兮⑬，聊浮游以逍遥⑭。及少
康之未家兮⑮，留有虞之二姚⑯。理弱而媒拙
兮⑰，恐导言之不固⑱。世溷浊而嫉贤兮⑲，
好蔽美而称恶⑳。闺中既以邃远兮㉑，哲王又不寤㉒。怀朕情而不发兮㉓，余焉能忍而
与此终古㉔？

【注释】

①览相观：同义动词连用，都是"看"的意思，指细细观察。四极：东西南北极远的地方。②周流：周游，
到处游览。③瑶台：用美玉砌成的台。偃蹇：高耸的样子。④有娀：有娀国，传说中的上古国名。此
处即指简狄。⑤鸩：鸟名，传说把它的羽毛浸在酒中，喝其酒能毒死人。⑥不好：即以不好告我。⑦雄鸩：
雄性鸩鸟。鸣逝：边叫边飞，意思是嘴巧腿勤。⑧犹：尚。恶：嫌弃，厌恶。佻巧：行为轻佻巧诈，言
语巧辩。⑨犹豫：拿不定主意。⑩自适：亲自去。不可：因为不合当时礼法，所以不可以亲自去。⑪凤凰：
凤鸟，即传说中的"玄鸟"。受诒：即"致诒"，指完成送聘礼之事。⑫高辛：五帝之一的帝喾称号。传说，
帝喾曾令玄鸟给简狄送礼，成婚后生子契。⑬远集：远止。集：止，停留。所止：停留的地方。⑭浮游：
漫游，遍游。⑮及：趁着。少康：夏代的中兴之王，夏启的曾孙。未家：未成家。⑯有虞：传说中上
古国名。姚姓。二姚：指有虞国的两个女儿。有虞国君把两个女儿嫁给了少康。后来少康消灭了浞和浇，
恢复了夏朝的统治。⑰理弱：指媒人软弱。拙：笨拙。⑱导言：媒人撮合的言辞。⑲嫉贤：嫉妒贤能。
⑳称恶：称赞邪恶。称，举。此句意谓推举邪恶之人。以上二句点明人间求女的象征意义。㉑闺中：
女子居住的内室，指以上所求诸女的居室。以：助词，没有意义。㉒哲王：明智的君王，指楚怀王。寤：
不醒悟。前文帝阍不肯开天门，表明楚怀王不醒悟。㉓怀：怀抱。情：指忠情。不发：不能抒发。㉔焉能：
安能，怎能。忍：忍受。此：这，指上三句中所说的这种情况。终古：永久。

　　索藑茅以筵篿兮①，命灵氛为余占之②。曰："两美其必合兮③，孰信修而慕
之④？思九州之博大兮⑤，岂惟是其有女⑥？"曰："勉远逝而无狐疑兮⑦，孰求美
而释女⑧？何所独无芳草兮⑨，尔何怀乎故宇⑩？"世幽昧以眩曜兮⑪，孰云察余

之善恶⑫？民好恶其不同兮⑬，惟此党人其独异⑭！户服艾以盈要兮⑮，谓幽兰其不可佩⑯。览察草木其犹未得兮⑰，岂珵美之能当⑱？苏粪壤以充帏兮⑲，谓申椒其不芳⑳。

【注释】

①索：取。藑茅：香茅之类，古代用茅草来占卜。以：与。筵篿：古代卜卦用的竹棍。②灵氛：传说中的上古神巫。巫是古代以接事鬼神为职业的人，或歌舞降神，或为人推断吉凶，或为人治病。③曰：此指神巫说。以下四句是灵氛的话。两美其必合：两个品德、外貌、举止美好的人必定能够结合，借以比喻良臣必遇明君。④孰：谁。信修：诚然美好。慕：爱慕。之：代"信修"的人。⑤思：想。九州：古代将中国分为九个州，九州即指整个中国。⑥是：这，指楚国。女：美女。⑦曰：此亦为灵氛所说，灵氛见屈原沉默不语，接着又说了以下四句劝导的话。勉：努力。远逝：指勉力远去。⑧释：放开、舍弃。⑨何所：何处。芳草：比喻理想的美人。⑩尔：你，指屈原。怀：怀恋。乎：彼也。故宇：故国，指楚国。灵氛劝行的话到此结束。以下是诗人自己的考虑。⑪世：当今之世。幽昧：幽深黑暗。以：而且。眩曜：惑乱浑浊。⑫云：语中助词，能：余：我，代指屈原。察：明辨。⑬民：指天下众人。好恶：喜好和厌恶，或曰是非标准。其：借为"岂"，难道。⑭惟：通"唯"，只有。党人：朋党之人。独异：特别，与一般人不同。⑮户：指党人家家户户，言其多。服：佩用。艾：艾蒿。这种草有特殊气味，被作者看做恶草。盈：满，动词。要：同"腰"。⑯谓：说。此处指众人说。其：指代幽兰。⑰览察：察看，这里是通过察看加以辨别的意思。其：尚且。犹：还。未得：不能够。⑱岂：难道。珵美：即"美珵"，美玉。当：恰当。⑲苏：取。粪壤：粪土。充：塞满，装满。帏：佩在身上的香囊。⑳申椒：申地之椒。

欲从灵氛之吉占兮，心犹豫而狐疑。巫咸将夕降兮①，怀椒糈而要之②。百神翳其备降兮③，九疑缤其并迎④。皇剡剡其扬灵兮⑤，告余以吉故⑥。

【注释】

①巫咸：古代的神巫，名咸。巫咸也是作品里的假想人物。夕降：傍晚从天而降。古人把巫看成是人神之间的中介，巫请神下降，向神申述人的请求，并把神的指示传达给人。②怀：馈。椒糈：指椒浆和祭神用的精米。要：邀请，迎候。③百神：指天上的众神。翳其：翳然，遮蔽（天空），形容神遮天盖地而来。备降：全来。④九嶷：九嶷山，指九嶷山上的神灵。缤其：纷纷，形容盛多的样子。并迎：一起来迎接。这里说到九嶷山的众神迎接天上百神。⑤皇：同"煌"，光明。剡剡：发光的样子。皇剡剡：光闪闪。灵：灵光。⑥吉故：明君遇贤臣的吉祥的故事。

曰："勉升降以上下兮①，求榘矱之所同②。汤、禹严而求合兮③，挚、咎繇而能调④。苟中情其好修兮⑤，又何必用夫行媒⑥？说操筑于傅岩兮⑦，武丁用而不疑⑧。

【注释】

①曰：指巫咸传达天神的指示。勉：努力。升降以上下：意指俯仰浮沉到处求访。②求：寻求。榘矱：榘，通"矩"，是画方形的工具，矱是量长短的工具，此处指法度。③汤、禹：指商汤和夏禹。严：恭敬。合：志同道合的人。④挚：商汤贤相伊尹的名。咎繇：皋陶，夏禹的贤臣。调：协调。⑤苟：如果。中情：指内心。⑥用：凭借。夫：彼的意思。行媒：指往来传话的媒人。⑦说：指傅说，殷高宗的贤相，他原来是在傅岩地方从事建筑的奴隶，后被殷高宗重用。操：持，拿。筑：即杵，筑土墙用的木杆。⑧武丁：殷高宗名。用：重用。疑：嫌恶。这句话说武丁不因傅说是干贱活的奴隶而嫌恶他。

吕望之鼓刀兮[①]，遭周文而得举[②]。宁戚之讴歌兮[③]，齐桓闻以该辅[④]。

【注释】

①吕望：即吕尚。本姓姜，吕是他先人的封地，以封地为氏。相传他曾在殷都朝歌做过屠夫，后被周文王重用。鼓刀：屠宰牲畜时摆弄刀具，发出声响。②遭：遇。周文：周文王姬昌。举：选用，举用。③宁戚：春秋时卫国人，相传他曾经做过小商贩，在都东门外，边喂牛边敲牛角唱歌，齐桓公听后，得知其为贤人，便启用他为客卿。④齐桓：齐桓公，齐国国君姜小白，春秋五霸之一。该：周详，完备。该辅，备为辅佐，用为大臣。

及年岁之未晏兮[①]，时亦犹其未央[②]。恐鹈鴂之先鸣兮[③]，使夫百草为之不芳[④]。"何琼佩之偃蹇兮[⑤]，众薆然而蔽之[⑥]。惟此党人之不谅兮[⑦]，恐嫉妒而折之[⑧]。时缤纷其变易兮[⑨]，又何可以淹留？兰芷变而不芳兮，荃蕙化而为茅[⑩]。何昔日之芳草兮，今直为此萧艾也[⑪]？岂其有他故兮[⑫]，莫好修之害也[⑬]！余以兰为可恃兮[⑭]，羌无实而容长[⑮]。委厥美以从俗兮[⑯]，苟得列乎众芳[⑰]。椒专佞以慢慆兮[⑱]，樧又欲充夫佩帏[⑲]。既干进而务入兮[⑳]，又何芳之能祗[㉑]？固时俗之从流兮，又孰能无变化？览椒兰其若兹兮，又况揭车与江离[㉒]？惟兹佩之可贵兮[㉓]，委厥美而历兹[㉔]。芳菲菲而难亏兮[㉕]，芬至今犹未沫[㉖]。

【注释】

①及：趁着。晏：晚。②时：时光。犹其：尚且。未央：未尽。这句意思是说建功立业之时犹未过去，尚可有为。③鹈鴂：杜鹃，或曰子规、伯劳，初秋鸣叫，故有下文的百草不芳。④夫：助词。为之：因此。不芳：比喻错过时机而无所作为。巫咸劝行的话到此结束。下面是诗人自己的考虑。⑤何：何等。琼佩：用玉树花枝缀成的佩带。偃蹇：盛多美丽的样子，此乃形容琼佩之盛。⑥众：指楚国朝廷结党营私的一帮人，即下句中的"党人"。薆：遮蔽。⑦惟：思。谅：信。不谅，意指险诈不可信。⑧折：摧毁。之：指代琼佩。⑨时：时世。缤纷：纷乱。变易：变化。⑩茅：茅草，比喻已经蜕化变质的逸佞之人。⑪直：竟然、居然。萧艾：萧，即蒿，贱草。⑫他故：别故，指的是其他的理由。⑬莫：不。害：弊端。⑭兰：兰草，即前文："余既滋兰之九畹兮"的"兰"，是屈原苦心培养的人才之一，此处可能是影射楚怀王幼子令尹子兰。⑮无实：不结果实。容长：以容貌美好见长，意思是指徒有美好外表。⑯委：丢弃、抛弃。厥：他的，指代兰。从俗：追随世俗。⑰苟：在此表疑问，如何之意。得：得以，能够。这句是说他们如何可以得到众芳。⑱椒：花椒，亦指变质之贤者。一说是影射大夫子椒。专佞：专横逸佞。慢慆：傲慢放肆。⑲樧：茱萸一类的草，形状

似椒而不香。椒本芳烈之物，茱萸似椒而非，比喻楚官场的一批小人。⑳干进：求进。干，指求登高位。务入：指钻营。㉑祗：恭敬。此句说又有什么品质美好的人能够庄敬自重呢？㉒揭车、江离：两种香草名，香味不如椒兰，比喻自己培育的一般人才。㉓惟：通"唯"，唯有。兹佩：指上文"琼佩"，喻指屈原之内美与追求。㉔委：弃。这里是"被抛弃"的意思。厥美：它的美，指琼佩之美。历兹：即到如今这一地步。㉕菲菲：香喷喷，指香气浓郁。亏：减，损。㉖沫：消失。

　　和调度以自娱兮①，聊浮游而求女②。及余饰之方壮兮③，周流观乎上下④。灵氛既告余以吉占兮⑤，历吉日乎吾将行⑥。折琼枝以为羞兮⑦，精琼靡以为粻⑧。

【注释】

①和调度：三个字同意，为并列结构，指调节自己的心态，缓和自己的心情。人生各有所乐，屈原独以好修为常。自娱：自乐。②聊：姑且。浮游：飘游，漫游。求女：寻求志同道合之人。③方：正。壮：盛。本句"方壮"指"饰"，比喻年事尚不过高。④周流：周游。上下：上下四方，到处。⑤吉占：指两美必合而言。⑥历：选择。⑦琼枝：琼树的枝条。羞：美味。⑧精：动词，使精细。靡：细屑。粻：粮。

　　为余驾飞龙兮①，杂瑶象以为车②。何离心之可同兮③，吾将远逝以自疏④。遭吾道夫昆仑兮⑤，路修远以周流⑥。扬云霓之晻蔼兮⑦，鸣玉鸾之啾啾⑧。朝发轫于天津兮⑨，夕余至乎西极⑩。凤凰翼其承旂兮⑪，高翱翔之翼翼⑫。忽吾行此流沙兮⑬，遵赤水而容与⑭。麾蛟龙以梁津兮⑮，诏西皇使涉予⑯。路修远以多艰兮⑰，腾众车使径待⑱。路不周以左转兮⑲，指西海以为期⑳。

【注释】

①为余：为我，替我。飞龙：长翅膀的龙，用来驾车。②杂：间杂配合。瑶：美玉。象：象牙。这句说杂用象牙、美玉来装饰车子。③离心：异志，心志不同。④远逝：远去。自疏：主动疏远他们。⑤遭：楚方言，转向。楚人名转为遭。道：用为动词，有取道之意。昆仑：神话中西部神山名。⑥周流：周游。⑦扬：飘扬。云霓：即虹，此处指以云霓为旌旗。晻蔼：旌旗（蔽天）日光暗淡的样子。⑧鸣：响起。玉鸾：用玉雕刻成的鸾形的车铃。啾啾：象声词，玉铃发出的声音。⑨发轫：出发。天津：指天河的渡口。⑩西极：西方的尽头。⑪翼：多。承：举接。旂：旗帜的通称。⑫翼翼：飞翔时的样子。⑬忽：匆匆。流沙：西方的沙漠因沙流动而得名。⑭遵：循着，沿着。赤水：神话中水名，发源于昆仑山。容与：从容徘徊而不前。⑮麾：指挥。蛟：龙的一种，能兴风作浪。梁：桥，此处用为动词，架桥的意思。津：渡口。⑯诏：告令。西皇：古帝少皥氏，西方的尊神。涉予：涉，渡。把我渡过河去。⑰艰：指路途艰险。⑱腾：飞驰。径待：径，直；待：应作"侍"。即，径相待卫以免渡河发生危险。⑲路：路经。不周：不周山，神话中的山，在昆仑西北，因山有缺，故得此名。⑳指：直指，表示最终。西海：神话中西方之海，传说是西皇所居住的地方。期：期待。

　　屯余车其千乘兮①，齐玉轪而并驰②。驾八龙之蜿蜿兮③，载云旗之委蛇④。抑志而弭节兮⑤，神高驰之邈邈⑥。奏《九歌》而舞《韶》兮⑦，聊假日以媮乐⑧。

【注释】

①屯：聚集。千乘：指千辆车，极言其多。②齐：整齐，这里用为动词，排列整齐。玉轪：古称车轮为轪，玉轪即玉饰的车轮。并驰：并驾齐驱。③八龙：为余驾车的八条神龙。蜿蜿：在前进时蜿蜒曲折的样子。

④委蛇：旗帜飘扬舒卷的样子。⑤抑志：志，通"帜"，即将旗帜下垂。弭节：放下赶车的马鞭，使车停止。⑥神：神思，指人的精神。邈邈：浩邈无际的样子。⑦舞《韶》：以《韶》乐伴奏的舞蹈。《韶》即《九韶》，夏启的舞乐。⑧媮：通"愉"，与乐同义。

陟升皇之赫戏兮①，忽临睨夫旧乡②。仆夫悲余马怀兮③，蜷局顾而不行④。

【注释】

①陟升：两字同义，都是升高的意思。皇：天。赫戏：形容光明。②忽：突然之间。临：指由上而下观看。睨：斜着眼睛看。旧乡：指楚国。③仆夫：车御也，驾车的人。怀：思念。④蜷局：蜷曲不伸展。顾：回头看。

乱曰①：已矣哉②！国无人莫我知兮③，又何怀乎故都④！既莫足与为美政兮⑤，吾将从彭咸之所居⑥！

【注释】

①乱：古代音乐的最后一章为乱，后来辞赋最后总括全篇要旨的一段也叫做"乱"。②已矣哉：算了吧。为绝望时的哀叹。③国无人：国家无人。人，指贤人。莫我知：就是"莫知我"，即没有人了解我。④怀：念。⑤足：足以。与：跟、和。为：实行，实施。美政：诗人追求的美好理想的政治。⑥从：随从。居：住所，这里是指一生所选择的道路和归宿。

【译文】

　　我原本是上古帝王高阳氏的后裔啊，我那已经死去的父亲名叫伯庸。正当寅年又是寅月啊，就在庚寅之日我降生。父亲看了我初生的器宇啊，依卦兆赐予我佳名。给我取的大名就叫做正则，给我取的表字叫灵均。我本来就拥有那么多美好的禀赋啊，又加上自己美好的德能。披上芬芳的江离和幽香的白芷啊，戴上编制的兰草作为饰佩。时光如流我总是追赶不上啊，唯恐年岁匆匆流逝不再将我等。清晨里我拔取了山南那去皮不死的木兰啊，傍晚时分我揽取沙洲经冬不枯的宿莽。日月飞驰从未久留啊，春去秋来亘古不变。想到草木难免凋谢零落啊，担心美人终归也会迟暮。何不趁年壮抛弃污秽啊，何不改变如此陈旧的法度？乘上骏马迅速疾驰啊，来吧！我会在前面给你引路！

　　过往的三代里君德皆纯美无瑕啊，本来就有群芳的环绕辅佐。三代圣君杂用众贤才，并非独取"蕙茝"。那唐尧虞舜的光明正直啊，遵循正道就步入坦途。夏桀商纣何等狂乱放纵啊，因误入歧途而寸步难行。结党的小人苟且偷生贪求安乐啊，国家的前途暗淡而就要倾覆了。我哪里是害怕自己遭到祸殃啊，我所担心的是国家就要倾覆。匆匆奔走在君王的前后啊，就是想使您跟上前代圣君的脚步。君王您不体察我的苦心啊，相反听信了那些谗言而对我暴怒。我诚然明白耿直进言会招来祸患啊，纵使心中想忍却也一定要说。上指苍天来作证啊，那是为了君主的缘故。当初以黄昏作为约期啊，可是中途就改变了主意。那时候与我有过真诚的约定啊，到后来却反悔有了其他的企图。原本我并不怕与你离别啊，可是我痛惜君王你反复无常意志不坚。

我已经种植了兰花九畹啊，又培育了蕙草百亩。分垄栽种了留夷和揭车啊，还间杂种植着杜衡与芳芷。多么希望它们叶茂而枝盛，等到成熟的季节我就收割。纵然是枯萎凋零又何必悲伤啊，伤心的是众芬芳污秽变质。众人都竞相钻营贪求财物啊，贪得无厌地追逐从不满足。为什么总是用自己卑鄙的心理去估量别人啊，各怀鬼胎相互嫉妒。匆匆奔走追逐名利啊，那不是我心志追求所急。衰老渐渐地就要来临啊，担心的是修洁的美名无法得到确立。清晨啜木兰花上欲坠的香露啊，傍晚采食秋菊初绽的花瓣。只要我的内心诚然美好专一啊，纵使吃不饱而肌瘦憔悴又有什么关系？采撷木兰根来编结白芷啊，再穿结上香草薜荔落下的花房。举起香木菌桂来缀上蕙草啊，胡绳编结的绳索美好且又整齐。我一心效法前代的修洁圣贤啊，这不是世俗之人认可的衣冠。虽与当今之人做人的口味不相符合，我顺从于彭咸留下的典范。长叹息，擦干洒下的热泪啊，哀伤人生的道路是这样的艰险。我虽然喜好修洁却被其连累啊，早晨进谏晚上就遭贬。我虽把蕙草的香囊抛弃啊，我又揽取芳芷当做我的佩帏。只要我的内心是美善的啊，就是为这死上九回也肯定不后悔。我责怨君王荒唐糊涂啊，终究不能省察我的善良心肠。朝中那些围绕于楚怀王身边的谗佞群小嫉妒我的美好德行，造谣诋毁说我过于淫荡。世俗本来就是善于投机取巧啊，违背规矩而改变举措。背叛规矩法度追踪邪路啊，竞相苟合取容奉为做人的准则。我是那样忧愤而又心神不宁啊，只有我在这个时代困顿难行。就算猝然死去顺水漂流啊，我也不肯做出同样邪恶之态。雄鹰一类的猛鸟决不与凡鸟为伍啊，这样的事情从来就是如此。怎么可以让方的榫头和圆孔吻合在一起啊，谁又志趣不同而相安无事？可以委屈心意压抑志向啊，容忍强加的罪名和耻辱。伏身于清白之志和死于正直啊，这都是前代圣贤所提倡和赞许的。

悔恨观察道路不够审慎啊，踌躇不前我要回返。掉转我的车乘折回原路啊，趁着迷路尚还不算太远。骑马漫步在长满兰草的水边啊，奔驰到长满椒木的小山上暂且在此休息。在君前效命，政见不被接纳反而招致罪名啊，退隐后再修饰我当初的"旧服"。裁制荷叶做成上衣啊，采集荷花做成下裳。不被了解也就算了吧，只要我的内心诚然芬芳。把我的切云冠高高上耸，把我的玉佩打造得长长。芬芳和污浊杂糅在一起啊，唯独那洁白的本质不会损伤。忽然回首放眼眺望啊，将去观览遥远的四方。我的佩带缤纷而饰物繁多啊，芳香馥郁更加昭彰。人生的追求和志向各不相同啊，只有我喜好修洁习以为常。就算是把我的身体肢解也不会改变啊，怎能使我的心思受到挫伤。

我的密友女嬃缠绵不舍啊，三番五次地把我斥责："伯鲧刚直而总忘记自身的危险啊，最终惨死在羽山的郊野。你何必过于忠直又好修洁啊，偏偏富有如此的美好节操？恶草薋菉葹堆满了屋子啊，为什么你偏要与众不同不肯佩戴？众人那么多怎能一个个地说明啊，谁能体察我们心之衷情？世上喜好互相吹捧和结党啊，你为何坚守孤独我相劝也不听？"依照前代圣贤的教诲坚持己理啊，长长叹息愤懑在胸直到如今遭到这样的打击。渡过沅湘之水再向南行啊，走近帝舜之灵表白我的情衷："夏启从上天那里偷来了乐章啊，太康过分地追求安逸自我放纵。不顾灾难也不作长远打算啊，五子叛乱最终失去家园。羿过分迷恋于田猎啊，又喜好射杀肥大的狐狸。本来淫逸没有好下场啊，寒浞霸占了羿的妻室做了丈夫。寒浞之子浇依仗力大无穷啊，放纵情欲不能克制。每天都沉浸在淫乐中忘乎所以啊，他的头颅被少康所取。夏桀违背做君王的正道啊，最终遭到了灭国的祸殃。纣王无道乱用酷刑啊，殷代的宗祀因此断绝不能久长。汤、禹畏天而又尊重人才啊，周之文武讲论治国之道丝毫不错。推举而又授权给贤良啊，遵循法度走上坦途而没有偏颇。上天公正不讲偏爱私情啊，观察人的品德作出立君的裁决。只有那深具美德的圣贤啊，才能够获得养民天下的权力。细察往昔环视将来的成败啊，审视人们对是非成败思考的准则。哪有不义的国君能长久享国的啊，哪有不做善事的国君可以长久统治国家的？即使身处险境濒临死亡啊，回顾初衷我也毫不后悔。不量一下斧孔就要插进斧柄（喻指人臣不度量国君的贤愚而直言进谏）啊，这是前代贤人遭难的原因。"不断抽泣我抑郁又惆怅啊，痛哀自己没有遇到好时光。拿起柔软的蕙草揩拭热泪啊，泪水簌簌打湿了我的衣裳。

向大舜铺开前襟长跪陈词啊，我得此中正之道而心中光明。驾着玉龙乘上彩凤啊，忽然风起我向天上飞腾。清晨从苍梧山起程啊，傍晚就到达昆仑山上的县圃。本想在仙门前稍作停留啊，可惜时光匆匆天色将暮。我让羲和停车慢行啊，望着崦嵫山我担心日落。前途漫漫又遥远啊，我将上天入地去追寻求索。让我和马在咸池饮足了水啊，把缰绳拴在神树扶桑。折下若木一枝揩拭日光啊（不让太阳落山），姑且在这里徘徊徜徉。派望舒为我引导啊，还有风神飞廉在后面奔跑追随。凤鸟为我在前面戒备开道啊，雷师丰隆却告诉我还没有准备好。我又叫凤鸟展翅高飞啊，开辟前路日夜兼程。旋风突起忽聚忽离啊，率领虹霞前来相迎。纷纭飘忽时聚时散啊，色彩斑斓乍离乍合。我让帝宫的门卫打开天门啊，他却倚着天门望着我发愣。日光渐渐暗了一天就要过去啊，编结着幽兰在这里久等。世道如此浑浊善恶不分啊，总是嗜好压制贤能心生妒忌。清晨我将渡过神泉白水啊，登上阆风来拴马。猛然回头潸然泪下啊，哀叹高丘之上无有神女。忽然漫步到青帝的春宫啊，攀折玉树的花枝补缀佩饰。趁着摘取的琼花尚未凋落啊，察看高丘下的女子可馈赠给谁。我让雷师丰隆乘云周行啊，寻找神女宓妃的住处。解下香佩作为信物订下盟约啊，又令贤人蹇修前去说媒。宓妃态度暧昧忽即忽离啊，乖戾的脾气难以迁就。夜晚回到穷石处宿啊，清晨又沐浴在洧盘。自恃美貌又如此傲慢啊，成天寻欢作乐自恣戏游。诚然貌美但却骄傲无礼啊，决意放弃她另寻追求。纵目远眺遥远的四方啊，遍游上天我又回到大地。远望美玉垒成高耸的瑶台啊，看见有娀氏美女简狄。我要鸩鸟为我做媒人啊，归来却欺骗我说她不好。雄鸠呱呱乱叫飞去替我说媒啊，我又厌恶它多言失于轻佻。心里犹豫疑惑无法决断啊，想亲自前往又与礼法不合。凤鸟已经带着聘礼准备前去啊，恐怕帝喾迎娶简狄比我领先。想远走高飞又不知去哪里啊，聊且逍遥漫游。趁着少康还没有成家啊，还留下有虞氏两位阿娇。媒人们无能又笨拙啊，担心传达我的话很难奏效。世上如此浑浊又嫉妒贤才啊，偏好遮蔽美善而称赞邪恶。宫中之门很深远啊，本来明智的君王又不省悟。满怀忠情不得抒发啊，我如何才能隐忍了却此生？

索取灵草和竹片啊，请灵氛为我占卜推算。灵氛说："两美相遇必然结合啊，哪有诚然修美之人不被人思念？想天下如此宽阔广博啊，难道只有楚国才有娇娥？"他又说："自勉远逝不要犹豫啊，寻求美才的谁会把你放弃？什么地方没有芬芳的香草啊，你何必如此怀恋故里？"当今之世黑暗混乱啊，谁能考察我是善是恶？世人的好恶各不相同啊，只有那群党人特别古怪。个个把臭艾挂满腰带啊，反说幽兰恶臭不可佩戴。识别草木的香臭尚且做不到啊，辨别美玉的重任怎能担当？取来粪土充满了香囊啊，硬说芬芳的申椒毫不芬芳。想要听从灵氛的吉祥占卜啊，可心中还是犹豫迟疑。巫咸傍晚将要降临下界啊，怀抱香椒精米把他迎接。众神飞临遮天蔽日一起下降啊，九嶷山的众神也纷纷迎接天神。皇天扬灵光芒四射啊，把前代明君遇贤臣的佳话告诉我。说："俯仰沉浮以求自勉啊，追求法度相似才能志同道合。商汤和夏禹敬承天道求其匹合啊，因而能得到伊尹、皋陶的辅佐。如果内心确实追求修好啊，又何必再请媒人说合？傅说曾是傅岩的泥瓦匠啊，殷武丁重用他却毫不迟疑。姜尚本是朝歌的屠夫啊，遇到文王就得到推举。宁戚喂牛而叩角高歌啊，齐桓一闻就准备召用。趁着年华尚未衰老啊，趁着时光尚且还未完尽。担心子规过早地啼鸣啊，使百草芬芳丧尽而凋零。"这玉佩是何等的美盛非凡啊，众小人纷纷把它遮掩。想到那些党人险诈毫无诚信啊，恐怕出于嫉妒而要损毁它。时世纷乱变化无常啊，我又怎么可以留？兰和芷都变质而不再芬芳啊，荃与蕙也变成了茅草。为什么从前芳香的花草啊，如今竟然成了艾草白蒿？难道说还有其他什么缘故吗？都因为不好修洁不要德行噢！我本以为兰是可靠的啊，可惜它却华而不实徒有外表。放弃它内在的美德顺从流俗啊，侥幸地挤进众芳来过市招摇。椒专横谗佞而又傲慢啊，榝却挤进香囊徒似香草。一味追求私利钻营攀援啊，又有什么品质美好的人能够庄敬自重呢？世俗本来就是随波逐流啊，又有哪一个能够不变异？眼见椒木幽兰尚且如此啊，又何况那揭车和江离？唯有这一玉佩最为可贵啊，可它的美德被抛弃直到如今。香气浓郁毫不亏损啊，散发着芬芳至今犹存。调节心态执守忠贞自我宽娱啊，暂且徐徐漫游寻找志同道合者。趁着我的佩饰还鲜艳，年事尚不高，走遍四方上下去周游以寻求贤君。

灵氛已把占卜告诉我啊，选定吉日良辰我将要远航。折下玉树枝作为我的佳肴啊，碾成琼玉的玉屑做干粮。飞龙为我把车驾啊，美玉象牙装点我的行车。与志不同道不合的人怎能共处啊，我将远游自疏不再复合。转道我去往昆仑山啊，道路漫长四处游历。升起云旗遮蔽天日都暗淡啊，响起鸾铃啾啾大队车马都出发。清晨我从天河的渡口出发啊，傍晚我就到达西极之天涯。凤鸟纷飞举着龙虎大旗啊，高高翱翔在太空舒展着羽翼。我匆匆路过无尽的流沙之地啊，沿着昆仑东南的赤水徘徊犹豫。指挥蛟龙用它的身躯搭桥渡河啊，命令西皇少暤帝接我渡去。道路漫长遥远充满艰辛啊，飞腾的众车乘都来侍卫。路过不周山再向左转啊，约定西海在那里驻足。屯集车辆有一千乘啊，排列整齐将并驾向前行。乘上八龙驾的车逶迤行进啊，飘动的空中云旗随风卷起。垂下旌旗缓缓徐行啊，神气却高飘远去莫能抑。奏起《九歌》跳起《韶》舞啊，暂借这闲暇时光消忧欢娱。朝阳升起灿烂辉煌啊，刹那间俯视人寰看见了我的故乡。车夫悲痛我的马也思恋啊，卧身蜷曲回顾再不能向前。

算了吧！国中没有贤人了解我啊，我又何必怀念那故国呢？既然无人能与我共行美政啊，我将追随彭咸精神而长存！

九歌

◎东皇太一◎

吉日兮辰良①，穆将愉兮上皇②。抚长剑兮玉珥③，璆锵鸣兮琳琅④。瑶席兮玉瑱⑤，盍将把兮琼芳⑥。蕙肴蒸兮兰藉⑦，奠桂酒兮椒浆⑧。扬枹兮拊鼓⑨，疏缓节兮安歌⑩。陈竽瑟兮浩倡⑪。灵偃蹇兮姣服⑫，芳菲菲兮满堂⑬。五音纷兮繁会⑭，君欣欣兮乐康⑮。

【注释】

①吉日：吉利日子。辰良："良辰"的倒装。古代以甲乙等十干纪日，以子丑等十二支纪时辰，所以说"吉日良辰"。②穆：温和静敬之意。将：要。愉：喜悦。上皇：指东皇太一。③抚：持，按。长剑：主祭者之剑，即灵巫所持之剑。珥：剑环，剑柄和剑身相接处两旁的突出部分，即剑鼻。玉珥，指用玉装饰而成的珥，实际指剑柄。④璆锵：佩玉撞击发出的声响。璆，美玉名。琳琅：美玉名，谓佩玉也。⑤瑶席：瑶，指美玉，瑶席指华美如瑶的座席。瑱：读如"镇"。玉瑱，以玉压席。这里是指以玉制的器具来压住座席。⑥盍：集合之意，指将花扎在一起。将把：奉持。琼芳：色如美玉的芳草鲜花。⑦蕙：香草。肴蒸：肴为切成块的肉，蒸是指把块肉放在祭器上。蕙肴蒸，即用香草蕙来包裹祭肉。兰：兰草。藉：用……衬垫。⑧奠：祭献。桂酒：玉桂泡的酒。椒：花椒。浆：淡酒。以上蕙、兰、桂、椒四者皆取其芬芳以飨神。⑨扬枹：举起鼓槌。枹：鼓槌。拊：敲。⑩疏缓：疏疏缓缓。节：指音乐的节拍节奏。安歌：徐徐缓缓地轻歌。⑪陈：陈列，摆列。

竽：簧管乐器，形似笙而较大，管数也较多。瑟：弹拨乐器，类似筝，二十五弦。陈竽瑟，意谓吹竽弹瑟。浩倡：高声歌唱，倡通"唱"。⑫灵：神灵，此指所祭之神东皇太一。一说指降神的巫师。偃蹇：徘徊不进的样子。姣服：华丽的服饰。姣：美好。⑬菲菲：香气馥郁。⑭五音：指古代五声上的五个音级，即宫、商、角、徵、羽。纷：犹"纷纷"，众多的样子。繁会：错杂，指众乐一起演奏。⑮君：谓神，指东皇太一。欣欣：喜悦的样子。康：平和、安乐。

【译文】

在这吉日的美好时光，将要恭敬地祭太一上皇。手握长剑玉饰剑柄，佩玉琳琅锵锵作响。华美洁白的铺席玉镇压，献上如玉鲜花郁郁芬芳。蕙草包裹祭肉兰草衬垫，进上桂花酒和椒浆。高举鼓槌击起鼓，节奏疏缓轻歌飞扬，吹竽弹瑟放声歌唱。神灵华服徘徊云端，香气浓郁飘满厅堂。五音纷纷相交响，上皇喜乐又安康。

◎云中君◎

浴兰汤兮沐芳①，华采衣兮若英②。灵连蜷兮既留③，烂昭昭兮未央④。蹇将憺兮寿宫⑤，与日月兮齐光⑥。龙驾兮帝服⑦，聊翱游兮周章⑧。灵皇皇兮既降⑨，猋远举兮云中⑩。览冀州兮有余⑪，横四海兮焉穷⑫。思夫君兮太息⑬，极劳心兮忡忡⑭。

【注释】

①浴：洗澡。汤：热水。兰汤，用兰草泡的热水。沐：洗头。芳：芳香，指兰汤。这里写的是古人在祭

神前的斋戒沐浴等程序。②华采：华丽的色彩。若英：像花一样生动、美丽。指饰神女巫的穿着打扮。③灵：神灵，指所祭神云中君。连蜷：连绵婉曲，形容姿态柔美。既：其（表推测）。留：指留在天上，尚未降临。这句是说女巫降神时，神灵附体。模拟云神的姿态。④烂昭昭：光明。烂，发光。昭昭，明亮的样子。未央：央，尽。未央即没有穷尽，不停地发光。⑤蹇：楚方言，发语词。将：暂且。憺：安。寿宫：上寿之宫，指云中君天上所居的宫殿，一说为供神处。⑥齐光：指与日月同其光明。齐，同。⑦龙驾：龙驾的车。帝：天帝。服：指王畿以外的地方。⑧聊：暂且。翱游：到处翱翔。周章：周游浏览。⑨灵：指云神。皇皇：同"煌煌"，光彩盛大的样子。既降：已下。⑩猋：指犬奔跑的样子，引申为迅速敏捷。远举：指高飞。这两句话叙写云神"一降而即去，不肯暂留"。⑪览：看。冀州：古有九州之说，冀、兖、青、徐、扬、荆、豫、梁、雍九州。冀州居九州之中，古代帝都多在冀州，所以有中土之称。有余：还要多。⑫横：横越。四海：古以中国四境有大海环绕，于是就以四海来代表中国以外的地域。焉：哪里，何。穷：尽。这里是说，云神广览四海，无不穷极。⑬夫君：指云中君。夫，指示词，这、那。太息：大声地叹息。"太"通"大"。⑭极：非常、极度。劳心：苦苦思念。忡忡：忧愁不安的样子。

【译文】

沐浴着兰草做成的香汤，身着如鲜花般绚烂的衣裳。灵巫妖娇曼舞徘徊天上，神光灿烂啊永远辉煌。流连安详在云神宫殿，和日月一同焕发光芒。神龙驾车身披天帝的服装，姑且遨游在天地四方。灵光煌煌已从天降，又迅捷高飞向天上。遍览九州啊余光依然明亮，宽广的四海啊无边无疆。思念起云神啊我长声叹息，满怀幽思啊心神惶惶。

◎湘君◎

君不行兮夷犹①，蹇谁留兮中洲②？美要眇兮宜修③，沛吾乘兮桂舟④。令沅、湘兮无波⑤，使江水兮安流⑥。望夫君兮未来⑦，吹参差兮谁思⑧？驾飞龙兮北征⑨，邅吾道兮洞庭⑩。薜荔柏兮蕙绸⑪，荪桡兮兰旌⑫。

望涔阳兮极浦⑬，横大江兮扬灵⑭。扬灵兮未极⑮，女婵媛兮为余太息⑯！横流涕兮潺湲⑰，隐思君兮陫侧⑱。桂櫂兮兰枻⑱，斫冰兮积雪⑳。采薜荔兮水中，搴芙蓉兮木末㉑。心不同兮媒劳㉒，恩不甚兮轻绝㉓。石濑兮浅浅㉔，飞龙兮翩翩㉕。交不忠兮怨长㉖，期不信兮告余以不闲㉗。朝骋骛兮江皋㉘，夕弭节兮北渚㉙。鸟次兮屋上㉚，水周兮堂下㉛。捐余玦兮江中㉜，遗余佩兮醴浦㉝。采芳洲兮杜若，将以遗兮下女㉞。时不可兮再得㉟，聊逍遥兮容与㊱。

【注释】

①君：湘君，指湘水男神。不行：不来。夷犹：迟疑不前的样子。②蹇：通"謇"，楚方言，发语词。谁留：为谁停。中洲：即洲中，水中的陆地。此句是说为谁留在洲中而不肯前行？③要眇：好貌，指美好的容貌。宜修：善修饰，恰到好处。宜：善。④沛：本水急流的样子，这里是指桂舟顺流而下飞速的样子。吾：女神湘夫人自称。桂舟：用桂木做的船。⑤沅、湘：指沅水和湘水，都在今湖南境内，流入洞庭湖。溯湘江及其支流潇水而上，可到九嶷山。⑥江：指长江。流经湖南北部，与洞庭湖相接。安流：平稳地流淌。⑦夫：语气词。⑧参差：古乐器，即"篸篸"，排箫名。谁思：思谁。⑨飞龙：龙舟，湘君所驾的快船。北征：向北航行。征，行。以下即湘水女神想象中湘君乘船而来，并与之相会。⑩遭：楚方言，转弯、转道。洞庭：洞庭湖，在今岳阳。会合沅、湘诸水，北入长江。⑪薜荔：一种常绿藤本蔓生植物。柏：通"错"，帘子。惠：香草。绸：通"帱"，帐子之意。⑫荪：香草名。桡：船桨。一说是旗杆上的曲柄。旌：旗杆上的装饰。此二句写行船装饰得漂亮高洁。⑬涔阳：地名，在涔水的北岸，具体地点不详。古人称河水北岸为阳。极浦：遥远的水岸。浦，水滨。⑭横：横渡，指横渡大江。扬灵：飞速前行。灵，同"舲"，有屋的船。⑮极：终止。以下叙写湘夫人不见湘君的到来而感到哀怨。⑯女：指湘夫人的侍女。婵媛：眷恋而关切的样子。余：指女神湘夫人。太息：大声叹息。⑰横流涕：形容眼泪纵横。横，横溢。潺湲：泪流不止的样子。⑱隐：将思念之情藏在心底，一说指痛。俳侧：即"排恻"，形容内心悲苦。⑲棹：长桨。枻：短桨。⑳斫冰兮积雪：江水结冰，上面有雪，所以用桂櫂兰枻把冰斫开，把雪堆起，为船开路。形容行进艰难，表示心情沉重。㉑搴：采摘拔取。木末：树梢。以上二句，薜荔，又名木莲，而要采之水中；芙蓉，荷花，而要求之于树上，比喻所求必不可得。㉒心不同：指男女间的感情相背，心意不同。劳：徒劳。㉓恩：恩爱。甚：深。轻绝：轻易弃绝。㉔石濑：山石间的急流。濑，湍水。浅浅：水流疾速的样子。㉕飞龙：即指上文"驾飞龙兮北征"之飞龙，指湘君所乘的船。翩翩：疾飞的样子，这里形容船行驶得很快。这两句是说，如果湘君守约前来的话，早该到了。㉖交不忠：指相交而不真诚。交，友。忠，诚心。怨长：怨深。㉗期：约会。不信：不守信用。不闲：不得空。㉘骋骛：疾驰乱跑。骋，直驰；骛，乱驰。江皋：江岸，江中，这里的江指湘江。㉙弭节：弭，指停止；节，车行的节奏。这里是停船的意思。北渚：洞庭湖北部水中的一个小洲。这里大概是湘君和湘夫人约定见面后一同去的地方，湘夫人等不到湘君，失望而归，在途中忽然想起，也许湘君已经去了北渚了，所以和侍女赶到这里。㉚次：停留，止宿。㉛周：环绕，指流水环绕堂下，哗哗地流淌着。"鸟次"、"水周"两句表示时已黄昏，寂静无人。㉜捐：舍弃。玦：玉器，环形有缺口。㉝遗：弃，丢掉。佩：玉佩。澧浦：澧水之滨。澧，水名，在今湖南西部，流入洞庭湖。㉞遗：赠送。下女：侍女，一说指湘君侍女，以寄情对湘君的爱恋。一说即指上文"女婵媛兮为余太息"之女。㉟时：时光。再得：再回，表示对时光流逝无可奈何的悲痛之情。㊱聊：姑且。逍遥：优游自得的样子，因无可奈何，只好自我宽慰。容与：徘徊等待之意。

【译文】

湘君你犹豫迟迟不动，为谁停留在水中沙洲？我美好容貌又善打扮，顺水疾行啊乘着桂舟。让沅水湘水不起波涛，叫滚滚长江平稳缓流。（湘君）不来我望穿秋水，吹起悠悠洞箫把谁候？驾着快舟啊向北方行，改变了航向转道洞庭。薜荔为帘芳蕙做帐，香荪饰桨兰草饰旗旌。眺望涔水遥远的水岸，横渡大江啊扬帆前行。扬帆前行啊飞速不停，侍女怅惜为我叹息！涕泪俱下滚滚流淌，思念湘君悲伤又失意。桂木做桨兰做船舷，分开积雪啊冲破层冰，水里采薜荔，树梢折芙蓉。情感相背媒人徒劳，恩爱不深轻易绝情。石滩上湍水疾流匆匆，龙船疾驰如飞前行。相交不诚怨恨深，相约失信却说没空。清晨驾车直驰江边，傍晚停船在北沙渚。只见鸟儿栖息在屋檐上，还有流水环绕堂阶哗哗流淌。抛弃我玉玦向那江中，扔掉我玉佩澧水岸边。我采集杜若在那芳洲，还想寄情馈赠给你的侍女。相会的美好时光不可再得，姑且逍遥宽心等待徘徊。

◎湘夫人◎

帝子降兮北渚①，目眇眇兮愁予②。袅袅兮秋风③，洞庭波兮木叶下④。登白𬞟兮骋望⑤，与佳期兮夕张⑥。鸟何萃兮𬞟中⑦？罾何为兮木上⑧？沅有芷兮澧有兰⑨，思公子兮未敢言⑩。荒忽兮远望⑪，观流水兮潺湲⑫。麋何食兮庭中⑬？蛟何为兮水裔⑭？朝驰余马兮江皋⑮，夕济兮西澨⑯。闻佳人兮召予⑰，将腾驾兮偕逝⑱。筑室兮水中⑲，葺之兮荷盖⑳。荪壁兮紫坛㉑，播芳椒兮成堂㉒。桂栋兮兰橑㉓，辛夷楣兮药房㉔。罔薜荔兮为帷㉕，擗蕙櫋兮既张㉖。白玉兮为镇㉗，疏石兰兮为芳㉘。芷葺兮荷屋㉙，缭之兮杜衡㉚。合百草兮实庭㉛，建芳馨兮庑门㉜。九嶷缤兮并迎㉝，灵之来兮如云㉞。捐余袂兮江中㉟，遗余褋兮澧浦㊱。搴汀洲兮杜若㊲，将以遗兮远者㊳。时不可兮骤得㊴，聊逍遥兮容与。

【注释】

①帝子：谓湘夫人，传说她是帝尧的女儿。女儿古代也可以称为"子"。降：下。北渚：即《湘君》"夕弭节兮北渚"之"北渚"。②眇眇：眯着眼睛远视的样子。愁予：使我发愁；予：我，湘夫人自称。③袅袅：微风吹拂的样子。④波：用作动词，指泛起波浪。木：指洞庭湖畔的树木。下：指树叶脱落下来。⑤登：踏上。白𬞟：一种秋生草。𬞟草，有青白两种，青𬞟草似香附，生于楚北平地，白𬞟草似鹿草，生于楚南湖滨。骋望：纵目远望。⑥佳：指佳人，即指湘夫人。期：期会。夕：傍晚。张：陈设，准备。⑦萃：聚集。𬞟：水草，根茎匍匐泥中，常见于水田、池塘中。这两句和《湘君》"采薜荔兮水中，搴芙蓉兮木末"两句意思相同。⑧罾：渔网。⑨沅：沅水。芷：即白芷，香草名。澧：澧水。兰：兰草。⑩公子：此处指湘夫人，古代人亦有称女子为公子的。本篇"帝子"、"公子"、"佳人"，均指湘夫人。未敢言：指不知道如何来表达自己的思念感情，表现出了思念之切。⑪荒忽：通"恍惚"，隐约而不清楚的样子。⑫潺湲：水流缓慢的样子。⑬麋：兽名，麋鹿。庭：庭院。⑭蛟：蛟龙，常潜于深渊。水裔：指水边。这两句是说麋鹿本来生活于深山中，现在却跑到庭院中来；本来生活在深水中的蛟龙，现在却出现在浅水之中，比喻等待湘夫人没有结果。⑮江皋：江边低湿之地。⑯济：渡。澨：水边。⑰佳人：指湘夫人。召予：即召唤我。这又是湘君的幻觉。予：湘君自称。⑱腾驾：使马车飞驰，使船快航。偕逝：一同前往。⑲水中：指北渚之水。⑳葺：盖，指用茅草盖房屋。荷盖：荷叶。㉑荪：香草名。荪壁，指用香草荪来装饰墙壁。紫坛：以水中的宝物紫贝来铺修中庭的地面。紫：紫贝。㉒播：布，指涂抹。芳椒：芬芳的花椒。成：盈、满。堂：厅堂。㉓桂栋：用桂木做新屋的正梁。兰橑：以木兰做屋椽。㉔辛夷：香木。楣：门户上横木。药：白芷，香草。房：内室。㉕罔：同"网"，此作动词用，编结的意思。帷：指帷帐。㉖擗：通"擘"，剖开，分开。櫋：屋檐板。张：张开，陈设。㉗镇：压座席的东西。㉘疏：分布，散陈。石兰：此为香草。芳：芬芳的陈列品。㉙芷葺：用白芷把屋顶加厚，指在原有的荷叶屋顶上加盖一层白芷。荷屋：以荷为屋。㉚缭：缠绕。之：代词，指屋。杜衡：香草名，或称马蹄香，其叶似葵而有香味。㉛合：集合。百草：各式各样的花草，极言其多。实：动词，充满。庭：庭院。㉜建：树。芳馨：芳香。庑：堂外周围的廊屋。门：指大门。㉝九嶷：九嶷山，此处指九嶷山的众神。传说舜死于九嶷，葬于九嶷。该山在今湖南省宁远县南。缤兮：纷纷然，言其众多。并迎：一起来迎接。㉞灵：指众神。上文设想了湘夫人降临，建构出美好环境都成了空虚的幻想，所以才有了下文。㉟捐：弃。袂：衣袖。㊱褋：单衣。袂和褋大概都是湘夫人赠送给湘君的。㊲搴：拔取。汀：水中或水边平地。杜若：香草名。㊳远者：远

方的人。㊴时：相会的机会。骤得：屡次得到。

【译文】

帝尧的女儿降临在北渚，眺望不见啊我心中忧伤。阵阵秋风轻轻吹，吹皱洞庭湖水黄叶飘飞。踏着白薠极目远望，和佳人约会傍晚张设帷帐。鸟为何聚集在薠草之上？渔网为何投在树梢上？沅水有白芷澧水有兰，暗恋着公主我不敢言。迷迷茫茫远处眺望，只见长长流水缓缓淌。麋鹿为何觅食于庭院？蛟龙为何在浅水边？清晨我驾车驰骋在江畔，傍晚我渡河到西边水涯。听说佳人在将我召唤，将让你带路啊我飞腾的车驾。我要在北渚水中筑起宫殿，用芬芳荷叶覆盖住屋顶。用荪草做墙紫贝铺堂，以椒泥涂墙散发幽幽清香。桂木做栋木兰做椽，辛夷为梁白芷妆房。编结薜荔香草织成帷帐，分结蕙草做一张高堂。白玉作那席上镇压之物，石兰的幽香在屋中荡漾。香芷涂在屋顶荷叶搭盖房屋，缭绕于屋子的是杜衡芳香。汇集的各种香草满庭芳，飘香远闻郁结门廊。九嶷山的众神纷纷来迎，诸神来临有如漫天的云。向那江水中抛弃我的衣袖，把我的单衣扔在澧水之滨。我采取沙洲里那杜若，寄情馈赠愈走愈远的人。相会的美好时光不会再有，姑且自我宽心等待徘徊。

◎大司命◎

广开兮天门①，纷吾乘兮玄云②。令飘风兮先驱③，使冻雨兮洒尘④。君回翔兮以下⑤，逾空桑兮从女⑥。纷总总兮九州⑦，何寿夭兮在予⑧！高飞兮安翔⑨，乘清气兮御阴阳⑩。吾与君兮斋速⑪，导帝之兮九坑⑫。灵衣兮被被⑬，玉佩兮陆离⑭。壹阴兮壹阳⑮，众莫知兮余所为⑯。折疏麻兮瑶华⑰，将以遗兮离居⑱。老冉冉兮既极⑲，不寝近兮愈疏⑳。乘龙兮辚辚㉑，高驰兮冲天㉒。结桂枝兮延伫㉓，羌愈思兮愁人㉔。愁人兮奈何！愿若今兮无亏㉕。固人命兮有当㉖，孰离合兮可为㉗？

【注释】

①广：大。天门：天帝所居宫殿之门。②纷：盛多的样子，形容"玄云"的浓密。吾：我，大司命自称。乘：犹驾。玄云：黑云。在古代文学作品中，"玄云"可跟"清露"、"惠风"并举，属于自然界的奇丽之物。③飘风：暴风。先驱：指在前面开路。④冻雨：暴雨。洒尘：洗尘。洒，洗涤。以上四句是大司命自述。⑤君：指大司命。以下：来下。从这句起是迎神的女巫所唱。⑥逾：越过。空桑：神话中山名。从女：意谓跟随你。女，读"汝"。⑦总总：众多的样子。九州：指九州的人。此句起为大司命自述。⑧寿：长寿。夭：早死，短命。予：我，大司命自称。⑨安翔：指安稳地翱翔。此句起为迎神女巫所唱。⑩清气：冲和之气，即阴阳之气，自然之气。御：控制，驾驭。阴阳：阴阳二气。阴主杀，阳主生。⑪吾：主祭者自称。君：指大司命。斋速：洪兴祖《补注》："斋速者，斋戒以自敕者。"虔诚的样子。⑫导：引导。帝：天帝。之：往。九坑：即九冈，指九州之山脊，即指九州。一说指九岗山，在楚国境内。坑，与"冈"同。⑬灵衣：

当作"云衣"，云霓衣裳。被被：通"披披"，飘动的样子。此句起为大司命所唱。⑭陆离：光彩闪耀的样子，指玉佩。⑮壹阴壹阳：乍阴乍阳，或生或死。⑯众：指人间大众。莫知：不知道。余：大司命自称。⑰折：折断。疏麻：一种神麻，麻花香，花白如瑶，服之可以长寿。瑶华：白玉的鲜花。此句开始又为迎神女巫所唱。⑱将：拿。遗：赠送。离居：谓离群索居之人，即忽而隔离之神，指大司命。⑲老：衰老之年。冉冉：渐渐。极：到，至。⑳寖近：逐渐亲近。寖，渐之意。愈疏：愈来愈疏远。㉑辚辚：车行走时发出的声音。㉒冲天：一直上飞。这两句是说大司命高驰而去，不复停留。㉓结桂枝：束结桂枝。古人有以桂枝来结佩物赠给对方，以表达情意的习俗。延伫：久立。㉔羌：将，语气词。愁人：使人（迎神者）愁。这两句意思是主祭者见神高驰而去，于是采结桂枝，牵延伫立愈益思念，而使人发愁。㉕无亏：没有亏损。㉖固：本来。当：执掌，主持。㉗孰：谁。离合：指离异或聚合；或指生死。为：指人的行为。

【译文】

敞开天宫的大门，我驾车行在浓密的玄云之上。命令旋风在前面为我开路，让暴雨洗涤浊世的灰尘。神灵空中盘旋飞翔从天而降，越过空桑山我紧跟其翱翔。林林总总的九州众生，你们的生死总在我掌中！神灵你高飞徐徐翱翔，乘着冲和清气驾驭阴阳。我追随神灵虔诚不二，引导天帝往观九岗山脊。我披的云衣长长飘逸，身佩的宝玉璀璨熠熠。千变万化的是阴阳二气，谁也不理解我做的事情。折下神麻那如玉仙花，我将送给那远离的神灵。衰老之年渐渐就要到来，若不及时和神灵亲近，一旦死期来临，就会愈益疏远了。神乘坐龙车声隆隆，高高地飞驰猛腾空。采结桂枝长久地等待，思念越深越使人愁。愁心绵绵又能如何？希望像今天这般永无亏损。人的寿命既有一定限度，与神离别亲近又有何紧要？

◎少司命◎

秋兰兮麋芜①，罗生兮堂下②。绿叶兮素枝③，芳菲菲兮袭予④。夫人自有兮美子⑤，荪何以兮愁苦⑥？秋兰兮青青⑦，绿叶兮紫茎。满堂兮美人⑧，忽独与余兮目成⑨。入不言兮出不辞⑩，乘回风兮载云旗⑪。悲莫悲兮生别离⑫，乐莫乐兮新相知⑬。荷衣兮蕙带⑭，倏而来兮忽而逝⑮。夕宿兮帝郊⑯，君谁须兮云之际⑰？与女沐兮咸池⑱，晞女发兮阳之阿⑲。望美人兮未来⑳，临风怳兮浩歌㉑。孔盖兮翠旍㉒，登九天兮抚彗星㉓。竦长剑兮拥幼艾㉔，荪独宜兮为民正㉕。

【注释】

①秋兰：即兰草，绿叶紫茎，秋天开淡紫色的小花，是一种香草。麋芜：香草名。叶丛密，秋天开白花，根可入药。②罗生：围绕而生。堂：指神堂，供神之室。③素枝：应为"素华"，白花。"绿叶素枝"，指秋兰言。④菲菲：香气浓郁的样子。袭：侵袭，形容香气袭人。予：迎神者自称。⑤夫：发语词。人：人们，凡人。自：各自。美子：美好的孩子。少司命主管生育和保护儿童，所以这句写到祈子的内容。⑥荪：香草，这里喻指少司命。愁苦：意谓使我（指迎神者）愁苦。⑦青青：借为"菁菁"，草木茂盛的样子。以下为少司命所唱。⑧美人：指参加祭神者。⑨余：指迎神者自称，即上文"使我愁苦"之"余"。目成：以目相视传情，表示两心相悦。⑩入：指少司命降临时。出：指离去。辞：告辞。以下为迎神者所唱。⑪回风：旋风。云旗：以云为旗。此句是说，以风云为车旗。⑫生别离：生生地别离。⑬新相知：相交，指刚刚相交的知己。⑭荷衣：以荷叶为上衣。蕙带：以蕙草为衣带。荷衣、衣带都是神的服饰。⑮倏：忽

然，疾速。忽：迅速。"倏而"、"忽而"，犹"悠然"、"忽然"。逝：往、去。⑯帝郊：天国的郊外，犹天界。⑰君：指少司命。须：待。"谁须"，即"须谁"，等待谁。云之际：指云端。⑱女：读作"汝"，你，指迎神女巫。咸池：神话传说中的太阳洗澡的地方称为咸池。以下几句为少司命所唱。⑲晞：晒干。阳之阿：大概指传说中的旸谷；阳，太阳，阿，山陵凹曲处。⑳美人：指少司命。㉑临风：面对着疾风。悦：同"怳"，失意的样子。浩歌：放声歌唱。㉒孔盖：以孔雀尾装饰车盖。孔，孔雀。翠旍：以翠鸟的羽毛为旌旗。翠：翡翠鸟。以下为迎神者所唱。㉓九天：古代传说中天有九层，这里指高空。抚：扫除。彗星：俗称"扫帚星"，古人以为是"妖星"，在此以喻"凶秽"，扫除古恶、污秽。㉔竦：通"怂"，挺举、高举。拥：护卫。幼艾：婴儿幼童。㉕荪：谓少司命。宜：适合。民正：犹言"人主"，百姓之主。正：古人称官长为正，主宰的意思。

【译文】

秋天的兰草芬芳的麋芜，罗列而生繁茂堂前。绿绿的叶子素白的花，飘飘的幽香沁人心脾。世上的人自有美好的儿女，您又何必使我愁闷？秋天的兰草郁郁葱葱，绿色的叶子紫色的茎。满厅堂都是美丽的人，偏偏只与我眉目传情。来时不言语离去不辞别，乘着旋风高飞载着云旗。悲莫悲过于活生生的别离，乐莫乐过于新相交的知己。荷叶的上衣蕙草的腰带，你匆匆来到又匆匆离去。夜晚你歇息在天国的郊外，你在云端把谁等待？愿与你沐浴在天上咸池，晒干你的头发在旭日东升时。盼望你却总不到来，面对着狂风失意放歌。孔雀羽做车盖翡翠鸟羽做旗，登上九天去扫除凶秽灾星。高举着宝剑怀抱着幼童，您最适合主宰万民的生命。

◎东君◎

暾将出兮东方①，照吾槛兮扶桑②。抚余马兮安驱③，夜皎皎兮既明④。驾龙辀兮乘雷⑤，载云旗兮委蛇⑥。长太息兮将上⑦，心低徊兮顾怀⑧。羌声色兮娱人⑨，观者憺兮忘归⑩。緪瑟兮交鼓⑪，箫钟兮瑶簴⑫。鸣篪兮吹竽⑬，思灵保兮贤姱⑭。翾飞兮翠曾⑮，展诗兮会舞⑯。应律兮合节⑰，灵之来兮蔽日⑱。青云衣兮白霓裳⑲，举

长矢兮射天狼⑳。操余弧兮反沦降㉑，援北斗兮酌桂浆㉒。撰余辔兮高驰翔㉓，杳冥冥兮以东行㉔。

【注释】

①暾：旭日初升之时光明温暖的样子，这里指初升的太阳。②吾：东君自称，即日神。槛：栏杆。扶桑：神树，神话中生长在日出处。这句是说东君用扶桑树做宫殿的栏杆。③抚：通"拊"，轻轻拍打。余：日神自称。马：指神话中为太阳神驾车的六龙。④皎皎：明亮的样子，指夜间天色明亮。既明：指即将黎明。⑤龙辀：即龙车，指神话中为日神驾驭的龙车，辀，车辕。乘雷：龙车起行时，响声如雷，所以说"乘雷"。⑥载：插着。委蛇：同"逶迤"，指云旗舒展飘扬的样子。⑦太息：叹息。⑧低佪：徘徊不前，迟疑不决的样子。顾怀：怀念眷恋。这两句写日神眷恋旧居的心情，拟人的写法。⑨羌：楚方言，发语词。声色：指祭神的乐舞。娱人：使人娱乐。⑩观者：指观赏祭典的人。憺：安然，有沉浸之意。⑪緪：绷紧。意思是把瑟弦绷紧。交鼓：古人把鼓放在木架上，多二人对击，所以说交鼓。本句开始为迎神女巫所唱。⑫箫：通"捎"，敲击。瑶簴：摇动钟磬的木架。瑶，借"摇"，簴，悬钟磬之木架。⑬鸣：此处指奏响。篪：古代一种竹制吹奏乐器，似笛子。竽：古代簧管乐器。⑭灵保：指神巫，此处指扮日神的男巫。贤姱：美善，指德操与容貌之美。⑮翾：轻飞的样子。翠：翡翠鸟。曾：通"翻"，展翅高飞。⑯展诗：一首接一首地吟唱诗歌。展，陈。会舞：众人一起起舞。⑰应律：应和音乐的旋律。合节：跟随节奏。⑱灵：神灵，跟随东君来飨祭的众神。⑲青云衣：以青云为上衣。白霓裳：以白霓为裙，以日落时的晚霞比喻东君的服饰。⑳矢：箭。"矢"和下句的"弧"（弓）合为"弧矢"，星名，共九颗，形状像弓箭，又名天弓。天狼：星宿名。㉑操：持。反：回身。沦降：降落。沦，没；降，下。实指日西沉。㉒援：引。北斗：星名，由七颗星组成，形似舀汤的勺。酌：斟酒。桂浆：桂花泡的酒。㉓撰：抓住。辔：马缰绳。㉔杳：幽深，深远。冥冥：黑暗。东行：向东走。我国古代神话中说日神由东向西运行，日暮时进入虞渊后，在地底又由西向东运行，这里正写的此种情况。

【译文】

旭日就要升起在东方，照耀我的栏杆木扶桑。拍着我的马缓缓前行，夜色皎皎东方泛起亮。驾着龙车滚滚轰鸣，树起的云旗高高飘扬。长叹一声将要上天去，心中踌躇眷恋那故乡。升腾中的声色多么令人醉，瞻望的人群迷恋忘了归回。调好瑟弦擂起鼓，敲响的钟声让座架晃。吹起了篪儿奏起了竽，心中不忘神巫的美善从容。迎神女巫舞姿翩翩像翠鸟展翅飞翔，唱诵起诗歌同随舞。应着旋律和节拍，神灵降临遮蔽了日光。青云上衣白霓裙裳，举起长箭射杀天狼。手持天弓回身降落，举起北斗斟满桂花酒浆。抓紧马的缰绳高高飞驰，穿过幽深昏暗奔向东方。

◎河伯◎

与女游兮九河①，冲风起兮横波②。乘水车兮荷盖③，驾两龙兮骖螭④。登昆仑兮四望⑤，心飞扬兮浩荡⑥。日将暮兮怅忘归⑦，惟极浦兮寤怀⑧。鱼鳞屋兮龙堂⑨，紫贝阙兮朱宫⑩。灵何为兮水中⑪？乘白鼋兮逐文鱼⑫，与女游兮河之渚⑬，流澌纷兮将来下⑭。子交手兮东行⑮，送美人兮南浦⑯。波滔滔兮来迎⑰，鱼邻邻兮媵予⑱。

【注释】

①女：通"汝"，指河伯。九河：黄河的总称。相传大禹治黄河时，除干线外分出八条支流，合称九河。②冲风：猛烈之风，暴风，一说旋风。横波：大的波浪。一作"扬波"。此句写受到阻碍不能前进，于是逆流而上。

③水车：以水为车。荷盖：以荷叶为车盖。④骖：古时四匹马驾车，中间的两匹马叫做服。辕外边侧的马称骖。此处用为动词，即把螭作为骖马。螭：传说中一种无角的龙。⑤昆仑：昆仑山，古人以为昆仑山是黄河的发源地。⑥浩荡：广大，形容心胸开阔。⑦怅：惆怅，心里不安。

⑧惟：思。极浦：指遥远的黄河之滨。寤怀：时时刻刻怀念。以上叙写迎接河伯，而不得其所在，眷顾怀恋，为想象之词。⑨鱼鳞屋：以鱼鳞装饰的房屋。龙堂：有雕龙装饰的万堂。⑩紫贝：紫色带花纹的贝壳。阙：宫门。朱宫：即珠宫，以珍珠装饰的房间。⑪灵：神灵，指河伯。何为：为什么。⑫鼋：一种大鳖。逐：追随。文鱼：有斑彩的鱼。⑬女：通"汝"，你，指河伯。渚：水中的小块陆地。⑭流澌：即流水。澌，解冻时流动的水。纷纷：纷纷，形容水流急骤。⑮子：你，指河伯。交手：谓拱手。东行：顺流而向东。⑯美人：指河伯。南浦：指河的南岸。⑰滔滔：水流不绝的样子。来迎：相迎。⑱邻邻：形容众多。媵：原义指陪嫁的人，这里是"相送"的意思。

【译文】

要与河神一同游九河，暴风掀起了层层浪波。以水做车以荷叶为车盖，两龙驾辕啊螭龙奔跑在两侧。攀登上昆仑我放眼四望，任心神飞扬好不舒畅。日将西沉，忘却归去心惆怅。遥远的河边让我顾恋感伤。鱼鳞饰屋，雕龙嵌堂，紫贝搭阙门，明珠镶卧房。神灵你为何久居在水乡？乘坐白鼋追逐游鱼，和你同游在那河渚，融解的流水急骤直下。你拱手辞别往东行，送别美人啊直到南岸口。波浪滔滔都来迎接我，成群的游鱼为我送行。

◎山鬼◎

若有人兮山之阿①，被薜荔兮带女罗②。既含睇兮又宜笑③，子慕予兮善窈窕④。乘赤豹兮从文狸⑤，辛夷车兮结桂旗⑥。被石兰兮带杜衡⑦，折芳馨兮遗所思⑧。余处幽篁兮终不见天⑨，路险难兮独后来⑩。表独立兮山之上⑪，云容容兮而在下⑫。杳冥冥兮羌昼晦⑬，东风飘兮神灵雨⑭。留灵修兮憺忘归⑮，岁既晏兮孰华予⑯？采三秀兮於山间⑰，石磊磊兮葛蔓蔓⑱。怨公子兮怅忘归⑲，君思我兮不得闲⑳。山中人兮芳杜若㉑，饮石泉兮荫松柏㉒，君思我兮然疑作㉓。雷填填兮雨冥冥㉔，猿啾啾兮又夜鸣㉕。风飒飒兮木萧萧㉖，思公子兮徒离忧㉗。

【注释】

①若有人：谓山鬼。若，好像，仿佛。阿：山坳，指深山角落。这句说山鬼常居之地。此句开始为迎神男巫所唱。②被：通"披"。薜荔：又名木莲，蔓生，常绿灌木植物。带：指衣带，用为动词。女罗：即"女萝"，又名"兔丝"，一种蔓生植物。这句言山鬼常服之物。③睇：斜视。含睇，脉脉含情，指以目

传情。宜笑：指善于笑，笑得自然。含睇又宜笑，指山鬼的表情。④子：指山鬼。慕：爱慕、羡慕。予：迎神男巫的自称。善：善于。窈窕：美好的样子。⑤乘：驾。从：随行。文狸：有花纹的狸猫，毛黄黑间杂。此句开始为扮山鬼的女巫所唱。⑥辛夷：香木。辛夷车,以辛夷香木做成的车。结：拴结。结桂旗,拴结桂枝编成旌旗。⑦被：通"披"。石兰、杜衡：皆为香草名。⑧芳馨：泛指杜衡等香草。遗：赠送。所思：所思念之人。⑨余：山鬼自称。处：居。幽篁：幽深昏暗的竹林。篁，竹子的一种，引申为竹林。终：终日,整天。不见天：指见不到天日。⑩后来：指来迟。以上二句写山鬼与所思之人相约而不得相会,是自责之辞。⑪表：特出,屹然独立的样子。以下为迎神男巫所唱。⑫容容：通"溶溶",水盛,这里形容云盛的样子。下：山下。⑬杳：遥远的样子。冥冥：不明、黑暗。羌：将。昼晦：意谓白天昏暗得像黑夜一样。昼，白天；晦，暗。⑭飘：风。神灵雨：指雨神下雨。⑮留：挽留，等待。灵修：指山鬼所思念的人。憺：安然。⑯岁：年华,年纪。晏：迟晚。岁晏，年纪老了。孰：谁。华：古"花"字。予：迎神男巫自称。孰华予，意谓谁还能视我年轻如鲜花呢？⑰三秀：灵芝草的别名。於山：即巫山。此句开始为扮山鬼的女巫所唱。⑱磊磊：乱石堆积的样子。葛：葛藤。蔓蔓：蔓延的样子。⑲公子：山鬼所思念的人。怅：惆怅失望。⑳君：山鬼称恋人。我：山鬼自称。闲：空闲。此句意谓：对方并非不思念我,因为没有空闲所以不能来赴约。㉑山中人：山鬼自指。杜若：香草名。㉒石泉：从山石中流出的泉水。荫：动词,遮荫。㉓然：如此,肯定语气。疑：怀疑。作：产生。㉔填填：雷声。冥冥：昏暗不明的样子。㉕啾啾：猿猴鸣叫之声。又，一作"狖"，黑色长尾猿猴。㉖飒飒：风声。萧萧：风吹叶落发出的声响。㉗徒：徒然，白白地。离：通"罹"，遭受。

【译文】

山鬼忽隐忽现在山坳，木莲披身腰系着女萝。脉脉含情的眼嫣然笑，爱慕我美好的样子。乘坐着赤豹身后文狸随行，辛夷香木为车桂枝为旗。披着石兰杜衡饰带飘然而垂，折下芬草送给心爱的人。我身在幽深竹林终日不见天，道路险阻难行来得晚。孤独立在那高山上，飘荡的云气就在脚下翻。光线幽暗白天似黑夜，阵阵东风雨神降甘露。安然地等待你使我忘记了归去，时光已逝谁能给我好光华？采集灵芝在那巫山间，只见乱石累累藤葛蔓蔓。埋怨公子怅然忘记归去，你如果想我，心中怎会有空闲？山中的我芬芳似杜若，饮用清泉流水松柏遮荫，你的思念让人真是疑惑。雷声隆隆大雨绵绵，猿声凄厉哀鸣啾啾。山风呼啸山木飒飒，思念公子徒然忧愁。

◎国殇◎

操吴戈兮被犀甲①，车错毂兮短兵接②。旌蔽日兮敌若云③，矢交坠兮士争先④。凌余阵兮躐余行⑤，左骖殪兮右刃伤⑥。霾两轮兮絷四马⑦，援玉枹兮击鸣鼓⑧。天时怼兮威灵怒⑨，严杀尽兮弃原野⑩。出不入兮往不反⑪，平原忽兮路超远⑫。带长剑兮挟秦弓⑬，首身离兮心不惩⑭。诚既勇兮又以武⑮，终刚强兮不可凌⑯。身既死兮神以灵⑰，魂魄毅兮为鬼雄⑱！

【注释】

①操：拿。吴戈：吴地所产的戈。戈是我国古代主要的长兵器,顶端横刀,有木质的长柄。被：通"披"。犀甲：犀牛皮做的铠甲。②车：戎车，战车。错：交错。毂：车轮中心安插车轴的横木。车错毂，即指交战双方的战车靠得很近,车轮交错。短兵：指短兵器,相对于弓箭而言。如刀剑之类。接：指短兵交锋。③旌：战旗。旌蔽日,是说双方的旌旗很多,把阳光都遮蔽了。敌若云：形容来犯敌人众多，像聚集的云雾一

样。④矢交坠：指双方互射，射箭相碰而坠落。士争先：是说楚国士兵争先杀敌。⑤凌：侵犯。余阵：指楚军车阵。躐：践，踏，这里指冲进。余行：指楚军的战阵队列。⑥左骖：指驾战车的左方的骖马。殪：死。右：指右边的骖马。刃伤：指被刀刃砍伤。刃，用作动词。⑦霾：通"埋"。霾两轮，指车轮陷入泥中。絷：绊。⑧援：拿起。玉枹：用玉石装饰的鼓槌。枹，鼓槌。⑨天时：犹言天象。怼：怒怨。威灵：神灵。⑩严杀：残酷的恶战。尽：完。弃原野：骸骨丢弃在原野。以上叙写了经过了一场惊天动地的恶战，楚军将士全部战死沙场的悲壮场面。⑪出不入：形容出征前将士的决心，与"往不反"同意。⑫平原：指出征路经的地方。忽：恍惚，不分明，这里形容旷野辽阔。超远：遥远。⑬带：佩带。挟：用胳膊夹住。秦弓：秦地所产的弓。这句是写，壮士虽然死了，但仍腰带着长剑，腋夹着秦弓，仍不舍弃一身勇士装束。歌颂他们的精神。⑭惩：后悔。⑮诚：的确，确实。勇：勇敢，指精神。武：武艺。⑯终：始终。凌：进犯。⑰既：已经。神：指精神。神以灵，指精神不死之意。⑱魂魄毅：一作"子魂魄"。鬼雄：鬼中的雄杰。

【译文】

手持着吴戈啊身披着犀牛铠甲，双方车轮碰撞啊短兵相加。旌旗遮蔽了太阳啊敌多如云，羽箭纷纷下落啊勇士争拼杀。侵犯我的阵地啊冲跨我的队行。左边骖马已死啊右边战马已伤。两轮陷入泥中啊四马都被绊倒，操着玉槌啊擂得战鼓咚咚响。惊天动地啊威灵已经震怒，残酷的搏杀完结啊横尸满山野。出征就不回师啊一去不复返，平原苍茫辽阔啊归途多么遥远。腰佩长长利剑啊手握秦地良弓，身首即使分离啊也不改变我忠诚。真是既勇敢啊又威武雄壮，至死刚毅顽强啊不可欺凌。身躯已战死啊精神却永恒，忠魂毅魄啊鬼中也定为英雄！

◎礼魂◎

成礼兮会鼓①，传芭兮代舞②，姱女倡兮容与③。春兰兮秋菊，长无绝兮终古④。

【注释】

①成礼：完成祭礼。会鼓：一起打鼓。②芭：同"葩"，花，指巫所持的香草。传芭，传递鲜花。代舞：轮番舞蹈。代，更替之意。③姱：美女，指女巫。倡：同"唱"。容与：此处放纵之意，指女巫歌舞时，美好而从容不迫的姿态。④无绝：不断。终古：千古，永远之意。表现祭者的虔诚与愿望。

【译文】

祭礼完成啊擂响大鼓，传递鲜花啊轮流来歌舞，美女们又唱起来啊从容有度。春天有兰草啊秋天有菊花，长久不断绝啊流芳千古。

天问

曰^①：遂古之初，谁传道之^②？上下未形，何由考之^③？冥昭瞢暗，谁能极之^④？冯翼惟像，何以识之^⑤？明明暗暗，惟时何为^⑥？阴阳三合，何本何化^⑦？圜则九重，孰营度之^⑧？惟兹何功，孰初作之^⑨？斡维焉系？天极焉加^⑩？八柱何当？东南何亏^⑪？九天之际，安放安属^⑫？隅隈多有，谁知其数^⑬？天何所沓？十二焉分^⑭？日月安属？列星安陈^⑮？出于汤谷，次于蒙汜^⑯。自明及晦，所行几里^⑰？夜光何德，死则又育^⑱？厥利维何，而顾菟在腹^⑲？

【注释】

①曰：发问之词。②遂古：远古。遂，通"邃"，悠远。初：始。传道：传说。③上下：指天地。未形：未形成，指天地未分，宇宙一片混沌之时。何由：根据什么。考：考记，考究。④冥昭：昏暗。冥，昏暗；昭，明亮。冥昭，偏指冥。极：穷究。⑤冯翼：大气盛满无形无状的样子。惟：应是"未"字之误。未像，无形。识：辨认。⑥明：指白天。暗：指黑夜。何为：为什么。⑦阴阳：哲学范畴的名词。古代人把它看成是自然界两种相互对立和消长的物质势力。三合：相互作用，三者结合，指阴阳与天结合。本：本体，本源。化：变化。⑧圜：同"圆"，指天。则：乃，是。九重：九层。古人认为天是圆的而且有九层。孰：谁。营度：环绕进行测量。营，通"环"，围绕，环绕；度，测量。⑨惟：思。兹：此，指九重

天。功：功绩。初作：是说九重天的营造。⑩斡：车毂孔内插轴之处。维：指绳子。斡维，即指拴斡之绳，实指天体旋转得以维系的地方。焉：何。系：拴。天极：指天的南北二极。加：架。⑪八柱：八根柱子。古代传说有八座大山作为支柱，支撑起天空。当：在，坐落。亏：缺陷，缺损。古人认为，水向东流，因此"地不满东南"，有所亏损。⑫九天：指天的中央和八方，又称九野。际：边际。安：哪里。放：依傍。属：连接。⑬隅隈：角落弯曲的地方。多有：有几多也。⑭沓："踏"之假借字，践踏，这里指延伸。十二：指十二辰。辰指日月交会点，一年之中，日与月会交合十二次。以子、丑、寅、卯、辰、巳、午、未、申、酉、戌、亥称之，曰十二辰。分：划分。⑮属：依附，附托。列星：众星。陈：陈列。⑯汤谷：古代神话中太阳升起的地方。次：止息。蒙汜：古代神话中太阳休息的处所。⑰及：到。晦：指天黑。⑱夜光：月亮。德：质性。死：指月亏之时。则：而。育：出。⑲厥：其，它的，指代月亮。利：好处。而，连词。顾：眷顾，顾惜，这里是"抚育"的意思。

女岐无合，夫焉取九子①？

【注释】

①女岐：本来是尾星名，《史记·天官书》："尾有九子。"所以又叫九子星。后来衍变成九子母的神话。合：配偶。取：有。

伯强何处？惠气安在①？

【注释】

①伯强：即隅强，风神。原指二十八宿之箕宿，古人认为箕星主风，后来演变出风神故事，出现伯强的名字。亦作禺京、禺强。《山海经·大荒东经》道："东海之渚中有神，人面鸟身，珥两黄蛇，践两黄蛇，名曰禺猇。黄帝生禺猇，禺猇生禺京，禺京处北海，禺猇处东海，是为海神。"渚，岛；珥，郭璞注："以蛇贯耳。"践，踏；禺京，郭璞注："即禺强也。"是为海神，郭璞注："言分治一海而为神也。"袁珂道："禺京既海神而兼风神，则其父禺猇亦必海神而兼风神，观其人面鸟身之形，与子同状，可知也矣。"惠：有寒凉之意。

何阖而晦？何开而明①？角宿未旦，曜灵安藏②？

【注释】

①阖：关闭。晦：暗。②角宿：二十八宿之一，东方苍龙七宿中的第一宿，共有两颗亮星，传说这两颗星其间为天门，黄道通过这里。旦：天明。曜灵：太阳。安藏：藏于何处。

不任汩鸿，师何以尚之①？佥曰"何忧"，何不课而行之②？鸱龟曳衔，鲧何听焉③？顺欲成功，帝何刑焉④？永遏在羽山，夫何三年不施⑤？伯禹腹鲧，夫何以变化⑥？纂就前绪，遂成考功⑦。何续初继业，而厥谋不同⑧？洪泉极深，何以填之⑨？地方九则，何以坟之⑩？

【注释】

①任：胜任。汩：治理。鸿：通"洪"，指大水。师：众人，一说百官。尚：崇尚，此处为"推举"之意。之：指代官鲧。②佥：都。课：考核，试验。行：用。此句是说众官推荐鲧治水的故事。③鸱龟：形似鸱鸮的大龟。曳：拉牵。衔：相衔接。听：听从，听任。④顺欲：指顺从众人的愿望。帝：指帝尧。刑：惩罚。焉：之，指代鲧。⑤永：长期。遏：囚禁，禁锢。羽山：神话中山名。夫：发语词。施：释放。⑥伯禹：鲧的儿子，即禹，称帝前封为夏伯，所以称伯禹。腹鲧：意谓禹从鲧的腹中生出来。传说鲧死于羽山郊野，尸体三年不腐烂，舜派人用吴刀剖开他的肚子，禹从中跳了出来。变化：指与鲧的智性不同。⑦纂就：继续。就：从事。前绪：从前的事业。绪，本指丝端，引申为余事，此处指鲧未完成的治水之事。遂：因此。成：完成。考：父死曰考，此处指鲧。功：事。⑧初：指当初鲧的治水之职。厥：其，指禹。谋：治水的方略。古籍记载，鲧与禹的治水方法不同，鲧主张堵，禹主张导。⑨洪泉：指洪水的源泉。一说泉通"渊"。传说禹治水时先堵塞了九个洪水的源头。何以：以何，用什么（办法）。填：填塞。⑩地：大地。方：分。九则：九州，一说九等。坟：土堆，引申为堆积，用为动词。

应龙何画？河海何历①？鲧何所营？禹何所成②？

【注释】

①应龙：长有羽翼能飞的一种龙。传说禹治洪水时，有应龙用尾巴画地，帮助疏导。河海，指疏通的或新开的江河流入大海。历：指流经。②营：经营、营建。成：成就。

康回冯怒，地何故以东南倾①？九州安错？川谷何洿②？东流不溢，孰知其故③？东西南北，其修孰多④？南北顺椭，其衍几何⑤？昆仑县圃，其尻安在⑥？增城九重，其高几里⑦？四方之门，其谁从焉⑧？西北辟启，何气通焉⑨？

【注释】

①康回：即共工，古代部族的首领，传说他与颛顼争帝位失败，怒触不周山，使天柱折断了，所以天向西北倾斜，地向东南倾斜，所以河流都向东流，在东南形成了大海。冯怒：大怒，盛怒。②错：借为"措"，安置。洿：低洼，深陷。一说为开掘。③东流：指百川向东流入海。溢：满。此句指百川归海，大海也不溢满。④东西：指大地从东至西的长度。南北：指大地从南至北的长度。修：长。孰：哪个。孰多：哪个长。⑤椭：狭长。一说椭圆。衍：余，多出。几何：多少。古代人认为，大地的南北长度要比东西的短，所以，此是问南北比东西短，那么差距是多少呢？⑥昆仑：昆仑山。县圃：即"玄圃"，传说中昆仑山上的神山，山顶是与天的相通之处，上不连天，下不连地，故称。尻：古"居"字，坐落。安在：何在。⑦增城：神话中地名，传说在昆仑山县圃之上，城有九层，每层相离万里。⑧四方：指昆仑山神山的四个门，一说天的四方的四个天门。其谁：有谁。从：指进出。⑨辟启：开启，敞开。气：指风。通：通过。

日安不到？烛龙何照①？羲和之未扬，若华何光②？何所冬暖？何所夏寒③？

【注释】

①安：代词，表示疑问，相当于"什么"或者"什么地方"。烛龙：神话中的神龙名，传说是住在日月都照不到的西北方的神。②羲和：神话中替太阳驾车的神。扬：指扬鞭起程。若华：若木花。若木是神话中的树名，开红花，散发出光。③所：处所。

焉有石林？何兽能言①？

【注释】

①焉有：哪里有。石林：像树木一样耸立的群石。兽能言：指会说话的兽。一说即看守昆仑的大门的"开明兽"。

　　焉有虬龙，负熊以游①？

【注释】

①虬：传说中无角的龙。负：背负。

　　雄虺九首，倏忽焉在①？

【注释】

①雄：大。虺：一种毒蛇。九首：九个头。倏忽：迅疾的样子。

　　何所不死？长人何守①？靡萍九衢，枲华安居②？

【注释】

①不死：长寿不死。长人：巨人。指防风氏。传说他身长三丈，死后一节骨头就装满了一车。守：守卫。传说禹令防风氏守封、嵎之山。②靡萍：又叫淋萍，木中异草。九衢：靡萍分九个杈。枲：麻的别名。华：古"花"字。分杈的靡萍和开花的枲麻都是不常见的奇异景象。

　　一蛇吞象，厥大何如①？

【注释】

①一蛇吞象：一本作"灵蛇吞象"，指传说中的"巴蛇吞象"。厥：其，此处指一蛇。

　　黑水、玄趾，三危安在①？延年不死，寿何所止②？鲮鱼何所？鬿堆焉处③？

【注释】

①黑水：传说中的水名，出昆仑山。玄趾：神话中山名。一说为黑水中岛名。三危：山名。传说中这一水二山同在西北方，乃不死之国，长寿之乡。②延年：指延长寿命。何所止：指寿命无期。③鲮鱼：即陵鱼，古时传说的怪鱼。鬿堆：即鬿雀，一种怪鸟。

　　羿焉彃日？乌焉解羽①？

【注释】

①羿：古代传说中的善射者。彃：射。乌：神话传说中太阳里有三只脚的乌鸦。古人根据这一说法，称太阳为金乌。焉：哪里。解羽：指翅膀附落下来。羽，翅。

　　禹之力献功，降省下土方①。焉得彼涂山女，而通之于台桑②？闵妃匹合，厥身是继③。胡为嗜不同味，而快朝饱④？启代益作后，卒然离孽⑤。何启惟忧，而能拘是达⑥？皆归躬鞠，而无害厥躬⑦。何后益作革，而禹播降⑧？启棘宾商，《九辩》、《九歌》⑨。何勤子屠母，而死分竟地⑩？

【注释】

①之：用。献功：献上功绩。降：从天上下来，这里是把禹看成神话人物，指他从天上下降到人间来治水。省：察。下土方：即下土，指天下。②涂山：古国名。传说禹在治水的过程中娶涂山氏之女为妻。③闵：忧。妃：配偶。匹合：配合。指"通之于台桑"。厥身：其身，指禹。继：继续，延续。④胡为：为何。嗜：嗜好，爱好。不同味：这里是说与众不同的爱好。快：快意，满足。朝饱：与"朝食"、"朝饥"同义，似指男女结合的隐语。据古籍记载，禹刚刚新婚第四天就离开家出去治水了，诗人据此而发问：大禹为什么有与众不同的嗜好，使他不把男欢女爱当做快事？⑤启：禹之子，夏代开国之君。代：取代。益：夏禹贤臣，相传禹曾把君位禅让给他，史称"后益"，后来被启杀死并夺去君位。作后：当国君。作，为之意。卒然：仓促之间。离：通"罹"，遭受。孽：灾难、忧患。⑥惟：通"罹"，遭受。拘：囚禁。达：同"达"，意逃脱。以上四句是说，夏启想取代后益做国君，仓促间被囚禁起来。为什么夏启有了灾难，却能够从囚禁中逃离出来？⑦皆：指益与启。归：归于。躬鞠：《广雅》释为"谨敬"。无害厥躬：他们本身没有恶劣的行为。⑧作：国运，指统治权。革：改，指益之君位被启所替代。播：借为"番"。降：借为"隆"。播降，即"番隆"，番衍兴旺。这里是问伯益为什么国运不长，而启独能复禹之祚，番衍兴旺呢？⑨棘：通"亟"，急迫。宾：宾客。商：可能是"帝"的误写。《九辩》、《九歌》：乐曲名。一说启所作乐；一说天帝乐。⑩勤：这里作"爱惜"之意。子：儿子，此指启。屠：裂。母：指涂山氏女。屠母：分裂母亲，指涂山媛，石破裂后生出启。死：通"屍"，现简写作"尸"。分：分裂。竟：满。竟地：不复活。

　　帝降夷羿，革孽夏民①。胡射夫河伯，而妻彼雒嫔②？冯珧利决，封豨是射③。何献蒸肉之膏，而后帝不若④？浞娶纯狐，眩妻爱谋⑤。何羿之射革，而交吞揆之⑥？

【注释】

①帝：指天帝。降：派遣。夷羿：夏时东夷族有穷国的首领，后取代夏后相帝位，自立为君，后又被寒浞所杀。因羿属东夷族，所以称夷羿。革：除。孽：灾祸。这两句的意思是说，天帝派遣夷羿，为了革除夏民的忧患。②胡：何。夫：助词，彼。河伯：黄河神。妻：用作动词，以……为妻。彼：那个。雒嫔：即"洛嫔"，洛水女神，即指宓妃。雒，同"洛"；嫔，古代妇女的美称。这两句是说，可是夷羿为何射杀了河伯，还娶了洛水女神为妻？③冯：依靠、恃。珧：弓名。利：用，这里有便利的意思。决：套在

大拇指上的扳指圈，通常用玉石或兽骨做成。利决，很利索地运用扳指，说明善于射箭。封豨：大野猪。封，大。④蒸肉：冬祭用的肉。蒸，通"烝"，指冬祭。膏：肥肉。后帝：指天帝。若：顺，指心情舒畅。⑤浞：寒浞。相传寒浞很善于谄媚讨巧，取得羿的信任，任其为相，后来寒浞与羿之妻纯狐氏之女合谋，乘羿打猎之机将羿杀死，并娶她为妻。眩：迷惑。爱：借为"援"。谋：谋划。⑥射革：射穿皮革，相传羿能射穿

七层皮革。交：合力。吞：灭。揆：计谋。此二句意思是羿能射穿七层皮革，为什么让人们合力计谋而吞灭他呢？相传羿被杀后，让其家众烹而食之。

阻穷西征，岩何越焉①？化为黄熊，巫何活焉②？咸播秬黍，莆藋是营③。何由并投，而鲧疾修盈④？

【注释】

①阻穷：形容道路的阻隔困难。阻，阻挡，指有岩挡着。穷，尽，指没有路。西征：自西而东行。岩：险峰峻岭。越：过。②化为黄熊：传说中尧杀鲧于羽山，鲧变成黄熊，跳进羽山旁边的一个深渊。羽渊在羽山西边，所以上句问西行没有路，鲧是怎么走过羽山的。巫：指古代神职人员。活：复活。③咸：皆，都。秬黍：泛指五谷。秬，黑黍子，皮黑米白。黍：黍子，去皮后叫黄米。莆藋：泛指杂草。莆：一种水草。营：耕作、经营。此二句是说，禹治洪水成功后，率领民众都种上了五谷，连杂草丛生的地方也被除草成了良田，大家过上了好日子。④何由：因何。并：通"屏"，这里有"放逐"的意思。投：弃置。疾：罪恶。修盈：是说鲧的罪恶名声多而久远。修，意为长；盈，意为满。

白蜺婴茀，胡为此堂①？安得夫良药，不能固臧②？天式从横，阳离爰死③。大鸟何鸣，夫焉丧厥体④？

【注释】

①白蜺：蜺，同"霓"，指霓裳。此处似指嫦娥白色衣裙。婴：缠绕。茀：逶迤曲折的云。胡为：何为，做什么？堂：厅堂。②良药：指不死之药。固：牢固安稳。臧：借为"藏"字。③天式：犹言天道，自然法则。天，自然；式，法式。从横：同"纵横"，指阴阳二气结合。阳：阳气，也指人的灵魂。爰：乃就。④大鸟：似指羿死后化成的大鸟。丧：失去。厥体：羿的尸体。厥，他的。

萍号起雨，何以兴之①？撰体协胁，鹿何膺之②？鳌戴山抃，何以安之③？释舟陵行，何以迁之④？

【注释】

①萍：即萍翳，为雨神。号：大声叫。起雨：下雨。兴：发动起。②撰：柔顺。协：合、柔。胁：身体两侧有肋骨的部位。这两句是说，风神飞廉的性情那样柔顺，又是如何响应雨师的呢？③鳌：传说中海里的大龟。戴：背负，载。抃：拍手，这里是指鳌的四条腿舞动。安之：使之安稳。此二句似说的是渤海之东的巨龟背负大山的神话。传说有个极大的龟背负着蓬莱，在海里舞动着四条腿嬉戏。④释：舍，放。舟：船，这里借指水。陵：大土山，这里指陆地。迁：移动。

惟浇在户，何求于嫂①？何少康逐犬，而颠陨厥首②？女岐缝裳，而馆同爰止③。何颠易厥首，而亲以逢殆④？

【注释】

①浇：传说中的寒浞之子，能在陆地行舟。户：门。嫂：指浇的寡嫂，即下文的女岐。②少康：传说中夏代的中兴之主，夏后相之子，他杀死了浇，恢复了夏朝。逐犬：指打猎，意指放逐猎犬以追逐野兽。传说少康最终利用打猎的机会，放出猎犬杀死了浇。颠陨：掉下落地。厥首：指浇的头。③女岐：即上

文所说浇之嫂。馆：读为"奸"。同：犹"通"也。馆同，即"奸同"，私通。爰：于焉的合音，于此的意思。止：宿，停息。④易：换，这里是错换的意思。厥首：指女岐的脑袋。亲：亲身，这里是指浇。逢殆：遭殃，指后来浇的被杀。一说此二句是说，少康派女艾暗中侦察浇的行动。浇与女岐私通之时，女艾夜里去杀浇，结果错杀了女岐。后来乘浇出猎时，才杀了浇。

汤谋易旅，何以厚之①？复舟斟鄩，何道取之②？

【注释】

①汤：疑是"康"字的误字，一指少康。②复舟斟鄩：指浇消灭斟灌、斟鄩事。二斟为夏同姓诸侯国。夏后相失国，依于二斟，后被浇所灭。何道取之：少康取浇之事。何道，何种办法。以上四句的句意是：少康佯装打猎而实际要动用武力杀浇，他是如何得到人心的？浇使二斟并夏后相有灭顶之灾，少康用什么办法取得了浇的脑袋呢？

桀伐蒙山，何所得焉①？妹嬉何肆，汤何殛焉②？

【注释】

①桀：夏朝末代君主。伐：讨伐。蒙山：即岷山,古国名。②何：不。肆：放肆。汤：商汤。殛：惩罚,诛杀。

舜闵在家，父何以鳏①？尧不姚告，二女何亲②？厥萌在初，何所亿焉③？璜台十成，谁所极焉④？

【注释】

①舜：古帝名。尧死后禅让帝位给他，号有虞氏，世称"虞舜"。父：应是"夫"的错字。鳏：指男子成年未婚。②尧：古帝名，号陶唐氏，世称"唐尧"。姚：舜的姓，这里是指舜父瞽叟。二女：指尧的两个女儿娥皇、女英。尧将两个女儿嫁给了舜，事先没有告诉舜的父亲，怕遭到反对。亲：亲近。③厥萌：其萌，指事物的初始状态。萌，萌芽，开始发生。初：始也。亿：通"臆"，猜测，预测。④璜台：用玉石砌成的高石。十成：即十重，十层。极：穷尽。

登立为帝，孰道尚之①？女娲有体，孰制匠之②？

【注释】

①登立：登位。立：通"位"，这一句指女娲登位为帝。帝：帝王。孰道：何由，根据什么？尚：上，推崇的意思。②女娲：传说中上古女帝名，姓风，人头蛇耳，品德高尚，智能超凡。曾造人补天。

舜服厥弟，终然为害①。何肆犬体，而

厥身不危败^②？

【注释】

①服：服从。厥弟：其弟，指舜的弟弟象。终然：终于。为害：被谋害。此处指舜弟象与其父母合谋陷害舜之事。②肆：放肆。犬体：狗心，指像狗一样的恶毒之心。厥身：这里指舜的弟弟象。危败：毁灭败亡。后来，舜继尧为君，不仅不惩罚象，相反把象封到有庳做官。

吴获迄古，南岳是止^①。孰期去斯，得两男子^②？

【注释】

①吴：古吴国。在今天的江苏、浙江一带。获：得。迄古：终古，指时间悠久。南岳：泛指南方大山，此处指南方。止：居。②期：预料。去：当是"夫"的错字，于。斯：此，指吴地。得：得益于。两男子：指太伯、仲雍。此二句意谓谁能料想到在那吴国，会得益于两位贤德的男子呢？

缘鹄饰玉，后帝是飨^①。何承谋夏桀，终以灭丧^②？帝乃降观，下逢伊挚^③。何条放致罚，而黎服大说^④？

【注释】

①缘：沿着边装饰。鹄：天鹅，这里指装饰有天鹅图案用以烹煮的鼎。饰玉：指鼎上的玉饰。②承：接受，担当。谋：图谋。传说中商汤派伊尹做夏桀的大臣，他勾结桀的元妃妺嬉与汤里应外合，灭掉了夏朝。灭丧：灭亡。③帝：指商汤。降观：意思是深入民间观察民情。逢：遇。伊挚：即伊尹，名挚。④条：指鸣条，地名，传说是商汤打败夏桀或流放夏桀的地方。放：流放。致：给予。黎服：黎民，即"菔"，是楚地对农民的称谓。说：通"悦"。

简狄在台，喾何宜^①？玄鸟致贻，女何喜^②，

【注释】

①简狄：帝喾次妃，传说有娀氏的美女，生商代始祖契。台：坛。喾：帝喾，号高辛氏。宜：祭天求福。②玄鸟：燕子。致：授送。贻：赠送，这里指赠送的礼物，即指《吕氏春秋》中所说的"遗卵"，据说简狄吞食此卵而生契。女：指简狄。

该秉季德，厥父是臧^①。

【注释】

①该：即王亥，殷人远祖，契六世孙。秉：通"禀"，继承。季：王亥的父亲。传说他做过夏朝的水官，勤于官事，后被水淹死。厥父：其父，即指王亥父亲。臧：善，这里用作动词，以之为善的意思。

胡终弊于有扈，牧夫牛羊^①？

【注释】

①弊：通"毙"，死亡。有扈：应当是"有易"。古国名，在今河北北部一带。

干协时舞，何以怀之^①？

【注释】

①干协：盾牌，又称胁盾。协即胁，古人操盾牌时将其顶在胁部故称。时：是也。怀之：使之怀恋。这两句说王亥以歌舞诱惑有易女事，王亥跳起干盾之舞，怎么就让她有了怀念之情呢？

平胁曼肤，何以肥之^①？

【注释】

①平胁：丰满的胸部。曼：柔曼。曼肤，指细嫩光泽的皮肤。此是说有易女容态丰腴。肥：即"妃"，匹配。

有扈牧竖，云何而逢^①？击床先出，其命何从^②？

【注释】

①有扈：当为"有易"。牧竖：即牧人。竖，贱称，这里指王亥。逢：指与有易女相逢。②击床：指有易之君绵臣想在王亥与其妻私通时，将其杀死在床上。先出：指王亥事先走出，暂免一死。命：性命，指王亥。何从：由何而出。此二句意思是击杀王亥在床第之上，他是从何处逃脱性命的呢？

恒秉季德，焉得夫朴牛^①？何往营班禄，不但还来^②？

【注释】

①恒：殷王恒，王亥的弟弟。秉：继承，秉承。季：王季（冥），王亥、王恒的父亲。朴牛：即"服牛"，拉车的牛。②往营：指外出谋求。往，出；营，谋求。班：指官位的等级；禄：指食邑的多寡。不但：不得。还来：归来。这两句是说恒外出去谋求爵禄，但最终不得而回。

昏微遵迹，有狄不宁^①。何繁鸟萃棘，负子肆情^②？

【注释】

①昏微：即王亥之子上甲微。遵迹：遵循轨迹，继承先人的事业，继承祖德。有狄：狄通"易"，即"有易"。宁：安宁。②萃棘：丛集。萃：聚焦。肆：放纵。

眩弟并淫，危害厥兄^①。何变化以作诈，后嗣而逢长^②？

【注释】

①眩弟：惑乱的弟弟。眩，本指目视昏花，此指昏乱迷惑。兄：指上甲微。②作诈：行奸诈之事。逢长：犹言长久。

成汤东巡，有莘爰极^①。何乞彼小臣，而吉妃是得^②？水滨之木，得彼小子^③。夫何恶之，媵有莘之妇^④？汤出重泉，夫何罪尤^⑤？不胜心伐帝，夫谁使挑之^⑥？会朝争盟，何践吾期^⑦？

【注释】

①成汤：即商汤。商开国国君，"成"是谥号。有莘：古国名，在今河南中北部。爰：乃。极：至，到达的意思。此言商汤东巡，到达有莘国。②乞：求。小臣：奴隶，指伊尹。吉妃：良配。传说中汤听说伊尹的才能，向有莘氏索要，不给。于是汤请求娶有莘氏的女儿，有莘氏很高兴，就把伊尹作为陪嫁送给商汤了。

③水滨：水边。木：指空心桑树。小子：婴儿，指伊尹。此二句说伊尹奇特降生。据《吕氏春秋·本味篇》载，有莘国的一位采桑女，在一棵空桑树中捡到一婴儿，把他交给了国君，国君就让厨师抚养他，这就是伊尹。据说伊尹的母亲住在伊水边，怀孕时曾梦见神告诉她石臼中出水就赶紧往东跑，不要回头。第二天确实看见石臼出水，告诉了邻居，向东跑十里远后还是回头看了，发现整个地方都被淹了，她自己也变成一棵空心桑树，这空心桑树就是伊尹母亲的化身。④恶：用为动词，厌恶。媵：陪嫁。有莘之妇：指有莘国君的女儿。这两句是说，有莘国君为什么讨厌伊尹，让他做了女儿陪嫁的奴隶？⑤汤：商汤。出：被释放。重泉：地名，夏桀囚汤的地方。⑥不胜：不可忍受。不胜心，即指无法忍受内心，含有情不自禁的意思。伐：讨伐。帝：指夏桀。使挑：唆使挑动。⑦会：会合。朝：指甲子日。争：争相。盟：指盟誓。践：遵守，实践。吾：代武王言。期：约定的日期。据《史记·周本纪》《吕氏春秋》记载，武王起兵伐纣，八百诸侯响应，并约定"以甲子至殷郊"，果然在这一天，武王与各路诸侯会师于殷都朝歌附近的牧野。

苍鸟群飞，孰使萃之①？列击纣躬，叔旦不嘉②。何亲揆发足，周之命以咨嗟③？授殷天下，其位安施④？反成乃亡，其罪伊何⑤？争遣伐器，何以行之⑥？并驱击翼，何以将之⑦？

【注释】

①苍鸟：苍鹰，喻指武士、将士勇猛。萃：聚焦。这里描述了勇士攻打殷都的情形。这句话上接前一句话说，各路诸侯如约会合在甲日并争相盟誓，他们是如何遵守武王规定的日期来到的呢？勇猛的武士如同搏击天空的群鹰一样，是谁使他们聚集在朝歌呢？②列击：分解砍断。纣躬：指纣王的躯体。叔旦：即武王弟弟周公旦。不嘉：不赞许。《史记·周本纪》载：殷都被武王攻占后，纣王自杀。武王又用轻剑击刺其尸体，并用大斧砍断纣王的头，挂在大白旗上。③亲：亲自，指周公。揆：度量，引申为"谋划"。发足：启行。周之命：指天命周期的国运，即上天给予周的政权。咨嗟：叹息、赞美。这句是问，周公既亲自出谋划策，定了国家的天下，为何还发出叹息之声？④授：给予。其位：殷之王位。施：通"移"，改易。⑤反：一作"及"，意为等到。意思是从殷王朝的建成到最终又让它灭亡。伊何：是什么。⑥争：争相。遣：派遣。伐器：作战的武器，此指手持武器的军队。何以：为何。行：动员。⑦并驱：并驾齐驱，指周军的进攻。击翼：出击两侧的军队。将：统率，率领。以上两句写武王克商之事。

昭后成游，南土爰底①。厥利惟何，逢彼白雉②？

【注释】

①昭后：周昭王，西周第四代君主。成：通"盛"，指率军出游规模盛大。南土：南方，此指楚国。底：至，到。②厥利：其利，它的好处。惟何：为何，是什么？逢：迎，迎取。白雉：白色的野鸡。

穆王巧梅，夫何为周流①？环理天下，夫何索求②？妖夫曳衒，何号于市③？周幽谁诛，焉得夫褒姒④？

【注释】

①穆王：周穆王，昭王的儿子。巧：巧于，善于。梅：通"枚"，指马鞭。周流：即周游同行。②环理：周游。理，通"履"，行。索：取。③妖夫：妖人，不祥之人。指传说中叫卖山桑弓打屎、箕木袋（箕服）的那对夫妇。曳：前后牵引拉扶。衒：指夸耀所卖货物的好处。号：喊叫，指叫卖声。④周幽：周幽王，西周末代君主。诛：责罚。谁诛，被谁诛杀？褒姒：周幽王的王后。周幽王的太子叫宜臼，其母是申侯的女儿。后来幽王宠爱褒姒，废申后与太子宜臼，而立褒姒为后，褒姒子伯服为太子。以上四句意谓：那对妖人夫妇一前一后，边走边叫卖，在街上呼喊着什么？周幽王是被谁诛杀的，又怎么得到那位褒姒呢？

天命反侧，何罚何佑①？齐桓九会，卒然身杀②。

【注释】

①反侧：反复无常。何罚何佑：惩罚什么？保佑什么？②齐桓：齐桓公，齐国国君，春秋五霸之一。九会：指多次召集诸侯会盟，说明其依靠管仲之力，不用兵革就在诸侯中争得霸主的地位。卒然：终于。身杀：自身被杀害。

彼王纣之躬，孰使乱惑①？何恶辅弼，谗谄是服②？比干何逆，而抑沈之③？雷开何顺，而赐封之④？何圣人之一德，卒其异方⑤？梅伯受醢，箕子详狂⑥？

【注释】

①王纣：殷纣王。躬：自身。乱：昏乱。惑：迷惑。②恶：讨厌。辅弼：辅佐，这里指辅佐君王的贤臣。谗：毁谤奉承。这里指进谗言的小人。谄：指讨好奉承的小人。服：用。③比干：纣王的叔父，被纣王剖心而死。逆：违背。"何逆"，指什么违背了纣的心意？抑沈：压制。沈，同"沉"。④雷开：纣王身边的谗佞之臣。何顺：如何顺从奉承。赐封：赏赐封爵。⑤圣人：指下文的梅伯与箕子。一德：相同品德。卒：最终。异方：指不同的结局。⑥梅伯：纣王时的诸侯，因直谏被杀。醢：指古时一种酷刑，把人剁成肉酱。箕子：纣王的叔父，见比干被杀，披发装疯，以免被害。详狂：即"佯狂"，装疯。详，通"佯"。

穆维元子，帝何竺之①？投之于冰上，鸟何燠之②？何冯弓挟矢，殊能将之③？既惊帝切激，何逢长之④？伯昌号衰，秉鞭作牧⑤。何令彻彼岐社，命有殷国⑥？迁藏就岐，何能依⑦？殷有惑妇，何所讥⑧？受赐兹醢，西伯上告⑨。何亲就上帝罚，殷之命以不救⑩？

【注释】

①稷：后稷，名弃。传说，帝喾的元妃姜嫄，踩到上天的脚印而怀孕，生稷，出生时胎儿形体异常，认

为不祥而弃之冰上，又有大鸟飞来用羽翅温暖保护他。后稷少而聪慧，精于农事，教民稼穑，成为周人的始祖。维：是。元子：指嫡长子，后稷是帝喾的元子。帝：指帝喾。竺：通"毒"，憎恶的意思。②投：指抛弃。之：指稷。燠：暖。③冯：挟。挟：带着。殊能：奇异的才能。将之：帮助了他（稷）。④惊帝：使天帝震惊，一说指帝喾。切激：激烈。逢长：兴旺久长。以上四句意谓：为什么后稷长大成人手持强弓携带箭矢，上天给他的奇异的才能帮助了他？既然他的降生让上天惊恐万分，还为什么使他的后代兴旺久长？⑤伯昌：周文王，姬姓名昌。号：动词，意谓发号令。衰：指殷衰微之时。秉：执，拿。鞭：马鞭，指权柄。秉鞭，指执政。牧：地方长官。⑥何：谁。彻：彻法，周朝的一种赋税法。岐：地名，在今陕西岐山县界。周族史上，文王的祖父太王古公亶父，曾由豳地迁至岐山脚下，奠定了周朝兴旺的根基。社：当为土，声误。彻彼岐土，即在岐的土地上推行彻法。有殷国：指取代殷朝。⑦藏：指财产。就：到。何能依：即何能为民所依。⑧殷：指纣王。惑妇：迷惑人的女子，此指宠妃妲己。⑨受：纣王的名。兹：子的假借字。醢：肉酱。上告：向上天报告。《吕氏春秋》等说纣王把梅伯剁成肉酱分赐诸侯。民间传说，剁的赐的都是文王长子伯邑考的肉（这本是一种厌胜巫术），所以西伯（文王）上告于天。⑩亲：指纣王亲自。上天罚：接受上天的惩罚。命：国运，指殷朝的统治。

　　师望在肆，昌何识①？鼓刀扬声，后何喜②？武发杀殷，何所悒③？载尸集战，何所急④？

【注释】

①师：太师。望：吕望（姜尚），即姜太公。肆：店铺。昌：姬昌，即周文王。识：知。相传吕望曾在殷都朝歌肉店中鼓刀卖肉，文王遇到他，识得他的才，大喜，载以俱归。②鼓刀扬声：宰杀牲畜时摆弄刀子发出的声响。后：君，指文王。③武发：指周武王姬发。杀：攻伐。殷：指纣王。悒：愤恨。④载尸：载灵牌于兵车上。尸，这里指木主，即灵牌。集战：会战。

伯林雉经，维其何故^①？何感天抑地，夫谁畏惧^②？

【注释】

①伯：当为"燔"。林：薪火。伯林，似指殷纣王。雉经：自缢。雉，即绳索，以绳缢为经。维：是。其：乃。②感天抑地：感动天地。谁畏惧：即畏惧谁？

皇天集命，惟何戒之^①？受礼天下，又使至代之^②？初汤臣挚，后兹承辅^③。何卒官汤，尊食宗绪^④？

【注释】

①皇天：对天的尊称。皇：大，美好。集命：降命。惟：又。戒之：告诫他。②受：同"授"，授予。礼：借为"理"，治。至：来，此指后来者。③初：当初。臣挚：以挚为臣，指当初成汤东巡，伊尹（挚）作为陪嫁的奴隶来到汤身边。后：后来。兹：连词，乃。承辅：辅佐。④卒：终于。官汤：做汤的相。宗绪：世世代代。此二句言伊尹辅弼汤之功，足配享于汤之太庙。

勋阖、梦生，少离散亡^①。何壮武厉，能流厥严^②？

【注释】

①勋：功勋。阖：指吴王阖庐，春秋五霸之一。梦：寿梦，吴王阖庐的祖父。生：同"姓"，指子孙。少：少时。离：同"罹"，遭遇。散亡：家破人亡。②壮：壮年。武：英武勇猛。厉：勤奋。流：显露。严：应作"庄"，这里有威武的意思。

彭铿斟雉，帝何飨^①？受寿永多，夫何长^②？

【注释】

①彭铿：即彭祖，传说是颛顼的后裔，活了八百岁。斟雉：用野鸡调制的肉汤。传说中彭铿善于烹调。帝：指尧。飨：享用。②受：同"授"，意为给予。永：长。这里是说，上天给彭祖享寿之长到八百岁那是为什么？

中央共牧，后何怒^①？蜂蛾微命，力何固^②？

【注释】

①中央：意为中国。牧：治。②蛾：古"蚁"字。蜂蛾，即蜜蜂与蚂蚁等微小的昆虫。此处指反抗厉王的百姓。

惊女采薇，鹿何佑^①？北至回水，萃何喜^②？

【注释】

①薇：一种野菜。佑：帮助。传说伯夷、叔齐绝食后，山里的白鹿曾给他们喂奶。②回水：河水的弯曲处，即河曲，指首阳山所在。萃：止，停留的意思。以上四句意思是问夷、齐采薇，惊闻女子之言，甘心饿死，可为什么鹿以乳相喂前来保佑？夷、齐向北走到回水边，兄弟双双饿死可为什么感到高兴？

兄有噬犬，弟何欲^①？易之以百两，卒无禄^②？

【注释】

①兄：指春秋时秦国的国君秦景公。噬犬：猛犬。弟：指景公之弟。②易：交换。两：同"辆"，指车数。卒：最终。禄：爵禄。

薄暮雷电，归何忧^①？厥严不奉，帝何求^②？伏匿穴处，爰何云^③？荆勋作师，夫何长^④？悟过改更，我又何言^⑤？吴光争国，久余是胜^⑥？何环穿自闾社丘陵，爰出子文^⑦？吾告堵敖以不长^⑧。何试上自予，忠名弥彰^⑨？

【注释】

①薄暮：傍晚。雷电：雷电交加。归：回去，归去。②厥：其，指楚怀王，亦指楚国。严：威严。不奉：不得保持。奉，持。帝：指上天。求：求助。③匿：隐藏。穴处：本指山洞，这里指作者自己被流放，住在荒野山林。"伏匿穴处"，指诗人被流放之事。爰：助词，起补充音节的作用。何云：说什么？④荆：楚国的旧称。勋：动的错字。作师：兴兵。何长：有什么好的办法？⑤悟过：对自己的过错有所醒悟。悟：知晓。更：改变。⑥吴光：即吴国公子阖庐。争国：吴与楚相争伐。久余是胜：意谓"久胜余"，即常战胜楚国。⑦环穿：环绕穿过。闾、社：古代最小的行政单位，如后来的村落。闾社丘陵，乃指幽会淫荡之处。爰：乃，原来是。出：生。子文：楚成王时令尹。⑧吾：疑为悟的错字，即忤。告：说。堵敖：熊艰，楚文王子，成王熊恽兄。文王十二年，文王卒，子熊艰立。⑨何：岂也，怎能。试：弑。上：指堵敖。予：疑为"干"的错字。自予：自干君位。弥：更加。彰：显著。

【译文】

请问：往古初年的情况，是谁把它传述了下来？天地混沌一片，根据什么来考察确定？昼夜未分混沌昏暗，根据什么来穷究看透？大气弥漫无形又无像，又是凭借什么来识辨？白昼黑夜相交替，那是为什么？阴阳相合化生万物，什么是本体什么是衍生体？浑圆的天体有九层，是谁围绕测量知晓的？这功绩如此的浩大，可最初由谁来开创？天体如车盖系在哪里？天枢北斗又是架在何处？撑天的八柱坐落在何方？东南的天柱为何缺损不一般长？九野之间的边际，又如何安放如何连接？九天有许多弯曲角落，谁能知道它的数目？天与地相会在何处？子丑寅卯十二辰又怎样划分？日月怎样挂在天体上？群星又如何陈列在太空上？太阳从东方汤谷出发，夜晚歇息在蒙水边。从早晨一直到黄昏，一共走了多少里路？月亮具有什么本领，居然能够死而复生？把兔子抚养在腹中，这样对它有何好处？女岐从未有配偶，如何生出九个儿子？风神隅强住在何处？寒凉的风又是从哪里生成？为什么天门关闭就天黑？为什么天门打开就天亮？当东方还没发亮，太阳如何隐藏自己那万丈光芒？

鲧不胜治水重任，众人为何还将他推举？都对尧说"不必太过担忧"，为何不试一试再

任用？鸱龟拖土衔泥，鲧为何对它们言听计从？鲧顺从众人愿望欲立治水之功，帝尧为何对鲧加刑？长期把鲧幽禁在东海羽山，为何多年也未赦免？大禹从鲧的腹中出生，与鲧治水的方略因何不同？继续先前治水的工程，父辈的事业终于成功。为什么大禹子承父业，而大禹的措施截然不同？洪水的源泉深不见底，他用什么办法来填平？广袤的大地被分为九州，又如何使它高于水面？应龙是如何以尾画地的？河流是流经何处入海的？鲧在治水时采取了哪些办法？禹在治水中有哪些成就？共工怒撞天柱不周山，可大地为何都向东南斜倾？大地九州如何安置？山川谷地都有多深？百川归海，大海不会满溢，有谁知道它的缘故？从东至西从南到北，它的长度相比哪个更长？如果南北狭长，又比东西短多少？昆仑山顶上的玄圃，到底在哪个地方？昆仑山上又九重增城，它的高度有多少里？昆仑四面的山门，有谁从这里进进出出？当西北方的大门开启，是什么风从那里流通？太阳何处普照不到，为何还要烛龙照亮？羲和尚未扬鞭起程，若木为何放射光芒？什么地方冬天温暖？什么地方酷夏寒凉？哪里有石头的树林？什么兽类能讲人言？哪里有无角的虬龙，背负大熊四处荡游？长着九个脑袋的毒蛇雄虺迅疾往来去了哪里？什么地方是不死之国？巨人守卫着什么？水中异草居然长出九个枝丫，枲麻又开花在何处？一条巴蛇可以吞掉大象，它的身子该有多么庞大？黑水、玄趾和三危，这些地方都在哪里？哪里的人长生不死，生命究竟到何时？兴风作浪的鲮鱼生活在哪里？虎爪鼠足的鬿雀居住在何处？后羿在哪里射下九个太阳？日中金乌为何处坠翅丧生？大禹努力贡献全部力量，从天而降巡视下界四方。在何处遇到那位涂山女子，而又和她结成夫妇在台桑？

　　大禹忧虑没有配偶而在路途结婚，自己身后有人继承。为什么嗜好与众不同，不贪图男欢女爱的情欲？启取代益做了国君，猝然间遭到囚禁的灾殃。为何夏启遭受灾难，却能从拘禁的祸难中逃离？益和禹都以谨敬为指归，他们没有恶劣的行为。为何益的国运不长，而夏启的统治昌盛兴旺？启多次献女给天帝，带回帝乐《九辩》与《九歌》。为什么这么贤德的儿子，却屠母而生，意使他母亲尸体分裂，委弃于地？上天降下善射的夷羿，为的是革除忧患拯救夏民。可为什么他要射杀河伯，强娶了他的妻子洛水女神？拉开大弓扣动扳指，把巨大的野猪射死。给天帝献上肉，上天为什么不顺畅领情？寒浞得到羿妻纯狐，两人合谋把后羿害死。为什么能射穿透七层皮革的羿，却被阴谋勾结所算计？鲧被放逐羽山自西而东艰难险阻，如何越过那高山峻岭？深渊中伯鲧化身为黄熊，神巫怎样使他起死复生？禹平治洪水率民种五谷，除去杂草变成良田。为什么一样被流放，而鲧的坏名声是又多又长？为什么祠堂中画着曲折的云彩缠绕着白蜺？羿从哪里得来不死之药，却为何不能妥善保藏？自然之道不可阻挡，阳气消散就会死亡。羿死后化为大鸟飞鸣而去，他原来的躯体消逝在何方？雨师萍翳兴云布雨，大雨倾盆如何发动？风神飞廉的性情那样柔顺，可他又是如何呼应雨师的呢？大鳌背负仙山起舞，仙山为何还能安稳？浇能撑船在陆地行走，怎么让船就能移动？浇来到嫂嫂女岐的门口，对嫂嫂有何相求？为何少康放逐猎犬，而被砍落在地的却是浇的头？女岐为浇缝制衣裳，两人淫乱同宿共眠。为什么少康斩错了脑袋，女岐自己遭殃身亡？少康谋划治一旅之众，用什么方法厚待他们呢？浇能使二鄩覆亡，少康用什么计谋砍下浇的脑袋？夏桀出征讨伐蒙山，他这样做究竟有何收获？妹嬉若不放荡，商汤为何把她诛杀？虞舜在家忧愁不堪，父亲瞽叟为何不给他娶妻？唐尧嫁二女不告知舜的父母，否则娥皇、女英怎么和舜成亲？舜当初是一介平民，又是怎样预料成为尊贵？殷纣王修玉台共有十层，谁又能想象到后果？女娲登基称帝，是由谁来引导？女娲那奇异变幻的形体，又由谁来制造？舜以仁爱之心厚待的弟弟，却始终被弟弟加害。为何舜放任象作恶，自己却能不受伤？吴国从太伯始获有悠久历史，立国于横山一带大江以南。谁能料到这开启的土地，会得益于两贤人？用雕有天鹅饰玉的鼎烹任美味，帝王商汤高兴地享用佳肴。伊尹如何做了内应，终于把夏灭亡？商汤到民间巡视四方，正好遇奴隶出身的伊尹。夏桀被流放鸣条受惩，为何黎民百姓那样欢欣？

简狄、帝喾在坛上祈求什么福？燕子遗卵送来礼物，简狄吃后为何怀孕？王亥秉承王季的德业，和他父亲一样善良。其为有易氏放牧牛羊，为何终于被害？王亥跳起干盾之舞，如何让有易女子深深爱恋？王亥为什么与有易女私通？那个女子胸部丰满皮肤细嫩。身为有易普通的牧人，如何与有易女相逢？击杀床第之上王亥已逃，他从何处逃脱？王恒也继承王季的德行，哪里得到哥哥丢失的服牛？为何恒外出谋求爵禄，但最终不得而回？昏庸的上甲微遵循父亲的事业，打得有易国不得安宁。为何他终日畋猎鸟兽，荒淫无道？昏惑的弟弟

共同淫佚长嫂，以致害死她的长兄。为什么有人诡计多端，他们的后代却兴旺绵延？商汤去往东方巡视，到达有莘之国才停止。本来要寻求小臣伊尹，却得到一位美丽的贤妃？水边空心的桑树中，捡到了婴儿伊尹。有莘国君为什么讨厌他，让他做女儿的陪嫁？汤走出被囚禁的重泉，他究竟犯下了什么罪过？忍无可忍商汤才去讨伐桀，自食恶果还用挑唆？诸侯朝会争相发誓，为何都遵守前定的日期？军队前进勇如雄鹰，是谁让他们聚集在一起？分解砍断殷纣王的尸体，周公姬旦并不赞许。可是他亲自辅佐武王，周得天命他却又为何叹息？上天把天下授予商，是由于商施行了什么德政？从它建成最终又灭亡，它的罪过是什么？诸侯争相派遣着军队，武王是怎样动员他们的？齐头并进出击两翼，如何统率进攻的？周昭王去南方巡游，一直到达荆楚土地。他那样有什么好处？难道是为了迎取白色的野鸡？周穆王图谋很宏大，为什么满世界地去周游？环游治理天下，到底有何索取贪求？那对妖人夫妇拖着货物，为何叫卖于市井？周幽王到底被谁诛杀，又如何得到褒姒？

天命真是反复无常，惩罚什么又保佑什么？齐桓九合诸侯而称霸天下，最终却被人害死。殷纣王的所作所为，是谁使他那样昏乱迷惑？为什么厌恶辅佐的忠臣，专门任用谗佞的小人？比干什么事违背他的心意，不被重用最后还剖了心？雷开怎样顺从逢迎，让纣王对他那样加封？为什么圣人美德相同，结局却大不相同？梅伯直谏被杀受酷刑，箕子无奈披发装疯？后稷本是帝喾的长子，可帝喾为什么对他那样憎恶？把出生的婴儿抛弃在冰面上，鸟为何用羽翅温暖他？他如何挟持着弓矢，有异能把诸侯一统？既然他的降生让上天惊恐，为什么还让他子孙繁衍昌盛？商朝衰落西伯姬昌发号令，执政在雍州之牧。周如何在岐的土地上推行彻法，从而受命取代殷朝？太王带着财产迁往岐山，是什么让民众相依从？殷纣有了宠妃妲己，有什么可讽谏的？纣赐诸侯梅伯被烹的肉羹，西伯姬昌将此事向上天控告。为何纣王接受上天的惩罚，殷朝的国运仍无法挽回？姜尚曾在朝歌肉店舞着刀，西伯姬昌为何赏识他？宰割牛羊发出的声响，文王听后为何如此高兴？武王姬发讨伐殷纣，为什么如此愤恨？载着文王灵位就去会战，他为什么这样着急？殷纣王被悬尸，这究竟是什么缘故？武王既要伐纣，何必感动天地，坦然行义有谁使他畏惧？上天既然降命给殷商，又是如何告诫他的？既然授命予他治理天下，为何又让周人代替他？当初伊尹只是媵臣，后来就担当王朝的宰相。为什么伊尹最终追随商汤，死后能在商王的宗庙里配享？功勋卓著的阖庐是寿梦的长孙，年少时遭受排挤而坎坷流荡。为何壮年

孔武勇猛，威武声名能够远扬？彭祖调和野鸡肉羹，帝尧为何享用？上天赐给他的寿命长久是为什么？共伯和行天子事，厉王降灾作祟为何事？百姓渺小若蜂蚁，云集响应不可摧。伯夷、叔齐采薇充饥听了讥讽而绝食，白鹿何以乳汁相保佑？伯夷、叔齐采薇向北而行到回水，双双饿死可为什么还很高兴？秦景公有条猛犬，他的弟弟为何非要得到？用一百辆车交换那只狗，最终失去爵位还遭哥哥放逐？

　　天近黄昏电闪雷鸣，上天还有什么忧愁可说？国与君的尊严都得不到保持，对上天还有什么要求？我隐居在这荒山野林，忧愤填胸还能说什么？楚君好大喜功屡战屡败，国家还能撑多久？对自己的过错如能幡然改悔，我还能说什么话？吴王阖庐与楚交战，长期以来就战胜我国。门伯比环绕间阎，穿越丘陵，和邳女私通，怎么能生出有令尹之才的子文呢？成王和堵敖相牾逆，堵敖因此不长久。为什么熊恽杀君并夺取君位，反而获得显著的忠名？

九章

◎惜诵◎

　　惜诵以致愍兮①，发愤以抒情②。所非忠而言之兮③，指苍天以为正④。令五帝使折中兮⑤，戒六神与向服⑥。俾山川以备御兮⑦，命咎繇使听直⑧。竭忠诚而事君兮⑨，反离群而赘疣⑩。忘儇媚以背众兮⑪，待明君其知之⑫。言与行其可迹兮⑬，情与貌其不变⑭。故相臣莫若君兮，所以证之不远。吾谊先君而后身兮⑮，羌众人之所仇。专惟君而无他兮，又众兆之所雠⑯。壹心而不豫兮，羌不可保也。疾亲君而无他兮⑰，有招祸之道也。

【注释】

①惜：爱好。诵：进谏。致：招致。愍：忧病，此处指内心的忧苦。②抒情：抒发情怀。③所：可作"假设"

解，如果。古人往往在誓词前冠一"所"字。非忠：出自心意。④苍天：上天。苍，指天的颜色，正：同"证"，证明。⑤五帝：谓五方之神。东方为太皞，南方为炎帝，西方为少昊，北方为颛顼，中央为黄帝。折中：意指对某件事情作出公平的判断。⑥戒：通"诫"，告诉，命令。六神：上下四方之神。一说为日、月、星、水、旱、四时、寒暑六神。向：对。服：事。"向服"即对证事实。⑦俾：使。山川：这里指山川之神。备：陪御：侍。"备御"，犹言备立陪审。⑧咎繇：即皋陶，舜时掌管刑法的大臣，传说是法制和监狱的建立者。听：听讼。直：指案情的曲直。"听直"，意为断案，判定是非。⑨竭：竭尽。⑩离群：远离，指受了排挤。赘疣：本指肉瘤，在此比喻多余无用的东西。⑪儴：巧佞。媚：取好于人。⑫待：期待。明君：贤明的君主。之：代词，代指"忠心"。⑬迹：脚印，这里用为动词。"言行可迹"意思是言行一致，有实际的行动可以考查。⑭情：指内情。貌：指外表。"情貌不变"，意指表里如一。⑮谊：与"义"通，指符合正义。⑯雠：同"仇"，意为怨恨。⑰疾：急。

　　思君其莫我忠兮，忽忘身之贱贫①。事君而不贰兮，迷不知宠之门②。忠何罪以遇罚兮？亦非余之所志③；行不群以巅越兮④，又众兆之所咍⑤。纷逢尤以离谤兮，謇不可释；情沈抑而不达兮⑥，又蔽而莫之白⑦。心郁邑余侘傺兮⑧，又莫察余之中情。固烦言不可结而诒兮⑨，愿陈志而无路。退静默而莫余知兮，进号呼又莫吾闻。申侘傺之烦惑兮，中闷瞀之忳忳⑩。

【注释】

①贱贫：指失位后身陷贫贱之中。这是说屈原被怀王疏远，失去了重要的政治地位，相对于那些得宠的贵族而言是贫贱。②迷：本指分辨不清，这里引申为"找寻不到"。宠之门：指获得宠信的门径。③志：通"知"，料想，知道。"非余之所志"，意指是我意料不到的。④行不群：行为与众不同，是说这种种行为不能见容于群小。巅：倾覆。越：坠落。"巅越"，此处指恶劣的环境。⑤咍：讥笑。嘲笑。⑥沈抑：即"沉抑"，指沉闷压抑。⑦白：表白。⑧郁邑：忧愁苦闷不能诉说。侘傺：失意的样子。⑨烦言：许多话。诒：遗赠。结诒：封寄。⑩闷瞀：心中苦闷烦乱。瞀，乱。忳忳：忧愁的样子。

　　昔余梦登天兮，魂中道而无杭①。吾使厉神占之兮②，曰："有志极而无旁③。""终危独以离异兮④？"曰："君可思而不可恃⑤。故众口其铄金兮⑥，初若是而逢殆⑦。惩于羹者而吹齑兮⑧，何不变此志也？欲释阶而登天兮⑨，犹有曩之态也⑩。众骇遽以离心兮⑪，又何以为此伴⑫？同极而异路兮，又何以为此援也？晋申生之孝子兮⑬，父信谗而不好。行婞直而不豫兮⑭，鲧功用而不就⑮。"

【注释】

①杭：通"航"，意为渡船。②厉神：正派的神。犹如《离骚》中的灵氛、巫咸，为人们占梦的灵巫。③极：至。"有志极"，意谓屈原志向极其高远。旁：通"傍"，依靠。此句是厉神的占辞，用来解释梦兆。④危独：危险孤独。离异：分离，此处指与楚王的分离。此句是屈原对厉神的发问。以下是厉神的再答之词。⑤恃：依靠。"曰"以下均为厉神具体阐释"君不可恃"的道理。⑥铄：熔化。"众口铄金"，形容谗言可畏，众口同声可以混淆视听。⑦初：本来。若是：这样，指忠言直行。殆：危险。⑧惩：警戒。羹：肉汤，热食。齑：指切得细细的冷拌菜。此句是比喻吃过亏的人，遇事就显得格外小心。⑨释：通"舍"，抛弃。阶：阶梯。释阶登天，比喻要取得君王的信任，但却不凭借这些群小。⑩曩：往昔，从前。态：状态，情态。⑪骇遽：惊慌。⑫何以为：怎么能成为。伴：伴侣。⑬申生：春秋时晋献公的太子，因晋献公听信骊姬的谗言，逼死了申生。⑭婞直：刚直。豫：欺骗。⑮鲧：传说中我国古代部落酋长名，号崇伯，为禹的父亲。曾奉尧的命令治理洪水。功用不就：是说鲧虽勤劳治水而终不能成功。以上四句是说申生、鲧的失败，都因受谗言所害，厉神举之，引以为戒。

吾闻作忠以造怨兮，忽谓之过言①。九折臂而成医兮②，吾至今而知其信然。矰弋机而在上兮③，罻罗张而在下④。设张辟以娱君兮⑤，愿侧身而无所⑥。欲僵佪以干傺兮⑦，恐重患而离尤⑧。欲高飞而远集兮，君罔谓汝何之⑨。欲横奔而失路兮⑩，坚志而不忍。背膺牉以交痛兮⑪，心郁结而纡轸⑫。捗木兰以矫蕙兮⑬，糳申椒以为粮⑭。播江离与滋菊兮⑮，愿春日以为糗芳⑯。恐情质之不信兮⑰，故重著以自明⑱。矫兹媚以私处兮⑲，愿曾思而远身⑳。

【注释】

①忽：忽略，不在意。②九折臂成医：古代成语，是说手臂多次折断的人可以成为良医。意思是积累失败的教训。③矰弋：系有生丝绳以射飞鸟的短箭。机：指矰弋上面放箭的发射机关，这里用为动词。④罻罗：捕鱼所用的网。张：张开。两句比喻在朝的奸佞小人，用各种手段陷害贤臣和百姓。⑤张辟：张，指罗网；辟，是"䌇"的假借字，一种捕鸟的工具。娱：通"虞"，欺骗。这句说群小想尽办法使君主落入他们的圈套，以欺骗国君。⑥侧身：置身。所：地方。⑦僵佪：徘徊，指留恋而不忍远去。干傺：寻找机会。干，求。傺，当作"际"，际遇。⑧重：再一次。离：通"罹"，遭受。尤：祸患。⑨罔：诬罔。女：同"汝"。之：往。⑩横奔：乱跑。失路：不择正道。比喻变节从俗。⑪膺：胸。牉：分裂。⑫纡轸：隐痛。纡，曲折；轸，悲痛。⑬木兰：香树名。矫：通"捗"，糅。⑭糳：舂。申椒：香木名，即花椒。⑮江离：香草名。滋：栽种、培植。⑯糗：干饭屑。以上四句说自己用香草为食粮，比喻修美德以自养，自己虽身处逆境，也不与世俗同流合污。⑰情质：指真心。情，中情；质，禀性。信：被相信。"恐情质之不信"，是说恐怕内心的真情不能被世人相信。⑱重著以自明：意谓一再明白地申述。重，一再。⑲矫：通"捗"，举起。媚：美好，指美德。私处：独处、自处。⑳曾：再，反复。远身：指脱身而去，远离世俗，不与之同流合污。

【译文】

因为好谏而招致忧患，发泄愤懑抒发忧苦的情愫。如果倾诉不忠诚啊，就让无私的苍天来作证。让五帝作出公正的判断，请六神参与是非的对质。使山川之神都来陪审，请法官咎繇来审理。竭尽忠诚无私保奉君王啊，反遭排斥就像是多余的赘瘤。不知取巧谄媚背离庸众啊，只待贤明君主了解我的内心。言行一致经得住考验啊，表里如一至无法欺瞒。考察臣子无人胜得过我啊，验记的方法就在你身边。行事先君而后己啊，因此与众人结下仇怨。一心为君王着想无私念啊，却被众多的小人无端怨恨。我专心事君毫不犹豫啊，结果却是自身难保。极力亲近君王没有私心啊，反而成为招来祸事的根由。

系念君王谁也没有我忠诚啊，全然忘记我贫贱的出身。侍奉君主我忠诚无二心啊，我愚笨找不到获宠的门径。忠心何罪却遭到放逐啊，这是如何也料想不到的事情。行为与庸众不同而被贬谪，又成众人耻笑的笑柄。遇到这么多的责难和诋毁啊，难以言说却无法解脱。心情抑郁不能倾诉啊，言路被众人遮蔽无法诉说。内心苦闷我心神不安啊，没有人能体察我的衷情。心中烦闷话语不能表白啊，想陈述衷情又没有途径。退处缄默没人了解我的苦心啊，大声疾呼也无人听取。屡屡失望彷徨不安啊，苦闷烦乱的心绪忧伤惨然。

我曾在梦中攀登上天啊，到半途却无路可寻。我让厉神占卜此梦啊，他说："心志虽高没有辅助也枉然。""难道要始终危险孤独遭冷落？"他说："君王可思念却不可依赖。众谗言犹如烈火可将真金熔化啊，当初你就因此而遭受到祸患。被热汤烫伤吃凉菜也要吹吹啊，为何如此固执不改变初衷？想要舍弃阶梯攀登上天，必然遭到以往失败的下场。众人怕与君主离心离德啊，又怎能成为你志同道合的伙伴？同事一君各走各的道路啊，又怎能伸手将你救助？晋国申生是教子的楷模啊，父王昏聩信谗言而使他丧生。鲧的行为刚直不阿毫不犹豫啊，可治水的大业最终也未完成。"

我听说做忠臣容易招来祸怨啊，不以为然认为是夸大其词。折臂多次而后可以成为良医啊，到如今才知道果真如此。装上布满带绳的短箭，铺开渔网随时准备捕鱼。巧设圈套欺骗壅蔽君王啊，我欲置身君王的身边以匡济之，却无容身之处。我徘徊试图寻找机会啊，又担心再次遭受祸殃。想要离开这里前往他乡，又担心君王问我将何住。我想横冲直撞不问道路，怎奈坚定的方向不容许我这样。郁结心中的忧怨纠缠隐痛，切断木兰，杂糅芳惠啊，春碎申椒做充饥的食粮。播种江离，培植秋菊啊，做春天芬芳的干粮。只怕真情不被人识啊，反复地述说一再地申明。身怀美德独居幽处啊，再三深思不与俗合流而高举！

◎涉江◎

余幼好此奇服兮①，年既老而不衰②。带长铗之陆离兮③，冠切云之崔嵬④。被明月兮佩宝璐⑤。世溷浊而莫余知兮⑥，吾方高驰而不顾⑦。驾青虬兮骖白螭⑧，吾与重华游兮瑶之圃⑨。登昆仑兮食玉英⑩。吾与天地兮比寿，与日月兮齐光。哀南夷之莫吾知兮⑪，旦余将济乎江湘⑫。

【注释】

①奇服：特别美好且与众不同的服饰，象征品行高洁。即指长剑、高冠等。②既老：已经老了。衰：减弱。③长铗：长剑。陆离：形容长，光彩绚丽。④切云：当时高冠名。崔嵬：高耸的样子。⑤被：通"披"，披挂。明月：夜光珠，宝珠名。璐：玉名，美玉。⑥溷浊：指世道昏乱、污浊。莫余知：即"莫知余"，没有人了解我。⑦高驰：指向神界快速飞驰。⑧驾：与"骖"同义，驾车的意思。这里指驾车登天，以青虬为马，以白螭为骖。青虬：有角的龙。白螭：无角的龙。⑨重华：舜的号。瑶：美玉。圃：园圃。"瑶圃"，指神界种美玉的园圃。⑩昆仑：相传神话中神山，以产玉著名，在神话中称天帝的园圃。玉英；玉花。⑪南夷：指楚国。根据上文"世溷浊而莫余知"推想，"南夷"也指楚人，因而造成双关，借以斥楚国当政小人。⑫旦：明日。

乘鄂渚而反顾兮①，欸秋冬之绪风②。步余马兮山皋③，邸余车兮方林④。乘舲船余上沅兮⑤，齐吴榜而击汰⑥。船容与而不进兮⑦，淹回水而凝滞⑧。朝发枉渚兮⑨，夕宿辰阳⑩。苟余心其端直兮，虽僻远之何伤！

【注释】

①乘：登。鄂渚：地名，当为临近洞庭的五渚之一，并非今天湖北的武昌。反顾：回头看。反映出诗人对故都的眷恋心情。②欸：叹息。绪风：余风。指冬末初春的寒风。③步余马：指解开驾车的绳子，让马散行。山皋：山边。④邸：止，停留。"邸余车"，指放下车驾不用。方林：地名。⑤舲船：有窗户的小船。上：指溯流而上航。⑥齐：并举。吴榜：大的船桨。汰：水波。⑦容与：徘徊不进。⑧回水：回流。凝滞：停滞不前。⑨枉渚：地名，在今湖南常德市南。⑩辰阳：地名，故城在今湖南辰溪县西。

入溆浦余僤徊兮①，迷不知吾之所如。深林杳以冥冥兮②，猨狖之所居③。山峻高以蔽日兮，下幽晦以多雨。霰雪纷其无垠兮，云霏霏其承宇。哀吾生之无乐兮，幽独处乎山中。吾不能变心而从俗兮，固将愁苦而终穷④。

【注释】

①溆浦：地名。指溆水之滨。在今湖南溆浦县。僤徊：徘徊不进。②杳：幽深。冥冥：昏暗。③猨：同"猿"。狖：兽名，长尾猴的一种。④终穷：到头穷困。

接舆髡首兮①，桑扈裸行②。忠不必用兮，贤不必以③。伍子逢殃兮④，比干菹醢⑤。与前世而皆然兮⑥，吾又何怨乎今之人。余将董道而不豫兮⑦，故将重昏而终身⑧。

【注释】

①接舆：春秋时期的楚国隐士，和孔子同时。即《论语》中记载的"楚狂接舆"。髡：剃发，古代的一种刑法。接舆曾自动剃发装疯。②桑扈：即《庄子》中的桑户，古代隐士。裸行：赤身露体在外行走，表示一种玩世不恭的态度。③以：用。④伍子：即伍子胥，名员，为春秋时吴王夫差臣，曾劝说吴王拒绝越国求和并停止伐齐，后被疏远，以致遭到吴王赐剑而死的下场。逢殃：即指赐剑而死之事。⑤比干：殷纣王的叔父。相传因屡次劝谏纣王，被剖心致死。菹醢：古代一种酷刑，把人剁成肉酱。⑥与：举。以下二句概括前六句，从历史的事例中说明"忠"、"贤"都不被统治者所用。⑦董：正。豫：犹豫。⑧重：重复。昏：暗昧。重昏：指永远也见不到光明。

乱曰：鸾鸟凤凰①，日以远兮。燕雀乌鹊②，巢堂坛兮③。露申辛夷④，死林薄兮⑤。腥臊并御⑥，芳不得薄兮⑦。阴阳易位⑧，时不当兮。怀信侘傺⑨，忽乎吾将行兮。

【注释】

①鸾、凤：传说中的瑞鸟，比喻贤臣。②燕、雀、乌、鹊：皆凡鸟，比喻谗佞小人。③堂：殿堂。古代国君行礼、理政、祀神的处所。坛：楚地方言称中庭为坛。这句比喻小人窃取朝廷的高位。④露申：与"辛夷"皆为芳草。⑤薄：丛生的草。死林薄：因被丛林里的草木荫蔽而死去。⑥腥臊：臭恶之物，此比喻谗佞小人。御：用。⑦薄：迫近。⑧阴阳：阴指小人，阳指君子。易位：换位置，指小人掌权，君子不受重用。⑨怀信：怀抱忠信。侘傺：怅然失意而神情恍惚的样子。

【译文】

　　我从小的时候就喜爱这奇装异服啊，年纪老了兴致也未减少分毫。佩挂那光彩熠熠的长剑，头戴高高耸起的切云冠，身披宝珠腰佩美玉。世界昏乱没有人理解我啊，我要远走高飞义无反顾。用青虬驾车白龙做骖，我和帝舜共同游历瑶圃。登上昆仑山品尝白玉的花瓣，和天地万古长存，与日月同辉永放光芒。痛恨朝廷无人能理解我啊，明早我就要渡过湘水去远行。

　　登上鄂渚我回头眺望，叹息秋冬的余风丝丝寒凉。让我的马在山冈漫行，把我的车停在方林旁。换乘小船逆流水而上啊，双桨齐挥激起汹涌的波浪。船只徘徊不前啊，陷入急湍回流中更加艰难。清晨从枉渚出发啊，夜晚在辰阳安歇。如果我的内心真的端正方直啊，即使流放偏僻远方又有何妨？

　　进入溆浦我犹豫徘徊啊，迷茫困惑我不知该向何方。幽暗的深林没有光明啊，此本是猿猴久居的地方。山岭高耸遮蔽了阳光，山下幽深昏暗细雨茫茫。雨雪纷飞无边无际啊，云雾蒙蒙笼罩天宇。哀叹生活毫无快乐啊，独处在这凄凉荒僻的深山。我不能改变初衷去随波逐流啊，必将忧愁痛苦结束一生。

　　接舆剃发装疯啊，桑扈赤身而行。忠臣不受重用啊，贤良没有好下场。伍子胥遭到祸殃啊，比干也被剁成肉酱。自古以来都是这样啊，我又何必怨恨今天的执政之人。我要坚持正道毫不犹豫啊，宁肯重踏前人的悲剧度过此生。

　　吉祥的鸾和凤凰，一日日越飞越远啊。庸俗的燕子和乌鸦，都在庙堂搭垒巢啊。芬芳的露申和辛夷，枯死在丛林密草边啊。群小被人任用，贤者难近前啊。阴阳易位是非难分，生不逢时难以改变啊。怀抱忠诚心惆怅，呜呼我将要远走他乡。

◎哀郢◎

　　皇天之不纯命兮①，何百姓之震愆②？民离散而相失兮③，方仲春而东迁④。去故乡而就远兮，遵江、夏以流亡⑤。出国门而轸怀兮⑥，甲之朝吾以行⑦。发郢都而去闾兮⑧，怊荒忽其焉极⑨？楫齐扬以容与兮⑩，哀见君而不再得。望长楸而太息兮⑪，涕淫淫其若霰。过夏首而西浮兮⑫，顾龙门而不见⑬。心婵媛而伤怀兮⑭，眇不知其所蹠⑮。顺风波以从流兮，焉洋洋而为客⑯。凌阳侯之泛滥兮⑰，忽翱翔之焉薄⑱？心绲结而不解兮⑲，思蹇产而不释⑳。将运舟而下浮兮㉑，上洞庭而下江㉒。去终古之所居兮㉓，今逍遥而来东㉔。

【注释】

①皇天：对上天的敬称，这里还有含指楚国君的双重意义。不纯命：是说天命无常，亦指楚君的变化无常。②何：为何。百姓：这个词先秦时代的含义为"百官"，指贵族、官僚集团。愆：丧失。震愆，指"百姓"

受罪遭难。③民：指平民。离散相失：形容郢都即将沦陷时，平民流离失所，骨肉相失的惨景。④方：正当。仲春：夏历二月。东迁：向东方逃迁。⑤遵：循，沿着。江：长江。夏：夏水，古水名，今已不存。流亡：屈原流亡的大体路线是经夏水入长江，在汉口南渡后，沿长江朝着洞庭湖的方向走。最后在哪里落脚，诗中没有说。⑥国门：国都的城门。轸怀：沉痛地怀念。⑦甲之朝：指甲日的那天早晨。古代以干支相配纪日，"甲"就是甲日。⑧发：出发。去：离开。闾：巷的大门，也指里巷。⑨怊：惆怅，忧心不安。荒忽：通"恍惚"，心神不定的意思。焉：哪里。极：到达。焉极：去到哪里。此句写的是心情愁苦，心神不宁，前路茫茫，我应到哪里去呢。⑩楫：船桨。齐扬：同举。容与：犹豫不决，形容不忍离开的心情。⑪楸：树。"长楸"，即高大的梓树，古代有悠久历史的都城都植有乔木。说明郢城是一个有着悠久历史的都城。太息：长长地叹息。⑫夏首：即夏水口。古夏水从长江分出的地方，在今湖北沙市东南。西浮：向西飘浮。本来是往东航行，又向西浮是为了回望郢都。⑬顾：回头望。龙门：指郢都的东门。一说指南门。⑭婵媛：情思牵萦。⑮眇：同"渺"，渺茫。蹠：用作动词，践、踏。⑯焉：乃，于是。洋洋：漂泊不定的样子。客：漂泊他乡的人。⑰凌：乘着。阳侯：波涛之神，这里是波涛的代称。泛滥：波涛汹涌横流的样子。⑱翱翔：本指鸟儿上下飞翔，这里形容船随着波涛前行。焉：何处。薄：止。⑲绪：双声词，指心中郁结。"心绪结"，指心情郁结幽闷。⑳蹇产：屈曲的样子，形容心情极不舒畅。释：解开。㉑运舟：行船。下浮：顺流而下，指顺江东行。㉒上：上游。洞庭在夏口上游，所以说"上洞庭"；下游是长江，所以说"下江"。㉓去：离去。终古：所居，世世代代居住的地方。㉔逍遥：指漂泊不定。来东：向东去。东：郢都以东的地方。

　　羌灵魂之欲归兮①，何须臾而忘反②！背夏浦而西思兮③，哀故都之日远。登大坟以远望兮④，聊以舒吾忧心。哀州土之平乐兮⑤，悲江介之遗风⑥。当陵阳之焉至兮⑦，淼南渡之焉如⑧？曾不知夏之为丘兮⑨，孰两东门之可芜⑩？心不怡之长久兮，忧与愁其相接。惟郢路之辽远兮⑪，江与夏之不可涉⑫。忽若去不信兮⑬，至今九年而不复⑭。惨郁郁而不通兮⑮，蹇侘傺而含慼⑯。

【注释】

①羌：楚方言，发语词。灵魂：指人的精神，亦指梦魂。②须臾：片刻。反：同"返"，指返回郢都。③背：背向。夏浦：即夏口，也就是汉口。浦，水边。西思：指思念郢都，郢都在夏口西面。④坟：水边高地，堤岸。⑤州土平乐：指居住在楚国国土的百姓生活和平安乐。⑥江介遗风：指大江两岸自古传承下来的好的风气。介，指边际。这两句指楚国国王和平安都为战乱所毁，所以哀伤；楚国勤苦创业的好风俗被贵族集团骄奢淫逸的行径破坏了，所以可悲。⑦陵阳：地名，因陵阳山而名，在今天安徽省青阳县南。⑧淼：大水茫茫无际的样子。焉如：何往，不知往哪里去。⑨曾不知：不曾知，意谓从来没有想到。夏："厦"的假借字，高大的房子，指郢都的宗庙、宫殿。为：化为。丘：废墟。⑩孰：何。两东门：指郢城的两座东门。可：能够。芜：丛生的草。举"夏"和"两东门"代表整个郢都。⑪惟：语气词。

郢路：返回郢都的道路。⑫涉：渡，蹚河过去。"不可涉"，意谓郢都沦落再也回不去了。⑬忽：恍惚。若：似乎。不信：不能相信。⑭九年：可能是实数也可能是多年之意。不复：指不被君王复用与信任。⑮惨：忧也。郁郁：郁结苦闷的样子。不通：指忧闷解不开。⑯蹇：此处指处境艰难困顿。侘傺：失意的样子。含感：含忧。感，同"戚"。

外承欢之汋约兮①，谌荏弱而难持②。忠湛湛而愿进兮③，妒被离而鄣之④。尧舜之抗行兮⑤，瞭杳杳其薄天⑥。众谗人之嫉妒兮⑦，被以不慈之伪名⑧。憎愠伦之修美兮⑨，好夫人之慷慨⑩。众踥蹀而日进兮⑪，美超远而逾迈⑫。

【注释】

①外：外表。承欢：指谗佞小人在君王面前奉承讨好，博得君王的欢心。汋约：姿态柔美的样子，这里形容朝中小人的媚态。②谌：确实，实在。荏弱：软弱。持：同"恃"，依靠。③忠：指忠贞之士。湛湛：厚重的样子。进：进用，指接受重任。④妒：嫉妒，指嫉妒者。被离：挑拨离间，被同"披"。⑤抗行：高尚的行为，抗通"亢"。⑥瞭：本指目光明亮，此处含光辉之意。杳杳：形容高远。薄：迫近。⑦众谗人：指陷害屈原的党人。⑧被：同"披"，这里是"加上"的意思。不慈：指不爱护子女。伪名：捏造的不好的名声。相传古代的圣君尧，因发现自己的儿子丹朱行为不端，于是将君位禅让给了舜；舜以为儿子商均不好，把帝位传给禹。后来就有"尧不慈，舜不孝"的说法。这句是说像尧舜德行那样高尚的人还遭受毁谤，足见谗人之惯于颠倒是非。⑨憎：厌恶。愠：忠诚而不善言辞的样子，这里用为名词，指具有这种美德之人。⑩好：喜欢、喜好。夫：语助词。慷慨：指那种表面慷慨陈词的浅薄之人。⑪众：指众小人。踥蹀：惊慌快走的样子。日进：指一天比一天受到重用。⑫美：与上文"众"对举，君子贤臣。超远：指被疏远。逾迈：越走越远。

乱曰①：

曼余目以流观兮②，冀一反之何时③？鸟飞返故乡兮④，狐死必首丘⑤。信非吾罪而弃逐兮⑥，何日夜而忘之⑦！

【注释】

①乱：古代乐歌的尾声称为"乱"，此为全诗的卒章，总括全篇。②曼：拉长。曼余目，等于说放开眼界。流观：四下眺望。③冀：希望。一反：回去一次。④故乡：这里指飞鸟的旧巢。⑤首丘：头向着山丘。"首"字用为动词。传说鸟不管飞行多远，总要飞回故林和旧巢；狐狸将死的时候，头总是朝着出生时的山冈枕着，所谓"枕丘而死，不忘其所自生也"。诗人在这里，以形象的比喻，表现了自己对生身故国的眷念之情。⑥信：的确。弃逐：放逐。⑦之：代词，指故乡郢都。

【译文】

上天变化反复无常啊，为什么让"百姓"震荡受祸殃。人民流离失散不能团聚，二月里逃避灾难向东方。踏上征途挥泪别故乡，沿着夏水大江去流亡。走出国都的大门悲痛萦怀，甲日的清晨我动身远行。从郢都出发离别故乡，天高地远我应该去向何方？举起双桨内心又徘徊犹豫，哀伤的是我再也见不到君王。望着郢都的梓树长叹息，泪水簌簌落下似雪珠。过了夏口向西行，看不见郢都东门我依然回头久望。心中忧伤留恋十分感伤，前途渺茫我不知去向。顺着风向任意漂泊吧，在那波涛汹涌的大水中流浪。我乘着水神泛起的大波，随着波涛在水上漂流。我的心绪郁结无法解脱，我的心胸受压抑无法舒畅。掉转船头顺江而下，先过洞庭，再下长江。今天去别世代居住的地方，漂泊流浪向东漂荡。

我的灵魂思念故园啊，没有一刻忘记返回的愿望。离开夏口我仍牵挂西方，哀伤的是离故都的路越来越长。登上水边的大堤我纵目眺望，姑且宽慰我忧愁的心肠。我哀伤于国土和平安乐却为战乱所毁，悲伤于楚国勤苦创业的好风俗却坏于贵族集团的骄奢淫逸。当我就要到达那遥远的陵阳，向南一片汪洋让我不知去何方。谁承想宫室广厦成瓦砾，谁知道郢都东门杂草丛生。内心从未有过快乐，忧虑和哀愁不断涌进胸膛。思念郢都路途遥远，没有办法回渡夏水和长江。这发生的一切如梦中一样，遭放逐的岁月却已很长。悲惨郁闷解也解不开啊，不被信任令我悲伤。

谗佞小人外表阿谀取悦君王，可骨子里却软弱无法依仗。忠贤希冀为君王献身，嫉妒者挑拨离间，从中阻隔。古代尧舜的德行何等高尚，光明远烛，上与天齐。谗佞之人嫉妒我，竟用不慈的罪名将贤德诽谤。憎恨那忠诚者的美好品德，喜好那慷慨陈词虚伪的表演。小人得势一日日升迁，贤良美德都渐渐被疏远。

纵目向四处眺望，希求再回去一次啊在什么时光？飞鸟飞得再远也要返回旧林，狐狸临死头要朝向生身的山冈。本不是我的罪过却遭到放逐，白天黑夜怎能忘记我的故乡。

◎抽思◎

心郁郁之忧思兮，独永叹乎增伤①。思蹇产之不释兮②，曼遭夜之方长③。悲秋风之动容兮④，何回极之浮浮⑤。数惟荪之多怒兮⑥，伤余心之懮懮⑦。愿遥起而横奔兮⑧，览民尤以自镇⑨。结微情以陈词兮⑩，矫以遗夫美人⑪。昔君与我成言兮⑫，曰："黄昏以为期⑬。"羌中道而回畔兮⑭，反既有此他志⑮。憍吾以其美好兮⑯，览余以其修姱⑰。与余言而不信兮⑱，盖为余而造怒⑲。愿承间而自察兮⑳，心震悼而不敢㉑。悲夷犹而冀进兮，心怛伤之憺憺㉒。历兹情以陈词兮㉓，荪详聋而不闻㉔。固切人之不媚兮㉕，众果以我为患㉖。初吾所陈之耿著兮，岂至今其庸亡㉗。何独乐斯之謇謇兮㉘，愿荪美之可完㉙。望三五以为象兮㉚，指彭咸以为仪㉛。夫何极而不至兮，故远闻而难亏。善不由外来兮，名不可以虚作。孰无施而有报兮，孰不实而有获㉜？

【注释】

①永叹：长叹。增伤：更加忧伤。②蹇产：此为叠韵词，上下二字同义，曲折之意。不释：解不开。③曼：长。方：正。④动容：指自然界的变化。"秋风动容"，是说秋风起，草木开始枯黄衰落凋零。⑤回极：指风回旋飘荡的样子，一说回极指北极星。浮浮：动荡不安的样子。⑥数惟：屡次想到。惟，想、思。荪：本为香草，这里指代楚怀王。⑦懮懮：忧愁悲痛的样子。⑧遥起：《方言》："摇疾也。"王念孙《读书杂志》："摇起，疾起也。与横奔文正相对。"横奔：不顾一切地要走。⑨尤：苦难。镇：镇定，安定。这两句是说，本来想迅速离开这里，但看到人民的苦难，又镇定下来。⑩结：集结成言。微情：私衷。陈词：陈述，把话说出来。⑪矫：举。美人：比喻楚怀王。"遗夫美人"，把情思转化成汉字，告诉楚王。⑫成言：成，一作"诚"，诚恳地说。⑬曰：指楚王说。黄昏：借喻晚节。期：约。这里说信任我直到老死。⑭羌：语助词。中道：半路。回畔：反背，指背离原来说定的话。⑮他志：另外的打算。⑯憍吾：憍同"骄"，向我夸耀。⑰览：这里有显示之意。⑱不信：不讲信用。⑲盖：读"盍"，当"何"解。造怒：发怒。

⑳承间：等到空闲的时候再找机会。间，同"闲"。自察：自我表白。㉑震悼：指内心的恐惧与伤痛。不敢：指不敢言。㉒怛：悲惨。憺憺：义"荡荡"，形容忧伤不安和恐惧。㉓历：一个一个地列举。兹情：此情，即指上面陈述的"微情"。㉔荪：香草，这里喻指楚王。详：通"佯"，假装。详聋，即装聋。㉕切人：恳切正直的人。不媚：不会谄媚讨好。㉖众：指群小。以我为患：意谓把我当做他们

的祸患。㉗庸：乃、竟然。亡：通"忘"，忘记。此句意谓难道到如今就会被人遗忘吗？㉘乐斯：喜好这种。謇謇：忠贞的样子。㉙荪美：指怀王原打算实行的美德。完：完美。㉚三五：一说指三皇五帝；一说指三王五霸。象：法象，亦即榜样。㉛仪：典范，表率。上句里的"三五"指的是君，本句中的"彭咸"指臣。㉜实：果实，这里指结果。

少歌曰①：与美人之抽思兮②，并日夜而无正③。侨吾以其美好兮，敖朕辞而不听④。

【注释】

①少歌：古代乐歌的一种，较短。"少歌"四句是对上文的小结。②美人：喻指君王。抽：抽绎，抒发。③并：合并。并日夜：日夜如一。无正：不停止。此句意谓向君王陈述自己的忠贞心情和美政理想的想法，无时无刻都没有办法终止。④敖：同"傲"。朕辞：我的话。敖朕辞，意谓倨傲不听我的话。

倡曰①：有鸟自南兮②，来集汉北。好姱佳丽兮③，牉独处此异域④。既惸独而不群兮⑤，又无良媒在其侧⑥。道卓远而日忘兮⑦，愿自申而不得。望北山而流涕兮⑧，临流水而太息。望孟夏之短夜兮⑨，何晦明之若岁？惟郢路之辽远兮⑩，魂一夕而九逝⑪。曾不知路之曲直兮，南指月与列星⑫。愿径逝而未得兮⑬，魂识路之营营⑭。何灵魂之信直兮⑮，人之心不与吾心同⑯。理弱而媒不通兮，尚不知余之从容⑰。

【注释】

①倡：古代乐歌的一种，较长。"倡曰"一段写目前的处境。②鸟：屈原自喻。③姱：美好。好姱佳丽，表面上是在形容鸟，实际上是写诗人自己的美德和才能。④牉：离别。此句隐隐含离开朝廷而独处异地。⑤惸：通"茕"，孤独。⑥良媒：指在君王左右能帮助屈原说公道话的贤臣。其侧：君王的身旁。⑦卓：遥。⑧北山：可能是郢都附近的一座山名。⑨孟夏：夏季的第一个月，农历四月。前面说"秋风动容"，这里说"孟夏短夜"，时间上有矛盾。其实这是希望的话，即希望秋天的漫漫长夜，能像孟夏之夜那样短促。⑩惟：想。郢路：回到郢都的路。⑪魂：梦魂。一夕九逝：说明回归故乡之梦多，而不得安眠。九：虚数，表示多。⑫南指：郢在汉水南，故曰"南指"。此句是说诗人借夜间月亮和星斗的方位来判断郢都，想要取直路回

郢，感觉并不遥远，哪里知道地面的距离和政治上的原因却使得道路曲直坎坷，无法归去。⑬径逝：直逝，取直路回郢。未得：没有办法。⑭识路：寻找道路。营营：形容往来忙碌的样子。⑮信直：当做"直"解，指忠诚正直，坚守信念。⑯人之心：指楚王。⑰从容：古义为举止行为，此处当指行动的用意。

乱曰：长濑湍流①，溯江潭兮②。狂顾南行③，聊以娱心兮。轸石崴嵬④，蹇吾愿兮⑤。超回志度⑥，行隐进兮⑦。低徊夷犹⑧，宿北姑兮⑨。烦冤瞀容⑩，实沛徂兮⑪。愁叹苦神，灵遥思兮。路远处幽，又无行媒兮。道思作颂⑫，聊以自救兮。忧心不遂，斯言谁告兮⑬！

【注释】

①濑：沙石滩上流过的浅水。湍：急流。②溯：逆流而上。江潭：郭沫若《屈原赋今译》认为应是沧浪江。③狂顾：郭沫若《屈原赋今译》："'狂'当是'枉'字之误。"回顾。④轸：通"畛"，田间小路。崴嵬：指道路突兀不平的样子。⑤蹇：阻碍。吾愿：我返回郢都的愿望。⑥超回：迟回，徘徊。志度：亦作踟蹰。⑦隐进：指小心谨慎地前行。隐：微。以上四句大意是说：归途中山石众多，崎岖不平，因此，归郢的志愿难以实现，想绕道而行，寻找直路，但道路却隐隐而难进。⑧低徊：指内心的彷徨。夷犹：犹豫迟疑。⑨北姑：汉北地名。⑩烦冤：内心烦乱愤懑。瞀容：心神杂乱不安。⑪沛徂：谓颠沛之行。⑫作颂：指作诗歌，即指本篇。⑬斯言：这些话。即指作颂之言。

【译文】

忧伤郁积心情沉闷啊，独自长叹掀起层层忧伤。思绪烦杂不得舒畅啊，受煎熬的黑夜如此漫长。悲叹秋风萧瑟万物要凋零啊，回转盘旋飘摇动荡。想到爱发怒的君王啊，心就会有无尽的忧伤。我想不顾一切远走高飞啊，百姓受苦让我细心思量。整理情思慢慢陈述啊，一切都要告诉君王。你曾与我诚恳相约啊，你说："信任你直到老死"。可是中途你就变卦折返啊，反悔初志另有打算将我抛弃。向我炫耀你的美好外表，让我观赏你的美好整洁，与我有言在先都不守信啊，可又为何将我无故迁怒。多想找个机会尽情向你表白啊，却心中悸动不安不敢上前。悲哀犹豫希望能靠近啊，纵使我内心这样忧伤。列举我的忠贞表白情感啊，君王啊你却装聋不愿听。本来耿直的人不谄媚啊，人们却把我当做眼中钉。当初向君王的表白啊，难道到如今全部遗忘？我偏偏喜好忠贞直言，君王美德是我的愿望。愿以三皇五帝做榜样啊，贤臣彭咸是我效法的楷模。没有目标达不到啊，声名远扬难以损伤。美好的品德要靠自己修啊，伟大的名声哪能虚假伪装。哪有不施舍就有报酬啊，哪有不结果就有收获。

向君王倾吐心中的怨愁忠情与理想啊，日日夜夜无法终止念头。总向我炫耀你认为"美好"的丑类啊，傲慢得无视我的言辞。

一只鸟从南方郢都飞来呀，栖息在汉北这生疏的地方。她多么美丽，多么漂亮啊，却离开故土流落在他乡。她无依无靠，离群索居，又没有良媒在君王身边。道路遥远一天天被遗忘，多想向君王表白却不能上前。遥望北山热泪流淌啊，面对流水长长叹息。

希望秋天的漫漫长夜能像孟夏之夜般短促，盼天明像度年般的漫长。想到郢都的归途是何等遥远啊，梦魂每晚都往返回去几趟。从不管道路的崎岖坎坷，借明月与群星的光辉辨别南方。我多想直接回去却没有成功啊，魂在梦中寻求道路急急忙忙。我的灵魂多么忠诚正直啊，而君王的心和我的心那样不同。软弱的使者不能与君王沟通啊，哪知我行动的目的，又怎能为我进言！

长长的浅滩水流急，溯着江漂流向上走。回顾通向南方的道路，暂且散舒解我心中忧愁。归途中怪石嶙峋不平，阻碍我的思归之愿。我徘徊踟蹰，进退两难。我心踌躇又彷徨，夜晚住宿在北姑留。我的心绪忧愁苦闷，这是流离颠沛的生活啊。悲愁叹息我痛苦的心灵啊，归途遥遥漂泊在这偏僻地方，又找不到媒人替我申辩啊。我写下这首诗歌，以此抒怀替我自解啊。我的痛苦无法消除，这些话儿向谁倾诉。

◎怀沙◎

滔滔孟夏兮①，草木莽莽。伤怀永哀兮，汩徂南土②。眴兮杳杳③，孔静幽默④。郁结纡轸兮⑤，离愍而长鞠⑥。抚情效志兮⑦，冤屈而自抑。刓方以为圜兮⑧，常度未替⑨。易初本迪兮⑩，君子所鄙。章画志墨兮⑪，前图未改⑫。内厚质正兮⑬，大人所盛⑭。巧倕不斫兮⑮，孰察其拨正⑯。玄文处幽兮⑰，矇瞍谓之不章⑱。离娄微睇兮⑲，瞽以为无明。变白以为黑兮，倒上以为下。凤皇在笯兮⑳，鸡鹜翔舞㉑。同糅玉石兮㉒，一概而相量㉓。夫惟党人之鄙固兮㉔，羌不知余之所臧㉕。

【注释】

①滔滔：悠悠。古"滔"、"悠"语意相同。这里是说初夏悠长的天气。②汩：水流急速的样子。徂：往。③眴：同"瞬"，看。杳杳：深远而无所见。④孔：甚，很。默：寂静无声。⑤郁结：忧愁烦闷不得抒发的样子。纡轸：形容内心如扭曲一样地疼痛。纡：曲。轸：痛。⑥离：同"罹"，遭受。愍：同"愍"，痛。鞠：穷困。⑦抚：循。抚情：省察、回顾情状。效：考验的意思。效志：犹言考验其志向。⑧刓：削。圜：同"圆"。⑨常度：正常的法度。替：废除。此二句意谓欲削方木以为圆形，即变节从俗，但是正常的法度绝对不能更改。⑩易初：变易初心。本迪：本，当作"卜"，通"变"。迪，道也。"本迪"应为"变迪"，意谓：变易当初的道路。⑪章：同"彰"，显明。画：规划。志：识，记住。墨：绳墨，指代法度。⑫前图：即"前度"，指以前所定的法度。以上二句是说修明规划，识别绳墨，过去所制定的法度是不可更改的。⑬内、质：均指人的品质。厚：重。正：正大。⑭大人：指君子。盛：赞美。⑮倕：相传古时的巧匠名。斫：砍削，指制作器物。⑯拨：弯曲。拨正：曲直。此二句是说巧匠不动其斧斤，谁又能衡量出曲直，用以比喻如果不经过考验，怎么能够知道"内厚质正"。⑰玄文：黑颜色的花纹。处幽：放在黑暗之中。玄文处幽即说以玄色置暗处。⑱矇瞍：盲人。以上二句是说，把黑色花纹放到暗处，使盲人观之，自然认为没有文采，以比喻贤才得不到重用，则俗人认为无用。⑲离娄：古代传说中视力很强的人，能"视于百步之外，见秋毫之末"。睇：眼睛斜看。⑳笯：鸟笼子，楚方言。㉑鹜：鸭子。此二句比喻贤者被困，小人得志。㉒糅：杂糅。㉓概：古时量米麦时刮平斗斛用的木板。一概相量，喻指同样评价。此二句指斥世俗之人总是混淆善恶。㉔鄙固：鄙陋、顽固。㉕臧：善。

任重载盛兮，陷滞而不济①。怀瑾握瑜兮②，穷不知所示③。邑犬之群吠兮④，吠所怪也⑤。非俊疑杰兮，固庸态也⑥。文质疏内兮⑦，众不知余之异采⑧。材朴委积兮⑨，莫知余之所有。重仁袭义兮⑩，谨厚以为丰⑪。重华不可遌兮⑫，孰知余之从容！古固有不并兮⑬，岂知其何故！汤、禹久远兮，邈不可慕也。惩违改忿兮⑭，抑心而自强⑮。离慜而不迁兮⑯，愿志之有象。进路北次兮⑰，日昧昧其将暮⑱。舒忧娱哀兮，限之以大故⑲。

【注释】

①滞：停顿，指水不流通。济：渡。此二句是说，身负重任却得不到发挥，就如同载负很重的车子陷入泥泞而不能前进一样。②怀：怀抱，在衣为怀。握：在手为握。瑾、瑜：均为美玉。③穷：穷困的处境。所示：拿给人看。此二句是说正人见弃，无所用其才能。④邑犬：国中的狗。吠：狗叫。⑤怪：怪异。⑥庸态：庸人的常态。⑦文质疏内：犹言"文疏质内"。文，外表；质，本质。"文疏"，指外表的落落大方。"质内"，"内"为"讷"的假借，即朴实而不善言表。⑧异采：与众不同的文采，指深藏不露的内美。⑨朴：木皮。委积：聚积。比喻自己有才能不被重用。⑩重：与"袭"同义，重复积累的意思。⑪谨厚：慎重谨守。⑫遌：遇到。⑬不并：指圣贤不同时生。⑭惩违：止住怨恨。惩，止；违，通"怭"字，怨恨。"惩违"与"改忿"意同。⑮抑心：压抑着愤懑不平的心情。自强：自勉而无所畏惧。⑯离慜：遭遇到祸患。慜：病。不迁：不改变。⑰北次：犹言北行。次：休止。⑱"日昧昧"句：看似为自然景物的描写，可能是诗人悲痛情感的流露。⑲限：极限。大故：死亡。

乱曰：浩浩沅湘①，分流汩兮②。修路幽蔽③，道远忽兮④。怀质抱情⑤，独无匹兮。伯乐既没⑥，骥焉程兮⑦。万民之生⑧，各有所错兮⑨。定心广志，余何畏惧兮。曾伤爰哀⑩，永叹喟兮。世溷浊莫吾知，人心不可谓兮。知死不可让⑪，愿勿爱兮⑫。明告君子，吾将以为类兮。

【注释】

①浩浩：水势汹涌的样子。②分流：当为"纷流"，纷纷流入洞庭湖。汩：水流很快的样子。③修路：漫长的路。修，长。幽：深。蔽：暗。④忽：荒忽，形容离郢都极远。⑤质：禀性。情：情愫。⑥伯乐：人名。相传春秋时秦穆公的臣子，以善于相马著名。⑦程：比较衡量。是说较量才力的意思。此二句是说，伯乐已经死了，虽然有骐骥之才，又如何能比较出其才力的高低呢？⑧民之生：人生。⑨错：通"措"，安置。⑩曾：应作"增"。"增伤"与"爰哀"为对文。爰哀：哀伤不止。爰，通"暄"。⑪让：避，避免的意思。⑫爱：指对生命的吝惜留恋。

【译文】

　　初夏悠长有生机啊，草木丛生万木茂盛。心中怀着止不住的悲哀啊，匆匆走向遥远的南方。远处山高水深野茫茫，四周沉沉寂寞没有任何音响。心中痛楚郁结不能解啊，遭受忧患困穷不得脱。抚慰内心省察我的志向，强自压抑，冤屈满腔。纵使你们可以削方成圆啊，正常法度不会被结弃。改变最初追求的志向啊，这样的行径正直的人们都鄙夷。如同匠人的规墨要牢记啊，过去法度不能随便更易。内心淳厚品质端正啊，那是正人君子所称许的。巧匠们如果不挥动斧头啊，谁又能辨认出是直是曲？黑色的花纹放在暗处啊，瞎子说它没有纹理。离娄见秋毫之末啊，瞎子却误认为同自己一样。硬把白的说成黑的啊，人为地把上下颠倒。凤凰因在笼子里啊，鸡鸭却到处飞翔。将美玉乱石混杂在一起啊，用同一个尺度来衡量。那些党人如此鄙陋，又怎能知道我的爱好。

身负时代的重任啊，却陷入泥淖之中无法前行。怀抱珍宝手握美玉啊，想尽办法也不知道向谁显示。国中野狗成群狂吠啊，那是它们极少见多怪啊。非难豪杰毁谤贤士啊，这本就是庸人的常态。外表疏放内心朴质啊，众人哪晓得它特异的光彩。可做栋梁的木材与无用的树皮堆积在一起啊，哪晓得我所有的美德才能。不断地积累仁义行正直啊，谨慎忠诚才是真正的丰厚。遇不到舜帝那样的贤君啊，谁又能欣赏我的从容气度。自古圣贤不同时啊，谁能知道其中的缘故？商汤大禹离我们远去啊，距今久远已无法追慕。暂且抑制心中怨和怒啊，压抑感情信念仍然要坚强。虽遭祸患我初衷不改啊，愿自己的志行能为后人效法。向北进发途中住宿，日薄西山无法挽留。散淡忧肠稍快悲怀，最大的不幸无非是死亡。

沉水湘水浩浩荡荡，各自奔流日夜不息啊。道路幽深暗又长，前途渺渺茫茫啊。我怀抱淳朴和忠信之情，孤独如今无人与我可商量。伯乐既然已经死去，纵使骏马又如何裁识衡量啊。各有不同的禀性，命运各自就由天注定。我坚定内心扩展志向，还有什么让我畏惧呢。屡屡受害止不住悲伤啊，长久地叹息好凄凉。世界污浊无人了解我，人心叵测本来就无法评说啊。我明白死亡是不可避免的，我绝不留恋生命啊。我郑重告诉君子们，我永远同志士先贤在一起啊。

◎思美人◎

思美人兮[1]，揽涕而伫眙[2]。媒绝路阻兮，言不可结而诒[3]。謇謇之烦冤兮[4]，陷滞而不发[5]。申旦以舒中情兮[6]，志沈菀而莫达[7]。愿寄言于浮云兮，遇丰隆而不将[8]。因归鸟而致辞兮[9]，羌迅高而难当[10]。

【注释】

①美人：指楚怀王。一说是顷襄王。②揽涕：涕意指擦干眼泪。伫：同"伫"，久立。眙：凝视，直视。③结：编结，聚。④謇謇：同"謇謇"，楚方言，这里指忠贞之言。⑤陷滞：义同"郁结"，指内心不解的烦冤。发：起、开之意。⑥申旦：犹言"月月"、"天天"。申：一再地。⑦沈菀：即沉郁，积结而不舒畅。达：指通达于君。⑧丰隆：云神。一说雷师。将：帮助。⑨因：依、凭。归鸟：即指鸿雁。⑩迅高：指鸟飞得又快又高。迅，一本作"宿"。宿高，指鸟宿高枝。当：遇到。难当，难以相遇。

高辛之灵盛兮[1]，遭玄鸟而致诒[2]。欲变节以从俗兮，愧易初而屈志[3]。独历年而离愍兮[4]，羌冯心犹未化[5]。宁隐闵而寿考兮[6]，何变易之可为！知前辙之不遂兮[7]，未改此度。车既覆而马颠兮，蹇独怀此异路[8]。勒骐骥而更驾兮[9]，造父为我操之[10]。迁逡次而勿驱兮[11]，聊假日以须时[12]。指嶓冢之西隈兮[13]，与纁黄以为期^⑭。

【注释】

①高辛：帝喾的称号。灵盛：善德盛满。②遭：遇到。玄鸟：即燕子。致诒：犹言"致赠"。诒，赠、送。③易初：改变当初志向。屈志：委屈了自己的志向。④历年：多年。离愍：遭遇忧患。愍，忧病。⑤冯心：愤懑的心。冯与"凭"同。未化：没有化解。⑥隐闵：隐忍着苦痛。寿考：年高，终老。⑦辙：车轮所走的印迹。"前辙"，指前路。遂：顺利。⑧异路：与众人所走的不同道路。以上两句是说，即使到了车倾马仆的境况仍然会独怀所由之道，表不与众人相同。⑨勒：扣，勒住。更驾：指再次驾车。⑩造父：相传周穆王时善于驾车的人。⑪迁：迁延。逡次：徘徊不前的样子。⑫假：借。须时：等待时机。须，待。⑬嶓冢：山名。隈：山边。⑭纁：指黄昏。纁：通"曛"，日落的余光。

开春发岁兮^①，白日出之悠悠^②。吾将荡志而愉乐兮^③，遵江、夏以娱忧^④。揽大薄之芳茝兮^⑤，搴长洲之宿莽^⑥。惜吾不及古人兮^⑦，吾谁与玩此芳草^⑧。解萹薄与杂菜兮^⑨，备以为交佩^⑩。佩缤纷以缭转兮^⑪，遂萎绝而离异^⑫。吾且僤佪以娱忧兮^⑬，观南人之变态^⑭。窃快在其中心兮^⑮，扬厥凭而不竢^⑯。芳与泽其杂糅兮，羌芳华自中出。纷郁郁其远烝兮^⑰，满内而外扬^⑱。情与质信可保兮^⑲，羌居蔽而闻章^⑳。

【注释】

①开春发岁：指春天的开始，一年的开端。②悠悠：长久。"白日悠悠"，指春日时光变得悠长。③荡志：纵情放志，有散淡心情的意思。④江、夏：指长江和夏水。⑤大薄：指草木丛生的高地。茝：香草，即白芷。⑥搴：拔取。宿莽：一种经冬不枯的香草。⑦惜：痛惜。古之人：似指古代的圣贤君主。⑧玩：欣赏鉴赏。⑨解：采摘。萹：萹蓄，也叫萹竹。萹薄，即指成丛的萹蓄。杂菜：恶菜。比喻楚王任用的人。⑩交佩：左右佩带。⑪缤纷：多。缭转：缠绕。⑫萎绝：芳草枯萎灭绝。楚王既宠信恶草，香草自然因被离弃而枯萎。离异：丢开。⑬僤佪：徘徊。⑭南人：郢都的党人，诗人指斥的小人。变态：动态。⑮窃快：指诗人自己内心的欣愉。⑯扬：弃。厥凭：自己的愤懑。竢：等待。⑰郁郁：指香气浓郁。烝：同"蒸"，蒸发。远烝：蒸发得很远。⑱满内而外扬：指内部充实而又向外散发。⑲情：指表现在外的思想、情志。质：指蕴藏于内的品质。信：诚然。保：持守。⑳居蔽：隐居，此处指居住在偏僻之地，流放之地。闻：美誉。章：同"彰"。

令薜荔以为理兮^①，惮举趾而缘木^②。因芙蓉而为媒兮，惮褰裳而濡足^③。登高吾不说兮^④，入下吾不能。固朕形之不服兮^⑤，然容与而狐疑^⑥。广遂前画兮^⑦，未改此度也^⑧。命则处幽吾将罢兮^⑨，愿及白日之未暮也^⑩。独茕茕而南行兮^⑪，思彭咸之故也^⑫。

【注释】

①薜荔：芳草蔓生草本植物。理：使者，中间人。②惮：害怕，这里含有不愿意之意。举趾：抬脚。缘木：爬树，薜荔多依附树木而生，故采摘须爬树。③褰裳：提起衣裙。濡足：沾湿了脚。④说：同"悦"，喜欢。"登高"句承"缘木"言；"入下"名承"濡足"言。⑤形：指身体。服：习惯。这句是说自己不想登高入下，所以处观望之中。⑥容与：与"狐疑"意近，徘徊、犹豫的意思。⑦广遂：广泛地实现。"前画"，即指从先别的谋划。⑧此度：指始终不变的决心。⑨处幽：居于幽闲之地。罢：通"疲"，疲倦。⑩愿及：

希望趁着。未暮：尚且没有日落，即含生
命尚未完结。⑪茕茕：孤独。南行：即指
上文"遵江夏"。⑫思彭咸之故：即《离骚》
"原依彭咸之遗则"之意。故，故迹。

【译文】

　　思念心目中的人啊，长久伫立凝望
挥泪如雨。良媒不通道路又阻绝啊，郁
结在心里的话无法寄。蹇蹇忠心使我心
情愁苦啊，烦闷郁积在心底无法抒发。
时刻都想告白我的心情，情思沉积无
法表达。想求浮云寄信传言啊，云神却
不肯帮助。托鸿雁为我书信啊，大雁飞
得太快太高难以相遇。

　　高辛氏神通广大啊，有玄鸟来帮助传送聘礼。想让我改变节操顺从恶习啊，改变初衷将委屈自己
的志向。多年来我独自遭遇忧患啊，满腔愤懑的心情难以平息。宁可忍受苦痛直到老啊，改变初衷不
是我的选择。明知前面道路不通顺啊，但决不改变我认准的真理。即使到了车倾马仆的境地啊，心怀
这条路也要一直走下去。勒住骏马切换赶路的车驾啊，造父为我把车驾。缓缓行进不必急奔跑啊，姑
且费些时光等待良机。向着嶓冢山的西隈行进啊，约定黄昏时刻到那里。

　　春天又降临这大地啊，春日时光变得悠长。我要愉悦快乐啊，沿着长江夏水排解心中的忧愁。采
摘丛林中芬芳的香茝，拔取长洲的宿莽。惋惜古代圣贤与我不同时啊，和谁一起共赏芬芳香草。除
去那成丛的菖蓄和杂菜啊，香茝和宿莽做成佩带。那佩带繁多而缭绕啊，被弃的香草如何不枯败。我
暂且徘徊消遣心忧啊，观察郢都的党人怎样的动态。内心也有苦涩的欣慰，抛弃愤懑不再有什么期
待。花朵和污秽混杂在一起啊，那芳花不受玷污能卓然自见。芬芳馥郁香气远播啊，内在充盈必定会
向外飘扬。情感和品质不更移啊，居住即使偏僻也能美名扬。

　　想让薜荔做我的使者啊，又怕举足攀树去寻找。想让芙蓉做我的使者啊，又怕撩起衣服沾湿我的
脚。攀登高处我不高兴啊，下水湿足我不愿意。本来我就不习惯这些啊，于是在此地犹像徘徊。全面
实行从前的美好计划啊，我决不动摇去改变法度。命运注定身居幽僻之边啊，愿有番作为再离世。孤
独向南走道路多漫长啊，把彭咸敢于直谏作为榜样。

◎惜往日◎

　　惜往日之曾信兮①，受命诏以昭时②。奉先功以照下兮③，明法度之嫌疑④。国
富强而法立兮，属贞臣而日娭⑤。秘密事之载心兮⑥，虽过失犹弗治⑦。心纯厖而
不泄兮⑧，遭谗人而嫉之。君含怒以待臣兮，不清澄其然否。蔽晦君之聪明兮⑨，
虚惑误又以欺⑩。弗参验以考实兮⑪，远迁臣而弗思。信谗谀之溷浊兮⑫，盛气志
而过之⑬。

【注释】

①曾信：指曾经受到楚王信任。即屈原曾经担任左徒，在内政和外交方面都曾起过重大作用。②命诏：即"诏命"，指怀王制定并发布的法令、文诰。昭，用作动词，使光明。③奉：继承。照：照临下土，使万民受惠。④明：辨明。嫌疑：指法度中疑惑难明的问题。⑤属：委托，托付。贞臣：屈原自指。娱：同"嬉"，游乐。此句是说，君王重用贞臣，自己就可以安乐无事。⑥秘密：即黾勉，努力。载心：放在心里，有不辞劳苦之意。载：放置。⑦治：治罪。⑧纯厖：指思想纯正朴厚。泄：泄露。⑨蔽晦：蒙蔽对方并使之昏暗。⑩虚惑：把无说成有叫虚，把假说成真叫惑。误：指误人。欺：欺骗。虚、惑、误、欺：都指谗人蒙蔽君王所用的种种手段。⑪参验：比较、验证。考实：考察核实真相。⑫谗谀：指那些进谗言、阿谀奉承的小人。溷：浑浊，指小人混淆是非的谣言。⑬盛气：指君王大怒。盛：强烈。过：责罚。

何贞臣之无罪兮，被离谤而见尤①！惭光景之诚信兮②，身幽隐而备之③。临沅、湘之玄渊兮④，遂自忍而沈流⑤。卒没身而绝名兮⑥，惜壅君之不昭⑦。君无度而弗察兮⑧，使芳草为薮幽⑨。焉舒情而抽信兮⑩，恬死亡而不聊⑪。独鄣壅而蔽隐兮⑫，使贞臣为无由⑬。闻百里之为虏兮⑭，伊尹烹于庖厨⑮。吕望屠于朝歌兮⑯，宁戚歌而饭牛⑰。不逢汤、武与桓、缪兮⑱，世孰云而知之⑲！吴信谗而弗味兮⑳，子胥死而后忧㉑。介子忠而立枯兮㉒，文君寤而追求㉓。封介山而为之禁兮㉔，报大德之优游㉕。思久故之亲身兮㉖，因缟素而哭之㉗。或忠信而死节兮，或訑谩而不疑㉘。弗省察而按实兮㉙，听谗人之虚辞。芳与泽其杂糅兮，孰申旦而别之？何芳草之早夭兮㉚，微霜降而下戒㉛。谅聪不明而蔽壅兮㉜，使谗谀而日得㉝。

【注释】

①被离："被"和"离"都是遭遇的意思。谤：毁谤。见尤：指被责罚。见：被，受到。尤：责备，责怪。②惭：惭愧，此处反义而用之。景：同"影"。光景，犹言明暗。光指明处之行事言；景指暗处之自守言。诚信：真诚而守信。③身幽隐：指自身埋没隐蔽，实指流放。备：具备。此二句，各家说法不一。④玄渊：深渊。⑤遂：就。自忍：狠心。沈流：沉在水流的中央，即投水而死。⑥卒：终于。没身、绝名：均指死去。⑦壅君：受蒙蔽的君主。昭：明白。⑧度：计量长短的标准和器具，这里指辨别是非的标准。⑨薮幽：沼泽。芳草不在园圃而在沼泽的幽僻之处，喻指贤臣外放，不在庙堂，而在荒野。⑩焉：怎么。舒情：抒发感情。抽信：展示其诚信。⑪恬：安于。不聊：不苟且偷生。⑫独：却。鄣：同"障"。"阻塞"、"鄣壅"、"蔽隐"，指小人在君王面前进谗言，谗言造成障碍，蔽隐贤才。⑬由：机会，办法，途径。作者死前唯一的愿望就是有直抒胸臆的机会，但这一点都不能做到。⑭百里：即百里奚，春秋时

虞国大夫。晋国灭虞，百里奚被俘，作为陪嫁臣入秦，后出走，被楚人拘。后被秦穆公用五张羊皮换回，任用为大夫。⑮伊尹：商汤时贤相。传说当初他只是一个奴隶。伊尹假借善于烹调的名义求见商汤，说治国就跟调味一样，汤因而任用他为相。⑯吕望：即姜尚。⑰宁戚：春秋时卫国人。⑱汤：商汤。武：周武王。桓：齐桓公。缪：同"穆"，指秦穆公。⑲孰：谁。云：语助词。知之：了解他们，指百里奚等人。作者借百里奚等人得侍明主的故事，慨叹自己生不逢时。⑳吴：指国君夫差。信谗：听信谗言，指吴王夫差听信太宰伯嚭的谗言，逼死伍子胥一事。弗味：不加玩味，即不经过仔细琢磨的意思。㉑死而后忧：指伍子胥死后不久，吴为越国所灭。㉒介子：人名，介子推，春秋时晋人。㉓文君：指晋文公。寤：同"悟"，觉悟。追求：指寻找介子。㉔封：加封。介山：介子推死后，绵山改名为介山。禁：即指封介山禁民上山打柴。㉕报：报答。大德：指介子推的恩德。优游：形容其德之广大。㉖久故：故旧，相交很久的人。亲身：指左右不离的亲近的人。㉗缟素：白色丧服。哭之：哭祭介子推。㉘或：有的人。訑谩：蒙骗、欺诈。訑，通"诞"。此句是说有的人欺诈却被信任不疑。㉙省察：调查实情。㉚芳草：喻贤才。㉛微霜：不太明显的小霜。戒：警告。比喻暗中的谗言。㉜谅：诚然。聪不明：即听之不明。㉝日得：一天比一天得势。得：得意。此二句是说，君王听之不明而有所蒙蔽，致使小人日益得势，占据高位。

　　自前世之嫉贤兮，谓蕙若其不可佩①。妒佳冶之芬芳兮②，嫫母姣而自好③。虽有西施之美容兮④，谗妒入以自代⑤。愿陈情以白行兮⑥，得罪过之不意⑦。情冤见之日明兮⑧，如列宿之错置⑨。乘骐骥而驰骋兮，无辔衔而自载⑩。乘泛泭以下流兮⑪，无舟楫而自备⑫。背法度而心治兮⑬，辟与此其无异⑭。宁溘死而流亡兮⑮，恐祸殃之有再。不毕辞以赴渊兮，惜壅君之不识⑯。

【注释】

①蕙、若：蕙草和杜若，均为香草名。②冶：艳丽。"佳冶"，指丽人。③嫫母：传说中的丑女。姣：容貌妖媚。这里有卖弄风骚的意思。自好：自以为美好。④西施：春秋时越国的美女。⑤自代：谗人排除别人而代替其位置。⑥白行：表白行为。⑦不意：没有料到。⑧情冤：此为对文，情，指真情；冤，指冤屈。情冤，是说真情与冤状。见：同"现"，显现。日明：一天比一天明显。⑨列宿：众星。错：通"措"，"错置"，安放、罗列。⑩自载：自己控制乘载。意谓乘坐不配上笼头和缰绳的骏马奔跑，肯定会摔跤。⑪泭：木筏。下流：顺流而下。⑫舟楫：船桨。自备：义同"自载"。此句意谓在急流中顺流而下，不用船桨也很危险。⑬心治：凭主观办事。⑭辟：通"譬"。此：指上述"无辔自载"、"无楫自备"。无异：没有什么不同。⑮溘死：突然死去。流亡：流而亡去。⑯识：知。指顷襄王不知奸佞误国，楚国正面临覆亡的危险。

【译文】

　　追忆曾被重用的时光啊，替君王颁布号令整饬国家。遵循先王的功业普照下民啊，明确法度绝无含混不清。国家富强法度完善，委任于忠臣君主就安宁。勤勉从政不辞劳苦啊，虽有小过失君主也能宽恕。我心地纯正不泄露机密啊，竟遭到谗人的嫉妒诽谤。君王怨怒对待臣子啊，不把是非黑白辨清。蒙蔽了君王的耳目啊，他虚言蛊惑却把圣君欺骗。君不验证考察啊，毫不思索就放逐忠良。听信颠倒是非的谗言啊，盛怒之下将我指责。

　　为什么忠良本无罪啊，却罪过相向又遭到诽谤。悲叹的是表里如一真诚守信啊，持守这好品德却身居幽隐。面对江水幽暗深沉啊，就要忍心投水自沉。个人不过淹没身躯和名声啊，痛惜君王受蒙蔽不能醒悟。君王没有准则又不省察啊，竟使那芳草埋没在湖泽，贤人隐没于山林泽薮。如何抒发情思和展示真心啊，我将坦然赴死决不会偷生。正是小人蒙骗君王啊，使忠贞之臣无路可行。听说百里奚是俘虏啊，当初的伊尹善于烹调。吕望曾在朝歌做屠夫啊，宁戚边敲牛角唱歌边喂牛。如不是遇上圣明的君王啊，世上谁能知道他们的贤明。吴王听信谗言不辨忠奸啊，逼死伍子胥却遭来灭国之忧。介子忠心自焚深山啊，文公醒悟了才去求寻。封介山不准上山砍柴啊，报答忠良的恩泽。想起介子是自己旧交啊，晋文公身着缟素为之痛哭祭奠。有人怀抱忠信守节而死啊，有人心怀诡诈却不被疑。不加考察也不核实啊，只听信谗佞小人虚假的言辞。芬芳与污浊混杂在一起啊，又有谁肯去细细地分辨。为何芬芳花草过早夭亡啊，只因微霜的降临预示死亡。诚然听觉不灵而受蒙蔽啊，才让那批谗佞小人日益得势。

自古以来嫉贤就成恶习啊，硬说香草和杜若不可佩戴。嫉妒美人的芬芳啊，丑妇却自认姣美而卖弄风骚。纵有那西施的美貌啊，那批小人却挤进来把她取代。我本想陈述表白行为啊，却遭来责罚祸患出乎我预料。是非曲直总会清楚啊，就如同灿烂的群星一样明了。乘着骏马奔驰啊，却没有辔衔任意行。泛起木筏顺水而下啊，却不用船桨任漂游。违背法度硬要一意孤行啊，如上面危险譬喻没有两样。宁愿突然死去顺流长逝啊，担心的是国家再次遭遇大祸殃。不说完心里话就投入深渊啊，我痛惜被蒙骗的君王不知真情。

◎橘颂◎

后皇嘉树①，橘徕服兮②。受命不迁③，生南国兮④。深固难徙⑤，更壹志兮⑥。绿叶素荣⑦，纷其可喜兮⑧。曾枝剡棘⑨，圆果抟兮⑩。青黄杂糅⑪，文章烂兮⑫。精色内白⑬，类可任兮⑭。纷缊宜修⑮，姱而不丑兮⑯。

【注释】

①后：后土。皇：皇天。"后皇"，喻言天地。嘉：美好的。②徕：同"来"。服：习惯、适应。③受命：受天地自然之命。不迁：犹言天赋是不能够迁移的。④南国：南土。⑤深固：指根深蒂固。以其受命独生南国。难徙：难以迁移。⑥壹志：意志专一。⑦素荣：白花。⑧纷：繁茂的样子。纷其，指纷然盛茂可喜。⑨曾枝：指橘树的枝条累累。曾同"层"。剡：尖锐。棘：刺。剡棘，橘树枝上的尖刺。⑩圆果：指橘树的果实。抟：同"团"，圆形。⑪青：指橘未成熟时的颜色。黄：指橘已成熟时颜色。此句承上"圆果"说，有的橘子已熟，有的尚未成熟，故青黄不齐，杂糅可见。⑫文章：文采。此处指橘子的表皮色彩。烂：光彩夺目的样子。⑬精色：鲜明的颜色，指橘表皮。⑭类：似。可任：可以担当重任。此二句意是橘已经全熟，剖开外貌赤黄，内瓤洁白，故可与任道之人同类。⑮纷缊：义同"氤氲"，指浓郁的香气。宜修："美好"，形容修饰得恰到好处。⑯姱：美好。丑：众。此句是说橘树之美好，与众不同。

嗟尔幼志①，有以异兮②。独立不迁③，岂不可喜兮。深固难徙，廓其无求兮④。苏世独立⑤，横而不流兮⑥。闭心自慎⑦，终不失过兮。秉德无私⑧，参天地兮⑨。愿岁并谢⑩，与长友兮⑪。淑离不淫⑫，梗其有理兮⑬。年岁虽少⑭，可师长兮⑮。行比伯夷⑯，置以为象兮⑰。

【注释】

①嗟：赞叹词。尔：你，代指橘树。幼志：指橘树初生时就具有的特征,如"受命不迁"、"深固难徙"等秉性。②异：指与一般不同。借橘来说己能。③独立：不依傍。不迁：不变易。"独立不迁"一句进一步申明上

文所说的"受命不迁"。④廓：空阔，广大，指心胸宽广。无求：指没有庸俗的追求。⑤苏世：清醒于世。⑥横：横绝，指特立独行的性格。流：指顺流而下。"不流"，即不随波逐流。⑦闭心：与"自慎"同义，均为坚贞自守的意思。⑧秉德：持有美好的品德。⑨参：合也。参天地，是说天无私覆，地无私载，自己的美好品德与天地相合。⑩岁：年岁。谢：凋零。"并谢"，犹言并谢之时。"愿岁并谢"等于说愿与橘树岁时相从代谢。⑪长友：长期与橘为友。⑫淑：

善。离：丽。不淫：不惑乱。⑬梗：通"耿"，正直，指橘树的枝干。理：指树的纹理。⑭年岁句：指年岁小。⑮可师长：可以效法。⑯行：品行。比：近。伯夷：殷末孤竹君的长子，与其弟叔齐反对武王伐纣，因不食周粟而饿死在首阳山上，是古代人们心目中的义士。行比伯夷，就是指橘树那种"受命不迁"、"深固难徙"的品格，近于伯夷。⑰置：立也。像：榜样。

【译文】

世间孕育那佳美的橘树，生来就适应这里的水土。秉受天赋之命不可迁徙，生长在这南楚国度。根深蒂固难以移植，志向是那样专一。绿色的叶子白白的花，繁盛美丽使人欢喜。累累枝条锐利的刺，滚圆的果实挂满树。青黄相间，颜色斑驳绚丽。赤黄的皮肤洁白的瓤，表里如一与君子同质。香气芬芳风姿秀，容貌美好得出类拔萃。

啊！你幼年就有的志向，与众不同实在不一样。坚定的兴趣绝不从俗，让人发自内心地把你赞赏。根深蒂固难以移植，心胸开阔无庸俗要求。头脑清醒独立在大地上，善于思考不媚俗。固守信念坚贞自守，始终没有任何失误。怀抱美德无私心，足可参配天地。我愿与你同生共死，愿做你永远的朋友。你有美好的品德与外貌而不惑乱，坚毅性格和高尚的追求。年纪虽幼小，美德可以效法发扬。品行可与伯夷相比，永远是我心中的榜样。

◎悲回风◎

悲回风之摇蕙兮①，心冤结而内伤②。物有微而陨性兮③，声有隐而先倡④。夫何彭咸之造思兮⑤，暨志介而不忘⑥。万变其情岂可盖兮⑦，孰虚伪之可长。鸟兽鸣以号群兮⑧，草苴比而不芳⑨。鱼葺鳞以自别兮⑩，蛟龙隐其文章⑪。故荼荠不同亩兮⑫，兰茝幽而独芳⑬。惟佳人之永都兮⑭，更统世以自贶⑮。眇远志之所及兮⑯，怜浮云之相羊⑰。介眇志之所惑兮⑱，窃赋诗之所明⑲。

【注释】

①回风：旋风。摇：撼。蕙：芳草。②冤结：怨恨、郁结。③物：指蕙草。陨：落。性：通"生"，指生机。④声：指秋风之声。声有隐，指秋风乍起，声音较低。先：疑为"失"字之误。倡：同"唱"。先倡：不响亮。

⑤造思：追思。⑥暨：及。志介：犹言志向坚定。⑦万变：指自身的各种坎坷遭遇。情：指诗人坚定的信念。盖：掩藏。⑧号：呼群之意。⑨苴：枯草。比：挨在一起。⑩葺："楫"的假借，本为划船的桨。葺鳞，鼓鳞。自别：自以为有别于旁类，即自我夸耀的意思。⑪文章：文采，指蛟龙鳞甲。⑫荼荠：苦菜与甜菜。不同亩：不能种在一起。⑬幽：指长在幽僻之处。⑭佳人：喻君子屈原自比。都：娴雅，美好。⑮更：经历。统：古人称一个朝代为一统。更统世指历览古今。贶：这里有比的意思。自贶：自许、自比。⑯眇：通"渺"，遥远。远志：远大志向。⑰相羊：同"徜徉"，飘流不定的样子。⑱介：耿介持守。眇志：深微的意志，即上文"远志"。惑：当从一本作"感"。⑲窃：私下，谦辞。赋诗：应指本篇，诗人由回风摇蕙的悲秋，感慨一切美好事物遭到摧残。诗人想要倾诉一切内心不平和愤慨。所以上文可看做是本篇的序诗。

惟佳人之独怀兮①，折芳椒以自处②。曾歔欷之嗟嗟兮③，独隐伏而思虑④。涕泣交而凄凄兮⑤，思不眠以至曙。终长夜之曼曼兮，掩此哀而不去⑥。寤从容以周流兮⑦，聊逍遥以自恃⑧。伤太息之愍怜兮⑨，气於邑而不可止⑩。纟L思心以为纕兮⑪，编愁苦以为膺⑫。折若木以蔽光兮⑬，随飘风之所仍⑭。存髣髴而不见兮⑮，心踊跃其若汤⑯。抚佩衽以案志兮⑰，超惘惘而遂行⑱。岁曶曶其若颓兮⑲，时亦冉冉而将至⑳。蘋蘅槁而节离兮㉑，芳已歇而不比㉒。怜思心之不可惩兮㉓，证此言之不可聊㉔。宁溘死而流亡兮㉕，不忍此心之常愁㉖。孤子吟而抆泪兮㉗，放子出而不还㉘。孰能思而不隐兮㉙，昭彭咸之所闻㉚。

【注释】

①独怀：犹言胸怀与众不同。②芳椒：芬芳的花椒。自处：自持，自守。折芳椒以自处，即独抱幽芳之意。③曾：同"增"，屡次，不断。歔欷：叹喟声。嗟嗟：连续不断的叹息声。④隐伏：指隐居幽处。思虑：独自思考。⑤凄凄：悲凉。⑥掩：止息。⑦寤：醒来，这是指天亮时。周流：周游。⑧聊：姑且。恃：借为"持"，自持。逍遥：安闲自在。⑨愍怜：指过分的忧伤哀怜。⑩於邑：同"郁邑"，苦闷。⑪纟L："纠"之俗字，纠结缠绕。思心：指思绪。纕：佩带。⑫编：编结。膺：本义为胸。这里引申为护身的内衣。⑬蔽光：挡住日光，自晦其明的意思。⑭仍：因、循。"随飘风之所仍"，即任随狂风把自己吹到哪里。⑮存：指诗人所遭受的一切客观存在。髣髴：仿佛，看不真切。⑯踊跃：跳动，形容汤的样子。喻自己情绪高涨。汤：开水。⑰抚：抚摩。佩：玉佩。衽：衣襟。案：通"按"。"案志"，指按捺愤怒的心情。⑱超：高举远离。惘惘：心中若有所失的样子。⑲曶曶：同"忽忽"，迅速。颓：下坠。这里指一年将尽。⑳时：指老死的时限。将至：指老之将至。上句言季节，下句言生命，由季节的变化，感慨生命即将完结。㉑蘋蘅：均为香草。节离：指草枯时则茎节断落。㉒已：通"以"。歇：消散。比：密。㉓怜：哀怜。思心：指上文所欲抑按之志，踊跃若汤之心，即指诗人内心的愁苦。惩：戒止。㉔证：明，表白的意思。此言：指以上所说的话。聊：苟且。㉕溘死：突然死去。㉖常愁：指去不掉的忧愁。㉗孤子：孤儿。诗人自哀身世之孤独。㉘放子：被放逐的人，诗人自指。意谓见逐于君。㉙隐：忧伤痛苦。㉚昭：同照，察明。即不隐，昭然若可见闻。闻：指名声。

登石峦以远望兮①，路眇眇之默默②。入景响之无应兮③，闻省想而不可得④。愁郁郁之无快兮，居戚戚而不可解⑤。心鞿羁而不开兮⑥，气缭转而自缔⑦。穆眇眇之无垠兮⑧，莽芒芒之无仪⑨。声有隐而相感兮⑩，物有纯而不可为⑪。邈漫漫之不可量兮⑫，缥绵绵之不可纡⑬。愁悄悄之常悲兮⑭，翩冥冥之不可娱⑮。凌大波而流风兮⑯，托彭咸之所居⑰。

【注释】

①峦：泛指山。②眇眇：辽远。默默：幽寂无声。③景：通"影"，影子和回响。无应：影子本应随形，回响本应随声；现有形无影，有声无响，比喻"闻省想而不可得"。④省：省察。这句是说耳闻、目察、心想都无法见到家园。⑤居：闻一多《校补》："案'居'与上下文'愁''心''气'诸字义不类。王注曰：'思念憔悴，相连接也。'疑居为思之误。"⑥轸羁：引申义为约束、束缚。轸，马缰绳。这句是说，内心忧伤郁结而不能舒展。⑦缭转：缭绕。缔：牢结。自缔，自相缔结。⑧眇眇：深远。无垠：没有边际。⑨莽：苍茫。芒芒：同"茫茫"。指草木杂乱衰败。仪：仪表。⑩声：这里指风声。有隐：指尚未彰显的迹象。相感：指互相的感应。这句是说，秋风预示着秋冬来临，万物枯萎，使人感到悲伤。⑪物：这里指蕙，或指万物。纯：指蕙草的秉性纯洁，亦可指万物的纯洁本质。不可为：是说没有挽救的办法，与前文"物有微而陨性"同义，用来说明遭受摧残的必然而且是不可挽回的。⑫邈：遥远。不可量：是说无法估量。此句是指前途。⑬缥：指思绪的细微。绵绵：连续不断。纡：系结。此句指愁思。⑭悄悄：忧愁的样子。⑮翩：疾飞。冥冥：幽暗。不可娱：不可娱乐。⑯凌：乘。流风：顺风而流。⑰托：依托。居：指人一生所选择的道路和归宿。由于彭咸志行高洁，他的精神决不致沉沦浊世，所以下文作者展开想象的翅膀，在清静的天地间神游。

上高岩之峭岸兮①，处雌霓之标颠②。据青冥而摅虹兮③，遂倏忽而扪天④。吸湛露之浮凉兮⑤，漱凝霜之雾雾⑥。依风穴以自息兮⑦，忽倾寤以婵媛⑧。冯昆仑以瞰雾兮⑨，隐岷山以清江⑩。惮涌湍之磕磕兮⑪，听波声之汹汹。纷容容之无经兮⑫，罔芒芒之无纪⑬。轧洋洋之无从兮⑭，驰委移之焉止⑮。漂翻翻其上下兮⑯，翼遥遥其左右⑰。泛潏潏其前后兮⑱，伴张弛之信期⑲。观炎气之相仍兮⑳，窥烟液之所积㉑。悲霜雪之俱下兮，听潮水之相击。借光景以往来兮㉒，施黄棘之枉策㉓。求介子之所存兮㉔，见伯夷之放迹㉔。心调度而弗去兮㉖，刻著志之无适㉗。

【注释】

①岩：山峰。峭：陡直高峻。②雌霓：虹霓。虹霓常有内外两环，通称为"虹"。但是内环色彩鲜明，古人称之为虹，认为其为雄性；外环色彩较淡，古人称之为霓，认为是雌性。标：本指树木末梢。这里"标颠"即"顶端"的意思。③据：依靠占据。青冥：青苍迷蒙的东西，指太空中的某种云。摅：舒展。把彩虹舒展得极长，借为天梯，登上九天。④倏忽：迅速地。扪：抚摸。⑤湛露：浓重的露水。浮凉：疑当作"浮浮"，与下句"霜之雾雾"对文。浮浮，形容水多。⑥凝霜：浓霜。雾雾：形容霜重。⑦风穴：古神话中风栖息的洞穴，在昆仑山顶上。⑧倾寤：侧身醒来。婵媛：情思牵萦。以上八句，写神游太空，排遣忧愁。⑨冯：通"凭"，据。瞰：俯视。⑩隐：凭依。岷山：即岷山，在今四川省松潘县北。古人以为，岷山乃是江水发源之山。⑪惮：通"怛"。涌湍：汹涌的急流。磕磕：

水冲击石崖的声音。⑫容容：纷乱的样子。经：东西为经，南北为纬。此句"经"与下文"纪"，犹言"经纬"。"无经"、"无纪"，形容水势和乌云翻滚汹涌的气势。⑬芒芒：形容长久。⑭轧：倾轧，指波涛翻滚互相倾轧。洋洋：形容水势很大的样子。从：到。⑮驰：奔驰，此处指大水奔流。委移：同"逶迤"，形容道路弯弯曲曲，相连不断。焉止：到哪里。⑯漂：同"飘"，翻翻：犹"摇摇"，指波涛左右奔腾不定。⑰翼：指两翼。用作动词，飞翔。遥遥：犹"摇摇"，指波涛左右奔腾不定的样子。⑱潏潏：水涌出的样子。⑲伴：通"判"，判别。张弛：指潮水涨落。信期：指潮汐的时间。以上数句，借写江水的奔腾汹涌，抒发了自己内心的愁绪和烦闷。⑳炎气：指夏季的酷热之气。相仍：连续不断。㉑烟液：指云雨。以上两句是写了春夏的气象。下面两句写秋冬气象。㉒光景：日光月影。往来：指神游于天地之间。㉓施：用。黄棘：神话中的木名。黄花圆叶，枝干上有棘刺。枉策：指马鞭。指取黄棘为策马之鞭。据说用这种黄棘木做鞭可以赶马快跑。㉔介子：指介子推。所存：所在之地。㉕放迹：犹言"故迹"。此二句表达了自己对古代贤者的仰慕，并表明决心一死。㉖调度：思虑安排。弗去：不能放弃。㉗刻著：铭刻。著：附着。无适：别无所从，没有别的归向。前文所说的"窃赋诗之所明"至此结束，设想神游太空也抹不掉心中的"常愁"，只有选择决心一死。

曰①：吾怨往昔之所冀兮②，悼来者之愁愁③。浮江、淮而入海兮，从子胥而自适④。望大河之洲渚兮，悲申徒之抗迹⑤。骤谏君而不听兮⑥，任重石之何益⑦！心绖结而不解兮⑧，思蹇产而不释⑨。

【注释】

①曰：应为"乱曰"，全篇的结束语。②冀：希望。此句是说，往日的所有希望都落空了。③愁愁：忧惧、警惕。④子胥：伍子胥。⑤申徒：申徒狄，殷末贤臣，不满纣的暴政，后谏纣不听，抱石投水而死。抗：同"亢"。抗迹：高尚的行迹。⑥骤：屡次。⑦任：怀抱。何益：有何益处。意谓自己决心一死，但想到古代贤人以身殉国，都不能挽救国家灭亡的灾难，自己一死也拯救不了楚国的危亡，所以才有最后两句的终结。⑧绖结：结成疙瘩，指愁绪郁结。⑨蹇产：形容盘曲，借以形容心情不舒畅。不释：不能排除。

【译文】

悲伤啊，旋风中摇动着蕙草，郁结在心中的忧愤难消。微小的生命丧失了性命啊，秋风乍起，声音隐微而不响亮。我为何对彭咸如此追慕啊，高尚志节使人永不能忘。纵有万变忠心岂能掩盖啊，虚伪的假象怎么能久长。鸟兽鸣叫号呼，呼朋引类，杂草相聚再多也不芬芳。群鱼鼓鳞来炫耀自己啊，蛟龙却潜入深渊将光彩隐藏。甜菜和苦菜不能种在一起啊，兰草在深谷里也会暗比幽香。只有君子永放光彩啊，经历数代也能美名扬。志向是如此高邈啊，就像那白云在空中徜徉。持守理想却遭人疑惑啊，写下诗篇来表明衷肠。

只有我胸怀独特啊，折取香木芳草来自处。唏嘘不断悲哀连绵啊，隐居幽处我来独自思虑。孤独隐居忧思重重，涕泪横流心悲凉，愁思不眠直至天亮。长夜漫漫无尽头啊，挥去忧愁纯属梦想。醒来时四处去游历啊，暂且逍遥聊自宽。深深叹息那心里的忧痛啊，淤积在胸的苦闷无法散。把思绪缠绕成佩带啊，把愁苦编织成胸衫。攀折若木遮蔽阳光啊，听凭狂风把我吹荡。往昔的忧愁似乎已然忘却啊，刹那间又似沸水涌入胸膛。抚摸佩襟安抚愤怒的心情啊，超越惆怅向前行走。岁月匆匆一年就要完尽啊，生命渐渐衰老就要结束。蘋蘅枯萎茎节脱落啊，芳华凋落芬芳消散。可怜我的忠心无法改变，表白的话也靠不住啊。宁愿突然死去灵魂飘荡啊，也不愿忍受这无尽头的悲伤。如孤儿般吟叹揩拭着眼泪啊，像弃子流云不得回故乡。想到这些谁不痛苦啊，我愿将彭咸的话再度发扬。

登上山峦向远方眺望啊，道路渺茫空寂无声。没有影子也无人回应啊，耳闻、目察、心想都无法见到家园。忧愁郁郁没有丝毫的快乐啊，情思忧戚脱解无方。心被束缚如枷锁啊，怨气萦绕自我纠结。茫茫的大地没有边际啊，四处苍茫万物没有形迹。回风乍起，秋冬来临万物枯萎啊，其凋敝枯谢的命运不可挽回。道路漫长无法测量啊，愁绪缥缈不可回转。忧心忡忡悲愁不绝啊，夜空展翅高飞并非我所愿。欲随风而去啊，精神追随着彭咸的志向。

登上那陡峭的山顶啊，坐在霓虹最顶上。背靠太空舒展美丽的长虹啊，刹那间我又举手抚摸天。吸饮清凉浓郁的甘露啊，含漱冰凉爽口的浓霜。安息在风穴啊，忽然醒来我依旧悲伤。凭依昆仑俯视弥漫的云雾啊，背靠岷山俯瞰滚滚的长江。急流巨石相撞声大使人胆战啊，汹涌奔腾的波涛让人心胆寒。大水横流泛滥啊，白茫茫一片纷纷攘攘。大浪滔滔何处而来啊，奔驰到何方。江水翻滚忽上忽下啊，潮水急流忽左忽右。波涛奔涌后浪赶着前浪啊，潮涨潮落时快又时慢。看到春夏的酷气在蒸腾，下界密集的云雨层层生。叹息秋冬的霜雪齐降啊，倾听潮水相击雷鸣般的响。借着日光月影在天地间驰骋啊，神木做马鞭紧握在手。我寻求介子推曾居留的介山啊，又见首阳山的故迹就在前头。我内心的思虑无法去怀啊，守志不移是我的造次。

我怨恨往日的希望成空啊，我恐惧来日的可危。我可以浮沉江淮流入海啊，追随伍子胥以遂我愿。遥望黄河那水中的沙洲啊，痛悼那是殷末的贤才。屡次进谏君王也不听啊，怀抱沙石自沉又有何用。我内心苦痛郁结无法解开啊，思念纠缠让我不能宽怀。

远游

悲时俗之迫阸兮①，愿轻举而远游。质菲薄而无因兮②，焉托乘而上浮？遭沈浊而污秽兮，独郁结其谁语！夜耿耿而不寐兮③，魂茕茕而至曙④。惟天地之无穷兮，哀人生之长勤⑤。往者余弗及兮，来者吾不闻。步徙倚而遥思兮⑥，怊惝怳而乖怀⑦。意荒忽而流荡兮，心愁凄而增悲。

【注释】

①阸（è）：阻塞，困厄。②质菲薄：质性鄙陋。这是自谦之词。因：指外在的因缘。③耿耿：心不安宁的样子。④茕茕：当从一本作"营营"，往来不停的样子。⑤勤：劳碌。⑥徙倚：徘徊，踟蹰。遥：借作"摇"。⑦怊（chāo）：心无所依。惝怳（chǎng huǎng）：惆怅失意的样子。乖：不和谐。怀：心情。乖怀：心愿违背，心气不顺。

【译文】

　　我悲伤世俗胁迫困厄，真想轻身飞翔起来远游他方。但是我自身微薄而没有依靠，将以什么为依托而上浮天际？我遭到周围污浊黑暗的侵袭，孤独苦闷郁结的心绪又向谁去倾诉？漫长的黑夜里内心的牵挂使我不能安眠，灵魂更是漂浮不定四处奔走直至破晓。心里想着天地的无尽无休，哀痛人生也是如此的漫长艰辛。过去的一切已经不可触及，未来的种种我也很难知闻。缓步徘徊默默地静思，惆怅、失意都使我心意乖戾。我神志恍惚四处流荡而无所依附，我的内心愁苦悲痛而倍感哀凄。

　　神儵忽而不反兮，形枯槁而独留①。内惟省以端操兮②，求正气之所由。漠虚静以恬愉兮③，澹无为而自得④。闻赤松之清尘兮⑤，愿承风乎遗则。贵真人之休德兮⑥，美往世之登仙⑦。与化去而不见兮，名声著而日延⑧。奇傅说之托辰星兮⑨，羡韩众之得一⑩。形穆穆以浸远兮⑪，离人群而遁逸。

【注释】

①神：精神。形：形体。②内惟省：扪心自省。内：内心。惟：思。省：察。端操：端正情操。③漠：漠然。④澹（dàn）：通"憺"，安然。⑤赤松：即赤松子，传说是远古的仙圣。清尘：犹遗风。清是尊敬之义，尘是步行时扬起的尘土。⑥贵：尊重。真人：道家理想中的得道之人。休：美。⑦美：羡慕；赞美。⑧化：仙化。著：显赫。日延：永远不绝。⑨傅说：商王武丁的国相。辰星：星宿名。相传傅说死后，其精神乘星上天。⑩韩众：即齐人韩终，他为王采药，王不肯服，于是他自己服下成仙。得一：道家术语，即得道。⑪穆穆：仪容端庄的样子。浸：渐。

【译文】

　　忽然间魂魄离我远去而不返，只留下我这枯槁的形体。内心一直自省而端正操守，以寻求天地正气所产生的缘由。我漠然宁静而自有愉悦的心境，我有着澹淡无为而悠然自得的胸襟。听说赤松子留下了清高绝俗的榜样，我愿继他的遗风以行其事。我珍视养真之人的美德，我更赞美他们能得道升仙。虽然他们的形体已羽化不见，然而名声却显著而日日流传。我惊奇把傅说托付给星辰，韩众得道成仙使我羡慕不已。形体默然无声地渐渐远去，离开了人群而遁迹隐逸。

　　因气变而遂曾举兮①，忽神奔而鬼怪。时仿佛以遥见兮②，精皎皎以往来③。绝氛埃而淑尤兮④，终不反其故都。免众患而不惧兮⑤，世莫知其所如⑥。恐天时之代序兮，耀灵晔而西征⑦。微霜降而下沦兮⑧，悼芳草之先零。聊仿佯而逍遥兮，永历年而无成⑨。谁可与玩斯遗芳兮⑩？长向风而舒情。高阳邈以远兮⑪，余将焉所程⑫？

【注释】

①气变：承上文因"端操"而获"正气"。曾：通"增"。增举：高举。②时：偶尔。③精：精灵。皎皎：光明的样子。④绝：超越，远离。淑：清。尤：甚，过。⑤众患：指群小的谗诟。⑥如：往。⑦耀灵：对太阳的尊称。晔（yè）：光明的样子。⑧沦：犹"降"。⑨永：久。历年：经历数年。⑩斯遗芳：一本作"此芳草"，译文从之。⑪高阳：与下节"轩辕"，都是作者心目中"邈以远"、"不可攀"的偶像，故后文写游天时没有遇到他们。⑫程：效法。

【译文】

　　借着自然的变化而高飞入天际，如神奔鬼变般倏忽往来。有时仿佛于朦胧中隐约可见，精灵明亮闪烁地往来于天地。他们已经超越尘埃达到精美清丽之极，再也不会返回凡尘故里。那样就能摆脱小人的陷害而无所畏惧，世界上已经没有人知道他们的踪迹。但是我恐惧在时光交替变更中，辉煌的灵光已闪烁着向西方而去。薄薄的秋霜已飘然降临大地，悲悼那芳草最先凋零。姑且漫步徘徊而游荡逍遥，虽然岁月已久而我依然无所成就。谁又能与我赏玩这些仅存的芳草？我只能对着清风长叹以舒散心情。高阳的时代早已离我远去，我还能效法谁以作为榜样？

　　重曰[①]：春秋忽其不淹兮，奚久留此故居[②]？轩辕不可攀援兮[③]，吾将从王乔而娱戏[④]。餐六气而饮沆瀣兮，漱正阳而含朝霞[⑤]。保神明之清澄兮[⑥]，精气入而麤秽除[⑦]。顺凯风以从游兮[⑧]，至南巢而壹息[⑨]。见王子而宿之兮[⑩]，审壹气之和德[⑪]。

【注释】

①重曰：再次地说。②奚：为什么。③轩辕：黄帝的号。④王乔：即王子乔，相传是周灵王的太子晋，好吹笙作凤鸣，得道成仙。⑤六气：有各种不同的含义，这里当指神话里的六种自然之气，仙人所餐。沆瀣（hàng xiè）、正阳、朝霞，都是六气之一。沆瀣是北方夜半之气，正阳是南方日中之气，朝霞是日出之气。⑥神明：指人的精神。⑦精气：清净之气，即指上文"六气"。麤：即粗。⑧凯风：南风。⑨南巢：南方荒远之国，其地望说者各异。壹息：稍息。⑩王子：即王子乔。宿：借作"肃"，肃敬。⑪审：究问。壹气、和德：道家术语，都是得道的意思。

【译文】

　　重唱：春去秋来如流水般消逝，我为何还久留在故居？轩辕既然已远无法同游，我将跟着王子乔而嬉娱。我吃六气而饮沆瀣，用正阳漱口且含着朝霞以润喉。保持精神心灵的清明澄澈，将先天的精气吸入身体而将浊气排除。顺着南风而出游，到了南巢之旁才稍微休息。见到了王子乔就恭敬地向他请教，请教阴阳之气融合交流的道理。

　　曰："道可受兮，不可传[①]；其小无内兮，其大无垠，无滑而魂兮，彼将自然[②]。壹气孔神兮，于中夜存[③]，虚以待之兮，无为之先[④]。庶类以成兮[⑤]，此德之门。"

【注释】

①"可受"、"不可传"，用词虽相反，含意却一致，都形容"道"的神秘性。②无：同"毋"，勿。滑：乱。

而：尔，你。彼：指"道"。③壹：专。壹气：即专气。孔：甚。神：指凝神。存：指存于心。④无：不。之：指称代词，指外物。无为之先：不为外物之先。⑤庶类：万物。

【译文】

　　他说："道理只能接受领悟，而不能口耳相传；它微小到没有实质，广大到没有边际。如果不搅乱你的魂灵，它就会自然显现。天地间至真至纯之气非常神奇，常存在于半夜寂静时分。要以虚静之心来等待，不要有占为己有的情欲。万物众类都是借助它而生成的，这就是得道的必经之门。"

　　闻至贵而遂徂兮①，忽乎吾将行。仍羽人于丹丘兮，留不死之旧乡②。朝濯发于汤谷兮，夕晞余身兮九阳③。吸飞泉之微液兮，怀琬琰之华英④。玉色頩以脕颜兮⑤，精醇粹而始壮⑥。质销铄以汋约兮，神要眇以淫放⑦。嘉南州之炎德兮⑧，丽桂树之冬荣。山萧条而无兽兮，野寂漠其无人。载营魄而登霞兮⑨，掩浮云而上征。

【注释】

①至贵：极宝贵，指王子乔上述的话。徂：往。②仍：因，就。羽人：《山海经》有羽人之国、不死之民。或说人得道身生毛羽，即飞仙。丹丘：昼夜常明之地。羽人国、丹丘、不死地，都在南方，作者是楚人，故称"旧乡"。③晞（xī）：晒干。九阳：古代神话，汤谷有扶桑树，"九日居下枝，一日居上枝"。"九阳"即指下枝的九个太阳。④琬、琰：都是美玉名。华、英：都是花。⑤頩（pīng）：美貌。脕（wàn）：润泽。⑥醇：厚，美。粹：不杂。⑦"质销"二句：是以体质日瘦，精神日盛，说明凡人的成分日益消失，神仙的成分日益增多。质：指体质。销铄：消亡。汋（zhuó）约：柔弱的样子。神：精神。眇（miǎo）：通"渺"。要眇：高远的样子。淫：溢，过头。⑧嘉：美。南州：南方，指故居之地。炎德：火德。这本于阴阳五行说，把东、南、西、北、中分属五行，南方属火，故称。⑨营魄：魂魄。

【译文】

　　我听罢这些至理名言便向往一去，瞬息间我就出发远去。我到丹丘仙境亲近飞仙，想要留在这不死的神仙之乡。早晨在阳谷洗洗头发，傍晚让九阳用热力晒干我的身体。吮吸着飞泉神美的汁液，饱食着美玉的英华。玉色使我的容颜光泽滋润，精神纯粹而苗壮充盈。形体销铄而显出柔美，神魄幽微而更加豪放。我赞美南方气候炎热的功德，我歌颂桂树在冬天也吐芳华。但是山林却萧条而没有野兽，原野寂寥苍茫而不见人烟。承载着仙体飞上彩霞，攀登着浮云向上飞升。

　　命天阍其开关兮①，排阊阖而望予②。召丰隆使先导兮③，问大微之所居④。集重阳入帝宫兮⑤，造旬始而观清都⑥。朝发轫于太仪兮⑦，夕始临乎於微闾⑧。屯余车之万乘兮，纷溶与而并驰⑨。驾八龙之婉婉兮，载云旗之逶蛇。建雄虹之采旄兮⑩，五色杂而炫耀。服偃蹇以低昂兮⑪，骖连蜷以骄骜⑫。

【注释】

①阍：守门人。②排：推开。阊阖：天门。③丰隆：云师。④大微：一作"太微"，天帝的南宫。⑤集：就，往。重阳：天。⑥旬始：星名，一说是太白星。清都：天帝居住的地方。⑦太仪：天帝的宫廷。⑧於微闾：神话里的山名，在东北方，产玉。⑨溶与：即容与，从容。⑩旄（máo）：杆头装饰牛尾的旗。⑪服：驾

车的四匹马中，在中间的两匹称"服"，在两旁的称"骖"，这里泛指驾车的马。偃蹇：形容马匹高大矫健的样子。⑫骄骜：马纵恣奔驰。

【译文】

命令守门人把天门打开，他只是推开大门朝我望着。召唤丰隆让他做我的向导，去探寻天帝南宫所在的位置。到达九重天进入帝宫，探访旬始而参观天庭清都。早晨从天庭太仪驾车出发，傍晚就到达了於微间。我把万辆车驾屯聚在一起，浩浩荡荡并驾齐驱而前。驾着八龙蜿蜒飞行，车上插着的云饰旗子摇摆不定。竖起装饰着彩旄的雄虹之旗，五色纷杂明艳照耀。驾车的马匹行动矫健而昂首起伏，骖马曲蹄昂颈奋勇奔驰。

骑胶葛以杂乱兮①，斑漫衍而方行②。撰余辔而正策兮③，吾将过乎句芒④。历太皓以右转兮⑤，前飞廉以启路⑥。阳杲杲其未光兮⑦，凌天地以径度⑧。风伯为余先驱兮，氛埃辟而清凉。凤皇翼其承旂兮，遇蓐收乎西皇⑨。揽彗星以为旍兮⑩，举斗柄以为麾⑪。叛陆离其上下兮⑫，游惊雾之流波⑬。

【注释】

①骑：坐骑，即一人一马的合称。胶葛：车马喧杂交加的样子。②漫衍：漫无边际。方：并。方行：指坐骑与车驾并行。③撰：持。策：鞭。正策：犹整队。④句芒：木神，在东方。他的本来面目是鸟身人面，乘两龙。⑤太皓：伏羲氏，传说是东方天帝。⑥飞廉：风神。⑦杲杲（gǎo）：明亮的样子。⑧凌：超越。天地：作"天池"，即咸池。径：直，是说跨越天池而直往。⑨蓐收：金神，在西方。西皇：西方天帝，即少昊。⑩旍（jīng）：同"旌"，古代一种用牛尾和羽毛装饰杆头的旗。⑪斗柄：星名。北斗星有七颗，形如斗柄的是第五至第七三颗。麾：古代指挥军队的旗帜。⑫叛：纷繁的样子。⑬惊雾：云雾惊动而流荡如波。

【译文】

车骑交错飞驰纵横杂乱，纵行的队列绵延不绝而并行。我高举马鞭抓紧缰绳，即将拜见东方之神句芒。经过了东帝太皓之处而右转，有飞廉在前开路。当太阳还没有升起尚未放光，我超越天地而横

越直往。风伯为我作先驱，扫荡尘埃而迎来清凉。凤凰张开彩翼翱翔在云旗两旁，在西帝处所西皇遇见了蓐收。牵着彗星摇曳以作为令旗，高举北斗之柄以作旄旗。云雾色彩缤纷忽上忽下，我在云海惊涛中流连嬉戏。

时暧曃其晄莽兮①，召玄武而奔属②。后文昌使掌行兮③，选署众神以并毂④。路曼曼其修远兮，徐弭节而高厉⑤。左雨师使径侍兮，右雷公以为卫。欲度世以忘归兮⑥，意恣睢以担挢⑦。内欣欣而自美兮，聊媮娱以自乐⑧。

【注释】

①暧曃（dài）：昏暗的样子。晄（tǎng）莽：阴晦的样子。②玄武：北方天神。③文昌：星官名，有六颗。掌行：带领队伍。④署：部署，安排。毂：车轮中心的圆木，这里代指车。并毂：并驾齐驱。⑤高厉：犹高亢。厉有"奋"义。⑥度：超度。⑦恣睢：放纵自得。担挢（jiǎo）：高举。⑧媮（yú）：通"愉"，乐。

【译文】

天已昏暗四周迷茫，我召来北方玄武奔走在我的后方。让文昌在后头掌管随行之事，挑选好了众神与我并驾前驱。路途漫漫多么遥远，我执鞭缓缓地驶向高处。雨师在左边相伴随侍，雷公在右边保驾护卫。本想超越世俗而不想归去，我的心意欣然自得而腾飞不已。内心欣喜而品德美好，我姑且自娱自乐而纵情玩乐。

涉青云以汎滥游兮①，忽临睨夫旧乡。仆夫怀余心悲兮，边马顾而不行②。思旧故以想像兮，长太息而掩涕。汜容与而遭举兮③，聊抑志而自弭。指炎神而直驰兮④，吾将往乎南疑⑤。览方外之荒忽兮⑥，沛罔瀁而自浮⑦。祝融戒而跸御兮⑧，腾告鸾鸟迎宓妃⑨。张咸池奏承云兮⑩，二女御九韶歌⑪。使湘灵鼓瑟兮⑫，令海若舞冯夷⑬。玄螭虫象并出进兮⑭，形蟉虬而逶蛇⑮。

【注释】

①涉：经过。青云：指苍天。汎滥游：四方浪游。②边马：两边的骖马。③汜：字同"泛"。容与，舒缓的样子。④炎神：即祝融，是南方天帝炎帝的辅佐神。在古神话中，祝融一直是个管火的天神。⑤南疑：即九嶷。⑥方外：世外，神仙之属所在。⑦沛：水流的样子。罔瀁：水流宏大的样子。⑧戒：这里是劝阻的意思。⑨腾告：传告。⑩咸池：传说是尧时的乐曲。承云：传说是黄帝时的乐曲。⑪二女：即娥皇、女英。御：侍候。九韶：传说是舜时的乐曲。⑫湘灵：湘水神。⑬海若：北海之神。冯夷：水神河伯。⑭螭（chī）：古代传说中的一种无角蛟龙。象：罔象，水怪。玄螭虫象都是水中神物。⑮蟉虬（liú qiú）：盘曲的样子。

【译文】

我登上青云尽情畅游，忽然低头看到故乡家园。仆人们内心怀思而我心中悲伤，骖马也回顾而停下不走。想念起故乡的父老音容，我不禁长声叹息擦拭着泪眼。我应从容逍遥远去，暂且抑制激动的心情而忍耐自解。我指着南方之神炎帝之所在而直奔，我要去往南方的胜地九嶷山。看着世外之地一片幽暗迷茫，仿佛在汪洋的水中任意飘浮。祝融已告别调转车头，我又告诉青鸾神鸟去迎接宓妃。谱出《咸池》之乐演奏《承云》乐章，娥皇女英咏唱《九韶》之歌。让湘水的神灵来鼓瑟，命令海若与冯夷起舞助兴。无角黑龙、长蛇与罔象一起出没，形体屈曲而宛转延伸。

雌蜺便娟以增挠兮①，鸾鸟轩翥而翔飞②。音乐博衍无终极兮，焉乃逝以徘徊。舒并节以驰骛兮③，逴绝垠乎寒门④。轶迅风于清源兮⑤，从颛顼乎增冰⑥。历玄冥以邪径兮⑦，乘间维以反顾⑧。召黔嬴而见之兮⑨，为余先乎平路。经营四荒兮，周流六漠⑩。上至列缺兮⑪，降望大壑⑫。下峥嵘而无地兮，上寥廓而无天⑬。视儵忽而无见兮⑭，听惝怳而无闻⑮。超无为以至清兮，与泰初而为邻。

【注释】

①便娟：轻盈美丽的样子。挠：借作"娆"，妖娆娇媚。②翥（zhù）：飞举。轩翥：高举。③舒：放松。并：读作"骈"，两马驾一车。舒并节：放松缰绳。骛（wù）：恣意奔跑。④逴（chuō）：远。绝垠：天边。寒门：北方北极之山。⑤轶：后车超越前车。清源：传说中八风之府。⑥颛顼：北方的天帝。增：音义同"层"。⑦玄冥：北方的水神。邪径：转道。⑧间维：古代神话计算天空距离的单位名称。是说天有六间，地有四维，犹言天地。⑨黔嬴：造化之神。⑩漠：读作"幕"。六幕：犹六合，指天地四方。⑪列缺：天盖的缝隙，闪电的光由此漏出。⑫大壑：渤海之东有大壑，实惟无底之谷，叫归墟。⑬峥嵘：深远的样子。寥廓：广远的样子。下无地，上无天，意谓心容天地，而不受天地所限，达到太初原始的境界。⑭儵（shū）：同"倏"，义同"忽"，快。⑮惝怳（chǎng huǎng）：迷糊不清。怳通"恍"。

【译文】

雌蜺轻盈优美而层层缠绕，青鸾神鸟高举而飞翔。音乐旋律广博而没有终止，于是我徘徊远去。放下马鞭让车队缓慢前行，来到遥远的天边北极之山。乘着疾风到达八风之府，追随颛顼来到冰层之地。经过玄冥转道而行，登上天地间维之处而回望。我召呼黔嬴前来见面，请他为我先行开通道路。往来于四面荒凉之地，周游八方广漠之境。向上我到达了天际列缺，向下我俯瞰渤海之大壑。下界茫茫深远无底，上方空空辽远而无顶。视觉闪烁不定什么也看不见，听觉恍惚什么也听不清。超越自然而达清虚的境界，我已经和天地元气之始泰初结伴为邻。

卜居

屈原既放，三年不得复见，竭知尽忠，而蔽障于谗，心烦虑乱，不知所从。往见太卜郑詹尹①，曰："余有所疑，愿因先生决之。"詹尹乃端策拂龟②，曰："君将何以教之？"

屈原曰："吾宁悃悃款款朴以忠乎？将送往劳来斯无穷乎③？宁诛锄草茅，

以力耕乎？将游大人以成名乎？宁正言不讳，以危身乎？将从俗富贵以媮生乎^④？宁超然高举以保真乎？将哫訾栗斯，喔咿儒儿以事妇人乎^⑤？宁廉洁正直以自清乎？将突梯滑稽，如脂如韦以洁楹乎^⑥？宁昂昂若千里之驹乎？将氾氾若水中之凫^⑦，与波上下，偷以全吾躯乎？宁与骐骥亢轭乎？将随驽马之迹乎^⑧？宁与黄鹄比翼乎？将与鸡鹜争食乎^⑨？此孰吉孰凶？何去何从？世溷浊而不清！蝉翼为重，千钧为轻。黄钟毁弃，瓦釜雷鸣。谗人高张，贤士无名。吁嗟默默兮，谁知吾之廉贞？"

詹尹乃释策而谢。曰："夫尺有所短，寸有所长；物有所不足，智有所不明；数有所不逮^⑩，神有所不通。用君之心，行君之意，龟策诚不能知此事。"

【注释】

①太卜：官名，掌管卜卦的事。②策：蓍草。③悃悃（kǔn）款款：诚实而无保留的样子。劳：慰劳。④媮：同"偷"。⑤哫訾（zú zī）：想前进又不敢前进的样子。栗：借作"慄"，古本亦作慄，谨畏的样子，形容阿谀的丑态。喔咿儒儿：指勉强装笑，讨人欢心的样子。妇人：指楚怀王的宠姬郑袖。⑥突梯：圆滑的样子。滑稽：本是古代的流酒器，引申为人长于辞令，这里则指善于巧言谄媚。脂：油脂。韦：柔软的熟皮。洁楹：比喻人的态度圆滑。⑦氾氾：浮游不定的样子。⑧亢：同"伉"，并。轭（è）：车辕前套牲口用的横木，此作动词用，指负轭前行。亢轭：并驾齐驱。驽：劣马。⑨黄鹄（hú）：善飞的大鸟。鹜（wù）：鸭。⑩数：卦数。逮：及。

【译文】

屈原既被放逐，多年还不能被赦罪召回得见楚怀王。他对国家竭尽心智以尽忠，却被奸佞所掩蔽阻挠。他心情烦闷闷思绪混乱，真不知该如何是好。于是他去拜访太卜郑詹尹，说道："我心中有一些疑问，想请您帮我解答作个决定。"詹尹于是就摆正筮草，拂拭龟甲，问道："先生有何指教？"

屈原道："我是宁可诚恳忠贞地尽忠呢？或是媚世逢迎随欲周旋，而不至于穷困呢？宁可去锄掉茅草而努力耕作呢？或是去逢迎有地位的人借以成名呢？宁可直言不讳以至危害到自身呢？或是随逐流求取富贵欢愉偷生呢？宁可超然离世而隐居以保存自身的本性呢？或是巧言逢承，强颜欢笑，来侍奉女人呢？宁可廉洁正直以保持自身的纯洁呢？或是圆滑世故，如脂如草，来滋润楹柱呢？宁可高傲得像千里马那样昂然翘首呢？或是像野鸭一样在水中浮游，随波上下，苟且偷生以保全身躯呢？宁可与骐骥抗轭并驾呢？或是跟随劣马的足迹呢？宁可与黄鹄一道比翼齐飞呢？或是去和鸡鸭争食呢？以上所说这些，究竟什么是吉什么是凶呢？该舍弃什么？又该顺从什么？人世混浊而不清！人们认为蝉翼很重，却把千钧看得很轻。黄钟被人们毁坏抛弃不用，瓦釜却被敲得如雷鸣般响动。谗佞之人位高权重，十分显赫，贤良之士却屡遭遗弃，默默无闻。我悲叹这世间如此沉默，有谁能知道我的廉正忠贞？"

詹尹听后放下了筮草而抱歉地说："唉！尺虽长也有嫌短的时候，寸虽短也有嫌长的时候；事物也有不足之处，智慧也有不能洞察之处；命运也不一定能够掌握，神灵也有不能通过的地方。顺应您的心意，去行使您的意愿。龟策实在不能知道这些事情。"

渔父

　　屈原既放，游于江潭，行吟泽畔，颜色憔悴，形容枯槁。渔父见而问之。曰："子非三闾大夫与①？何故至于斯？"

　　屈原曰："举世皆浊我独清，众人皆醉我独醒，是以见放。"

　　渔父曰："圣人不凝滞于物②，而能与世推移。世人皆浊，何不淈其泥而扬其波③？众人皆醉，何不餔其糟而歠其醨④？何故深思高举，自令放为⑤？"

　　屈原曰："吾闻之，新沐者必弹冠，新浴者必振衣⑥。安能以身之察察⑦，受物之汶汶者乎⑧？宁赴湘流，葬于江鱼之腹中。安能以皓皓之白，而蒙世俗之尘埃乎？"

　　渔父莞尔而笑，鼓枻而去⑨。歌曰："沧浪之水清兮，可以濯吾缨，沧浪之水浊兮，可以濯吾足⑩。"遂去，不复与言。

【注释】

①三闾大夫：楚官职名，掌管与教养楚国屈、景、昭三姓宗族子弟。这是屈原最后所担任的官职。②凝滞：水流不通，这里是拘泥的意思。物：外物。凝滞于物：受外物所限，只能适应某种客观环境。③淈（gǔ）：搅浑。④餔：食。糟：酒糟。歠（chuò）：饮。醨（lí）：薄酒。⑤为：语气助词。⑥沐：洗头发。浴：洗身体。⑦察察：洁净的样子。⑧汶汶（wèn）：昏暗不明的样子。⑨莞尔：微笑的样子。鼓：击，拍打。枻（yì）：短桨。⑩沧浪：水名，或说是汉水的支流，或说即汉水。清水洗缨，浊水洗足，因时而异，即上文"不凝滞于物，而能与世推移"的意思。

【译文】

　　屈原被放逐后，就徘徊游荡在沅湘之间深渊之旁。他在江畔边走边低声吟唱。脸色憔悴，神态枯槁。渔父遇见了他就问道："您不就是三闾大夫吗？为什么会沦落成这个模样？"

　　屈原回答说："整个世界到处都是污浊只有我是清白的，大家都酒醉沉迷只有我清醒，因此我被放逐了。"

　　渔父说："有德行的圣人不应该受事物所限制，而能随世俗而一起改变。既然世上的人都污浊一片，那您何不随着污秽之波而沉浮上下？大家都烂醉如泥，您为何不跟着一起吃酒糟喝其酒呢？为什么要

忧思国民而与世俗相异悖离，以至于让自己落了个被放逐的下场？"

屈原说："我听说，刚洗过头的人一定要弹弹帽子再戴上，刚洗过澡的人一定要抖抖衣服再穿上。我怎能让清白干净的身体，沾染上污浊之物？我宁可跳到湘江之中随流而去，葬身江鱼之腹。我又怎能让纯洁的名声，蒙上世俗的污垢？"

渔父听了微微而笑，他摇起船桨顺水而去。唱道："沧浪之水清清，可以洗涤我的帽缨，沧浪之水浊浊，可以洗涤我的脚。"于是他便远去了，不再说话。

招魂

朕幼清以廉洁兮①，身服义而未沫②。主此盛德兮③，牵于俗而芜秽④。上无所考此盛德兮⑤，长离殃而愁苦⑥。帝告巫阳曰⑦："有人在下⑧，我欲辅之⑨。魂魄离散⑩，汝筮予之⑪。"巫阳对曰："掌梦⑫！上天，其难从！若必筮予之，恐后之谢⑬，不能复用⑭。"巫阳焉乃下招曰⑮：魂兮归来⑯！去君之恒干⑰，何为乎四方些⑱？舍君之乐处⑲，而离彼不祥些⑳。

【注释】

①幼：年少时。清、廉、洁：指品德的高尚。清指不贪求，廉指不妄受，洁指不受污染。这句是说，自小具备这一品格。②服：行用。沫：通"昧"，本义指光线幽暗、微晦，这里有"消亡"之意。③主：守。此盛德：这样的美德。这里指上面两句所说的操守和禀赋。④牵：拖累。俗：世俗小人。以上二句是说：本应具有盛德的君主，却被小人的卑鄙手段所牵制，所以，才使原来具备的"盛备"变得芜秽了。⑤上：上天。无所：没有。考：察。⑥长：长时间。离：同"罹"，遭遇。离殃，指怀王被骗入秦所遭受的祸殃。⑦帝：上天。巫阳：指主招魂的神巫，名字叫阳，是作者假想的一位人物。⑧人：这里指怀王。下：下界。⑨辅：辅助。之：代词，代上面所说的"人"。⑩魂魄：指人的精神。在远古人们的想象中，人的精神能离开形体而存在，人们称这种精神为"魂"，魂离开人的身体而飞升，失落在外，称"离散"，所以，古人有"招魂"的习俗。⑪筮：卜筮，指用蓍草茎占卜。予：给予。这里是说把魂魄找回来给他。⑫掌梦：掌管卜梦的巫。意思是说：招魂是掌梦巫的事，不是我的任务，或我只管占梦，不管招魂。⑬之：指怀王魂。恐：恐怕。谢：凋谢，这里是"死之"的意思。⑭复：再。用：施行。不能复用，再也没有作用了。⑮焉乃：于是。下招：指降临下界招魂，此句是说巫阳没有占蓍，直接招魂。⑯归来：一作"徕归"。此句乃古代招魂习俗中惯用语。⑰去：通"弆"，藏。君：指被招的怀王之魂。恒干：魂魄依附的躯干。恒，常，干，指人的躯体。古人认为魂是可以离开人的躯体而飞升的。⑱何为：为何。些：古代南方荆楚一带巫术咒语的语气词。⑲舍：舍弃。乐处：快乐之地，此处指楚国。⑳离：通"罹"，遭受。不祥：不吉利。

魂兮归来！东方不可以托些①。长人千仞②，惟魂是索些③。十日代出④，流金铄石些⑤。彼皆习之⑥，魂往必释些⑦。归来归来！不可以托些。

【注释】

①托：寄托、依托。②长人：巨人。仞：古代七尺或八尺为一仞。③索：搜求。④代：更替、轮流。这里说"十日代出"，古代东方有十日并出的神话，此处极言其地的酷热。⑤流金：金属熔化为流体的金属液。铄石：熔化销毁的石头。铄，销。⑥彼：指那些巨人。习：习惯。之：指"十日并出"的酷热环境。⑦魂：指怀王之魂。往：前去。释：消释、溶化。

　　魂兮归来，南方不可以止些①。雕题黑齿②，得人肉以祀③，以其骨为醢些④。蝮蛇蓁蓁⑤，封狐千里些⑥。雄虺九首⑦，往来倏忽⑧，吞人以益其心些⑨。归来归来，不可以久淫些⑩。

【注释】

①止：停留。②雕题：刺上花纹的额头。雕，刻；题，指额。雕题黑齿指那里的人都是前额刻着花纹，用漆涂黑牙齿。③祀：祭祀。④醢：肉酱。⑤蝮蛇：毒蛇。蓁蓁：草木茂盛的样子。这里是说许多蝮蛇集聚在一起。⑥封狐千里：千里之地到处都是凶猛的大狐狸。⑦雄虺九首：九头毒蛇。雄，大；虺，毒蛇的一种。⑧倏忽：迅速。⑨益：滋补。⑩久淫：淹留长期的停留。淫，过。

　　魂兮归来！西方之害，流沙千里些①。旋入雷渊②，靡散而不可止些③。幸而得脱，其外旷宇些④。赤蚁若象⑤，玄蜂若壶些⑥。五谷不生，丛菅是食些⑦。其土烂人⑧，求水无所得些。彷徉无所倚⑨，广大无所极些⑩。归来归来！恐自遗贼些⑪。

【注释】

①流沙：沙漠地带的沙流动如水，所以叫流沙。千里：此处指西方沙漠地域辽阔，纵横千里。②旋入：卷入。

雷渊：古代神话中的深渊名。雷，拍水旋转声音如雷。③糜：烂。散：碎。止：休止。④旷宇：旷野。
⑤赤蚁若象：红蚂蚁，大如同象。⑥玄蜂若壶：黑蜂像葫芦那么大。壶，通"瓠"，葫芦。这两句极言境
况的险恶。⑦丛菅：丛生的茅草。⑧其土：指西方之土。烂人：使人身腐烂。⑨彷徉：游荡不定的样子。倚：
靠。⑩极：尽头、边。⑪遗：给予。贼：害。"自遗贼"，意谓"自招祸患"。

　　魂兮归来！北方不可以止些。增冰峨峨①，飞雪千里些。归来归来！不可以久些。

【注释】

①增冰：指层层的冰山。增，通"层"。峨峨：高耸的样子。

　　魂兮归来！君无上天些①。虎豹九关②，啄害下人些③。一夫九首④，拔木九千些⑤。
豺狼从目⑥，往来侁侁些⑦。悬人以嬉⑧，投之深渊些。致命于帝⑨，然后得瞑些⑩。
归来归来！往恐危身些⑪。

【注释】

①无：勿，不要。②九关：天门有九重，每重有一关。③啄害：残害。下人：指下界之人。④一夫：指
一人。应是指神话中的开明兽。⑤拔木九千：一下能拔起九千棵树木，极言其力气之大。⑥从：通"纵"，
从目，竖起眼睛。⑦侁：众多的样子。⑧悬人：把人倒挂起来。嬉：玩耍。⑨致命：请命。⑩瞑：闭上
眼睛，这里指安息。⑪危身：使身体遭遇危难。

　　魂兮归来！君无下此幽都些①。土伯九约②，其角觺觺些③。敦脄血拇④，逐人
驱驱些⑤。参目虎首⑥，其身若牛些⑦。此皆甘人⑧，归来归来！恐自遗灾些。

【注释】

①幽都：阴间的地府。地下幽冥称"幽都"。②土伯：地府。九约：守门神。③觺觺：角锐利的样子。④敦：
厚。脄：即胸字。血拇：这里指血淋淋的大拇指。⑤逐：追。驱驱：奔跑很快的样子。⑥参：同"三"。
⑦若牛：像牛一样。⑧甘人：拿人当美味。甘，甜美，这句用为动词。

　　魂兮归来！入修门些①。工祝招君②，背行先些③。秦篝齐缕④，郑绵络些⑤。招
具该备⑥，永啸呼些⑦。魂兮归来！反故居些⑧。天地四方，多贼奸些⑨。像设君室⑩，
静闲安些⑪。高堂邃宇⑫，槛层轩些⑬。层台累榭⑭，临高山些。网户朱缀⑮，刻
方连些⑯。冬有突厦⑰，夏室寒些⑱。川谷径复⑲，流潺湲些⑳。光风转蕙㉑，泛
崇兰些㉒。经堂入奥㉓，朱尘筵些㉔。砥室翠翘㉕，挂曲琼些㉖。翡翠珠被㉗，烂齐
光些㉘。蒻阿拂壁㉙，罗帱张些㉚。纂组绮缟㉛，结琦璜些㉜。

【注释】

①修门：郢都的南城门。②工祝：能说会道的男巫。工，巧；男巫曰祝。招：引。③背行：倒退着走。先：前，
用为动词，指在前面引导。④秦篝：秦地生产竹笼。篝，竹笼。齐缕：齐国产的彩线，这里指系在竹笼
上的彩线。⑤郑绵络：郑地生产的丝绵。绵络，织物，即盖在竹笼上的笼衣。⑥招具：招魂用的器具。该备：
齐备。⑦永：长。啸：指大声呼喊被招者的名字，这是招魂的习俗。⑧反：返回。故居：从前住的地方，

指楚国。⑨贼奸：指狠毒邪恶的妖魔鬼怪。奸：邪恶。⑩像：法，照着某种样子。像设君室，房屋以及室内陈设，都按照你旧居的样子。⑪静闲：平静悠闲。安：安乐。⑫堂：古代的房屋，前面是堂后面是室。邃宇：深屋。⑬槛：指栏杆，这里用为动词，用栏杆围起。层：连续不断，重叠。轩：有窗槛的长廊。⑭层、累：重叠。榭：指在高台上修的亭屋。⑮网户：刻有花格的门。户，门。朱缀：用朱砂涂饰连接。朱，朱砂，红色，指图案的颜色。缀，连接。⑯刻：雕刻。连：指一个小格子一个小格子在一起。⑰突：深。厦：大屋。突厦，是指结构重复深邃的大屋，这样的房屋可以更好地保暖。⑱寒：这里是说夏天凉爽。⑲川：山川。谷：水流会聚的地方。径：过。复：回环。这句话是说所居是在山川河谷的流经环抱之中。⑳潺湲：水流动的声音。㉑光风：阳光照耀中的微风。转：扔。蕙：香草。㉒泛：飘动。崇兰：丛生的兰草。㉓经：经过。堂：厅堂。奥：深处，指深屋内室。㉔朱尘：即红色的承尘。承尘：房间内顶棚的简称。筵：曼筵，即竹席。此句是说屋内上有红色的顶棚，下面铺着竹席。㉕砥：磨石。"砥室"指用磨光的石头筑墙铺地。翠翘：翠鸟尾上的长羽，这里指室内的一种装饰品。㉖曲琼：玉钩。挂衣物用。㉗翡翠：鸟名，雄鸟羽赤称翡，雌鸟羽青称翠。这里指在被子上绣的色彩鲜艳的翡翠图案。一说指硬玉，一种色彩鲜艳的天然矿石。㉘烂：光彩明亮的。齐光：一起发出光辉。指鸟的色彩和珍珠交相辉映。㉙蒻阿：细软的白色绸子。蒻，通"弱"，细软，阿，白色绸子。这句话是说，把柔软的白绸子挂在床的四周，做成床围子。㉚罗：稀疏轻软的丝织物。帱：帐子。张：张设。㉛纂：红色丝带。组：五色的丝带。绮：有花纹的丝织品。缟：未染色的白绸。㉜结：编织。琦：美玉名。璜：平圆中间有孔的玉叫"璧"，半璧称"璜"。此二句是说：用各色丝带和绸子编结系美玉，挂在床帐上作为装饰物。

　　室中之观①，多珍怪些②。兰膏明烛③，华容备些④。二八侍宿⑤，射递代些⑥。九侯淑女⑦，多迅众些⑧。盛鬋不同制⑨，实满宫些⑩。容态好比⑪，顺弥代些⑫。弱颜固植⑬，謇其有意些⑭。姱容修态⑮，絚洞房些⑯。蛾眉曼睩⑰，目腾光些⑱。靡颜腻理⑲，遗视矊些⑳。

【注释】

①观：名词，指室内供观赏的陈列品。②珍怪：珍贵、怪异。指珍贵怪异的东西。③兰膏明烛：用含有兰草香味的烛油膏做成的照明蜡烛。④华容：华丽的容颜，这里指美女。备：美好。⑤二八：十六岁的少女，这里泛指年轻的女子。一说指十六个美人。⑥射：通"绎"。递代：轮换更替。⑦九侯：商纣时的诸侯之一。淑女：贤良美丽的女子。⑧迅：当作"逫"，因字形相似而写错。逫，读作"超"，意思是淑女众多而超众。⑨盛：多而美。鬋：下垂的鬓发。制：样式。这里指鬓发梳成的各种样式。⑩实：充实。⑪容态：指容貌举止。好比：同样美好可亲。比：等同。⑫顺：通"恂"。这里有诚然、确实的意思。弥：终极。"弥代"，盖世、绝代。⑬弱：柔嫩。颜：容颜。固：坚定。植：通"志"。固植，指心意坚定。⑭謇：楚方言，发语词。有意：有情。⑮姱：美好。修态：美好的体态。修，长。⑯絚：连续，接近。洞房：幽深的内室。此句意思是美女络绎不绝，出入洞房。⑰蛾眉：蚕蛾的触须弯曲而细长，形容美好美丽的眉毛。曼：柔婉。睩：眼珠。⑱腾：传。光：目光。腾光，这里有目送秋波之意。⑲靡：细。颜：面颜。腻：细腻。理：肌理，此处指皮肤。此句是说，面部的皮肤细腻光滑而有光泽。⑳遗视：投送秋波。矊：含情地看。

　　离榭修幕①，侍君之闲些②。翡帷翠帐③，饰高堂些④。红壁沙版⑤，玄玉梁些⑥。仰观刻桷⑦，画龙蛇些⑧。坐堂伏槛⑨，临曲池些⑩。芙蓉始发⑪，杂芰荷些⑫。紫茎屏风⑬，文缘波些⑭。文异豹饰⑮，侍陂陁些⑯。轩辌既低⑰，步骑罗些⑱。兰薄户树^⑲，琼木篱些^⑳。魂兮归来！何远为些^㉑？

【注释】

①离榭：离宫别馆的台榭。离，此指宫外的离宫别馆，皇帝所用为离宫，庶民所用称别墅。修幕：长大的帐幕。②闲：闲暇。③帷、帐：均为挂在庭堂上的帐幕。翡帷翠帐，是用翡翠装饰的帷帐。④饰：装饰。⑤红壁：赤红泥涂的墙壁。沙版：朱砂涂的户板、栏杆板。⑥梁：指房梁。玄玉梁，是说用黑色的玉石装饰的房梁。⑦桷：方形的椽子。⑧画：绘画。龙蛇：指在方椽上画有龙蛇的形象。⑨坐堂：指坐在厅堂上。伏槛：伏着栏杆。槛：栏杆。⑩临：视。此指由上往下看。曲池：弯曲的水池。⑪芙蓉：荷花。始发：刚刚开花。⑫杂：配合。芰：菱花。荷：荷叶。此处"芰荷"连文，当专指芰言。⑬屏风：即水葵，又名莼，多年生水草，叶紫茎白。⑭文：指水的波纹。缘：顺着。波：波动。以上二句说的是，荇菜的茎叶浮在水面上，微风吹动池水而泛起水花。⑮文异豹饰：指以文采奇异的豹皮装饰的卫士。⑯侍：侍卫。陂陁：指高坡。⑰轩：有篷的车。辌：有窗户的卧车。既：已经。低：同"抵"，到达。⑱步：指步行的随从。骑：指骑马的随从。罗：排列。⑲兰薄：丛生的兰草。户：门。树：种植。户树：户外种植的树木。⑳琼木：玉树。指名贵的树。篱：篱笆，此为动词，指用一行行的玉树围成篱笆。㉑远为：远去。

室家遂宗^①，食多方些^②。稻粢穱麦^③，挐黄粱些^④。大苦咸酸^⑤，辛甘行些^⑥。肥牛之腱^⑦，臑若芳些^⑧。和酸若苦^⑨，陈吴羹些^⑩。胹鳖炮羔^⑪，有柘浆些^⑫。鹄酸臇凫^⑬，煎鸿鸧些^⑭。露鸡臛蠵^⑮，厉而不爽些^⑯。粔籹蜜饵^⑰，有餦餭些^⑱。瑶浆蜜勺^⑲，实羽觞些^⑳。挫糟冻饮^㉑，酎清凉些^㉒。华酌既陈^㉓，有琼浆些^㉔。归来反故室^㉕，敬而无妨些^㉖。肴羞未通^㉗，女乐罗些^㉘。陈钟按鼓^㉙，造新歌些^㉚。《涉江》、《采菱》^㉛，发《扬荷》些^㉜。美人既醉^㉝，朱颜酡些^㉞。嬉光眇视^㉟，目曾波些^㊱。被文服纤^㊲，丽而不奇

些^㊳。长发曼鬋^㊴，艳陆离些^㊵。二八齐容^㊶，起郑舞些^㊷。衽若交竿^㊸，抚案下些^㊹。竽瑟狂会^㊺，搷鸣鼓些^㊻。宫庭震惊^㊼，发《激楚》些^㊽。吴歈蔡讴^㊾，奏大吕些^㊿。士女杂坐⁵¹，乱而不分些。放陈组缨⁵²，班其相纷些⁵³。郑卫妖玩⁵⁴，来杂陈些⁵⁵。《激楚》之结⁵⁶，独秀先些⁵⁷。

【注释】

①室家：指家族。遂：乃、就。宗：同族的人。此句是指魂之归来，使整个家族都聚在了一起。②食：食物。多方：多种多样。③粢：即稷，小米。穱：早熟的麦子。④挐：挽杂。黄粱：黍子，脱壳后的黄米。⑤大苦：一种苦菜。咸：盐。酸：醋。⑥辛：辣，或云椒姜。甘：甜，或云饴蜜。行：使用。以上二句是说苦酸甜咸辣五味皆用。⑦腱：蹄筋。⑧臑：通"胹"，熟烂。这两句是说把牛蹄筋煮得烂而香。⑨和：调和。若：及。⑩陈：摆上。羹：用肉和菜做的汤。以上二句是说，把酸味和苦味调和得恰到好处，摆上用吴人的方法做成汤。⑪胹：煮烂。鳖：甲鱼，又叫团鱼。炮：用灶泥涂裹食物放在火上烤的一种方法。羔：

小羊。⑫柘：通"蔗"，甘蔗。柘浆，即甘蔗汁。⑬鹄：天鹅。酸：此处为动词，用酸醋烹调。凫：野鸭。腤凫，指用野鸭煮成浓汤。⑭鸿：大雁。鸧：鸟名，鸧鸹，也叫白顶鸭，苍青色。⑮露：可能是一种烹调方法。臛：肉羹，用作动词，做成肉羹。蠵：大龟。⑯厉：通"烈"，这里指味道很浓。爽：失味，指倒胃口。这里是说汤的味道很浓，但并不失其味道。⑰粔籹：一种点心，用蜜和面油煎而成，类似现在的馓子。蜜饵：掺蜜和米面而制的糕饼。⑱饧餭：干的饴糖，楚地的一种甜食，楚人又名"打糖"。⑲瑶浆：指美酒。勺：通"酌"，饮酒。蜜勺，指饮酒时，酒中加蜜。⑳实：指倒满。羽觞：指饮酒用的鸟雀形状的酒杯。羽，鸟翅，此指鸟。㉑挫：取出。糟：指酒糟。挫糟，是说把酒糟挤出去，使酒更纯。冻饮：指冬天酿到的酒。㉒酎：醇酒。此句是说，这酒味道醇厚而又清凉。㉓华酌：刻有花纹的酒斗。陈：摆放。㉔琼浆：美酒。㉕故室：故乡。㉖敬：指受尊敬。无妨：不妨享用一下。㉗肴：用鱼肉类做成的荤菜。羞：美味食品。通：全部。㉘女乐：表演歌舞的女子乐队。罗：列。以上两句是说，佳肴美味尚未撤去，歌舞女乐队又列队出来准备表演。㉙陈：陈设。钟：编钟，古代打击乐器。按鼓：击起乐鼓。按，击。㉚造：通"作"，奏。新歌：指新创作的乐曲。㉛《涉江》《采菱》：均为楚国的歌曲名。㉜发：起，指齐歌唱。《扬荷》：即《扬阿》，楚国歌曲名。㉝美人：美女。既：皆。㉞酡：因喝醉酒而脸红的样子。㉟嬉光：嬉戏逗人的目光。眇视：眯着眼睛看。㊱曾：通"层"。曾波，指层叠的水波，目曾波，指眼睛里含着层层波澜，形容两眼水汪汪的样子。㊲被文：穿着绣着花纹的衣服。被，通"披"。服纤：穿着轻软罗纱的衣服。服，用为动词，穿着。纤，细。㊳丽：华丽。奇：怪异。此句是说，穿着衣服虽然华丽却不奇异。㊴曼鬋：长长的鬓发。曼，长。㊵艳：美丽动人。陆离：光彩绚丽的样子。㊶二八：指起舞的少女们。齐容：指同样的打扮装饰。㊷郑舞：郑国的舞蹈。㊸衽：衣襟。若：如。交竿：形容舞姿，众舞者双袖平举，襟袖飘扔，围着一个中心旋转，好像晾着彩衣的竹竿相交。㊹抚案：二字义同，舒缓，指音乐节奏缓慢。下：身体卧下。㊺竽：古代的簧管乐器。瑟：古代的弦乐器。狂会：热烈的乐器合奏。㊻搷：击。鸣鼓：响亮之鼓。㊼震惊：震动的意思。㊽《激楚》：楚地歌曲名。㊾吴、蔡：均为春秋时代的国名，这里指吴地、蔡地。歈、讴：歌。㊿大吕：古代音乐将调分为十二律（律即指调高），阴阳各六，阴六称"吕"，其第四为"大吕"。51士女：男女。52放陈：指解开、除去。组：带子。此处用来表示配饰的衣带。缨：系帽的带子。此句的意思是说，解下佩带身上的饰品，脱下帽子。53班：坐次。纷：混乱。54妖玩：新奇怪异的杂耍。55杂陈：指错杂穿插的表演。56结：指歌曲最后的合唱部分。57秀先：超越最优秀。

　　蒫蔽象棋①，有六簙些②。分曹并进③，遒相迫些④。成枭而牟，呼五白些⑤。晋制犀比⑥，费白日些⑦。铿钟摇簴⑧，揳梓瑟些⑨。娱酒不废⑩，沈日夜些⑪。兰膏明烛，华镫错些⑫。结撰至思⑬，兰芳假些⑭。人有所极⑮，同心赋些⑯。酎饮尽欢⑰，乐先故些⑱。魂兮归来，反故居些。

【注释】

①蒫：美玉装饰的筹码。蒫，通"琨"，美玉。蔽：下棋用来计输赢用的筹码。象棋：用象牙做成的棋子。②六簙：古代的一种下棋的游戏。③分曹：分为两方。曹：对、双。④遒：有力。迫：逼迫。⑤枭："骁"的借字，指骁棋。牟：同"侔"，相等。双方都走成枭棋称为"牟"。⑥晋制：指晋地制造。犀：下棋用具可能是以犀牛角制成的带钩，用作赌注。⑦费：光耀。白日：白天，实指时光。⑧铿：撞。簴：挂钟的木架。⑨揳：弹奏。梓瑟：梓木做的瑟。⑩娱酒：饮酒为乐。废：停，止。⑪沈：同"沉"，沉湎。沈日夜，即指日夜沉溺于饮酒作乐之中。⑫华镫：华美之灯。镫，同"灯"。错：同"措"，放置。⑬结撰：指宴会中，构思撰写赋诗。至思：深思。⑭兰芳：本指兰花的芬芳，假：借。以上二句是说在宴会上，人们尽心思索，借助美丽的辞藻来撰写诗赋。⑮极：至，尽，指尽力地抒发感情。⑯赋：不歌而诵谓之赋，即朗诵。以上二句是说宴会上在座的人，思极而有所得，不约而同地赋诗唱和。⑰酎饮：饮醇酒。⑱先故：

先故去的人。这里指故去的先辈。乐先故，意思是使已故去的先辈安乐。

乱曰：献岁发春兮①，汩吾南征②。菉蘋齐叶兮③，白芷生④。路贯庐江兮⑤，左长薄⑥。倚沼畦瀛兮⑦，遥望博⑧。青骊结驷兮⑨，齐千乘⑩，悬火延起兮⑪，玄颜烝⑫。步及骤处兮⑬，诱骋先⑭，抑鹜若通兮⑮，引车右还⑯。与王趋梦兮⑰，课后先⑱。君王亲发兮⑲，惮青兕⑳。朱明承夜兮㉑，时不可以淹㉒。皋兰被径兮㉓，斯路渐㉔。湛湛江水兮㉕，上有枫㉖。目极千里兮㉗，伤春心。魂兮归来，哀江南㉘！

【注释】

①献岁：进入新的一年。献，进。发春：开春。②汩：本义指水流得很快，这里引申为急行。吾：我，屈原自称。南征：南行。③菉：通"绿"。蘋：植物名，生在浅水之中，叶有长柄四片小叶生在柄的顶端，也叫片字草，又叫"四叶菜"。齐叶：指整齐生出四片嫩叶。④白芷：又名辟芷，香草名。夏季开，伞形白花，叶可做香料，根入药。⑤路贯：指由水路穿行。庐江：水名。⑥左：此指庐江南岸，江南称左。长薄：指茂密的草木丛生地。薄，草木丛生之地。⑦倚：背靠着。沼：小水池。畦：动词，区分，分隔。瀛：大沼泽。⑧博：广阔，指旷野。⑨青：指青色的马。骊：指纯黑色的马。结，连，这里指套车。驷：古代驾一辆车所用的四匹马。⑩乘：古代用四匹马拉的一辆车叫一"乘"。齐千乘，指千乘车一起出发。⑪悬火：火把。延起：指火势蔓延。古人田猎，先要焚烧山林，使野兽惊慌逃窜，便于狩猎。⑫玄颜：黑里透红的颜色。形容燃火四起后天空的样子。颜，指天的容颜。烝：火势上升的样子。⑬步：指步行的从猎者。骤：指骑马快走。处：指车马驰到的地方。⑭诱：指向导。"诱骋先"，是说向导在前面驰骋。⑮抑：止。鹜：奔跑。若：顺。通：畅。此句说猎事驰止顺通，进退自如。⑯右还：向右转，还，通"旋"。⑰王：君王，趋：奔向。梦：指云梦泽，或简称"云"，"梦"，是楚国的大泽名。⑱课：比试、考察。此句是写与楚王在云梦泽一起打猎的群臣，争先恐后猎物的壮观景象。⑲亲发：亲自射箭。⑳惮：通"殚"，毙。兕：古代像犀牛一样的野兽，青色。说犀牛。㉑朱明：日出，因日出时呈红色，称"朱明"。承：接。㉒淹：久留。以上二句是说，天明接续黑夜，时光不可能长久停留。㉓皋：水边的陆地。皋兰，长满水边高地的兰草。被：通"披"，覆盖。被径，即覆盖小径。㉔斯：此。渐：淹没。此句是写这小路被水淹没。㉕湛湛：水澄清的样子。㉖上：指岸边。枫：枫树。㉗极：尽，至，此说望尽。㉘哀：伤痛。江南：楚国长江以南的地方。当时屈原被流放在今湖南省境内。

【译文】

我自幼思想清廉洁身自好啊，怀抱真理是始终不变的节操。我坚守这样的美德啊，却被世俗卑鄙伎俩阻挠。上天无法明鉴这样的盛德啊，长久地遭到祸殃忧愁苦恼。上天告诉巫阳说：有个人在下界，我想帮助他；他的魂魄离开了身体，你要卜筮占卦让他灵魂还阳。巫阳回答道："我本是掌梦之官，职在招魂，上天啊，卜筮之命难以服从。如若卜筮再行招魂，担心魂魄萎落性命难保，再来招魂也无用场。"于是巫阳降到下界招魂说："魂啊，归来吧！离开了你的躯体，为什么去到四方？抛弃你安乐的国土，而遭逢许多的祸殃噢！魂啊，归来吧！东方不可以托身，那里的巨人几千尺高，专门搜索那些游魂。十个太阳轮番出来，消融了石头和黄金。那里的人适应这样的酷热，灵魂去了必定化为尘。归来吧！那里不可以托身噢！魂啊，归来吧！南方不可以停留。那里的人染黑牙齿，抓到人就割肉祭祀。剩下的骨头剁成肉酱来吃，大狐善奔走千里去寻食。九个头的毒蛇来去飘忽游移，吞人入口补其毒。归来吧！那里不可以久留噢！""魂啊，归来吧！说起西方的祸害，是那千里的流沙！旋风把人卷入转动的大沙坑，粉身碎骨无法终止喽。幸而能脱身，四周是荒无人烟的旷野。红蚂蚁犹如象那么大，黑蜂好像一个大葫芦。那里五谷不生长，只有茅草和棘柴。那里的泥土烫得灼伤人，找寻水源看不到。往来游荡没有依靠，地域广阔没有边界。归来啊！去西方恐怕会自招祸害！""魂啊，归来吧！北方不可以停留！层层冰山高耸入云天，千里冰雪冻得难以忍受。归来啊！北方不可以久留喽！魂啊归来吧！君王不要上天庭！虎豹把守着九重门，专门啄食下面上来的人。那里的大力士长有九个头，顷刻间就可拔倒一片树林。像豺狼一样瞪着眼睛，往来游走发出呼呼声。把人倒挂起来耍一番，将人抛入到深水潭里。继而回复报天帝，然后才能让你闭眼睛。归来吧！去了恐怕就会丢掉性命。""魂啊，归来吧！君王不要下到地府去转悠。守神的身子弯弯曲曲，个个头上长着锐利的角。隆起的背膀血淋淋的爪子，追赶起人来奔跑极快。还有种怪物三只眼睛似老虎，身躯肥大像牛头。他们都是把人当美食吃不够。归来吧！去那自招灾难喽！""魂啊归来吧！从郢都修门进入都城。专门的男巫来招待你，倒退着在前面为你指引路程。秦制的竹笼齐地产的丝绳，郑人缝制的笼衣。招魂的一切用具已齐备，将要拉长声音呼魂啊。归来吧！回到你原来居住的宫廷。"天地和四方，到处有害人的魍魉。一切依照你旧居的样，生活一定清静悠闲而舒畅。内室深深厅堂高高，四面是围着栏杆的回廊。层层的高台建芳榭，面对着高山好景观。刻花的门板缀连着红花格，上面雕刻有精美图案喽。冬天有暖和的深房复屋，夏天房间又清凉。河流和池塘环抱往复，潺潺的流水低低吟唱。阳光灿烂微风吹动着蕙草，又吹着丛丛的香兰不停地摇荡。芬芳从厅堂一直飘入内室，上有朱红天棚下有竹地毯。磨光石砌墙翠尾装饰，玉钩之上可以挂衣裳。绣着翠鸟的被子缀上珍珠，交相辉映闪闪发亮。柔软的白绸做护壁，轻罗帐子挂在床上。彩色丝带和绸条系着那美玉和玉璜。室内的所见之物，件件珍贵又特异。在兰草炼的膏油照耀下，众多美女随时听候调用。十六位女子来侍寝，挑选如意的佳人轮流陪宿。高贵而贤惠的姑娘，才智过人，美貌超众。浓密的鬓发独特的梳理，佳丽充满整个后宫。容貌姿态都很美好，确实是绝代盖世的佳人。颜面虽柔弱心意却坚贞，她们都满怀着深深的情意。容貌美丽体态修长，往来于那幽深的洞房。细长的蛾眉，滢滢的眼睛，闪射出迷人的光芒。滑润的肌肤，细腻的面容，暗送秋波脉脉含情喽。在离宫的亭树和篷帐中，她们侍奉你度过悠闲的时光。缀有翡翠羽毛的帷帐，装饰着高大的厅堂。丹砂的板壁，红彤彤的墙，黑色玉石装饰着房梁。抬头看精雕细刻的方椽，彩绘有蛇奔和龙翔。闲坐厅堂手扶栏杆，面对下面弯曲的池塘。荷花刚刚开放，杂有菱花相得益彰。水葵紫茎托着圆叶，随着绿波上下摆荡。侍卫在长长的台阶上。君王归来的时刻，步兵和骑兵肃立在两旁。芬芳的兰草种在门前，一行行的玉树围成篱笆墙。魂灵啊，归来吧！为什么要去到远方。整个家族团聚在一起，宴席上的食品有几十样。糯米小米麦子米，掺杂黄小米香喷喷的饭。调味有大苦和咸酸，加之辣甜五味都俱全。肥牛小腿腱子肉，煮得又烂又香。调和起酸味与苦味，又端上吴人的肉菜汤。清炖甲鱼烧烤小羊，配上甜甜甘蔗糖浆汤。油煎大雁和煨野鸭汤，酱焖野鸡和大龟肉羹，味道虽浓却不会把胃口伤。馓子和蜜糖饼，还有干饴糖。瑶浆美酒加蜂蜜，鸟状酒杯已斟满。除去酒糟后用冰镇，酒的味道既醇又清爽。刻有花纹的酒杯已经摆好，里面盛的是琼浆美酒。归来返旧居，敬食敬酒不妨细细地品尝。美味佳肴尚未撤去，女乐列队准备表演。陈设乐钟击起乐鼓，演奏新的乐曲有《涉江》有《采菱》，还

有那《扬阿》的合唱。美女们个个已喝醉,红颜醉倒脸庞红润。嬉戏逗人的目光眯眼斜视,眼神频频送秋波。身穿秀衣软罗裙,虽然华丽却不过分。长发漆黑云鬓美,起舞的少女同样的装扮,翩翩跳起郑地舞蹈。衣襟回旋好像交竹竿,随着节拍身子往下俯。长竿清瑟狂热地合奏,嘹亮的鼓声响起了。乐声鼓声震撼宫廷,又奏起楚地名曲《激楚》。接着是吴地蔡地的民歌,并奏起秦钟大吕喽。男女座位混杂了,不再顾礼节和身份。解下佩带脱下带子随便放,衣帽放得乱纷纷。郑卫的杂耍和魔术,穿插其中来表演。最后是《激楚》结尾曲,真可说是摄人魂魄。镶玉的筹码象牙做的棋子,六簿的棋艺摆开了。双方对局互相进攻,急欲取胜互相逼迫。走成枭棋,大呼五白叫声喧。晋地制造的带钩最考究,白白发光如同太阳照在棋盘。撞钟铿锵架子晃,梓瑟发出声响也不低。饮酒取乐不能停,沉醉日日夜夜。兰油点燃的灯火明亮,错落的彩灯把宫室照得通明。创作诗赋须深思,美丽的文辞真不少。不约而同地互相唱和。开怀畅饮极尽欢乐,亲朋好友皆尽兴。魂啊归来吧,回到你曾住的旧宫。春天来临万物复苏啊,我匆匆踏上向南的征程。绿绿的嫩叶长得齐整啊,白芷也刚刚萌生。庐江左岸有长林丛丛,背靠池沼和池塘啊,远望是广阔平川。青黑色的驷马驾车啊,车骑千乘整队出发。火炬延烧野泽啊,黑红的烟火腾起万丈。徒步的从猎者追赶飞骑啊,向导驰骋昂扬一马当先。或止或驰进退自如啊,引车右转进入猎场。随君王去云梦啊,考核随从者看谁最强。君王亲自射利箭啊,青色的野牛应声而亡。太阳升起代替茫茫黑夜啊,时光易流逝不肯停留。岸上的芳草覆盖了小路啊,那河水又淹没行人的小径。清清的江水啊,岸上有一片枫林。极目望去路千里,春色虽好心悲怆。魂啊归来吧!令人哀伤的江南。

大招

　　青春受谢[①],白日昭只[②]。春气奋发[③],万物遽只[④]。冥凌浃行[⑤],魂无逃只[⑥]。魂魄归徕[⑦]!无远遥只[⑧]。魂乎归徕!无东无西,无南无北只。东有大海,溺水浟浟只[⑨]。螭龙并流[⑩],上下悠悠只[⑪]。雾雨淫淫[⑫],白皓胶只[⑬]。魂乎无东!汤谷寂寥只[⑭]。

【注释】

①青春:即春天。受谢:即代谢,谓冬天谢去春天承接而来。受:承受。谢:即去。②昭:明。只:招魂辞句尾的语气词。③春气:春意。奋发:指生机勃勃。④遽:竟之意。万物遽,指春天到来万物生机盎然。⑤冥:幽冥。凌:驰,历也。浃:周遍。意思是春天阳气上升,阴气下降,玄冥收集阴气而藏之。⑥魂:指怀王魂。无逃:无法逃窜。⑦徕:同"来"。⑧遥:漂摇。⑨溺水:溺与"弱"通。弱水,指水无浮物之力。浟浟:水流的样子。⑩螭龙:无角的龙。⑪上下:随水波上下游走。悠悠:螭龙在水中自在游行。⑫淫淫:连绵一片的样子。⑬白:指海气的颜色。皓胶:雾雨茫茫,像凝固在天空一样。胶,胶粘。⑭汤谷:即"旸谷",神话中日升起之处。寂寥:寂。

　　魂乎无南!南有炎火千里[①],**蝮蛇蜓只**[②]。**山林险隘,虎豹蜿只**[③]。**鰅鳙短狐**[④],

王虺骞只⑤。魂乎无南！蜮伤躬只⑥。

【注释】

①炎火：指天气炎热。②蝮蛇：一种大毒蛇，体色灰褐又名虺。蜒：蜿蜒缓游的样子。③蜿：盘踞。④鲑鳙：传说中的一种怪鱼，状如犁牛。短狐：即蜮，又称射工。都是传说中含沙射人的鬼怪。⑤王虺：大毒蛇。即大毒蛇群聚将头昂起。骞：举头。⑥蜮：即短狐。躬：身。

魂乎无西！西方流沙①，漭洋洋只②。豕首纵目③，被发鬤只④。长爪踞牙⑤，诶笑狂只⑥。魂乎无西！多害伤之。

【注释】

①流沙：沙动如流，指大沙漠。②漭：水大的样子。洋洋：无边无际。漭洋洋，形容大水无边无涯，这里形容西方之流沙。③豕：猪。纵目：即竖目。④被发：披发。鬤：头发乱的样子。⑤踞牙：指锋利的牙齿。踞，同"锯"。⑥诶：强笑。以上四句是说西方的怪兽，猪头，竖目，披着满乱发，长爪锯牙，捉住人即怪笑狂笑。

魂乎无北！北有寒山①，逴龙赧只②。代水不可涉③，深不可测只。天白颢颢④，寒凝凝只⑤。魂乎无往！盈北极只⑥。

【注释】

①寒山：常寒之山。②逴龙：山名，即指寒山。赧：赤色，没有草木的样子。③代水：神话中的河名。④颢颢：光亮的样子。此处指冰雪。⑤凝凝：冰冻的样子。⑥盈：满。北极：最北边。盈北极，指冰雪充满了北极。

第一层次回顾：开篇即通过巫歌形式，讲述了四方的险恶，因此不可去。

魂魄归徕！闲以静只①。自恣荆楚②，安以定只③。逞志究欲④，心意安只⑤。穷身永乐⑥，年寿延只。魂乎归徕！乐不可言只。五谷六仞⑦，设菰粱只⑧。鼎臑盈望⑨，和致芳只⑩。内鸧鸽鹄⑪，味豺羹只⑫。魂乎归徕！恣所尝只⑬。鲜蠵甘鸡⑭，和楚酪只⑮。醢豚苦狗⑯，脍苴蓴只⑰。吴酸蒿蒌⑱，不沾薄只⑲。魂乎归徕！恣所择只⑳。炙鸹烝凫㉑，黏鹑陈只㉒。煎鰿臛雀㉓，遽爽存只㉔。魂乎归徕！丽以先只㉕。四酎并孰㉖，不涩嗌只㉗。清馨冻饮㉘，不歠役只㉙。吴醴白蘖㉚，和楚沥只㉛。魂乎归徕！不遽惕只㉜。

【注释】

①闲：悠闲。静：清静。②自恣：自由任意。荆楚：指楚国。③安：安全。定：稳定而居。④逞：快。究：终。逞志究欲，即快志意，穷情欲。⑤心意：指心情。安：安乐。⑥穷身：终身。永乐：长乐。⑦五谷：是泛指，就言百谷。仞：七尺为仞。六仞泛指言仓廪之积多和高。⑧设：即施，此处用于指做饭。菰粱：一种植物，俗称茭，秋天结实如米，用来做饭味极香。⑨鼎：古代的炊具。臑：煮烂。盈望：满眼。⑩和：调和，指调味。致：达到。和致芳，即将食物调理得很香。⑪内：同"肭"，肥。鸧：即"鸧鸹"，黄莺。鸽：鹁鸽。鹄：天鹅。⑫豺羹：豺肉羹。⑬恣：随意。尝：品尝。⑭蠵：大龟。甘：肥美。⑮和：调和。酪：乳浆。用肉制成的。⑯醢：酱。豚：猪。醢豚，即猪肉酱。苦狗：有苦味的狗肉。苦，苦菜。似以苦菜的汁浸泡狗肉以来去其腥。⑰脍：细切。苴蓴：菜名，一名襄荷。⑱吴酸：吴地所产的醋。酸，此处用为动词。蒿、蒌：均为蒿的一种。⑲沾：古"添"字，浓也。薄：淡，无味。此句意思是人调酸咸不浓不淡，适宜甘美。⑳择：选择。㉑炙：烤，即烤肉。鸹：老鸹。烝：同"蒸"。凫：野鸭。㉒黏：将食物放入汤中煮熟。鹑：鹌鹑。陈：陈列众味。㉓煎：油煎。鰿：鱼名，即"鲫鱼"。臛雀：带汁的肉，此处用为动词，炒雀肉。雀：黄雀。㉔遽爽：极为爽口。爽，清快。存：在。㉕丽：美，指美味。先：指尝此美味。㉖酎：醇酒。"四酎"，指经过四次去糟酿制的酒。并：都。孰：同"熟"。㉗涩：不滑。嗌：咽喉。此句是说不会涩人的喉咙。㉘清馨：清香。冻饮，指将酒冷冻后再饮。㉙歠：饮。役：贱。㉚吴醴：吴国的一种甜酒。蘖：酿酒用的曲子。㉛和：调和。沥：滤过的酒，味较清淡。㉜遽惕：急遽。惕，怵惕。"不遽惕"，指酒不醉人，可任意享受，不必担心。以上言饮食之美。

　　代、秦、郑、卫①，鸣竽张只②。伏戏《驾辩》③，楚《劳商》只④。讴和《扬阿》⑤，赵箫倡只⑥。魂乎归徕！定空桑只⑦。二八接武⑧，投诗赋只⑨。叩钟调磬⑩，娱人乱只⑪。四上竞气⑫，极声变只⑬。魂乎归徕！听歌撰只⑭。朱唇皓齿，嫭以姱只⑮。比德好闲⑯，习以都只⑰。丰肉微骨⑱，调以娱只⑲。魂乎归徕！安以舒只⑳。嫭目宜笑㉑，娥眉曼只㉒。容则秀雅㉓，稚朱颜只㉔。魂乎归徕！静以安只。姱修滂浩㉕，丽以佳只㉖。曾颊倚耳㉗，曲眉规只㉘。滂心绰态㉙，姣丽施只㉚。小腰秀颈㉛，若鲜卑只㉜。魂乎归徕！思怨移只㉝。易中利心㉞，以动作只㉟。粉白黛黑㊱，施芳泽只㊲。长袂拂面㊳，善留客只㊴。魂乎归徕！以娱昔只㊵。青色直眉㊶，美目媔只㊷。靥辅奇牙㊸，宜笑嘕只㊹。丰肉微骨，体便娟只㊺。魂乎归徕！恣所便只㊻。

【注释】

①代、秦、郑、卫：皆国名，此处指当时四国的乐章。②鸣竽：响亮的竽乐。竽，古乐器。张：张设，

这里指奏起。③伏戏：亦作"伏羲"，是五帝中的东方天帝。④《劳商》：古代的歌曲名。⑤讴：徒歌曰"讴"。这里指合唱。和：唱和。《扬阿》：即《阳阿》，楚歌曲名。⑥赵箫：赵国的洞箫。倡：通"唱"，此处指领唱。⑦定：指调定乐曲的音调。空桑：琴瑟名。⑧二八：指年轻的女子。一说，八人一列，共二行。接：连接。武：同"舞"。"接武"，连接跳舞。⑨投：投足踏拍子。计赋：指雅乐。⑩叩：击。钟：乐器。调：调和。磬：乐器。⑪乱：曲终。⑫四上：上四国，即代、秦、郑、卫。竞气：指竞相演奏音乐之美。⑬极：穷尽。声变：指音乐曲调之变化。⑭谍：具。⑮嫭、姱：都是美的意思。⑯比德：比其才德。比，同也，或曰并有。好：喜好。闲：闲静。⑰习：熟悉，谓习于礼节。都：美。指风度淳雅，不妖媚。⑱丰：丰满。微骨：指体态姣好。微，细。⑲调：和，指众美女的和蔼可亲。娱：神情、悦乐。⑳安：安适。舒：指心情舒畅。㉑嫮目：美目。嫮，同"嫭"，美之意。宜笑：指笑得自然，恰到好处。㉒娥眉：即"蛾眉"，指眉毛弯曲细长。曼：长而细。㉓容则：仪表。秀雅：秀丽文雅。㉔稚：幼。朱颜：指红润的面容。㉕姱修：美好。滂浩：广大，此处指心意。㉖佳：善。"丽以佳"，犹言美而艳。㉗曾颊：重颊，形容面庞丰满。颊，面部的两侧。倚耳：耳贴后，形容耳朵贴于头两侧，长得很熨帖。㉘曲眉：弯曲的眉毛。规：本指圆规，这里是说"眉如半规"。㉙滂心：情感丰富。绰态：体态绰约。㉚姣丽：美丽。施：谓"施施"然，舒缓的样子。㉛小腰：细腰。秀颈：秀气的脖颈。㉜鲜卑：少数民族，此处指鲜卑女人。㉝思怨：指思念与怨恨。移：转移，去。指美女可以忘忧，去怨思。㉞易中：平和的内心。利心：心巧慧。㉟以：用。动作：一举一动。言平和巧慧的内心皆形诸举动。㊱粉：脂粉。黛：青黑色的颜料，用来画眉。㊲施：打扮。芳泽：芬芳润泽。㊳袂：衣袖。拂：掩遮。㊴善留客：娇羞之态，使客人不忍离去。㊵昔：即夕。娱昔：即可以终夜娱乐。㊶青色：指眼眉。直眉：黑色的眉毛平直连在一起。㊷媔：微眄，眼脉脉含情。㊸靥：嘴角两旁的酒窝。辅：脸庞。奇牙：美丽的牙齿。㊹宜笑：笑得恰到好处。嘕：巧笑。㊺体：体态。便娟：轻盈美好。㊻恣：随意。便：安。

夏屋广大①，沙堂秀只②。南房小坛③，观绝霤只④。曲屋步壛⑤，宜扰畜只⑥。腾驾步游⑦，猎春囿只⑧。琼毂错衡⑨，英华假只⑩。茝兰桂树⑪，郁弥路只⑫。魂乎归徕！恣志虑只⑬。孔雀盈园⑭，畜鸾皇只⑮。鹍鸿群晨⑯，杂鹙鸧只⑰。鸿鹄代游⑱，曼鹔鹴只⑲。魂乎归徕！凤凰翔只。

【注释】

①夏屋：夏，高大。②沙堂：用丹砂涂红的厅堂。沙，丹沙。秀：秀美。③南房：门户向南开的房间。小坛：小厅堂。④观：楼。绝：断。超过屋宇，形容楼观之高。⑤曲屋：周阁，即楼与楼之间的架空复道。步壛：步廊，与"檐"同。⑥宜：适合。扰：驯。畜：养。⑦腾驾：驾车奔腾。步游：徒步游玩。⑧猎：出猎。春囿：春天的园囿。指草木盛猎物多的园囿。⑨琼毂：以玉镶嵌的车轮。错衡：用金银装饰车上的横木。⑩英华：此指车饰上的花朵。假：大。⑪茝：白芷，一种香草。兰：兰草。⑫郁：犹"郁郁"，草木茂盛的样子。弥：满。即所到之处，香草桂树郁然满路。⑬恣志虑：任心所欲。⑭盈园：满园。⑮畜：养。鸾皇：鸾鸟和凤凰。⑯鹍：鹍鸡，鸟的一种，形似鹤。鸿：大雁。群晨：晨而群飞且啼鸣。⑰鹙：水鸟名，即秃鹙，长颈，黑色羽毛。⑱鸿鹄：天鹅。代游：往来游戏。⑲曼：曼游。形容各种鸟不断飞来飞去。鹔鹴：水鸟名，形状似雁。

第二层次回顾：主要叙写了楚国的丰盛的饮食、美妙的音乐、娴智的美人、宽敞的宫室以及游观之美，以此来劝怀王归来。

曼泽怡面①，血气盛只②。永宜厥身③，保寿命只。室家盈廷④，爵禄盛只⑤。

魂乎归徠！居室定只⑥。接径千里⑦，出若云只⑧。三圭重侯⑨，听类神只⑩。察笃夭隐⑪，孤寡存只⑫。魂乎归徠！正始昆只⑬。田邑千畛⑭，人阜昌只⑮。美冒众流⑯，德泽章只⑰。先威后文⑱，善美明只⑲。魂乎归徠！赏罚当只。名声若日，照四海只。德誉配天⑳，万民理只㉑。北至幽陵㉒，南交阯只㉓。西薄羊肠㉔，东穷海只㉕。魂乎归徠！尚贤士只㉖。发政献行㉗，禁苛暴只㉘。举杰压陛㉙，诛讥罢只㉚。直赢在位㉛，近禹麾只㉜。豪杰执政，流泽施只㉝。魂乎归徠，国家为只㉞。雄雄赫赫㉟，天德明只㊱。三公穆穆㊲，登降堂只㊳。诸侯毕极㊴，立九卿只㊵。昭质既设㊶，大侯张只㊷。执弓挟矢㊸，揖辞让只㊹。魂乎徠归！尚三王只㊺。

【注释】

①曼：细腻。泽：丰润。怡面：面色光泽。怡，怿，喜悦。②血气盛：指血气旺盛，身体强壮。③宜：善。厥身：其身。④室家：指宗族。盈廷：满朝廷，即列位于朝廷之上。⑤爵禄：爵位与俸禄。盛：丰盛。⑥居室：居住之室，此指王室。定：安定。⑦接径：道路连接，此指楚国地广人多，道路连接千里。⑧出若云：指人口之众。⑨三圭：指公、侯、伯三等爵位者所执之圭，这里指此三类贵族。⑩听：指听讼。类神：如同神明。听类神，即听察事理如神明。⑪察：访察。笃：厚，厚待之意。夭：早死，即夭折。隐：隐痛。⑫孤寡：幼而无父为孤；老而无夫者为寡。存：慰问，存问。⑬正始：指奠定好的开端。昆：后。始昆，即先后。⑭田邑：田野和城邑。畛：指田间小路。⑮阜昌：昌盛。⑯美：指美好的教化。冒：覆盖。众流：教化流及众庶。⑰德泽：指君王施予百姓的恩惠。泽：指恩惠。章：昭彰。⑱先威：先施威武之政以服众。后文：后用礼乐教化百姓以怀人。⑲善美：指美政。明：显著。⑳德誉：指君王功德和荣誉。配：比。配天，指比天。㉑理：治。㉒幽陵：北方之幽州。今河北省北部和辽宁南部一带。㉓南：泛指南方边远之地。交阯：即"交趾"，南方少数民族地区。㉔薄：迫，接近。羊肠：山名，在今山西晋阳之西北。㉕穷：尽。穷海，即到达海之滨。㉖尚：尊崇，这里作"举用"解。"尚贤士"，即举用贤士。㉗发政：发布政令。献行：进用德行之士也。㉘禁：止。苛暴：指暴政。㉙举杰：举用杰出的人才。压陛：镇满朝廷。㉚诛：罚。讥：谪。罢：止息。意思是，奸佞不行，则谪罢之事自息。㉛直赢：行直才优。㉜近：接近。禹，指夏禹。麾：举手，此处指举进。以上二句是说，让那些正直而有才能的人在楚王身边辅佐。㉝流泽：君王的恩泽施及众庶。㉞为：治。国家为，犹言国家可以大治。㉟雄赫：威势显赫。㊱天德：即配天之德。明：光明。㊲三公：指有尊位的太师、太傅、太保。穆穆：谦恭和美。㊳登降：出入。登降堂，即上下朝廷。㊴诸侯：指楚国之外的秦、齐等国。毕极：全部来了。极，至。㊵立：设。九卿：古代官职，即冢宰、司徒、宗伯、司马、司寇、司空、少师、少傅、少保。㊶昭质：此指箭靶子。设：指摆放好。㊷大侯：指天子所射的箭靶。张：陈设。㊸执弓：手持弓。挟矢：腋下夹箭。㊹揖辞让：互相推让。㊺尚：崇尚。三王：指禹、汤、周文王和周武王。

第三层次回顾：从亲亲、仁民、用贤、退不肖、朝诸侯、继三代等美政措施及其显著效果，来招怀王之魂归来。

【译文】

春天承接着冬天来临了，明亮的太阳普照大地噢。春天的气息勃勃奋发，世间万物都争相萌生噢。幽冥中的寒气到四处流荡，魂灵不要到处逃窜噢。魂魄归来吧！不要远逃飘摇无定噢。魂哟归来吧！不要向东西，不要向南北噢。东方有汹涌的大海，迅疾的波涛淹没万物噢。蛟龙并行嬉戏从容，随波逐浪上下游荡噢。海气蒸腾犹如雾和雨，白茫茫如胶似漆散不开噢。魂哟不要往东！日出之地多么寂寞无声噢。魂哟不要往南！南方有炎炎大火千里之广，一条条大毒蛇弯曲爬行噢。那里的深山老林崎岖险碍，有虎豹来回盘踞噢。怪鱼鲵鳙，射工短狐，还有那蟒蛇抬起头吓人噢。魂哟不要往南！含沙射影的短狐要害你噢。魂哟不要往西！西方有流动的大沙漠，如浩荡的大水没有边际。长着猪头的怪物竖眼横眉，披散的头发又乱糟噢。长长的爪子锋利的牙齿，强装笑脸发狂要害人噢。魂哟不要往西！那里有很多害人精噢。魂哟不要往北！北方有冰冷的雪山，那里寒山笼罩四季噢。代水没有办法淌过去，深视其底不可测量。大雪纷飞，白色照耀。冰冻的大地严寒酷烈噢。魂哟不要前去！寒冰白雪充满整个北极噢。魂魄归来吧！安闲也清静噢。

任意随便在自己的宫廷，安全而又稳定居住噢。如愿以偿随心所欲，心情是何等安乐噢。终身常乐，健康长寿噢。魂哟归来吧！那种快乐是无法言语噢。装满五谷的粮仓几丈高，选其菰米进食特别香噢。鼎中煮熟的肉很丰盛，调的味道香喷喷噢。有肥美的鸧鸹鹅鸹天鹅，还有切成细丝的豺肉汤噢。魂哟归来吧！随你的嗜好选择品尝噢。鲜美的大龟和甜鸡，再配上楚产的奶酪噢。清蒸肉丸和豉汁狗肉，还有加工精细的蘘荷菜噢。吴醋凉拌蒿蒌，味道可是不浓也不淡噢。魂哟归来吧！随你的嗜好选择噢。烧烤老鸹，清蒸水鸭，熏制鹌鹑全摆上噢。油煎鲫鱼雀肉汤羹，享用起来清爽可口噢。魂哟归来吧！众多美味可要先尝噢。四次加工的醇酒酿成了，不会因苦涩而难以下咽噢。那清爽冰镇的醇酒，甘滑可口喝得不费力噢。吴国甜酒白曲酿造，掺和了楚制的清酒噢。魂哟归来吧！不必担心，酒不会醉人噢。代、秦、郑、卫的音乐，竽乐已经吹得响亮噢。伏羲始作的《驾辩》曲，楚国的名曲《劳商》歌噢。群歌合唱着《阳阿》曲，还有赵国的洞箫领唱噢。魂哟归来吧！可要你审定空桑之音噢。年轻的姑娘齐舞，配合雅乐的节拍噢。敲响金钟，调好石磬，心情愉悦直到曲子结束噢。美妙的乐曲竞相弹奏，娱人的曲调丰富无比噢。魂哟归来吧！可观赏的舞乐都准备好噢。美女朱唇皓齿，性情温静且有淑良美德，礼法娴熟美好而不粗野噢。丰满的肌肉，娇小的骨骼，和蔼可亲，讨人喜欢噢。魂哟归来吧！生活安逸心情又舒畅噢。美丽的双眼笑得得体，还有娥眉弯曲细又长噢。容貌秀丽又文雅，细嫩红润的脸庞真年轻噢。魂哟归来吧！清静而又安乐噢。容态美好心性大方，真是美丽而又艳冶噢。面庞饱满，双耳熨帖，双眉弯曲像半规噢。情感丰富，体态绰约，美丽的身姿舒缓而行噢。细细的腰身，秀气的脖颈，犹若鲜卑的女人噢。魂哟归来吧！思念与怨恨都忘却噢。她们有平和巧慧的内心，都形于那一举一动噢。施粉画眉得体合宜，打扮得都芬芳润泽噢。含情脉脉以长袖遮面，善于殷勤招待客人噢。魂哟归来吧！可服侍你欢度一整夜噢。黑色的眉毛形平直，美丽的眼睛脉脉含情噢。嘴角的酒窝，美丽的牙齿，笑得恰到好处噢。丰满的肌肉，娇小的骨骼，体态轻盈秀美噢。魂哟归来吧！自然随便，安然享用噢。高殿峻屋宽又大，丹砂涂红的厅堂很秀美噢。朝阳的南房还有檐下的小厅堂，观赏雨天楼上的飞檐噢。楼间的复道，曲折的长廊，恰好通向驯养良骥的马厩噢。驾车驰骋，徒步游玩，猎在草盛兽多的苑囿噢。玉嵌车轮，金饰横木，车饰上还有硕大的香草噢。白芷兰草，芬芳桂树，郁郁葱葱覆盖了路。魂哟归来吧！随意你的想法噢。孔雀满园，鸾鸟和凤凰也在其中噢。鹍鸡大雁纷飞报晨，还掺和着水鸟秃鹙和鸣噢。空中天鹅嬉戏游乐，还有那水鸟低飞漫游噢。魂哟归来吧！凤凰已在翱翔噢。皮肤细腻，满面喜悦，血气旺盛，身体强壮噢。总要让自己心康体适，保有健康长寿噢。宗族列位于朝廷，爵位和俸禄如此多噢。魂哟归来吧！你的居室十分安定噢。地广千里，道路交接，人口众多，若云出入噢。手执玉圭的贵族重臣，听察精审如神明噢。访察民众夭亡隐痛，鳏寡孤独得到慰问噢。魂哟归来吧！奠定好的开端泽被后人噢。田野城邑阡陌纵横，生活何其昌盛噢。美政惠及百姓身上，君王的恩惠彰显噢。先施威武服众，再用礼乐怀人，善美之政效果显著噢。魂哟归来吧！赏罚要分明噢。名声如同那太阳，照耀四海之内噢。君王的美德和荣誉符合天意，就能治理好天下百姓噢。北到遥远的幽州，南到边远的南夷之地噢。西方接近了羊肠山，东方到达了海滨噢。魂哟归来吧！要尊贤举能噢。发布政令，进用德行之士，废除暴政而尚宽仁噢。举用俊杰，镇满朝廷，贬谪无能无才的小人噢。行直才优的人居于高位，在君王左右辅佐噢。豪杰执掌政权，君王的恩泽如流水延续噢。魂哟归来吧！国家可大治噢。威武显赫，比天之德闪耀光明噢。有尊位的三公谦恭和美，朝廷上下议大政噢。诸侯全部到来，设立九卿噢。目标箭靶已经摆好，天子所射的大侯已陈设噢。手持着弓，腋下夹着箭，进退相揖相辞让噢。魂哟归来吧，崇尚古代三王噢。

九辩

悲哉！秋之为气也①。萧瑟兮②，草木摇落而变衰③。憭慄兮④，若在远行。登山临水兮，送将归⑤。泬寥兮⑥，天高而气清。寂寥兮⑦，收潦而水清⑧。憯凄增欷兮⑨，薄寒之中人⑩。怆怳忼悢兮⑪，去故而就新⑫。坎廪兮⑬，贫士失职而志不平。廓落兮⑭，羁旅而无友生⑮。惆怅兮，而私自怜。燕翩翩其辞归兮⑯，蝉寂漠而无声⑰。雁廱廱而南游兮⑱，鹍鸡啁哳而悲鸣⑲。独申旦而不寐兮⑳，哀蟋蟀之宵征㉑。时亹亹而过中兮㉒，蹇淹留而无成㉓。

【注释】

①气：古人认为，气是构成宇宙万物的物质。秋气，古人认为秋气即肃杀阴凉之气。②萧瑟：指风吹草木而叶落的声音。③摇落：凋零脱落。④憭慄：凄凉。⑤将归：指将结束的一年时间。⑥泬寥：高旷的样子。⑦寂寥：形容水清澈而平静的样子。⑧潦：指雨后地面上的积水。收潦，指水面退尽。⑨憯：同"惨"，悲伤。欷：叹息声。⑩薄寒：指秋气微寒。中：伤侵袭。⑪怆怳：失意的样子。⑫去故就新：此处指失去官职。⑬坎廪：高低不平的样子。坎，洼下。廪，积高。比喻坎坷，遭遇不顺。⑭廓落：空虚孤独。⑮羁旅：指失去官位而滞留异乡。友生：指知心的朋友。⑯翩翩：轻快飞行的样子。辞归：指燕子秋天辞北归南。⑰寂漠：同"寂寞"。无声：指秋天来临蝉停止鸣叫。⑱廱廱：同"雍雍"，形容大雁和谐的鸣叫声。⑲鹍鸡：鸟名，像鹤，黄白色。啁哳：形容声音繁杂细碎。⑳申旦：通宵，达旦。㉑宵征：本义是夜行，此处指蟋蟀夜间跳动，两翅摩擦发出的声音。征，本义为"行"。㉒亹亹：运行不息的样子。过中：过了中年。㉓蹇：通"謇"，楚方言，发语词。无成：没有成就。

悲忧穷戚兮独处廓①，有美一人兮心不绎②。去乡离家兮徕远客③，超逍遥兮今焉薄④！专思君兮不可化⑤，君不知兮可奈何！蓄怨兮积思⑥，心烦憺兮忘食事⑦。愿一见兮道余意，君之心兮与余异。车既驾兮揭而归⑧，不得见兮心伤悲。倚结轺兮长太息⑨，涕潺湲兮下沾轼⑩。慷慨绝兮不得，中瞀乱兮迷惑⑪。私自怜兮何极⑫？心怦怦兮谅直⑬。

【注释】

①穷戚：穷困无路可走，指人的处境。廓：寥廓、空旷，可理解为空虚。②有美一人：即"有一美人"，诗人自况。绎：通"怿"，愉快、高兴。③去乡离家：指离开郢都。徕：一本作"来"，意同。徕远客，即来荒原之地做客。④超：遥远。逍遥：指漂泊远方没有着落的样子。薄：停止。⑤专：专心，一心一意。化：改变。⑥蓄怨：是指自己因"专思君"而"君不知"所蓄满心中的怨愤。⑦烦憺：指因忧愁而心情沉重的样子。憺，通"惮"，惧怕。忘食事：忘记吃饭和做事。⑧揭：离开。⑨倚：靠着。轺：车栏，即车厢前面和左右两面横直交结的栏木。⑩轼：古代车前的用以扶手的横木。⑪瞀：昏迷错乱。⑫极：尽头。⑬怦怦：忠诚的样子。谅直：忠诚正直。

皇天平分四时兮①，窃独悲此廪秋②。白露既下百草兮，奄离披此梧楸③。去白日之昭昭兮④，袭长夜之悠悠⑤。离芳蔼之方壮兮⑥，余萎约而悲愁⑦。秋既先戒以白露兮⑧，冬又申之严霜。收恢台之孟夏兮⑨，然欿傺而沈臧⑩。叶菸邑而无色兮⑪，枝烦挐而交横⑫。颜淫溢而将罢兮⑬，柯仿佛而萎黄⑭。萷椮椮之可哀兮⑮，形销铄而瘀伤⑯。惟其纷糅而将落兮⑰，恨其失时而无当⑱。揽骓辔而下节兮⑲，聊逍遥以相佯⑳。岁忽忽而遒尽兮㉑，恐余寿之弗将㉒。悼余生之不时兮㉓，逢此世之俇攘㉔。澹容与而独倚兮㉕，蟋蟀鸣此西堂。心怵惕而震荡兮㉖，何所忧之多方！卬明月而太息兮㉗，步列星而极明㉘。

【注释】

①皇天：上天。平分：平均分配。四时：四季。②廪：同"廪"。廪秋，寒秋。③奄：忽然。离披：分散，指草木凋谢枝条疏散。梧楸：指梧桐和楸梓，都是早凋的树木。④昭昭：光明。⑤袭：进入。悠悠：漫长。以上两句是写自己的处境。⑥芳蔼：芳菲繁盛。方壮：正当壮年之时。⑦萎：指草木枯黄。约：穷。萎约，即枯萎。⑧先戒：事先警戒。⑨恢台：广大而繁茂的样子，象征万物的勃勃生机。孟夏：初夏。⑩然：于是，就。欿：同"坎"，陷落。傺：停止。臧：同"藏"。这两句是说，秋冬来临，收敛了孟夏时那繁盛的景象，使万物生机都沉藏起来。⑪菸邑：暗淡的样子。⑫烦挐：纷乱。交横：交错纵横。形容树木凋谢时树枝交错纵横的情景。⑬颜：树叶的颜色。淫溢：过分，过度。罢：通"疲"，完尽。⑭柯：树枝。仿佛：模糊，指失去本色而呈现出来的枯黄颜色。萎黄：枯黄。⑮萷：通"梢"，树梢。椮椮：指树枝光秃而高耸的样子。⑯销铄：销毁，这里指树木受到损伤。瘀伤：受伤而败血淤积。这里是指树木受寒冷淤积的损伤。⑰惟：

思。纷糅：败叶衰草相错杂。⑱失时：过了壮盛的季节。当：遇。⑲揽：持，拿着。骓：服马，古代驾车套在中间的马。下节：指按鞭停车。节，指行车时的节拍。⑳相佯：同"徜徉"，徘徊。㉑忽忽：很快的样子。道：迫近。㉒弗将：不能持续。㉓悼：悲叹。不时：指生不逢时。㉔伄儴：混乱的样子。㉕澹：水波徐缓，这里指淡漠的心情。容与：闲散无聊的样子。独倚：独自站在什么地方。倚，立。㉖怵惕：忧惧。㉗卬：通"仰"，仰望。㉘步：徘徊。列星：众星辰。极：至。明：晓。极明，直到天亮。

　　窃悲夫蕙华之曾敷兮①，纷旖旎乎都房②。何曾华之无实兮③，从风雨而飞飏④。以为君独服此蕙兮，羌无以异于众芳。闵奇思之不通兮⑤，将去君而高翔⑥。心闵怜之惨凄兮，愿一见而有明。重无怨而生离兮⑦，中结轸而增伤⑧。岂不郁陶而思君兮⑨？君之门以九重⑩！猛犬狺狺而迎吠兮⑪，关梁闭而不通⑫。皇天淫溢而秋霖兮⑬，后土何时而得漧⑭？块独守此无泽兮⑮，仰浮云而永叹！

【注释】

①蕙华：蕙草的花。华：古"花"字，此为作者自比。曾：即层，重叠。曾敷，即花朵层叠开放。②旖旎：茂盛。都房：犹言"华屋"，漂亮的房子。都，漂亮，美盛。③曾：通"层"。曾华，累累的花朵。实：果实。无实，尚未结果。④飞飏：同"飞扬"，形容飞散飘落。此句意思是随着秋天的风雨摧残而飘落。⑤闵：通"悯"，伤感怜惜。奇思：奇妙的心思。不通：指不被了解。⑥高翔：远走高飞。⑦重：指反复地想。无怨：没有过错。重无怨，是说自己反复想，并没有在君主面前招致怨恨的行为。生离：生生别离，指被抛弃。⑧轸：悲痛。结轸，悲痛郁结。⑨郁陶：忧思郁结。⑩九重：九重大门。旧说天子有九门，这里只是形容君王难以见到。⑪猛犬：喻小人。狺狺：犬吠声。⑫关：门关。梁：桥梁。比喻小人的层层阻挠。⑬淫溢：过度，指下雨过多。霖：久下不停的雨。⑭后土：土地，与皇天相对。漧：同"干"。⑮块：孤独的样子。无：古通"芜"。泽：聚水的洼地。芜泽，即荒芜的草泽。

　　何时俗之工巧兮，背绳墨而改错。却骐骥而不乘兮①，策驽骀而取路②。当世岂无骐骥兮，诚莫之能善御。见执辔者非其人兮③，故駶跳而远去④。凫雁皆唼夫粱藻兮⑤，凤愈飘翔而高举⑥。圜凿而方枘兮⑦，吾固知其鉏铻而难入⑧。众鸟皆有所登栖兮⑨，凤独遑遑而无所集⑩。愿衔枚而无言兮⑪，尝被君之渥洽⑫。太公九十乃显荣兮⑬，诚未遇其匹合。谓骐骥兮安归？谓凤凰兮安栖？变古易俗兮世衰⑭，今之相者兮举肥⑮。骐骥伏匿而不见兮⑯，凤凰高飞而不下⑰。鸟兽犹知怀德兮⑱，何云贤士之不处⑲？骥不骤进而求服兮⑳，凤亦不贪喂而妄食㉑。君弃远而不察兮，虽愿忠其焉得？欲寂漠而绝端兮㉒，窃不敢忘初之厚德。独悲愁其伤人兮，冯郁郁其何极㉓！

【注释】

①却：拒绝。骐骥：良马，比喻贤士。②策：本指马鞭，这里用为动词，鞭策之意。驽骀：劣马，喻小人。取路：犹言上路。③执辔者：拿着缰绳的人，即驾车者，此处喻统治者。④駶跳：跳跃。⑤凫：野鸭。唼：水鸟或鱼类吞食，象声词。粱：粟米。藻：水草。这两句比喻群小食禄，贤士远去。⑥高举：高飞、远离。以上二句喻小人、庸才得势，贤才远离。⑦圜凿：圆的插孔。方枘：方形的榫头。⑧鉏铻：彼此不相合。⑨众鸟：一般凡鸟。⑩凤：凤凰，喻贤才。遑遑：往来不定的样子。集：栖。⑪衔枚：本是古代行军为

防止士卒说话，口衔一枚木制的短筷似的东西，叫"衔枚"。此处是表示闭口不言。⑫被：蒙受。渥洽：指深受丰厚的恩泽。⑬太公：指姜太公，姜尚，周朝开国贤臣。传说他曾在朝歌（殷都）做屠夫，年老于渭水之滨钓鱼，才遇文王被重用，后成就大业。⑭变古易俗：指改变古代法则和风俗。世衰：指时世的衰败。⑮相者：指相马的人，比喻选拔人才的人。举肥：指相马者只选肥壮的马，喻对人才只重表面。⑯伏匿：藏匿，隐藏。见：同"现"。⑰不下：指凤鸟高飞而远离。以上两句，隐喻贤才避世。⑱怀德：怀念有德之人。⑲不处：不愿处于朝廷之位，指不与统治者合作。⑳骤进：急进。服：用，指驾车。㉑妄：胡乱。以上二句，借骐骥不"骤进"，凤鸟不"妄食"，比喻贤者是有自己坚持的原则而不会妥协的。㉒绝端：断绝头绪。㉓冯：同"凭"，满的意思。郁郁：忧闷的心情。何极：哪里是尽头。

霜露惨凄而交下兮①，心尚幸其弗济②。霰雪雰糅其增加兮③，乃知遭命之将至④。原徼幸而有待兮⑤，泊莽莽与野草同死⑥。愿自直而径往兮⑦，路壅绝而不通⑧。欲循道而平驱兮，又未知其所从⑨。然中路而迷惑兮，自压按而学诵⑩。性愚陋以褊浅兮⑪，信未达乎从容⑫。窃美申包胥之气盛兮⑬，恐时世之不固⑭。何时俗之工巧兮，灭规矩而改凿。独耿介而不随兮⑮，愿慕先圣之遗教。处浊世而显荣兮⑯，非余心之所乐。与其无义而有名兮⑰，宁穷处而守高⑱。食不媮而为饱兮⑲，衣不苟而为温⑳。窃慕诗人之遗风兮，愿托志乎素餐㉑。蹇充倔而无端兮㉒，泊莽莽而无垠㉓。无衣裳以御冬兮，恐溘死而不得见乎阳春㉔。

【注释】

①霜露：喻遭逸佞的排挤和打压。交下：指交错的地下。②幸：希望。济：成。③霰：雪珠。雰：雪下得很大的样子。糅：交杂。雨雪交杂而下，比喻祸乱的加深。④遭命：将要遭到不幸命运。⑤徼幸：同"侥幸"。有待：有所等待。此处指等待楚王的醒悟。⑥泊莽莽：形容置身于荒野的样子。泊：通"薄"，广大的意思。莽莽：无边无际的样子。⑦自直：是说自己明辨曲直、是非。径：小路。"径往"，是说走小路去见君王。⑧壅绝：断绝，阻塞。⑨所从：所由。以上两句是说，想要沿着大路平稳驱车去见君王，但又不知怎么走。⑩自压按：自抑而止，指自我克制。⑪性：指人天性。褊浅：指狭隘浅薄。⑫信：确实，诚然。从容：镇静自若的样子。⑬申包胥：春秋时楚大夫。⑭固："同"的误写。以上两句是说，自己盛赞申包胥那种高昂的志气，而当今之时世与那时不相同，我却很难做到了。⑮不随：指跟不上世俗，即表示不与世俗同流合污。⑯显荣：指富贵荣华。⑰无义：指不正当的手段。⑱穷处：处于困窘的地步。守高：坚守高尚的节操。⑲媮：同"偷"，苟且。⑳衣：动词，穿。这两句意思是不苟且偷生，用来比喻和说明"与其无义而有名兮，宁穷处而守高"。㉑素餐：即"不素餐"的省略，意思是不白白地吃饭。㉒蹇：通"謇"，楚方言，发语词。充倔：同"祝褐"，衣衫褴褛，此处比喻窘困。㉓泊：一本作"汩"，语助词。莽莽：茫茫。㉔溘死：突然死去。阳春：温暖的春天。

靓杪秋之遥夜兮①，心缭悷而有哀②。春秋逴逴而日高兮③，然惆怅而自悲。四时递来而

卒岁兮④，阴阳不可与俪偕⑤。白日晼晚其将入兮⑥，明月销铄而减毁⑦。岁忽忽而遒尽兮⑧，老冉冉而愈弛⑨。心摇悦而日幸兮⑩，然怊怅而无冀。中憯恻之凄怆兮⑪，长太息而增欷⑫。年洋洋以日往兮⑬，老嵺廓而无处⑭。事蓋蓋而觊进兮⑮，蹇淹留而踌躇。

【注释】

①靓：同"静"。秒秋：即晚秋。遥夜：长夜。这句话是说思量秋末将至，昼渐短而夜渐长。②缭悷：悲哀之情缠绕郁结。悷，悲伤。③春秋：指年岁。逴逴：愈走愈远。日高：日老，指年岁一天一天老了。④递来：指四时更迭而来。卒岁：过完一年。⑤阴阳：春夏为阳，秋冬为阴。此处指变化的时光。俪偕：同时并存。⑥晼晚：日落时昏黄的情景，一般比喻年老。⑦销铄：指月缺，与"减毁"意同，指日月流逝之速极快。⑧遒：临近，迫近。⑨弛：松懈。愈弛，似指心情越来越松弛。⑩摇悦：指心神摇荡而喜悦。日幸：指天天抱有回到故乡的心理。⑪憯、恻：悲痛而难过。与"悽怆"同义。憯，同"惨"。⑫欷：哀痛时的悲叹声。⑬年：指时光。洋洋：广大无边的样子。形容时光的无穷尽。⑭嵺廓：本指空旷，此指内心的空虚。无处：没有安身的处所。⑮事：指国事。蓋蓋：勤奋不息的样子。觊：希求。进：进用。

何泛滥之浮云兮①？猋壅蔽此明月②。忠昭昭而愿见兮③，然霠曀而莫达④。原皓日之显行兮⑤，云蒙蒙而蔽之⑥。窃不自料而愿忠兮⑦，或黕点而污之⑧。尧、舜之抗行兮，了冥冥而薄天。何险巇之嫉妒兮⑨，被以不慈之伪名。彼日月之照明兮，尚黭黮而有瑕⑩。何况一国之事兮，亦多端而胶加⑪！被荷裯之晏晏兮⑫，然潢洋而不可带⑬。既骄美而伐武兮⑭，负左右之耿介⑮。憎愠怆之修美兮，好夫人之慷慨。众踥蹀而日进兮，美超远而逾迈⑯。农夫辍耕而容与兮⑰，恐田野之芜秽。事绵绵而多私兮⑱，窃悼后之危败⑲。世雷同而炫曜兮⑳，何毁誉之昧昧㉑。今修饰而窥镜兮㉒，后尚可以窜藏㉓。愿寄言夫流星兮㉔，羌倏忽而难当㉕。卒壅蔽此浮云兮，下暗漠而无光㉖。

【注释】

①泛滥：本义指大水横流。这里形容浮云层层翻涌。浮云：比喻谄谀的小人。②猋：本义是狗跑得快，引申为迅疾。③见：同"现"，显现。④霠：同"阴"，即指阴云。曀：阴暗。达：通达。⑤皓日：明亮的太阳，此喻君王。显行：显耀地在空中运行。⑥蒙蒙：云气浓重不明的样子。⑦料：谋虑。⑧或：有人。黕：污垢。黕点，垢污沾辱。⑨险巇：险阻崎岖，这里是指险恶的小人。⑩黭黮：昏暗的样子。⑪多端：指国事头绪繁多。胶加：纠缠不清。"彼日月"以下四句是说日月在天空照耀尚有斑点，一国之事那样繁杂，特别容易被小人抓到把柄。⑫被：同"披"。裯：短衣。"荷裯"，即用荷叶做的短衣。晏晏：轻柔的样子。⑬潢洋：衣服不合身的样子。带：动词，给衣服系带子。这两句以荷叶做的短衣，比喻楚王只讲外表，不重实际。⑭骄美：自骄其美。伐武：自夸勇武。伐，自夸。⑮负：自负，自以为是。左右：身边的人，指近臣。耿介：耿直、正直。⑯以上四句见《九章·哀郢》注。⑰辍耕：停止耕作。容与：指闲散的样子。⑱绵绵：相续不断。多私：指小人的营私舞弊。⑲悼：哀伤。⑳雷同：雷声相似，有同无异，比喻小人们的同声唱和。炫曜：吹捧。比喻小人们互相吹捧。㉑毁：诋毁。誉：赞美。昧昧：昏暗不清的样子。"毁誉之昧昧"，指是非不分，好坏难辨。㉒今：一作"余"。修饰、窥镜：指小人的自我修饰，对镜自赏。㉓窜藏：逃窜，藏匿。这两句是说现在小人可以蒙蔽君主一时，将来如何逃避罪责。㉔寄言：

捎话。㉕倏忽：快速的样子。难当：难以遇到。指流星难以寄言。㉖暗漠：暗淡无光的样子。

尧、舜皆有所举任兮①，故高枕而自适②。谅无怨于天下兮③，心焉取此怵惕④！乘骐骥之浏浏兮⑤，驭安用夫强策⑥？谅城郭之不足恃兮⑦，虽重介之何益⑧？遭翼翼而无终兮⑨，忳惛惛而愁约⑩。生天地之若过兮⑪，功不成而无效。愿沈滞而不见兮⑫，尚欲布名乎天下⑬。然潢洋而不遇兮，直怐愗而自苦⑭。莽洋洋而无极兮⑮，忽翱翔之焉薄⑯？国有骥而不知乘兮，焉皇皇而更索⑰？宁戚讴于车下兮，桓公闻而知之⑱。无伯乐之善相兮⑲，今谁使乎誉之⑳？罔流涕以聊虑兮㉑，惟著意而得之㉒。纷忳忳之愿忠兮㉓，妒被离而鄣之㉔。愿赐不肖之躯而别离兮㉕，放游志乎云中㉖。乘精气之抟抟兮㉗，骛诸神之湛湛㉘。骖白霓之习习兮㉙，历群灵之丰丰㉚。左朱雀之茇茇兮㉛，右苍龙之躣躣㉜。属雷师之阗阗兮㉝，通飞廉之衙衙㉞。前轻辌之锵锵兮㉟，后辎乘之从从㊱。载云旗之委蛇兮，扈屯骑之容容㊲。计专专之不可化兮㊳，愿遂推而为臧㊴。赖皇天之厚德兮，还及君之无恙㊵！

【注释】

①举任：推举任用贤能的人，此处指尧、舜能举贤授能。②高枕自适：即高枕无忧。自适，安闲的样子。③谅：信实，诚然。④怵惕：惊惧，害怕。⑤浏浏：犹"溜溜"，形容顺行无阻。⑥驭：驾驭，指治理国家。强策：强硬的鞭策。这两句用骏马驾车不需鞭策比喻贤人治国无须国君驱使。⑦郭：外城。恃：依靠。⑧介：指盔甲。重介：重兵。⑨遭：回旋难行的样子。翼翼：小心谨慎的样子。无终：无结果。⑩忳：忧愁。惛惛：指忧愁烦闷的样子。⑪若过：指人的生命短暂，像过客一样。⑫沈滞：埋没。见：同"现"，显现。⑬布名：扬名。这两句是说志愿不能实现，还谈得上扬名天下吗？⑭直：一味地。怐愗：愚昧。⑮莽：泛指草，这里指荒野。莽洋洋，是说荒野广阔无边际。⑯焉薄：哪里迫止。薄，迫近。这两句形容一身漂泊无所栖止。⑰皇皇：同"遑遑"，匆匆不定的样子。更：更替。更索，另作寻求。⑱桓公：春秋时期齐桓公。⑲善相：善于相马。⑳誉：赞誉。誉之，称赞马的好坏。誉，一本作"訾"，估量的意思。㉑罔：同"惘"，怅惘。虑：思虑。聊虑：姑且抒发自己的思虑。㉒著意：专心一意。得之：指体察到自己的忠心。此句指君王。㉓忳忳：同"纯纯"，诚挚的样子。纷忳忳，非常诚挚。愿忠：指忠于君主。㉔鄣：同"障"，阻碍。这二句是说，自己非常诚恳地愿意效忠君主，但却被众多嫉妒小人所阻碍。㉕不肖：不才。不肖之躯，指诗人自身，实际上是气愤之语。㉖放游：无拘无束地游历。志：己志。这两句是希望亡身而去。㉗精气：指阴阳之气。抟抟：聚集的样子。㉘骛：追求。湛湛：深厚的样子。㉙骖：古代指驾在车两旁的马，这里是说白霓在车的两旁飞动。白霓：不带颜色的虹。习习：飞动的样子。㉚历：经过。群灵：众神仙。丰丰：众多的样子。㉛朱雀：星座名。南方七宿的总称，古代神话中在南方的神。茇茇：翩翩飞翔的样子。㉜苍龙：东方七宿的总称，在东方的龙。躣躣：行动的样子。㉝属：在后面跟随。属雷师，意谓使雷神在后面跟随。阗阗：鼓声，此

处比喻雷声。㉞飞廉：风神。徜徉：行走的样子。㉟轻辕：轻车。锵锵：指车行走时车铃发出来的有节奏的声音。㊱辎乘：重车。从从：紧紧跟随。㊲扈：侍从，这里指护卫。屯骑：聚集的车骑。容容：飞扬的样子。㊳计：思虑。专专：专一。不可化：不可改变。㊴遂：终于。推：推进。臧：善。㊵恙：疾病。

【译文】

悲凉啊，这被秋之萧风所笼的大地！萧瑟的秋风啊，百草凋零，留下衰败的天地。悲苦凄惨的心啊，如同独自飘泊于无边的孤寂。登高远望，临水叹逝啊，又将告别一个四季的尽期。空旷的宇宙啊，天高气爽；平静的流水啊，清澈澄清。悲伤愁苦不断唏嘘，痛苦的心啊被阵阵凉风侵袭。失意的灵魂啊，离开故宇寻求新的征程。坎坷不平的道路啊，贫士壮志意难平。孤独又寂寞啊，客旅他乡没有相伴的朋友。失意而又哀伤啊，哀怜之情独自生。燕子翩翩飞向温暖的南方，知了停止长鸣空寂无响声。大雁和谐鸣叫着高翔啊，鹍鸡叽叽喳喳不断地悲鸣。孤独的我通宵不能入梦乡，被蟋蟀哀鸣触动的幽情伴我到天明。时光悄悄流逝衰暮将来临，可我还总停留原地无所成。忧苦穷困啊又孤寂无依，有一美人心中不欢喜。背井离乡啊流落他乡的游子，漂荡到何时才有归期？思念君王的心意啊未曾更改，多么无奈啊，圣君全然不知。积累着载不动的愁和思，忧心如焚连吃饭做事都忘记。愿一见君王面啊把心意表白，可叹君主的心啊与臣子相异。车已驾好我不得不离去，见不到君王啊内心悲伤不已。倚着车栏我长叹息，热泪落下把车前横木都浸湿。愤懑至极仍不能与君断，我心乱如麻再也不能安宁。内心的忧伤何时到尽头，内心忠诚正直永远坚不移。上天公平地分配春夏秋冬，唯独这凄凉的秋天令我忧愁。冰凉的寒露撒满了百草，刹那间枝疏叶落纷纷凋零的梧楸。昭昭阳光离开远去，漫漫长夜接管大地。芳菲壮盛年华已成过去，穷困潦倒我吟叹悲秋。白露警告秋天的降临，秋天过去又迎来冬天的严霜。孟夏那万物的生机已收敛，那繁盛的景象早就无踪影。树叶枯萎失去嫩绿的光泽，空枝叶落纵横交错杂乱。万物凋谢将要衰败，枝叶枯黄颜色褪去稀疏惨凄。树木光秃高高耸立可悲可泣，形体受摧残病体又淤积。败叶与哀草相杂着纷纷摇落，可惜它们已经失失盛壮时光。拉住马的缰绳停车暂歇，优闲漫步在这里徘徊。岁月如水就要完结，担心寿命不长我要与世告别。悲痛我生不逢时的愁肠，遇上这混乱不宁的世相。孤独寂寞独倚着西堂，听蟋蟀悲鸣着倾诉忧伤。那叫声让内心忧惧起伏震荡，百千忧思涌上心房。仰望明月长长叹息，在星夜下徘徊直至天亮。暗自悲伤那蕙花曾竞相开放，播散浓郁芬芒在美丽的花房。为什么累累花朵却不曾结果，遇到秋天的风雨便香消云散风扬。原以为君王独爱佩带这蕙芳，哪知道待她和别的花草一样。可怜这曲折的心思不能告诉君王，我将要离开君王到远方翱翔。我内心哀悯又凄惨，但愿再见一次君王让我诉衷肠。深念我无罪而遭生离，郁结忧思那是在思念君王，君门深重不能让我如愿以偿。猛犬狂吠冲我迎面扑来，不能通行的是门关和桥梁。秋雨连绵不绝往下降，何时潮湿的大地不再是汪洋。决然独守在这荒芜的土地上，仰望浮云长长叹息它遮住了太阳！为何时俗这样善于钻营？背弃规矩改变正常的法度。拒绝那飞奔的骏马不用，硬要鞭策劣马让它上路。难道当今世上再无骏马良驹，其实是无人可以将它驾驭。驾车的人都是冒充的糊涂虫，所以骏马跳跃着远远离去。野鸭一类水鸟吞食着精米和水草，骄傲的凤凰也只得展翅远离。圆行插孔怎能放进方形榫头，我就知道它一定相抵触。众多的凡鸟都有地方栖居，唯独凤鸟孤独无处也身栖。我本想保持缄默不再言语，君王的恩泽又涌上心头。姜太公九十岁才荣耀扬名，诚然是先前未遇到贤明的君王。谁知道良骥何处是归宿，谁知道凤鸟栖身在何方？世风衰败与往日不再同，如今的相马人只图外表肥。骏马良驹全部隐藏不再见啊，凤凰也都高飞不下远翱翔。鸟兽尚且怀恋有德的君王，为何责怪贤士不在朝廷上。良骥决不贸然寻驾车，凤鸟决不贪吃乱择食。君王不辨善恶轻易将我弃，又如何施展抱负效君王。要从此沉默与君断绝，又怎敢忘怀当初您的厚德。我独自悲秋把心伤，愤闷浓愁何时了。漫天的严霜白露交错落，心里还希冀他们不要成功。大雪纷纷扬扬拥向大地，深知不幸的命运就要显形。还侥幸希望等待您能醒悟，却要腐烂在荒野与草命相同。想亲自抄捷径去游说，无奈道路却阻塞车驾难驱。想要顺着大路策马而往，又不知平坦大路在何方。路到中途就陷入了迷茫，压抑愤懑把"温柔敦厚"吟唱。我的天性本来就愚笨又浅薄，遇到这样的挫折诚然难从容。我虽赞美申包胥的高昂志向，又担心时代不同难以勉强。为什么当今的风气钻营取巧，把那方圆规矩妄自改换。我光明正大绝不随波逐流，愿效法先圣继承老传统。处于浑浊之世获取高位，这本来就不是我心中认为的光荣。与其采用卑劣手段取得虚名，我情愿贫困一生也要将操节守，决不苟且求衣裳暖融融。我赞美诗人留下的遗风，我愿走走不白白吃饭的君子道路。委曲悲伤的心无边无沿，飘零在茫茫野外何处是边缘。没有御寒的棉衣怎能抵御寒风，害怕突然死去再见不到阳春。安静的暮秋夜正长，心头缠绕着无尽的忧愁。春秋渐逝年事高，于是独自惆怅独自忧。四时更替一年又要结束啊，暑去寒来哪能共存处。阳光渐渐昏暗落西山啊，明月也阴晴圆缺不能常圆满。岁月匆匆就要完啊，衰老慢慢到来心志也跟着朽。内心时有喜悦总生起些盼望，终究是惆怅这都是白日梦。胸中沉痛而又凄凉啊，长长地叹息一声又一声。时光荏苒不停流逝啊，衰老的人在这空旷的世界无处栖身。勤勉国事希望得到进用啊，我还久留在此不忍离去。为何浮云翻滚布满太空啊，快速升起把明月遮蔽。忠诚正直的心希望君王能看见啊，阴风阴云阻挡无法知晓。希望太阳显耀运行啊，可是云气迷蒙总是将它遮盖。我不自量想献出一片忠心啊，小人无耻谎言将我诬蔑和陷害。唐尧虞舜的品行是何等高尚啊，他们有着触及苍天的眼光。可那小人出于嫉妒的心理啊，用"不慈"、"不孝"的罪名加以毁谤。尧舜像日月那样照耀天下啊，尚且还有点点的瑕痕。何况这一国大事啊，更是头绪繁多纠缠不清。穿着柔柔的荷叶衣真漂亮啊，可惜空荡荡却不能系腰带。你总是夸耀自己美好又勇武啊，自信这帮近臣可以依恃。厌恶忠诚善良的美德之人啊，喜好装腔作势的小人。众以取得重用啊，忠良被疏远离你越来越远。农夫知道荒废耕种啊，田野就长满杂草而凋敝。人们纷纷营私舞弊啊，担心社稷那崩溃的前途。世上"人云亦云"的风气啊，为什么毁誉颠倒。现在对镜修饰来自察，尚且逃过危难和保全性命。愿流星传送我忠心给君王啊，它飞来飞去难以遇上。日月都被浮云遮蔽，整个大地昏暗一片没有光亮。圣明的尧舜选贤任能啊，才高枕无忧自身逍遥。自认没有辜负天下人啊，就不会感到忧愁和恐惧。乘上骏马迅速前驰啊，何必鞭挞费力强督促。城郭再坚固也不可靠啊，盔甲再坚厚又有什么用处。小心翼翼没有好结果啊，心中烦闷忧愁排遣不掉。人生天地间犹如过客啊，功名不成又壮志未酬。本想就这样走归隐之路啊，又想扬名四海之内。结果飘飘荡荡未受重用，空怀愚忠自讨苦尝。旷野茫茫无边际尽头啊，孤独漂泊何处是归处。国有良驹却不知乘啊，还急匆匆地另去求索。宁戚在车下讴歌啊，齐桓公就能够识才善任。没有善于相马的伯乐啊，谁还能把贤才来赞誉？惆怅痛哭姑且发泄忧愁啊，君王能专心体察我的忠良。诚诚恳恳渴望效忠啊，却被小人的嫉妒所阻挡。让我这轻贱身躯与君别离啊，我要在云天中闲游荡。乘着团团精气飞腾啊，在那成群的神灵中驰骋追逐。驾着飞动的白虹飘动啊，又穿过那众多的神灵。左边有南方大神翩翩飞翔，右边有东方苍龙在飞舞。雷师在后

面鼓起隆隆雷声啊，风神前面开路呼呼作响。前面有轻车悦耳的铃声啊，后面的辎重车行进从容。车上的云旗随风飘舞啊，成群车队做护卫威武雄壮。拳拳忠贞的心终不动摇啊，但求变成现实美好的愿望。仰仗皇天深厚的恩德啊，保佑君王无病无灾祝福永安康！

吊屈原

恭承嘉惠兮，俟罪长沙①。仄闻屈原兮②，自湛汨罗。造托湘流兮，敬吊先生③。遭世罔极兮，乃陨厥身④。乌虖哀哉兮，逢时不祥⑤！鸾凤伏窜兮，鸱鸮翱翔⑥。阘茸尊显兮，谗谀得志⑦；贤圣逆曳兮，方正倒植⑧。谓随、夷溷兮，谓跖、蹻廉⑨；莫邪为钝兮，铅刀为铦⑩。于嗟默默，生之亡故兮⑪。斡弃周鼎，宝康瓠兮⑫。腾驾罢牛，骖蹇驴兮⑬。骥垂两耳，服盐车兮⑭。章甫荐屦，渐不可久兮⑮；嗟苦先生，独离此咎兮⑯。

【注释】

①恭承：恭敬地接受。嘉惠：指皇帝的旨令。俟罪：待罪。俟，等待。汉朝人习惯将任职称为"待罪"，是一种谦称。指贾谊受命被贬为长安王太傅，所以说"俟罪"。②仄闻：同"侧闻"，传闻。仄，古侧字，《史记》作"侧"。③造：往。托：寄托的意思。先生：敬语，指屈原。④罔极：变化无常。罔，无；极，标准、原则。这里指世道混乱，反复无常。陨：落。"陨身"，指丧命。厥：其，指屈原。⑤虖：同"乎"，《史记》作"呼"。不祥：不吉祥，意指屈原生不逢时。⑥鸾凤：鸾鸟与凤凰，皆吉祥之鸟，此处喻指贤人。伏窜：隐藏逃窜。鸱鸮：恶鸟，即猫头鹰，古人认为是不祥之鸟，喻指小人。鸮，《史记》作"枭"。⑦阘：茸，指地位卑微或品格卑鄙的人，这里指不成才的小人。谗谀：阿谀奉承。⑧逆曳：倒着拉扯。这里是说，贤圣之才被小人横拖竖扯，才华无法施展。倒植：即倒置，指正直的君子居于下位。⑨随、夷：卞随和伯夷。卞随是夏代辞让天下的贤人；伯夷是反对周武王灭殷，不食周粟而死的贤人。此二人历来被儒家推崇为"高尚"有节操的贤者。溷：《史记》作"贪"。跖、蹻即盗跖和庄蹻，都是古代著名的奴隶起义的领袖，被视为恶人的代表。⑩莫邪：古代著名宝剑名。铦：锋利。这里喻指黑白颠倒，小人得志，贤人受屈。⑪于嗟：即"吁嗟"。默默：形容不得意。生："先生"的略文，指屈原。亡故：意谓无故遭此祸难。亡，《史记》作"无"。⑫斡：转。斡弃，意思是被抛弃。周鼎：比喻周朝的传国宝器。宝：以何为宝之意。康瓠：指破烂的瓦器。瓠，壶。这句是说舍弃周鼎而珍惜康瓠。⑬罢：同"疲"。罢牛，指没有力气的牛。骖：车辕外的旁马，这里用为动词。蹇驴：跛足的驴。蹇，跛。⑭骥：骏马。服：古代一车驾四马，中间的两匹叫服。这里用为动词，同驾。⑮章甫：冠名，古代士人所戴的一种礼帽。这句是说，本来是戴在头上的礼帽却用来垫了鞋底，比喻上下颠倒，贤愚倒置。渐：销蚀。⑯嗟苦：义同"嗟乎"，咨嗟，感叹。离：罹，指遭遇这种祸难。

诿曰①：

已矣！国其莫吾知兮，子独壹郁其谁语②？凤缥缥其高逝兮③，夫固自引而远去④；袭九渊之神龙兮⑤，沕渊潜以自珍⑥；偭蟂獭以隐处兮⑦，夫岂从虾与蛭蟥⑧？所贵圣之神德兮⑨，远浊世而自藏⑩。便骐骥可系而羁兮⑪，岂云异夫犬羊？般纷纷其离此邮兮⑫，亦夫子之故也⑬！历九州而相其君兮⑭，何必怀此都也？凤凰翔于千仞兮，览德辉而下之⑮；见细德之险徵兮⑯，遥增击而去之⑰。彼寻常之污渎兮⑱，岂容吞舟之鱼⑲？横江湖之鳣鲸兮⑳，固将制乎蝼蚁㉑。

【注释】

①谇：即乱辞，尾声。《史记》译作"讯"。谇、讯，与《楚辞》"乱曰"都是同一体例。②壹郁：犹"怫郁"，指愤怒与忧愁。③缥缥，与"飘飘"意同，轻快远去的样子。④固：本来。自引：自我引退。⑤袭：深藏。九渊：最深的渊。⑥沕：潜伏不易看见的样子。自珍：自我珍爱不与俗类同游。⑦偭：背弃。蟂、獭：皆害鱼的水中动物。隐处：隐居。⑧从：跟随。虾、蛭、蟥：水虫之小生物。蟥字同"蚓"。这两句是说神龙离蟂獭而隐藏，怎能从虾、蛭、蟥游。⑨贵：看重、珍重。神德：指高贵的品德。⑩藏：同"藏"。自藏，自我保全。⑪骐骥：骏马，千里马。系、羁：羁绊。⑫般：通"班"，纷乱的样子。⑬夫子：指屈原。故：缘故。⑭历：《史记》作"瞯"。相：观察，选择。⑮德辉：指有德之君主。⑯细德：苟细地贪婪追求，指寡德之人。阴徵：奸险的征兆。⑰遥：远。增击：指拍打重层的翅膀，振羽高飞。增，同"层"；击，指鸟的翅膀。⑱寻常：八尺为寻，十六尺为常。污渎：不流通的死水。⑲吞舟：形容鱼之大。⑳横：横行。横江湖，形容鱼之大。鳣：大鱼名，鲟鳇鱼。鲸：鲸鱼。㉑固：本来。制：受制。蝼蚁：小虫子。蝼，蝼蛄，俗称土狗。

【译文】

　　敬受皇帝的诏命啊，我戴罪来到长沙。我闻说屈原啊，自沉于汨罗江。特地到来寄思湘水啊，念悼先生的伟大。遭遇混乱世道啊，你生命陨落了。呜呼哀哉！遭逢的时代真是凶恶。鸾鸟凤凰逃窜隐藏啊，恶鸟鸱鸮却高翱翔。平庸之辈显赫尊贵啊，谄媚的小人得志。贤圣啊，君子遭受不合的损伤。认为卞随、伯夷是昏庸啊，却说盗跖、庄蹻是清廉。说莫邪利剑钝啊，却说铅刀锋利光闪闪。默默叹息这昏庸无道，先生无辜遭逢此祸难啊。抛弃那国宝周鼎，反倒把破瓦盆当宝贝。用疲惫不堪的牛来驾车，旁驾还有瘸腿的驴啊。骏马累得两耳垂，被用来拉盐车啊。礼帽章甫垫在鞋底儿，如此下去必定磨烂啊。悲叹先生，偏偏独遭此祸殃啊。

　　算了罢！国中没有人了解自己啊，你独自忧愤无人去倾诉！凤鸟飘飘地飞向远方啊，本应该离开这里去远行。藏在深渊的神龙啊，潜藏得不易发现为的是自我珍重。远离蟂獭来隐居深渊啊，岂能跟随水中小虫蛭蚓相过从。圣人的神德很可贵啊，避开浊世而自我保重。假使千里马也情愿受羁绊啊，那还和羊犬有什么不同？招来如此乱七八糟罪名啊，其中也有先生自己的缘故。应该遍览九州再选择君王啊，又何必苦怀念这个国都？凤凰飞翔于千仞之上啊，看到德政的君主才肯降落。见有细德危险的征兆啊，马上振起双翅遥遥远远行。那寻常不流通的小河沟啊，哪容得下吞舟的大鱼？横贯大江的鳇鱼和鲟鱼啊，污渎中就要受制于蝼蚁。

惜誓

惜余年老而日衰兮①，岁忽忽而不反②。登苍天而高举兮③，历众山而日远④。观江河之纡曲兮⑤，离四海之沾濡⑥。攀北极而一息兮⑦，吸沆瀣以充虚⑧。飞朱鸟使先驱兮⑨，驾太一之象舆⑩。苍龙蚴虬于左骖兮⑪，白虎骋而为右騑⑫。建日月以为盖兮⑬，载玉女于后车⑭。驰骛于杳冥之中兮⑮，休息乎昆仑之墟⑯。乐穷极而不厌兮⑰，愿从容乎神明⑱。涉丹水而驰骋兮⑲，右大夏之遗风⑳。黄鹄之一举兮㉑，知山川之纡曲。再举兮，睹天地之圜方㉒。临中国之众人兮㉓，托回飙乎尚羊㉔。乃至少原之野兮㉕，赤松、王乔皆在旁㉖。二子拥瑟而调均兮㉗，余因称乎清、商㉘。澹然而自乐兮，吸众气而翱翔㉙。念我长生而久仙兮，不如反余之故乡。

【注释】

①惜：痛惜。日衰：气力日渐衰微。此为作者代屈子言。②忽忽：即匆匆。指时光匆匆而过一去不复返。反：同"返"。③高举：飞升。④历：经历。日远：离家乡一天比一天远。⑤江河：指长江与黄河。⑥离：同"罹"，遭受。沾濡：浸湿。此指海水沾湿了衣服。⑦北极：北极星。⑧沆瀣：露水。充虚：充饥，谓吸风饮露。⑨朱鸟：即朱雀，星宿名，南方七宿之总称。先驱：先导。⑩太一：太阳神，东皇太一。象舆：以象牙装饰的车。⑪蚴虬：又作"蚴蟉"，屈曲游动的样子。⑫騑：古代驾车的马，在中间的叫"服"，在两旁的叫"骖"或"騑"。这里所说的"右騑"，即指右边的骏马。⑬建：竖立。盖：车盖，指树立日月之光以为车盖。⑭玉女：星宿名，在北方七宿之中，所以在较后方。⑮驰骛：奔驰。杳冥：幽暗高远之处。可以看做是对宇宙的广袤无边的体认。⑯墟：大丘。⑰乐穷极：即"乐无穷极"，意思是与神明游览无穷尽逍遥自乐。⑱神明：这里似指道家所倡导的与自然冥和为一的"道"。⑲丹水：赤水，神话中地名，出昆仑西南。⑳大夏：大夏国。㉑黄鹄：一作"鸿鹄"。㉒睹：见。天地之圜方：古人认为天圆地方。言外之意，则说高举远逝，居益高，所见益远。㉓临：俯视。中国：此指楚国。㉔回飙：回风，即旋风。尚羊："徜徉"，游戏。㉕少原：神话中的地名。㉖赤松、王乔：即赤松子和王子乔，都是仙人名。相传赤松子为神农时的雨师，王乔即古仙子王子乔。㉗二子：指赤松子与王子乔。调：调弦。㉘称：奏。清、商：歌曲名，五音各有清浊，清商。㉙众气：自然之气。

黄鹄后时而寄处兮①，鸱枭群而制之②。神龙失水而陆居兮③，为蝼蚁之所裁④。夫黄鹄神龙犹如此兮，况贤者之逢乱世哉！寿冉冉而日衰兮⑤，故儃回而不息⑥。俗流从而不止兮，众枉聚而矫直⑦。或偷合而苟进兮⑧，或隐居而深藏。苦称量之不审兮⑨，同权概而就衡⑩。或推移而苟容兮⑪，或直言之谔谔⑫。伤诚是之不察兮⑬，并纫茅丝以为索⑭。方世俗之幽昏兮，眩白黑之美恶。放山渊之龟玉兮⑮，相与贵夫砾石⑯。梅伯数谏而至醢兮⑰，来革顺志而用国⑱。悲仁人之尽节兮，反为小人之所贼⑲。比干忠谏而剖心兮，箕子被发而佯狂。水背流而源竭兮⑳，木去根而不长。非重躯以虑难兮，惜伤身之无功㉑。

【注释】

①黄鹄：天鹅。后时：即来迟了。寄处：指留在山林。②鸱枭：即鸱鸺，一种猛禽。制：控制，限制。③神龙：蛟龙。失水：假设的话，是说神龙本来潜在深水之中，一旦失水而居于陆地，不能发挥其特长而要受到限制。④蝼：蝼蛄，又名"土狗"，害虫。蚁：蚍蜉，大蚂蚁。裁：制裁。此言神龙失水而居陆地，也会被这些微小的害虫慢慢齿啄而遭害。⑤寿：指年寿。冉冉：渐进。⑥僤回：运转。僤，通"儃"。不息：不停止。⑦枉：邪，指邪佞的小人。矫：正。直：正直，指忠直的贤人。⑧或：有的人。偷合：指不正当的迎合世俗。苟：苟且。⑨苦：无奈。称、量：衡量轻重的意思。⑩权：称锤。概：过去量米麦时刮平斗斛所用的工具，即平斛木。衡：平。⑪推移：随顺。苟容：苟合取容，亦即看君王的脸色行事。⑫谔谔：直言的样子。⑬伤：痛。诚是：是非之实。⑭纫：指两缕捻成单绳。茅：茅草。丝：丝线。此句是说，将茅草与丝线合在一起搓成单索。⑮放：放弃，抛弃。龟玉：宝物，即大泽之龟，昆山之玉。⑯相与：相互间，指世俗之见。贵：以何为贵。砾：小石。指世人弃昆山之玉，大泽之龟，互相以小石为珍，以见其贵谗佞贱忠直。⑰梅伯：商代贵族，曾多次谏殷纣王，后被杀害。⑱来、革：纣的佞臣。来，恶来。用国：持国政，即得到纣王的重用，成为重臣。⑲贼：害。⑳背流：倒流。㉑无功：指无成效。

已矣哉！独不见夫鸾凤之高翔兮，乃集大皇之野①。循四极而回周兮②，见盛德而后下③。彼圣人之神德兮④，远浊世而自藏。使麒麟可得羁而系兮⑤，又何以异乎犬羊？

【注释】

①大皇之野：大荒之薮，即广远没有人烟的地方。②回周：指回旋周游。③盛德：指盛德之象，大德之君。④彼：即上文所说的鸾鸟凤凰。⑤麒麟：古代传说中的一种动物，其状如鹿，独角，全身生麟甲，尾像牛。

【译文】

哀伤我的年华日见衰老啊，时光匆匆而过不能回返。我要登上高高苍天飞升啊，经历众山离家一天比一天远。看到长江黄河迂回弯曲啊，遭受四海风波心愁身苦。攀登北极之星暂且休息啊，吸风饮露以充空虚。朱雀神鸟飞腾在前引路啊，驾上太一神象牙饰的辇车。青龙屈曲舞动为我左骖啊，白虎纵横驰骋为我右骖啊。随行服侍的玉女于后车。遨游广袤无边的宇宙中啊，又休息在神山昆仑大丘。无穷尽的逍遥自乐啊，与神明共游我从容不迫。渡过昆仑西南的赤水开始奔驰啊，一睹天门之外大夏国的遗风。鸿鹄振羽千里冲入高空啊，看到屈曲重叠的高山大河。再次拍打羽翼升腾空中啊，即可见天圆地方宇宙四极。俯视九州的芸芸众生啊，我怎能不乘着旋风四方徜徉。于是就抵达那传说的少原啊，赤松子、王子乔仙子居住的地方。二仙子抱琴调好乐调啊，我也乘兴和拍唱起歌曲清商。淡泊自然怡然自处啊，呼吸自然之气在空中翱翔。虽想与仙人长逝远游啊，但我还要返回那眷念的故乡。

鸿鹄迟来想要滞留山村啊，恶鸟鸱枭群集企图陷害它。水中神龙误居陆地啊，也会被蝼蚁齿啄伤害。鸿鹄神龙尚且遭此祸患啊，何况那遭逢浊世的贤才。年岁流逝日渐衰老啊，年复一年运转不可停止。世俗人同流合污每况愈下啊，小人群集反要正君子的端直。有人投机钻营爬上高位啊，有人却明辨是非而隐居山林。无奈君王不权衡比较啊，对谗佞小人同栋梁之才看成同样。有人专门看君王脸色行事啊，有人直言进谏忠心耿耿。伤痛的是如此忠佞不分啊，偏将茅草丝线合起搓绳。当今世俗是这样的浑浊啊，迷惑人心是非黑白颠倒。抛弃大泽之龟和昆山的美玉啊，相互却说那些碎石何等珍贵。梅伯屡次直谏遭到酷刑啊，顺从纣王的人把持国政。悲叹志士恪守忠贞的节操啊，反而遭到小人纷纷的迫害。比干忠言直谏结果被剖心啊，箕子披发装疯以求自保。江水倒流水源就会枯竭啊，再茂盛的树木也无法生存。并非看重自身才思虑危难啊，痛惜的是危害身躯却无成效。

算了吧！你没见鸾鸟凤凰已高高远离啊，就要栖止没有人烟的荒野。周游四方回旋观望啊，细察有圣德之像才飞临下降。那颇具神智的鸾鸟凤凰啊，远离浊世自我珍重深藏。麒麟这样智兽捆绑束缚啊，和犬羊又有什么不同？

哀时命

哀时命之不及古人兮①，夫何予生之不遘时②！往者不可扳援兮③，徕者不可与期④。志憾恨而不逞兮⑤，抒中情而属诗⑥。夜炯炯而不寐兮⑦，怀隐忧而历兹⑧。心郁郁而无告兮⑨，众孰可与深谋⑩！欿愁悴而委惰兮⑪，老冉冉而逮之⑫。居处愁以隐约兮⑬，志沈抑而不扬⑭。道壅塞而不通兮⑮，江河广而无梁⑯。愿至昆仑之悬圃兮⑰，采钟山之玉英⑱。擥瑶木之橝枝兮⑲，望阆风之板桐⑳。弱水汩其为难兮㉑，路中断而不通㉒。势不能凌波以径度兮㉓，又无羽翼而高翔。然隐悯而不达兮㉔，独徙倚而彷徉㉕。怅惝罔以永思兮㉖，心纡轸而增伤㉗。倚踌躇以淹留兮，日饥馑而绝粮㉘。廓抱影而独倚兮㉙，超永思乎故乡㉚。廓落寂而无友兮㉛，谁可与玩此遗芳㉜？白日晼晚其将入兮㉝，哀余寿之弗将㉞。车既弊而马罢兮㉟，蹇邅徊而不能行㊱。身既不容于浊世兮，不知进退之宜当㊲。冠崔嵬而切云兮，剑淋离而从横㊳。衣摄叶以储与兮㊴，左袪挂于榑桑㊵；右衽拂于不周兮㊶，六合不足以肆行㊷。上同凿枘于伏戏兮㊸，下合矩矱于虞、唐㊹。愿尊节而式高兮㊺，志犹卑夫禹、汤㊻。谁知困其不改操兮，终不以邪枉而害方㊼。世并举而好朋兮，壹斗斛而相量㊽。众比周以肩迫兮㊾，贤者远而隐藏。为凤皇作鹑笼兮㊿，虽翕翅其不容(51)。灵皇其不寤知兮(52)，焉陈词而效忠(53)。俗嫉妒而蔽贤兮，孰知余之从容(54)？愿舒志而抽冯兮(55)，庸讵知其吉凶(56)？璋珪杂于甑窐兮(57)，陇廉与孟娵同宫(58)。举世以为恒俗兮(59)，固将愁苦而终穷(60)。幽独转而不寐兮，惟烦懑而盈胸。魂眇眇而驰骋兮(61)，心烦冤之忡忡(62)。

【注释】

①时命：指命运。古人：指古代圣贤。②遘时：遇到好的时代。遘，遭遇。③往者：指过去的日月。扳：与“攀”同。攀援，在此为抓住的意思。④徕者：指后世。徕，一作“来”。期：期待。前代圣王不可攀援，后世明君不可期待，写自己生不逢时。⑤志憾恨：指心中志向不得伸展而心存怨恨。逞：实现意愿。⑥属诗：意谓连缀文字而成诗，指作诗。属，连，续。⑦炯炯：明亮的样子，这里是形容有心事，不得入睡。⑧隐忧：痛楚的忧愁。隐：痛。⑨郁郁：忧愁的样子。无告：无人告语。⑩孰：谁。深谋：指一起商量。⑪欿：愁苦欿的样子。愁悴：忧愁痛苦。委惰：懈倦。⑫冉冉：慢慢。逮：及，到来。⑬居处愁：指放逐山林的愁苦。隐约：指隐居山林。⑭沈抑：指心志被压抑。⑮壅塞：阻碍不通。通：一作“达”。⑯广：这里指河水宽阔。⑰悬圃：神话中的山名，在昆仑顶上。⑱钟山：神山，在昆仑山西北，出美玉。玉英：玉树的花瓣。⑲掔：同“揽”，摘取。瑶木：即瑶树。橝：通“覃”，橝枝，长枝。⑳阆风：神话中山名，在昆仑山上。板桐：山名，在昆仑山上。㉑弱水：水名。汩：水迅疾的样子。㉒路：指通往神山的路。中断：一本作“中绝”，意同。㉓凌：乘。凌波：冒着波浪。㉔隐悯：指内心的忧伤。㉕徙倚：徘徊。彷徉：意同“徙倚”，徘徊。㉖惝罔：失意的样子。永思：长思。㉗纡轸：隐痛郁结解不开。纡，屈曲。轸，悲痛。㉘饥馑：就年而言，绝粮：就人而言，都说明自己家困之景况。㉙廓：空廓。抱影独倚：是说“独抱形影而立”，言其孤独无援的境况。㉚超：怅惘。㉛廓落：孤独。寂：孤寂。㉜玩：把玩，玩赏。遗芳：留下的芳草，喻指自己的志向。㉝畹晚：太阳将落下的情景，此处喻年老。㉞弗将：不会长久。将，久之意。㉟罢：疲。㊱蹇：发语词。邅徊：徘徊，周旋不进的样子。㊲宜当：合适。㊳淋离：同“陆离”，长而美好的样子。㊴摄叶：宽广的样子。储与：不舒展。㊵袪：衣袖口。榑桑：即扶桑，神木名，传说日出其下。㊶衽：衣襟。不周：神话中山名，不周山。㊷六合：谓天地四方。肆行：任意前行，意谓不得施展。㊸凿：榫眼。枘：榫头。榫眼、榫头方圆大小相当方可。㊹矩矱：规矩，法度。虞、唐：指舜与尧。㊺节：指节操。式高：以崇高为榜样。式，榜样。此句意思是自己虽不见用，也不会与世俗同流合污，仍会以古代圣王为榜样。㊻犹：尚且。卑：低下。㊼邪枉：弯曲不正，指人的品行。方：方正，指人的品行端正。意思是不用邪枉危害方正的品行。㊽斛：容量单位，古代以十斗为一斛。相量：相衡量。㊾众：世俗之人。比周：亲密连结。比，亲。周，合。比周，指结党营私。㊿鹑笼：鹌鹑的笼子。(51)翕：收敛。意思是做鹌鹑笼子给凤凰栖，凤凰虽收敛羽翼也难容。(52)灵皇：指君王。寤知：醒悟明察。(53)焉：安能。陈词：指向君王表白。(54)从容：举止行动。(55)抽：抽绎。冯：一作“懑”，愤懑。(56)庸讵：反诘之词，何以，怎么。(57)璋珪：古玉器名。一作“珪璋”。窐：低下。甂窐：指低劣的瓦器。(58)陇廉：古代丑妇名。孟娵：古代美女名。同宫：同室。(59)恒：常。(60)固：必定。终穷：终身。(61)眇眇：辽远的样子。(62)烦冤：烦懑。忡忡：忧虑不安。

志欿憾而不憺兮①，路幽昧而甚难。块独守此曲隅兮②，然欿切而永叹③。愁修夜而宛转兮④，气涫沸其若波⑤。握剞劂而不用兮⑥，操规矩而无所施。骋骐骥于中庭兮⑦，焉能极夫远道？置猿狖于櫺槛兮⑧，夫何以责其捷巧⑨？驷跛鳖而上山兮，吾固知其不能升。释管、晏而任臧获兮⑩，何权衡之能称⑪？箟簬杂于黀蒸兮⑫，机蓬

矢以射革⑬。负担荷以丈尺兮⑭，欲伸腰而不可得。外迫胁于机臂兮⑮，上牵联于矰谁⑯。肩倾侧而不容兮⑰，固陿腹而不得息⑱。务光自投于深渊兮⑲，不获世之尘垢。孰魁摧之可久兮⑳，愿退身而穷处。凿山楹而为室兮㉑，下被衣于水渚㉒。雾露濛濛其晨降兮㉓，云依斐而承宇㉔。虹霓纷其朝霞兮，夕淫淫而淋雨。怊茫茫而无归兮㉕，怅远望此旷野㉖。下垂钓于溪谷兮㉗，上要求于仙者㉘。与赤松而结友兮㉙，比王侨而为耦㉚。使枭杨先导兮㉛，白虎为之前后。浮云雾而入冥兮㉜，骑白鹿而容与㉝。魂眐眐以寄独兮㉞，汩徂往而不归㉟。处卓卓而日远兮㊱，志浩荡而伤怀㊲。鸾凤翔于苍云兮，故矰缴而不能加㊳。蛟龙潜于旋渊兮㊴，身不挂于网罗㊵。知贪饵而近死兮㊶，不如下游乎清波㊷。宁幽隐以远祸兮㊸，孰侵辱之可为㊹？子胥死而成义兮㊺，屈原沈于汨罗㊻。虽体解其不变兮㊼，岂忠信之可化？志怦怦而内直兮㊽，履绳墨而不颇㊾。执权衡而无私兮(50)，称轻重而不差。概尘垢之狂攘兮(51)，除秽累而反真(52)。形体白而质素兮，中皎洁而淑清(53)。时厌饫而不用兮(54)，且隐伏而远身。聊窜端而匿迹兮(55)，叹寂嘆而无声(56)。独便悁而烦毒兮(57)，焉发愤而纾情(58)。时暧暧其将罢兮(59)，遂闷叹而无名(60)。伯夷死于首阳兮，卒夭隐而不荣。太公不遇文王兮，身至死而不得逞。怀瑶象而佩琼兮(61)，愿陈列而无正(62)。生天地之若过兮(63)，忽烂漫而无成(64)。邪气袭余之形体兮(65)，疾憯怛而萌生(66)。愿壹见阳春之白日兮(67)，恐不终乎永年(68)。

【注释】

①歆憾：未得到满足，引以为恨。②块：孤独。曲隅：幽陷的角落，此指山曲。③歆切：忧愁痛苦。永叹：长叹。④修夜：长夜。宛转：忧心宛转。⑤气：指心情。涫沸：沸滚，形容水沸腾的样子。⑥剞劂：刻镂用的刀与凿子。⑦中庭：庭院。⑧猿狖：猿猴。狖，一种黑色的长尾猿。櫺槛：关野兽的笼子。櫺，窗栏上刻有雕花的格子。⑨责：责备。捷巧：敏捷灵巧。谓把猨狖放在櫺栏上，怎能要求它灵巧？⑩管、晏：管仲和晏婴，春秋时齐国的名相。⑪权衡：本指秤。权，指秤锤；衡，指秤杆。在此引申为衡量、比较。称：比较轻重。⑫箟簬：竹名，此指用良竹为箭。黀蒸：麻秆。比喻脆弱无用之材。⑬机：古代弓弩上的发动机关。蓬：蓬蒿。矢：箭。革：指皮革之盾，箭靶。⑭负担：背曰负，肩曰担。丈尺：形容行进迟缓。此写生于乱世，有如背肩荷担，难于丈尺之行。⑮迫胁：逼迫、接近。机臂：弩身。⑯矰谁：是一种用丝绳系住射鸟的短箭。谁，同"弋"，指用绳系而箭射。⑰倾侧：形容端肩侧行，小心畏惧的样子。不容：指不被接纳。⑱陿腹：指自己倾肩侧背尚不被容，因山弯曲腰背而难喘息。息：指呼吸。⑲务光：古代一位清白之士，传说汤曾让位给务光，他认为不义，投水而死。⑳魁摧：似为摧残之意。魁：大。㉑楹：柱。凿山楹，即凿岩壁为室的意思。㉒渚：水边。㉓濛濛：盛。㉔依斐：形容云层浓密。斐，一作"霏"。此句意谓浮云霏霏承接屋宇。㉕怊：悲伤失意。茫茫：亦作"芒芒"，模糊不清，此指心情忧伤难以说清。无归：无所依归。㉖怅：失意的样子。㉗溪谷：山间河谷。㉘要求：邀请之意。仙者：可以飞升的仙人。㉙赤松：赤松子，传说中的仙人。㉚比：靠近，亲近。王乔：即王子乔，古代传说中的仙人。㉛枭杨：即狒狒，大的猴类，古代传说中为山神。㉜浮云雾：乘云雾。冥：高远。"入冥"，指与仙人俱去飞升高远。㉝白鹿：古人称白鹿为瑞兽，白鹿常常与仙人为伍。容与：安逸自得的样子。㉞眐眐：独行的样子。寄独：寄居独处。㉟汩：迅疾的样子。徂往：离去。徂，往。㊱卓卓：高远的样子。㊲浩荡：本指大水广大无边。志浩荡，纵恣放肆，心无所主的样子。㊳矰缴：系有丝绳用以射鸟的短箭。加：指加害于身。㊴旋

渊：至深之渊。⑩罗网：即网罗。谓蛟龙藏于深渊之中，罗网也无可加害。⑪饵：钓饵，引鱼上钩的食物。⑫清波：清洁之流。谓贪吃香饵有必死之危险，不如游荡于清波之中。⑬幽隐：隐身幽藏。⑭侵辱：被遭受耻辱。可为：反诘语。⑮子胥：伍子胥。春秋时吴国大夫，名员，字子胥。被吴王夫差赐剑命他自杀。⑯汨罗：水名，在今湖南汨罗境内。⑰体解：肢解的酷刑。不变：不改变初衷。⑱怦怦：象声词，形容心跳动得厉害。⑲履：履行。绳墨：比喻法度。⑳权衡：此指掌握权力。㉑概：通"溉"，即洗涤。狂攘：乱。谓洗涤尘垢和混乱。㉒真：纯真。㉓中：指内心，思想。皎洁：洁净，指具有善性。淑清：明朗纯净。㉔厌饫：本义为饱食。比喻君王厌倦而拒绝他的忠言直谏。㉕窜端：藏头匿足。㉖嘆：通"莫"，形容寂静无声。㉗便悁：忧愁。烦毒：烦闷愤恨。㉘焉：乃。发愤：振作努力。纾情：泄己心中之愤。纾，同"抒"。㉙时：时光，岁月。暧暧：昏暗的样子。㉚无名：意谓无美名流传于后世。㉛瑶象：美玉和象牙，喻指自身才志。㉜陈列：诉说。无正：正，犹平。㉝天地：意谓天地之间。若过：形容时光之快。㉞烂漫：散乱，消散。㉟邪气：邪恶之气。袭：及。㊱憯怛：惨痛忧伤。㊲阳春：温暖的春天。白日：阳光。㊳永年：长寿。

【译文】

哀痛时运不如古代圣贤啊，我的命运为什么生不逢时。逝去的时光我无法追啊，也遇不到后世贤君名主。志向不得伸展心存遗恨啊，我只有用诗歌抒发情思，长夜漫漫难以入眠，我心怀隐忧一直到今。心中的愁苦无人了解啊，又怎能和谗佞深深谈论！忧痛折磨得我有些懈倦啊，衰老慢慢来临病魔缠身。放逐的愁苦我隐处山泽啊，心志被压抑又不得飞举。谗佞阻蔽不能上通于君啊，如临大江没有桥梁通不过去。我想去那神山上的悬圃啊，摘采钟山上玉树的花瓣。揽取那琼树修长的枝条啊，望着阆风之上板桐神山。弱水奔腾汹涌无法渡过啊，道路断绝无法通行。势不能冒着波浪直接过去啊，身无羽翼无法翱翔。心中忧痛又不能让君知晓啊，我只好孤独地徘徊迷茫。郁结的隐痛使我更加忧伤。犹豫徘徊还不得不久留啊，陷入饥荒缺粮的困境。空廓山林只我孤独伫立啊，无法忘却的是那故乡。空廓寂寞而无亲友啊，谁与我共赏这遗留下的芬芳？太阳缓缓西沉就要落下啊，哀叹我的生命不能久长。车驾破损辕马也会疲倦啊，徘徊回旋难以向前迈进。自身既不能与污浊世道同流啊，愁不知如何做才是进退合宜。头戴着高高的切云冠啊，腰佩修长的宝剑以娱纵。身披的衣裳难以舒展啊，左面的衣袖挂在扶桑上；右面的衣襟掠过不周山啊，不得自由施展于天地四方。在上奉行东方天帝同一法则啊，在下又以唐尧虞舜为榜样。愿尊奉节操效法古圣贤啊，我的志向尚且不如夏禹商汤。虽艰窘步难行不变更操守啊，终不能用邪曲损害正方。世道是互相吹捧结党营私啊，他们有同一的标准相衡量。朋党之间并肩勾结很亲密啊，贤者远远离去而隐藏。让凤鸟住鹌鹑的笼子啊，即便收敛翅膀也容身不下。聪明的君王不幡然醒悟啊，我如何来陈述表白我的忠诚？惯于嫉妒又阻碍贤才啊，谁又能了解我的举止行动？我愿抒发这抽绎愤懑啊，哪里知道这是吉是凶？玉器圭璋和瓦盆混杂在一起啊，丑妇和美女同室同宫。世上把它作为不变的恶习啊，我必将心怀愁苦了结终生。独自辗转反侧无法入睡啊，忧愁烦闷填满了心胸。在梦中灵魂辽远而驰骋啊，心中哀痛忧心忡忡。

　　我心志遗恨神思不宁啊，路程幽暗渺茫难以前行。孤独地隐居在这幽暗山林啊，切腹之痛的痛苦让我叹息。慢慢黑夜辗转反侧啊，心情不平如同涌起的波涛。手握曲凿刻刀没有刻镂啊，拿着方圆规矩我无法下手。在庭院中让骏马奔跑啊，如何测定它有飞奔千里之能？把猿猴关在牢笼里啊，怎能责备它无敏捷的技巧？让跛了腿的甲鱼来驾车登山啊，本来就知道它可不能高升。放弃管、晏而任用庸才啊，又如何来衡量比较轻与重？筼箬为箭混杂在麻秆之中啊，蓬蒿之箭还奢求穿透盾革。背负肩担行走丈尺难行啊，不敢伸腰仰头以免招来罪过。恐惧自身距离驽弩身太近啊，又担心牵连射击被命中。倾肩侧背尚不能被容啊，只好收腹屏吸小心翼翼。为了清白务光投水而死啊，不愿让浊世的污浊玷污。怎能遭受惨重摧残啊，宁肯身处窘困而隐藏自身。开凿岩壁筑起居室啊，披衣水边清洁洗浴。山雾蒙蒙清晨到来啊，浮云霏霏承接我的屋宇。霓虹纷纷伴着朝霞啊，黄昏暗淡愁雨绵绵。说不清的惆怅无所归依啊，失意远望旷野中草木茂密。在下垂钓在山间的河谷啊，在上我邀请那飞升的仙人。和赤松子结为朋友啊，与王子乔相伴而亲近。让神山神枭前面引路啊，让白虎跟随前后。乘云雾飞升高举啊，骑上白鹿与仙人从容共游。灵魂孤独漫游无处安身啊，迅疾离去而不得返回。飞升上游一天天高远啊，中心浩荡而愁思伤悲。鸾鸟高翔于白云之中啊，矰缴也不能把它伤害。蛟龙已潜藏在深渊啊，罗网不能将其牵挂。明知贪食诱饵遭受灾殃啊，不如下游在清洁之流。即便隐身躲藏远离祸患啊，长久被侵辱怎能不难过？子胥归神大海成全正义啊，屈子含愤沉江在汨罗。虽遭酷刑不改变初衷啊，哪有忠信之情可以迁讹？心神跳动内心耿直啊，遵循法度公平纯直。执掌权柄不能营私舞弊啊，衡量贤愚轻重别出差错。洗涤纷纷杂乱的污垢啊，清除累累污秽返于纯真。形体洁净表里如一啊，心中洁白而品德清明。当今是斥退贤才而不用啊，只好隐伏山林远祸藏身。姑且不被发现隐藏形迹啊，缄守寂寞不作声。独自忧愁而愤懑强烈啊，我要振作抒发心中悲情。时光逐渐暗淡就要结束啊，终于伤叹无法后世流名。为了忠义伯夷饿死首阳啊，早夭而死无有显贵荣幸。太公如得不到文王的重用啊，一生也不得施展才能。怀抱瑶象身佩琼玉啊，多想陈述志向却无人愿听。生于天地犹若风云飘逝啊，匆匆消散终究一事无成。邪恶之气袭击我的身体啊，疾病惨痛萌发生成。盼望再见一次春天的阳光啊，我那即将完结的生命。